Sarah Lark

DIE TIERÄRZTIN

Mutige Wege

Die Titel der Autorin:

Die Weiße-Wolke-Saga:
Im Land der weißen Wolke
Das Lied der Maori
Der Ruf des Kiwis
Eine Hoffnung am Ende der Welt

Die Kauri-Trilogie:
Das Gold der Maori
Im Schatten des Kauribaums
Die Tränen der Maori-Göttin

Die Insel-Saga:
Die Insel der tausend Quellen
Die Insel der roten Mangroven

Die Feuerblüten-Saga:
Die Zeit der Feuerblüten
Der Klang des Muschelhorns
Die Legende des Feuerberges

sowie folgende Einzelbände:
Eine Hoffnung am Ende der Welt (auch als Einzelband lesbar)
Unter fernen Himmeln
Das Jahr der Delfine
Das Geheimnis des Winterhauses
Wo der Tag beginnt
Schicksalsstèrne

Die Tierärztin-Saga:
Die Tierärztin – Große Träume
Die Tierärztin – Voller Hoffnung
Die Tierärztin – Mutige Wege

Die Himmelsstürmerinnen-Dilogie:
Himmelsstürmerinnen – Wir greifen nach den Sternen

Die Jugendbücher:
Lea und die Pferde-Reihe
Schutzhof Schwalbennest-Reihe
Dream – Frei und ungezähmt
Hope – Der Ruf der Pferde

Alle Bücher sind in sich abgeschlossen.

SARAH LARK

DIE TIERÄRZTIN

Mutige Wege

ROMAN

Lübbe

Die Bastei Lübbe AG verfolgt eine nachhaltige Buchproduktion. Wir verwenden Papiere aus nachhaltiger Forstwirtschaft und verzichten darauf, Bücher einzeln in Folie zu verpacken. Wir stellen unsere Bücher in Deutschland und Europa (EU) her und arbeiten mit den Druckereien kontinuierlich an einer positiven Ökobilanz.

NACHHALTIG PRODUZIERT

FSC www.fsc.org MIX Papier | Fördert gute Waldnutzung FSC® C014496

Vollständige Taschenbuchausgabe
der bei Bastei Lübbe erschienenen Hardcoverausgabe

Dieses Werk wurde vermittelt durch
die Literarische Agentur Thomas Schlück GmbH, 30161 Hannover.

Lektorat: Melanie Blank-Schröder
Landkarten und Stammbaum: © Kirstin Osenau unter Verwendung von Motiven von shutterstock.com
Umschlaggestaltung: Johannes Wiebel | punchdesign, München
Umschlagmotiv: © Miguel Sobreira/Trevillion.com; © David Steele/adobe.stock.com; Steve Lovegrove/stock.adobe.com; Enrico Della Pietra/stock.adobe.com; Christian Offenberg/stock.adobe.com; © Mila Petkova/Shutterstock, Andrey_Kuzmin/Shutterstock, Epifantsev/Shutterstock, Vector Tradition/Shutterstock, Alexander_P/Shutterstock, ShustrikS/Shutterstock
Satz: Dörlemann Satz, Lemförde
Gesetzt aus der ITC Berkeley Oldstyle
Druck und Verarbeitung: GGP Media GmbH, Pößneck

Printed in Germany
ISBN 978-3-404-19227-4

5 4 3

Sie finden uns im Internet unter luebbe.de
Bitte beachten Sie auch: lesejury.de

Eltern und Kinder

Neuseeland – Epona Station, Ellerslie
Australien – Perth
Amerika – Boston, Wisconsin
1955 – 1957

Schön wie der Frühling …

Nellie summte die Melodie aus dem Hammerstein-Musical vor sich hin, während sie von der Straße, die in die Kleinstadt Onehunga bei Auckland führte, in die Zufahrt von Epona Station einbog. Sie war völlig unmusikalisch, doch ihrem Wolfshundmischling Jamie, der ausgestreckt die gesamte Rückbank ihres Geländewagens einnahm, war das gleichgültig. Hauptsache, sein Mensch war guter Dinge, und das traf an diesem Frühlingstag auf Nellie zu. Der Sonnenschein, der das kleine Stück Regenwald, durch das der Weg anfänglich führte, wie ein Märchenland wirken ließ, indem er die Flechten und Farne unwirklich beleuchtete, trug dazu bei.

Noch mehr erfreute sich Nellie jedoch an den Pferden auf den Weiden hinter dem Waldstück. Das Gras war gewachsen, und die ersten Stuten hatten abgefohlt. Mit den wärmenden Sonnenstrahlen hatten die von Gerstorfs, die Besitzer des Gestüts, sie herausgelassen, und nun fraßen edle Voll- und Warmblutstuten gierig das frische Gras, während ihre langbeinigen Kinder neugierig zu ihr herüberblickten. Nellie versuchte, die Stuten zu erkennen – sie kannte praktisch jedes Pferd auf Epona Station – und zu erraten, von welchem der prachtvollen Hengste die Fohlen stammten. Auf den Weg musste sie nicht sonderlich achten. Er war ihr mehr als vertraut, schließlich war sie ihn Hunderte von Malen gefahren, als sie nach ihrer Auswanderung nach Neuseeland zunächst hier gewohnt und eine Tierarztpraxis in New Lynn betrieben hatte. Inzwischen lebte sie in Ellerslie in einer Villa am Rande der Pferderennbahn, der ihr Mann Walter als Rennbahnleiter vorstand. Sie betreute die Rennpferde tierärztlich, nach Epona Station kam sie nur noch als Besucherin. April von Gerstorf hatte einige Jahre zuvor den jungen Tierarzt Alex Rawlings geheiratet – es gab also einen Veterinär vor Ort. Am Tag zuvor hatte Alex Nellie allerdings angerufen und um eine zweite Meinung zu zwei Pferden des Gestüts gebeten, und nun freute sie sich darauf, ihre Freunde wiederzusehen.

Ihr erster Blick beim Erreichen der Anlage fiel auf den gepflegten Dressurplatz, auf dem Julius von Gerstorf eben eine junge Reiterin und einen Reiter unterrichtete. Julius war nicht mehr jung, doch er hielt sich aufrecht und gerade wie der preußische Offizier, der er einst gewesen war. Er hatte das Militärreitinstitut Hannover besucht und gab das dort Gelernte nun an seine Enkel weiter. Auf einer eleganten schwarzen Stute erkannte Nellie Aprils Adoptivtochter Henny, eine zierliche Fast-Dreizehnjährige, die ihr langes, schwarzes Haar zum Reiten zu einem Zopf geflochten hatte. Wehende Locken waren auf dem Reitplatz nicht erwünscht. Nellie betrachtete Henny liebevoll – sie war ihre Enkelin, das leibliche Kind ihrer Tochter Grit, die sich selbst nie sonderlich für Pferde und das Reiten interessiert hatte.

Henny saß vorbildlich aufrecht und entspannt auf der jungen Stute Melora und führte die Zügel mit sanfter Hand – ein schöner Anblick. Der Reiter, er musste dreizehn oder vierzehn Jahre alt sein, fesselte Nellies Blick ebenso. Sie hatte ihn lange nicht gesehen, doch auch wenn sie nicht gewusst hätte, dass es sich um Julius' und Mia von Gerstorfs Enkelsohn Noah handelte, wäre ihr die Ähnlichkeit mit Julius aufgefallen. Auch Noah hatte dunkelblondes Haar, wobei sich in das von Julius schon sehr viel Weiß mischte, und ein klar geschnittenes Gesicht. Noah war groß und kräftig, und er ritt mit selbstverständlicher Leichtigkeit. Genauso hatte Julius von Gerstorf einst auf dem Pferd gesessen und ebenso Walter von Prednitz, Nellies Ehemann. Auch Walter war Offizier gewesen und hatte im Ersten Weltkrieg gedient.

Noah war das Kind von Julius' und Mias Sohn Jonathan, der in Australien lebte und mit dem Noah wenig gemeinsam hatte. Als Junge war Jonathan ein verträumter Bücherwurm gewesen, der sich weit mehr an seinem Großvater, einem hochgebildeten Kommerzienrat und Privatbankier, orientiert hatte als an seinen eher praktisch veranlagten Eltern. Julius hatte das sehr getroffen, er hatte sich einen Nachfolger für die Gestütsleitung gewünscht, doch Jonathan war vor den Pferden geflohen, wann immer es ihm möglich gewesen war. Mit dem Erbe seines Großvaters war er schon sehr jung nach Australien gegangen, hatte sich an der Bank seines Großonkels beteiligt und war dort offenbar glücklich. Seiner Ehe mit einer Großkusine waren zwei Söhne entsprossen, von denen der ältere, Ira, ganz nach seinem Vater schlug, während Noah nie etwas anderes gewollt hatte, als zu reiten. Nach vielen Auseinandersetzungen mit seinen Eltern war er schließlich mit dem Segen seiner Familie nach Epona Station gekommen. Er besuchte die Highschool in Auckland und studierte die Reitkunst, statt wie sein etwas älterer Bruder Ira ein Universitätsstudium anzustreben.

Nellie winkte kurz zu Julius und seinen Schülern hinüber, die kaum Notiz von ihr nahmen. Schließlich war er ein strenger Lehrer und verlangte völlige Konzentration auf die Pferde.

Sie fuhr also weiter, am Haus vorbei zu den Ställen, wo sie April vermutete. Tatsächlich war sie am Anbindeplatz mit einem Shetlandpony und ihrem kleinen Sohn beschäftigt. Nicholas war gerade erst sechs Jahre alt geworden, doch er putzte schon eifrig sein Fuchspony und machte Anstalten, ihm sogar die Hufe zu heben. Das Pferdchen – es war kaum größer als Jamie, der Wolfshundmischling – hielt dabei engelhaft still. April schob ihm ab und zu eine Möhre ins Maul.

»Nellie!« April, eine kleine schlanke Frau in Reithosen und Stiefeln, strahlte und umarmte Nellie zur Begrüßung. Jamie versuchte, an ihr hochzuspringen, was Nellie ihm verbot. April beugte sich zu ihm hinunter und streichelte ihn. »Was haben wir uns lange nicht gesehen! Aber nun beginnt ja die Rennsaison, dann kommen wir öfter nach Ellerslie.«

Nellie nickte und begrüßte nun auch Nicholas. Der kleine Kerl hatte Aprils rotes Haar geerbt und sah mit seinen wirren Locken aus wie ein niedlicher kleiner Kobold. Seine Gesichtszüge erinnerten allerdings eher an seinen Vater Alex und dessen Mutter Wilhelmina, eine sehr schöne Frau. Er würde einmal ein gutaussehender Mann werden.

»Da will aber jemand ein Reiter werden!«, bemerkte Nellie und lächelte anerkennend, als sie Nicholas' Bemühungen, den dicken Schweif seines Ponys zu bürsten, sah.

April nickte stolz. »Ja. Manchmal scheint es tatsächlich eine Generation zu überspringen, wie Mami immer sagt«, sie wies mit dem Kinn in Richtung Reitplatz. »Aber wir haben wohl Glück mit unseren Kindern. Sofern man es als Glück bezeichnen kann, wenn ein Mensch nur Pferde im Kopf hat. Manche sehen das wohl anders … Was ist mit deinen Jungs? Kommen die noch oft zum Reiten?«

Bis sie die Schule beendet und ein Studium begonnen hatten, hatten Nellies Söhne Peter und Martin Pferde aus Epona Station auf Turnieren vorgestellt.

Nellie schüttelte den Kopf. »Viel zu selten. Peter geht ganz im Ingenieurswesen auf, und Marty will nächstes Jahr nach Europa. Ich kann das verstehen. Wer Sprachen studiert hat, will die Länder kennenlernen, in denen sie gesprochen werden.«

April lächelte. »Auch in Europa gibt es Pferde …«

»Sie reden bloß nicht so viel.« Nellie lachte. »Ich glaube, er denkt mehr an Mädchen.«

»Ich will jetzt reiten …«, quengelte Nicholas. »Jetzt ist doch Stunde!«

April hatte seinen kleinen Wallach inzwischen gesattelt und hob die Schultern. »Du hörst es, er möchte an der Reitstunde teilnehmen«, sagte sie. »Das ist ihm ganz wichtig, obwohl er dazu noch zu klein ist. Wir gehen aber auf den kleinen Platz neben dem Viereck, und manchmal ruft Pa ihm ein Kommando zu. Dann ist er immer ganz stolz.«

Sie führte das Pony zum Reitviereck, neben dem ein kleinerer Sandplatz zum Warmreiten der Pferde zur Verfügung stand. Jamie folgte ihnen und legte sich am Reitplatzrand nieder. Nellie lobte ihn, und April strich ihm über den Kopf.

Während sie ihrem Sohn aufs Pferd half, schaute Nellie zu den Reitern hinüber. Julius kritisierte eben Hennys Ausführung einer Übung, und das Mädchen beherrschte sich eisern, weder zu widersprechen noch zu weinen. Nellie wunderte das. Sie kannte Henny nicht derart empfindlich.

April bemerkte die Szene ebenfalls. »Henny hat zurzeit ein bisschen nah am Wasser gebaut«, bemerkte sie. »Und sie explodiert bei jeder Gelegenheit. Mami meint, das sei das Alter …«

»Und was meinst du?«, fragte Nellie.

»Gerade sitzen, Absätze tief, Kopf hoch!«, forderte April Nicholas auf, der sich um einen lehrbuchgerechten Sitz im Sattel bemühte. Dann beantwortete sie Nellies Frage. »Ich denke, es liegt an Noah. Sie findet, Pa zieht ihn vor.«

Nellie runzelte die Stirn. »Meinst du? Das sieht ihm gar nicht ähnlich. Mit euch war er immer streng, aber gerecht.«

Sie hatte vielen Reitstunden zugesehen, die Julius April, ihrem Halbbruder Jonathan und ihren eigenen Söhnen gegeben hatte.

»Mir ist da auch nichts aufgefallen«, pflichtete April ihr bei. »Vielleicht widmet er ihm ein bisschen mehr Aufmerksamkeit, schließlich unterrichtet er ihn erst seit ein paar Wochen. Er muss ihm noch viel erklären, während er Henny zwiebelt, seit sie sieben oder acht ist. Wenn sie Fehler macht, obwohl sie es besser wissen sollte, rügt er sie …«

»Kann es sein, dass sie … eifersüchtig ist?«, fragte Nellie.

April seufzte. »Henny versteht durchaus, dass sich die Situation mit Noahs Ankunft hier geändert hat, sie redet davon, das Gestüt zu erben und zu leiten, seit sie ein kleines Mädchen ist. Julius hat sie oft genug seine Nachfolgerin genannt. Scherzhaft natürlich, Nicholas ist ja auch noch da, und erst mal sind Alex und ich an der Reihe. Bis Henny in eine leitende Position kommen könnte, kann sie sich noch zehnmal anders orientieren. Aber Noah ... ist eben blutsverwandt mit Julius ...«

April war zwar ein eheliches Kind der von Gerstorfs, doch ihr Erzeuger war ein englischer Offizier gewesen, der ihre Mutter im Ersten Weltkrieg vergewaltigt hatte. Lange Zeit hatte das keine Rolle gespielt, Jonathan war schließlich eher eine Enttäuschung für Julius gewesen – doch Nellie verstand schon, dass er nun große Freude an einem leiblichen Enkel hatte, der ihm obendrein ähnelte und seine Interessen teilte.

»Wie ist er denn so?«, erkundigte sie sich. »Also Noah ...«

April lobte ihren kleinen Sohn, der sein Pony schon ganz selbstständig über den Platz lenkte. »Nett«, sagte sie dann. »Gut erzogen, sehr höflich, ungemein glücklich, dass er hier sein kann. Er gibt Henny nicht den geringsten Grund, ihn nicht zu mögen, aber sie ist ihm gegenüber so grantig, dass es schon an Beleidigung grenzt. Zum Rest der Welt ist sie auch grantig. Mami hat wohl recht mit dem schwierigen Alter.«

»Soll ich mal mit ihr reden?«, fragte Nellie. Sie war stets sehr vorsichtig, April sollte nicht glauben, dass sie sich in Hennys Erziehung einmischen wollte. Ganz zu Anfang, als sie noch gehofft hatte, ihre Tochter Grit könnte sich vielleicht für die Kleine erwärmen, war es ihr nicht immer recht gewesen, dass April sich so viel um das Kind gekümmert hatte. Sie selbst – und auch Aprils Mutter Mia – hatten geglaubt, dass April es Grit zu leicht machte, sich ihrer Verantwortung für das Kind zu entziehen. Grit hatte jedoch nie Interesse an Henny gezeigt, und als sie wieder begonnen hatte, als Konzertpianistin aufzutreten und ihre Karriere erfolgreich fortzusetzen, hatte sie einer Adoption durch April und Alex geradezu erleichtert zugestimmt. April hätte ihr natürlich zugestanden, Henny jederzeit zu besuchen und an ihrem Leben teilzuhaben, aber Grit schickte allenfalls eine Postkarte, wenn ihr gerade mal wieder einfiel, dass sie eine Tochter hatte.

»Bitte, gern«, meinte April. »Vielleicht hört sie ja auf dich. Wir sind im Moment nur ein rotes Tuch für sie ... Ich kann mich nicht erinnern, dass ich in dem Alter so schwierig gewesen wäre.«

Nellie, die sich an die dreizehnjährige April noch gut erinnern konnte, musste lachen. »Dazu hätte ich einiges anzumerken«, meinte sie. »Aber vielleicht gucke ich mir erst mal die Pferde an, die Alex mir zeigen wollte. Eine eventuelle Zwillingsträchtigkeit? Und eine ungewöhnliche Lahmheit?« Nach ein paar weiteren Minuten, in denen Nicholas auf seinem Pony auch einmal traben durfte, beendete April die Reitstunde mit ihrem Jüngsten und zeigte Nellie die beiden Patienten. Die Tastuntersuchung der hübschen Stute Elvira fiel zur Erleichterung der Frauen erfreulich aus: Nellie konnte nur ein Fohlen erspüren, was gut war, denn Zwillinge stellten bei Pferden fast immer ein Problem dar. Was die Lahmheit des jungen Hengstes Eagle betraf, konnte sie Alex nicht weiterhelfen. »Ihr müsst ihn auf die Rennbahn bringen, da kann ich ihn röntgen«, riet sie.

Ein Röntgengerät für Pferde war ihre letzte Neuerwerbung für ihre Praxis auf der Rennbahn, und sie war sehr stolz darauf. Transportabel war das Gerät allerdings nicht.

Als sie mit beiden Patienten fertig war, beendete Julius gerade die Reitstunde. Er besprach noch etwas mit Noah, während Henny ihr Pferd bereits in den Stall führte.

»Dann versuch ich mal mein Glück«, meinte Nellie, stellte ihre Tasche ins Auto und folgte ihrer Enkelin. »Würde mich nicht wundern, wenn sie eine Schulter zum Ausweinen sucht.«

Tatsächlich fand sie Henny schluchzend im Stall. Sie hatte ihrem Pferd die Arme um den Hals geschlungen und weinte in Meloras Mähne. Die Stute war nicht mal abgesattelt, sie musste wirklich in Tränen ausgebrochen sein, sobald sie außer Sicht von Julius und Noah gewesen war. Ihr wuschelhaariger, uralter Mischlingshund

Flokati, der während der Reitstunde brav neben dem Platz auf sie gewartet hatte, winselte mit.

»Ach, Henny …«, sagte Nellie und strich ihr übers Haar. »Ist die Welt so schlecht?«

Henny wandte sich um, und über ihr verweintes Gesicht zog ein Anflug von Wut. »Die Welt nicht, aber Opa Julius! Er ist so gemein! Immer heißt es nur noch Noah, Noah, Noah. Nicholas existiert gar nicht mehr für ihn, und auf mir hackt er dauernd rum.«

Nellie beschloss, das nicht zu kommentieren, sondern zog das Mädchen nur an sich. Auch ihr war aufgefallen, dass Julius Nicholas auf dem Reitplatz neben der Bahn nicht beachtet hatte, obwohl er doch wusste, dass der Kleine sich über seine Korrekturen freute. Nun konnte das tausend Gründe haben, wahrscheinlich hatte er sich nur sehr auf seine Schüler konzentriert.

»Und Mami sagt, das stimmt gar nicht, aber ich lüge doch nicht, ich …« Henny schluchzte an Nellies Schulter weiter. »Glaubst du mir wenigstens?«, fragte sie hoffnungsvoll.

»Ich glaube nicht, dass du lügst«, erklärte Nellie. »Manchmal versteht man Dinge nur einfach falsch. Noah ist noch Anfänger, da muss Opa sich mehr kümmern. Vielleicht sollte er euch nicht zusammen unterrichten.«

»Noah kriegt außerdem immer die besten Pferde. Mit Early Bird würde ich auch nichts falsch machen, ich …«

Early Bird war ein hervorragend ausgebildetes Pferd, Melora dagegen war noch jung und brauchte selbst Ausbildung. Ein halbes Jahr zuvor war Henny noch stolz darauf gewesen, dass Julius sie ihr anvertraut hatte …

Möglicherweise erinnerte sie sich jetzt daran, denn sie sprach nicht weiter, als Nellie auch zu dieser Anschuldigung nichts sagte, sondern wechselte kurzerhand das Thema.

»Wie ist sie eigentlich so, Grandma Nellie? Also Grit, meine ich. Meine richtige Mutter …«

»Deine *leibliche* Mutter«, berichtigte Nellie. »Und sie ist ein wundervoller Mensch, sehr begabt, sehr mutig und hübsch. Du siehst ihr allerdings nicht ähnlich, du kommst wohl mehr nach deinem Vater. Na ja, du hast Grit ja auf Fotos gesehen. Aber sie ist völlig anders als du und ich. Ich glaube nicht, dass du bei ihr glücklicher wärest als hier.«

»Wie willst du das wissen?«, fragte Henny und löste jetzt endlich den Sattelgurt. »Weil sie nicht reitet? Also ich verliere auch langsam die Lust drauf …«

Nellie musste lachen. »Davon wirst du aber nicht musikalischer, Henny. Du hast immer geschrien, wenn Grit auf dem Klavier spielte. Und hast du dir mal die Schallplatten angehört, die sie uns manchmal schickt?«

Henny biss sich auf die Lippen. Tatsächlich konnte sie mit klassischer Musik nicht das Geringste anfangen.

»Grit ist mehr wie ihr Vater Philipp, mein erster Mann«, sprach Nellie weiter. Es war seltsam, dieses Gespräch mit ihrer Enkelin erst jetzt zu führen. Sie hatte eigentlich damit gerechnet, dass Henny viel früher nach ihrer Mutter fragen würde. »Für beide steht die Musik an allererster Stelle. Er ist Geiger, sie ist Pianistin, und ihrer Musik ist alles andere untergeordnet …«

»Wie bei uns den Pferden«, bemerkte Henny.

Nellie lächelte. »So ähnlich. Pferde sind auch eine Leidenschaft, eine, die Oma Mia und Opa Julius und April und Alex und ich teilen. Und Noah und du …«

Henny begann erneut zu schluchzen. »Und jetzt kriegt Noah sie alle, alle Pferde von Epona Station«, sagte sie. »Opa Julius hat ihn lieber als mich und Nicholas. Weil er sein richtiger Enkel ist … Nicholas ist immerhin Oma Mias Enkel. Nur ich … ich bin gar nichts …«

Nellie hielt das unglückliche Mädchen im Arm, bis es sich beruhigte. Es gab nichts, was sie sonst für Henny hätte tun können, sie würde auf keinen Trost hören, den sie ihr bieten konnte. Dabei war Nellie überzeugt davon, dass Mia und Julius das Mädchen liebten, und April und Alex erst recht. Sie hatten nie einen Unterschied zwischen ihrer Adoptivtochter und ihrem Sohn gemacht. Aber Henny sah zurzeit alles nur schwarz.

Schließlich war es Melora, der es gelang, Henny wieder zum Lächeln zu bringen. Die Stute blies sanft in ihr Haar, nahm dann ihren Zopf zwischen die Lippen und zupfte daran, als wollte sie Henny an ihre Anwesenheit erinnern. Auch Jamie stupste das Mädchen jetzt an. Er war Nellie hinterhergelaufen. Henny streichelte ihn, sattelte Melora ab und gab ihr endlich ihren nach der Reitstunde wohlverdienten Apfel.

Nellie küsste ihre Enkelin auf die Stirn. »Die Tiere wissen, wer du bist«, sagte sie sanft. »Und ich weiß es auch. Nur du weißt es noch nicht so genau. Aber das wird sich ändern, Henny. Es braucht nur seine Zeit.«

Kapitel 2

Das Gespräch mit ihrer Enkelin ließ Nellie lange nicht los, es beschäftigte sie auch noch, als sie sich am Abend mit einer tiermedizinischen Fachzeitschrift und einem Glas Rotwein auf dem Sofa entspannte. Sie legte das Blatt beiseite, als sie ihren Mann Walter nach Hause kommen hörte. Er hatte eine Besprechung mit den Trainern der Rennpferde hinter sich und danach sicher noch im Stall nach dem Rechten gesehen. Als er schließlich ins Wohnzimmer kam, war sein dunkles Haar feucht – draußen schien es mal wieder zu regnen. Seine freundlichen blauen Augen leuchteten auf, als er Nellie entdeckte.

»Du bist ja schon da«, sagte er erfreut. »Wolltest du nicht zu den von Gerstorfs?«

Nellie nickte und erzählte von Henny.

Walter, der pubertäre Nöte von Mädchen grundsätzlich nicht ernst nahm – er hatte lange genug als Reitlehrer gearbeitet, um sich nur zu gut auszukennen –, lachte. »Vielleicht sollte sie darüber nachdenken, Noah zu heiraten. Wäre doch eine großartige Verbindung. Jedenfalls, was das Gestüt angeht.«

Nellie verzog das Gesicht. »Wenn du eine Explosion willst, kannst du ihr das ja mal vorschlagen«, bemerkte sie. »Sie kann ihn nicht ausstehen. Und er würde vielleicht auch gern dazu gehört werden.«

Walter ließ sich in einen Sessel fallen und nahm einen Schluck von ihrem Wein. »Was sollte er dagegen haben? Sie ist doch ein bildschönes, kluges Mädchen, nur noch etwas unreif. Ich finde, sie sieht dir deutlich ähnlicher als ihrer Mutter. Abgesehen von dem schwarzen Haar natürlich. Sie wird unwiderstehlich sein, wenn sie erwachsen ist.« Er lächelte ihr zu.

»Du findest mich also unwiderstehlich?«, fragte Nellie geschmeichelt. »Ich bin über sechzig! Und Henny ähnelt doch wohl eher ihrem Vater, oder?«

Im Gegensatz zu ihr hatte Walter Leonidas Fotakis persönlich gekannt.

Walter wechselte aufs Sofa und legte den Arm um sie. »Für mich bleibst du die Allerschönste. Und Henny ... Ja, sie wächst sich zweifellos zum Typ griechische Göttin aus. Aber das Näschen ...«, er tippte auf Nellies kleine, mit Sommersprossen übersäte Nase, »... hat sie zweifellos von dir. Und die schönen hellbraunen Augen. Leonidas' waren dunkler. Von Grietje und Philipp hat sie eigentlich nur die Locken, wobei ich rotgoldenes, glattes Haar sehr viel schöner finde.« Er fuhr über Nellies praktische, kinnlange Frisur. Sie erhielt die rotblonde Tönung, indem sie ihr Haar regelmäßig färben ließ.

Nellie lachte. »Du bist ein Charmeur, Walter von Prednitz! Aber ich höre das gern ... Zurück zu Henny. Hab ich erzählt, dass sie mich über Grietje ausgefragt hat?« Nellie und Walter waren die Einzigen, die Grit, Nellies Tochter aus ihrer Beziehung mit Philipp De Groot, noch Grietje nannten. Das Mädchen – nach seiner Großmutter auf den Namen Margarete getauft – wollte Grit gerufen werden, seit es mit seinem Vater nach Amerika gezogen war. »Henny hat vorher noch nie nach ihrer Mutter gefragt. Und ich dummes Ding musste ihr dann gleich ihren Mangel an Musikalität vorwerfen. Wo sie im Moment doch sowieso glaubt, dass sie zu nichts nütze ist.«

»Besser, als wenn sie jetzt plötzlich versuchen würde, Klavierspielen zu lernen«, meinte Walter. »Zumindest für die Ohren von Julius und Mia. April ist ja wohl genauso unmusikalisch wie Henny, und Alex ... der hat von Grit und ihrem Geklimper lebenslänglich genug.«

Nellie sah ihn strafend an. »Grit ist eine weltbekannte Konzertpianistin. Sie klimpert nicht …«

Dabei hatte sie in den letzten Monaten, die Grit in Neuseeland verbracht hatte, genauso unter ihren stundenlangen Klavierübungen gelitten wie Walter – und was Alex anging, so war seine einstige Liebe zu Grit über ihrem grenzenlosen Ehrgeiz gestorben. Er hatte sich dann zur allseitigen Zufriedenheit April zugewandt. Walter antwortete denn auch nicht, sondern verzog nur vielsagend das Gesicht.

»Henny wird sich schon wieder beruhigen«, meinte er schließlich. »Und Noah ist ein netter Junge. Ich glaube nicht, dass er sie wissentlich provoziert, im Gegenteil. Warte einfach ab. April und Alex waren in dem Alter auch wie Hund und Katze. Das wird sich schon alles beruhigen. Was hältst du von Abendessen? Oder soll ich mir gleich ein Glas Wein einschenken und dir weiter erzählen, wie schön du bist?«

Nellie schmiegte sich in Walters Arme und vergaß ihre Sorge um Henny unter seinen Küssen. Sie waren beide nicht mehr jung – Walter wurde langsam grau und hatte ein paar Kilo zugenommen, seit er selbst keine Pferde mehr trainierte. Aber trotz vieler stürmischer Jahre führten sie eine glückliche Ehe.

Nellie und Walter lagen im Tiefschlaf, als gegen drei Uhr morgens das Telefon klingelte. Ein Apparat stand immer noch auf Nellies Nachttisch, obwohl sie in den letzten Jahren selten nachts zu einem kranken Tier gerufen wurde. Wenn nicht gerade ein Pferd auf der Rennbahn betroffen war, übernahm Alex Großtiernotfälle in der Region, Kleintiere behandelte Nellies ehemalige Kollegin Justynka, die ihre Praxis in New Lynn übernommen hatte.

Nun tastete Nellie verwirrt nach dem Hörer und murmelte ein unwilliges »Ja?«, woraufhin sie eine hellwache, geschäftsmäßig klingende Stimme vernahm.

»Sie erhalten einen Anruf aus Übersee. Möglicherweise entstehen dadurch zusätzliche Kosten. Wollen Sie ihn annehmen?«

Übersee? Nellies Überraschung wich Besorgnis. Ihre Freunde Maria und Bernhard lebten in Australien – und Grit und ihr Vater befanden sich mit den Bostoner Symphonikern auf Europatournee. Ein Anruf um diese Zeit konnte nichts Gutes bedeuten.

»Ja, selbstverständlich, stellen Sie durch!«, forderte sie ungeduldig und hörte gleich darauf jemanden weinen.

»Mami …« Nellie setzte sich auf, als sie Grits Stimme zwischen zwei Schluchzern vernahm. »Mami …« Grit weinte weiter, sie schien kein weiteres Wort herauszubekommen. Bevor Nellie nachfragen konnte, kam sie dann doch mit ihrer Nachricht heraus. »Mami … Papa … Papa ist tot …«

»Was?« Nellie erschrak bis ins Mark. Philipp … Phipps, wie sie ihn immer genannt hatte, war lediglich zwei Jahre älter als sie selbst. Wie konnte er …?

»Wir … wir hatten Probe … und er spielte sein Solo …« Grit brachte die Worte nur mühsam heraus, immer wieder von einem verzweifelten Weinen unterbrochen. »Und dann …« Sie wimmerte.

»Was war dann, Grietje?«, fragte Nellie. »Gab es einen Unfall?«

»Nein, nein, er …« Grit brach zusammen.

»Mrs. De Groot? Hier ist Vincent …«, hörte sie dann eine gefasste Männerstimme. »Ich weiß nicht, ob Philipp mal von mir gesprochen hat …«

Phipps hatte das tatsächlich, und Nellie hatte sogar ein Bild des jungen Mannes vor Augen. Grit hatte ihr schließlich immer wieder Fotos geschickt, die sie mit anderen Musikern und Freunden zeigten. Vincent Langdon war ein schlanker, etwas verträumt wirkender Mann mit freundlichen Gesichtszügen und glattem, blondem Haar. Er war Cellist bei den Bostoner Symphonikern. Phipps hatte ihn sehr geschätzt und nie die Hoffnung verloren, dass seine Tochter sich ihm irgendwann in Liebe zuwenden würde. Grit war von ihrer Kriegsbeziehung zu Leonidas Fotakis jedoch zu traumatisiert und zu sehr getrieben von ihrer Angst, noch einmal ein Kind zu empfangen und ihre Karriere dann womöglich aufgeben zu müssen, um sich zu einer neuen Verbindung bereit zu fühlen. Phipps hatte das mit großer Sorge betrachtet und diese brieflich oft mit Nellie geteilt.

»Mrs. von Prednitz«, korrigierte sie mechanisch und bejahte dann. »Ich … Grit … vielleicht können Sie …«

Die Nachricht von Phipps' Tod drang nur langsam zu ihr durch. Sie fühlte Kälte in sich aufsteigen, aber sie konnte es nicht glauben, bevor jemand sie über die Umstände informierte.

»Wo … wo sind Sie überhaupt zurzeit?« Das Unglück musste irgendwo in Europa geschehen sein.

»In Paris«, antwortete Vincent Langdon. »Wir hätten heute Abend in der Oper hier spielen sollen, um elf hatten wir Probe. Und Philipp spielte eben sein Solo, als er plötzlich die Geige sinken ließ, sich ungläubig umsah und dann … einfach zusammenbrach.«

Grit schluchzte hysterisch.

»Er brach zusammen und starb?«, fragte Nellie ungläubig.

»Fast sofort. Wir haben versucht, ihn wiederzubeleben. Es kam auch sehr schnell ein Arzt … Aber es war nichts zu machen. Ein Herzanfall, meinte der Mediziner, oder ein geplatztes A…«

»Aneurysma«, ergänzte Nellie mechanisch.

»Genau«, sagte Vincent. »Er … er hat nicht gelitten, sagt der Arzt. So was geht ganz … ganz schnell.«

Nellie nickte. »Ja«, sagte sie leise. »Und man kann nichts tun …«

Sie hatte Tränen in den Augen. Walter setzte sich auf und versuchte, ihren Worten zu entnehmen, worum es ging.

Grit weinte haltlos. Die Frage, wie sie Phipps' plötzlichen Tod aufgenommen hatte, stellte sich nicht.

»Was geschieht jetzt?«, fragte Nellie leise. »Grit …«

Vincent räusperte sich. »Die Vorstellung heute Abend wurde abgesagt. Aber die Tournee muss natürlich weitergehen … Philipp … wir sind übereingekommen, dass er nach Boston überführt werden soll. Da hatte er Freunde, seine Anhänger … Es wird ein großes Begräbnis werden …«

Phipps' Begräbnis interessierte Nellie eher weniger. Wichtiger war, wie es Grit ging. Nach Leonidas' Tod hatte sie sich schuldig gefühlt und mit Rückzug reagiert. Sie war monatelang nicht sie selbst gewesen, bis Phipps schließlich von einer Tournee zurückkehrt war und sie aus der Melancholie gerissen hatte. Wenn das nun noch einmal passierte …

»Was geschieht mit Grit?«, fragte sie noch einmal. »Ich finde, sie … sie sollte zu mir kommen. Ein paar Wochen Ruhe finden und Abstand …«

In Grits verzweifeltes Weinen im Hintergrund des Gesprächs mischte sich ein trotziges »Nein!«.

»Das hab ich ihr auch vorgeschlagen, Mrs. De Groot«, erklärte Vincent. Nellie verzichtete diesmal darauf, ihren Namen richtigzustellen. »Ich würde sogar versuchen, mich freistellen zu lassen, um sie nach Neuseeland zu begleiten. Doch das möchte sie nicht, sie will …«

»Papa hätte das nicht gutgeheißen«, schluchzte Grit. »Dass ich weglaufe. Er sagte immer, ein Engagement ist eine Verpflichtung … und nun … wenn ich auch noch ausfalle …«

»Grit, das würde jeder verstehen …«

Nellie und Vincent wählten die gleichen Worte, um sie zu beschwichtigen, doch Grit schien sich jetzt zu fassen und wiederholte ihre Entscheidung.

»Ich mache die Tournee bis ans Ende mit!«, hörte Nellie Grit sagen. »Und danach kehre ich nach Boston zurück. Ich … ich werde für Papa sein Werk fortführen, ich …« Sie weinte wieder.

Nellie seufzte. »Geben Sie mir doch bitte meine Tochter, Vincent. Ich denke, sie muss sich jetzt erst mal beruhigen. Morgen sieht vielleicht alles schon anders aus. Wo sind Sie? Noch in der Oper?«

Vincent verneinte. Er hatte Grit in ihr Hotel begleitet und war nun mit ihr in der Suite, die sie mit ihrem Vater geteilt hatte.

»Gut«, sagte Nellie. »Können Sie bei ihr bleiben? Sie sollte jetzt nicht allein sein. Und findet sich in der Reiseapotheke der beiden vielleicht etwas Valium? Oder eine Packung Schlaftabletten? Bei den ständigen Wechseln zwischen verschiedenen Zeitzonen sind Schlafstörungen doch häufig. Wenn ja, lassen Sie ihr einen stark gesüßten Tee bringen, lösen Sie eine Tablette darin auf, und sorgen Sie dafür, dass sie ihn trinkt. Damit sie zur Ruhe kommt.«

Vincent versicherte ihr, dass er in der Suite bleiben und über Grits Schlaf wachen werde. Er machte sich direkt auf die Suche nach einem Beruhigungsmittel und sagte Nellie, dass er tatsächlich fündig geworden sei.

Grit weinte sich schließlich in den Schlaf, während Nellie beruhigende Worte ins Telefon raunte.

Walter war inzwischen aufgestanden und brachte nun auch Nellie einen Tee. Sie nickte ihm dankend zu, als sie das Telefonat beendete.

»Wir sprechen morgen wieder miteinander, Vincent. Vorerst vielen Dank!«

Walter sah sie an. »Phipps?«, fragte er.

Sie nickte.

»Das tut mir leid«, sagte er leise.

»Mir tut es auch leid, so sehr«, flüsterte Nellie und wischte sich die Tränen von den Wangen. »Ich ... ich war niemals wirklich seine Frau, aber ...«

Walter nahm sie in die Arme. »Nellie, dafür brauchst du dich doch nicht zu entschuldigen. Ich würde dir niemals übelnehmen, dass du um ihn trauerst ... Er war der Vater deiner Tochter.«

»Er war vor allem mein Freund«, erwiderte Nellie weinend. »Mein bester Freund, solange ich denken konnte. Und ich verdanke ihm alles ... Ohne Phipps ...«

Nellie war von Kindheit an entschlossen gewesen, Tierärztin zu werden, doch damals war der Studiengang Frauen noch verwehrt gewesen. Nur indem Phipps sie an seinen Studien teilhaben ließ, konnte sie das nötige Wissen erwerben, Tiere zu behandeln. Erst sehr viel später hatte sie an einer deutschen Universität den Doktortitel erworben.

»Ich weiß«, sagte Walter.

»Es ist so traurig …«, schluchzte Nellie.

Erst nachdem er und Nellie ihre Ehe beendet hatten, war Philipp klar geworden, wie sehr er sie tatsächlich geliebt hatte. Es hatte nie eine andere Frau in seinem Leben gegeben. Außer seiner Tochter Grit.

»Was wird sie ohne ihn machen?«, fragte Walter.

Er richtete die Frage nicht an Nellie, er wusste schließlich, dass sie sich die gleiche stellte. Und er sah unweigerlich Komplikationen auf sich und seine Familie zukommen.

Nellie telefonierte am nächsten Abend noch einmal mit Vincent Langdon. Der Zeitunterschied zwischen Neuseeland und Paris betrug zwölf Stunden, sodass es für ihn der Morgen nach Phipps' plötzlichem Tod war. Grit, so berichtete er, habe tief geschlafen und sei nun dabei, sich anzuziehen. Sie weine immer wieder und wolle auch nichts essen, doch sie habe darauf bestanden, ihn, den Dirigenten und einen von der Oper gestellten Übersetzer zum Bestattungsinstitut zu begleiten, um das weitere Vorgehen zu besprechen – und danach der Probe beizuwohnen.

»Sie will heute Abend auftreten?«, fragte Nellie fassungslos.

»Unbedingt«, meinte Vincent. »Ich mache mir auch Sorgen, ebenso alle anderen. Sie ist jedoch fest entschlossen. Und es wird natürlich ein Publikumsmagnet. Die Zeitungen hier sind voll mit Geschichten über die Tragödie. Wenn Grit nun gleich wieder auftritt …«

»… und vor Publikum zusammenbricht?«, fragte Nellie verärgert. »Wie könnt ihr das zulassen?«

»Sie ist erwachsen«, sagte Vincent. Er wirkte wie ein gescholtenes Kind.

Nellie entschuldigte sich. Der junge Cellist konnte sicher nichts dafür, Grit würde sich von ihm kaum etwas sagen lassen. Allenfalls der Dirigent hätte ihr den Auftritt verbieten können, und der hatte am Tag zuvor schon das Konzert absagen müssen – er hatte sicher großes Interesse daran, die Veranstalter zufriedenzustellen.

Nellie seufzte. »Sagen Sie mir, wie es war«, bat sie. »Wir bleiben in Verbindung.«

Kapitel 3

Vincent Langdon liebte Grit De Groot seit Jahren. Gleich als er das Engagement in Boston angetreten hatte, war er von ihr fasziniert gewesen. Ihr Ausdruck bezauberte ihn, die völlige Hingabe an die Musik, wenn sie am Flügel saß, ihre schlanke und doch frauliche Gestalt, das leicht lockige, blonde Haar, das fast unmerklich ins Rötliche spielte und das sie entgegen jedem Modetrend lang trug, nur jeweils eine Strähne rechts und links ihrer Schläfen nach hinten gebunden oder geflochten. Ihre Züge waren weich, durch den Mittelscheitel wirkte ihr Gesicht madonnenhaft. Vincent hätte Stunden damit zubringen können, sie zu betrachten.

Es hatte Tage gebraucht, bis er es gewagt hatte, sie anzusprechen, zumal sie damals schon ein Star gewesen war, ebenso ihr Vater. Die ganze Welt kannte Philipp De Groot. Dann waren sie jedoch über sein Cello ins Gespräch gekommen, wie Philipps Geige ein Meisterstück der berühmten Geigenbauerfamilie Guarneri. Zu Vincents großer Freude hatten beide keine Allüren gezeigt, sondern waren ihm aufgeschlossen und freundlich entgegengetreten.

Anfänglich hatte es sogar so ausgesehen, als könnte Grit seine Zuneigung erwidern. Sie war mehrmals mit ihm ausgegangen, ihr Vater hatte die aufkeimende Beziehung unterstützt. Er hatte Vincent zum gemeinsamen Musizieren eingeladen, die Unterhaltung war lebhaft gewesen – alles hatte vielversprechend ausgesehen, bis Vincent eines Abends versucht hatte, Grit zu küssen. Sie hatte sich ihm sofort entzogen und eine Art Entschuldigung gemurmelt, danach war ihr Verhältnis zusehends abgekühlt. Philipp De Groot hatte sich bemüht zu vermitteln und mit ihm über Grits Kriegserfahrungen auf Kreta gesprochen.

Sie war als Pianistin bei der Truppenbetreuung dort gewesen und hatte sich mit einem griechischen Musiker – Leonidas Fotakis – angefreundet. Am Tag der deutschen Invasion der Insel hatte sie ihn in sein Dorf im Hinterland begleitet und keine Möglichkeit erhalten, zurück zu den Alliierten zu finden, die ihre Künstlerkollegen sofort evakuiert hatten. Später war ihr klar geworden, dass Leonidas sie bewusst zurückgehalten hatte. In der Dorfgemeinschaft, so hatte er argumentiert, sei sie sicherer als im Hauptquartier der Engländer – vor allem hatte er gehofft, ihr Herz zu gewinnen. Grit hatte sich zunächst zwar nicht auf ihn eingelassen, sich jedoch am Partisanenkampf der Kreter beteiligt. In einer Nacht der Schwäche nach einem gefährlichen Einsatz hatte sie aus purem Lebenshunger mit ihm geschlafen und dabei ihre Tochter Helena, genannt Henny, empfangen. Für Leonidas und seine Familie war damit klar gewesen, dass sie ihn heiraten und bleiben würde, doch als sich die Gelegenheit für sie bot, mit einem englischen Kommando zu fliehen, hatte sie ihn verlassen. In derselben Nacht war er bei einem Einsatz erschossen worden. Grit, die sich die Schuld dafür gab, war in eine tiefe Depression gefallen.

»Sie braucht wohl einfach noch etwas Zeit, damit fertigzuwerden«, hatte Philipp erklärt. »Geben Sie nicht so schnell auf, Vincent. Warten Sie, bis sie den Anfang macht.«

Seitdem hatte sich Vincent zurückgehalten, wobei er die Rolle eines Freundes der Familie einnahm. Tatsächlich schien Grit mehr und mehr Vertrauen zu ihm gefasst zu haben – sie hatte ihn nicht mehr gemieden wie in der ersten Zeit nach seinem Versuch, ihr näherzukommen, sondern ihn wieder allein zu Vernissagen oder Konzerten oder zu Besichtigungstouren in Städte begleitet, in denen sie regelmäßig auftraten. Die Beziehung war jedoch platonisch geblieben. Vincent hatte gewartet, mitunter mit dem Gefühl, als stünde die außergewöhnliche Nähe, die zwischen Grit und ihrem Vater geherrscht hatte, ihm zusätzlich im Weg. Die junge Frau hatte sich nicht von ihrem Vater lösen können.

Philipps Tod betrauerte er ehrlich, doch er sah ihn auch als eine Chance, Grit endlich für sich zu gewinnen. Natürlich war es ein schmaler Grat, auf dem er wandelte, um ihr ein Freund zu sein, ohne zu versuchen, ihr den Vater zu ersetzen. Vincent wollte keine Abhängigkeit, er wollte Liebe, also bemühte er sich weiterhin um Geduld und Verständnis.

In den Tagen nach Philipps Tod erwartete er ständig, dass Grit zusammenbrach, während sie sich eisern bemühte, ihre musikalischen Verpflichtungen zu erfüllen. Sie spielte ihre Konzerte, auch wenn ihr dabei oft Tränen die Wangen hinunterliefen, und wenn sie sich anschließend verbeugte, ergriff sie den Blumenstrauß oder Kranz, den das Orchester allabendlich auf den leeren Platz des Ersten Geigers legte, und hielt ihn vor sich wie einen Schild. Im Alltag befand sie sich wie in Trance, ließ sich von Vincent dazu nötigen, Kleinigkeiten zu essen und zu trinken, und tat, als merkte sie es nicht, dass er ihr jeden Abend eine von Philipps Schlaftabletten in einen Schlummertrunk rührte, damit sie in der Nacht zur Ruhe kam.

Nach den Konzerten in Paris standen noch zwei weitere Stationen auf dem Programm der Tournee, Rom und Athen. Vincent hoffte, dass der Aufenthalt in Griechenland sie dazu bringen würde, von ihren Kriegserlebnissen zu erzählen, doch sie schien gar nicht zu bemerken, wo sie war. Wenn sie nicht probte oder auftrat, verbrachte sie die Zeit in ihrem Hotelzimmer. Vincent hoffte, dass sie es nicht als zu aufdringlich empfand, dass er die Buchung einer Suite für sie und ihren Vater beibehielt, er selbst nächtigte in dem für Philipp vorgesehenen Zimmer. Nach wie vor hatte er Angst, sie länger allein zu lassen.

Schließlich endete die Tournee, und das Orchester flog zurück nach Boston. Philipps Urne war bereits dorthin überführt worden. Die Konzertagentur, die Philipp und Grit jahrelang betreut hatte, kümmerte sich um die Organisation einer Begräbnisfeier. Zu Vincents Überraschung beteiligte Grit sich sehr aktiv an den Planungen, am Musikprogramm und an der Auswahl der Ehrengäste. Es war, als wäre ein letzter Auftritt zu inszenieren – Philipps Stern sollte noch einmal leuchten.

»Werden Sie kommen?«, erkundigte sich Vincent bei Nellie. »Ich ... äh ... ich glaube, es würde Grit viel bedeuten.«

Tatsächlich glaubte er das nicht. Grit hatte in ihrer ersten Verzweiflung nach Philipps Tod zweimal mit ihrer Mutter telefoniert, doch schon beim zweiten Mal schien sie sich in ihre Blase der einsamen Trauer zurückgezogen zu haben und hatte nur einsilbig auf Nellies Fragen geantwortet. Jetzt erwähnte sie ihre Mutter nicht mehr.

Nellie schien das intuitiv zu erfassen. »Sie hat keine Einladung geschickt«, sagte sie. »Weder an mich allein noch an mich und meine Familie. Ich glaube, wir ... wir wären nur Eindringlinge ... Sie will in ihrer Welt bleiben, wenn sie sich verabschiedet ...«

»Es hätte aber vielleicht Philipp etwas bedeutet, wenn du da sein würdest«, meinte schließlich Wilhelmina Rawlings. »Für ihn warst du wichtig.«

Die Rennsaison hatte begonnen, und Nellie traf die Gestütsbesitzerin in der VIP-Lounge, zwei Wochen nach Philipps Tod. Wilhelmina hatte im Krieg mit Nellie zusammengearbeitet, während sowohl Grit als auch Wilhelminas Sohn Alex auf Kreta vermisst gewesen waren. Mit vereinten Kräften hatten die beiden eine Such- und Rettungsaktion durchgesetzt. Wilhelmina hatte damals Phipps kennengelernt und Einblick in die schwierige Beziehung zwischen ihm und Nellie gewonnen.

Nellie seufzte. »Ach, Willie, es ist kompliziert«, murmelte sie. »Ich will Walter nicht vor den Kopf stoßen, und ich will nicht, dass die Presse sich auf mich stürzt. Über Phipps' Tod wurde weltweit berichtet, in jeder besseren Zeitung erschienen Nachrufe. Wenn ich da jetzt als seine Witwe auftauche ...«

»Du würdest Grit die Schau stehlen«, bemerkte Willie.

Sie hatte immer einen Sinn für Intrigen, Auftritte und Manipulationen gehabt – und sich damit zeitlebens Feinde geschaffen. Immerhin hielt ihr Mann Edward zu ihr. Nach Jahren einer von einem Spiel um Macht und Verachtung geprägten Ehe hatten sie zu einer ruhigen, harmonischen Beziehung gefunden.

Nellie runzelte die Stirn. »Wie meinst du denn das?«, fragte sie unwillig.

»Wie ich es sage«, erklärte Willie offen. »Deine Tochter inszeniert sich als Frau an seiner Seite. Sie allein will Philipps Erbe antreten.«

»Es gibt keinen Streit um sein Erbe«, meinte Nellie. »Sein Vermögen geht an seine Stiftung zur Förderung musikalisch hochbegabter Kinder. Grit erbt nur das Haus in Boston und die Geige, nehme ich an, die ist ja wohl ein paar Millionen Pfund wert. Sonst verdient sie genügend eigenes Geld.«

»Es gibt ein künstlerisches Erbe«, beharrte Willie. »Eine Art Deutungshoheit. Was die Welt über Philipp De Groot erfährt, welches Andenken mit ihm verbunden sein wird, das bestimmt allein deine Tochter Grit. Es wäre ihr nicht recht, wenn du neben ihr am Grab stündest. Vielleicht deine Geschichte von ihm erzählten würdest …«

»Es gibt nichts Schlechtes über ihn zu sagen«, sagte Nellie steif.

Wilhelmina zuckte mit den Schultern. »Dann flieg hin«, meinte sie. »Aber ich sage es dir gleich: Du wirst dich mit diesem Vincent Langdon in der letzten Reihe der Trauergäste wiederfinden.«

Nellie flog nicht nach Boston, sondern ließ lediglich ein großes Blumengebinde zur Trauerfeier schicken. *In Freundschaft, Liebe und Dankbarkeit – Cornelia*, stand auf dem Trauerflor.

Ihr Plan, eine solche Beschriftung würde das Interesse der Presse nicht wecken, ging auf. Die Berichte über die Beerdigung wurden beherrscht von den Bildern Grits, die ganz allein am Grab stand, Philipps Geige in der Hand. Wie Willie vorausgesagt hatte, duldete sie nicht mal Vincent Langdon in der ersten Reihe.

KAPITEL 4

Daphne Lemberger saß im Zug von Sydney nach Perth und fühlte sich alles andere als wohl. Dabei hätte sie eigentlich jeden Grund gehabt, gut gelaunt zu sein. Schließlich hatte sie wenige Tage zuvor ihre Promotionsurkunde abgeholt und konnte sich nun Doktorin der Veterinärmedizin nennen – da einer ihrer Doktorväter in Sydney lehrte, hatte sie den letzten Schritt der Promotion, die mündliche Prüfung, dort abgelegt. Zudem war sie mit den beiden Männern zusammen, die ihr – von ihrem Vater abgesehen – auf dieser Welt am meisten bedeuteten. Allerdings war die Stimmung zwischen ihrem Zwillingsbruder David und ihrem Freund Stephen Pentecost so angespannt, dass sie kaum noch wusste, auf welches Thema sie das Gespräch bringen sollte. Dabei hatte sie David eben noch erfreut von ihren Zukunftsplänen erzählt. Sie würde gemeinsam mit Stephen in die Vereinigten Staaten gehen und dort im Labor des berühmten Primatenforschers Harry Harlow arbeiten.

»Das Labor in Wisconsin ist extra für Harlows Forschungen angelegt, und wir sind ganz aufgeregt, dass wir dort arbeiten können«, hatte sie begeistert gesagt.

»Du hast Tiermedizin studiert, um Affen zu vergiften und dann zu sezieren?«, hatte David verwirrt gefragt.

Daphne liebte Tiere und hatte eine ebenso besondere Beziehung zu ihnen wie er selbst und ihre Eltern. Auch ihr Vater Bernhard und ihre Mutter Maria waren Tierärzte. Sie leiteten gemeinsam den Zoo in Perth, wo Daphne schwerpunktmäßig studiert hatte.

Sie hatte ihn ausgelacht. »Natürlich nicht! Es geht nicht um Tierversuche zwecks medizinischer Forschung. Es geht um Psychologie, Verhaltensforschung. Harlow arbeitet mit Rhesusäffchen und macht Versuche, um ihre Lernfähigkeit und ihr Erinnerungsvermögen zu testen. Du weißt doch, Primaten sind mein Steckenpferd!«

Daphne hatte bezüglich ihrer Studienwahl von Anfang an ein wenig geschwankt. Einerseits wünschte sie sich, Tierärztin zu sein und in einem Zoo zu arbeiten wie ihre Mutter, andererseits interessierte sie die Entwicklung des Menschen, vor allem die Gemeinsamkeiten und Unterschiede zwischen Mensch und Tier. Der Fachbereich der Anthropologie hatte sie deshalb ebenso gereizt, und schließlich hatte sie beides kombiniert. Sie hatte ihre Doktorarbeit über den Aufbau der Gehirne verschiedener Primaten geschrieben – und ihre Professoren damit schockiert, dass sie den Menschen bei der vergleichenden Studie eingeschlossen hatte. Dabei hatte sie größten Wert darauf gelegt, die Binsenweisheit zu widerlegen, das größere Gehirn zeige auch die höchste Leistungsfähigkeit. Während sie an ihrer Promotion gearbeitet und Kurse im Bereich der Anthropologie belegt hatte, war sie durch ihr Interesse und ihre Intelligenz aufgefallen und schließlich als Studentische Hilfskraft für einen bekannten Anthropologen eingestellt worden, der die Gehirne diverser Frühmenschen untersuchte. In ihrer Arbeit hatte sie einige bemerkenswerte Thesen zur Bedeutung verschiedener Hirnareale aufgestellt und diese erfolgreich gegenüber Professoren der Tiermedizin und der Anthropologie verteidigt. Übereinstimmend war sie mit einem *Summa cum laude* belohnt worden, was sie überaus stolz machte.

»Und wozu braucht Professor Harlow dazu eine Tierärztin?«, hatte sich David erkundigt – nicht provokativ, sondern lediglich freundlich interessiert – und erstaunt registriert, dass Daphne sich bei der Frage auf die Lippen biss.

»Stephen wird bei ihm promovieren«, bemerkte sie, »und ich … Na ja, ich wollte einfach dabei sein. Ich hab mich beworben, und Professor Harlow hat mir den Job einer Laborassistentin angeboten.«

»Er hat was?« Davids Stimme war lauter geworden. Er war an sich ein gelassener, ruhiger Mensch, längst nicht so lebhaft und aufgeschlossen wie seine Schwester. »Daphne, dafür bist du überqualifiziert! Eine Laborassistentin in der Primatenforschung ist mit ziemlicher Sicherheit eine bessere Tierpflegerin!«

Daphne hatte mit ihrer Handtasche gespielt. »Na ja, aber ich hab Tiere doch gern. Und ich möchte mit Stephen zusammen sein.«

»Daphne war bis jetzt auch als Hilfskraft tätig«, hatte Stephen, der sich bis dahin über die Begrüßung hinaus noch nicht geäußert hatte, bemerkt. »In der Anthropologie. Dabei haben wir uns kennengelernt.«

Daphne hatte ihm zugelächelt. »Stephen geht es ganz ähnlich wie mir«, hatte sie erklärt. »Er ist ursprünglich Biologe und hat Anthropologie als Aufbaustudium gewählt. Und jetzt will er die beiden Fachgebiete in seiner Doktorarbeit verbinden.«

David hatte genickt und angemerkt: »Das ist ja auch sehr schön. Für ihn. Und sicher interessant. Aber du bist Tierärztin mit einem Doktortitel. Ich finde es unglaublich, dass dieser Harlow es gewagt hat, dir eine so untergeordnete Stellung anzubieten.«

Daphne hatte ihr dunkles Haar zurückgeworfen. »Komm, David«, hatte sie ihren Bruder zu begütigen versucht. »Ich hab den Job gewollt. Ich freu mich auf die Äffchen …«

Das Leuchten in ihren Augen, wenn sie den Blick über Stephen gleiten ließ, verriet David sofort, dass es mehr die Zusammenarbeit mit ihm war, auf die seine Schwester sich freute, und sicherlich auch das Zusammenleben. Bislang hatte sie keine Heiratsabsichten geäußert, doch sie brachte Stephen Pentecost eindeutig mit zum Sommerfest im Zoo von Perth, um ihn ihrer Familie vorzustellen. David versuchte, die Faszination, die Stephen auf seine Schwester ausübte, nachzuvollziehen, was ihm allerdings nicht gelang. Der junge Mann war zweifellos gutaussehend. Er wirkte sportlich, sein Gesicht war kantig genug, um sehr maskulin zu erscheinen, doch fein geschnitten, und er war ausreichend sensibel, um Frauen anzusprechen. Sein blondes Haar war modisch geschnitten, wie er überhaupt nach neuester Herrenmode gekleidet war. Er trug einen hellen Sommeranzug, der passende Hut dazu lag auf der Ablage. Seine Lippen schienen ständig ein angedeutetes Lächeln zu zeigen – als nähme er die Welt, vor allem sein Gegenüber, nicht sonderlich ernst.

»Was tun Sie denn eigentlich beruflich?«, fragte er jetzt herausfordernd in Davids Richtung.

David wechselte ungern das Thema. »Ich bin Landschaftsarchitekt«, gab er Auskunft. »Mit abgeschlossenem Studium. Allerdings will ich noch einige Praktika ableisten, bevor ich mich selbstständig mache. Ich gedenke, mich auf die Gestaltung von Zoos und Tiergärten zu spezialisieren. Offene, große Gehege, in denen die Tiere sich wohlfühlen und den Menschen das Gefühl geben, sich frei unter ihnen zu bewegen …«

»Dem Tiger sozusagen auf Augenhöhe begegnen?«, spottete Stephen. »Wie soll das gehen?«

David rang sich kein Lächeln ab. Er war ein ernsthafter junger Mann, seiner Mutter Maria ähnlicher als seine lebhaftere Zwillingsschwester Daphne. Sonst hatte er mit ihr jedoch viel gemeinsam. Nicht nur das dunkle Haar, sondern auch die freundlichen blauen Augen und das schmale, herzförmige Gesicht. Dazu dachten sie meist in die gleiche Richtung. Mitunter neigten sie zwar zu spielerischen Kabbeleien, doch ernsthafte Meinungsverschiedenheiten gab es selten zwischen den Dadas, wie ihre Eltern sie liebevoll nannten.

Auch jetzt ließ Daphne keinen Zweifel daran, dass sie die Arbeit ihres Bruders schätzte. »Zum Beispiel, indem man Wassergräben anlegt, statt Zäune zu bauen«, erklärte sie. »Tiger schwimmen im Allgemeinen nicht, ebenso wenig wie Affen.«

»Affen kann man sehr gut auf künstlichen Inseln halten«, fügte David hinzu. »Dann fühlen sie sich nicht eingesperrt. Einen Schimpansen hinter Gitter empfinde ich dagegen als einen traurigen Anblick …«

Stephens Lächeln wurde herablassend. »Ich sehe schon, Sie neigen zum Anthropomorphismus. Dabei dachte ich, das wäre eher eine weibliche Schwäche.« Er streifte Daphne mit einem zärtlich nachlässigen Blick.

»Stephen hat man beigebracht, dass Tiere nicht denken und fühlen«, bemerkte Daphne. »Behaviorismus … Thorndike und Watson vertreten die Theorie, neuerdings Skinner. Jedes Verhalten wird nur mit Reiz und Reaktion erklärt, Gefühle spielen keine Rolle. Tiere, so glaubt er, hätten gar keine. Ich denke, Kali und Lakshmi werden ihn gleich vom Gegenteil überzeugen …« Beim Gedanken an ihre Elefanten leuchteten ihre Augen fast so sehr auf wie beim Blick auf Stephen.

»Sie können auch gern meine Tiger kennenlernen«, fügte David hinzu, jetzt seinerseits etwas spöttisch. »Und meine Katzen. Mit Tigern auf Augenhöhe haben Sie ja wohl Ihre Schwierigkeiten.«

»David hat Katzen dressiert, als er noch ein Junge war«, erzählte Daphne. »Und ich hab Elefanten vorgeführt und behauptet, ich sei eine indische Prinzessin. Unsere Eltern haben einige Zeit als Zirkustierärzte gearbeitet, bevor sie die Leitung des Zoos in Perth übernahmen. Unsere Mutter ist Spezialistin für Exoten. Und sehr talentiert dafür, sich in Tiere hineinzuversetzen. Für uns ist es ganz normal, dass sie denken und fühlen.«

Stephen lächelte jetzt wieder verbindlicher. »Es steht außer Frage, dass man sie dressieren kann«, erklärte er. »Mit Futter oder mit Schlägen, Reiz und Reaktion. Letztlich kommt es immer aufs Gleiche raus. Aber ich sehe mir deine Elefanten natürlich gern an, Daphne, und Ihre Tiger, David, sofern die nicht gerade hungrig sind. Auf den Stimulus ›Hunger‹ kann nämlich durchaus die Reaktion ›Überspringen eines Wassergrabens‹ folgen.«

David suchte kurz den etwas verschämten Blick seiner Schwester. Dann wechselte er das Thema. Bei ihm hatte Stephen Pentecost nicht punkten können – und er glaubte auch nicht, dass seine Eltern begeistert von Daphnes Wahl sein würden.

Bernhard Lemberger holte seine Kinder und Stephen vom Bahnhof ab. Er war in Denim-Hosen und offenem Hemd, also leger, gekleidet – schließlich hatte er die Arbeit im Zoo nur kurz unterbrochen und sich dafür nicht umziehen wollen. Einen Tag vor dem Sommerfest gab es viel zu tun, und er war sich nicht zu schade dazu, selbst mit anzupacken. Bernhard war für die geschäftlichen Belange des Zoos zuständig, wozu auch gehörte, Werbeveranstaltungen wie Tage der offenen Tür zu planen. Er tat das gern, war Menschen und Tieren gleichermaßen zugewandt und sehr beliebt bei den Angestellten.

Maria, seiner Frau, lag der Umgang mit Menschen weniger. Sie war hochintelligent, hatte jedoch Probleme, das Gefühlsleben anderer einzuschätzen, ihre Mienen zu deuten oder bei ihren Äußerungen zwischen den Zeilen zu lesen. Metaphern waren ihr ebenso fremd wie Ironie. Für Tiere hatte sie dagegen eine Art sechsten Sinn. Ob es eine Giftschlange war oder ein Kragenbär – Maria versuchte zu erspüren, was sie dachten und fühlten. Ihre Freundin Nellie hatte sie einmal eher scherzhaft gefragt, ob sie das je mit Männern versucht habe, es würde einer Frau doch einiges ersparen, wenn sie ihre Gedanken und Gefühle erraten könnte. Menschen zu berühren, wie sie es nannte, war Maria aber zu anstrengend und zu belastend. »Menschen denken zu laut«, war ihre Erklärung dafür, dass sie sich nicht gern mit zu vielen in einem Raum aufhielt und ihr Schlafzimmer nur mit einigen wenigen Vertrauten teilen konnte. Sie berührte Menschen auch ungern körperlich. Bernhard hatte damit nicht die geringsten Schwierigkeiten. Er umarmte die Zwillinge zur Begrüßung und lachte über das ganze Gesicht. Seine blonden Locken hätten eines Haarschnitts bedurft. Bei all der Arbeit mit den Festvorbereitungen war er wohl nicht zum Friseur gekommen.

Stephen musterte ihn etwas befremdet. Daphne erwiderte seine Umarmung herzlich, David eher etwas ungelenk.

»Papa, darf ich dir Stephen Pentecost vorstellen?«, fragte Daphne nach der Begrüßung förmlich. »Er ist mein Freund. Wir werden gemeinsam in Amerika arbeiten.«

Bernhards Miene umwölkte sich bei der Erwähnung von Daphnes Arbeit in Amerika.

»In diesem Forschungslabor, nicht?«, fragte er dennoch freundlich und gab Stephen die Hand. »Professor Harlow hat ja einen hervorragenden Ruf, allerdings fragen meine Frau und ich uns schon, weshalb er da eine Tierärztin braucht. Nun ja, darüber können wir später noch reden. Jetzt kommen Sie erst mal mit, Stephen, ich muss zurück in den Zoo. Wir sind noch nicht mal ganz mit dem Programm fertig. Kannst du Kali und Lakshmi vielleicht überreden, ein paar Kinder durch den Zoo zu tragen, Daphne? Ihr Pfleger ist sich da nicht so sicher. Eure Mutter sagt, sie nehmen ihn nicht ernst.«

Daphne lachte vergnügt. »Aber ja, Papa! Hättest du nur früher was gesagt, hätte ich einen Sari besorgt. So eine indische Prinzessin …«

»… trägt die Haare nicht so kurz«, neckte Bernhard sie und wies auf Daphnes etwas verwegen wirkenden Haarschnitt. »Steht dir aber gut, Süße. Du brauchst sicher keine Verkleidung, um Herzen zu brechen.«

Er zwinkerte Stephen zu, der seltsam betreten blickte. Ihm war anzusehen, dass er die Familie seiner Freundin befremdlich fand. Beim Anblick des alten Land Rover mit dem Aufdruck ZOO OF PERTH, in dem Bernhard gekommen war, verstärkte sich das noch. Auf der Ladefläche türmten sich Transportkäfige, aber auch Girlanden, die als Festschmuck dienen sollten, und im Inneren roch es streng. Das Auto diente auch mal zum Transport von Tieren.

»Sind sonst alle in Ordnung?«, fragte David. »Sally …«

»Sie ist immer noch trächtig und wird bald ein reizendes Baby zur Welt bringen.« Bernhard lächelte. »Oder zwei. Deine Katzen hat Maria allerdings kastriert. So nett sie sind, wir befürchteten eine Bevölkerungsexplosion. Sie schleichen übrigens schon den ganzen Tag um das Haus herum, als ob sie ahnen würden, dass du kommst.«

Kapitel 5

Die Lembergers lebten in einem repräsentativen, nicht allzu großen Haus auf dem Gelände des Zoos. Es war schon für den Gründer des Tiergartens gebaut worden und besaß den Charme viktorianischer Gebäude. Die Auffahrt war großzügig gestaltet, Bernhard parkte das Auto vor dem Eingang und wollte seine Mitfahrer eigentlich nur hinauslassen, um sich dann wieder seinen Pflichten zu widmen.

Da hatte er allerdings nicht mit Daphne gerechnet. Während David bereitwillig ausstieg und gleich von einer roten und einer schwarzen Katze begrüßt wurde, die anscheinend wirklich auf ihn gewartet hatten, konnte Daphne sich nicht gedulden, in den Zoo zu kommen.

Bernhard sah sie prüfend an. »Ich weiß nicht, Liebes. Bist du dafür denn angezogen?«

Daphne trug eine helle Leinenhose und eine bunte Sommerbluse. Sie hatte sich für die Reise mit Stephen ganz klar hübsch gemacht – während David sich in einfachen Denim-Hosen und verwaschenem Hemd auf den Weg gemacht hatte. Genau die richtige Kleidung, um sich auf die Treppe vor dem Eingang zu setzen und die Suche seiner Katzen nach Nähe zu genießen. Inzwischen waren zwei schwarz-weiß gescheckte aufgetaucht, und auch sie schnurrten und maunzten und konnten David gar nicht nah genug kommen.

»Insgesamt sind es sechs«, verriet Daphne ihrem Freund und wandte sich dann unbekümmert an ihren Vater. »Im Elefantenhaus findet sich bestimmt ein Overall«, meinte sie. »Oder zwei …« Sie blickte auf Stephens hellen Sommeranzug. »Du hast doch Lust, mitzukommen, oder?«, fragte sie Stephen.

»Entscheidet euch!«, drängte Bernhard. »Mama ist auch im Zoo. Also wenn Sie mitkommen, Stephen, können Sie gleich meine Frau kennenlernen.«

Stephen konnte natürlich nicht Nein sagen. Er blieb also neben Daphne sitzen und ließ sich durch die Anlagen des Zoos kutschieren. Sie waren, gerade jetzt im Frühsommer, wunderschön und gepflegt – die Gehege der Tiere eingebettet in Parkanlagen, die einem Botanischen Garten glichen.

»Wir haben hier schon einiges umgebaut«, erklärte Bernhard. »Auf Davids Ratschläge hin, der hat schon als Kind Bücher über die Gestaltung von Zoos verschlungen. Carl Hagenbeck hat in Hamburg Maßstäbe gesetzt, was die Tierhaltung angeht. Schauen Sie, hier ist unsere Affeninsel!«

Er wies auf eine von einem Wassergraben umgebene und einem künstlichen Felsen beherrschte Insel, auf der sich eine Gruppe von Pavianen tummelte. Es gab Höhlen als Rückzugsmöglichkeiten für die Tiere, Klettermöglichkeiten, Büsche und Bäume.

»Hat Harlow nicht auch mal mit Pavianen gearbeitet?«, fragte Daphne ihren Freund.

Stephen nickte. »Ja, in seinem ersten Labor, noch in den Dreißigerjahren. Da haben sie alle Affen genommen, derer sie habhaft werden konnten. Die Paviane waren jedoch nicht sehr brauchbar. Teilweise haben sie sich auf einen Pfleger fixiert und wollten mit den Forschern nichts zu tun haben. Ihre kognitiven Fähigkeiten scheinen zudem sehr begrenzt …«

Bernhard runzelte die Stirn. »Ja? Also uns erscheinen die Kerlchen ganz schön pfiffig. Ständig rauben sie den Pflegern etwas und geben es nur gegen Bananen wieder her, und sie haben ein recht kompliziertes Familienleben. Man kann das hier sehr schön beobachten. Allerdings werden sie angriffslustig, wenn man sie verärgert. In Afrika gelten sie als Plagegeister, die in Häuser einbrechen oder

Wanderer überfallen und belagern, um ihren Proviant zu stehlen. Dumm sind sie jedenfalls nicht!«

Stephen lächelte überlegen. »Was sich dem Beobachter als Intelligenzleistung darstellt und was sich dann unter Laborbedingungen nachweisen lässt, differiert leider oft. Man neigt dazu, eigene Gefühle und Motivationen in das Verhalten der Tiere hineinzuinterpretieren …«

»Was machen denn die Schimpansen?«, unterbrach ihn Daphne, bevor Bernhard sich dazu äußern konnte. »Hat sich da was gebessert?«

Bernhard schüttelte den Kopf. »Nicht wirklich. Sie sind ein bisschen aufgeschlossener, ihre Pfleger scheinen sie zu mögen, da laufen sie nicht sofort weg, aber vor Publikum haben sie nach wie vor Angst …«

»Toby und Eddy haben wir aus dem Zirkus gerettet«, erklärte Daphne. »Sie waren total verstört. Ihr Dompteur hat sie gezwungen, in Menschenkleidung aufzutreten, Purzelbäume zu schlagen und Rad zu fahren … Jetzt sind sie schon so lange hier, aber sie trauen Menschen immer noch nicht. Wir können die Besucher nicht zu nah an sie heranlassen, sonst sitzen sie nur Arm in Arm in einer Ecke und jammern. David tüftelt an einer Anlage, die es den Besuchern ermöglicht, sie zu beobachten, ohne selbst gesehen zu werden. Das könnte sogar ganz spannend sein, besonders für Kinder. Wenn sie sich anschleichen und leise sein müssen, um die Affen nicht zu stören.«

»Sie … äh … nehmen hier große Rücksicht auf die angenommenen Befindlichkeiten der Tiere«, bemerkte Stephen. »Verstehen Sie mich richtig, Sie folgen da sicher einem interessanten Konstrukt, aber die allgemeine Lehrmeinung ist doch die, dass das Verhalten der Tiere durch Instinkte bestimmt wird sowie natürlich durch Hunger, Durst, Schmerz, sexuelle Bedürfnisse …«

Bernhard sah ihn gelassen an. »Ist das bei Menschen anders?«, fragte er. »In der amerikanischen Verfassung gehört das Streben nach Glück zu den Grundrechten. Wir werden durch das Streben nach

Glück getrieben. Und das besagt doch wohl, dass wir unsere Grundbedürfnisse zu allseitiger Befriedigung erfüllt haben möchten.«

»Die natürliche Reaktion auf äußere und innere Stimuli ist das Streben nach Glück?«, fragte Stephen verwirrt. »Aber ein Tier kann … Tiere denken und fühlen nicht. Und einen Willen haben sie erst recht nicht, sie …«

»Kali! Lakshmi!«, rief Daphne. Bernhard hielt vor einem großen, von Mauern begrenzten Gehege, und Daphne sprang aus dem Auto. Auf ihren Ruf hin setzten sich am anderen Ende des Auslaufs zwei Dickhäuter in Bewegung, als handelte es sich um wohlerzogene Hunde. Die dünnen Schwänze hoch erhoben, ebenso die Rüssel, trabten sie auf Daphne zu. Einer stieß obendrein ein ohrenbetäubendes Trompeten aus. Vor der trennenden Mauer blieben sie stehen, sahen erst Daphne und dann einander an und gaben ein unglückliches Brummen von sich. »Ich bin gleich da!«, vertröstete Daphne die Elefantenkühe. »Muss mich nur schnell umziehen …« Sie lief an der Mauer entlang zum Elefantenhaus, drinnen gefolgt von den Dickhäutern, die auch ins Haus gingen. Ein paar Minuten später waren sie zurück – Daphne jetzt in einem viel zu großen Overall in den Farben des Zoos und die Elefanten tänzelnd mit schwenkenden Rüsseln. Kaum hatten sie das Gebäude verlassen, als einer von ihnen Daphne um die Hüfte fasste und sich auf den Nacken hob. Sie ließ sich ein bisschen tragen, wobei sie die Richtung zu bestimmen schien, denn die Elefantin steuerte zielsicher Stephen, Bernhard und das Auto an. »Das ist Kali«, stellte Daphne vor. »Und das ist Lakshmi.« Die zweite Elefantenkuh schien alles andere als zufrieden damit, dass ihre Freundin sich Daphne gekapert hatte. Sie legte den Rüssel um sie und verharrte ein bisschen wie in einer innigen Umarmung. Daphne strahlte über das ganze Gesicht, streichelte und kraulte die Tiere. »Na?«, fragte sie Stephen herausfordernd. »Freuen die sich?«

»Sie reagieren zweifellos auf dich«, gestand Stephen ihr zu. »Das heißt, dass du für sie einen Stimulus repräsentierst. Vermutlich Hunger …«

»Sie fressen kein Fleisch«, bemerkte Bernhard belustigt.

Stephen verzog das Gesicht. »Aber Daphne hat sie zweifellos oft gefüttert. Ebenso der Pfleger, nach dem der Overall riecht. Das löst diese zugegebenermaßen sehr imponierenden Reaktionen aus.«

»Sie haben mich ein halbes Jahr lang nicht gesehen«, sagte Daphne.

»Nun, ein Beweis dafür, dass die Geschichte vom Elefantengedächtnis zumindest einen Kern Wahrheit enthält«, meinte Stephen. »Das ist ein interessantes Forschungsprojekt. Harlow untersucht gerade die Erinnerungsfähigkeit von Rhesusaffen. Wir werden bestimmt an den Versuchen teilhaben. Die Forschung an Elefanten ist vermutlich etwas schwieriger …«

»Kali und Lakshmi sind keine geeigneten Forschungsobjekte«, war eine Frauenstimme hinter ihnen zu vernehmen. »Sie sind nicht repräsentativ für Elefanten, ihre komplexe Interaktion mit Menschen, positive und negative Erfahrungen, hatte zweifellos Auswirkungen auf ihre psychische und intellektuelle Entwicklung. Man könnte hier allenfalls eine Fallstudie veröffentlichen, die in Anbetracht der aktuell herrschenden Strömungen in der Verhaltensforschung wahrscheinlich mehr auf Zweifel denn auf Akzeptanz stoßen dürfte. Die Erforschung ihres Verhaltens sollte mit der Beobachtung freilebender Elefanten beginnen …«

»Mama! Lass mich mal runter, Kali, möglichst auf die Mauer …«

Jubelnd begrüßte Daphne ihre Mutter, die Kalis und Lakshmis Begrüßungsrufe gehört haben musste, wo auch immer sie sich gerade aufgehalten hatte, und die nun ihre Tochter willkommen hieß. Das bedeutete allerdings nicht, dass sie auf die Weiterführung ihres eben begonnenen Vortrags verzichtete.

»Wobei ich besonders die matriarchale Struktur ihrer Beziehungen bemerkenswert finde sowie die auch in Afrika beobachteten bemerkenswerten Gedächtnisleistungen. Ihr reiches Gefühlsleben …«

»Mama!« Daphne war es inzwischen gelungen, von Kalis Nacken

aus auf die Mauer zu gelangen und von dort aus in einer gewagten Aktion – »Nun fang mich doch mal auf, Stephen!« – auf dem Erdboden anzukommen.

Bernhard sah, wie Stephen verwundert beobachtete, dass Daphne seine Frau nicht umarmte, sondern ihr nur die Hände entgegenstreckte, die diese innig drückte.

»Dr. Daphne Lemberger! Ich bin so stolz auf dich«, sagte Maria.

Es klang nicht sehr emotional, und ihr Ausdruck war auch nicht im Entferntesten mit Daphnes Strahlen vergleichbar, doch ihre Tochter wusste das einzuschätzen.

»Das ist Stephen«, stellte sie ihren Freund vor. »Stephen Pentecost. Wir werden gemeinsam in der Primatenforschung arbeiten.«

Maria reichte Stephen förmlich die Hand. Sie steckte in einem ähnlich unförmigen Overall wie dem, den Daphne übergezogen hatte, und sie war noch kleiner als ihre Tochter. Dennoch wirkte sie imponierend. Sie war in ihrer Jugend eine sehr schöne Frau gewesen, ihre großen blauen Augen in einem ebenmäßigen, wenn auch etwas ausdrucksarmen Gesicht zogen ihn immer noch in ihren Bann.

»Daphne hat sich schon immer ein Äffchen gewünscht«, sagte sie jetzt. »Ein Wunsch, der wohl auf Erzählungen meinerseits zurückgeht. Meine Kollegin Nellie und ich haben in Berlin ein Kapuzineräffchen behandelt, das uns beiden sehr am Herzen lag. Seine drogensüchtige Besitzerin hat es schließlich im Schlaf erdrückt. Ein Argument dafür, dass Privatpersonen, speziell labile Menschen, keine Primaten halten sollten.«

Stephen erwiderte ihren Händedruck, wusste jedoch im ersten Moment nicht recht, was er zu diesen Ausführungen sagen sollte.

»Wir … werden mit Rhesusaffen unter Laborbedingungen arbeiten«, erklärte er dann. »Ich gedenke, über ihre kognitiven Fähigkeiten zu forschen und zu promovieren.«

Maria nickte. »Das hab ich gehört. Und ich kenne auch die Veröffentlichungen von Professor Harlow. Allerdings bezweifele ich die

Hypothesen des Behaviorismus. Tiere sind keine Maschinen, ein Organismus keine Blackbox.«

Stephen war wie vor den Kopf geschlagen, was Daphne nicht wunderte. Marias Direktheit wirkte auf die meisten Menschen verstörend.

»Nun, da … äh … sind Sie aber ziemlich allein, Dr. Lemberger«, bemerkte er schließlich. »Allgemein tendiert die Wissenschaft zu der Ansicht, nur das als erwiesen anzusehen, was beobachtet werden kann. Mehrmals beobachtet, ein Experiment muss wiederholbar sein. Wenn wir die Psychologie als Naturwissenschaft ernst genommen sehen wollen, müssen wir valide Ergebnisse vorweisen, und hier ist das Reiz-Reaktions-Modell sicher die objektivste Methode. Sie … äh … kennen die Grundsätze der Testtheorie?«

Maria schaute ihn ob dieser Erklärung an, als hätte er in Kindersprache mit ihr gesprochen. Sie war äußerst belesen – ihr fotografisches Gedächtnis führte zu einem ungewöhnlichen Schatz an Wissen aus allen möglichen Gebieten. Es wäre ihr zwar nie in den Sinn gekommen, damit zu prahlen, doch es verblüffte sie immer wieder, wenn man ihr bestimmte Kenntnisse absprach.

»Die Begriffe ›Objektivität‹, ›Reliabilität‹ und ›Validität‹ sind mir durchaus geläufig«, sagte sie ruhig. »Und ich wäre persönlich sehr glücklich, wenn sich die Welt wissenschaftlich schlüssig erklären ließe, es fiele mir dann leichter, die Verhaltensweisen und Gefühle, beziehungsweise die durch Gefühle beeinflussten Verhaltensweisen meiner Mitmenschen, einzuschätzen. Irgendwann bin ich allerdings zu dem Schluss gekommen, dass es Dinge gibt, die man nicht messen kann, und andere, die man nicht messen sollte.«

Stephen schien sich langsam für das Gespräch zu erwärmen. Anfänglich hatte er ihre Familienmitglieder sicher als naive Spinner eingeordnet, doch jetzt forderten Marias Hypothesen seinen wachen Geist.

»Was entzieht sich denn nun der Messung?«, fragte er.

Daphne antwortete. »Liebe zum Beispiel … Zuneigung …«

Bernhard sah, dass Stephen erneut das zwar liebevolle, aber etwas überlegene Lächeln zeigte, das er seiner Freundin immer wieder widmete.

»Und von welchen Messungen sollte man absehen?« Er wandte sich an Maria.

»Von allen, bei denen der Schaden nicht in einem vernünftigen Verhältnis zur gewonnenen Erkenntnis steht«, sagte Maria. »Zum Beispiel ...«

»Komm, Mama, keine wissenschaftliche Vorlesung«, mischte sich Daphne ein, wohl um Stephen davor zu schützen, dass ihre Mutter ihn noch einmal vor den Kopf stieß. Schließlich waren es oft Experimente der Behavioristen, die ethische Bedenken auslösten. »Schauen wir lieber noch bei den Raubkatzen vorbei. Was macht denn der alte Löwe?«

Bernhard antwortete, etwas provozierend mit Blick auf Stephen. »Er trauert, seit seine Gefährtin gestorben ist. Sie kamen beide mit uns aus dem Zirkus«, schob er eine Erklärung nach. »Und waren zutiefst traumatisiert wie die Affen und die Tiger. Außerdem sehr alt. Jetzt gibt es nur noch einen Löwen, und ich denke, auch der ist nicht mehr lange bei uns.«

Maria nickte. »Die Tiger sind jedoch wohlauf«, meinte sie. »Mal sehen, ob Sally dich noch erkennt.«

Während ihr Mann Bernhard wieder in sein Auto stieg, um seinen Pflichten weiter nachzugehen, begleitete Maria Daphne und Stephen zum Raubtierhaus. Dabei unterhielt sie sich mit Daphne über Einzelheiten ihrer Doktorarbeit und des eben abgelegten Rigorosums. Und dann bemerkte sie verwundert, wie erschrocken der Freund ihrer Tochter reagierte, als er David im Tigerkäfig sah. Ihr Sohn balgte sich freundschaftlich mit einer ausgewachsenen Raubkatze und lachte dabei ebenso glücklich wie Daphne eben bei ihren Elefanten.

»Tut mir leid, Dr. Lemberger, er ließ sich nicht abhalten«, rief ein Pfleger Maria zu.

Der Mann stand mit einem Besen bewaffnet im Tor zwischen Raubtierhaus und Außenkäfig – bereit, bei einem möglichen Angriff zu retten, was zu retten war.

»David, wir hatten darüber gesprochen, dass du keine Risiken eingehen sollst«, wandte sich Maria streng an ihren Sohn. »Auch ein domestizierter Tiger bleibt eine Raubkatze, die zu unkontrollierbaren Reaktionen fähig ist, wenn sie etwas irritiert. Bitte streichle deine Sally von außerhalb des Käfigs.«

»Aber dann macht es keinen Spaß!« David lachte. »Und du siehst doch, wie sie sich freut.« Die Tigerin rieb sich jetzt an ihm und gab eine Art Schnurren von sich. »Schau mal, Sally, da ist Daphne!«

Daphne hielt sich an die Anweisungen und kraulte das Tier nur durch die Gitterstäbe. Es schnurrte wieder.

»Wir haben sie gesundgepflegt, als sie ein kleines Kätzchen war«, erklärte Daphne Stephen. »Sie war sehr krank und musste deshalb zu früh fort von ihrer Mutter. Ich glaube, sie hält David immer noch für ihre Mami ... Und du hältst unsere Familie für völlig verrückt, stimmt's?« Daphne lächelte ihrem Freund zu. »Wir haben auch normale Tiere«, erklärte sie. »Die meisten sind wild oder halb wild wie in jedem Zoo. Wenn du magst, können wir einen Spaziergang machen, und ich zeige dir die Anlage. Lass mich bloß eben den Overall ausziehen ...«

Maria und David, der den Käfig inzwischen verlassen hatte, sahen den beiden nach, als sie davonschlenderten.

»Was findet Daphne bloß an dem?«, fragte David unglücklich. »Hat sie schon erzählt, dass sie bei diesem Harlow eine Stellung angenommen hat, für die sie völlig überqualifiziert ist? Und höchstwahrscheinlich unterbezahlt?«

Maria begann zu dozieren. »Der Theorie des Behaviorismus zufolge wird das Verhalten des Menschen von vier Grundmotivationen bestimmt: Hunger, Durst, Vermeidung von Schmerz und Befriedigung sexueller Bedürfnisse. Bei deiner Schwester vermute ich Letzteres. Das Individuum selektiert bei der Wahl seines möglichen

Fortpflanzungspartners bekanntlich stark danach, ob seine sekundären Geschlechtsmerkmale auf Erfolg und Durchsetzungsstärke hinweisen. Körperliche Attraktivität …«

David lachte schallend. »Ich hab's verstanden. Er hat eine große Klappe und sieht gut aus. Hoffen wir, dass die Angelegenheit temporär bleibt. Sally ist jetzt bestimmt tragend, oder? Hat sie wenigstens erkannt, dass ihr der neue Tiger intellektuell nicht gewachsen ist?«

Kapitel 6

Das Sommerfest im Zoo wurde ein großer Erfolg. Bernhard führte die Honoratioren von Perth durch die Anlage, Maria bot eine spezielle Führung zum Zuchtprogramm des Zoos an, der sich auch Stephen anschloss. Daphnes Mutter faszinierte ihn. Dabei eckte Maria wieder bei ihm an, indem sie betonte, erfolgreiche Zucht sei praktisch eine Belohnung für artgerechte Haltung der Tiere.

»Zumindest bei den höher entwickelten Arten ist eine Relation zwischen der Zufriedenheit der Tiere und ihrer Bereitschaft zur Reproduktion deutlich erkennbar. Unter den Primaten scheint nur eine glückliche Äffin in die Brunst zu kommen, und selbst bei Raubtieren …« Auch Stephen erfuhr bei dieser Gelegenheit, dass Sally, Davids Tigerin, trächtig war. »Wir haben einen jungen Tiger angeschafft«, erklärte Maria, »in der Hoffnung, dass es funktioniert. Unser Brahma ist schon in einem Zoo geboren. Viele vom Aussterben bedrohte Tierarten werden durch Zuchtprogramme wie unseres am Leben gehalten.«

Daphne ließ Kinder auf ihren Elefanten reiten. Auch Pony- und Kamelreiten wurde angeboten, und David zeigte seine Katzendressur. Ansonsten hatte er keine Aufgaben und strolchte ziellos im Zoo herum. Das Wetter war schön, die Menschen waren fröhlich, die Menge verstreute sich in den weitläufigen Anlagen. Wie seine Mutter war David kein Freund von Menschenansammlungen. Nun kannte er natürlich jedes verschwiegene Eckchen im Park – unter anderem eine baumbeschattete Nische, von der aus die Affeninsel gut einzusehen war.

Zu seiner Überraschung fand er dort eine junge Frau mit einem Zeichenblock vor. Sie hatte sich auf eine Parkbank gesetzt und ließ die Zeichenkohle rasch über das Papier gleiten. Als David über den schmalen Weg ihr Versteck erreichte, sah sie auf und lächelte ihm zu. Sie war ausgesprochen hübsch, hatte einen dunklen Teint und große Augen, die im Schatten fast schwarz wirkten. Auch ihr langes, lockiges Haar war schwarz, sie trug es mit einem Tuch zum Pferdeschwanz gebunden. Ihre engen Dreiviertelhosen betonten lange, schlanke Beine. David war auf den ersten Blick hingerissen – was ihm selten passierte. Im Allgemeinen entschied er erst nach einem Gespräch, ob ihm eine Frau gefiel oder nicht, doch diese bestach schon durch ihr Lächeln. Und sie schien nicht schüchtern zu sein.

»Sind Sie der Prinz, der Dornröschen hinter der Dornenhecke sucht?«, fragte sie. Sie sprach perfekt Englisch, nur mit einem harten Akzent. Es schien nicht ihre Muttersprache zu sein.

»Wenn Sie eine versteckte Prinzessin sind, dann machen Sie es Ihren Freiern zu einfach«, entgegnete David. »Ich brauchte weder Schimmel noch Schwert, ich hab einfach einen nicht allzu ausgetretenen Pfad genommen.«

Sie lächelte. »Sie würden nicht glauben, wie viele Prinzen sich auf die Hauptstraße beschränken«, bemerkte sie. »Aber schön, ich sehe ein, dass es Zufall war …«

David setzte sich neben sie, als sie ihm bereitwillig Platz machte. »Nicht ganz«, verriet er dann. »Ich kannte den Platz, meine Schwester und ich haben uns hier schon als Kinder gern aufgehalten. Ich bin im Zoo aufgewachsen, meine Eltern leiten ihn.«

Die junge Frau sah ihn interessiert an. »Das ist spannend. Mein Vater … na ja, manchmal hab ich das Gefühl, er ist auch Teil eines Affenzirkusses …« Sie sprach nicht weiter.

David wies auf den Block. »Darf ich sehen?«, fragte er.

Sie öffnete bereitwillig den Block und ließ ihn einen Blick auf ihr halb fertiges Bild werfen. Verwundert und belustigt schaute er auf das Porträt einer Pavianfamilie, hinter deren Mitgliedern Menschen zu erahnen waren, die ihnen auffällig ähnlich waren.

»Mein Großonkel Demitrios«, stellte die junge Frau vor und wies auf einen Schatten hinter einem älteren, gesetzten Pavianmann. »Und Tante Cassandra mit ihrem verhätschelten Gör Achill ...«

Eine Pavianmutter lauste ihr Baby, dahinter ordnete eine Frau die Kleidung eines eher desinteressiert wirkenden kleinen Jungen.

»Papa ...«, erklärte sie und wies auf den am höchsten auf dem Felsen hockenden Affen, hinter dem man einen distinguiert wirkenden, kräftigen Mann erahnen konnte. »Es drängte sich einfach auf, den Affen ihr Alter Ego zuzuordnen.« Sie lachte.

David runzelte die Stirn. »Und wo sind Sie auf diesem Familienporträt?«, erkundigte er sich. »Durften Sie nicht mit aufs Bild?«

»Ich hab keine so griechische Nase«, meinte sie. »Da schlage ich aus der Art ...« Sie hatte wirklich eine kleine Nase, sehr hübsch, vielleicht ein wenig spitz.

»Sie sind Griechin?«, fragte David.

Sie nickte. »Evangelina Kallergis. Ich studiere Kunst.«

»Sie sind sehr begabt«, erklärte David und meinte es ehrlich. Zumindest die Paviane hatte Evangelina gut getroffen – bei ihrer Familie nahm er Ähnliches an.

»David Lemberger«, stellte er sich vor. »Landschaftsarchitekt. Ich will bald Zoos wie diesen bauen. Den Felsen hier hab ich entworfen.«

»Sie sind sehr begabt.« Evangelina lächelte.

»Kann ich Sie vielleicht zu einem Kaffee einladen?«, fragte David mutig. »Oder sogar Champagner? Meine Eltern geben einen Empfang im Zoorestaurant.«

Evangelina nickte bereitwillig. Einen kurzen Spaziergang später tranken die beiden Schaumwein und aßen Häppchen mit Daphne und Stephen. Daphne schaufelte sich die Horsd'œuvres hungrig in den Mund.

»Ich hab den Zoo mindestens fünfmal zu Fuß umrundet«, erklärte sie ihr wenig damenhaftes Verhalten.

Evangelina schien das nicht zu stören, während Stephen sie strafend ansah. Was ihn anging, so erwies er sich als ausgezeichnet erzogen. Er nippte nur an dem Champagner und bemühte sich um Konversation, Daphne erzählte ungezwungen von ihren Erlebnissen mit den Elefanten und den Kindern.

Auf unverbindlich höfliches Plaudern verstand sich auch Evangelina. Sie unterhielten sich alle zusammen mit den Honoratioren von Perth, die meisten kannten David und Daphne von klein auf, und sie gratulierten seiner Schwester zu ihrem Doktortitel. David hörten sie interessiert zu, als er von weiteren Plänen in Bezug auf Zooarchitektur sprach. Von Evangelina brachten sie in Erfahrung, dass sie aus Athen kam, ihre Familie jedoch ursprünglich auf Kreta beheimatet war. Ihr Kunststudium erfüllte sie sehr, wenn sie sich auch nicht unbedingt als künftige Malerin, sondern eher als Mitglied eines Museumskonsortiums oder Verwalterin einer Privatsammlung sah.

David berichtete, dass er in Kürze eine Assistentenstelle im Zoo Basel antreten würde, wo der berühmte Zoologe Heini Hediger und der Gartenbauarchitekt Kurt Brägger wirkten.

»Geplant ist ein sogenanntes Vivarium, an dem ich mitarbeiten werde«, erklärte er stolz. »Wie der Name schon sagt, wollen wir Lebensräume für die Tiere schaffen, keine Käfige. Die Gäste sollen sie entdecken, nicht angaffen. Mensch und Tier teilen sich einen Garten.«

»Das ist schön«, bemerkte Evangelina. »Basel ist überhaupt eine faszinierende Stadt. Die Kunsthochschule genießt einen hervorragenden Ruf …«

Nach dem Empfang ließ sich Evangelina von Stephen unterhalten – David sollte noch einmal seine Katzen vorführen, und Daphne musste zurück zu ihrem Elefantenführdienst. Evangelina wirkte nicht von Stephen beeindruckt, das hörte David gleich heraus, als sie wieder mit ihm zusammentraf. Dafür war sie hellauf begeistert von seiner »Raubtiernummer« mit den Miezen.

»Man sagt doch, sie ließen sich nicht dressieren«, wunderte sie sich und hörte gar nicht hin, als Stephen über Konditionierung dozierte. David dagegen zwinkerte ihr verstohlen zu. »Da möchte man glatt mitschnurren …«, wisperte sie.

David lachte. Er war erkennbar bezaubert von der jungen Frau. »Ich würde Sie sehr gern einmal schnurren hören«, bemerkte er. »Und Sie bräuchten vorher nicht mal durch einen Reifen zu springen. Aber leider breche ich schon übermorgen nach Basel auf. Und es ist ja keine ganz kurze Reise. Wir werden unser Wiedersehen also dem Zufall überlassen müssen.«

Evangelina schenkte ihm ein verschwörerisches Lächeln. »Der Zufall«, sagte sie, »ist ein guter Freund von mir …«

Davids Schiff nach Europa ging bereits am nächsten Tag, Daphne und Stephen konnten noch einen Tag in Perth verbringen. Stephen wäre gern ausgegangen, doch Daphne bestand darauf, ihm die Primaten im Zoo vorzustellen.

»Du studierst jetzt seit Jahren in Perth«, erklärte sie. »Die Stadt solltest du kennen. Aber einen Tag in einer Affenkolonie hast du noch nie erlebt.« Neben den Pavianen beherbergte der Zoo noch eine Gruppe Gorillas, deren offenes, großes Gehege schon vom Gründer des Zoos nach Hagenbecks Richtlinien gestaltet worden war. Daphne lud ihren Freund zu einem Frühstück bei den Pavianen und später einem Picknick bei den Gorillas ein, und tatsächlich war er von der Interaktion zwischen den Affen, ihren freundschaftlichen Begegnungen und ihrem Gezänk fasziniert.

»Sie versöhnen sich meistens schnell wieder«, meinte Daphne und zeigte auf zwei männliche Paviane, die sich eben noch gestritten und mit Ästen nacheinander geworfen hatten und nun zusammensaßen und sich lausten.

»Harlow schreibt, ein paar seiner Studenten hätten mal beobachtet, dass Affen mit Stöcken aufeinander losgingen«, bemerkte Stephen. »Das falle unter ›Gebrauch von Werkzeugen‹ und sei eine wissenschaftliche Sensation, sagte er. Leider wurde es nicht dokumentiert.«

Daphne runzelte die Stirn. »Ist mit einem Gegenstand werfen dann nicht auch Werkzeuggebrauch? Da müssen wir auf die Paviane hier immer aufpassen. Wenn ihnen ein Besucher nicht passt, kriegt er schon mal eine angefaulte Tomate an den Kopf. In der Regel, nachdem er sie irgendwie provoziert hat ...«

Stephen lachte. »Du meinst, sie rächen sich? Du hast wirklich eine lebhafte Fantasie, Liebste ...«

Daphne kämpfte mit dem Drang, eine faule Tomate nach ihm zu werfen.

Erst auf der mehrtägigen, langen Reise, die über China nach San Francisco führte, entspannte sich das Verhältnis zwischen Daphne und Stephen wieder vollkommen. Obwohl sie darauf brannten, ihre neue Arbeit anzutreten, genossen sie die Seereise und ihre Zweisamkeit. Daphne war nicht prüde, sie hatte schon in Australien entschieden, dass sie Stephen liebte, und sah keinen Grund, ihre Jungfräulichkeit für einen anderen, vielleicht noch passenderen Mann aufzusparen. Wie man eine Schwangerschaft verhinderte, hatte Maria ihr schon als junges Mädchen sachlich und ohne falsche Scham erläutert. Sie riet zum Gebrauch eines Kondoms in Kombination mit Enthaltsamkeit während der errechneten fruchtbaren Tage. Die fielen zum Glück nicht in die Zeit der Schiffsreise, und so verbrachten sie und Stephen mitunter den halben Tag in der Koje in ihrer Kabine, lachten, wenn sie das schwankende Schiff aus dem Takt brachte, und liefen später Hand in Hand über das Deck des Dampfers, um nach Delfinen und Walen Ausschau zu halten.

Ein kurzer Aufenthalt in Shanghai führte sie in eine von Aufbruch, aber auch Tristesse geprägte neue Welt – wenige Jahre zuvor war der ehemalige Feudalstaat zur Volksrepublik China geworden, und die kommunistische Partei führte eine Kampagne nach der anderen, um Stadt und Land auf ihre Linie zu bringen. Der Reederei war es gar nicht recht, dass die Passagiere des Dampfschiffs nach Amerika an Land gingen. China und die Vereinigten Staaten standen im Koreakrieg auf unterschiedlichen Seiten, allen Ausländern schlug Misstrauen, wenn nicht Hass entgegen.

Stephen und Daphne schauten sich trotzdem etwas um und stellten fest, dass die Menschen grundsätzlich freundlich und aufgeschlossen waren. Sie versuchten sich am chinesischen Essen der Garküchen, wobei Daphne, aufgewachsen als Vegetarierin, von den fleischlosen Gerichten schwärmte, während der probierfreudige Stephen sich mitunter überwinden musste, wenn in der Suppe Hühnerfüße schwammen, die vom Verkäufer als Spezialität gepriesen wurden.

Nach einer weiteren Schiffsreise, die sich ebenso wie Flitterwochen anfühlte, erkundeten sie ein paar Tage lang New York – die riesige Stadt war besonders für Daphne ein Abenteuer. Im Naturkundemuseum sah sie zum ersten Mal Dinosaurierskelette und war hingerissen von der Stärke der Knochen und der Größe der Tiere. Sie vertiefte sich in die Entwicklungsgeschichte der Menschheit, die durch die verschiedenen Exponate viel plastischer für sie wurde als durch alles Bücherwissen.

»Für Archäologie könnte ich mich auch begeistern«, erklärte sie Stephen, der diese Leidenschaft nicht teilen konnte.

»In der Wüste rumkriechen und Knochen ausbuddeln?«, fragte er. »Ich weiß nicht … und es ist so glücksabhängig. Mit etwas Pech gräbst du jahrelang, und ein paar Meilen weiter stolpert irgendein Laie über einen spektakulären Fund. Prompt wird der Schädel nach ihm benannt und nicht nach dir.«

Daphne kicherte. »Du möchtest, dass ein Schädel nach dir benannt wird? Oder eine Affenart?«

Stephen zuckte mit den Schultern. »Ich möchte es auf jeden Fall zu etwas bringen«, erklärte er. »Etwas Bedeutendes entdecken oder daran Anteil haben. Ich …« Seine Augen leuchteten.

»Du hättest dich also nicht als Laborassistent beworben, nur um bei mir zu sein«, sagte Daphne in einem Anfall von Erkenntnis.

Die scharfen Worte ihres Bruders und das deutlich gezeigte Missfallen ihrer Eltern nagten doch noch an ihr.

Stephen umarmte sie. »Auch du sollst deinen Anteil daran haben«, versprach er salbungsvoll. »Vielleicht können wir ja gemeinsam Großes vollbringen.«

Daphne antwortete nicht, sondern genoss nur die Umarmung. Sie hatte eigentlich nie daran gedacht, Großes zu vollbringen, ihr Interesse an der Wissenschaft war rein ihrer Neugier zu verdanken. Sie wollte jedoch nicht streiten.

Am nächsten Tag begann schließlich der letzte Teil ihrer Reise – sie bestiegen einen Überlandbus nach Wisconsin, der sie durch Pennsylvania, entlang des Eriesees und durch Chicago führte. Die Reise war lang, sie verbrachten über zwanzig Stunden in dem nicht sehr bequemen und obendrein ungeheizten Bus – in Nordamerika herrschte früher Winter statt Frühsommer wie in Australien. Stephen wollte jetzt jedoch keine weiteren Aufenthalte. Er konnte es nicht abwarten, die Universität von Wisconsin endlich zu erreichen, und auch Daphne war reisemüde. Sie war heilfroh, dass Stephen ihnen zunächst ein Hotel suchte und sich nicht gleich in Harlows Büro nach der Wohnung erkundigte, die er über einen Makler hatte anmieten lassen. Spätestens auf dieser Reise war ihr klar geworden, dass es ihrem Freund an finanziellen Mitteln nicht mangelte.

Stephen stammte aus einer für Australien alteingesessenen Familie in Sydney. Er pflegte stolz zu betonen, dass sich keine Sträflinge unter seinen Vorfahren befanden, wobei er nicht präzisierte, womit seine Ahnen ihr Geld verdient hatten. Basierend auf dem Geschichtsunterricht in Perth nahm Daphne an, dass es britische Wachoffiziere gewesen waren, die auf den ihnen nach ihrer Pensionierung überlassenen Ländereien Sträflinge zur Arbeit eingesetzt und damit ihren Reichtum begründet hatten. Stephen konnte sich folglich auch leisten, unbezahlt als Doktorand für Harlow zu arbeiten. Daphne dagegen setzte ihren Stolz darein, ihren Lebensunterhalt jetzt, nach Abschluss ihres Studiums, selbst zu verdienen. Als Laborassistentin erhielt sie natürlich nur wenig Lohn, was sich dadurch relativierte, dass Stephen für die gemeinsame Wohnung aufkam.

Am Morgen nach ihrer Ankunft genossen sie ein ausgiebiges frühes Frühstück im Hotel und machten sich dann gleich zum Primatenlabor auf. Es lag ein paar Straßen von den Universitätsgebäuden entfernt. Da die Universität ihm keine adäquaten Laborräume zur Verfügung stellen konnte, hatte Harlow das Gebäude mithilfe seiner Studenten selbst renoviert und für seine Forschung umgerüstet. Der Stolz darauf war den jungen Menschen, die Stephen und Daphne freundlich empfingen, deutlich anzumerken. Daphne war sehr angetan davon, dass die Universität in dem Städtchen Whitewater praktisch im Grünen lag.

Schon bevor sie das Laborgelände betraten, entdeckte sie Außenkäfige, in denen Rhesusaffen gehalten wurden. Am liebsten wäre sie gleich zu ihnen gegangen, doch Stephen wollte die offizielle Führung abwarten. Die bot Professor Harlow ihnen dann gleich selbst an. Er war kein allzu großer, etwas fülliger Mann mit einem markanten Gesicht, dunklen Augen hinter einer modischen Brille und dunklem Haar. Auf Daphne wirkte er freundlich, zumindest jovial, und es war erkennbar, dass seine Studenten ihn vergötterten. Stephen schien jedenfalls bereit, den Boden zu küssen, auf dem er wandelte. Daphne stellte sich vor – bemüht, nicht unterwürfig zu wirken –, und Harlow stutzte, als sie ihren Doktortitel nannte.

»Ich wusste nicht, dass Sie promovierte Tierärztin sind«, bemerkte er. »Insofern muss ich mich entschuldigen, Ihnen einen Job angeboten zu haben, für den Sie eindeutig überqualifiziert sind. Aber vielleicht möchten Sie sich ja neben der Arbeit als Laborassistentin auch medizinisch um unsere Tiere kümmern? Ich kann Ihnen leider nicht mehr Geld anbieten, Sie hätten allerdings eine bessere Position gegenüber den Studenten.«

Daphne strahlte. »Das mache ich gern, Professor Harlow«, erklärte sie.

Der Laborleiter lächelte. »Dann herzlich willkommen, Dr. Lemberger ... und Mr. Pentecost.«

Er begann mit der Führung durch das Labor – den Schatten, der über Stephens Gesicht flog, übersah Daphne geflissentlich.

»Miss Grit übt«, erklärte Mrs. Mason, eine resolute, übergewichtige Frau, die seit Jahren Übung darin hatte, den De Groots aufdringliche Anhänger vom Leib zu halten. »Sie möchte nicht gestört werden. Ich kann ihr lediglich bestellen, sie möchte Sie zurückrufen.«

»Was übt sie denn den ganzen Tag?«

Vincent Langdon versuchte Grit seit der Begräbnisfeier für Philipp zu erreichen, wurde jedoch immer wieder abgewimmelt. Er sah sie nur bei Orchesterproben und Auftritten. Um Weihnachten herum waren viele Konzerte zu absolvieren gewesen, und Grit war jedes Mal zuverlässig erschienen und hatte jedem Reporter Interviews zum Leben und Tod ihres Vaters gegeben. Mit Vincent hatte sie allerdings nicht mehr als ein paar freundliche, nichtssagende Worte gewechselt, und jetzt, nach der Weihnachtspause, hatte er von der Orchesterleitung erfahren, dass Grit De Groot ihr Engagement bei den Boston Symphonikern nicht verlängert hatte. »Sie hat das gleich nach Philipps Tod entschieden«, hatte ihm der Dirigent verraten. »Ich dachte, Sie wüssten es. Ihre verbleibenden Verpflichtungen hat sie erfüllt, und nun … Es tut mir sehr leid, wir werden sie vermissen …«

Vincent sah in Grits Rückzug vor allem einen Grund, sich Sorgen zu machen. Dabei machte er sich keine Hoffnungen, Mrs. Mason irgendwelche Informationen entlocken zu können.

»Ich kann das nicht beurteilen«, antwortete sie auch jetzt schnippisch auf seine Frage. »Ich versteh nichts von Musik … Rufen Sie einfach später wieder an …«

In Vincent stieg Ärger auf. »Ich rufe nicht an, ich komme vorbei«, beschied er dem Hausdrachen der De Groots. »Und dann soll sie mir selbst sagen, warum sie mich nicht sprechen will.«

Eine Stunde später stand er im Schneetreiben vor ihrem Haus und hoffte, Einlass zu finden. Es war eiskalt und wurde schon dunkel – das Januarwetter in Boston zeigte sich nicht gerade von seiner besten Seite. Zu seiner Erleichterung öffnete ihm ein Hausmädchen, Grace, und begrüßte ihn freundlich.

»Das ist schön, Sie wieder einmal zu sehen, Mr. Langdon. Miss Grit empfängt ja kaum noch jemanden, außer ihrem Korre… also dem Professor. Sie muss sich einsam fühlen …« Im Gegensatz zu Mrs. Mason war die junge Grace mitteilungsfreudig und empfindsam.

»Welchen Professor?«, fragte Vincent und ließ sich seinen nassen Mantel abnehmen. »Meinen Sie einen Korrepetitor? Wozu braucht sie den denn? Aber lassen Sie mal, Grace, ich frage sie selbst.«

Er folgte der jungen Frau in Philipps und Grits Salon, in dem sich nicht viel verändert hatte seit Philipps Tod. Die De Groots hatten keinen speziellen Probenraum gehabt, der prachtvolle Flügel stand im Wohnzimmer, außerdem ein Notenpult für den Geiger. Zu Vincents Überraschung saß Grit nicht am Flügel. Er hörte Geigenmusik, Czardas von Vittorio Monti, und sah sie gleich darauf mit der Geige ihres Vaters.

»Grit!«

Vincent unterbrach sie verwirrt. Er hatte sie nie zuvor Geige spielen sehen, und sie schien es nicht einfach zum Vergnügen zu tun. Stattdessen übte sie einzelne Passagen, verbissen wie immer, wenn sie sich um Perfektion bemühte.

»Hallo, Vincent!« Grit lächelte ihn an. »Es tut mir so leid, dass ich dich vernachlässigt habe. Immer wenn Mrs. Mason sagte, du hättest angerufen, wollte ich mich melden, aber ich bin so beschäftigt …« Sie legte die Geige nieder. »Möchtest du einen Tee? Oder Kaffee?«

Vincent nickte. Irgendetwas Warmes war ihm jetzt recht, doch vor allem wollte er Antworten.

»Was machst du denn?«, erkundigte er sich. »Ich hab gehört, du hast im Orchester gekündigt. Und ich hab die Agentur gefragt – über sie hast du auch keine Engagements angenommen.«

Grit nickte. »Ich übe. Mit Professor Belago, er begleitet mich und korrigiert …« Der Professor lehrte an der Musikhochschule Geige.

»Aber du bist Pianistin, Grit, eine der besten! Warum willst du dein Instrument wechseln?« Vincent verstand es nicht.

Grit blickte zu Boden. »Für Papa …«, sagte sie. »Ich kann ihn wiedererwecken. Wenn ich die Geige so spiele wie er …«

»Grit …«

Vincent wusste nicht, was er sagen sollte. Grit spielte die Geige sehr gut, schon aus den wenigen Takten, die er eben gehört hatte, erschloss sich für ihn, dass sie mit nur etwas Fleiß in einem mittelmäßigen Orchester würde mitspielen können. Für die Symphoniker reichte es allerdings nicht – ihr Spiel kam nicht im Entferntesten an die Kunst von Philipp De Groot heran. Man hatte ihn den Teufelsgeiger genannt, er war eine Jahrhundertbegabung gewesen. Grit war hochmusikalisch und auf ihrem eigenen Instrument zweifellos ebenfalls auf dem Weg zur Weltspitze. Die Geige würde sie bei allem Üben nie so gut beherrschen.

»Wenn ich die Geige spiele, bin ich bei ihm …«, sprach Grit weiter. »Oder er ist bei mir … und ich werde ihn auch zurück zu den Menschen bringen. In ein paar Monaten …«

Vincent brachte es nicht übers Herz, ihr die Wahrheit zu sagen – zumal sie eigentlich wissen musste, dass sie Unmögliches versuchte.

»Dann … dann spiel doch für mich«, sagte er verhalten. »Ich setze mich an den Kamin und trinke einen Tee …« Er lächelte Grace zu, die eben hereinkam und servierte. »Und dabei denke ich an Philipp.«

Grit lächelte fast glücklich. »Du sagst mir aber, wenn ich etwas falsch mache …«

Vincent nickte. Er war ein mäßiger Geiger und Pianist, nur das Cello beherrschte er wirklich virtuos.

Jetzt trank er seinen Tee und entdeckte dankbar, dass Grace nicht nur ein Kännchen mit Milch mit aufs Tablett gestellt hatte, sondern auch eines mit Rum. Er füllte den Alkohol in seine Tasse und lauschte Grits Spiel. Es fiel ihm nicht schwer, anerkennend zu lächeln, er liebte sie, hätte sie auch geliebt, wenn sie sich in den Kopf gesetzt hätte zu lernen, das australische Didgeridoo zu spielen. Doch Philipp De Groots Geist spürte er nicht.

Jetzt, da Vincent von ihrem ehrgeizigen Vorhaben wusste, ließ Grit ihn wieder mehr an ihrem Leben teilhaben. Er durfte ihren Übungsstunden beiwohnen, wenn er das wollte – was er immer wieder tat, um sie glücklich zu machen –, und gelegentlich ließ sie sich auch von ihm zum Essen oder in eine Kunstausstellung einladen. Wenn dabei ein Kammerorchester spielte oder ein Geiger und ein Pianist, so kommentierte sie die Musik, jedoch nicht wie früher aus der Sicht der Pianistin, sondern so, wie sie meinte, dass ihr Vater die Qualität des Spiels beurteilt hätte.

Vincent begann, das unheimlich zu finden. Es hatte immer eine Art Symbiose zwischen Philipp und Grit De Groot bestanden, doch jetzt schien sie zu versuchen, in seine Haut zu schlüpfen. Irgendwann rief er erneut Nellie an. Sie hörte sich seine Sorgen aufmerksam an.

»Nach Leonidas' Tod hat sie versucht, Schafe zu halten und Käse zu machen, um seiner Mutter nachzueifern«, berichtete sie unglücklich. »Dafür hatte sie noch sehr viel weniger Talent als für die Geige ...«

»Und hat sie irgendwann von selbst damit aufgehört?«, fragte Vincent.

»Nicht direkt von selbst ...« Nellie seufzte. »Erst als Philipp zurückkam.«

Vincent dachte nach. »Sie meinen, sie braucht einen Weckruf? Yehudi Menuhin wird in April in Boston spielen. Ein Konzert mit den Symphonikern, auch zum Andenken an Philipp. Ich weiß nicht, ob Grit hingehen will.«

»Ich bin nicht sicher, ob ich Ihnen das Richtige rate, aber ich denke, sie sollte hingehen«, erklärte Nellie. »Wenn es dem Andenken an Philipp gilt, kann sie das nicht ignorieren. Und sie wird es auch nicht wollen. Gehen Sie mit ihr zu dem Konzert, Vincent. Aber lassen Sie sie danach nicht allein!«

Es war keine große Überredungskunst notwendig, um Grit zum Besuch des Menuhin-Konzertes zu bewegen. Im Gegenteil, sie lud Vincent sogar selbst dazu ein, nachdem der Dirigent der Symphoniker sie angerufen hatte, um ihr die Bitte des Meisters zu überbringen, sie vor dem Konzert in seiner Garderobe zu treffen, um ihr persönlich sein Beileid auszusprechen.

Menuhin war sehr freundlich zu ihr, fand warme Worte für ihren Verlust und betonte auch seine Bewunderung für ihre eigenen künstlerischen Leistungen.

»Es ist schade, dass Sie das Orchester verlassen haben, Miss De Groot. Es wäre mir eine Ehre gewesen, hätten Sie mich auf dem Piano begleitet.«

Schließlich wies man Grit und Vincent einen Platz in der Ehrenloge an, und beide lauschten schweigend und voller Ehrfurcht den Darbietungen des Weltklassegeigers.

»Er spielt es ganz anders als Papa«, raunte Grit Vincent zu, als Menuhin am Ende des ersten Teils eine Komposition von Philipp De Groot vortrug. Noch einmal betonte er, wie sehr er den Kollegen geschätzt hatte.

»Natürlich«, erwiderte Vincent. »Es ist Yehudi Menuhin, nicht Philipp De Groot. Und es kommt ja nicht auf die genaue Kopie eines Vortrags an, sondern auf Interpretation.«

Grit antwortete nicht, doch er sah, dass sie sich auf die Lippen biss. Vincent wusste längst, dass sie selbst sich daran versuchte, die Stücke möglichst genauso klingen zu lassen, wie sie bei ihrem Vater geklungen hatten – vielleicht war auch das ein Grund, weshalb sie unweigerlich scheitern musste.

Als das Konzert geendet hatte, wollte Grit sofort nach Hause. Vincents Einladung, noch irgendwo einen Drink zu nehmen, lehnte sie ab.

»Wir können bei mir zu Hause noch einen Schluck trinken«, sagte sie, was Vincent verwunderte. Wenn er sie sonst nach Hause brachte, bat sie ihn nie hinein.

Im Haus lud sie ihn ein, ihr ins Wohnzimmer zu folgen, und füllte zwei Gläser mit Brandy. Sie trank eines davon halb aus, dann griff sie zu Philipps Geige. Sie spielte das Stück, das Menuhin neu interpretiert hatte. Dabei machte sie keine Fehler, aber sie brachte die Musik nicht zum Strahlen. Nicht wie Philipp und nicht wie Menuhin. Und sie spürte es selbst.

»Ich schaffe es nie«, sagte sie leise und begann zu weinen.

Ihre Tränen tropften auf das Holz des ungemein wertvollen Instrumentes. Vincent ging zu ihr und nahm es ihr aus der Hand.

»Grit, das brauchst du doch auch nicht«, sprach er ihr zu. »Und selbst wenn es dir gelingen würde, du kannst Philipp nicht ins Leben zurückrufen. Seine Musik, so traurig es ist, ist mit ihm gestorben. Natürlich haben wir Schallplattenaufnahmen, Tonbänder … ein lebender, atmender Mensch wird die Geige aber nie wieder genauso spielen wie dein Vater …«

Grit schluchzte auf. Vincent führte sie zum Sofa, drückte sie in die Polster und gab ihr das Glas in die Hand. Auch er nahm einen Schluck aus dem seinen.

»Wenn du Familie hättest …«, überlegte er dann, »… weitere Kinder … Vielleicht wäre ja eines in Philipps Fußstapfen getreten …«

»Meine Tochter ist vollkommen unmusikalisch«, sagte Grit verbittert. »Dabei war ihr Vater ziemlich begabt …«

»Es vererbt sich ja nicht auf jedes Kind«, meinte Vincent. »Mein Bruder kann auch keinen Ton halten, geschweige denn Dur oder Moll erkennen.«

Gritt leerte ihr Glas und bat Vincent um ein weiteres. Er stellte die Flasche auf den Tisch, setzte sich neben sie und legte einen Arm um sie.

»Du meinst, ich hätte es noch mal versuchen sollen?«, fragte sie mit schon etwas verwaschener Stimme – sie trank selten Alkohol und hatte in der Konzertpause bereits zwei Gläser Sekt gehabt.

Vincent schüttelte den Kopf. »Natürlich nicht! Liebe, Familie, Kinder … das ist doch kein Zuchtexperiment. Ich meinte nur, dass es etwas unglücklich gelaufen ist. Einem musikalischen Enkelkind hätte Philipp sein Können sicher vermitteln wollen. Und es hätte vielleicht mehr von seinem Stil übernommen. Dich hat er ja auch geprägt, vieles an deinem Klavierspiel erinnert mich an seine Interpretationen auf der Geige. Darüber hinaus hat er seinen Meisterschülern eine Menge mitgegeben. Etwas von ihm lebt weiter, Grit. Nur nicht als Kopie. Nicht in Perfektion.«

Grit konnte nicht aufhören zu weinen und schmiegte sich an ihn.

»Hast du ihm wirklich gesagt, dass du mich liebst?«, fragte sie.

Vincent errötete. Er hatte Philipp seine Liebe zu seiner Tochter gestanden, aber nie daran gedacht, dass er mit ihr darüber reden würde.

»Ja«, gab er zu. »Weil du es ja nicht hören wolltest. Ich liebe dich sehr, Grit. Ich liebe dich aufrichtig. Mehr als ich je eine andere Frau lieben könnte. Du musst das doch wissen. Ich hab mich immer um dich bemüht.«

Grit nickte und bot ihm den Mund zum Kuss.

»Vielleicht haben wir alles falsch gemacht«, murmelte sie.

Vincent wusste nicht, ob er das Richtige tat. Aber er zog sie an sich, küsste sie und versuchte, sie ihren Kummer wenigstens für eine Nacht vergessen zu lassen.

Kapitel 8

Die nächsten Wochen gehörten zu den glücklichsten in Vincent Langdons Leben. Grit entzog sich ihm nicht mehr, im Gegenteil, sie schien sich zu freuen, wenn er sie in ihrem Haus besuchte, ihre Begegnungen machten sie ganz offensichtlich glücklich. Allerdings hielt sie daran fest, täglich viele Stunden zu üben – sie setzte ihre Arbeit mit der Geige fort und spielte auch wieder Klavier. Das verschlang natürlich eine Menge Zeit, die Vincent sehr viel lieber mit all den Dingen verbracht hätte, von denen er immer geträumt hatte. Er wünschte sich, mit Grit im erwachenden Frühling spazieren zu gehen, mit ihr auf den See im Park hinauszurudern – einfach nur verliebt mit ihr zu albern, wie er es von anderen Paaren kannte. Grit ließ sich jedoch nur mal zum Essen einladen oder begleitete ihn in ein Konzert. Gelegentlich musizierte sie mit ihm zusammen. Weitere Unternehmungen schienen sie nicht zu reizen.

Vincent empfand sie als zu ernst für eine glücklich verliebte Frau – führte dies allerdings auf ihre Trauer um ihren Vater zurück, unter der sie natürlich immer noch litt. Er war stets bereit, alles für sie zu tun, bewies unendliche Geduld und tröstete sich damit, dass seine Liebe nun endlich erwidert wurde. Grit sperrte sich nie, wenn er sie körperlich lieben wollte. Sie war anschmiegsam, vielleicht ein wenig passiv, doch sie hatte schließlich kaum Erfahrung. Nach dem, was Philipp erzählt hatte, beschränkte sich die auf eine einzige Nacht mit ihrem griechischen Freund.

Zwei Monate später begann Vincent vorsichtig, von Hochzeit zu reden.

»Wir müssen das Trauerjahr natürlich abwarten. Aber ich würde gern wissen, was du grundsätzlich davon hältst.« Grit sah ihn an, als hätte sie ihn nicht verstanden. Vincent versuchte es noch einmal. »Grit, das kann dich doch nicht überraschen. Ich liebe dich. Und … und wenn wir noch Kinder wollen, müssen wir uns beeilen. Versteh mich richtig, du bist wunderschön … aber … du bist nicht mehr ganz jung.«

Grit zuckte mit den Schultern. Sie war fast siebenunddreißig Jahre alt – längst noch nicht alt genug, um den Zenit ihrer Künstlerkarriere zu erreichen. Dass ihre Zeit, Mutter zu werden, begrenzt war, schien sie nie überlegt zu haben.

»Denk wenigstens mal darüber nach«, flehte Vincent. »Versprich mir, dass du darüber nachdenkst.«

Grit nickte.

Am nächsten Tag war sie verschwunden.

»Miss Grit ist auf Reisen«, erklärte Mrs. Mason emotionslos, als Vincent nach seiner Freundin fragte, nachdem er drei Tage lang nichts von ihr gehört hatte. »Und nein, ich weiß nicht, wohin, das geht mich ja nichts an. Sie hat allerdings einen Brief für Sie hinterlassen.« Sie watschelte gemächlich in Richtung Wohnzimmer, um das Kuvert zu holen. Vincent folgte ihr und registrierte, dass der Geigenkasten nicht an seinem Platz stand. Eilig riss er den Brief auf.

Ich hab nachgedacht, schrieb Grit, wobei sie auf eine Anrede verzichtet hatte. Vincent gab schon das einen Stich. Er hatte auf »Geliebter Vincent« oder etwas Vergleichbares gehofft, doch Grit zerstörte seine Hoffnungen und Träume mit ein paar kurzen Sätzen. *Und ich bin zu dem Ergebnis gekommen, dass ich Dich nicht heiraten möchte. Ich hab alles, was ich will, ich brauche keinen Mann. Dennoch danke ich Dir. Du hast mir alles gegeben, was Du konntest, vor allem Lebensmut. Nun beginnt für mich ein neuer Abschnitt. Bitte empfinde keinen Hass mir gegenüber, sondern wünsch mir, dass meine Hoffnungen in Erfüllung gehen. Grit*

Vincent ließ das Schreiben sinken. Er schämte sich nicht dafür, dass er weinte.

Es war sieben Uhr morgens, als Nellies Telefon klingelte. Walter hatte sich gerade erhoben, um Kaffee zu kochen, sie selbst gönnte sich noch ein paar Minuten im Bett. Als sie abhob und hörte, dass es Grit war, die sie erneut in einem völlig desolaten Zustand kontaktierte, erschrak sie.

»Ma… Mami …«, hörte sie ihre weinende Tochter stammeln, »Mami, ich … ich hab etwas schrecklich Dummes gemacht, und nun hab ich solche Angst … Mami, kann ich zu dir kommen?«

Nellie musste erst einmal schlucken, sie war mehr als überrascht. Sosehr Grit um Philipp getrauert hatte – die Arbeit an ihrer künstlerischen Karriere schien ihr doch wichtiger gewesen zu sein, als sich von ihrer Mutter trösten zu lassen. In den diversen Berichten und Interviews, die in den letzten Monaten über sie erschienen waren, hatte sie gefasst und professionell gewirkt. Was mochte jetzt geschehen sein?

»Nun beruhige dich erst mal, Grietje. Es ist doch hoffentlich nicht wieder jemand gestorben?«, erkundigte sich Nellie besorgt.

Grits Schluchzen wich einem traurigen Lachen. »Nein. Nein, im … im Gegenteil.«

Nellie runzelte die Stirn. »Jetzt nimm dich zusammen, und erzähl von Anfang an, was geschehen ist, Grietje«, sagte sie bestimmt. »Was bringt dich derart durcheinander?«

Grit zog die Nase hoch und redete dann wie ein Wasserfall, immer unterbrochen von Schluchzern.

»Wir waren bei Yehudi Menuhin«, begann sie, und Nellie spitzte die Ohren. Schließlich hatte sie Vincent ermuntert, mit Grit das Konzert zu besuchen. »Und da … Ich schaffe es nie, Mami! Ich kann üben und üben und üben, aber so wie Papa werde ich nie spielen … Da müsste man als Kind schon anfangen, meint Vincent. Und jetzt … jetzt bin ich schwanger …«

Nellie schluckte. Das musste sie erst mal verdauen. Was mochte wohl das eine mit dem anderen zu tun haben?

»Aber Grietje, du … du wolltest doch kein Kind mehr …«, brach es nach einer Weile aus ihr heraus.

Walter, der eben hereinkam, um sie zum Frühstück zu holen, zog die Augenbrauen hoch.

Grit schluchzte weiter. »Ja … nein …«, sagte sie. »Dieses will ich schon. Weil ich … Hast du … hast du mal davon gehört, dass Menschen wiederkommen können … Also Tote … also Papa …«

Nellie sah ihren Mann fassungslos an. »Grietje, du hast dich schwängern lassen, weil du plötzlich an so was wie … Wiedergeburt glaubst? Du denkst, Philipp könnte sich in deinem Kind reinkarnieren?«

Walter fasste sich an die Stirn.

»Und warum nicht?«, fragte Grit heftig. »Was ist daran weniger wahrscheinlich, als dass wir in den Himmel oder die Hölle kommen?«

Nellie atmete tief durch. »Grit, ich glaube, es ist wirklich das Beste, wenn du das nächste Schiff in Richtung Neuseeland nimmst. Wir müssen über einiges reden. Was ist denn mit Vincent? Ist er der Vater?«

Grit verneinte vehement. »Nein. Nein, das Kind hat keinen Vater«, behauptete sie. »Es … es wird nur mir gehören. Und es wird Geige spielen … Es wird …«

»Komm her!«, sagte Nellie. »Per Schiff, oder, wenn du es dir leisten kannst, per Flugzeug. So schnell wie möglich!«

Walter ließ ihr ein paar Minuten Zeit, zu sich zu kommen, schließlich lockte der Kaffeeduft sie in die Küche.

»Also, wer ist der Vater?«, fragte er.

Nellie seufzte. »Vincent Langdon, Yehudi Menuhin oder der Heilige Geist«, meinte sie. »Und sollte das Kind ein Mädchen werden, hat es schon verloren …«

Wisconsin, 16. September 1956

Liebe Mama, lieber Papa, lieber David!

Jetzt sind wir schon so viele Monate hier, aber ich finde jetzt erst die Zeit, Euch in allen Einzelheiten von unserem Leben und unserer Arbeit bei Professor Harlow zu berichten. Immerhin hatte ich Euch ja gleich mitgeteilt, dass sich Eure Unkereien nicht bewahrheitet haben. Professor Harlow nimmt mich durchaus ernst, ich arbeite auch als Tierärztin, wenn unsere Rhesusäffchen mal einen Veterinär brauchen. Das ist zum Glück nur selten der Fall, aber tatsächlich der Grund dafür, dass der Professor speziell mit diesen Primaten arbeitet. Andere Affen haben sich als gesundheitlich anfälliger und obendrein als weniger aufgeweckt erwiesen. Gemeinsam mit einem Pfleger kümmere ich mich um über hundert Tiere. Die meisten von ihnen sind in Zweiergruppen untergebracht und haben einigermaßen geräumige Innen- und Außenkäfige, sie können zwischen dem Aufenthalt drinnen und draußen wählen.

Allerdings sind die Gehege etwas schlicht gestaltet, den Affen fehlt Ansprache, es gibt kein Spielzeug, keine Klettergerüste oder Schaukeln. Ich hab mir fest vorgenommen, dem in absehbarer Zeit abzuhelfen, aber zurzeit ist das Wetter so schlecht. Es ist kalt und nass, sodass ich keine Lust habe, in den Wald zu gehen und Zweige und Äste zu sammeln, die ich meinen Schützlingen zum Knabbern und zum Klettern anbieten könnte. Ich werde das in den kommenden Tagen machen, wenn die Sonne mal wieder scheint. Normalerweise ist der Herbst hier nämlich wunderschön, sie nennen ihn Indian Summer. Die Blätter der Bäume werden gelb und rot und schillern in überirdischen Farben. Leider hatte ich in der ersten Zeit zu viel damit zu tun, mich in die Abläufe im Labor einzuarbeiten und all die Affen beim Namen rufen zu lernen. Ich finde es sehr schön, dass sie Namen haben statt Nummern, und ich bemühe mich, mir ihre Eigenarten und speziellen Gesichtszüge zu merken. Sie sind alle ganz entzückend, besonders gefällt mir die Zucht- und Aufzuchtstation. Der Nachwuchs wird hier geboren und aufgezogen, die Affenjungen sind unendlich niedlich und ihre Mütter bemüht und zärtlich im Umgang mit ihnen. Ich könnte ihnen den ganzen Tag zuschauen.

Dafür hab ich natürlich keine Zeit, schließlich bin ich nicht hier, um mich zu amüsieren. Wie Du schon vorausgesagt hast, David, muss ich einen großen Teil meiner Arbeitszeit dem Füttern der Tiere und der Reinigung ihrer Käfige widmen. Während ich letztere putze, lasse ich die Äffchen meist frei in den Versorgungsräumen herumspringen und freue mich daran, wie sie die Umgebung erkunden und mit den Instrumenten spielen, die ich hinterher natürlich wieder desinfizieren muss. Sie klettern mir auch gern auf die Schultern und untersuchen mein Haar auf Läuse. Ich hab schon mal daran gedacht, ein paar Insekten hineinzusetzen, um ihnen eine Freude zu machen. (Das war selbstverständlich ein Scherz, Mama, ich würde mir nicht wirklich Krabbeltiere in die Frisur setzen.)

Zudem besteht meine Aufgabe darin, die Testobjekte – so werden die Äffchen tatsächlich genannt – vom Haltungsbereich in die Versuchslabore zu bringen. Beide Räume sind auf Professor Harlows Anweisung streng getrennt, denn es lenkt die Versuchstiere ab, wenn sie andere Affen rufen hören oder spielen sehen. Die Äffchen werden also in Transportkäfige gesetzt und hinübergetragen. Leider gefällt ihnen das gar nicht. Der Student, der es vor mir gemacht hat, zeigte mir dazu einen kleinen Stab, mittels dessen man den Tieren Elektroschläge versetzen kann, um sie in die Käfige zu zwingen. Ich war natürlich empört und erkundigte mich, ob er gern zur Arbeit gehen würde, wenn er auf eine solche Weise in den Bus oder die Trambahn gezwungen würde. Er schaute mich an, als wäre ich nicht recht bei Trost. Die Tiere, so meinte er, wüssten doch nicht, weshalb sie in die Käfige sollten, und überhaupt würden sie die Zwangsmaßnahmen schnell vergessen. Könnt Ihr Euch eine solche Ignoranz vorstellen? Zumal die Versuche sich ja um die Gedächtnisleistungen der Primaten drehen. Im Moment legen die Studenten Leckerbissen zum Beispiel unter eine rote Tasse und schauen am folgenden Tag, ob die Affen sich daran erinnern und als Erstes die rote Tasse anheben.

Eigentlich ist das ja ganz einfach – ich kann mir nicht vorstellen, dass unsere Paviane oder Gorillas da nur einen Moment zögern würden. Trotzdem machen die Affen oft nicht wirklich gut mit. Meiner Ansicht nach liegt das daran, dass sie sich im Labor nicht wohlfühlen und die Studenten, mit denen sie arbeiten, nicht sonderlich mögen. Also habe ich begonnen, sie mit einem Leckerbissen in die Transportkäfige zu locken, was zunächst nicht sonderlich gut funktionierte, weil die kleinen Racker natürlich abwogen, ob die Banane die Trennung von ihren Freunden und der vertrauten Atmosphäre wert wäre. Wenn sich trotzdem mal ein Äffchen traute, hab ich es nur ein bisschen herumgetragen und dann wieder befreit, und da die Kerlchen wirklich klug sind, hatte ich sie in kürzester Zeit so weit, dass sie willig einstiegen. Wenn ich sie dann ins Labor gebracht habe, spiele ich dort noch ein bisschen mit ihnen, bevor ich sie den Studenten überlasse. Ich gebe ihnen zum Beispiel blinkende Gegenstände und tausche sie gegen Leckerli. Das machen die Äffchen sehr gern – besonders, wenn ich so tue, als hätte ich meinen Ohrring oder meine Kette verloren und erst mal lauthals lamentiere und herumsuche, bevor ich die Sachen in den Käfigen entdecke und mit den »Verhandlungen« darüber beginne, gegen wie viele Weintrauben sie einen Ohrring eintauschen würden. Das freut die Kerlchen diebisch, und hinterher machen sie sich dann ganz motiviert an die Versuche. Die Studenten sind oft zu ernst im Umgang mit ihnen – ohne sie ihrerseits ernst zu nehmen. Unter uns gesagt: Die halten sich gegenseitig für zurückgeblieben. (Wieder ein Scherz, Mama.)

Mir macht die Arbeit jedenfalls Spaß, während Stephen seinen Platz noch nicht gefunden hat. Bislang hat er kein Thema für seine Doktorarbeit, sodass er nur dem Professor und den anderen Studenten bei ihren Untersuchungen hilft. Manchmal ärgert ihn das ein bisschen, aber insgesamt ist auch er nicht unzufrieden. Vor allem sind wir gemeinsam sehr glücklich. Wir haben im Sommer viele Ausflüge an die Seen hier in Wisconsin gemacht und werden den Indian Summer in den Bergen genießen. Ihr könnt Euch nicht vorstellen, in welch bunte Welt man sich dabei versetzt fühlt und wie die Sonne die Blätterdächer leuchten lässt. Einmal haben wir ein Wochenende in einer Blockhütte verbracht. Das war ausgesprochen romantisch – man konnte sich fühlen wie die ersten Siedler, die hierher vorgedrungen sind, um das Land urbar zu machen. Der ganze Staat ist voller schmucker kleiner Städtchen, die sehr von deutschen Einwanderern geprägt sind. Überall gibt es Bratwurst und Sauerkraut, und die Studenten und Mitarbeiter im Labor necken mich, weil ich kein Fleisch esse. Das kümmert mich jedoch nicht, ich gleiche es aus, indem ich gern mal ein Bier mittrinke. Es gibt hier viele Brauereien, und ich lerne, die verschiedenen Sorten zu unterscheiden. Schade, dass Du nicht dabei sein kannst, David. Wie ist Basel denn so? Und hat Sally schon ihr Tigerbaby? Ich hoffe, Mama und Papa werden Dir diesen Brief in die Schweiz schicken.

Liebe Grüße, Daphne

David Lemberger ließ den Brief seiner Schwester schmunzelnd sinken. Er freute sich ehrlich darüber, dass sie glücklich war, konnte das schlechte Gefühl, das ihn in Sachen Harlow von Anfang an beschlichen hatte, dennoch nicht abschütteln. Dabei beschrieb Daphne ihren Job und den Professor ja durchaus freundlich, und er regte sich auch nicht darüber auf, dass Daphne für das Gehalt einer Laborassistentin als Tierärztin arbeitete. Er selbst erhielt schließlich auch nur eine kleine Vergütung für seine Mitarbeit bei der Gestaltung des Basler Zoos. Es ging ihm mehr darum, etwas zu lernen, als Geld zu verdienen, und auch in Daphnes Lebenslauf würden sich ein paar Jahre Forschungsarbeit bei Harlow sicher gut machen. Vielleicht war es ja eher ihre Beziehung zu Stephen, die ihn beunruhigte. Womöglich beruhte es schlicht auf Eifersucht, dass er den jungen Mann nicht mochte. Daphne war sein ganzes Leben lang seine einzige Vertraute gewesen. Sie hatte ebenfalls keine anderen engen Freunde gehabt, er und seine Zwillingsschwester waren einander selbst genug gewesen. Vielleicht missgönnte er Stephen also einfach die Nähe zu ihr.

David beschloss, sich nicht weiter um sie zu sorgen. Er wollte lieber aus seinem Schneckenhaus herauskommen und die Schweiz erkunden, statt nächtelang über Büchern zum Verhalten und zu den Bedürfnissen exotischer Tiere zu sitzen. Heini Hediger ermutigte ihn, beides zum Maßstab der Haltung von Zootieren zu nehmen, Kurt Brägger gab ihm Techniken an die Hand, mithilfe derer man die Bauten harmonisch in die Gartenlandschaft des Zoos einbetten konnte.

Vier Wochen vor Weihnachten verordnete er sich in der Mittagspause einen Spaziergang durch den Zoo, statt im Büro zu bleiben und Zeichnungen anzufertigen. Immer noch kam es ihm komisch vor, dass es in der Schweiz im Dezember eiskalt war, statt sommerlich warm wie in Australien. Immerhin war es nicht wolkig und verhangen, sondern die Sonne befreite die Blätter der Parkanlagen vom Raureif. Der Zoo war trotz der Jahreszeit recht gut besucht, und David wählte verschlungene Pfade, um zum Tigergehege zu gelangen. Es gab dort weitläufige Außenanlagen und sogar Rückzugsräume für die Tiere.

Er steuerte eine Nische im Buschwerk an, von der aus er die Tiger beobachten konnte. Als er sie erreichte, zuckte er zusammen. Was sich ihm auf der kleinen Lichtung bot, war eine Art Déjà-vu, auch wenn die junge Frau diesmal nicht auf einer Parkbank saß und zeichnete, sondern auf einem Baumstumpf. Sie trug nicht wie bei ihrer letzten Begegnung eine leichte Bluse und Baumwollhosen, sondern war gekleidet wie für eine Nordpolexpedition: Skihosen, warme Stiefel und eine voluminöse Daunenjacke. Das schwarze

Haar lugte unter einer dicken Strickmütze hervor. Die Handschuhe schienen sie beim Zeichnen nicht zu irritieren.

»Evangelina?«, fragte David ungläubig.

Sie wandte sich ihm zu, und über ihr hübsches, von der Kälte gerötetes Gesicht zog ein Lächeln.

»David! Endlich! Ich dachte schon, der Versuch, dich zu überraschen, würde mich als Eisskulptur enden lassen. Irgendwann, wenn ich längst erfroren wäre, würdest du mich finden und meine erstarrte Schönheit bewundern und beweinen, denn irgendwann käme ja der Sommer ...« Sie sprach ihn ganz unkompliziert mit dem vertrauten Du an. Und er ging darauf ein.

»Du würdest anfangen zu riechen«, bemerkte er lachend. »Die Tiger wären entzückt.« David war gleich wieder bezaubert, ohne befangen zu sein, wie sonst oft fremden jungen Frauen gegenüber. Schon in Perth war es ihm leichtgefallen, mit Evangelina zu scherzen und sie zu necken. »Was machst du hier? Und was zeichnest du da?«

Evangelina ließ ihn ihr Bild sehen. »Das ist für dich«, sagte sie. Es war, als hätten sie sich ewig gekannt und ihr Wiedersehen nicht dem Zufall überlassen. Die Zeichnung war in ähnlichem Stil gehalten wie in Perth die Verschmelzung ihrer Familienporträts mit denen der Paviane. Jetzt standen jedoch Davids Katzen im Mittelpunkt, und hinter jeder von ihnen schien der Geist eines Tigers zu schweben. Wieder hatte Evangelina die Persönlichkeit der Tiere eingefangen, man meinte, die Anschmiegsamkeit der Hauskatzen mit der Majestät ihrer großen Verwandten verschmelzen zu sehen. »Und was ich hier mache? Ich studiere Kunst, weißt du nicht mehr? Jetzt wäre übrigens die Zeit, mich zu einem Kaffee einzuladen. Im Anbetracht der zurzeit herrschenden Temperaturen würde ich ihn dem Champagner vorziehen. Wir können ja später mal auf unser Wiedersehen anstoßen.«

Während David noch völlig benommen neben ihr in Richtung Zoorestaurant wanderte, erzählte sie ungezwungen, dass die Kunsthochschule von Basel ihren Studenten hervorragende Bedingungen bot, besonders, was angewandte Kunst anging. Evangelina hatte sich bislang nie damit beschäftigt, Gebrauchsgegenstände mit künstlerischem Anspruch zu gestalten, aber es erschien ihr eine willkommene Abrundung ihrer Studien.

»Konntest du denn einfach so wechseln?«, erkundigte sich David. »Musstest du keine Prüfungen ablegen?«

Evangelina zuckte mit den Schultern. »Ein Künstler oder eine Künstlerin wird nicht besser durch bestandene Prüfungen«, behauptete sie. »Mehr durch Lebenserfahrung, durch wechselnde Ansprüche ... und durch den Umgang mit Menschen, die ihn oder sie beflügeln.« Sie lächelte ihm zu.

»Du bist ... meinetwegen gekommen?«, fragte er fassungslos.

»Vielleicht ja, vielleicht nein. Möglicherweise reizt mich die Innenarchitektur von Tigerkäfigen oder die künstlerische Gestaltung von Futternäpfen ... Ich sage ja, ich lasse mich gern inspirieren. Bist du nicht froh, dass ich hier bin?«

David hatte darüber noch gar nicht nachgedacht, doch nun, da er es tat, spürte er etwas in sich tanzen. Evangelina wiederzusehen hatte etwas Befreiendes, er bekam plötzlich Lust zu lachen, zu scherzen – die Welt mit ihren Augen zu sehen.

Das Leuchten in den seinen war ihr Antwort genug.

Nellie begrüßte ihre Tochter am Schiffsanleger in Auckland, ein bisschen fürchtete sie sich davor. Schließlich hatte sie die schwangere Grit schon einmal in einem Hafen in Empfang genommen, und damals war sie völlig aufgelöst in ihren Armen zusammengebrochen. An diesem Tag unterschied sich jedoch schon ihr Auftreten sehr von der von Kriegserinnerungen gezeichneten jungen Frau, die sie damals gewesen war. Grit war modisch gekleidet, sie trug ein schwarzes Kostüm, die Jacke etwas ausgestellt, um ihre nicht mehr allzu schlanke Taille zu verbergen. Auf den ersten Blick erkannte man ihre Schwangerschaft noch nicht, aber das war damals ähnlich gewesen. Grits zweites Kind würde etwa um die gleiche Jahreszeit zur Welt kommen wie Henny.

Grit lächelte. Erst als sie registrierte, dass Nellie keine Trauerkleidung trug, flog ein Schatten über ihr Gesicht. Nellie ignorierte das. Sie nahm betroffen den Geigenkasten in Grits Hand wahr. Phipps' Geige … Natürlich hatte man das kostbare Instrument nicht einfach mit den Koffern und Reisetaschen in den Frachtraum packen können, aber es gab ihr doch einen Stich. Sie wurde erneut von Trauer um Philipp erfasst. Die Guarneri hatte so selbstverständlich zu ihm gehört … Sie schien verwaist, und in gewisser Weise verstand Nellie, dass ihre Tochter sich ihrer hatte annehmen wollen.

Als sie die Arme um sie legte, kamen Grit wieder die Tränen. »Mami …«, flüsterte sie. »Es ist alles so schrecklich ohne Papa …«

Nellie strich ihr das Haar aus dem Gesicht, das sich unter dem modischen, schwarzen Hut hervorwagte, und kämpfte ihrerseits mit den Tränen. »Grit, es tut mir so furchtbar leid. Mit einem derart frühen Tod konnte keiner rechnen, Phipps' Vater ist uralt geworden. Aber diese Dinge passieren. Die Eltern versterben, und wir müssen dann lernen, auf eigenen Füßen zu stehen, sofern wir es nicht vorher schon konnten. Du wirst das auch schaffen. Du hast doch eine gesicherte Existenz, einen Beruf, der dich finanziell unabhängig macht. Vincent Langdon wäre obendrein glücklich, wenn du seinen Antrag annehmen würdest ...«

Grit machte eine wegwerfende Handbewegung. »Das ist alles erst mal Vergangenheit. Ich ... ich sehe im Moment meine wichtigste Aufgabe darin, Philipps ... Papas Erbe am Leben zu halten, zu bewahren, was er war und ist ...«

Nellie war entschlossen, nicht gleich ein Streitgespräch mit ihrer Tochter zu beginnen. Also gab sie ihr vorerst recht. »Das ist im Grunde eine schöne Idee. Wir leben alle weiter in unseren Kindern und Enkelkindern. Sie haben jedoch ein Recht darauf, sie selbst zu sein. Du musst darauf gefasst sein, dass dieses Kind ganz anders ist als Papa.«

Grit nickte desinteressiert. »Das sagen alle«, erklärte sie.

»Es ist ja auch richtig«, meinte Nellie. »Wer ... wer ist denn nun der Vater?«

Grit winkte wieder ab. »Es ist nur mein Kind«, sagte sie. »Es wird ganz und gar mein Kind sein. Von Anfang an ... Es wird lernen, so zu sein wie ...«

Nellie schüttelte den Kopf. »Es wird nicht so wie Phipps sein, Grit, egal, was du dir erhoffst. Aber nun komm erst mal. Wir fahren heim, wir können im Rennbahnrestaurant etwas essen, und dann ruhst du dich aus. Und morgen ... Du hast schon ein Kind, Grit. Eines, das genauso viel von Philipp hat wie das, das du jetzt in dir trägst. Vielleicht möchtest du Henny ja morgen mal wiedersehen? Sie brennt darauf. Sie macht im Moment eine schwierige Phase durch. Mit dir verbindet sie ... etwas wie Hoffnung.«

April und Alex waren alles andere als begeistert davon gewesen, dass Grit nun doch zu Besuch kam. Natürlich hatte sie keinerlei Ansprüche auf Henny, sie war mit Grits Zustimmung ordnungsgemäß adoptiert worden, aber April befürchtete trotzdem Komplikationen. Henny haderte nach wie vor mit ihrem vermeintlich schrecklichen Schicksal, von allen abgelehnt und zu nichts wirklich nutze zu sein. Immer noch empfand sie sich als zurückgesetzt gegenüber Noah, sie rechnete sogar das Lob, das der kleine Nicholas für seine Reitversuche erhielt, gegen das ihre auf. »Aber meine Mutter wird mich doch mögen, auch wenn ich nicht Klavier spiele. Oder?«, hatte sie am Vortag noch zu Nellie gesagt.

Nellie hatte sie ermutigt und behauptet, dass Mütter ihre Kinder unter allen Umständen liebten. So ganz glaubte sie das allerdings nicht mehr, erst recht, als Grits Reaktion auf ein geplantes Treffen mit ihrer Tochter eher kühl ausfiel.

»Sicher«, erwiderte Grit. »Sicher werde ich Helena treffen. Sie muss ja groß geworden sein ...« Dabei schaute sie nach ihrem Koffer, der gerade an Land gebracht wurde. Sie reiste mit leichtem Gepäck – schließlich würde sie bald Umstandskleider benötigen, und nach der Geburt würden ihre Sachen nicht mehr der Mode entsprechen. »Können wir ... bei euch da draußen wohl irgendwo ein Klavier mieten?«, fragte sie dann übergangslos. »Ich muss ja üben, und ... und ich hab gehört, dass ein Kind musikalischer wird, wenn man ihm vorspielt, auch wenn es noch im Bauch der Mutter ist.«

Nellie hob die Brauen. »Dir hat niemand vorgespielt, Grietje«, meinte sie. »Aber das mit dem Üben sehe ich ein. Wir haben ein großes Haus. Du wirst sicher niemanden stören.« Walter mochte das zwar anders sehen, doch Nellie empfand die Bitte ihrer Tochter als berechtigt. »Vielleicht sollten wir aber hier nach einem Verleih suchen. In Onehunga gibt es kein Musikgeschäft, in Ellerslie ebenso wenig. Kennst du hier eines?«

Nachdem Grit aus Kreta zurückgekommen und Henny zur Welt gekommen war, hatten Phipps und sie eine Zeit lang in Auckland gewohnt. Grit erinnerte sich an ein Klaviergeschäft in der Princes

Street, und sie suchten es auf. Nellie hörte gelassen zu, wie ihre Tochter mit dem Inhaber über ein Leihinstrument verhandelte. Natürlich war er glücklich darüber, der bekannten Pianistin ein Klavier zur Verfügung stellen zu können, doch zunächst sprach er Grit sein Beileid zum Verlust ihres Vaters aus.

»Ich könnte Ihnen sogar einen Flügel überlassen«, bot er dann beflissen an.

Grit war durchaus interessiert.

»Vielleicht müssen wir es nicht gleich übertreiben«, bemerkte Nellie.

Sie wagte nicht zu fragen, bei welchem der Tasteninstrumente die Lärmbelästigung wohl größer wäre. Der Flügel nahm auf jeden Fall mehr Platz ein. Nellies Geduld wurde bereits auf die Probe gestellt, als Grit sämtliche Instrumente auf ihre Eignung überprüfte und den Klang und die Stimmung ausführlich mit dem Ladenbesitzer diskutierte. Da das Rennbahnrestaurant mittlerweile geschlossen hatte, schlug sie vor, in Auckland eine Kleinigkeit zu essen, und sie fanden ein nettes Restaurant. Grietje bestellte Lammbraten – als Kind war sie wie Nellie Vegetarierin gewesen, doch das war inzwischen wohl vergessen – und sprach über gesunde Ernährung während der Schwangerschaft. Sie hatte sich offenbar kundig gemacht und alle Bücher darüber und auch über Kindererziehung gekauft, die sie hatte finden können. Nellie fiel auf, dass sie von dem ungeborenen Kind stets als »er« sprach. Ihre Versuche, das Gespräch auch mal auf Henny zu bringen und deren dringenden Wunsch, von ihrer leiblichen Mutter akzeptiert zu werden, blockte sie ab.

Nellie fühlte sich wie erschlagen, als sie endlich nach Hause kamen und Grit sich, wie von ihr vorgeschlagen, im Gästezimmer ausruhte. Sie rief ihren Wolfshundmischling Jamie zu sich, den sie nicht mit nach Auckland genommen hatte, um Grit nicht zu erschrecken, und ging in den Stall. Walter unterhielt sich gerade mit einem der Trainer, der über eine Futterumstellung für seine Pferde nachdachte, und Nellie wurde sofort um ihre tierärztliche Meinung gebeten.

Nach dem Gespräch über dieses unverfängliche Thema fühlte sie sich besser, erst recht, als Walter sie in die Arme nahm, nachdem der Trainer gegangen war.

»Hast du herausgefunden, wer der Vater ist?«, erkundigte er sich.

Nellie zuckte mit den Schultern. »Menuhin eher nicht. Den Coup, einen Weltklassegeiger für die Zeugung eines neuen Weltklassegeigers gewonnen zu haben, hätte ich ihr angesehen. Aber morgen trifft sie erst mal Henny, darauf habe ich bestanden. Hoffentlich tue ich dem Kind damit einen Gefallen.«

Henny erschien in einem hübschen goldbraunen Kleid, das ihre hellbraunen Augen betonte, in denen Nellie immer meinte, Phipps' verträumten Blick wiederzuerkennen. Ein gelber Gürtel umschloss ihre schlanke Taille. Ihr Haar trug sie offen, die vollen schwarzen Locken ließen an Schneewittchen denken. Ihr Teint war allerdings dunkler als bei der Märchengestalt, und ihre Lippen waren auch nicht rot wie Blut, sondern himbeerrosa. Wahrscheinlich hatte sie mit einem billigen Lippenstift aus dem Drugstore in Onehunga herumexperimentiert.

»Hübsch siehst du aus«, sagte Nellie ermutigend und hoffte, dass auch Grit die leichte Ähnlichkeit mit ihrem Vater auffiel.

Die sah jedoch nur Leonidas in ihrer Tochter.

»Sie ist schön«, sagte sie, ohne das Wort direkt an Henny zu richten. »Leonidas war ein schöner Mann ... und ein guter Musiker. Sonst allerdings schwierig.«

Henny schluckte. »Mami meint, ich wäre auch gerade schwierig«, sagte sie leise.

Dabei blickte sie befangen auf Grit. Grits ebenmäßiges Gesicht war geschminkt, das rotblonde Haar raffiniert geschnitten. Henny hatte Bilder solcher Frisuren sicher schon in Frauenzeitschriften gesehen, aber der Friseur in Onehunga bekam das nicht zustande. Grit war schwarz gekleidet, leger in Bluse und weiten Leinenhosen. Ein breiter Schal lag um ihre Schultern, der den Blick auf ihre Taille verhüllte, was zunächst vielleicht gut war, denn Henny war weder von ihren Adoptiveltern noch von ihren Großeltern über Grits Zustand informiert worden.

Grit schaute ihre Tochter etwas irritiert an, vielleicht verwirrte sie, dass Henny das Wort »Mami« für April benutzt hatte. Dann fing sie sich.

»Das muss nichts heißen«, antwortete sie gelassen. »Künstler und Künstlerinnen gelten oft als schwierig. Eine Persönlichkeit mit Ausdruck und Charakterstärke ist nicht immer angepasst.«

Nellie sah ihre Enkelin um mindestens drei Zentimeter wachsen. Nicht schwierig zu sein, sondern eine Persönlichkeit, das musste Henny Auftrieb geben.

»Ich bin aber keine Künstlerin«, bemerkte sie nichtsdestotrotz. »Kann ich trotzdem …?«

»Du bist auch nicht schwierig«, mischte Nellie sich ein. »April hat das nicht so gemeint. Und natürlich bist du eine Persönlichkeit mit Ausdruck und Charakterstärke. Dafür muss man nicht Klavier spielen können.«

»Was … äh … machst du denn so?«, versuchte sich Grit an Konversation. »Du gehst noch zur Schule?«

Henny nickte irritiert. »Ja … sicher …«

Sie berichtete über die private Mädchenschule in Auckland, die sie besuchte. Sie fühlte sich wohl dort, hatte Freundinnen und machte gern in der Theatergruppe mit.

»Also doch eine Künstlerin«, konstatierte Grit.

Nellie hoffte, dass sie ihre Tochter jetzt nicht über die Rollen examinierte, in denen sie bislang geglänzt hatte. Henny verfügte über kein besonderes schauspielerisches Talent, was in der Theatergruppe allerdings keine Rolle spielte. Es ging dort vor allem um Spaß und darum, den Mädchen die Schüchternheit zu nehmen.

»Ich reite«, erklärte Henny dann von sich aus. Der Umgang mit Pferden war einfach das Wichtigste in ihrem Leben.

Grit lächelte ihr zu und bemühte sich weiter, das Gespräch in Gang zu halten, indem sie von ihren eigenen Reitversuchen als Kind erzählte. Sie hatte sich nie besonders für die Ponys interessiert, auf die Walter sie schon mal gesetzt hatte – der Höhepunkt war der Ritt auf einer Elefantenkuh gewesen, die Nellie und Maria damals behandelt hatten.

»Henny reitet auf sehr hohem Niveau«, versuchte Nellie erneut zu vermitteln. »Sie bildet schon Jungpferde mit aus, und wenn in Auckland ein Turnier stattfindet, holt sie Schleifen. Wer weiß, vielleicht vertritt sie Neuseeland mal auf der Olympiade.«

Henny errötete.

Grit nickte. »Ich hab mal einen Kompositionswettbewerb gewonnen. Auch zur Olympiade. Aber dann hab ich die Medaille nicht gewollt ...«

»Medaillen sind auch nicht wichtig, sagt Oma Mia«, erklärte Henny. »Wichtig ist, dass die Pferde glücklich sind.«

»Da hat sie sicher recht«, stimmte Grit zu, doch es klang wenig euphorisch.

Nellie hatte das Gefühl, dass ihre Tochter und ihre Enkelin zwar sehr höflich miteinander redeten, nur letztlich aneinander vorbei.

»Es ... es tut mir übrigens sehr leid, dass ... dass Opa Philipp gestorben ist«, sagte Henny.

Sie wirkte erleichtert, dass ihr das wieder eingefallen war, sicher hatte April ihr eingeschärft, ihr Beileid angemessen auszudrücken.

Grit runzelte kurz die Stirn. »Opa Philipp« war sicher kein Ausdruck, den sie ihrem angebeteten Vater je zugeordnet hätte.

»Hast du ihn einmal spielen hören?«, fragte sie dann eifrig.

Eine eigentlich unsinnige Frage, Henny war noch sehr klein gewesen, als sie Philipp zum letzten Mal gesehen hatte.

»Auf Platten«, erklärte sie nun, ihrerseits ohne Begeisterung. »Oma Mia hat sie uns immer vorgespielt.«

In Hennys Adoptivfamilie hatte nur Alex etwas Freude an diesen Konzertabenden empfunden. Er mochte Musik, ohne dass sie je eine große Rolle in seinem Leben gespielt hatte. April und Henny hatten sich nur gelangweilt.

»Möchtest du seine Geige sehen?«, fragte Grit eifrig.

Henny nickte höflich. Immerhin zeigte sie beim Betrachten des Instruments die gebührende Ehrfurcht. Sehr vorsichtig strich sie über das alte Holz der Guarneri und erschrak, als eine Saite bei der Berührung Pling machte. Grit hob die Geige an die Schulter und spielte eine kleine Melodie.

»Das klingt sehr schön«, lobte Henny pflichtschuldig. »Möchtest du mal mit mir in den Stall kommen und unsere Pferde kennenlernen? Wir haben eine Melody, aber die kann man gerade nicht reiten, sie hat ein Fohlen. Die Fohlen kann ich dir auch zeigen.« Ihre Augen leuchteten dabei genauso wie eben die ihrer Mutter, als sie die Geige auspackte.

Grit biss sich auf die Lippen. »Ich hab … wenig Zeit«, sagte sie.

Das Leuchten in Hennys Augen erstarb.

Nellie griff erneut ein. »Grit wird sicher gern mal kommen, um dich reiten zu sehen«, erklärte sie. »Vielleicht nicht im Unterricht, sondern wenn du nur zum Spaß auf dem Platz bist. Wir könnten das Radio mitnehmen, und du reitest zur Musik.«

Sie wusste, dass Henny das gern tat. Auch April ließ mitunter das Radio laufen, während sie mit einem Pferd arbeitete.

Grit lächelte, und es wirkte ehrlich. Nellie atmete auf.

»Was meinst du, Henny, morgen?«, fragte sie und war froh, als Mutter und Tochter zustimmten.

»Jetzt muss ich weiter üben«, beendete Grit das Gespräch.

Das Klavier aus Auckland war zwar noch nicht eingetroffen, doch sie hatte schon während des gesamten Vormittags Geige gespielt. Nellie hatte ihr einen Raum im ersten Stock des Hauses zur Verfügung gestellt – so weit außer Hörweite der Wohnräume der Familie wie möglich.

Henny verstand den Wink und erwähnte ihre noch ausstehenden Hausaufgaben. Sie verabschiedete sich artig und ging hinaus, um

April zu suchen, die sie hergefahren hatte und draußen auf sie warten wollte. Wie erwartet fand sie ihre Mutter auf der Rennbahn. Sie beobachtete das Training von ein paar dreijährigen Stuten.

»Ist das Gipsy Honeymoon von Oma Willie?«, fragte das Mädchen und wies auf eine den Pulk anführende, sehr schnelle Fuchsstute.

April nickte. »Sie wird beim nächsten Rennen glänzen«, sagte sie voraus. »Sofern der Jockey nicht wieder schläft, wenn doch ein Konkurrent Anstalten macht, sie mit seinem Pferd zu überholen …«

Henny lachte. »Weil sie dann leider nach dem anderen Pferd ausschlägt und sich darüber so aufregt, dass sie zurückbleibt«, wusste sie.

»Willies Pferde sind eben manchmal schwierig«, bemerkte April.

»Nicht schwierig«, korrigierte Henny. »Sie haben nur Persönlichkeit, Ausdruck und Charakterstärke.«

April grinste. »Schöner hätte es auch Willie nicht formulieren können«, sagte sie. »Wie war es mit … Grit?«, fragte sie vorsichtig. Bisher war nie darüber gesprochen worden, wie Henny ihre leibliche Mutter nennen sollte.

Henny rieb sich die Stirn. Sie wusste keine rechte Antwort. »Sie ist nett«, meinte sie schließlich. »Sie kommt morgen zugucken, wie ich reite. Darf ich dann wohl Early Bird nehmen?«

April nickte, froh, dass ihre Tochter an diesem Nachmittag mal nicht maulig oder widerspenstig war, sondern aufgeschlossen wirkte. »Wir wollen sie doch beeindrucken«, sagte sie und zwinkerte ihr zu.

Henny zwinkerte zurück – zwischen Mutter und Tochter war ausnahmsweise alles in Ordnung.

»Helena ist ein wohlerzogenes Kind«, äußerte sich Grit positiv über die erste Begegnung. »Und wohl doch nicht so unmusikalisch, wie es damals schien. Ich hab schon Leute zu Musik reiten sehen. Das kann wie Ballett sein, wunderschön. Ich bin wirklich gespannt auf morgen.«

Henny hatte sich schick gemacht, um Grit die Stute Early Bird vorzureiten. Sie trug weiße Reithosen und ein Jackett, das sie sonst nur zu Turnieren anzog, dazu einen passenden Zylinder auf dem akkurat aufgesteckten Haar. Für Early Bird hatte April eine weiße Schabracke herausgesucht. Sie war ordentlich aufgewärmt und stand sehr schön an den Hilfen, als Nellie mit Grit auf den Hof fuhr.

»Das sieht ja großartig aus!«, lobte Nellie sie auch sofort.

Sie war mehr als einverstanden mit der Wahl der Stute, Early Bird gehörte zu den am besten ausgebildeten Pferden auf Epona Station. Henny sollte mit ihr glänzen können. Nun musste nur noch der Radiosender mitspielen und Musik bringen statt Berichte über Rugby-Spiele.

Grit begrüßte April und deren Mutter Mia von Gerstorf, die ebenfalls zum Zuschauen gekommen war, und nahm verbindlich und würdevoll die erneuten Beileidsbekundungen zum Verlust ihres Vaters entgegen. Schließlich schaltete April das Radio ein, und tatsächlich erscholl Musik – *I'm Walking Behind You*, ein langsamer Song, zu dem Henny ihre Stute Schrittlektionen gehen ließ. Sie machte das großartig, zeigte Seitengänge, Kurzkehrtwendungen und trat flüssig zurück. Henny trabte Early Bird an, als der Sender als Nächstes *Don't Let the Stars Get in Your Eyes* spielte, ein eher schmissiges Lied. Die Stute ging wunderschön am Zügel, das Pferd und das Mädchen tanzten selbstvergessen miteinander durch das Viereck – die zwei bewegten sich nur nicht im Takt.

Neben Grit merkte das lediglich Mia, der es allerdings nichts ausmachte. Sie fand die Musikuntermalung einfach nett, ob die Schritte genau passten, war ihr gleichgültig. Grit dagegen nahm die Schwierigkeit der gerittenen Lektionen und die überaus korrekte Ausführung gar nicht wahr. Ihre Augen weiteten sich nur immer mehr, als ihr erneut bewusst wurde, dass ihre Tochter Helena keinen Funken Musikalität geerbt hatte. Als sich Henny und Early Bird anschließend auch noch zu *How much is that Doggy in the Window* prächtig amüsierten, Flokati meinte, mitsingen zu müssen und gelegentlich bellte, woraufhin Jamie seiner Wolfshundabstammung alle Ehre machte und lauthals jaulte, wandte sie sich ab.

Henny lachte, als sie Early Bird schließlich in der Mitte der Bahn Aufstellung nehmen ließ – auch dies sehr schön geritten –, und schaute nach ihrer Mutter aus. Als sie sah, dass Grit gegangen war, umwölkte sich ihre Stirn.

»Grit kann mit Reiten einfach nichts anfangen«, tröstete Nellie ihre Enkelin, nachdem Henny Aprils und Mias Glückwünsche für den gelungenen Ritt ohne jede Regung an sich hatte abperlen lassen. »Sie hat nur gehört, dass ihr nicht immer im Takt wart, und das kann sie nun mal nicht ertragen. Das heißt aber keinesfalls, dass es ihr nicht gefallen hat, wie du Early Bird geritten hast …«

Der letzte Satz entsprach nicht der Wahrheit, und Henny erfasste das natürlich. Eigentlich war der Tag für sie erst gerettet, als Julius von Gerstorf am Stall auf sie wartete.

»Ich hab von hier aus zugesehen«, sagte er. »Und es war großartig. Das ist Reitkunst, Henny! Heute bist du wirklich geritten. Ich bin stolz auf dich. Du bist die beste Schülerin, die ich jemals hatte.«

»Besser als Mami, Opa Julius?«, fragte Henny ungläubig.

Julius lächelte. »Sogar besser als Oma Mia«, erklärte er.

Henny strahlte.

Allen Misserfolgen zum Trotz gab Nellie auch in den nächsten Wochen nicht auf, eine Brücke zwischen ihrer Tochter und ihrer Enkelin zu schlagen. Gegen Aprils Widerstand musste sie dabei nicht mehr ankämpfen, der war längst klar, dass Grit keine Konkurrenz für ihre Rolle als Mutter darstellte. Im Gegenteil, je häufiger sich Grit Henny gegenüber ablehnend verhielt, desto besser wurde ihr Verhältnis zu April und Alex, sie spürte die weit größeren Gemeinsamkeiten. Julius' Lob hatte obendrein einen Knoten platzen lassen. Henny ritt in den Unterrichtsstunden wieder entspannter und stand sich damit nicht mehr selbst im Weg. Sie wurde immer häufiger gelobt und entwickelte ein gelasseneres Verhältnis zu Noah.

Was Grit anging, so organisierte Nellie gemeinsame Unternehmungen wie einen Einkaufsbummel in Auckland – wo sie herausfanden, dass es kaum schwarze Umstandskleider gab – oder Besuche in Museen und Ausstellungen. Am harmonischsten verlief der Zoobesuch – daran hatte Grit beste Erinnerungen aus ihrer Kindheit. Henny erzählte fröhlich von einem Besuch bei den Lembergers in Perth im Vorjahr, und Grit erklärte, dass Maria ihre erste Klavierlehrerin gewesen war, als sie noch mit ihrer Mutter in Berlin gelebt hatte. Allerdings hatte sie später ihren Vater bei verschiedenen Anlässen kritisiert, woran Grit sich nicht so gern erinnerte. Nellie brachte das Gespräch dann lieber auf Australien. April und Alex waren mit Henny und Nicholas dort umhergereist, und Grit hatte Tourneen durch das Land gemacht. Ihr fielen aber nur Konzertsäle und ein paar Städte ein. Die großen landschaftlichen Sehenswürdigkeiten des Landes hatten Philipp und sie nicht besucht.

Henny kam sehr bald zu dem Ergebnis, dass sie ihre leibliche Mutter einfach langweilig fand – und manchmal sonderbar. Grit war es nicht gewohnt, irgendetwas allein zu machen. Sie konnte weder Autofahren noch kochen oder Monopoly spielen, kannte weder die populärsten Schlager der letzten Jahre noch die spannendsten Bücher oder gar Filme. Im Grunde hatte sie nie etwas anderes getan, als Klavier zu spielen – von den Kriegsjahren in Griechenland einmal abgesehen –, doch davon sprach niemand, zumindest nicht Henny gegenüber. Ebenso erfuhr sie nichts Genaues über Grits Schwangerschaft, bis sie schließlich allen Mut zusammennahm und sie danach fragte.

Die Gelegenheit ergab sich an einem sonnigen Novembertag. Grit machte Pause zwischen ihren Klavier- und Geigenübungseinheiten, und Henny war mit Alex, der zwei Pferde aus Epona Station zum Training gebracht hatte und sich jetzt mit Walter über die Arbeit mit ihnen abstimmte, auf die Rennbahn gekommen. Nun schaute sie bei Grit vorbei und freute sich, ihre Mutter im Garten anzutreffen. Sie hatte sich auf einer Liege ausgestreckt, ihr Bauch war unter der weiten Bluse gut zu erkennen. April hatte Henny ihre Hand auf ihren Bauch legen lassen, als sie mit Nicholas schwanger gewesen war, und sie wollte gern auch die Bewegungen ihres neuen Geschwisterchens spüren. Doch zunächst musste sie mit Grit ins Gespräch darüber kommen.

»Stimmt es, dass ich eine kleine Schwester bekomme?«, erkundigte sie sich vorsichtig. »Oder einen kleinen Bruder?«

Grit runzelte die Stirn. »Ich denke, ich bekomme einen Jungen«, sagte sie. »Er wird nur nicht dein Bruder sein …«

Henny lachte. »Klar, weil ich ja adoptiert bin. Mein Bruder ist Nicholas. Aber irgendwie ist dein Baby doch mit mir verwandt. Wo ist denn eigentlich sein Papa?«

Grit stand schwerfällig auf. Sie wurde langsam unbeweglich, und wie Grandma Nellie erklärt hatte, gefiel ihr das nicht.

»Es hat keinen Vater«, erwiderte sie kühl. »Es gehört nur mir.«

Henny blieb ratlos zurück, als sie ging. Grit würde ihr ganz sicher niemals erlauben, die Bewegungen ihres Babys zu spüren – es hörte sich fast an, als würde sie nicht mal wollen, dass Henny es anfasste, wenn es denn da war. Wenn er da war. Sie fragte sich, wie Grit wissen konnte, dass sie einen Sohn bekommen würde.

Von ihrem wenig herzlichen Verhältnis zu Henny abgesehen, fügte Grit sich bei diesem Besuch deutlich besser in Nellies Familie und

Freundeskreis ein als bei ihrem letzten nach dem Krieg. Sie verbrachte die meiste Zeit in ihrem Musikzimmer, wo ihr Klavier- und Geigenspiel niemanden belästigte. Während der Mahlzeiten mit Nellie und Walter plauderte sie gewandt über alle Themen um Gott und die Welt. Pferde und Musik ließen die Beteiligten in stummem Einverständnis aus, und Nellie brachte das Gespräch auch nicht auf die Bücher, die sie mitunter bei ihrer Tochter sah. Grit beschäftigte sich mit Spiritismus und fernöstlichen Philosophien, Morey Bernsteins *Protokoll einer Wiedergeburt* hatte sie bereits mehrmals gelesen. In Nellie bestärkte das die Sorge, die sie seit Langem hegte. Grit hatte die Überlegung, ihr Kind sei bewusst gezeugt worden, um ihrem Vater die Reinkarnation in ihrem Sohn zu ermöglichen, zwar nicht noch einmal geäußert, aber Nellie war beunruhigt. Lediglich der Umstand, dass ihre Tochter sich sonst einigermaßen normal verhielt, sich weiterhin sorgfältig kleidete und bei Einladungen, die sie gemeinsam mit den von Prednitzens besuchte, eher glänzte, als negativ auffiel, stimmte sie optimistisch.

»Vielleicht hast du sie ja falsch verstanden«, meinte auch Walter. »Nach dem Krieg war sie ja ziemlich durcheinander, aber jetzt erscheint sie mir gefestigt. Sie macht sich vielleicht falsche Vorstellungen davon, was es heißt, ein Kind zu haben«, Grit sprach von ihrem kommenden Nachwuchs stets, als könnte sie dessen Zeit als hilfloses Baby einfach überspringen, »aber insgesamt freut sie sich doch auf das Kleine. Und wenn sie es wirklich auf seine Zeugung angelegt hat, kann es nicht sein, dass sie einfach nicht mehr allein sein wollte? Dass sie sich eine Mutter-Sohn- statt Vater-Tochter-Familie wünscht?«

Nellie konnte das nur hoffen, doch sie musste zugeben, dass sich Grits neue Schwangerschaft nicht mit der ersten vergleichen ließ. Damals hatte ihre Tochter nie von ihrem Kind gesprochen und den Geburtstermin verdrängt. Jetzt dagegen fieberte sie der Entbindung entgegen und hatte ziemlich genaue Vorstellungen davon, wie sie ablaufen sollte.

»Ich möchte Musik, Mami! Ist es wohl möglich, Musik zu hören, während ich in den Wehen liege?«

Nellie zuckte mit den Schultern. »Also mir war da jedes Mal alles gleichgültig, aber grundsätzlich spricht natürlich nichts dagegen. Falls du dich für eine Hausgeburt entscheidest. Ich hab die beiden Jungs in der Klinik zur Welt gebracht und mich dabei sicherer gefühlt als bei deiner Geburt. Da hatte ich nur den Beistand von Maria, die es zwar großartig gemacht hat, allerdings nicht auf Komplikationen vorbereitet war. Ich dachte eigentlich, du würdest auch ins Krankenhaus in Auckland gehen.«

Grit schüttelte den Kopf. »Nein«, erwiderte sie. »Wenn ich da keine Musik hören kann, bleibe ich lieber hier. Du kannst das Kind holen. Das kannst du doch, oder?«

Nellie überredete sie schließlich, eine Hebamme hinzuzuziehen. Die junge Frau kam aus Onehunga, war mit April zur Schule gegangen und überzeugte Nellie sofort durch ihre Fachkompetenz und Fürsorge. Sie bestand darauf, Grit vor der Geburt gründlich zu untersuchen, und hielt sich in Bereitschaft, als der Geburtstermin näherrückte. Einen genauen Tag der Zeugung konnte Grit nicht angeben, was Nellie beruhigte. Yehudi Menuhin wäre nur ein oder zwei Nächte verfügbar gewesen.

Mitte Januar setzten die Wehen ein. Nellie versorgte ihre Tochter mit Tee und einer Suppe und nötigte sie zu einem warmen Bad, bevor sie die Hebamme rufen ließ. Grit war all das jedoch wesentlich unwichtiger als der Plattenspieler, den sie in ihrem Schlafzimmer installiert hatte. Sie hatte auch bereits die Platten bereitgelegt, die sie hören wollte. Nellie jagte es einen Schauer über den Rücken, als sie feststellte, dass es sich ausschließlich um Aufnahmen von ihrem Vater handelte.

»Möchten Sie nicht vielleicht mal etwas Fröhlicheres hören als dieses ständige Gefiedel?«, erkundigte sich Mary, die Hebamme, nach zwei Stunden bei Grit.

Der Muttermund war noch nicht sehr weit geöffnet, und die junge Frau langweilte sich bei der Vorstellung, weitere vier oder fünf Stunden mit klassischer Musik beschallt zu werden. Grit schüttelte entschlossen den Kopf und begann, Mary zwischen den Wehen die Feinheiten des Strichs und die besondere Interpretation der Musikstücke durch ihren Vater zu erklären.

Es lenkt sie immerhin ab, dachte Nellie, und sie erinnerte sich an Grits eisernes, verzweifeltes Schweigen während Hennys Geburt. Sie hatte damals versucht, keinen Laut von sich zu geben und auf jegliche Hilfe sowie Schmerzlinderungsmittel verzichtet.

Diesmal beachtete sie Marys Anweisungen genau, trank gehorsam den wehenfördernden Tee, den diese ihr reichte, und als Nellie Lachgas anbot, um in der Austreibungsphase des Kindes die Schmerzen ein wenig zu betäuben, schaute sie zwar fragend zu Mary hinüber, gab ihre Zustimmung aber gern, als die junge Hebamme nickte.

Das Kind glitt in die Welt, als eben die Sonne aufging und einen strahlenden Sommertag einleitete. Philipp De Groot spielte eine Romanze von Beethoven, sanfte, erwartungsvolle Melodien … Grit lächelte, als der Schrei des Kindes sie unterbrach sowie Marys fröhliche Stimme.

»Freuen Sie sich, Grit! Sie haben ein ganz entzückendes Mädchen!«

Grits Miene verfinsterte sich, und Nellie hielt die Luft an. Nur Mary bemerkte nichts von der Unstimmigkeit. Sie summte die Melodie völlig falsch mit, während sie die Nabelschnur durchtrennte, das Kind abwischte und in ein Tuch wickelte, um es Grit in die Arme zu legen. Erst jetzt bemerkte sie die offensichtliche Verwirrung, wenn nicht Ablehnung im Ausdruck der jungen Mutter.

»Was ist?«, fragte sie vergnügt. »Hätten Sie lieber einen Jungen?«

In Grits Augen standen Tränen der Enttäuschung.

»Ich glaube, meine Tochter hat sich gewünscht, dass ihr Sohn mal ein großer Geiger wird«, versuchte Nellie hilflos zu vermitteln.

Mary lachte. »Dann wird diese kleine Maus hier eben eine große Geigerin«, erklärte sie. »Mädchen können alles, was Jungen auch können, da machen Sie sich mal keine Gedanken.«

Erneut näherte sie sich Grit mit dem Säugling. Und Nellie atmete auf, als ihre Tochter das Kind in die Arme nahm.

Das Streben nach Glück

Amerika – Wisconsin, New York
Neuseeland – Ellerslie, Wellington, Gisborne
1957 – 1959

Wisconsin 17. Januar 1957

Lieber David!

Heute schreibe ich nur Dir, weil Du mich verstehen wirst – während Mama und Paps vielleicht eher schimpfen würden. Wir haben den beiden ja auch nicht alles erzählt, was wir im Zirkus so gemacht haben. An unsere diebische Freude, wenn wir die Tiere wieder mal hinter dem Rücken der Pfleger und Dompteure verwöhnt oder freigelassen hatten, muss ich in diesen Tagen oft denken, denn manchmal fühle ich mich genau wie damals – nur dass die Freude mehr und mehr einem unguten Gefühl gewichen ist.

Ich bin mit den Äffchen hier im Institut inzwischen sehr vertraut, ich spüre, wenn sie gelangweilt sind und unter Druck. Die Studien zu kognitiven Fähigkeiten und Gedächtnisleistungen gehen ihrem Ende zu – die Studenten schreiben eifrig an ihren Doktorarbeiten, sie haben ja auch etwas vorzuweisen. Die Affen haben alle Aufgaben mit Bravour erledigt, wobei ich, so gut ich konnte, dazu beigetragen habe, sie bei der Stange zu halten. Die Tiere allein in Käfige zu stecken und mit Aufgaben zu konfrontieren, ist einfach falsch. Sie vermissen ihre Freunde, fühlen sich nicht wohl mit den Studenten – es macht ihnen schlicht keinen Spaß, und in ihren freudlosen Behausungen würden sie zwischen den Arbeitseinheiten auch völlig verdummen. Also arbeite ich heimlich mit ihnen, lasse sie Schraubverschlüsse lösen – weißt Du noch, wie unsere Paviane sich daran versucht haben? – oder verstecke Leckereien in Kästchen, die sich auf unterschiedliche Weise öffnen lassen. Die Rhesusäffchen amüsieren sich köstlich, wenn es klappt, und sie zeigen es sich gegenseitig. Das Hütchen-Spiel kann sie ebenfalls immer wieder begeistern, aber leider bin ich dabei neulich erwischt worden. Zum Glück nur von einem Studenten, der nicht richtig begriffen hat, welche Intelligenzleistungen die Tiere da wirklich zeigten, trotzdem hat er mich streng darauf hingewiesen, dass ich auf keinen Fall Harlows Versuche nachahmen dürfe – dafür besäße ich keinerlei Qualifikation. Ich hätte beinahe gelacht.

Nun entbehrt das Ganze natürlich tatsächlich nicht jeder Komik, aber die neuen Versuche, die Harlow plant, gehen über ein bisschen Über- oder Unterforderung der Tiere weit hinaus. Es werde, so hat mir Stephen erklärt, um den Nachweis von Mutterliebe gehen. Ja, Du hast richtig gelesen. Man kann sich nicht einfach daran freuen, wie zärtlich die Affenmütter mit ihrem Nachwuchs umgehen, sondern man will beweisen, dass hier Gefühle im Spiel sind. Stephen ist Feuer und Flamme für diese Idee. Harlow behauptet, ein klarer Nachweis davon, dass Affenjunge Zuwendung brauchen, um gesund groß zu werden, würde die Sicht der Menschen auf Primaten – und letztlich auch auf die Erziehung von Menschenkindern – vollständig reformieren. Zurzeit befürworten Erziehungsratgeber ja eher die harte Linie. Ein Kind soll nicht zu oft hochgenommen, gestreichelt, geküsst und herumgetragen werden, um es nicht zu verweichlichen. Die angeblichen Experten fordern, es auch mal schreien zu lassen, wenn es hungrig ist, um es rechtzeitig das Wesen des Verzichts zu lehren.

So etwas würde einer Affenmutter natürlich nie einfallen, und so hat Harlow bereits begonnen, die Kleinen gleich nach der Geburt von ihren Müttern zu trennen, um dann Versuche mit ihnen anzustellen. Die Studenten und Studentinnen ziehen sie mit der Flasche groß. Für die Äffchen ist das erträglich – die Studenten kuscheln mit ihnen, und sie haben es zwischen den Fütterungen warm und gemütlich. Ich kümmere mich natürlich auch um sie, spreche sie an und streichle sie. Stephen und Harlow sind ganz stolz darauf, dass ihnen bis jetzt noch kein Baby gestorben ist. Mit den Müttern sieht es anders aus – die weinen und klagen noch tagelang, nachdem ihnen die Kinder weggenommen wurden. Manche sitzen nur noch traurig in der Ecke, andere wollen nichts mehr fressen. Mir tut es geradezu körperlich weh, ihr Leid zu beobachten, dabei bin ich nicht halb so empathisch wie Du oder gar Mama.

Für die Versuche spielt das Befinden der Mütter übrigens gar keine Rolle, was ich bei einer Versuchsreihe zum Thema Mutterliebe ziemlich befremdlich finde. Beobachtet werden nur die Babys, und als ich Harlow auf die seelischen und körperlichen Reaktionen der Mütter ansprach – ich bin immerhin ihre betreuende Tierärztin –, meinte er nur, das sei halt der Milchdruck, und ich solle ihnen etwas spritzen, das den Milchfluss hemmt. Das hatte ich natürlich schon getan, wir hätten sonst ja reihenweise Fälle von Mastitis. Aber ich verstehe einfach nicht, wie jemand so herzlos sein kann.

Harlow ist überhaupt ein seltsamer Mensch. Sehr arbeitsam – er ist morgens der Erste und abends der Letzte im Institut. Dabei sieht man ihn nie ohne Zigarette, er trinkt literweise Kaffee und ist entsprechend aufgedreht, was er dann wieder mit Spirituosen bekämpft. Oft verbringt er die halbe Nacht in einer Kneipe nebenan. Ich finde das nicht in Ordnung, da das Koffein und der Alkohol meiner Ansicht nach seine Urteilskraft beeinflussen. Er sieht nicht, was er den Tieren mit seinen Versuchen antut. Stephen hält das für Unsinn – wie alle anderen Studenten betet er Harlow an. Mir macht er den Vorwurf, zu sensibel zu sein. Er sagt, die Wissenschaft fordere eben gelegentlich Opfer, und diese Experimente seien wichtig. Die Forscher stünden auch gerade erst am Anfang, es käme noch einiges nach, was mir ebenso wenig gefallen würde.

Mir macht das Angst, David. Ich denke daran zu kündigen, obwohl ich Stephen liebe. Aber ich hätte das Gefühl, sowohl ihn als auch die Äffchen damit im Stich zu lassen.

Ich weiß, dass Du im Moment mit anderen Dingen beschäftigt bist, und ich freue mich sehr über Dein Glück mit Evangelina. Trotzdem musste ich einmal mein Herz ausschütten. Das hier belastet mich sehr, und ich würde gern Deine Meinung dazu hören. Du fehlst mir.

Deine Daphne

Daphne faltete den Brief, steckte ihn in einen Umschlag und dann in ihre Handtasche, um ihn auf dem Weg zur Arbeit einzuwerfen. Stephen war schon eine Stunde vor ihr ins Institut aufgebrochen – und sie wusste genau, was er da tat. Gemeinsam mit Harlow und den anderen Studenten, unterstützt vielleicht noch von einem Pfleger, trennte er die in der Nacht neugeborenen Affenjungen von ihren Müttern, eine hässliche, herzzerreißende und laute Angelegenheit, denn natürlich wehrten sich die Mütter nach Kräften. Sicher würde es dabei zu Verletzungen der Tiere und womöglich auch von Menschen kommen, wären die Mütter nach der Geburt nicht noch geschwächt. Daphne hatte angeregt, wenigstens ein Beruhigungsmittel einzusetzen, die Tiere am besten in leichte Narkose zu legen, doch das lehnten die Forscher ab. Man wollte schließlich die natürliche Reaktion der Affenjungen erleben, und das wäre nicht mehr gegeben, wenn sie über die Muttermilch Bestandteile des Mittels zu sich genommen hätten. Die erste Milch nach der Geburt, Kolostrum genannt, gestand man ihnen immerhin zu, da ihnen damit Antikörper zugeführt wurden, ohne die ein Überleben schwierig sein würde. Die Reaktion der Äffchen war natürlich jedes Mal gleich: In ihren Einzelkäfigen schrien sie zunächst nach ihren Müttern und weinten dann, bis Daphne, der Pfleger oder ein paar Studenten sie aufnahmen, fütterten und in ein mit einer Wärmflasche und flauschigen Decken einladend gestaltetes Bettchen legten, an das sie sich klammerten wie sonst an die Körper ihrer Mütter.

Daphne hatte es nicht weit zum Institut. Der Weg führte über begrünte Straßen und Parkanlagen, die jetzt, im amerikanischen Winter, grau und trostlos wirkten. Die Pracht des Indian Summer war verflogen. Jetzt hatte sie jedoch keinen Blick für die Natur, sondern grübelte nur über ihre Arbeit und über ihre Beziehung zu Stephen nach, die sich abzukühlen schien. Dabei war es im Sommer noch so schön gewesen. In den Semesterferien hatten sie gemeinsam Nationalparks besucht und Naturwunder wie den Grand Canyon bestaunt. Sie hatten Weißkopfadler über sich hinwegschweben sehen und im Yellowstone-Nationalpark tatsächlich einen Bären bei der Untersuchung eines Mülleimers beobachtet. Stephen war aufmerksam und großzügig gewesen, sie hatten in guten Hotels gewohnt und bei einem Abstecher nach Las Vegas einen Abend am Spieltisch verbracht. Daphne reizte das nicht sehr, obwohl sie beim Black Jack gewonnen hatte. Sie hatte nicht ganz das fotografische Gedächtnis ihrer Mutter, doch es reichte, sich eine Spielkartenfolge zu merken.

Stephen war erst stolz auf sie gewesen. Als sie ihm später von dem Trick erzählt hatte, war er allerdings unangenehm geworden. Er hatte ihr vorgeworfen, sich mit Schwindeleien zu brüsten oder gar zu lügen, da er es nicht für möglich hielt, sich die Karten zu merken. »Du musst immer so tun, als wärest du was Besonderes«, hatte er geblafft. Sie erkannte den Mann, in den sie sich verliebt hatte, manchmal kaum wieder und fragte sich nun, ob die Arbeit für Harlow ihn veränderte oder ob ihr Bild von ihm vielleicht falsch gewesen war. David würde vermutlich Letzteres behaupten, er hatte Stephen ja gleich nicht gemocht.

Auch was Professor Harlow anging, war Daphne unsicher. Der Professor war jovial, hatte immer einen Scherz auf den Lippen. Daphnes Vorschlag, den Tieren die Käfige etwas ansprechender zu gestalten, indem man Kletterbäume und Schaukeln einbaute, hatte er positiv aufgenommen, und er erzählte durchaus witzige Anekdoten – wie etwa die einer Äffin, die von ihrem Käfig aus das Licht an- und ausschalten konnte, womit sie den Nachtwächter völlig konfus machte, da er jedes Mal Einbrecher befürchtete. Harlow nannte das Tier sogar scherzhaft intelligent, während er Tieren sonst keine Seele und kaum Gefühle zugestand. Maschinen mit Herzschlag oder Black Box, so bezeichnete der Wissenschaftler Skinner ihr Gehirn. Zu dieser Ansicht bekannten sich auch Stephen und die anderen Doktoranden. Jedes Verhalten der Tiere wurde damit erklärt, dass sie entweder stupide auf Reize reagierten oder von ihren Instinkten gesteuert wurden.

Daphne warf ihren Brief ein und dachte an David. Das wenigstens belastete sie nicht, im letzten Brief ihres Bruders aus Basel hatte nur Positives gestanden. Evangelina hatte den stets sehr ernsten und oft etwas eigenbrötlerischen David vollkommen verändert. Die temperamentvolle junge Frau belegte ihn anscheinend in jeder freien Minute mit Beschlag, die er ihr zugestand. Sie bedrängte ihn nicht, akzeptierte, dass seine Arbeit für ihn an erster Stelle stand, aber sie bot ihm, wie er geschrieben hatte, immer wieder die Gelegenheit, doch einmal fünfe gerade sein zu lassen und mit ihr ins Kino, in Tanzlokale und Clubs zu gehen. Daphne fragte sich, was sie tat, wenn David keine Zeit für sie hatte, und ob dieser hyperaktive Schmetterling ihm wirklich treu war, doch sie wusste, dass ihr Bruder niemals Fragen stellen würde. Wie ihre Mutter Maria war er grenzenlos vertrauensvoll – vielleicht wollte er auch gar nicht wissen, was Evangelina an den Abenden unternahm, wenn er über seinen Zeichnungen saß. Sie war Mitglied einer Clique von Kunststudenten, die ebenso lebensfroh waren wie sie, und dadurch fand auch David Anschluss. Die jungen Künstler, als künftige Designer von Alltagsgegenständen weniger dünkelhaft als viele Maler oder Bildhauer, die meinten, große Kunst zu produzieren, nahmen den Landschaftsarchitekten gern in ihrer Mitte auf. Es gab Einladungen zu Partys und immer wieder zu Vernissagen, wenn einer der Freunde seine Werke öffentlich zeigte. David schrieb, dass die Skulpturen der jungen Leute ihn inspirierten, auch in die Zoolandschaft verwegenere Elemente einzubauen. Seine Arbeitgeber begrüßten das – Evangelina hatte sie ebenfalls innerhalb kürzester Zeit um den Finger gewickelt.

Daphne betrat schließlich das Institut – ein helles, modern ausgestattetes Gebäude, in dem sie gleich von vielen Mitarbeitern und Mitarbeiterinnen gegrüßt wurde. Nach wie vor scharte Harlow vor allem begeisterungsfähige junge Leute um sich. Im Foyer wurde die Howard-Crosby-Warren-Medaille ausgestellt, die dem Professor für seine herausragenden Beiträge auf dem Gebiet der experimentellen Psychologie verliehen worden war. Niemand außer Daphne schien an ihm zu zweifeln. Sie seufzte und ging auf dem Weg zu den Tierkäfigen in der Wäscherei vorbei, um neue Decken und Windeln für die sicher in der Nacht geborenen Affenbabys zu holen, und traf dort auf eine Studentin, Brenda.

»Die wirst du heute nicht brauchen«, erklärte die junge Frau unglücklich. »Die neuen Babys sind für ein anderes Experiment bestimmt, bei dem man dich und mich nicht haben will. Ich bin ziemlich schockiert. Aber es ist Grundlagenforschung, meint der Prof. Auf der man dann aufbauen kann …«

Daphne konnte sich kaum etwas vorstellen, das Brenda schockieren konnte – sie galt als Harlows Lieblingsstudentin und hätte nie ein Wort von ihm infrage gestellt. Wenn nun selbst sie erschrocken war, musste der Professor sich etwas besonders Grausames ausgedacht haben. Immerhin war sie gewarnt, als sie die Affenstation betrat, wo Rob, ein Pfleger, gerade Käfige reinigte. In den letzten Tagen war er um diese Zeit noch mit der Grundversorgung der Neugeborenen beschäftigt gewesen.

»Keine Babys heute, Rob?«, fragte Daphne verwundert, nachdem sie ihn gegrüßt hatte.

Der Pfleger nickte. »Es waren fünf. Aber sie wurden gleich ins Labor gebracht. Wir haben da nichts mit zu tun, meint der Prof, die nehmen sie für neue Versuche.«

Er wirkte nicht begeistert. Die wenigsten Studenten und Studentinnen waren an Tiere gewöhnt, und so stellten sie sich beim Füttern und Wickeln der winzigen Babys meist nicht allzu geschickt an.

»Versuche?«, wunderte sich Daphne. »Mit Neugeborenen? Das gehe ich mir mal ansehen.«

Sie nahm ein paar Windeln und Kuscheldecken mit und begab sich in den Labortrakt. In einem abgeschirmten Raum, in dem zehn Einzelkäfige vorbereitet waren, kümmerten sich Stephen und ein anderer Doktorand um fünf Äffchen. Sie versuchten, die Kleinen daran zu gewöhnen, an einer am Käfigrand angebrachten Flasche zu saugen. Davon abgesehen enthielten die Käfige keinerlei Komfort.

»Was um Himmels willen macht ihr da?«, fragte Daphne entsetzt. »Ihr könnt doch die Kleinen nicht in diesen kalten, kahlen Käfigen halten! Das überleben die nicht!«

Während sie einen der Käfige öffnete und Anstalten machte, das wimmernde Äffchen herauszuholen und zu trösten, trat Professor Harlow ein. Er schenkte Daphne sein gewinnendes Lächeln.

»Das fürchte ich auch, Dr. Lemberger. Obwohl wir die Tiere natürlich nicht frieren lassen. Die Temperaturen in diesem Raum sind durchaus angepasst an ihre Bedürfnisse. Allerdings soll soziale Deprivation Auswirkungen auf den Organismus von Primaten haben, angeblich hat es da schon im 13. Jahrhundert einen Versuch mit Menschenkindern gegeben, die man ohne Ansprache hat aufwachsen lassen wollen, um herauszufinden, welches die Ursprache des Menschen ist. Sie sind alle schon im Kleinkindalter gestorben. Unsere Äffchen …«

»Aber wenn Sie das doch wissen … wie können Sie …?« Daphne war fassungslos.

Der Professor schob sie sanft vom Käfig fort und schloss ihn wieder. »Wir brauchen empirisch unanfechtbare Testergebnisse«, sagte er bedauernd. »Alles andere sind nur Annahmen … Erfahrungswerte bestenfalls. Keine Angst, wir beschränken die Anzahl der Versuchstiere auf ein Mindestmaß. Und unsere zart besaiteten Mitarbeiterinnen werden nicht damit betraut, sie zu protokollieren.«

»Das ist Quälerei!«, erregte sich Daphne.

Der Professor schüttelte den Kopf. »Das ist Forschung«, erklärte er. »Stephen, bringen Sie Ihre Freundin doch bitte hinaus, trinken Sie einen Kaffee mit ihr … Sie müssen sich beruhigen, Daphne. Das sind nur Tiere …«

»Daphne, wir brauchen das als Vergleichsstudie«, versuchte auch Stephen sie zu überzeugen. »Die nächsten Äffchen bekommen wieder Kuscheltücher. Und wir tüfteln an einer Ersatzmutter, an die sich die Kleinen klammern können, als Alternative ein Affe aus Draht, an dem das Fläschchen hängt. Dann können wir herausfinden, ob ein natürliches Bedürfnis nach … äh … Körperkontakt besteht …«

»Und das beweist dann Mutterliebe?«, fragte Daphne ungehalten. »Ihr seid verrückt! Ich werde diesen Zirkus verlassen, ich …«

»Daphne, du hast einen Arbeitsvertrag«, erwiderte Stephen verärgert. »Und hast du dir mal überlegt, wie es sich auf mich auswirkt, wenn du unter Protest kündigst? Ich hab dir diesen Job verschafft …«

»Du?« Daphne musste beinahe lachen. »Ich bin Tierärztin. Ich hätte überall einen Job finden können und könnte es noch!«

»Aber du wolltest herkommen, weil du mich liebst!« Stephens Stimme wurde sanfter. Fast so zärtlich und vertraut wie damals in Australien, als er ihr Herz gewonnen hatte. »Daphne, bitte bleib! Bitte verlass mich nicht! Du liebst doch die Äffchen … Es sind auch Experimente geplant, die Tiere, die durch Deprivation gelitten haben, später wieder in Gruppen zusammenzuführen. Das wäre eine schöne Aufgabe für dich. Bitte überleg es dir!«

Daphne wusste nicht, ob sie Stephen noch liebte. Aber sie konnte die Äffchen nicht einfach vergessen. In den nächsten Tagen schlich sie sich immer wieder in den Raum mit den wimmernden, sterbenden Tieren. Als Daphne sah, dass es mit einem von ihnen zu Ende ging, holte sie es aus dem Käfig und wiegte das winzige Ding in ihren warmen Händen, flüsterte ihm zärtliche Worte zu und hoffte, dass es wenigstens noch ein bisschen Liebe mit in eine hoffentlich bessere Welt nahm. Sie musste weinen, als sich die Händchen des Tieres im letzten Moment noch um ihre Finger schlossen.

Stephen protokollierte emotionslos, dass lediglich eins der Äffchen länger als fünf Tage überlebte. Daphne hörte das anhaltende Weinen und Klagen der Mütter, denen sie jetzt nicht einmal mehr versichern konnte, ihre Kinder seien wohlauf.

Basel, 6. Februar 1957

Liebe Daphne …

Daphne erhielt Davids Brief nach einem besonders frustrierenden Arbeitstag im Laboratorium. Sie hatten erneut ein Äffchen verloren, diesmal aus der neuesten Testreihe, die Stephen unter Anleitung des Professors begonnen hatte. Die neugeborenen Tiere wurden nun nicht mehr in einem gänzlich leeren Käfig gehalten, sondern erhielten einen Kegel aus Draht, etwa in der Größe ihrer Mütter, an den sie sich klammern konnten. Das taten sie auch – und überlebten deutlich länger. Dennoch brachte die Einsamkeit und mangelnde Ansprache immer noch viele der Kleinen um, und Daphne konnte wenig für sie tun, da sie nach wie vor ungern im Versuchsbereich gesehen wurde. Sie trauerte um jedes einzelne der Tiere – da half es auch nicht, dass Lily begeistert an ihr hochsprang, als sie die Tür zu ihrer Wohnung öffnete. Der Hündin, dachte sie müde, werde ich ebenfalls nicht gerecht. Es war nicht gut, den Welpen täglich mehrere Stunden allein zu lassen, aber daran hatte sie gar nicht gedacht, als Stephen ihr das Tierchen als Weihnachtsüberraschung mitgebracht hatte.

Nachdem die Beziehung zu ihm gegen Ende des Jahres deutlich abgekühlt war, hatte er sich Weihnachten besondere Mühe gegeben. Erneut hatte er für ein paar Tage eine Hütte gemietet, diesmal in Wisconsins bekanntestem Skigebiet Granite Peak. Sie gehörte zu einem teuren Skiresort, man konnte dort die Zweisamkeit genießen, aber auch zum Haupthaus hinübergehen und elegant dinieren. Stephen hatte einen Weihnachtsbaum in der Hütte aufstellen lassen, während er mit ihr eine Wanderung durch den Schnee gemacht hatte, und darunter hatte Lily sie begrüßt, ein damals zehn Wochen altes Pudelmädchen.

»Ich dachte, du brauchst was zum Liebhaben«, hatte Stephen mit ein wenig entschuldigend klingender Stimme gesagt. »Etwas, das man dir nicht dauernd wieder wegnimmt, wie die Laboraffen. Sieht sie nicht genauso aus wie ein Äffchen? Ich hab extra nach einer Rasse gesucht, die ihnen ein bisschen ähnelt. Pudel seien sehr lernfähig, meinte der Züchter. Und dieser Welpe ist sehr schön. Vater und Mutter sind prämierte Tiere.«

Daphne hatte nicht recht gewusst, was sie zu der Erklärung sagen sollte. Es war offensichtlich, dass Stephen das Beste wollte, doch überhaupt nicht verstand, worum es ihr ging. Sie hatte nie einen eigenen Hund gehabt, aber bei den allermeisten Hunden ihrer Bekannten hatte es sich um Mischlinge gehandelt. Sie wäre nie auf den Gedanken gekommen, bei einem Züchter ein Tier zu erwerben, das nach eigener Einschätzung einem völlig anders gearteten optisch ähnelte. Nichtsdestotrotz hatte Lily, ein beiges Lockenbündel mit riesigen schwarzen Knopfaugen, sofort ihr Herz gewonnen. Sie hatte den Urlaub damit verbracht, mit dem Hündchen zu spielen und den Wald zu erkunden, während Stephen Ski gefahren war. Natürlich machte er ihr das Angebot, einen Anfängerkurs für sie zu buchen – nachdem er sich zunächst verwundert darüber gezeigt hatte, dass sie den Sport nicht beherrschte. Für seine Familie hatte ein Winterurlaub in den Neuseeländischen Alpen zu den alljährlichen Unternehmungen gehört. Sie hatte dazu allerdings wenig Lust gehabt und wäre eher erfreut gewesen über einen Ausritt durch die weiße Pracht. Das Resort hatte jedoch keine Pferde, und so hatte sie sich eben auf erste kleine Spaziergänge mit der Hündin beschränkt.

Wie kurzsichtig es gewesen war, das Geschenk zu machen und

anzunehmen, war ihr erst klar geworden, als sie wieder im Institut gewesen waren. Harlow erlaubte ihr nicht, Lily mit ins Labor zu bringen – die Reize, denen die Affen ausgesetzt wurden, sollten genau definiert sein, und ein herumtobendes Hündchen gehörte nicht zu dem, was sie sehen, hören und riechen sollten. Daphne ließ das Pudelmädchen also blutenden Herzens allein in der Wohnung und hetzte in der Mittagspause hin und zurück, um wenigstens ein bisschen mit Lily zu spielen und mit ihr Gassi zu gehen. Mit Stephen verbrachte sie dadurch immer weniger Zeit – und bedauerte das nicht. Die neuen Experimente schienen ihr ebenso grausam wie die früheren, sie konnte keinen großen Forschungserfolg darin erkennen, dass es den Äffchen nun wenigstens erlaubt war, ihre natürliche Haltung einzunehmen, angeklammert an irgendetwas, das ihnen Sicherheit geben sollte. Wie wenig Sicherheit das Drahtgestell gab, erkannte man an der immer noch hohen Sterberate.

Daphne hätte Davids Brief am liebsten gleich gelesen, nahm jedoch zunächst die Hündin an die Leine und gönnte ihr wenigstens einen kurzen Spaziergang. Auf die Dauer würde Lily mehr Auslauf brauchen – und sie selbst eine weniger aufreibende Tätigkeit. Immerhin kuschelte sich das kleine Tier bereitwillig neben sie aufs Sofa, als sie endlich zurück waren und sie zum Lesen kam.

Ich habe gestern Deinen Brief erhalten, und es tut mir sehr leid, dass Du Deine Arbeit für Harlow nicht mehr als befriedigend empfindest. Für mich ist das leicht nachvollziehbar, es fällt mir ja von jeher schwer, die Misshandlung von Tieren zu ertragen, sei es zu Schau- oder zu Forschungszwecken. Hier im Tierpark in Basel muss ich das zum Glück nicht beobachten, man bemüht sich sehr, die Hagenbeck'schen Prinzipien umzusetzen und den Tieren eine artgerechte Umgebung zu bieten. Unser neues Vivarium wird den Bewohnern architektonisch auf jeden Fall gerecht, es ist noch nicht fertig, doch man sieht bereits, was für ein Ort der Ruhe und Begegnung zwischen Mensch und Tier es werden wird. An sich wäre ich gern bis zu seiner Vollendung geblieben, doch dank der Vermittlung Mr. Bräggers und Mr. Hedigers hab ich neulich das Angebot erhalten, mit Mr. William G. Conway in New York zusammenzuarbeiten. Er wird bald die Leitung des Bronx Zoo übernehmen und plant Renovierungen und neue Projekte, wie zum Beispiel eine Welt der Dunkelheit, in der den Besuchern das Leben nachtaktiver Tiere nahegebracht werden soll. Die Arbeit verspricht sehr spannend zu werden, ich denke, ich werde mich zumindest vorerst von Basel trennen und ein neues Praktikum in New York beginnen. Zu der Entscheidung hat natürlich der Umstand beigetragen, dass ich Dir damit näher sein werde …

Daphne ließ den Brief sinken und überschlug im Geiste die Entfernung zwischen New York und Whitewater. Zwischen den Orten lagen fast tausend Meilen. Aber gut, Basel war viel weiter entfernt.

Dazu hat Evangelina herausgefunden, dass New York mit der School of Visual Arts eine der weltweit besten privaten Hochschulen für Kunst und Design besitzt. Einer der Gründer ist Burne Hogarth, der Zeichner der Tarzan-Comics, und auf diesem Gebiet, so meint sie, müsse sie sich unbedingt noch versuchen, bevor sie irgendwo einen Abschluss macht. Ich glaube inzwischen, dass ihr an einem akademischen Titel gar nicht so viel gelegen ist – sie ist einfach wissbegierig und scheint über die Mittel zu verfügen, sich überall dort einzuschreiben, wo sie meint etwas mitnehmen zu können.

Daphne lächelte. Sie persönlich hätte darauf gewettet, dass Evangelina ihre Begeisterung für Comics erst entdeckt hatte, nachdem David der Wechsel nach New York angeboten worden war. David schien das allerdings gar nicht in den Sinn zu kommen.

Evangelina und ich haben die Winterferien übrigens in den Schweizer Alpen verbracht. Sie hätte sich sicher ein teures Hotel leisten können, doch sie schien es genossen zu haben, mit mir in einer preiswerten Skihütte zu wohnen. Ich hab festgestellt, dass ihr das Skifahren deutlich mehr liegt als das Kochen – zur Hausfrau ist sie wenig geeignet, auch die Reinhaltung der Hütte überließ sie weitgehend mir, zollte mir dafür jedoch große Anerkennung. Wenn sie nicht gerade auf ihren Brettern unterwegs war – ich hab die Zeit genutzt, um mich mittels unterschiedlicher Lektüre in das Leben nachtaktiver Tiere und die architektonischen Besonderheiten der Bronx einzuarbeiten –, sind wir mit dem Schlitten gefahren oder durch den Schnee gewandert. Am Abend haben wir an Vergnügungen im nächstgelegenen Ort teilgenommen – Du weißt ja, wie gern Evangelina tanzt und mit Menschen zusammen ist. Ihr zuliebe hab ich dabei mitgemacht, und ich muss sagen, dass Schweizer Käsefondue, Obstbrände und Glühwein wirklich sehr gut schmecken. In Musikrichtungen wie Jazz arbeite ich mich langsam ein und weiß die anfänglich befremdlich wirkenden Klänge inzwischen durchaus zu schätzen.

Ich freue mich sehr darauf, Dich bald wiederzusehen – es wird sich sicher eine Möglichkeit finden, sobald wir in Amerika eingetroffen sind.

Was Deine Arbeit angeht, so kann ich Dir nur schwerlich einen Rat geben. Du musst wissen, wie viel Du verkraften kannst, vor allem entscheiden, ob Dein Festhalten an der bedrückenden Arbeit den Labortieren wirklich nützt. Das gilt auch für Deine Liebe zu Stephen – ich denke da manchmal an Papas Meinung, Mensch und Tier würden hauptsächlich durch das Streben nach dem Glück getrieben. Und manchmal sucht man einfach an der falschen Stelle. Wobei ich eigentlich nicht mitreden kann, denn Evangelina hab ich ja nicht suchen müssen. Vielleicht läuft das Glück einem mitunter einfach zu.

Ich denke viel an Dich, und auch Du fehlst mir
Dein David

Daphne seufzte. Eigentlich klang es nicht so, als fehlte ihrem Bruder irgendetwas, er schien zurzeit auf der Sonnenseite des Lebens zu stehen. Evangelina machte David zweifellos glücklich und tat ihm gut. Gedankenverloren streichelte sie Lily. Stephen würde bald nach Hause kommen. Sie wusste nicht, was sie mit ihm reden würde.

Die nächsten Wochen vergingen mit weiteren Experimenten – Harlow hatte die These aufgestellt, dass »als angenehm empfundener Kontakt« eine wichtige Variable bei der Bindung des Kindes an die Mutter sein könnte. Das gedachte er nun zu beweisen, indem er den Äffchen eine künstliche Ersatzmutter in den Käfig stellte, ein von Daphne als hässlich empfundener, mit Frottee überzogener, innen gewärmter Kubus mit einem Gesicht, das nicht im Entferntesten an das eines Affen erinnerte. Die kleinen Tiere nahmen das Angebot jedoch gut an, sie entwickelten sich deutlich besser und blieben am Leben, wenn sie sich an die Plüschmutter klammern konnten. Milch erhielten sie allerdings nur an der »Brust« der Drahtmutter, und die Studenten beobachteten amüsiert, welche Verrenkungen die Kleinen machten, um sich zum Trinken möglichst nicht von dem Plüschkubus entfernen zu müssen.

Daphne bemühte sich, ihr Leid zu erleichtern, indem sie die Affenbabys so oft wie möglich aus den Käfigen nahm und streichelte. Seit sie nicht mehr starben, überließen die Forscher die Reinigung der Käfige wieder dem Personal. Sie hatte also erneut Zugang zu den Äffchen.

Die Angelegenheit mit Lily entspannte sich, als der Welpe größer wurde und sich als tatsächlich so klug erwies, wie der Züchter behauptet hatte. Lily konnte Daphne ins Labor begleiten. An schönen Tagen blieb sie draußen im Bereich der Außenkäfige der Affen und verschwand blitzschnell in einem Versteck, wenn sich jemand anderes als Daphne zeigte. Wenn es regnete, schmuggelte Daphne sie allerdings auch mal in die Laborräume. Lily nutzte das dazu, Freundschaft mit den Rhesusaffen zu schließen. Die nach Kontakten ausgehungerten Labortiere interessierten sich brennend für die Hündin, und Lily war freundlich. Als Daphne einmal eins der Affenjungen im Arm hielt und versuchte, ihm etwas Wärme und Liebe zu geben, schob ihr Pudelmädchen sich an sie heran, und das Äffchen kletterte wie selbstverständlich auf Lilys Lockenfellrücken. Sekunden später schlief es tief und fest, eingekuschelt in die natürliche

Wärme eines anderen pelzigen Lebewesens, und wirkte glücklich. Daphne lächelte darüber, machte sich die Sache aber bald zunutze, wenn eines der Äffchen kränkelte, was oft vorkam. Sie richtete eine Art Quarantäneraum für die kleinen Patienten ein, den die Studenten und Doktoranden kaum betraten. Die Tierchen verbrachten dort Stunden an Lily geschmiegt und erholten sich sehr viel rascher, als hätte ihnen Daphne nur Medikamente verabreicht. So redete sie sich ein, Davids Frage, ob ihre Anwesenheit im Labor den Tieren nütze, mit Ja beantworten zu können.

Ihre Suche nach dem Glück schien jedoch weiterhin erfolglos. Die Beziehung zu Stephen kühlte sich immer mehr ab. Sie lebten miteinander wie in einer Wohngemeinschaft, auch wenn er nicht aufhörte, ihr zu versichern, wie sehr er sie liebte. Nur selten erlebten sie noch Stunden der Nähe, in denen sie zusammen lachten oder über irgendetwas fachsimpelten. Dann empfand Daphne das Bedürfnis, ihm von Lily und den Affenjungen zu erzählen. Irgendetwas hielt sie jedoch immer wieder davon ab – sie wagte es nicht, sich einzugestehen, dass sie ihm einfach nicht traute.

»Glaubst du im Ernst, die Kleine wüsste das zu schätzen?«, brummte Walter.

Grit hatte ihr Musikzimmer seit der Geburt ihrer Tochter ins Erdgeschoss der Villa verlegt. Es war ihr wohl zu unbequem, die kleine Audrey ständig hinauf- und hinunterzutragen, zumal das Baby dabei immer wieder aufwachte, wenn es vorher schon in seinem Stubenwagen geschlafen hatte. Nellie war das ganz recht. Wenn sie zu Hause war, konnte sie schneller mal nachschauen, ob Grit das Wickeln und Füttern ihrer Tochter nicht über die Musik vergessen hatte. Das geschah jedoch selten. Grit widmete sich Audreys Versorgung mit derselben Disziplin, die sie ihr Leben lang geübt hatte. Das Kind wurde nicht vernachlässigt und verbrachte fast den ganzen Tag mit seiner Mutter – auch mit ihrer Musik.

»Vielleicht ist sie ja wirklich musikalisch und hört das gern«, meinte Nellie ihre Tochter verteidigen zu müssen. »Kinder gewöhnen sich bekanntlich an alles.«

»Ich kann's nur für Audrey hoffen«, sagte Walter. »Also entweder, dass sie sich gewöhnt oder dass sie schlecht hört. Wie oft hat Grit diese Passage jetzt hintereinander gespielt? Zwanzig, dreißig Mal? Ich weiß ja nicht, wie's dir geht, aber mir geht die Geige noch mehr auf die Nerven als das Klavier. Deshalb verziehe ich mich jetzt in den Stall. Kommst du mit?«

Nellie schloss sich bereitwillig an. Sie hörte gern zu, wenn Grit Musik machte, doch ihre Fingerübungen verursachten auch ihr Kopfschmerzen. Mehr als die Sorge um Audreys geistige Gesundheit trieben sie jedoch andere Bedenken um. Sie konnte Grit niemals dabei beobachten, wie sie ihr Kind herzte und küsste, es kitzelte oder sich sonst in irgendeiner Weise mit der Kleinen beschäftigte, die über die reine Versorgung hinausging. Zum Glück war hier jemand anderes für sie in die Bresche gesprungen – Henny stellte ihr Fahrrad gerade an der Stallwand ab, als Nellie und Walter das Haus verließen. Sie war erhitzt nach der langen Radfahrt – immerhin lagen elf Meilen zwischen Epona Station und der Rennbahn – und vorher hatte sie noch ihre Schularbeiten erledigen müssen. Dennoch erschien sie fast jeden Nachmittag. Sie war ganz verliebt in ihre kleine Schwester.

Vergnügt begrüßte sie Nellie und Walter. Ihre Augen blitzten, und ihr Gesicht war von Locken umspielt, die sich während der Radfahrt aus ihrem Zopf gelöst hatten. Nellie fiel wieder einmal auf, wie hübsch das Mädchen war, schon als Säugling war Henny hinreißend gewesen.

»So schönes Wetter, nicht? Ob ich wohl mit Audrey spazieren gehen kann? Sie war doch bestimmt noch nicht draußen.« Henny lächelte ihren Großeltern zu.

Tatsächlich schien nach einer längeren Regenperiode zum ersten Mal wieder die Sonne. Es war September, und der neuseeländische Winter verabschiedete sich nur langsam.

»Sie ist mit Grit im Musikzimmer«, erklärte Nellie. »Und du hast richtig vermutet, sie war heute noch nicht an der Luft. Bestimmt hat Grit nichts dagegen, wenn du sie mitnimmst.«

Das hatte Grit eigentlich nie. Sie gab das Kind gern ab und fragte nie, ob Henny sich wirklich zuverlässig um Audrey kümmerte. Nellie hatte die Mädchen allerdings in der ersten Zeit im Blick behalten – und war inzwischen überzeugt davon, dass Henny ihrer kleinen Schwester ausschließlich guttat.

Henny verschwand im Haus und war nach wenigen Minuten wieder da, das Baby im Arm. Sie setzte die Kleine in den draußen bereitstehenden Kinderwagen. Audrey konnte seit einiger Zeit sitzen und brabbelte jetzt vergnügt vor sich hin. Henny sprach viel mit ihr, und sie schien zu verstehen und zu antworten. Während Grit übte, schwieg sie dagegen die meiste Zeit, auch wenn sie wach war. »Sie hört zu«, freute sich dann Grit. Nellie fand es schon ermutigend, dass sie nicht dabei schrie.

»Wer kümmert sich denn um sie, wenn Grit nächste Woche in Auckland spielt?«, erkundigte sich Henny und gab Audrey ein Spielzeugpferdchen – selbst geschnitzt aus Holz. Zum ersten Mal seit der Geburt hatte Grit einen Auftritt, sie sollte in einer Konzerthalle in Auckland ein Klavierkonzert spielen – zusammen mit einem örtlichen Orchester. Zweifellos unter ihrem Niveau, wie sie bemerkt hatte, doch ein guter Anlass, wieder anzufangen, ohne sich gleich der Kritik der gesamten Musikwelt auszusetzen. »Sie wird doch da übernachten, oder?«

Nellie schüttelte den Kopf. »Nein, das ist ja ein Katzensprung. Wir fahren sie einen Tag vorher zur Probe hin und dann zur Aufführung. Audrey soll mit. Ich darf mit ihr hinter der Bühne warten und zuhören, sofern sie nicht schreit. Aber Grit scheint den Veranstaltern versichert zu haben, sie könne sich benehmen. Ich glaube, sie will sie schon mal an die Bühnenatmosphäre gewöhnen …«

Henny runzelte die Stirn. »Sie ist acht Monate alt«, bemerkte sie.

Nellie zuckte mit den Schultern. »Schaden kann's nicht. Aber wenn Grit nächsten Monat nach Wellington fährt, will sie Audrey hierlassen. Da werde ich mich wohl um sie kümmern.« Wellington lag ganz im Süden der Nordinsel Neuseelands, Auckland im Norden.

Henny lächelte hoffnungsvoll. »Kann ich dann nicht auch hier übernachten?«

Nellie nickte. Sie zweifelte nicht daran, dass April und Alex das erlauben würden. Denn es war nicht nur so, dass Henny Audrey guttat, die Sorge um das Schwesterchen hatte auch ausnehmend positive Effekte auf sie selbst. Ihre vierzehnjährige Enkelin konzentrierte sich jetzt weniger auf das Reiten und Noah, ihren vermeintlichen Konkurrenten. Sie verstand sich immer besser mit April – schließlich hatte sie tausend Fragen zum richtigen Umgang mit dem Baby. Nellie nahm an, dass Henny sich ihrer Adoptivmutter enger verbunden fühlte, da sie jetzt für Audrey tat, was April früher für sie getan hatte. Nellie und April fanden jedoch, dass man Henny dies nicht in allen Einzelheiten vor Augen führen musste. Schließlich sollte das Verhältnis zwischen ihr und Grit nicht leiden – es hatte sich inzwischen auf höflichen Umgang miteinander eingespielt.

Jetzt schob Henny den Wagen mit ihrer Schwester über die Rennbahnanlagen und zeigte Audrey die Pferde, die gerade geputzt oder trainiert wurden. Auf einer Wiese, wo Pfleger die Rennpferde an der Hand grasen ließen, hielt sie an und erlaubte einer neugierigen jungen Stute, Audrey zu beschnuppern. Die Kleine quietschte vergnügt, Nellie beobachtete das lächelnd.

»Vielleicht kann sie uns ja mal auf Epona Station besuchen, wenn Grit irgendwo auftritt«, sagte Henny. »Dann setze ich sie auf Nicholas' Pony!«

Hennys Bruder war inzwischen fast zu groß für sein Shetlandpony, aber April hatte schon entschieden, das Pferdchen für Audrey zu behalten.

Grits erster Auftritt in Auckland wurde wie erwartet ein Triumph. Sie brillierte am Piano wie immer und überraschte das Publikum anschließend mit einem Geigensolo zur Erinnerung an ihren Vater. Die Geiger im Orchester mochten hören, dass sie an dessen Virtuosität nicht heranreichte, doch das Publikum feierte sie mit stehenden Ovationen, und auch die Musiker klatschten im Gedenken an den großen Violinisten.

Audrey verschlief das Konzert hinter der Bühne im Kinderwagen, behütet von Nellie. Grit zeigte sich begeistert darüber, dass sie nicht geschrien oder sonst irgendwie gestört hatte, und stellte sie ihren Musikerkollegen stolz als Philipps Enkelin vor. »Ich hoffe, sie wird die Tradition weitertragen«, bemerkte sie.

Henny erwähnte sie mit keinem Wort. Ihre ältere Tochter war allerdings auch nicht gekommen, um ihre Mutter spielen zu hören. Sie hatte weiterhin kein Interesse an Grit und ihrer Kunst.

Im Anschluss an das Konzert häuften sich Einladungen aus ganz Neuseeland. Jede Stadt wollte die berühmte Pianistin einmal in ihrem Musiktheater begrüßen, auch aus Australien kamen Anfragen. Nellie fragte sich, wie lange es dauern würde, bis Grit sich nach Europa oder Amerika zurücksehnte und was sie dann mit Audrey machen würde. Doch einige Zeit später geschah etwas, mit dem niemand gerechnet hatte.

Wie geplant fuhr Grit allein zu ihrem Konzert nach Wellington und blieb dort vier Tage. Als sie zurückkehrte, wirkte sie beseelt und glücklich – Nellie hatte sie nie so erlebt. Jedenfalls nicht, seit sie im Krieg auf Kreta verschollen gewesen war.

»Es war so wunderschön, Mami! Ein großartiges Orchester, besonders der erste Geiger. Wir haben zusammengespielt, und es war fast so, als würde ich wieder mit Papa musizieren. Das muss ich unbedingt wiederholen. Man hat mir eine Tournee angeboten, und ich hab zugesagt, Mami. Zwei Wochen über die Südinsel. Du kümmerst dich doch um Audrey, ja?«

Nellie fühlte sich etwas überrumpelt. »Hast du nicht selbst wieder Geige gespielt?«, fragte sie.

Grit nickte. »Ja, aber schon als ich das Klavierkonzert gespielt habe, ist Paul mir aufgefallen. Und hinterher hat er mich angesprochen und mir gedankt, dass ich an Papa erinnert habe. Er sei sein großes Vorbild gewesen. Und das hört man auch …«

»Der junge Mann hat dir also gefallen?«, fragte Nellie vorsichtig. »Oder ist er … eher im Alter deines Vaters?«

Grit schüttelte den Kopf so lebhaft, wie Nellie es aus ihrer Kindheit in Erinnerung hatte. Dabei umtanzte ihr inzwischen kurz geschnittenes lockiges Haar ihr Gesicht. Die erwachsene Grit hatte sich immer sehr verhalten bewegt und weit weniger Mimik gezeigt –

zumindest im Zustand der Depression, den sie jetzt hinter sich zu lassen schien.

»Nein, er ist noch jung, sogar etwas jünger als ich. Er heißt mit Nachnamen Rossberg und war ganz glücklich, dass er mit mir Deutsch sprechen konnte.« Grit strahlte.

»Also ein … Austauschstudent?«, erkundigte sich Nellie weiter.

Grit verneinte wieder vehement. »Ach was, er ist Schüler einer Meisterklasse, hat eine Art Stipendium. Und nun spielt er für ein paar Monate die erste Geige in Wellington. Das ist gut für seine Karriere …«

»Aber auf Dauer wird er nach Deutschland zurückkehren?«, wollte Nellie wissen.

Grit zuckte mit den Schultern. »Ach, was weiß ich. Jedenfalls hab ich noch nie einen Geiger gehört, dessen Interpretationen der wichtigsten Stücke denen von Papa so sehr ähneln. Mit ihm zu musizieren ist … das ist wie nach Hause kommen, verstehst du?«

Nellie verstand das nicht wirklich, hatte den Glanz in Grits Augen und ihre euphorische Stimmung allerdings schon bei anderen Frauen und Mädchen beobachtet.

»Sie scheint verliebt zu sein«, bemerkte sie später Walter gegenüber, der ebenfalls eine solche Beobachtung gemacht hatte.

»Sie übt jedenfalls nicht mehr auf der Geige«, erklärte er. »Das Gefiedel hat aufgehört, seitdem sie aus Wellington zurück ist. Wann fährt sie denn wieder hin?«

»Du klingst, als könntest du es kaum erwarten, dass sie wieder geht«, warf Nellie ihrem Mann vor, der sich nicht die Mühe machte, das zu leugnen. »Dabei hab ich gerade das Gefühl, meine Grietje wiederzufinden. In den letzten Jahren kannte ich sie nur niedergeschlagen und unglücklich, jetzt scheint sie sich wieder freuen zu können. Sie hat sogar Audrey auf den Schoß genommen und ihr Kinderlieder auf dem Klavier vorgespielt! Und gelacht, als die Kleine auf die Tastatur eingehämmert hat. Also, ich sehe da eine positive Entwicklung. Der junge Mann scheint ihr gutzutun.«

»Es wäre dennoch gut, ein bisschen mehr über ihn herauszufinden«, meinte Walter, und Nellie bemerkte erfreut auch eine Veränderung ihres Mannes. Als Grit ein Kind gewesen war, hatte Walter sich als ihr Vater gefühlt, und nun schien er wieder Anstalten zu machen, sie schützen zu wollen. »Ich denke, ich fahre gleich mal in die Stadt und versuche, eine Zeitung aus Wellington zu finden. Über das Konzert ist bestimmt geschrieben worden. Vielleicht findet sich ja sogar ein Foto des Wunderknaben.«

Nellie musste zu gemeinsamen Konsultationen mit Alex Rawlings nach Epona Station – es ging um Ankaufsuntersuchungen. Die Rennpferde, die ein Sponsor aus Auckland erwerben wollte, waren extrem teuer, und der Käufer legte Wert darauf, die Meinung mehrerer Tierärzte zu ihrer Gesundheit zu hören. Während der Fahrt sprachen sie über Henny und Audrey – Nellie erwähnte die Tournee, auf die Grit zu gehen plante.

»Dann geht es also wieder los«, meinte Alex. »Sie ordnet alles ihrer Karriere unter, und Audrey spielt die zweite Geige genau wie damals Henny. Frag bitte nicht, ob wir sie jetzt auch adoptieren. Eigentlich sind mir zwei Kinder genug.«

»Ich glaube, Henny hat sie schon adoptiert …« Nellie lachte. »Es wird ihr das Herz brechen, wenn Grit das Kind mit nach Europa nimmt. Da scheint sich nämlich etwas mit Deutschland anzubahnen. Mit einer ersten Geige …« Sie berichtete von Paul Rossberg.

Alex zuckte mit den Schultern. »Zu wünschen wäre es ihr ja. Sie hat mir immer leidgetan, obwohl sie es ja damals war, die mich verletzt hat. Aber ich denke, das hat sie gar nicht gemerkt. Wenn sie nun einen Mann gefunden hätte, der das Leben genauso sieht wie sie, für den ebenfalls alles der Musik untergeordnet ist … das wäre doch schön. Ob da ein Kind Platz hätte, ist allerdings fraglich.«

»Wenn es genauso begabt wäre wie die Eltern, vielleicht doch«, überlegte Nellie. »Grietje war glücklich bei Philipp. Und ich denke, er hat bei der Erziehung auch nicht viel falsch gemacht. Aber natürlich hatte sie vorher zehn Jahre lang eine ganz normale Kindheit.«

Alex nickte. »Sie war bezaubernd, als ich sie dann später auf Kreta kennenlernte. Begeistert von ihrer Musik, aber nicht fanatisch. Sie war lustig, klug, lebensfroh. Der Krieg hat sie verändert. Irgendetwas ist in ihr zerstört worden.«

»Vielleicht baut Paul Rossberg es jetzt ja wieder auf«, hoffte Nellie. »Wie heißen noch mal diese Leute, die Morgan Le Fey kaufen wollen? Und Senator? Ich kann mir die Pferdenamen immer besser merken als die der Besitzer …«

Als Nellie am Abend nach Hause kam, spielte Grit Klavier. Sie hatte Audrey bei sich, Walter hatte sich mit Jamie auf dem Sofa im Salon verbarrikadiert. Der Hund konnte Grits Musik ebenso wenig abgewinnen wie er. Walter tröstete sich mit einem Glas Wein, Jamie mit einem Kauknochen. Auf dem Tisch lag tatsächlich die *Evening Post*, eine Wellingtoner Zeitung. Aufgeschlagen war der Kulturteil.

Die Stars des gestrigen Symphoniekonzerts, lautete eine Bildunterschrift. *Grit De Groot, international bekannte Pianistin, und Paul Rossberg, erster Geiger, zweifellos am Beginn einer großen Karriere.*

Das Schwarz-Weiß-Foto zeigte Grit neben einem großen Mann mit anscheinend dunklem, glattem Haar. Er war sehr schlank, sein Gesicht wirkte fast asketisch, sehr ausdrucksvoll.

»Er sieht Phipps kein bisschen ähnlich«, bemerkte Nellie, nachdem sie die Aufnahme gründlich studiert hatte.

»Und Alex auch nicht«, fügte Walter hinzu. »Am ehesten ist er noch der gleiche Typ wie Leonidas, Hennys Vater. Vielleicht wirkt das ja anziehend auf Grit.«

»Ich dachte, den hätte sie gar nicht geliebt …« Nellie seufzte. »Nein, danke, ich möchte jetzt noch kein Glas Wein, ich hab eben schon mit den Pferdekäufern Champagner getrunken. Beide Pferde sind völlig gesund und verleiten zu den schönsten Hoffnungen. Gibt's noch irgendwelche Informationen zu Paul Rossberg?«

»Das Alter. Er ist neun Jahre jünger als Grit. Aber das heißt ja nichts, im Gegenteil, sie ist meiner Ansicht nach noch keine allzu ausgereifte Persönlichkeit. Studiert hat er in Berlin und Wien, hat dort auch im Orchester gespielt, hofft jedoch langfristig auf eine Solokarriere.«

»Nichts zum … Familienstand?«, fragte Nellie.

Walter schüttelte den Kopf. »Mit Ende zwanzig kann er gut noch ledig sein. Gerade wenn er durch die Musik viel herumgezogen ist.«

»Hoffen wir das Beste«, fügte Nellie hinzu.

Paul Rossberg hatte drei Tage vor seiner Abreise nach Neuseeland geheiratet. Wochen vorher hatte er mit sich gerungen, was ihm wichtiger war – die Karrierechance oder die Hochzeit und das Zusammenleben mit seiner langjährigen Freundin. Elke hatte ihm schließlich großzügig eine Brücke gebaut: Er solle fahren, sie werde auf ihn warten. Aber sie wollte schon wissen, dass er es ernst mit ihr meinte, eine Verlobung vor seiner Abreise reichte ihr nicht. Paul, ebenso verliebt wie erleichtert, hatte zugestimmt, und so wurde denn alles geregelt, bevor er das Schiff bestieg. Das junge Paar hatte eine wunderschöne Hochzeit gefeiert und eine Wohnung bei Hamburg bezogen, in der Elke die Stellung halten wollte, bis Paul zurückkehrte. Sie hatte eine Arbeit als Telefonistin und viele Freunde. Sicher werde sie sich nicht langweilen, erklärte sie optimistisch. Er solle nur oft schreiben und möglichst Fotos oder Zeitungsausschnitte schicken. »Die hänge ich dann alle an die Wand und hab dich damit bei mir«, hatte Elke gesagt.

In den ersten Tagen in Wellington hatte Paul sie auch mit Freude an all seinen Erfolgen teilhaben lassen. Seit der Begegnung mit Grit war das allerdings eher zur leidigen Pflicht geworden – und zur Qual, je mehr er sich in die Pianistin verliebte. Grit verriet er zunächst nichts von der anderen Frau in seinem Leben, sie machte es ihm leicht, indem sie nicht fragte.

Grit war zum ersten Mal in ihrem Leben glücklich verliebt. Bislang hatte es nur eine kurze Liebelei mit einem jungen Sportler gegeben, als sie erst siebzehn gewesen war, und dann die Beziehung zu Alex Rawlings auf Kreta, die der Krieg beendet hatte, bevor es wirklich ernst geworden war. Der Versuch, sie nach dem Krieg wieder aufzunehmen, war gescheitert. Im Grunde war es mit Alex ebenso gewesen wie später mit Vincent – Grit hatte Angst vor körperlicher Nähe empfunden, sie hatte sich panisch davor gefürchtet, erneut ein Kind zu empfangen. Nun, mit Paul, war das anders. Sie meinte instinktiv zu spüren, dass ihr dieser Mann vorherbestimmt war. Ein Kind mit ihm würde sie zwar nicht planen, doch auch nicht ablehnen. Schließlich ergänzten sie sich großartig – er reagierte sogar positiv, als sie ihm von Audrey erzählte.

Während der Tournee mit dem Orchester kamen sie sich täglich näher, schon am dritten Abend teilten sie das Bett miteinander. Paul bestand auf Kondomen, und das war Grit nur recht. Später konnte man immer noch an Kinder denken. Zunächst befand sie sich einfach in einem Rausch von Musik und Liebe. Der Orchesterleiter erkannte das schnell und baute ein paar Stücke für Geige und Klavier in den Ablauf ein, was sie beide glänzen ließ.

»Im nächsten Jahr touren wir dann mit einem eigenen Programm«, sagte Grit, als sich die Zeitungen wieder einmal mit positiven Kritiken überschlugen. »Mein Vater hat diverse Stücke für Klavier und Geige komponiert …«

Sie erwähnte nicht, dass in der Regel noch eine Cellostimme dabei gewesen war – an Vincent dachte sie längst nicht mehr. Und sie wunderte sich darüber, dass Paul nicht begeistert zustimmte, sondern sie nur ernst anblickte.

»Grit, hör zu«, erwiderte er mit leiser Stimme. »Ich muss dir etwas sagen. Mein schlechtes Gewissen erlaubt mir nicht, noch länger zu schweigen. Ich … ich habe vor der Reise …«

Grit lauschte seiner Beichte mit starrem Gesichtsausdruck. »Du kannst sie nicht lieben«, sagte sie dann.

Paul hob die Schultern. »Ich hab geglaubt, sie zu lieben«, erklärte er. »Bis ich dich getroffen habe.«

Grit nickte. »Das gibt es«, meinte sie. »Ich hab auch mal geglaubt, verliebt zu sein. Aber jetzt … Kann man … die Ehe nicht annullieren lassen?«

Paul lachte traurig auf. »Vielleicht wenn ich Mitglied irgendeines Königshauses wäre«, überlegte er. »Aber so … Eine Ehe ist eine Ehe, Grit, selbst wenn sie nur an drei Tagen vollzogen wurde …«

Grit wollte das nicht hören. »Dann musst du dich scheiden lassen«, erklärte sie. »Denn sonst … wir wollen doch zusammenleben, Paul, oder? Und zusammen arbeiten … du willst doch nicht wirklich nach Deutschland zurück?«

Paul musste sich eingestehen, dass er das nicht wollte. Er wollte Grit – auch für ihn war sie die eine Frau, mit der er sich ergänzte, die jeden Satz zu Ende sprach, den er begann, und die vor allem jede Melodie ergänzte, die er komponierte.

»Paul, wie wäre es, wenn wir einmal ganz für uns wären … ein paar Monate ohne Verpflichtungen, höchstens hier und da ein Konzert … Lass uns irgendwo hingehen, wo es schön ist, wo wir das Leben genießen können, und eine Familie werden. Du und ich und Audrey. Du wirst ihr das Geigespielen beibringen, wenn sie groß genug ist, bis sie so spielt wie du … und mein Vater.« Grit schmiegte sich an ihn.

»Ich werde Elke schreiben müssen«, sagte Paul widerstrebend. »So ungern ich sie auch enttäusche. Sie … sie ist ein guter Mensch, sie …«

Grit winkte ab. »Dann wird sie schnell einen neuen Mann finden«, erklärte sie unbekümmert. Sie konnte es kaum erwarten, sich mit Paul an irgendeinen traumhaften Ort zu begeben, der nur ihnen gehörte, und er musste zugeben, dass es ihm genauso erging.

»Gisborne!« Paul wunderte sich, als Grit die etwas verschlafene Stadt am östlichsten Ende der Nordinsel Neuseelands als idealen Ort für ihr Liebesnest vorschlug. »Ich hab da ein Haus gesehen«, erklärte sie. »Als ich Diane besucht habe.«

Paul erinnerte sich jetzt. Sie hatten mit dem Orchester in der Stadt gastiert, und nach dem Konzert hatte sich eine Frau in Grits Alter bei ihr gemeldet und sich als ehemalige Klassenkameradin aus Boston vorgestellt. Grit hatte sich auch gleich erinnert und sich mit ihr zum Frühstück am nächsten Tag verabredet. Die zwei schienen sich gut verstanden zu haben. Diane hatte vor Jahren einen Neuseeländer geheiratet und lebte nun in Gisborne. Grits Karriere hatte sie immer verfolgt, und als sie nun dort auftrat, hatte sie sich ein Herz gefasst und sie aufgesucht. Grit war sehr vergnügt und ein bisschen aufgekratzt von ihrem Treffen zurückgekehrt. Seit der Zeit in der Mädchenschule in Boston hatte sie nie mehr richtige Freundinnen gehabt. Mit Diane hatte sie nun nach Herzenslust plaudern können.

Natürlich hatte sie ihre Adresse und Telefonnummer, und das entzückende eingeschossige Haus mit der verträumten Terrasse und dem etwas verwilderten Garten war auch noch zu vermieten.

Noch ehe er recht wusste, wie ihm geschah, war Pauls neues Leben vollständig durchgeplant. Das Einzige, was Grit noch von ihm erwartete, war ein Schreiben an Elke, in dem er sie um die Scheidung bat.

»Das kannst du ja in Ruhe machen, während ich in Ellerslie bin«, meinte Grit, als die Tournee mit einem Abschlusskonzert in Christchurch endete. »Du reist gleich weiter nach Gisborne, wenn wir auf der Nordinsel ankommen, und ich hole Audrey.«

Nellie und Walter fielen aus allen Wolken, als Grit ihnen überglücklich von ihren Plänen erzählte. Sie war an einem Sonntagnachmittag angekommen, ausgerechnet an einem Renntag. Nellie und Walter hatten zunächst keine Zeit für sie gehabt, und sie hatte sich damit beschäftigt, Pferdewetten zu lancieren. Außerdem hatte sie Henny getroffen und mit ihr gesprochen. Nellie beobachtete von Weitem, wie Henny, die während der Rennen auf ihre kleine Schwester aufpasste, auf Grit zulief. Einen Moment später sah sie irritiert, wie ihre Enkelin tränenüberströmt weglief. Audrey hatte sie bei Grit gelassen, was ihr eigentlich gar nicht ähnlich sah. Nellie war erst wieder beruhigt, als sie Henny etwas später bei Mia erblickte, die sie offenbar tröstete.

Am Abend ließ ihr Grits Bericht dann die Hintergründe klar werden. Grit hatte Henny direkt mit der Nachricht überfallen, dass sie Audrey mit nach Gisborne nehmen wollte. Sie gedachte, gleich den Nachtzug zu nehmen, um Paul dort baldmöglichst zu treffen.

Nun schwärmte sie auch ihrer Mutter und Walter von ihren Plänen vor. »Wir werden eine richtige Familie sein! Audrey wird mit Liebe und Musik aufwachsen! Ist das nicht wundervoll? Ist das nicht ein Traum? Ach, Mami, ich weiß vor lauter Glück nicht, wohin.«

Grit schien die ganze Welt umarmen zu wollen, hatte allerdings noch nicht registriert, dass Audrey in ihrem Kinderwagen weinte. In ihrem eleganten hellblauen Kostüm war sie auch nicht gerade dafür angezogen, ein Baby aufzunehmen, zu wickeln und zu füttern.

»Wenn es dir eigentlich egal ist, wo ihr euch ansiedelt, muss es dann gerade am äußersten Ende der Insel sein? Über dreihundert Meilen von hier?«, fragte Walter wenig begeistert. »Was hat Gisborne, das Auckland nicht hat?«

Ihm war an diesem Abend nicht sehr nach Diplomatie – was das anging, forderte ihm ein Renntag genug an Vermittlung zwischen Pferdebesitzern und Jockeys, Totalisatoren und Tierärzten ab.

Nellie ließ sich ebenfalls schneller reizen als sonst. Sie hatte sich um Henny gesorgt, war von den Besitzern von Morgan Le Fey völlig in Beschlag genommen worden und hatte schließlich zwei Gläser Champagner auf den Sieg der Stute gegen ein hoch favorisiertes Pferd von Wilhelmina Rawlings getrunken. Wilhelmina hatte sie dabei angestarrt, als hätte sie ihr Vaterland verraten.

»Du willst mit einem verheirateten Mann, den du gerade mal ein paar Wochen kennst, eine wilde Ehe eingehen und dazu dein Kind aus seiner gewohnten Umgebung reißen?«, fragte sie. »Grit, das ist verrückt. Du hast nie allein für Audrey gesorgt. Und nun soll sie dich mit deinem Liebhaber teilen und deiner Musik, und das nennst du Familie?«

»Es ist genau das, was Audrey braucht, um sich ihren Anlagen entsprechend zu entwickeln«, behauptete Grit. »Ich kann das beurteilen, ich bin ihre Mutter.«

Entschlossen nahm sie das inzwischen laut schreiende Kind aus dem Wagen. Sie sah aus, als gedächte sie, direkt mit der Kleinen zu fliehen.

»Das bezweifelt niemand«, sagte Nellie müde. »Aber du wirst Hilfe brauchen … Und renn jetzt um Himmels willen nicht weg, lass sie mich wenigstens noch wickeln und füttern. Oder du machst das selbst, und ich packe ihre Sachen zusammen.« Grits aufmüpfiger Ausdruck wich Hilflosigkeit. »Du kannst natürlich auch gern hierbleiben und noch eine Nacht über die ganze Sache schlafen. Du solltest Henny noch einmal sehen. Sie will sich bestimmt von ihrer Schwester verabschieden.« Nellie stand auf.

»Sie hat sich vorhin sehr schlecht benommen«, erklärte Grit. »Was mich angeht … Paul wartet in Gisborne. Ich sollte so schnell wie möglich zu ihm. Wir sollten zu ihm!« Sie drückte Audrey fest an sich.

»Hast du Angst, dass er es sich vielleicht noch anders überlegt?«, fragte Walter. »Er ist so jung verheiratet … die Ehe kann doch noch gar nicht zerrüttet sein.«

Nellie rieb sich die Stirn. Sie teilte Walters Bedenken, doch wenn er Grit weiter so anging, würde Audrey die Reise in ihr neues Zuhause mit leerem Magen und vollen Windeln angehen müssen.

»Wir beruhigen uns jetzt alle und versorgen erst mal das Kind«, sagte sie. »Gib sie mir, dann mache ich sie reisefertig.«

Sie nahm Grit die Kleine entschlossen ab und verschwand mit ihr in Richtung Kinderzimmer. Als Grit ihr nicht folgte, dachte sie kurz daran, durch den Hintereingang mit Audrey zu verschwinden. Sollte Grit die Herausgabe ihrer Tochter doch einklagen! Dann siegte jedoch die Liebe zu Grit, die sie nicht verlieren wollte, egal, wie verblendet sie sich jetzt gerade zeigte.

Eine Stunde später fuhr Nellie sie persönlich zum Bahnhof und half ihr, Audreys Kinderwagen und Bettchen als Sperrgepäck aufzugeben.

»Viel Glück!«, wünschte sie ihr schließlich, bevor der Zug anfuhr – und weinte, als sie allein auf dem Bahnsteig zurückblieb.

Daphne wurde immer verwegener in ihren Aktionen, die unmenschlichen Primatenversuche Stephens und Professor Harlows zu untergraben. Sie erfand Infektionskrankheiten, an denen die Äffchen angeblich litten und aufgrund derer man sie unter Quarantäne stellen musste. Dabei konzentrierte sie sich natürlich auf die schwächsten und unglücklichsten Tiere – die Äffchen reagierten unterschiedlich heftig auf die zu frühe Trennung von ihren Müttern, und Daphne fiel auf, dass auch ihre Mütter besonders stark darunter litten. Eine Mutter starb sogar unter Daphnes Händen – und sie war versucht, im Bericht festzuhalten, sie sei an gebrochenem Herzen verendet. Daphne schloss aus ihren Beobachtungen, dass Resilienz, also Widerstandskraft gegenüber psychischen Belastungen, erblich bedingt war.

Sie hätte sich gern mit Stephen darüber ausgetauscht, doch sie behielt ihr Geheimnis weiter für sich. Sie nahm Lily nun immer mit ins Labor, legte ihr eine Decke in einen Schrank im Affenhaus und brachte ihr bei, die Tür hinter sich zuzuziehen. In dem Quarantäneraum für kranke Versuchstiere richtete sie ihr ebenfalls einen Zufluchtsort ein. Wenn jemand kam, verschwand die Hündin blitzschnell. Die Tierpfleger wussten natürlich davon, verrieten jedoch nichts. Keiner von ihnen mochte die Studenten und Doktoranden, die fast alle zu arrogant waren, sie auch nur zu grüßen.

»Für die stehen wir nicht weit über den Affen«, sagte einer der Männer ärgerlich.

Er war dunkelhäutig, ein Abkomme der Sklaven, die man im 19. Jahrhundert aus Afrika nach Amerika geholt hatte. Obwohl sie längst frei waren und offiziell sämtliche Bürgerrechte hatten, wurden sie immer noch geringschätzig behandelt und schlechter bezahlt als weiße Mitarbeiter.

Daphne war solch ein Verhalten fremd, und obwohl sie als Tierärztin einen etwas höheren Status hatte als die Pfleger, war sie sich nicht zu schade, gemeinsam mit ihnen Käfige zu säubern und Futter abzumischen. Die Männer wussten das zu schätzen und revanchierten sich unter anderem, indem sie Lily übersahen. Die Hündin brachte zudem auch ihnen Vorteile. Sie nahm viel früher als Daphne und die Pfleger wahr, wenn einer der Studenten auf dem Weg ins Labor war, und so hatten sie Zeit, einen Plausch zu beenden, eine Zigarette auszudrücken oder ein während der Arbeitszeit genossenes Sandwich wegzustecken, bevor jemand den Raum betrat, der sie womöglich beim Professor verpfiff.

David und Evangelina waren inzwischen in New York, und in den Semesterferien fuhren Stephen und Daphne hin, um sie zu besuchen. Da Stephen New York unbedingt noch einmal sehen wollte, bot sich das eher an als ein Besuch Davids in Wisconsin. David zeigte seiner Schwester begeistert den Zoo, Evangelina zog bereitwillig mit Stephen durch Kunstausstellungen und Museen. Dabei bemerkte Daphne mit bitterem Humor, dass weder sie noch ihr Bruder von Eifersucht geplagt waren. David vertraute seiner Freundin, und Daphne war es ziemlich egal, was Stephen trieb. Ihre Leidenschaft füreinander flammte immer seltener auf – sie würde sich bald von ihm trennen.

»Vielleicht bleibe ich noch, bis sie mit diesen schrecklichen Versuchen durch sind«, überlegte sie David gegenüber. »Es kann nicht mehr lange dauern, bis sie daran denken, die Ergebnisse zu publizieren. Eigentlich wollen sie jetzt nur noch einen wichtigen Versuch machen, nämlich den Affenjungen Gelegenheit bieten, sich zwischen einer Ersatzmutter aus Holz und der plüschigen Mama zu entscheiden. Die Antwort liegt auf der Hand, aber es werden mit Sicherheit noch mindestens zwei Dutzend Familiendramen ausgelöst werden, bevor Harlow die Existenz von Mutterliebe als bewiesen ansieht. Wobei mich die Versuchsanordnung sowieso nicht überzeugt. Welches Säugetier, jung oder alt, Menschen eingeschlossen, würde nicht lieber auf einer weichen, warmen Matratze schlafen als auf einem Drahtrost?«

»Du weißt nicht, was diesem Professor als Nächstes einfällt«, gab David zu bedenken. »Vielleicht sind die folgenden Versuche noch grausamer. Du musst da weg, Daphne! Am besten bleibst du gleich hier und suchst dir etwas Neues. Ich kann nachfragen, ob in unserem Zoo eine Tierärztin gesucht wird.«

Während er sprach, streichelte er Lily, die sich an ihn schmiegte. »Und dabei hatte ich gedacht, du wärst ein Katzenmensch«, hatte Stephen gewitzelt, als ihm aufgefallen war, dass die Pudelhündin David nicht mehr von der Seite gewichen war.

David hatte mit den Schultern gezuckt. »Tiere, die von klein auf mit Menschen Erfahrungen machen, merken es, wenn jemand ihnen nichts Böses will«, hatte er angemerkt. »Da ist es egal, ob Hund oder Katze oder Rhesusaffe. Wie du selbst ja schon experimentell bewiesen hast, sind sie gar nicht so dumm.«

»Dein David kann mich ja wohl absolut nicht leiden«, beklagte sich Stephen auf dem Rückweg nach Wisconsin. »Und ich hab den Eindruck, es wird immer schlimmer. Hast du dich bei ihm ausgeheult wegen unserer Versuchstiere?«

Daphne gab keine Antwort. Sie haderte noch mit ihrem Entschluss, Davids Angebot nicht anzunehmen, sondern vorerst bei Stephen und Harlow zu bleiben. Dazu hatte beigetragen, dass Stephen sich in New York wieder völlig verändert hatte. Erneut war er zuvorkommend mit ihr umgegangen und hatte ausgelassen mit Lily im Central Park gespielt. Auf der Beliebtheitsskala der Hündin hatte ihn das deutlich nach oben katapultiert und auf Daphnes nicht minder.

»Du liebst ihn noch«, hatte David resigniert konstatiert. »Du bist triebgesteuert.«

Daphne hatte über seine kühle Analyse gelacht – und fragte sich jetzt, ob nicht doch etwas daran gewesen war.

Ironischerweise war es gerade Lilys neu erwachte Zuneigung Stephen gegenüber, die Daphnes Manipulationen an seiner Studie letztlich auffliegen ließ. Daphne hatte einfach zu sehr darauf vertraut, dass die Hündin jeden Besucher meldete, wenn sie sich mit ihrer Herrin im Quarantäneraum aufhielt. Mit Stephens Besuch dort hatte sie nicht gerechnet, und so sah sie kaum auf, als Lily mit dem Schwanz wedelte. Erst als die Tür geöffnet wurde, erkannte sie ihren Freund, der fassungslos auf die friedliche Szene schaute, die sich ihm bot. Daphne saß im Schneidersitz auf dem Boden und fütterte ein Affenjunges, das sie dabei an ihre Brust drückte. Zwei weitere Babys hingen an Lily und nuckelten an ihren Zitzen. Daraus kam zwar keine Milch, doch die Hündin ließ es gutmütig zu, und auf die Äffchen wirkte allein das Saugen tröstlich. Auf dem Tisch standen drei leere Käfige.

»Daphne!« Stephen schien zunächst die Sprache wegzubleiben, doch dann überschüttete er sie mit Vorwürfen. »Wie kannst du das machen? Du sabotierst meine Studie, unsere Studie! Wir werden sie mit einer ganz neuen Tiergruppe wiederholen müssen! Weißt du, was das an Zeit kostet? Und wie konntest du die Hündin dahingehend dressieren, dass sie dich dabei unterstützt? Das ist unglaublich … unnatürlich … Ich werde …«

Er näherte sich Lily, die ihn Beifall heischend ansah. Bislang war sie für ihre Geduld mit den Affenjungen immer gelobt worden.

»Die Hündin brauchte ich nicht zu dressieren«, entgegnete Daphne. »Die hat sich freiwillig zur Verfügung gestellt. Im Gegensatz zu euch fehlt es ihr nämlich nicht an Mitgefühl den kleinen Geschöpfen gegenüber …«

»Du vermenschlichst sie schon wieder«, warf ihr Stephen vor.

»Das macht dich so ungeeignet für unsere Forschungen. Du vermenschlichst die Tiere …«

»Und Harlow entmenschlicht dich«, gab Daphne zurück. »Zudem all seine anderen Bewunderer. Ihr werdet zu gefühllosen Monstern! Was führt dich im Übrigen her? Wolltest du mich kontrollieren?«

Stephen schüttelte den Kopf. »Nein. So was hätte ich dir nie zugetraut! Aber der Professor bemerkte, dass drei Versuchstiere gleichzeitig unter Quarantäne stehen, und er bat mich nachzusehen, ob sie hier auch zuverlässig voneinander isoliert sind, die Quarantänekäfige also sicht- und schalldicht gestaltet sind. Ich konnte mir durchaus vorstellen, dass du hier etwas nachlässig bist. Aber so was! Wie lange machst du das schon?« Daphne gab keine Antwort. Sie löste das Affenbaby sanft von ihrer Schürze und setzte es zurück in seinen Käfig. Es weinte ein wenig und klammerte sich dann an die Plüschmutter. »Einen kranken Eindruck macht es auch nicht«, bemerkte Stephen. »Das war also gelogen. Du hast gesunde Tiere aus dem Versuch genommen, um sie zu manipulieren.«

»Sie sind vielleicht nicht krank, aber entwicklungsgestört«, erläuterte Daphne. »Wahrscheinlich hätten sie das Trauma überlebt, sie wären allerdings kleiner und anfälliger geblieben als andere.«

»Was dann in unsere Studie eingegangen wäre!«, rief Stephen. »Wir machen das schließlich, um solche Effekte des Fehlens von Mutterliebe nachzuweisen. Du verstehst das einfach nicht!«

Daphne schüttelte den Kopf. »Nein. Ich verstehe es nicht. Ich werde kündigen, Stephen. Ich kann das nicht mehr mitmachen.«

Stephen sah sie mit kaltem Blick an. »Du wirst nicht kündigen müssen«, erklärte er. »Jetzt bring die Affen zurück. Man wird sehen, inwieweit man sie noch verwenden kann. Ich gehe zu Harlow.«

Daphne war zu stolz, ihn zu bitten, sie nicht zu verraten. Sie hätte es um der Tiere willen gern getan – Harlow war zuzutrauen, sie töten zu lassen, wenn sie für seine Studie nicht mehr taugten –, doch sie erkannte, dass es sinnlos war. Als Stephen ging, ließ sie die Äffchen bei Lily, bis einer der Tierpfleger an die Tür klopfte. Die Männer hatten sich das zur Gewohnheit gemacht, sie wussten ja, dass Daphne Regeln brach.

»Dicke Luft, Doktor. Der Professor tobt. Sie sollen gleich zu ihm kommen. Wir können solange auf die Hündin aufpassen. Wenn er sieht, dass wir Lily hier haben, dreht er noch mehr auf.«

Daphne lächelte schwach. »Ich fürchte, noch mehr geht nicht. Aber Lily sollte wirklich hierbleiben. Am besten in ihrem Versteck im Schrank, falls noch ein paar Studenten kommen sollten, um sich zu überzeugen, dass ihre Versuchstiere nicht zu gut behandelt werden.«

»Wir werden Sie jedenfalls vermissen, Doktor!«, meinte der Pfleger. »Er wird Sie doch feuern, oder?«

Daphne nickte. »Ich hätte sowieso gekündigt«, sagte sie.

Eine halbe Stunde später verließ sie mit rotem Gesicht und schwerem Herzen das Laborgebäude. Harlow hatte ihr erneut all ihre Untaten vorgeworfen und dazu erwähnt, dass sie als Frau eben keinen Forscherehrgeiz und Verstand habe, der sie begreifen ließ, wie wichtig seine Versuche dafür waren, Menschen und ihre Beziehungen zueinander besser zu verstehen, und wie die Entdeckung der Mutterliebe die Welt verändern würde. Daphne hatte sich all das wortlos angehört. Sie hätte ihm die gleichen Vorwürfe entgegenschleudern können wie Stephen, doch was hätte es genutzt? So hatte sie nur behauptet, die drei von Stephen sichergestellten Äffchen seien die einzigen gewesen, mit denen sie die Studie sabotiert habe. Sie hoffte, damit weitere Tiere davor zu bewahren, dass das Experiment mit ihnen wiederholt wurde.

Harlow hatte ihr allerdings kein Wort geglaubt.

»Stephen erklärte, Sie hätten sogar Ihre Hündin in die Manipulationen mit einbezogen«, hatte er angemerkt. »Das klingt nicht, als täten Sie das erst seit gestern. Hatte ich Ihnen nicht verboten, das Tier mit aufs Universitätsgelände zu bringen? Allein das hat die Ergebnisse wahrscheinlich kontaminiert. Ich möchte Sie hier jedenfalls nicht mehr sehen. Sie sind fristlos entlassen, Dr. Lemberger. Ihre Unterlagen gehen Ihnen zu. Einen Guten Tag noch!«

Daphne hatte den Gruß erwidert, Lily geholt und stand nun auf der Straße. Im wahrsten Sinne des Wortes – nichts auf der Welt hätte sie dazu bringen können, zurück in ihre gemeinsame Wohnung mit Stephen zu gehen. Der Rauswurf aus dem Labor machte ihr nichts aus, im Gegenteil, den betrachtete sie sogar als Auszeichnung. Sie hatte für die Tiere getan, was sie gekonnt hatte, dass es so enden würde, war absehbar gewesen. Was allerdings schmerzte, war Stephens Verrat. Natürlich waren sie über Harlows Experimente uneinig gewesen, aber sie hatte ihn deshalb nicht verlassen. Im Gegenteil, sie hatte ihm während der meisten Zeit zugearbeitet – soweit ihr Gewissen es zuließ und oft darüber hinaus. Jetzt ärgerte sie sich über sich selbst. Es war schon ein Fehler gewesen, die Stellung bei Harlow überhaupt anzunehmen. Ihre Eltern und David hatten völlig recht gehabt. Ihre Liebe hatte sie blind gemacht.

Daphne spürte Kälte und Trauer in sich aufsteigen. Sie suchte sich eine Parkbank und setzte sich, unfähig, eine Entscheidung zu treffen. Dabei musste sie irgendwohin mit Lily. Der Himmel zog sich schon wieder zu, sie konnte nicht draußen bleiben, wenn es regnete. Lily sprang neben ihr auf die Bank und schmiegte sich an sie. Ab und zu leckte sie tröstend über ihre Hand. Und sie zitterte, fing also schon wieder an zu frieren.

»Du würdest dich in Australien wohler fühlen, denke ich«, sagte Daphne seufzend. »Also los, lass uns gehen. Bahnhof oder Busstation. Und erst mal nach New York.«

Lily zog in Richtung ihrer Wohnung, doch Daphne wollte nicht noch einmal dorthin. Womöglich hatte Stephen das Labor früher verlassen, und sie hätte es nicht ertragen, ihn noch einmal zu sehen. So verzichtete sie darauf, auch nur das Nötigste mitzunehmen. Vielleicht würde Stephen ihr ihre Sachen ja irgendwann nachschicken. Jetzt wollte sie nur noch weg. So schnell und so weit wie möglich.

Der Greyhoundbus nahm keine Hunde mit, und um Bahn zu fahren, musste sie für Lily eine Transporttasche kaufen. Außerdem erstand sie Futter.

»Als Blindenhündin können wir dich ja nicht tarnen«, meinte sie, während Lily hungrig fraß, und dachte an Nellie, die Freundin ihrer Mutter, die ihren Mischling von Belgien nach Berlin gebracht hatte, indem sie ihn als Blindenhund ausgegeben hatte.

Einem Kleinpudel wie Lily würde die Funktion allerdings niemand abnehmen. Wehmütig erinnerte sie sich an ihre letzte Reise nach New York. Stephen hatte ein Auto gemietet, und sie hatten in einem guten Hotel übernachtet. Jetzt würde sie mit nur zwei Umstiegen durchfahren – sie hatte einfach nicht die Energie, eine kompliziertere Reise zu planen. An Geld mangelte es ihr immerhin nicht, und zum Glück hatte sie ihren Ausweis dabei. Ihr Gehalt war auf ein eigenes Konto überwiesen worden, das sie jetzt auflöste. Sie würde nie wieder nach Wisconsin zurückkehren.

Schließlich saß Daphne im Zug nach Chicago, danach sollte es über Cleveland nach New York weitergehen. Die Reise dauerte mehr als vierundzwanzig Stunden, Daphne konnte nur hoffen, dass Lily bis zum Umsteigen und dann bis zur Endstation durchhielt, ohne sich erleichtern zu müssen. »Hündinnen schaffen das bis zu sechzehn Stunden, hab ich im Studium gelernt«, erklärte sie dem Pudel. »Ich hoffe, dir hat das auch mal jemand gesagt …«

Lily sah sie treuherzig an und wedelte mit dem Schwanz. Immerhin machte es ihr nichts aus, in der dunklen Tasche zu reisen – den Aufenthalt in Schränken war sie ja gewöhnt. Daphne erinnerte das an ihre Mutter, zu deren Eigenheiten es gehörte, Zuflucht in Kleiderschränken zu suchen, wenn ihr alles zu viel wurde. An diesem Tag konnte sie das zum ersten Mal nachempfinden. Sie fühlte sich verletzt und allein, betrogen und verloren – und beschämt. Sie hätte es besser wissen sollen.

Daphne war wie erschlagen, als sie endlich an der Grand Central Station ankamen. Lily strebte aufatmend der nächsten Säule zu, um sich zu erleichtern, was Daphne natürlich peinlich war. Sie konnte nur so tun, als bemerkte sie es nicht, während sie sich umsah. Sie hatte David von Cleveland aus angerufen und zu Tode erschreckt, da er mitten in der Nacht selbstverständlich nicht mit einem Anruf gerechnet hatte. Dann hatte er allerdings Verständnis gezeigt und versprochen, sie vom Zug abzuholen. Jetzt wartete hier jedoch niemand – erst nach einer ganzen Weile hastete Evangelina aus einem U-Bahn-Schacht, erspähte Daphne sofort und strahlte sie an.

»David musste zu einer Sitzung in den Zoo. Aber ich hab gesagt, ich heitere dich auf! Komm, wir gehen jetzt erst mal was essen. Magst du Hamburger? Also ich liebe die Dinger! So was gab's weder in Griechenland noch in Basel. Und in Australien musste man aufpassen, dass sie kein Kängurufleisch verarbeitet haben. Ach stimmt, du bist ja Vegetarierin, nicht? Was machen wir denn da?« Evangelina war blendend gelaunt wie immer. Als sie erkannte, wie deprimiert Daphne wirkte, nahm sie sie in die Arme. »Hast du gar kein Gepäck mitgebracht? Ach ja, David sagte, du wärst gleich aus dem Institut weggelaufen ... Kann ich verstehen. Aber die Sachen kann man abholen lassen, das ist kein Problem. Und für dich kaufen wir als Erstes was Neues. Das macht ja Spaß!«

Daphne hätte sich jetzt eigentlich am liebsten in einem dunklen Zimmer ins Bett gelegt, aber das war mit Davids Schmetterling nicht zu machen. Evangelina sah hinreißend aus, sie trug einen weiten, halblangen Mantel mit rundem Kragen in einer Farbe, die Daphne am ehesten als Dunkelorange bezeichnet hätte, und darunter ein knielanges Wollkleid im Schottenmuster. Eine zum Mantel passende Kappe, ebenfalls aus Wolle, hielt ihre Ohren warm. Es war frisch in New York.

»Das ist das Dumme an New York, es ist bis ins Frühjahr hinein ziemlich kalt«, plauderte sie weiter und blickte auf Daphnes schlichten Mantel, dessen Kragen sie jetzt schon fröstelnd aufstellte.

»Ich bin nicht für eine Reise angezogen«, meinte Daphne denn auch entschuldigend. »Ich bin ja von der Arbeit aus direkt losgefahren, und die Äffchen ... Na ja, man trägt besser keine gute Kleidung, wenn man ihre Käfige reinigt.«

Evangelina winkte ab. »Wir finden schon was für dich«, meinte sie. »Jetzt gehen wir erst mal was essen. Du warst so lange unterwegs, du brauchst ein Frühstück, wenn du während der ganzen Reise nichts Richtiges zu dir genommen hast!«

Es war zwar bereits Nachmittag, aber in New York spielte das keine Rolle. Hier gab es Frühstückslokale, die den ganzen Tag geöffnet waren. Kurze Zeit später saßen Daphne und Evangelina in einem warmen Raum, tranken Kaffee, den eine freundliche, junge Frau ständig nachschenkte, und vor Daphne standen ein Omelett und ein Stapel Blaubeerpfannkuchen. Sie merkte jetzt erst, wie hungrig sie war. Schuldbewusst schaute sie auf Lily, die geduldig neben ihr lag und dem Essen begehrliche Blicke zuwarf. Evangelina deutete den Hundeblick ebenfalls richtig und hatte nicht die geringste Hemmung, eine Portion Hackbraten für Lily zu bestellen. Die Bedienung mochte das befremdlich finden, doch gleich darauf stand eine Schüssel mit Fleisch vor Lily.

»Kaffee oder Tee für die kleine Dame?«, fragte die Kellnerin mit verschmitztem Lächeln. »Oder eine heiße Schokolade?«

»Einfach Wasser, bitte!«, bestellte Daphne, um es nicht zu übertreiben. Zweifelsfrei hätte Lily den Kakao mit Freude aufgeschleckt.

»Und jetzt erzähl!«, forderte Evangelina, als Daphne sich gestärkt hatte. »Was hat dich bewogen, diesen Sack heiße Luft endlich zu verlassen, mit dem du dich fast drei Jahre lang belastet hast?«

Daphne wunderte sich über sich selbst, aber sie musste lachen. »In der letzten Zeit war die Luft schon ziemlich abgekühlt«, gestand sie und berichtete dann von ihrer Enttäuschung über Stephens Verrat. »Und ich dachte, wir würden einmal heiraten ...«, endete sie. »Wie kann man sich so täuschen?«

Evangelina winkte ab. »Ach, der hätte dich nie geheiratet. Wahrscheinlich gibt es schon längst eine blonde Vorstadtschönheit in Sydney, die seine Eltern für ihn ausgesucht haben. Gute Familie, vergleichbares Vermögen, keinerlei Bedürfnis, beruflich mit ihm zu konkurrieren. Wenn er seinen Doktor hat, wird er heimkehren und sie heiraten. Und in einem australischen Labor weiter Affen ärgern. Das läuft so in diesen Familien, glaub's mir. Und es ist auch gar nicht immer schlecht. Die Eltern kennen ihre Kinder oft ganz gut, sie wissen, wer zu ihnen passt – und wenn sie klug sind, erlauben sie ihnen, sich die Hörner abzustoßen, bevor es ernst wird. Sei froh, dass du deinen Stephen los bist. Was willst du jetzt machen?«

Daphne zuckte mit den Schultern. »Ich weiß nicht. Im Moment bin ich einfach nur müde. Vielleicht gehe ich zurück nach Australien …«

»Ans Ende der Welt?« Evangelina zog einen Flunsch. »Also wenn du jetzt schon einmal hier bist, würde ich was Neues ausprobieren, Europa zum Beispiel. Warst du schon mal da? Vielleicht machst du eine Reise …«

Daphne lächelte. »Europa mit Pudel und ohne Geld. Wie weit, meinst du, würde ich kommen?«

Evangelina schien die Frage befremdlich zu finden. Anscheinend war sie es nicht gewohnt, sich von Hindernissen irgendeiner Art aufhalten zu lassen.

»Jetzt gehen wir erst mal einkaufen«, bestimmte sie, zahlte und setzte sich dann entschlossen in Richtung Times Square in Bewegung.

Daphne folgte ihr, obwohl sie vollkommen erschöpft war, und wurde gleich wieder wach, als sie erkannte, in welch exklusive Boutiquen und Kaufhäuser Davids Freundin sie führte.

»Evangelina, das kann ich mir nicht leisten«, erklärte sie, als die junge Frau in einem luxuriös ausgestatteten Wäschegeschäft zwei Garnituren für sie auswählte, von denen jede so viel kostete wie ein Kleid.

Evangelina winkte ab. »Ich schenk sie dir«, sagte sie fröhlich. »Damit du dich ein bisschen freust.« Die Freundin ihres Bruders wirkte so ehrlich begeistert und bedingungslos großzügig, dass Daphne nicht Nein sagen konnte. Eine lange Hose, einen Rock, zwei Blusen, zwei Pullover und einen Wollmantel suchte sie sich dann jedoch in einem preiswerteren Geschäft für Damenmode aus. »Und jetzt gehen wir zu David«, beschloss Evangelina, nachdem sie noch Hundefutter besorgt hatten, und Daphne atmete auf. Ihr Bruder würde Verständnis dafür aufbringen, dass sie jetzt erst einmal Ruhe brauchte.

David bewohnte ein kleines Apartment in der Nähe des Zoos. Es lag in einem schon etwas heruntergekommenen Wohnblock.

»Es ist nicht die beste Wohnlage«, bemerkte denn auch Evangelina mit leichtem Naserümpfen. »Aber David meint, er hätte nichts, was sich zu klauen lohnte, und er mag das Leben mit all den vielen unterschiedlichen Leuten um sich herum.«

Tatsächlich waren die Straßen belebt, und man sah Menschen aller Hautfarben, viele sprachen Spanisch oder eine englisch-spanische Wortmischung. Daphne konnte sich nicht vorstellen, dass ihr zurückhaltender Bruder in diesem Wohnviertel viele Bekanntschaften schloss. Wahrscheinlich hatte ihn eher die Nähe zu seinem Arbeitsplatz überzeugt – und die Hoffnung, dass sich hier jeder um seine eigenen Angelegenheiten kümmerte und keinen Anschluss an seine Nachbarn suchte.

Evangelina schloss die Wohnung auf, doch David hätte ihnen auch öffnen können. Er bastelte in einem spärlich möblierten Wohnraum an dem Modell einer Affeninsel, ließ allerdings gleich alles stehen und liegen, um Daphne und Lily zu begrüßen, die begeistert an ihm hochsprang. Daphne fühlte sich geborgen und erleichtert in seiner Umarmung. Wie immer, wenn sie bei ihrem Zwillingsbruder war, fühlte es sich an, als käme sie nach Hause, als fänden zwei Teile einer Einheit endlich wieder zusammen.

»Daphne, du musst müde sein«, sagte David, und sie wusste, dass er nicht nur ihren Schlafmangel meinte. »Oder willst du reden?«

»Später …«, erwiderte Daphne und fand sich kurz darauf in einem Bett wieder, in dem sie David noch spürte, obwohl er es für sie neu bezogen hatte. Sie fühlte sich ihm nah, verstanden und erfüllt von aufkeimender neuer Hoffnung. Am Morgen würde sie Pläne machen.

Als sie am nächsten Tag erwachte, war es neun Uhr – sie hatte zwölf Stunden geschlafen. David deckte gerade den Frühstückstisch. Jemand hatte frische Brötchen und Bagels geholt, es gab Honig und Käse aus Griechenland.

»Kaffee oder Tee?«, fragte Evangelina vergnügt und bediente eine moderne Kaffeemaschine.

Daphne fragte sich, ob David die gekauft hatte oder ob sie ein Beitrag von Evangelina zum gemeinsamen Haushalt gewesen war. Lily lag unter dem Tisch und knabberte an einem Kauknochen.

»Kaffee«, sagten sie und David gleichzeitig.

Sie stellte jetzt erst fest, dass sie in ihren am Tag zuvor gekauften langen Hosen und einer Bluse geschlafen hatte.

»Ich hab vergessen, einen Pyjama zu kaufen«, bemerkte sie.

»Macht nichts«, erklärte Evangelina. »Stephen schickt deine Sachen her. Ich hab im Institut angerufen und ihn ans Telefon holen lassen. Er war etwas verstimmt. Wie bist du nur auf die Idee gekommen, ihn einfach zu verlassen? Ihr hättet doch noch mal über alles reden können.« Sie lachte.

Daphne und David griffen sich gleichzeitig an die Stirn.

»Hast du dir schon überlegt, was du jetzt machen willst?«, fragte David. »Soll ich mich im Zoo erkundigen, ob sie noch eine Tierärztin brauchen?«

»Warum studierst du nicht weiter?«, schlug Evangelina vor. »Hattest du nicht ein zweites Fach neben der Tiermedizin? Die New York University gehört zu den besten der Welt.«

»Anthropologie …«, sinnierte Daphne. »Dabei hab ich Stephen kennengelernt.«

»Na, so was muss sich ja nicht wiederholen«, bemerkte Evangelina mit einem Lächeln.

»Die Idee ist gar nicht so schlecht«, meinte David. »Besonders, wenn du mit der Primatenforschung weitermachen willst. Im Grunde hat es dir ja gefallen.«

Daphne war wieder einmal verblüfft darüber, wie gut David sie kannte. Schließlich hatte sie in den letzten Monaten nichts Gutes über Harlow und sein Institut berichtet, und sie war auch nicht mehr gern zur Arbeit gegangen. Dennoch interessierte sie sich nach wie vor brennend für Primaten und ihre Verwandtschaft zum Menschen. Sie wollte gern in die Forschung, wenn man den Tieren dabei nur ihre Würde ließe.

»Ich kann doch nicht mein halbes Leben studieren«, wandte sie trotzdem ein. »Ich muss auch mal Geld verdienen, ich …«

»Wenn wir im Zoo einen Job für dich finden, kannst du beides machen«, sagte David. »Und du gibst ja nicht viel aus. Wohnen kannst du bei mir …«

Daphne sah sich zweifelnd um. David war ihr zweites Ich, und sie mochte Evangelina. Aber drei Menschen in diesem kleinen Apartment, in dem es außer dem Wohnraum mit einer Schlafcouch nur ein winziges Schlafzimmer gab?

»Oder bei mir«, schlug Evangelina wie selbstverständlich vor.

Daphne sah sie verwundert an. »Wohnst du denn nicht hier?«, erkundigte sie sich.

Evangelina lachte. »Das ginge meinem Daddy nun doch etwas zu weit«, meinte sie. »Seine Prinzessin und eine wilde Ehe? Um Himmels willen! Und mir wäre auch die Gegend ein bisschen zu unsicher. Wenn man da als Frau mal spät nach Hause kommt … Nein, ich hab mein eigenes Apartment. Viel größer und näher an der Universität. Du bist da jederzeit willkommen. David ist natürlich auch oft da, wenn er abends nicht gerade Modelle bastelt.« Sie wies auf den Affenfelsen auf dem Wohnzimmertisch. »Weißt du was? Ich nehm dich gleich mal mit«, erklärte sie. »Du erkundigst dich nach der Fakultät, und David fragt im Zoo nach einem Job.«

»Und dann musst du dir den Zoo ansehen«, lud David sie ein, »und überlegen, ob du da überhaupt arbeiten magst …«

Er wirkte nicht, als hätte er da Zweifel.

Daphne wollte sich waschen und die Kleidung wechseln, um einen möglichst guten Eindruck zu machen, falls sie wirklich die Anthropologische Fakultät aufsuchen würde, doch Evangelina hielt sie zurück.

»Bei mir kannst du ein richtiges Bad nehmen«, stellte sie in Aussicht. »Bei David gibt's doch nur fließendes Wasser.«

Daphne folgte Evangelina also zunächst in ihr Reich. Ihr Apartment gehörte zu einem modernen Wohnkomplex im Universitätsviertel. Hier lebten fast nur Studentinnen und Studenten, außerordentlich gut betuchte. Evangelina erklärte, dass sich oft zwei junge Frauen oder Männer ein Apartment teilten, es gab neben Bad und Küche einen Wohnraum und zwei Schlafzimmer.

»Die Hälfte der Miete hier bringe ich nie auf«, meinte Daphne, woraufhin Evangelina wieder abwinkte.

»Das zahlt mein Daddy, da brauchst du dir keine Sorgen zu machen …«

Daphne nahm sich vor, David zu fragen, welchen Beruf Evangelinas Vater ausübte. Dann genoss sie die Annehmlichkeiten der Wohnung, an die Davids Unterkunft tatsächlich in keiner Weise heranreichte. Schließlich zog sie von ihren neu erstandenen Kleidungsstücken einen dunkelroten Wickelrock und eine blaue Bluse an und fand, dass sie seriös und gut aussah.

Evangelina ließ sie allein auf dem Weg zur Universität, die Academy of Art lag nicht direkt auf dem Campus.

»Ich hab gleich noch einen Kurs«, erklärte sie fröhlich.

Es war bereits elf Uhr, allzu früh begann Evangelina ihre Studien also nicht.

Daphne nahm sich Zeit, den Campus der Universität anzusehen, besuchte die Fakultät der Anthropologie und verwandter Wissenschaften und erhielt ein paar Broschüren. Überrascht registrierte sie, wie viele berühmte Paläontologen, Zoologen und Ethnologen bereits in New York gelehrt hatten, unter anderem die Forscherin Margaret Mead und der Ethnologe Franz Boas. Immer wieder tauchte dabei das Naturhistorische Museum als Zentrum der Forschung auf. Dr. William A. Ritchie hatte eben eine Studie zu den Spuren von Frühmenschen im Nordosten der USA veröffentlicht und forschte zu prähistorischen Kulturen im Staat New York.

Daphne verbrachte den Rest des Tages im Museum und war begeistert von den Möglichkeiten, die sich ihr hier boten.

Am Abend kam David mit der Nachricht, dass der Veterinär des Bronx Zoo sich sehr erfreut über eine junge Kollegin gezeigt hatte, die Erfahrung mit Primaten hatte und sich nicht vor großen Tieren fürchtete. Einige Stunden in der Woche konnte er Daphne beschäftigen, das war mit einem Studium ohne Weiteres vereinbar.

»Fragt sich nur noch, wer auf Lily aufpasst, wenn ich dann rund um die Uhr unterwegs bin«, überlegte Daphne und kraulte die Hündin, die ihr eben deutlich machte, dass sie sich schon an diesem Morgen vernachlässigt gefühlt hatte.

»Nimm sie mit«, riet Evangelina. »Du sagst, sie sei ein Urzeitknochensuchhund, unentbehrlich bei Ausgrabungen.«

Daphne musste lachen und stellte fest, dass sie sich lange nicht mehr so unbeschwert und frei gefühlt hatte wie an diesem Tag.

»Jedenfalls hab ich entschieden zu bleiben«, erklärte sie. »Zumindest ein paar Monate. Ich möchte Dr. Ritchie kennenlernen, eventuell noch etwas mehr in Richtung Paläontologie lernen und forschen. Morgen komme ich mit in den Zoo.«

Das folgende Jahr, das Daphne mit ihren Studien bei David und Evangelina in New York verbrachte, gehörte zu den aufregendsten und glücklichsten ihres Lebens. Sie machte sich im Zoo nützlich und bewunderte die Grünanlagen des Außenbereichs, die eben mit Davids Hilfe umgestaltet wurden. Im Museum stieg sie bald zur wissenschaftlichen Assistentin auf und half bei der Registrierung der Artefakte, die Dr. Ritchie und andere Forscher den Sammlungen beisteuerten. Anhand der Relikte versuchten die Forscher, mehr über das Leben und die Kultur der ersten Bewohner der Region herauszufinden. Sie tappten noch oft im Dunkeln, aber es war spannend, Hypothesen aufzustellen und zu versuchen, sie zu verifizieren. Auch über die Arbeit hinaus war Daphnes Leben reich an Anregungen. Evangelina nahm nun auch sie mit in Ausstellungen und Konzerte, auf Partys und sogar zu Modenschauen.

»Du kannst doch nicht die Fashion Week verpassen, Daphne«,

sagte sie. Daphnes Einwand, sie könne sich sowieso keins der gezeigten Kleider leisten, tat Evangelina lachend ab. »Haute Couture gehört zur Kultur. Du studierst Anthropologie, die Lehre vom Menschen. Sieh es als Exkursion.«

Evangelina gab Daphne so manche Rätsel auf, aber ihre Fröhlichkeit, ihre Großzügigkeit und die Leichtigkeit, mit der sie das Leben nahm, machten sie einfach unwiderstehlich. Manchmal fragte sich Daphne allerdings, ob es nicht irgendeinen Vulkan gab, auf dem die junge Frau tanzte. David war der Meinung, dass sie einfach unbeschränkt ihren Reichtum und ihre Freiheit genoss, und nahm ihre Liebe als das Geschenk an, das sie ganz sicher auch war. An die fernere Zukunft dachte vorerst keiner der drei.

Gisborne, 8. Februar 1958

Liebste Mami!

Viele Grüße aus Gisborne, wo ich gut angekommen bin. Paul hat mich, wie Du weißt, schon erwartet, und er war gleich völlig vernarrt in Audrey. Das trifft auch auf Diane zu, die mir vieles rund um die Babypflege abnimmt. Sogar Paul füttert und wickelt Audrey und spielt Lieder für sie auf der Geige – alle Leute denken, er wäre ihr Papa, und sie scheint ihn sehr zu mögen. Die Kleine lauscht ganz verklärt seinem Geigenspiel – er beherrscht das Instrument einfach so viel besser als ich, und es scheint, als bemerkte sie das jetzt schon. Paul überraschte mich mit der Nachricht, dass er die Meisterklasse in Wellington vorerst nicht mehr besuchen will. Stattdessen möchte er nur noch mit mir Musik machen – wir arbeiten also an einem Programm, mit dem wir dann auftreten wollen. Paul ist nicht nur ein großartiger Geiger, sondern auch ein sehr begabter Komponist. Ihr werdet sicher noch viel von uns beiden hören!

Viele Grüße auch an Helena. Ich hab ihr das ungezogene Benehmen bei unserem letzten Treffen vergeben. Sie hat Audrey eben sehr gern und den Gedanken an die Trennung schlecht aufgenommen. Ich hoffe, dass April ihr noch vermitteln wird, dass es auch in schwierigen Momenten des Lebens nötig ist, die Contenance zu bewahren.

Aus dem siebenten Himmel grüßt Dich

Deine Grit, die nach wie vor sehr glücklich ist.

»Das wirst du April nicht wirklich bestellen, oder?«, fragte Walter, als Nellie ihm den Brief vorgelesen hatte.

Nellie schüttelte den Kopf. »Natürlich nicht, und Henny gebe ich den Brief auch nicht zu lesen. Es würde sie nur noch mehr gegen Grit aufbringen. Ich werde ihr höchstens sagen, dass Grit eine Nanny für Audrey gefunden hat und dass die Kleine gut versorgt ist.«

Henny machte sich immer noch Sorgen um ihre kleine Schwester. Dabei hatten ihr sowohl Mia und April als auch Nellie beteuert, dass Grit das Kind nicht vernachlässigen würde. Sie hatte es ja schon in Ellerslie ordentlich gewickelt und gefüttert. »Sie hat sie nur nicht richtig lieb«, hatte Henny dagegengehalten und war von ihrer Meinung nicht abzubringen gewesen, obwohl ihr immer wieder das Gegenteil versichert worden war.

»Eine Nanny?«, fragte Walter. »Also, wenn du mich fragst, hat sie einfach wieder eine Dumme gefunden, die ihr das Kind abnimmt. Henny hat schon recht, Mutterliebe sieht anders aus. Da brauche ich gar keine Affenversuche. Was schreibt denn Maria? Ist Daphne endlich weg von diesem fragwürdigen Forscher?«

Nellie und Walter nahmen durch Marias und Bernhards Briefe lebhaften Anteil am Schicksal der Dadas, und Nellie berichtete ihrer Freundin genauso detailliert von Grit und ihren Söhnen. Dabei brachte sie immer wieder die Rede auf Grits oft unerklärliches Verhalten. Sie hoffte, dass Maria mehr Verständnis dafür aufbringen würde, da sie sich auch oft schwer damit tat, sich in andere hineinzuversetzen, und durch seltsame Verhaltensweisen auffiel. Das war jedoch nicht der Fall.

Grit ist nicht wie ich, schrieb Maria. *Das hätten wir sonst schon in Berlin gemerkt. Und da war sie ein kleines Mädchen wie alle anderen. Grit hat sich geändert, mit ihr ist etwas passiert. In der letzten Zeit ist in wissenschaftlichen Veröffentlichungen viel von Psychologie die Rede. Hast du Sigmund Freud gelesen? Der Psychologie zufolge können Traumata einen Menschen verändern, und man kann das behandeln. Du solltest das im Hinterkopf haben, falls Grit erneut einen Zusammenbruch erleidet.*

Nellie hatte zwar noch nie in diesem Zusammenhang an Grit gedacht, aber die Arbeiten der wichtigsten Psychoanalytiker und Psychologen waren ihr bekannt. Sie interessierte sich für dieses Gebiet, seit sie als junge Frau bei einem Erdbeben verschüttet worden war und danach jahrelang an Albträumen und Angstzuständen gelitten hatte. Besonders hatte ihr damals die Überlegung ihres Hausarztes zu denken gegeben, dass selbst ihr ungeborenes Kind mitgelitten haben könnte und dadurch schwierig im Umgang war. Zu dem Zeitpunkt hatte es in Hawkes Bay, wo sie gelebt hatte, und auch in Auckland noch keine praktizierenden Psychologen oder Psychoanalytiker gegeben, aber das konnte sich inzwischen geändert haben.

»Vielleicht geht es ja diesmal gut«, bemerkte sie Walter gegenüber, nachdem Grit auch in ihren folgenden Briefen nur von ihrem Glück mit Paul schwärmte.

Die Vorbereitungen auf unser Programm laufen, wir haben bereits die ersten Konzertverpflichtungen. Und auch Audrey gedeiht ganz hervorragend. Wenn wir Konzerte geben, wird Diane mitreisen und auf sie achtgeben. Vorerst sind keine weiten Reisen geplant, wir werden zunächst in der Bay of Islands auftreten, einer Urlauberregion, in der sicher viele Ferienreisende unser Publikum verstärken werden. Länger als zwei Tage werden wir kaum unterwegs sein. Ihr seht also: All Eure Befürchtungen waren grundlos, unsere kleine Familie ist vollkommen!

»Mit dem kleinen Wermutstropfen, dass da irgendwo noch eine Frau ist, die auf diesen Paul wartet«, bemerkte Walter. »Sie schreibt gar nichts von der Scheidung, die er doch gleich anstrengen wollte. Hält sie das einfach für unwichtig, oder hat sie es vergessen?«

Grit dachte tatsächlich nicht mehr daran, dass Paul vor der Entdeckung ihrer großen Liebe eine andere Frau geheiratet hatte. Er erwähnte sie schließlich nicht mehr, und sie war so gefangen in ihrem Glücksrausch und ihrer Musik, dass sie nicht nachfragte. Sie bereitete sich voller Energie auf ihre ersten gemeinsamen Konzerte vor, die sich dann wie erhofft als Triumphe gestalteten. Paul und sie waren ein wunderschöner Anblick auf der Bühne, das wurde ihnen immer wieder versichert – sie spielten mit Inbrunst und Harmonie. Den Höhepunkt bildete stets eine Komposition von Paul, die er *Grits Lied* nannte und die ihre Liebe so anrührend wiedergab, dass das Publikum danach erst einmal schweigend verharrte, bevor es sie mit stehenden Ovationen belohnte. Grit schickte Nellie und Henny erneut Zeitungsausschnitte, wie früher, als sie gemeinsam mit Philipp Erfolge gefeiert hatte. April berichtete jedoch, dass Henny sie nicht mehr sammelte wie damals, sondern nur überflog und dann wegwarf. Sie hätte lieber von Audrey gehört, doch außer der Nachricht, es ginge ihr gut, schrieb Grit nichts über den Alltag mit ihrer Tochter.

Tatsächlich war es eher Paul, der auf ein gewisses Familienleben Wert legte und Audrey dabei einbezog. Wenn die Künstler nicht auf Tour waren, bestand er darauf, mit Frau und Ziehtochter Ausflüge zu machen, amüsierte Audrey mit Kinderliedern und machte Tierlaute nach, die sie zum Lachen brachten. Grit erfreute sich mehr daran, die beiden zu beobachten, als selbst mit Audrey zu spielen, doch auch sie wurde im Zusammenleben mit Paul und Audrey zugänglicher und entspannter. Die Disziplin, die sie als Musikerin erlernt hatte und die ihr geholfen hatte, im Krieg zu überleben, brach langsam auf, sie erlaubte sich Sonntage am Strand oder sogar im Bett, ließ ihr Haar wachsen, wodurch sie weiblicher wirkte. Zum ersten Mal seit sie auf Kreta gewesen war, tanzte sie, trank auch schon mal mehr als ein Glas Champagner oder Wein und versuchte sich leicht beschwipst an Modetänzen wie Twist. Grit war auf dem besten Weg, sich wieder in die junge Frau zu verwandeln, die auf Kreta das Abenteuer gesucht und sich Hals über Kopf in den jungen Soldaten Alex Rawlings verliebt hatte. Längst trug sie keine schwarzen Kleider mehr. Sie vermisste ihren Vater immer noch, doch an die Stelle der kindlichen Liebe war nun eine reifere Verbindung zu einem Mann getreten. Grit war fest davon überzeugt, dass ihre Liebe zu Paul ein Leben lang halten würde, doch nach einem halben Jahr der reinen Freude machte ein Brief alles zunichte.

Grit war es, die ihn bei der Post fand, adressiert an Paul, als Absender zeichnete der Dirigent der Wellington Symphoniker verantwortlich. Es war ein dicker Brief, und sie nahm an, dass er eine Sammlung von Zeitungsausschnitten enthielt. Wahrscheinlich hatte jetzt erst jemand die Zeit gefunden, all die Artikel zu sichten, zu kopieren und an die Musiker zu versenden, die während der letzten Tournee erschienen waren. Grit ließ ihn auf dem Küchentisch liegen und versorgte erst einmal Audrey, mit der sie beim Kinderarzt gewesen war – die Kleine hatte eine leichte Grippe. Als das Kind im Bett lag, war Paul immer noch nicht da. Er hatte ihr versprochen, einen Klavierstimmer aufzusuchen, da das Instrument, das ihr in ihrem Haus zur Verfügung stand, Grits hohen Ansprüchen nicht mehr genügte. Es hatte sich auch jemand gefunden, doch der Mann besaß kein Telefon. Paul wollte also persönlich bei ihm vorsprechen.

Grit machte sich also ein Sandwich und einen Tee und setzte sich auf einen Küchenstuhl. Sie hatte keine Hemmungen, Pauls Brief zu öffnen. Sie beide hatten, so meinte sie jedenfalls, keine Geheimnisse voreinander.

Zu ihrer Überraschung enthielt der Brief keine Zeitungskopien, sondern mehrere kleinere Umschläge – und ein kurzes Anschreiben.

Lieber Paul!

Nach unserer gestrigen Probe kam eine Dame ins Theater, die sich als Esmé Winter vorstellte, Du hattest ein Zimmer in ihrer Pension gemietet, solange Du in Wellington lebtest. Nun bist Du schon monatelang fort, doch sie empfängt immer noch Briefe für Dich, besonders eine Elke Rossberg – wahrscheinlich Deine Mutter oder Deine Schwester – schreibt alle paar Tage. Mrs. Winter bat mich, ihr Deine neue Adresse mitzuteilen, um die Post nachsenden zu können. Das tat ich, doch da ich Dir ohnehin schreiben wollte, um Dir zu Grits und Deinem Auftritt in Rotorua zu gratulieren, bei dem ich anlässlich eines Besuches bei meinen Schwiegereltern zufällig anwesend war, versprach ich, Dir die

Briefe, die sich bisher angesammelt haben, direkt zukommen zu lassen. Weitere Briefe werden Dich dann in Gisborne erreichen.

Bitte richte der großartigen Grit De Groot meine Grüße und Glückwünsche aus. Gemeinsam habt Ihr das Zeug für eine Weltkarriere, die Philipp De Groots in nichts nachstehen dürfte. Ich wünsche Euch weiterhin viel Glück und viel Erfolg!

Morris Lindsay

Grit ließ ihr Sandwich sinken. Elke Rossberg … Pauls Frau. Warum schrieb sie ihm noch? Wollte sie ihn zurückgewinnen? Die Scheidung sollte doch längst ausgesprochen sein, warum hatte sie dann nicht Pauls neue Adresse? Scheidungsunterlagen wurden den Partnern zugestellt, es musste mit Anwälten gesprochen werden, es gab Verhandlungen …

Siedend heiß fiel Grit ein, dass Paul nie über solche Dinge gesprochen, nie Schreiben von Anwälten oder Richtern erhalten hatte. Mit zitternden Fingern griff sie wahllos nach einem der vielen Umschläge, die in dem großen Brief steckten. Es war ein relativ aktueller, der Poststempel war datiert auf den 2. April 1958.

Liebster Paul!

Eine sehr zierliche, feminine Handschrift und Tinte, die an manchen Stellen verwaschen schien, als hätte die Schreiberin geweint.

Eigentlich habe ich längst die Hoffnung aufgegeben, dass meine Briefe Dich noch erreichen könnten, nachdem Du vor gut einem halben Jahr spurlos verschwunden bist. Ich bin jedoch so einsam, so verzweifelt und mutlos, dass ich einfach schreiben muss, es versuchen muss, um nicht verrückt zu werden. Das Kind in meinem Leib wächst und gedeiht. Bald wird es geboren, wird wachsen und sprechen lernen – und nach seinem Papa fragen. Was sage ich ihm dann? Wenn ich wenigstens wüsste, was passiert ist, wenn ich Gewissheit hätte, Dich verloren zu haben, dann könnte ich mich vielleicht damit abfinden, könnte trauern, einen Abschluss suchen. Doch immer noch habe ich die Hoffnung und das Gefühl, Du seist am Leben ... Es kann einfach nicht sein, was mein Vater annimmt: dass Du unser ungeborenes Kind und mich einfach verlassen hast und überhaupt nicht wissen willst, was aus uns wird. Vater hat die Agentur angeschrieben, die Dich damals nach Wellington geschickt hat, und die Antwort bekommen, Du habest die Meisterklasse auf eigenen Wunsch verlassen. Mehr wusste man nicht. Und ich hab Angst, weiter nachzuforschen. Ich möchte wissen, was mit Dir geschehen ist – und ich möchte es auch nicht wissen ... Ich bin außer mir und muss mich doch beherrschen, damit ich unserem Kind bald eine gute Mutter sein kann.

Wenn Du diesen Brief also erhältst, Paul, ich bitte Dich inständig, antworte mir. Lass mich nicht im Ungewissen. Wir haben einander doch derart geliebt ... Noch immer träume ich von Dir, noch immer höre ich, wie Du allein für mich die Geige spieltest. Ich lege all meine Hoffnung und Sehnsucht in diese Zeilen.

Deine Dich ewig liebende Elke

Grit fühlte sich wie erschlagen – und entdeckte dann Paul hinter ihrem Rücken. Er musste heimgekommen sein und über ihre Schulter geblickt haben, während sie gelesen hatte.

»O mein Gott ...«, flüsterte er. »O mein Gott!«

Grit rieb sich die Stirn. »Was machen wir denn jetzt?«, fragte sie leise und öffnete einen weiteren Brief.

Paul nahm ebenfalls einen, und sie lasen schweigend. Sie hatten noch keine Worte für die Tragödie, die sich hier vor ihnen auftat.

Elkes erste Briefe klangen fröhlich und optimistisch. Sie setzte Paul in Kenntnis über ihre Schwangerschaft – drei Nächte hätten genügt, ihre Liebe mit einem Kind zu segnen, wie sie schrieb. Zunächst hatte sie sich auch nicht allzu sehr gesorgt, als Antworten ausblieben – schließlich war es ein weiter Weg von Hamburg nach Wellington. Doch dann wurden die Briefe immer dringlicher, und Elke begann, sich zu fürchten. Gleichzeitig berichtete sie vom Fortgang ihrer Schwangerschaft – und von den Reaktionen ihrer Familie auf seine mangelnde Reaktion. Ihr Vater hatte dann Nachforschungen angestellt – war jedoch nur bis zu Pauls Austritt aus der Meisterklasse gekommen, nachdem er auf einer Tournee mit dem Orchester brilliert hatte. Elke schrieb, dass sie sich das nicht erklären konnte und über ihre Angst vor der nahenden Geburt, der sie sich ganz allein würde stellen müssen.

Grit wandte sich vorwurfsvoll an Paul. »Du bist einfach weggeblieben? Du hast ihr nichts von uns erzählt?«

Paul nickte schuldbewusst. »Ich konnte das doch nicht ahnen … das mit der Schwangerschaft … Und ich dachte, wenn ich mich einfach nicht mehr melde, dann … dann würde sie mich vergessen.«

Grit fasste sich an die Stirn. »Wie hätte sie das tun können, Paul? Du warst ihr Ehemann! Sie hat geglaubt, du liebtest sie. Du musst ihr jetzt schleunigst reinen Wein einschenken. Du liest es ja, sie will Gewissheit! Also gib sie ihr! Schreib ihr, dass es dir leidtut, aber dass du dich geirrt hast mit deiner Liebe zu ihr. Wie ich mich ehemals mit Alex irrte. Bitte sie um die Scheidung.«

Paul rang die Hände. »Es ist nicht so einfach«, sagte er. »Wir werden bald ein Kind haben.«

»Und was ändert das?«, fragte Grit. »Lieben wir uns deshalb weniger? Du hast Audrey …«

Sie fasste nach seiner Hand.

Paul entzog sie ihr. »Audrey ist deine Tochter«, erklärte er. »Und du kannst sie ohne mich aufziehen. Aber Elke …«

»Elke schafft das schon. Vielleicht können wir ihr ja Geld schicken, wir …« Grit suchte verzweifelt nach einer Lösung.

»Grit, so … so bin ich einfach nicht …« Paul vergrub das Gesicht in seinen Händen. »Ich … ich bin doch kein Mann, der eine Frau mit einem Kind sitzen lässt … Ich hab mich schlimm genug gefühlt, weil ich sie betrogen habe und verlassen, deshalb … deshalb hab ich es auch nicht übers Herz gebracht, ihr zu schreiben. Aber jetzt …«

»Du willst zurück?«, fragte Grit fassungslos. »Du willst alles aufgeben … uns … aufgeben?«

Paul sah auf. »Von Wollen kann keine Rede sein. Grit, du … du bist die Liebe meines Lebens. Dich zu verlassen wird sein, als … als risse ich mir das Herz aus dem Leib …«

»Dann wärst du tot«, bemerkte Grit. »Das würde deiner Frau nicht helfen. Du musst ihr von uns erzählen, ihr erklären, dass es kein Zurück für dich gibt … dass ich nicht leben kann ohne dich …«

»Das wird sie nur wenig interessieren«, sagte Paul. »Grit … Grit, es geht nicht. Ich trage Verantwortung, ihr und unserem Kind gegenüber. Mein Kind … ich will es aufwachsen sehen …«

Grit dachte fieberhaft nach. »Dann musst du es herholen!«, verlangte sie. »Du musst das Sorgerecht beantragen, und wir ziehen es hier auf. Das wäre überhaupt eine gute Lösung. Auch für Elke. Sie könnte noch mal neu anfangen, sie …«

»Grit!« Paul starrte sie an. »Einer Mutter das Kind wegnehmen? Wie könnte ich das tun? Und welcher Richter würde einem Mann ein Kind zusprechen, der seine Frau ein paar Tage nach der Hochzeit betrogen und verlassen hat?«

Grits Augen blitzten vor verzweifelter Wut. »Das ist mir ganz gleich! Stiehl es, wenn es sein muss! Entführ es! Aber mach nicht kaputt, was wir haben. Unser wunderbares Leben … Sie muss das verstehen, sie …«

Sie hielt inne. Elke Rossberg würde es nicht verstehen. Niemand konnte ermessen, was diese Liebe für sie bedeutete – und für Paul.

»Vielleicht sollte ich ihr schreiben«, überlegte sie. »Von Frau zu Frau … versuchen, ihr zu erklären …«

Paul schüttelte den Kopf. »Das würde alles nur aufschieben. Und sie würde sich niemals von ihrem Kind trennen. Ich weiß, du hast Helena zurückgelassen. Aber das ist etwas anderes. Unser Kind … es ist ein Kind der Liebe … Zumindest aus Elkes Sicht«, fügte er hinzu, als Grit auffahren wollte. »Ich kann sie nicht mit ihm allein lassen, es soll nicht aufwachsen, als hätte es keinen Vater. Denn das werden die Leute doch denken …«

»Was die Leute denken, ist mir völlig egal!«, rief Grit. »Und dieses Kind ist mir egal und diese Frau und …«

»Grit, du weißt nicht, was du sagst …«

Grit und Paul redeten, stritten und weinten drei Tage lang. Diane holte Audrey zu sich, als Grit nicht mehr ertrug, dass auch sie pausenlos schrie und weinte. Grit brüllte Paul an, warf ihm vor, die Ehe nicht früher beendet zu haben, vielleicht hätte sich Elke dann ja gegen das Kind entschieden. Paul warf ihr vor, sie habe gewollt, dass seine Frau ihr gemeinsames Kind abtreiben ließ, sie entschuldigte sich, schluchzte, suchte nach den absurdesten Lösungen. Mitunter schliefen sie ein, einer in den Armen des anderen, nachdem sie gemeinsam geweint hatten – und wenn sie erwachten, stritten sie weiter. Paul begann, seine Sachen zu packen, Grit leerte den Koffer wieder, bis beide so erschöpft waren, dass sie nichts mehr zu sagen und zu streiten fanden.

Paul küsste sie schließlich zum Abschied, und sie klammerte sich an ihn – dann ließ sie sich einfach zu Boden sinken. Die Erkenntnis, dass sie ihn nicht halten konnte, schmerzte mehr als damals der Tod ihres Vaters, die Trennung von ihrer Mutter, als sie ein Kind gewesen war, und der Tod Leonidas' für den sie sich verantwortlich gefühlt hatte. Grit hatte nicht einmal mehr Tränen. Sie schluchzte trocken, bis sie es endlich schaffte, aufzustehen und sich zum Telefon zu schleppen. Wie immer, wenn ihre Welt in Scherben lag, brauchte sie ihre Mutter.

Nellie fuhr schließlich nach Gisborne, um ihre Tochter und ihre Enkelin abzuholen. Diane hatte sich solange um die beiden gekümmert, sie hatte all ihre Überredungskünste gebraucht, Grit dazu zu bringen, aufzustehen und sie in ihr Zuhause zu begleiten. Da lag sie nun im Gästebett und starrte gegen die Wand. Diane hatte Elkes Briefe gesehen und sich die Tragödie zusammengereimt. Nun berichtete sie Nellie.

»Sie haben sich so sehr geliebt, sie waren ein so schönes Paar, ich kann es einfach nicht glauben, dass er sie verlassen hat.«

»Ich denke, er hatte sehr verständliche Gründe«, bemerkte Nellie. »Er hat verantwortlich gehandelt, falsch war, überhaupt eine neue Beziehung einzugehen als verheirateter Mann. Jetzt müssen sie beide damit leben. Was Paul wahrscheinlich leichter fallen wird als Grit. Ich werde sie jetzt mit nach Ellerslie nehmen und hoffen, dass sie sich wieder beruhigt ...«

Und diesmal weder Schafe kauft noch Geige spielt, hätte sie beinahe hinzugefügt. So ähnlich hatte Walter die sich aus der erneuten Katastrophe in Grits Leben ergebenden Konsequenzen kommentiert. Er war keineswegs erbaut davon, sie erneut aufzunehmen – Henny dagegen freute sich unbändig, dass Audrey zurückkehren würde. Sie hätte sich Nellie am liebsten angeschlossen, um ihre kleine Schwester zu holen, doch das hatten weder ihre Eltern noch Nellie erlaubt. Auf keinen Fall sollte sie Grit in einem derart desolaten Zustand sehen. Dabei wäre sie Nellie auf der Heimreise eine unschätzbare Hilfe gewesen. Es war nicht einfach, die wie in Trance wirkende

Grit und den Kinderwagen mit Audrey in den Zug zu spedieren. Die Zugreise dauerte mehr als zehn Stunden, und Audrey, die überhaupt nicht verstand, was passierte, schrie und weinte und wollte sich von Nellie nicht füttern lassen. Nellie war am Ende ihrer Kräfte und ihrer Nerven, als der Zug endlich in den Bahnhof von Ellerslie einfuhr. Walter und Henny erwarteten sie.

»Nein, ich hab sie nicht mitgebracht«, raunte Walter seiner Frau zu, während er Grits Koffer entgegennahm und auf dem Bahnsteig abstellte. Es war fünf Uhr morgens und noch kein Gepäckträger in Sicht. »Sie ist mit dem Fahrrad gekommen. Hat irgendwie herausgefunden, wann ihr ankommt. Sie ist ein großes Mädchen geworden …«

Henny war inzwischen fünfzehn Jahre alt. Sie trug schon ihre Schuluniform und hatte das lockige Haar zu einem ordentlichen Zopf geflochten. Gewöhnlich radelte sie ein paar Stunden später von Epona Station nach Onehunga und nahm von dort aus den Zug nach Auckland, wo sie die Highschool besuchte. Jetzt plante sie wohl, Audrey in Empfang zu nehmen und danach von Ellerslie aus mit dem Zug zur Schule zu fahren, der Bahnhof war gleich neben der Rennbahn.

Nellie begrüßte ihre Enkelin kurz und ließ sich dann von ihr helfen, den Kinderwagen mit Audrey aus dem Zug zu wuchten. Dabei fiel ihr auf, wie unterschiedlich die Halbgeschwister aussahen. Henny war ein exotischer Typ mit einem olivfarbenen Teint, die unvorteilhafte Kleidung und die strenge Frisur konnten ihrer Schönheit nichts anhaben. Audrey hatte ein rundes Gesichtchen und eher helle Haut, das braune Haar hatte sie wohl von Phipps geerbt. Grit hätte Henny eigentlich auch bemerken müssen, doch Mutter und Tochter hatten keinen Blick füreinander. Und Henny hatte nur Augen für ihr Schwesterchen, das sie ein halbes Jahr nicht gesehen hatte.

»Was bist du gewachsen, Audrey«, gurrte sie. »Ein richtig großes kleines Mädchen bist du geworden!« Damit zog sie das Holzpferdchen aus der Tasche, das sie damals für Audrey geschnitzt hatte. Zu ihrer Freude griff die Kleine sofort danach. »Kann sie schon laufen?«, erkundigte sich Henny bei Nellie.

Nellie nickte. »Aber vor heute Abend wird sie dir das nicht vorführen«, erklärte sie. »Sie muss unbedingt schlafen, auf der Fahrt haben wir alle kein Auge zugemacht.« Nur Grit hatte zwischendurch immer mal wieder zu weinen begonnen und war darüber irgendwann eingedämmert. »Und du wirst sie heute ins Bett bringen!«, wandte sie sich an Grit. »Nimm dich zusammen, sie ist deine Tochter, und an mich ist sie einfach noch nicht gewöhnt. Wir werden sie baden und füttern und dann hinlegen ...« Die Frage war nur, wo. Das Kinderbett hatten sie nicht mitnehmen können.

Was das betraf, erwartete sie allerdings eine Überraschung. In dem Zimmer, in dem Audrey vor Grits Abreise geschlafen hatte, standen bereits ein Bettchen, eine Wickelkommode und ein Schaukelstuhl, ein Mobile, gebastelt aus Pferdehaar, hing an der Decke, etliche Stofftiere lagen in einem Körbchen.

»Alex war gestern Abend da und hat die Möbel aufgebaut, Nicholas braucht sie nicht mehr«, erklärte Walter. »Zweifellos auf Anregung einer ganz bestimmten jungen Dame, die sich von all ihren Kuscheltieren getrennt hat.« Er wies auf Henny.

Nellie hätte ihre große Enkelin umarmen können, auch wenn sie sich etwas Sorgen darum machte, wie sehr sich Henny schon wieder auf ihre kleine Schwester fixierte. Immerhin dachte sie an Audreys Bedürfnisse und nicht nur an ihre eigenen ...

Grit hatte inzwischen ihre Jacke abgelegt und nahm die schon wieder greinende Audrey mechanisch aus dem Kinderwagen. Sie wiegte sie, schien mit den Gedanken jedoch woanders zu sein. Gefolgt von der besorgten Henny trug sie das Kind ins Badezimmer.

Nellie beschloss, die drei sich selbst zu überlassen.

»Du siehst aus, als könntest du auch ein heißes Bad gebrauchen«, meinte Walter. »Die Zugfahrt war anstrengend?«

Nellie seufzte. »Die Hölle. Und ich muss mich jetzt erst mal hinlegen und dann telefonieren. Maria hat recht. Grit braucht professionelle Hilfe. Ich bin Tierärztin, keine Psychoanalytikerin. Das alles überfordert mich.«

Zu ihrer Überraschung fand Nellie gleich zwei Psychoanalytiker im Raum Auckland – einen Dr. William Lord und eine Frau Dr. Magda Huber. Natürlich war sie auf Letztere besonders gespannt und beschloss, sich beide persönlich anzusehen, bevor sie Grit zu einem von ihnen riet. Sie bat also Mia von Gerstorf, einen Tag mit Grit zu verbringen – dabei gestand sie sich nicht ein, dass sie eigentlich keine Gesellschafterin, sondern eine Aufsichtsperson für ihre Tochter suchte. Diane hatte die Befürchtung geäußert, Grit könnte selbstmordgefährdet sein, und Nellie nahm das nicht auf die leichte Schulter. Ihrem eigenen Gefühl nach würde ihre Tochter sich zu dem Schritt, sich selbst etwas anzutun, allerdings gar nicht erst aufraffen können. Grit verbrachte den größten Teil des Tages im Bett und starrte vor sich hin. Audrey versorgte sie halbherzig, schnell und lieblos, doch Henny sprang mit Begeisterung ein. Sie verbrachte an jedem Nachmittag Zeit mit Audrey, spielte mit ihr und führte sie wieder an die Tiere heran. Sie war erschrocken, als sie erkannte, dass Audrey sich vor den Hunden zunächst fürchtete. Ständig bestürmte sie ihre Eltern, Audrey am Wochenende mit nach Epona Station nehmen zu dürfen – doch sowohl April als auch Nellie waren sich unsicher darüber, ob sie das erlauben sollten. Grit sagte nichts dazu. Für sie stand ihr eigener Kummer derart im Mittelpunkt, dass sie keine Entscheidungen für andere treffen konnte.

»Ich versuch mal, mit ihr über Musik zu reden«, meinte Mia, die einzige Person in Nellies Freundeskreis, die sich wirklich für Grit und ihre Probleme interessierte. Sie hatte sich deshalb immer gut mit ihrer Tochter verstanden, auch wenn sie irgendwann genug davon gehabt hatte, sie auf dem Klavier in ihrem Wohnzimmer üben zu lassen. Die ständige Wiederholung der immer gleichen Passagen wurde selbst ihr zu viel.

Mia kümmerte sich an diesem Tag ebenfalls um Audrey, und so konnte Nellie ihre Erkundigungen unbesorgt angehen. Dr. Lord erwies sich allerdings als Enttäuschung. Der feiste, förmlich in einen Dreiteiler gewandete Arzt wirkte aufgeblasen und selbstherrlich. Als Nellie berichtete, dass sie sich für die verschiedenen Methoden der Psychoanalyse interessiere und durchaus belesen sei, stellte er sich als überzeugter Vertreter der Objektbeziehungstheorie vor, welche die frühkindliche Entwicklung in den Vordergrund stellte und alle späteren seelischen Probleme auf die Beziehung zu den Eltern zurückführte. Nellies Argumente, dass bei Grit wohl eher ihre Kriegserlebnisse die Symptome ausgelöst hätten, ließ er nicht gelten. Am Ende des Gesprächs fragte sie sich, ob die Patienten und Patientinnen bei diesem Mann überhaupt jemals zu Wort kamen.

Frau Dr. Huber, die sie am Nachmittag aufsuchte, machte einen erheblich besseren Eindruck – und das nicht nur, weil in ihrem Sprechzimmer eine Katze vor dem Fenster lag. Die Ärztin war nicht mehr ganz jung, doch ihre Augen leuchteten noch so strahlend und interessiert wie die eines jungen Mädchens. Mädchenhaft war auch ihre Figur – sie war sehr zierlich, ihr blasses Gesicht wirkte, als wäre es aus Porzellan geformt. Ihr Lächeln war einnehmend, und sie hörte geduldig zu, als Nellie ihr Grits Geschichte erzählte. Was ihre Orientierung anging, so bezeichnete sie sich als Freudianerin, die jedoch auch anderen Zweigen der Psychotherapie offen gegenüberstand. Sogar dem Behaviorismus – Nellie und die Psychoanalytikerin kamen auf das Thema, als sie im Rahmen des immer persönlicher werdenden Gesprächs auf Harlows Studien an Affen zu sprechen kamen – konnte sie etwas abgewinnen.

»Natürlich reagieren Mensch und Tier auf Stimuli, aber nicht alle gleich. Wir sind eben keine Black Box, unser Geist ist angefüllt mit Anlagen und Erfahrungen …«

»Stimuli wären auch Schicksalsschläge?«, fragte Nellie. »Es heißt doch, die grundlegenden Reize sind Hunger, Durst, Sex, Angst …«

»Die bei Schicksalsschlägen alle eine Rolle spielen, nicht wahr?«, lächelte Frau Dr. Huber. »Wie gesagt, ich lege das alles etwas weiter aus. Grundlegende Reize und Triebe spielen tatsächlich eine Rolle, doch jeder Mensch kommt mit einer ganzen Menge Begabungen und Anlagen auf die Welt, die sein Verhalten unbewusst steuern und die vielleicht gerade erst zur Entfaltung kommen, wenn das von der Gesellschaft geformte oder von den Eltern aufgestellte System von Geboten und Verboten, Wert- und Normvorstellungen den Menschen unterstützt. Um das Beispiel Ihrer Tochter zu nennen: Ohne die Disziplin und Selbstkontrolle, auf die Sie und Ihr verstorbener Mann Wert legten, wird niemand ein herausragender Musiker, aber zu viel Disziplin und Selbstkontrolle unterdrückt wieder die künstlerische Ausdrucksfähigkeit. Damit der Mensch glücklich wird, muss es ein Gleichgewicht geben, das manchmal nur mühsam geschaffen wird und das durch Schicksalsschläge schnell durcheinanderkommen kann. Ich würde mich jedenfalls gern mit Ihrer Tochter unterhalten. Sofern Miss De Groot bereit ist, sich helfen zu lassen.«

Nellie hatte das Gespräch mit der Ärztin genossen und machte sich am Abend zu Hause gleich daran, es Maria brieflich in allen Einzelheiten zu schildern. Mia berichtete, dass sie tatsächlich mit Grit ins Gespräch gekommen war. Sie hatte nach dem Konzertprogramm mit Paul gefragt und damit geradezu einen Redeschwall ausgelöst. Unter Tränen hatte Grit ihr von ihrer Musik und ihrer Liebe berichtet, die für sie untrennbar gewesen waren.

»Sie will nie wieder Musik machen, sagt sie«, erklärte Mia. »Ich hoffe, das überlegt sie sich noch einmal, sie ist ein solches Talent. Aber natürlich sensibel, wie Künstler es nun mal sind.«

»Walter bezeichnet sie eher als verwöhnt und egoistisch …« Nellie seufzte. »Und ich … ich hätte einfach gern meine süße, kluge Tochter zurück … Du hast sie vor dem Krieg nicht gekannt … sie war ein anderer Mensch.«

Mia hob die Schultern. »Wir alle verändern uns, auch wenn der Kern sicher konstant bleibt …«

Nellie nickte. »Und genau den soll die gute Frau Dr. Huber nun bitte wieder ausgraben«, wünschte sie sich. »Was übrigens ein Vermögen kosten wird. Zumindest am Anfang würde sie Grit gern an jedem zweiten Tag treffen.«

Vorerst scheiterte dieser Plan jedoch an Grits Unwillen.

»Zum Psychologen? Ich bin nicht verrückt«, schleuderte sie ihrer Mutter entgegen.

Nellie schüttelte den Kopf. »Zu einer Psychoanalytikerin, die dir helfen will herauszufinden …«

»Ich bin nicht krank! Ich bin traurig …«, unterbrach sie Grit böse.

»Du trauerst zu sehr«, sagte Nellie. »Genau wie du zu sehr liebst. Du setzt deinen Gefühlen keine Grenzen, Grit, du überlässt dich ihnen … verlierst alles andere aus den Augen und verrennst dich in Versuchen, deinen Kummer zu lindern oder deine Liebe zu erhalten, die, gelinde gesagt, etwas … unkonventionell sind.«

»Du meinst doch verrückt«, wiederholte Grit.

Nellie atmete tief durch. »Na ja, man kann es nicht allgemein als verrückt bezeichnen, wenn jemand plötzlich lieber Käse herstellen als Klavier spielen will oder plötzlich nur noch Geige spielt, weil er nicht akzeptieren kann, dass die Violine seines oder ihres Vaters auf ewig verstummt ist. Aber etwas eigenwillig ist es schon, Grit. Und es tut dir nicht gut …«

»Paul tat mir nicht gut?«, provozierte Grit.

»Es tat dir nicht gut, von ihm abhängig zu werden. Ich will nicht sagen, dass er dich nicht glücklich gemacht hat, aber Glück ist einfach zerbrechlich, wenn du es nicht allein schaffst, es aufrechtzuerhalten. Sprich mit Dr. Huber, bitte!« Nellie legte den Arm um ihre widerstrebende Tochter. »Tu es für mich, Grietje, und für Henny und Audrey. Die wollen eine Mutter haben, kein Blatt im Wind. Henny hast du schon verloren, aber Audrey wird dich noch lange brauchen …« Nellie musste sich dazu überwinden, einen letzten

Satz hinzuzufügen: »Gerade, wenn sie das Talent deines Vaters geerbt haben sollte …«

Grits Gesicht hellte sich etwas auf. »Du meinst das also auch? Paul fand … also, er mochte sie sehr gern, aber er meinte, keine überragende Musikalität festgestellt zu haben.«

Nellie schluckte. »Ich kann das nicht beurteilen«, erklärte sie. »Sie sollte nur alle Chancen haben, die du ihr bieten kannst. So wie Philipp sie dir geboten hat …«

Sie kam sich vor wie eine Intrigantin, die bewusst zumindest Halbwahrheiten einsetzte, um ihre Tochter zu manipulieren. Tatsächlich war Grietjes eigenes Interesse an Musik selbst ihr, der wenig künstlerisch orientierten Nellie, aufgefallen, als das Kind nur etwas älter gewesen war als Audrey jetzt. Paul hatte mit seiner Einschätzung also höchstwahrscheinlich recht gehabt.

Grit überlegte. »Gut, dann gehe ich«, sagte sie schließlich. »Aber wenn es mir nicht gefällt …«

»Falls es dir nicht gefällt, gibt es auch noch einen Dr. Lord in Auckland«, bemerkte Nellie. »Der wird dir gern bescheinigen, dein Vater und ich wären an allem schuld.«

Zu Nellies maßloser Erleichterung war Grit relativ guter Stimmung, als sie von ihrem ersten Termin mit Frau Dr. Huber zurückkehrte. Die Psychoanalytikerin hatte den Zugang zu ihr über die Musik gesucht, und Nellie nahm an, dass sie ihr die Geschichte mit Paul Rossberg genauso detailliert berichtet hatte, wie Mia ein paar Tage zuvor. Auf jeden Fall wollte sie weiter hingehen, und Nellie hoffte darauf, dass sich langfristig Erfolge einstellen würden. Eine unmittelbare Folge aus ihrem eigenen Gespräch mit Grit war jedenfalls, dass ihre Tochter sich wieder mehr mit Audrey beschäftigte. Sie ahmte Paul nach und versuchte, das Kind spielerisch an die Musik heranzuführen. Audrey machte das gern mit, sie freute sich über jede Aufmerksamkeit ihrer Mutter. Ansonsten schloss sie sich stark an Henny an.

April war davon nicht sehr erbaut. »Am liebsten würde ich Henny gleich mit zur Analyse schicken«, schüttete sie Nellie auf einem Turnier in Auckland ihr Herz aus. Nellie betreute es als Tierärztin, und April und Alex waren gekommen, um Henny reiten zu sehen. Sowohl sie als auch Noah sollten Pferde von Epona Station in Dressur- und Springprüfungen vorstellen, und zurzeit drillte Julius sie noch beide auf dem Abreiteplatz. Dabei erkannte zumindest Nellie praktisch keine Fehler. Noahs Reitkunst hatte sich in den letzten beiden Jahren stark verbessert, er stand Henny inzwischen reiterlich nicht mehr nach. Nellie wunderte das nicht. Der junge Mann verband großes Talent mit Hingabe und erhielt erstklassigen Unterricht. Nach wie vor war er glücklich auf Epona Station – und nach wie vor sah ihn Henny als Rivalen und Gefährder ihrer Zukunft als Leiterin des Gestüts. Auch an diesem Tag würde sie ihn im Viereck verbissen bekämpfen, sie ritt äußerst konzentriert und fiel schon auf dem Abreiteplatz auf. »Sie steigert sich manchmal so in ihre Eifersucht auf Noah hinein«, fuhr April fort. »Dabei kann man mit dem Jungen wirklich auskommen. Neuerdings nimmt er mir viel von der leidigen Büroarbeit ab. Er kennt sich mit Buchführung erstaunlich gut aus, obwohl er erst sechzehn Jahre alt ist. Jonathans Söhne haben das wohl mit der Muttermilch eingesogen. Mich freut das, weil ich dadurch mehr zum Reiten komme, aber Henny schäumt. Sie wirft mir vor, ich gäbe die Gestütsleitung freiwillig auf, kein Wunder, dass Noah sich breitmache. Dabei hab ich das Gefühl, er denkt noch gar nicht daran, auf Epona Station sesshaft zu werden. Er spricht immer mal wieder von Traditionsreitschulen in Europa, Wien, Lissabon, Saumur … Julius ist davon nur begrenzt begeistert, er meint, dass klassische Reitkunst und Sport in Zukunft noch mehr auseinanderdriften werden, und Epona Station züchtet nun mal Sportpferde.«

April griff nach Hennys Reitjackett, um es ihrer Tochter zu reichen, bevor sie ins Viereck einritt und sich den Dressurrichtern stellte. Es war ein sonniger Spätherbsttag, doch es war frisch. Nellie war froh, dass sie eine Jacke angezogen hatte, Henny und Noah dagegen ritten in Bluse und Hemd ab – auf den Pferden wurde ihnen warm.

»Julius möchte Noah also hierbehalten?«, fragte Nellie.

April nickte. »Er ist sein Enkel, ein Naturtalent als Bereiter und somit unbezahlbar. Henny reitet natürlich genauso gut, aber ehrlich gesagt schwebt mir mehr für sie vor. Sie will ja auch aufs College. Fragt sich nur, was sie studieren soll. Betriebswirtschaft, meint sie, als Qualifikation für die Gestütsführung, so wie ich damals. Mit dem Unterschied, dass mich das wirklich interessiert hat. Henny hat gute Noten, auch in Mathematik, aber sie muss sich sehr dafür anstrengen. Wenn du mich fragst, liegen ihre Talente mehr im Umgang mit Kindern und Tieren. Was mich wieder auf Audrey bringt, um die sie mit Grit konkurriert. Genauso auf verlorenem Posten wie bei Noah …«

Sie hielt inne, da gerade Hennys Name aufgerufen wurde. Nellies Enkelin ritt auf sie zu, und April reichte ihr das Jackett. Sie wischte Henny rasch den Sand von den blank geputzten Reitstiefeln, während sie in die Jacke schlüpfte. Henny lächelte, als Nellie und April ihre Daumen drückten.

»Danke!«, sagte sie und setzte ihren eleganten, jungen Wallach in Bewegung.

»Viel Glück!«, rief ihr Noah vom Abreiteplatz aus zu.

Henny würdigte ihn keines Blickes.

Kapitel 9

»Ich muss zurück nach Athen.«

Evangelinas Ankündigung riss die Zwillinge aus ihrer festlichen Stimmung. Sie besuchten einen Empfang zur Feier der Fertigstellung und Einweihung eines modernen Tiergeheges, an dessen Entwurf David mitgearbeitet hatte. Nachdem die Gäste begrüßt und alle Reden gehalten waren, wurden Erfrischungen gereicht. David hatte eben noch vor Stolz gestrahlt, hatte sein Mentor ihn bei seiner Rede doch ausdrücklich erwähnt und gelobt. Nun schwand das Lächeln aus seinem Gesicht.

»Aber du …«

David und Daphne sprachen wie so oft gleichzeitig, brachten ihre Sätze jedoch nicht zu Ende, da Evangelina sie kaum zu Wort kommen ließ.

»Tut mir leid, mein Vater meint, es reiche mit dem Auslandsstudium. Ich könne ja in Athen die Prüfungen ablegen«, fuhr sie fort.

Sie sah an diesem Tag wieder außerordentlich hübsch aus, trug ein rotes, eng tailliertes Kleid mit weitem Rock und hatte einen passenden Lippenstift benutzt. Ihr aufgestecktes Haar zierte die Andeutung eines roten Hütchens.

Daphne war kaum weniger betroffen als David, obwohl sie eigentlich längst mit einer solchen Entscheidung gerechnet hatte. Sie wusste inzwischen, dass Evangelinas Vater eine Reederei in Griechenland besaß – nicht so groß wie die von Onassis oder Niarchos, aber doch einträglich genug, um die Familie sehr reich zu machen. Er konnte es sich insofern leisten, seine Tochter endlos studieren zu lassen, aber er erwartete wohl auch, dass sie das Studium irgendwann beendete. Da Evangelina bisher keine Anstalten dazu gemacht hatte, hatte er sich nun wohl entschlossen, andere Saiten aufzuziehen.

Evangelina wirkte trotzdem nicht verärgert oder unglücklich. Im Gegenteil, sie lächelte David zu.

»Ich hab mir allerdings schon was überlegt«, erklärte sie. »Diesmal musst du mit mir kommen, David.«

David schüttelte unglücklich den Kopf. »Ich kann nicht einfach so durch die Welt reisen. Ich brauche eine Arbeit.«

Evangelina nickte. »Weiß ich doch«, sagte sie tröstend. »Und ich hab auch schon was gefunden. Hast du mal vom Königlichen Garten in Athen gehört?« David schüttelte den Kopf. »Na ja, ist ja auch nicht gerade der berühmteste Zoo der Welt, obwohl sicher der einzige, in dem mal ein Affe einen König totgebissen hat …« Evangelina lachte.

»Ein Affe?«, fragte Daphne ungläubig.

Auch ihr hatte Evangelinas Ankündigung die Laune verdorben. Schließlich bedeutete diese Entscheidung für sie das Ende ihres komfortablen Wohnens in New York. Allein würde sie sich das Apartment nie leisten können. Nach wie vor war ihre Arbeit außerordentlich spannend, jedoch nicht einträglich. Weder als Aushilfstierärztin im Zoo noch als wissenschaftliche Assistentin im Museum verdiente sie viel. Bisher hatte sie das Geld allerdings ausschließlich für sich ausgeben können. Wenn sie in Zukunft Miete zahlen musste, würden Extravaganzen wie das blaue Etuikleid, das sie an diesem Tag trug, und der passende kleine Hut, der ihr kurzes, zu einem akkuraten Bob geschnittenes Haar zierte, nicht mehr möglich sein.

»Im Ernst, das war 1920. König Alexander hielt ihn sich als Haustier, und dann kam es wohl zu einer Meinungsverschiedenheit. Der Affe biss zu, und der König starb an einer Blutvergiftung«, erzählte Evangelina. »Da seht ihr, der Park hat Geschichte. Er war schon in der Antike ein Garten, und dann hat ihn irgendwann im 19. Jahrhundert Königin Amalie neu gestalten und bepflanzen lassen …«

David schwante etwas. »Carl Fraas …« sagte er. »Und Friedrich Schmidt, Botaniker und Agronomen … Mit denen hat sie zusammengearbeitet.«

Evangelina zuckte mit den Schultern. »Mag sein«, meinte sie. »Aber das ist schon ganz schön lange her, und der Park braucht dringend eine Modernisierung. Vor allem der Tierpark, die Gehege sind viel zu klein. Papa redet schon lange davon, etwas machen zu lassen, und …«

»Was hat denn dein Vater damit zu tun?«, erkundigte sich Daphne.

»Papa ist der Kurator«, erklärte Evangelina. »Und Vorsitzender des Unterstützervereins oder wie das heißt. Was er sagt, wird gemacht. Und wenn ich ihm nun vorschlage, dass du die Umgestaltung übernimmst, David?« Es klang, als würde im Hause Kallergis meist das gemacht, was Evangelina sagte.

»Ich hab so was noch nie allein gemacht«, wandte David ein.

Evangelina winkte ab. »Zeit, damit anzufangen! Ist ja auch ein eher kleines Objekt, da kannst du wunderbar üben. Und hier bist du im Grunde fertig. Die Planungen für die nächsten Projekte stehen, wenn ich das richtig verstanden habe. Bei der Überwachung der Bauarbeiten wirst du nun wirklich nicht gebraucht.«

David überlegte. Die Aufgabe musste ihn reizen. Auch wenn es natürlich nicht sehr schmeichelhaft war, durch seine Freundin daranzukommen und nicht durch den Gewinn einer ehrlichen Ausschreibung.

Evangelina las anscheinend seine Gedanken. »Wenn Papa kein Architekt auf dem Präsentierteller serviert wird, macht er das nie mit dem Garten«, erklärte sie. »Er hat immer was anderes zu tun. Komm, lass es mich ihm wenigstens vorschlagen. Und wenn du dann mit nach Athen kommst, kann Daphne deine Wohnung haben.«

Für Daphne war das zwar nicht die Lösung ihrer Träume – die Wohnung lag weder zentral noch in einem sicheren Viertel –, aber die Miete war erschwinglich, und sie würde keine Zeit mit Wohnungssuche vergeuden müssen.

»Bekomme ich jetzt noch ein Glas Sekt?«, wandte sich Evangelina an David mit Blick aufs Buffet. »Und von diesen leckeren kleinen Bagels kannst du auch ein paar mitbringen. Zu dumm, dass wir die in Griechenland nicht mehr bekommen …«

Während Evangelina langsam ihre Zelte abbrach – sie musste noch etliche Arbeiten fertigstellen und wollte mit all ihren Freunden Abschied feiern –, vergrub sich David nach und nach in allen erreichbaren Bibliotheken und informierte sich über den Königlichen Garten in Athen, seine Geschichte, seine Anlage, die Zeit, in der er entstanden war. Er dachte an eine möglichst authentische Restaurierung im Stil der ursprünglichen Erbauer. Über den kleinen angeschlossenen Tierpark fand er keine Informationen, doch das konnte er vor Ort klären. Auf seinen Wunsch hin hatte Evangelina ihrem Vater etliche Empfehlungsschreiben und Arbeitsbeispiele gesandt, die Davids bisherige Arbeit dokumentierten. Er fieberte der Antwort ihres Vaters entgegen.

In diesen Wochen erreichte Daphne eine weitere unerquickliche Botschaft. Ihr Lieblingsprofessor Dr. Ritchie plante, zwecks weiterer Ausgrabungen an den Lamoka Lake zurückzukehren. Dort, im westlichsten Teil des Bundesstaates New York, hatte er schon früher über vorgeschichtliche Siedlungen von Menschen geforscht. Sie musste sich nun entscheiden, ob sie weiter an der Universität bleiben oder ihn begleiten und bei den Grabungen unterstützen wollte. Ein solches Praktikum war bei Studenten der Anthropologie und Archäologie durchaus erwünscht, aber Daphne würde dafür die Arbeit im Zoo aufgeben müssen und Davids Wohnung. Dazu interessierte sie sich nur bedingt für die Lebensumstände der Menschen um 2500 vor Christus. Lieber hätte sie über die Entwicklung des Menschen geforscht sowie zu seiner Verwandtschaft mit Primaten.

Während sie noch mit sich rang – David war bei der Entscheidungsfindung keine große Hilfe, er war zu sehr mit seinem eigenen

Projekt beschäftigt –, besuchte sie weiter Dr. Ritchies Vorlesungen, bis er sie schließlich nach einer Veranstaltung beiseitenahm.

»Miss Daphne?« Seit sie bei der Archivierung seiner Fundstücke geholfen hatte, nannte er sie beim Vornamen. Er hatte sie dabei etwas näher kennengelernt. Daphne sah auf. »Wenn Sie Zeit hätten, würde ich gern eine Sache mit Ihnen besprechen. Kommen Sie in mein Büro?«

Daphne folgte ihm gern und fühlte sich geschmeichelt, als seine Sekretärin ihr sogar einen Kaffee anbot.

»Haben Sie sich inzwischen schon überlegt, ob Sie ein oder zwei Praxissemester in Archäologie belegen möchten?«, erkundigte sich Dr. Ritchie. Daphne schüttelte den Kopf und schilderte ihm ihre Bedenken. »Dachte ich's mir doch«, sagte er mit einem Lächeln. »Meine frühen New Yorker interessieren Sie nur mäßig. Aber grundsätzlich könnten Sie sich die Teilnahme an Ausgrabungen vorstellen?«

Daphne nickte. »Sehr gut sogar. Ich stelle mir das sehr interessant vor … und aufregend. Wenn sich das Bindeglied zwischen Mensch und Affe tatsächlich finden ließe …«

Dr. Ritchie lächelte erneut.

»Kennen Sie die Leakeys?«, fragte er.

Daphne musste kurz nachdenken. Dann fiel ihr ein, von wem er sprach. »Louis und Mary Leakey? Die Paläoanthropologen? Mary Leakey hat 1948 den Proconsul africanus gefunden, das war einer der wohl ältesten Vormenschenfunde …«

Dr. Ritchie nickte. »Sie forschen zurzeit in der Olduvai-Schlucht in Tansania, wahrscheinlich ist Ihnen die ein Begriff …«

»Klar!« Daphne hätte die Fundstücke dieser nordwestlich des Ngorongoro-Kraters gelegenen Ausgrabungsstätte sowie die beteiligten Forscher sofort aufzählen können, hielt sich jedoch zurück. »Eine der interessantesten Ausgrabungsstätten der Welt.«

Der Archäologe nickte wieder und wirkte zufrieden. »Nun, ich kenne die Leakeys persönlich«, erklärte er. »Sehr umgängliche Menschen und jederzeit bereit, Praktikanten aufzunehmen.«

Daphne rieb sich die Stirn. »Die Plätze da sind sicher sehr begehrt«, meinte sie. »Und die meisten Archäologen bevorzugen Männer.«

Dr. Ritchie grinste. »Die Leakeys nicht«, sagte er. »Besonders Louis arbeitet gern mit Studentinnen. Nein, nicht, was Sie jetzt glauben, er ist kein Schürzenjäger. Er hält Frauen nur für einfühlsamer, geduldiger und offener für Neues. Ich glaube, Sie würden ihm gefallen. Wenn Sie sich die Reise also zutrauen und sie sich leisten können, würde ich mich gern für Sie einsetzen ... Während der Ausgrabungen werden keine Kosten anfallen, nur die Anreise müssen die Studenten und Studentinnen selbst bezahlen.«

Daphne überlegte kurz. »Ich müsste die Hündin mitnehmen«, sagte sie. Der Archäologe kannte Lily. Daphne hatte sie in die Labore der Universität und des Museums ebenso geschickt eingeschmuggelt wie bei Professor Harlow. Irgendwann hatte Dr. Ritchie sie erwischt, aber geschwiegen. Sie lächelte. »Meine Freundin Evangelina meinte mal, Lily könne sich bei solchen Unternehmungen sicher nützlich machen. Knochen ausgraben gehört zu ihren Kernkompetenzen.«

»Passen Sie bloß auf, dass sie die Fundstücke nicht frisst«, bemerkte Dr. Ritchie. »Louis und Mary sind sehr nette Menschen, aber wenn Ihr Pudel den Schädel eines Homo erectus zwischen die Zähne bekommen würde, könnten selbst sie die Contenance verlieren ...«

Ein paar Wochen später, Daphne war nun schon fast eineinhalb Jahre in New York, konnten sich sowohl ihr Bruder als auch sie selbst über gute Nachrichten freuen. Evangelinas Vater wollte den jungen Architekten kennenlernen, und Professor Leakey sagte Daphne einen Praktikumsplatz zu. Lily war ebenfalls willkommen. Es gab noch andere Hunde im Camp, sie würde gar nicht auffallen.

Was die recht teure Reise anging – Daphne entschied sich, die Schiffsroute um das Kap der Guten Hoffnung einer Landreise durch den gesamten afrikanischen Kontinent vorzuziehen –, so hatten ihre

Eltern versprochen, die Kosten zu übernehmen. Maria und Bernhard begrüßten die Reiselust ihrer Kinder. Bernhard beneidete Daphne sogar um ihr Abenteuer, wenn sich die Lembergers auch mehr für die lebenden Tiere des schwarzen Kontinents interessierten.

Du wirst sicher Elefanten, Giraffen und Zebras in freier Wildbahn sehen, schrieb Maria. *Ich würde so gern dabei sein und sie berühren. Ob sie anders fühlen und denken als unsere Zootiere?*

Daphne schrieb zurück und ermutigte ihre Mutter mitzukommen. Sie wusste jedoch, dass diese die Reise scheuen würde. Jede Unterbrechung der täglichen Routine war ihr unangenehm, machte ihr oft sogar Angst. Die lange Fahrt von Hamburg nach Neuseeland hatte sie ebenso wenig genossen wie die relativ kurze nach Australien, die sie um Bernhards willen unternommen hatte. Das Leben beim Zirkus, das mit ständigen Ortswechseln verbunden gewesen war, hatte sie gehasst. Daphne konnte ihr also nur versprechen zu versuchen, an ihrer Stelle Kontakt mit den Tieren aufzunehmen, doch so einfühlsam wie ihre Mutter war sie nicht.

Evangelina buchte zwei Kabinen auf einem Oceanliner von New York nach Hamburg, der alle Annehmlichkeiten einer Kreuzfahrt bot. Von dort aus sollte es mit dem Zug nach Marseille und mit einem anderen, nicht minder noblen Schiff nach Athen gehen. Davids Bedenken schob sie beiseite. Ihr Vater hatte ihn schließlich ausdrücklich eingeladen, sich und seine Ideen zur Gestaltung des Parks in Athen vorzustellen.

»Da erwartet er doch nicht, dass du in der Holzklasse reist! Wir müssen nur ein bisschen vorsichtig sein, wenn wir uns in den Kabinen besuchen«, schränkte sie ein. »Es könnten Bekannte meiner Eltern an Bord sein, und die sollten nicht wissen, dass wir ein Paar sind.«

Die drei verabschiedeten sich also am Hudson River, ohne große Hoffnung, sich bald wiederzusehen. Evangelina umarmte Daphne wie eine Schwester. »Wir verlieren uns nicht aus den Augen, das musst du versprechen. Selbst wenn du in Afrika bleiben solltest.

Vielleicht verliebst du dich ja in einen Zulu-König! Ich komm dich dann mal besuchen. So eine Safari im Urlaub wäre doch großartig!«

David und Daphne standen eine Zeit lang beieinander, die Stirnen gegeneinandergedrückt und die Hände ineinander verschränkt.

»Pass auf dich auf!«, sagte Daphne, was David zum Lachen brachte.

»He, du fährst in ein Land, in dem Löwen frei rumlaufen«, zog er sie auf. »Da hätte ich mehr Grund, dir zur Vorsicht zu raten.«

Daphne blieb ernst. »Der König hat sich auch nicht vor seinem Äffchen gefürchtet. Fühl dich nicht zu sicher, David. Du weißt, ich mag Evangelina gern. Aber wir sind uns doch spätestens seit der Sache mit Stephen darüber im Klaren: Nicht jede Liebe ist gut für uns. Also pass auf dich auf!«

Nellie war gänzlich überrascht davon, wie positiv sich die Psychoanalyse auf ihre Tochter Grit auswirkte. Schon nach wenigen Wochen bei Magda Huber begann Grit, sich zu öffnen. Sie spielte wieder Klavier – nicht Stunden am Tag wie früher, nur gerade genug, um in Übung zu bleiben. Mit Audrey beschäftigte sie sich nach wie vor hauptsächlich im Bereich der musikalischen Früherziehung, mit Henny kam sie immer öfter ins Gespräch. Magda Huber hatte mit Nellie zwar über alle möglichen Theorien ihrer Wissenschaft gesprochen, aber bei der Behandlung erwies sie sich als praxisbezogen. Sie hielt Grit dazu an, mit ihrer Tochter über ihre Vergangenheit auf Kreta zu sprechen, und machte ihr klar, dass sie damit nicht abschließen konnte, solange sie Henny fast jeden Tag sah, aber nicht als ihr Kind akzeptierte.

Grit tat sich zunächst schwer damit, Zugang zu Henny zu finden, doch letztlich half ihr die Neugier ihrer älteren Tochter. Henny wollte erfahren, wie ihr leiblicher Vater gewesen war, und lauschte nun gespannt Grits Erzählungen vom Krieg und vom Partisanenkampf. Nellie, die manchmal mithörte, freute sich darüber, dass die lebhafte Erzählerin wieder auflebte, die ihre Tochter als Mädchen gewesen war. Sie fand ein wenig ihre Grietje wieder und war Dr. Huber dafür von Herzen dankbar.

Die Psychologin ermutigte Grit weiter, ihren Kokon zu verlassen und sich dem Leben zu stellen. Seit sie mit ihrem Vater nach Amerika gegangen war, hatte sie schließlich nur noch für die Musik gelebt. Fast alle selbstverständlichen Verrichtungen des Alltags hatte man ihr abgenommen. Grit hatte auf Kreta natürlich das Leben der Frauen in Leonidas' Heimatdorf Imbros geteilt und sich zwangsläufig mit Kochen und Käseherstellung beschäftigen müssen. Das war jedoch eine andere Welt gewesen – mit der Wirklichkeit des 20. Jahrhunderts war sie lediglich in den Monaten mit Paul in Kontakt gekommen. Mit ihm hatte sie ein Haus geteilt, in dem geputzt und gekocht und ein Kind versorgt werden musste. In dem Glückstaumel, in dem sie sich zu dieser Zeit befunden hatte, war ihr jedoch kaum aufgefallen, dass Paul und Diane vieles übernommen hatten, was eigentlich *ihr* hätte obliegen müssen. Jetzt machte Dr. Huber sie darauf aufmerksam, dass sie wichtige Fertigkeiten nicht beherrschte, die für andere moderne Frauen selbstverständlich waren.

Eines Tages überraschte sie Nellie mit dem Wunsch, Autofahren erlernen zu wollen.

»Für dich ist das doch lästig, mich dreimal in der Woche nach Auckland zu kutschieren«, meinte sie. »Wenn ich ein eigenes Auto hätte und selbst fahren könnte, wäre ich unabhängiger.«

Dazu stellte sie sich zum ersten Mal die Frage nach ihren finanziellen Verhältnissen. Sie konnte Schecks ausstellen und hatte das in den Monaten mit Paul natürlich auch häufig getan. Wie viel Geld sie jedoch wirklich besaß und wie viel sie von ihrem Vater geerbt hatte, war nie interessant für sie gewesen. Die Briefe des Testamentsvollstreckers hatte sie vor der Unterschrift allenfalls kurz und desinteressiert überflogen. Nun regte Dr. Huber sie dazu an, mit den amerikanischen Banken in Kontakt zu treten. Zu ihrer Überraschung besaß sie ein ordentliches Vermögen. Stolz zeigte sie ihrer Mutter die Kontoauszüge.

Nellie freute sich mit ihr und befand, sie könne ihre Behandlung bei Dr. Huber davon in Zukunft selbst bezahlen. Grit war tatsächlich überrascht darüber, dass die Konsultationen etwas kosteten.

Nellie schüttelte den Kopf über ihre Naivität, als sie später mit Walter darüber sprach. Den überraschte das weniger.

»Ich hab's dir doch gesagt: Verwöhnt und weltfremd ist sie«, meinte er. »Womit ich gar nicht sagen will, dass Philipp ihr keine Grenzen gesetzt hat. Aber er lebte eben auch nicht in der Welt, wie wir sie kennen. Hat er ihr denn wenigstens ordentlich was hinterlassen?«

Nellie biss sich auf die Lippen. »Na ja, es ist schon viel Geld da, sie hat ja auch selbst immer gut verdient. Aber ehrlich gesagt hätte ich mit mehr gerechnet. Ich schätze mal, Phipps war nicht der beste Geschäftsmann.«

Walter nickte. »Wahrscheinlich«, stimmte er zu. »Und die beiden haben immer auf großem Fuß gelebt. Allein was Alex damals erzählte von dem Hotel in Wellington. Da musste es wohl immer die Fürstensuite sein oder das Penthouse. Das will erst mal verdient werden ... Und du meinst, sie kann mit dem Kind von dem Erbe leben? Auch wenn sie nicht mehr auftreten sollte?«

Nellie zuckte mit den Schultern. »Kommt drauf an, welche Ansprüche sie stellt. Aber ich denke, sie wird das Klavierspielen wiederaufnehmen. Das war immer ihre Leidenschaft, und jetzt hilft ihr Dr. Huber, mit dem Leben besser zurechtzukommen. Ich bin da ganz optimistisch. Sie wird schon zu sich selbst finden.«

Walter sagte nichts dazu. Was ihn anging, so fand er die Macht, die seine Frau der Analyse zuschrieb, fast unheimlich. Wir alle verändern uns, auch wenn der Kern sicher konstant bleibt ... Nellie hatte ihm von Mias weisen Worten erzählt sowie ihrer Hoffnung, Dr. Huber würde den Kern bei Grit wieder zutage fördern. Aber wusste jemand, was Margarete De Groots Kern eigentlich war? Nellie wollte ihre Grietje zurück, Phipps hatte die Musikerin Grit zurückgeholt nach ihrem ersten Zusammenbruch. Wen oder was mochte die Psychoanalytikerin jetzt entdecken?

»Sie haben sich beide für das Championat qualifiziert«, berichtete April zwischen Stolz und Besorgnis, als Nellie wieder mal auf Epona Station vorbeischaute.

Sie standen am Rand der Reitbahn, in der Julius Noah und Henny exerzierte. Beide ritten außerordentlich schöne und begabte Pferde: Henny einen schokoladenfarbenen Wallach mit Namen Mokka, Noah eine Rappstute, Epona Daydream. Laut Julius die vielleicht besten Sportpferde, die Epona Station je gezüchtet hatte. Noah und Henny stellten sie auf Turnieren vor, wobei im Programm stets erwähnt wurde, dass sie zum Verkauf standen. Bisher hatten sich allerdings nur wenige Interessenten gefunden, die Pferde waren schließlich nicht nur herausragend gut, sondern auch sehr kostspielig. Dazu mit vier Jahren recht jung, sie brauchten gute Reiter und Reiterinnen, um sie weiter zu fördern. Julius war überzeugt davon, dass sich spätestens nach dem landesweit ausgeschriebenen *DRESSAGE CHAMPIONSHIPS FOR YOUNG HORSES* Käufer finden würden. Sie würden am letzten Wochenende im März des kommenden Jahres stattfinden, und Noah und Henny fieberten darauf hin. April äußerte gegenüber Nellie ihre Besorgnis.

»Henny ist so fanatisch. Als bräche die Welt zusammen, wenn sie Zweite würde. Dabei ist gerade bei Dressur so viel Glück dabei. Das Pferd kann einen schlechten Tag haben, oder einem Richter könnte eine Weta in den Kaffee gefallen sein …«

Nellie lachte. Das Bild des neuseeländischen Rieseninsekts, das den Dressurrichter von einem guten Ritt ablenkte oder ihm einfach schlechte Laune bescherte, war zu komisch.

»Insofern kann auch jemand ganz anderes gewinnen«, bemerkte sie. »Das ist unmöglich vorhersehbar.«

»Henny scheint es ziemlich egal zu sein, wer gewinnt, solange sie nur vor Noah platziert wird. Und was die Gerechtigkeit angeht: Im Springen starten sie auch, und da ist die Platzierung keine Ermessenssache. Der schnellste Null-Fehler-Ritt gewinnt. Das wird ein Hauen und Stechen in Taupo.«

In der Ortschaft nahe des Lake Taupo sollten die Championate in diesem Jahr stattfinden.

»Ihr fahrt mit?«, fragte Nellie.

April nickte. »Klar. Ist doch eine Ehre für Henny, mit dem selbst ausgebildeten Pferd da starten zu dürfen. Sie wird sicher die jüngste Teilnehmerin sein. Und eigentlich hat sie damit schon gewonnen! Aber so sieht sie das natürlich nicht. Was macht Audreys musikalisches Talent?«

April, Alex und Walter amüsierten sich immer wieder über Grits Bemühungen, ihre jüngere Tochter so früh wie möglich an die Musik heranzuführen. Schließlich berichtete Henny sehr anschaulich, wie sie die Kleine jeden Tag vor das Xylophon setzte oder sie auf ihrem Schoß auf dem Klavier klimpern ließ. Dabei freute sie sich über jeden Anschlag, den man im Entferntesten als einen sauberen Ton deuten konnte.

»Schläft. Trotzt aller Versuche, es zu wecken.« Nellie seufzte. »Aber Grit beschäftigt sich wenigstens mit dem Kind. Man muss für Kleinigkeiten dankbar sein. Ist das euer Telefon, das ich da höre? Wenn du schnell ins Haus läufst, erwischst du den Anruf vielleicht noch!«

April war so konzentriert auf ihre Tochter gewesen, dass sie das Klingeln überhört hatte. Jetzt war es allerdings verstummt, und Nicholas kam aus dem Haus.

»Telefon, Mommy! So was wie ein Mr. Simms.«

Nicholas war ein aufgewecktes Kind, er machte seinen Eltern bislang nur Freude. Aprils und Alex' Sohn ritt gut für sein Alter und war eine Frohnatur – Nicholas Rawlings konnte nichts erschüttern. Zu Hennys Ärger pflegte er eine herzliche Freundschaft mit Noah.

April folgte dem Ruf und war zehn Minuten später wieder zurück. Sie wirkte sehr zufrieden.

»Das war Roger Simmons«, erklärte sie. »Dieser Industrielle aus Hamilton.«

Nellie lachte. »Na, ihr führt ja illustre Freundschaften. Was wollte der Herr?«

Simmons galt als einer der reichsten Männer Neuseelands. Er beherrschte die wollverarbeitende Industrie auf beiden Inseln.

»Geld ausgeben«, erwiderte April vergnügt. »Er sucht ein Turnierpferd für seine Tochter Rebecca. Gleich einsetzbar und allererste Sahne. Da fällt mir doch sofort ein gewisser Mokka ein.«

»Oder Daydream«, meinte Nellie und wies auf die Rappstute unter Noah. »Will sie lieber einen Wallach oder eine Stute?«

April zuckte mit den Schultern. »Ist Becky vermutlich egal. Die könnte auch einen Hengst reiten. Ich kenne sie, sie war oft mit Henny auf denselben Turnieren. Harte Konkurrenz. Aber Henny mag sie, die zwei haben sich immer gut verstanden.«

»Also wäre sie nicht traurig, wenn sie ihr Pferd übernähme?«, fragte Nellie.

April schüttelte den Kopf. »Nein, sie weiß ja, dass Mokka verkauft werden soll. Im Grunde wetteifert sie schon mit Noah darum, welches der Pferde den höheren Preis bringen wird. Und natürlich sollen beide in gute Hände kommen. Bei Becky wäre das der Fall. Simmons hat eine eigene Reitanlage, Koppeln, Pfleger … und Becky durfte alle Ponys behalten, die sie als Kind geritten hat. Das ist nicht selbstverständlich, wie du weißt.« Die meisten Turnierponys wurden an die Eltern anderer Kinder weiterverkauft, wenn ihre Reiterinnen oder Reiter zu groß für sie geworden waren. »Becky ist ein nettes Mädchen«, fuhr April fort. »Und jetzt wohl gerade zu Tode betrübt. Ihr Turnierpferd ist gestorben, ganz plötzlich, an einer Kolik, Blinddarmdrehung. Sie kam in ihren Auslauf und sah sie schon im Todeskampf. Natürlich ist sie untröstlich, und Mr. Simmons möchte seine Tochter nun auf andere Gedanken bringen.«

»Also eine Stute«, meinte Nellie. »Bessere Chancen für Daydream. Dann geh Julius mal die guten Nachrichten ausrichten. Ich mache mich auf den Weg, wenn Henny fertig ist. Du hast doch nichts dagegen, wenn ich sie mitnehme, damit sie noch mit Audrey spielt? Ich leg ihr Fahrrad hinten auf den Pick-up.«

April seufzte. »Und dann soll sie damit zurückkommen? Das Mädchen übernimmt sich. Das Reiten, Audrey, die Schule – die Abschlussprüfungen stehen an. Sie muss lernen. Aber wenn du es ihr jetzt schon versprochen hast, will ich es nicht verbieten. Zumal am Wochenende die Simmons kommen. Da kann sie nicht weg. Danach sind immerhin ein paar Tage Ferien.«

»Ich bitte Walter, sie zurückzufahren«, bot Nellie an. »Ich würd's selbst machen, aber ich hab noch etliche Besuche bei Pferdehaltern in Ellerslie vor mir. Demnächst kann Grit sie holen und zurückbringen. Sie macht gerade den Führerschein!«

Nellie wäre zu gern nach Epona Station gefahren, um zuzusehen, wie Rebecca Simmons die Pferde zur Probe ritt, aber ihr fiel kein rechter Grund dafür ein. Julius hatte noch zwei andere, etwas ältere Pferde ausgesucht, die er Mr. Simmons anbieten wollte. Auch sie waren sehr gut veranlagt, eher Spring- als Dressurpferde. Rebecca konnte also wählen.

Nach dem Wochenende wartete Nellie gespannt auf Hennys Ankunft und darauf, was sie zu erzählen hatte. Tatsächlich erschien sie am frühen Nachmittag und war nicht allein. Ein hübsches, junges Mädchen mit kastanienbraunen, kurzen Haaren und freundlichen braunen Augen radelte auf einem wohl geliehenen Fahrrad hinter ihr her.

»Das ist Rebecca«, stellte Henny vor. »Becky. Sie bleibt ein paar Tage bei uns, um die Pferde näher kennenzulernen.«

Das Mädchen gab ihr die Hand, und Nellie lächelte ihm zu. »Du konntest dich also nicht gleich entscheiden?«, fragte sie.

Becky nickte. »Zuerst dachte ich, dass Daydream mir mehr liegt. Aber eigentlich möchte ich nicht wieder eine Stute. Nicht nach Cassandra ...« Nellie sah Tränen in ihren Augen. »Ich wollte sie noch eine Saison reiten, und dann sollte sie ein Fohlen bekommen ... ich hab mich da so drauf gefreut. Sie war so süß, da kann ich sie jetzt doch nicht einfach ersetzen ...« Sie schniefte.

Nellie gab ihr ein Taschentuch.

»Das tust du nicht«, sagte sie tröstend. »Jedes Pferd ist anders. Eine neue Stute würdest du auf ganz eigene Weise liebgewinnen.«

»Aber Daydream sieht Cassandra so ähnlich …«

Becky hatte also eine Rappstute verloren. Nellie verstand, dass sie keine Kopie ihres geliebten Pferdes haben wollte.

»Heute Morgen hab ich dann noch mal Mokka geritten. Und der ist auch toll …«

Die anderen Pferde waren also nicht infrage gekommen. Auf Nellies Frage erklärte Becky, sich eher auf Dressur spezialisieren zu wollen. Sie wollte auf Dauer in höchsten Klassen mitreiten, und da machten ihr die riesigen Hindernisse Angst.

»Und das ist ja auch nicht gut für die Beine der Pferde«, erklärte sie. »Ich will nicht, dass mein Pferd eine Hufrollenentzündung bekommt oder so was, nur weil ich gewinnen wollte.«

Nellie fand das Mädchen sehr sympathisch. Es war Mokka durchaus zu wünschen, in den Simmons-Stall zu kommen.

»Aber jetzt zeig ich dir erst mal meine kleine Schwester!«, erklärte Henny. »Die ist süßer als jedes andere Kind!«

Becky kicherte. »Aber nicht zu verkaufen, oder?«, fragte sie.

Henny lachte mit.

Henny erschien noch ein weiteres Mal mit Rebecca, dann kam sie wieder allein – diesmal gleich am frühen Morgen.

»Nanu, heute ohne Anhang?«, fragte Walter.

Nellie war schon auf ihrer täglichen Besuchsrunde.

»Becky ist ausreiten«, antwortete sie. »Mit Noah …«

»Und dabei hat sie ein Gesicht gemacht, als hätte ihre Freundin nicht mehr alle Tassen im Schrank«, berichtete Walter später belustigt Nellie. »Ich hab sie geärgert und gefragt, ob sich da wohl etwas anbahnt zwischen Becky und Noah, und anscheinend hab ich damit voll ins Schwarze getroffen. Die kleine Millionärstochter scheint sich nicht nur in ein Pferd verlieben zu wollen. Henny schäumt vor Wut.«

»Weil sie dann doch Daydream kaufen wird?«, fragte Nellie.

Walter zuckte mit den Schultern. »Keine Ahnung. Wahrscheinlich einfach Eifersucht. Da hat sie nun mal eine Freundin gefunden, und schon läuft die mit fliegenden Fahnen zum Feind über. Dabei muss gar nichts dahinterstecken. Vielleicht kümmert Becky sich nur nicht gar so gern um Kleinkinder. Zweimal mit Audrey zu spielen, hat ihr gereicht.«

Nellie lachte. »Noah ist zweifelsfrei attraktiver. Morgen will ich mich mit Alex treffen, wieder mal Ankaufsuntersuchungen. Da werde ich sehen, wie die Stimmung ist.«

Auf den ersten Blick war die Stimmung gut auf Epona Station. Nellie schloss aus dem äußerst vornehmen Auto, das auf dem Hof stand, dass Mr. Simmons gekommen war, um seine Tochter abzuholen. Tatsächlich trank er eben Champagner mit Julius und Mia. Becky saß strahlend auf Mokka und hatte ihn schon sehr schön versammelt. Noah stand in der Bahn und gab ihr Anweisungen, die sie wahrscheinlich gar nicht brauchte. April hatte recht, sie war eine glänzende Reiterin. Allerdings sog sie jedes Wort von Noah auf, als handelte es sich um eine Offenbarung, und auch die Augen des jungen Mannes leuchteten. Womöglich bahnte sich hier wirklich mehr an als ein Pferdekauf.

Nellie konnte nur Henny nirgends entdecken. Eigentlich sollte sie sich freuen, dass Beckys Wahl nun auf Mokka gefallen war, und gern mitfeiern. Nellie suchte und fand sie schließlich im Stall – mal wieder bei der Stute Melora. Sie saß im Heu, ihren kleinen Hund an sich gedrückt, und weinte. Flokati schmiegte sich tröstend an sie. Jamie gesellte sich zu ihr, und sie legte den anderen Arm um ihn.

»Da bist du ja, Henny«, sagte Nellie. »Was ist denn los? Bist du jetzt doch traurig, dass Mokka weggeht?«

Henny schüttelte den Kopf. »Nein. Aber es ist so gemein, so fies von Becky. Und bestimmt hat sie das mit Noah ausgeheckt. Das passt zu ihm! Denn sie wird nicht gewinnen, aber ich, ich hätte ihn geschlagen!«

»Was ist denn passiert?«, fragte Nellie sanft und setzte sich neben sie.

Melora stupste sie mit weichen Nüstern an, und sie streichelte über ihre Nase, bevor sie den Arm um Henny und die Hunde legte.

»Die Championships. Ich darf Mokka nicht reiten. Das wird Becky selbst machen, und bis dahin trainiert sie bei Opa Julius jedes Wochenende … mit Noah. Ich soll mit dieser Schlange auch noch im selben Zimmer schlafen! Kann ich dann zu euch kommen? Bitte!« Henny weinte weiter.

Nellie wiegte sie sanft. Sie verstand Becky Simmons. Warum sollte sie zulassen, dass ein anderes Mädchen ihr Pferd bei einem der wichtigsten Turniere des Landes vorstellte? Natürlich hätte sie Henny den Vorrang lassen können, weil sie das Pferd ausgebildet hatte. Aber so nett war Becky anscheinend nicht, und die Mädchen waren nicht so eng befreundet, dass Henny darum hätte bitten können. In früheren Turnieren waren sie gegeneinander angetreten, und da hatte auch nicht eine die andere gewinnen lassen.

»Es wird andere Pferde geben, Henny«, sagte Nellie leise. »Und andere Turniere. Du weißt, dass Opa Julius und Oma Mia – und deine Mutter natürlich auch – die Pferde züchten und ausbilden, um Geld zu verdienen. Die Simmons haben sicher viel für Mokka bezahlt, und sie bieten ihm ein gutes Leben. Da musst du mal zurückstecken. Opa Julius tut es sicher ebenfalls leid. Er würde zweifellos lieber dich reiten sehen.«

Henny schlug die Hände vors Gesicht. »Ach was!«, stieß sie hervor. »Der will doch nur Noah reiten sehen. Und gewinnen! Jetzt haben sie alle, was sie wollen. Ich will am liebsten weg hier!«

Henny verhielt sich ihrer Familie gegenüber eisig – und weigerte sich rundheraus, Mokka während der Woche weiterzureiten, um ihn für Rebecca im Training zu halten. Damit zog sie sich den Unmut ihres Großvaters zu. Julius konnte ihre Haltung nicht nachvollziehen und rügte sie streng.

»Du wolltest doch mal das Gestüt übernehmen, Henny«, sagte er ausgesprochen undiplomatisch. »Aber dafür müsstest du einsehen, dass es nicht immer nach deinem Kopf geht. Geschäftsinteressen gehen manchmal einfach vor. Für Mia war es auch nicht einfach, die jungen Rennpferde schon mit zwei Jahren auf die Rennbahn zu schicken, sie hat sich dennoch gefügt. Und um Mokka brauchst du dich nicht zu grämen, der hat bei der kleinen Simmons eine Lebensstellung …«

»Noah vielleicht auch?«, fragte Henny frech. »Kauft den der feine Herr Simmons gleich mit für seine Tochter?«

Julius sah sie verständnislos an. Er hatte von der Tragödie nicht das Geringste mitbekommen.

Mia klärte ihn am Abend auf, als er ihr von dem unerquicklichen Gespräch erzählte.

»Hoffentlich werben sie uns Noah nicht wirklich ab«, bemerkte er schließlich. »Simmons beschäftigt sicher ebenfalls Bereiter. Und wenn er der Kleinen sympathisch ist …«

Mia seufzte. »Ich kann mich noch dunkel an den jungen Leutnant erinnern, der neben seiner Ausbildung in Hannover das Pferd einer jungen Dame beritten hat«, bemerkte sie mit spitzbübischem Ausdruck. »Ob er sich wohl von meinem Vater hätte abwerben lassen?«

Julius begriff erst jetzt, dass sie auf ihre eigene Beziehung anspielte. Mias Vater hatte eine junge Stute im Gestüt seines Vaters erworben, und Julius hatte bei Medeas Ausbildung geholfen. Dabei hatten sie sich verliebt.

»Geschichte wiederholt sich nicht«, behauptete er.

Mia lächelte.

Kapitel 11

Trotz aller Streitigkeiten bestritt Henny ihre Abschlussprüfungen mit großem Erfolg. Die schlechteste Note hatte sie in Mathematik – keine allzu guten Aussichten für ein späteres Studium der Betriebswirtschaft. Darüber machte sie sich vorerst jedoch keine Gedanken. Sie hatte einige Jahre zuvor eine Klasse übersprungen und war nun, mit gerade mal sechzehn Jahren, mit der Schule fertig. Henny freute sich, dass Grit sie am letzten Tag der Prüfungen von der Schule abholte. Sie saß in einem kleinen silbernen Sportwagen.

»Ein Porsche 356«, stellte sie ihn Henny vor. »Mein Fahrlehrer meinte, der würde zu mir passen!«

Henny hatte noch nie in einem so kleinen, niedrigen Auto gesessen – Pferdeleute fuhren eher Pick-ups und geländegängige Fahrzeuge. Gespannt stieg sie ein und stellte sofort ein Manko fest.

»Wo soll denn später Audrey hin?«, fragte sie. »Jetzt passt sie vielleicht gerade noch auf diesen komischen Rücksitz, aber sie wird doch immer größer!«

Grits Ausdruck bewies, dass sie daran keinen Gedanken verschwendet hatte. »Na ja, wenn wir mal alle zusammen irgendwo hinfahren, brauchen wir vielleicht ein größeres Auto«, lenkte sie ein. »Wohin sollte ich Audrey jetzt schon mitnehmen?«

Henny wäre dazu einiges eingefallen, aber sie sagte nichts, um die Stimmung nicht zu verderben. Die war schließlich blendend. Sie hatte ihre Prüfungen hinter sich, Grit besaß ein Auto, und dann erzählte sie auch noch von einem Vorhaben, das Henny vollständig die Sprache verschlug.

»Du willst was?« Alex Rawlings war nicht leicht aus der Ruhe zu bringen. Er war ein friedfertiger Mensch, der Auseinandersetzungen mit Henny oder Nicholas in der Regel seiner Frau überließ. Das heutige Anliegen seiner Adoptivtochter, das sie ihren Eltern gleich am Abend ihres Schulabschlussfestes vortrug, ließ ihn jedoch explodieren. »Mit deiner ›richtigen‹ Mutter nach Griechenland fahren? Weißt du eigentlich, wie weh du Mami tust, wenn du von Grit De Groot als deiner ›richtigen‹ Mutter sprichst?«

»Mir tun auch alle dauernd weh«, gab Henny aufmüpfig zurück. »Und stört's jemanden? Grit will mit Audrey und mir nach Kreta, uns die Insel zeigen ... die Städte, in denen sie aufgetreten ist ... das Dorf, in dem mein Vater aufgewachsen ist ...«

»Dein ›Vater‹ ...«, wütete Alex, »... denkt gerade daran, dich zum ersten Mal in deinem Leben übers Knie zu legen! Bisher hat dich das alles nie interessiert, und auf einmal bist du auf der Suche nach deinen Wurzeln?«

»Hier bin ich nur das fünfte Rad am Wagen. Das macht ihr mir jetzt erst alle klar. Da ist es doch nur normal ...« Henny blitzte Alex ebenso böse an wie er sie.

»... dass du dir eine andere Familie suchst?«, fragte Alex. »Wie schön, dass du diesen Luxus genießen kannst! Als ich mich so fühlte, konnte ich meine Mutter nicht einfach eintauschen.«

Henny wusste, dass er große Schwierigkeiten mit seiner Mutter gehabt hatte, als er in ihrem Alter gewesen war. Nicht mal als Erwachsenen hatte Willie ihn akzeptieren können. Erst nachdem er April geheiratet und die Wogen im Verhältnis der zwei Familien untereinander geglättet hatte, war das besser geworden.

»Du kannst gar nicht wissen, wie ich mich fühle«, erklärte Henny.

April wollte beschwichtigend den Arm um sie legen. »Liebes, jeder fühlt sich mal so. Das gehört zum Erwachsenwerden dazu. Deshalb muss man doch nicht gleich weglaufen ...«

»Und was soll ich sonst tun?«, fragte Henny provokant. »Mit der Schule bin ich fertig, es sind Ferien, es ist Sommer ... Soll ich hierbleiben und Becky Simmons' Pferd trainieren? Vielleicht soll ich ja mit nach Taupo, sozusagen als ihr Pferdemädchen? Mokka abreiten, Becky die Stiefel polieren?«

April rieb sich die Stirn. »Henny, das verlangt doch niemand ...«

»Doch! Opa Julius! Ich soll Mokka weiterreiten, hat er gesagt, und am Wochenende kann ich mir angucken, wie Noah mit Becky flirtet. Wäre doch großartig, wenn er sie heiratet, oder? Mit ihrem vielen Geld ...«

»Nun hör aber mal auf!«, empörte sich Alex. »Wie alt sind die beiden? Siebzehn?«

»Du sagst immer, du hättest dich schon mit fünfzehn in Mami verliebt«, warf Henny ihm vor.

April musste lachen. »Damals aber noch unerwidert«, erklärte sie. »Pass auf, Henny, wir warten jetzt erst mal ab, was Grandma Nellie zu der ganzen Sache sagt. Wer weiß, ob Grit es wirklich ernst meint. Wenn es konkret wird, reden wir noch mal darüber.«

»Grandma Nellie kann das nicht verbieten«, trumpfte Henny auf. »Grit ist erwachsen.«

April und Alex sahen sich an.

»Schön wär's«, murmelte Alex.

»Also jetzt noch mal ...« Nellie bemühte sich um Ruhe. »Dr. Huber hat dir gesagt, du sollst nach Kreta fahren, um dir deine Erlebnisse dort noch einmal vor Augen zu führen? Wozu? Du erinnerst dich doch gut daran.«

»Gar nicht so gut«, widersprach Grit. »Ich erinnere mich nur an Teilstücke, und die sind meistens ziemlich belastend. Dabei hat es auch schöne Stunden gegeben ... die Musik ... der Duft der Kräuter in den Bergen ...«

»Du scheinst also doch noch Etliches zu wissen«, konstatierte Nellie. »Du hast früher so lebhafte Briefe geschrieben. Vielleicht solltest du deine Erlebnisse mal aufschreiben. Damit könntest du sie ebenso gut aufarbeiten.«

»Aber das bringt mir die Menschen und die Erlebnisse nicht näher«, behauptete Grit.

Nellie schüttelte den Kopf. »Jetzt erzähl mir nicht, du planst allen Ernstes, in dieses schreckliche Dorf zurückzukehren und mit dieser Mama Eleni oder wie sie heißt über dein Verhältnis zu ihrem Sohn zu sprechen? Grit, du bist von da weggelaufen, mit gutem Grund! Und jetzt willst du deine Kinder dort mit hinnehmen?«

»Für meine Beziehung zu den Mädchen sei das sehr gut, meint Dr. Huber«, rechtfertigte sich Grit. »Es ist ja irgendwo auch ihre Geschichte …«

»Es ist allenfalls Hennys«, erklärte Nellie. »Und wer weiß, ob du die nicht sogar in Gefahr bringst, wenn du sie diesen Leuten als Leonidas' Tochter vorstellst. Womöglich versuchen sie gleich, sie mit irgendeinem Cousin zu verheiraten.«

Grit lachte spöttisch auf. »Du weißt überhaupt nichts von den Sfakioten und ihren Traditionen! Und es ist selbstverständlich auch Audreys Geschichte, weil meine Geschichte meine Kinder beeinflusst. Unweigerlich, meint Dr. Huber …«

Nellie seufzte. »Na schön, Grietje, ich kann's dir nicht verbieten. Und über Audrey kannst auch nur du bestimmen. Was Henny angeht … Wir werden sehen, was April und Alex dazu sagen.«

Nellie traf April und Alex gleich am folgenden Sonntag, einem Renntag. Alex war als Rennbahntierarzt gekommen, und April hatte ihn begleitet, um Henny abzuholen, die in Ellerslie übernachtet hatte. Auf Epona Station trainierte Julius auch an diesem Wochenende Rebecca und Mokka, und April brachte ein gewisses Verständnis dafür auf, dass ihre Tochter davor geflohen war. Nellie und April trafen sich vor der Box eines der Pferde von Wilhelminas Gestüt Baroness Stud. Beide schauten sich nach der Besitzerin um, bevor sie ein vertrautes Gespräch begannen. An der Meinung der resoluten Frau zu Grits und Hennys Plänen waren sie nicht sehr interessiert.

»Was sagst du zu Kreta?«, fragte April gleich. »Grit hat dir davon erzählt, oder?«

Nellie nickte. »Und Henny natürlich auch. Sie scheint ein bisschen hin- und hergerissen. Einerseits lockt das Abenteuer, andererseits … Sie ist hier tief verwurzelt, April. Sie weiß, dass sie euch verletzt, wenn sie mit Grit auf die Suche nach ihrer Familie geht. Aber sie macht sich auch Sorgen um Audrey. Sie hat jetzt zwar ein besseres Verhältnis zu Grit, doch so ganz traut sie ihr nicht. Sie hat Angst um das Kind.«

April streichelte das Pferd, das neugierig seine Nase durch die Gitterstäbe steckte. »Aus der Warte habe ich es noch gar nicht gesehen. Du meinst also, wir sollten es erlauben?«

Nellie nickte. »Henny ist sechzehn, sie wird erwachsen. Und von ein paar pubertären Verwirrungen abgesehen ist sie ein vernünftiges junges Mädchen. Vielleicht sollten wir gar kein so großes Ding daraus machen, meint zumindest Walter. Es ist eine Reise, mehr nicht. Kreta ist nicht aus der Welt, dort herrscht auch kein Krieg mehr. Henny und Grit können schreiben, und es gibt Telefone. Inzwischen womöglich sogar in Leonidas' Heimatdorf, das wird sich ja weiterentwickelt haben. Auf jeden Fall sollte Henny nicht das Gefühl haben, sie müsste sich zwischen euch und Grit entscheiden. Das gibt nur böses Blut. Tut einfach so, als wäre das eine ganz normale Urlaubsreise. Kauf ihr Sommerkleider und einen Bikini, alles ganz unbeschwert …«

»Auf Kreta ist Winter«, erinnerte April sie an die entgegengesetzten Jahreszeiten. »Wir schicken sie auf die andere Seite der Welt. Und ganz ehrlich, ein gutes Gefühl habe ich nicht dabei, Grit als Aufsichtsperson zu wissen …«

Nellie lächelte schief. »Vielleicht sollten wir eher Henny als Aufsichtsperson sehen. Ich weiß, sie benimmt sich im Moment etwas kindisch, aber ich traue ihr einiges zu. Sie mag auf dieser Reise erwachsen werden. Und Grit vielleicht auch.«

Ursprünge des Lebens

Griechenland – Athen, Kreta
Afrika – Tansania, Kongo
Neuseeland – Ellerslie
1959 – 1960

David fand es aufregend, die historischen Stätten zu besuchen, die er bislang nur aus Geschichtsbüchern kannte. Der Hafen von Piräus – die Akropolis, die über Athen thronte, die vielen Relikte aus uralter Zeit, die hier ganz selbstverständlich neben modernen Gebäuden standen und die Geschichte des Landes lebendig hielten. Er freute sich darauf, all das gemeinsam mit Evangelina zu erkunden, sollte er wirklich länger bleiben. Zunächst musste er sich jedoch auf seine Arbeit konzentrieren – vor allem darauf, ihren Vater von seinen Fähigkeiten zu überzeugen.

Evangelina nahm am Hafen ein Taxi, das David zunächst zu seinem Hotel brachte. Es war ihm im Rahmen einer förmlichen Einladung zum Vorstellungsgespräch genannt worden und entpuppte sich als einfaches, doch ordentliches Haus in der Nähe des Königlichen Gartens. Evangelina rümpfte die Nase. Sie hätte ihren Freund lieber im Hotel Grande Bretagne untergebracht, einem Nobelhotel ganz in der Nähe ihres Hauses, wie sie sagte. Das Hotel hatte jedoch ihr Vater – oder eher einer seiner Angestellten – gebucht, und David fand es durchaus angemessen. Für Evangelina war es klar, dass er den Auftrag bekommen würde, den Park neu zu gestalten, er selbst hatte dagegen Zweifel. Ein erfolgreicher Unternehmer wie Ioannis Kallergis mochte seine Tochter zwar anbeten, würde geschäftliche Entscheidungen aber sicher nicht von ihren Launen abhängig machen.

David ordnete also nervös seine Entwürfe und lehnte Evangelinas Vorschlag, ihm vor dem abendlichen Treffen mit ihren Eltern noch ein wenig die Stadt zu zeigen, entschieden ab.

»Lass uns lieber in den Park gehen, dann kann ich mich da schon mal umsehen«, verlangte er.

Evangelina verzog das Gesicht. »Das kannst du doch morgen noch machen. Du hast vor dem offiziellen Gespräch sicher reichlich Zeit dazu. Heute Abend sind wir zum Essen eingeladen. Da reden wir nicht über die Arbeit.«

David war überzeugt davon, dass ihr Vater das anders sah. Obwohl er sich erst am kommenden Tag einem Konsortium von Männern vorstellen sollte, die den Garten gemeinsam finanzierten, würde Ioannis Kallergis sich am Abend sicher bereits ein Bild von ihm machen wollen, schon um sich dann nicht mit ihm vor den anderen Geldgebern zu blamieren. Ansonsten hätte ja nicht wirklich ein Grund bestanden, ihn zu einem Familientreffen einzuladen. Die Eltern Kallergis hatten ihre Tochter seit Jahren nicht gesehen, sie hätten bestimmt lieber allein mit ihr gesprochen. Oder hatte sie etwa vor, ihn nicht nur als Bewerber um einen Job, sondern gleich als ihren Verlobten vorzustellen? Darüber war zwischen ihnen nie gesprochen worden, und dagegen sprach auch, dass Evangelina sich ihm gegenüber schon während der Reise nach Griechenland viel zurückhaltender gezeigt hatte als sonst. Sie schien ihr Verhältnis nicht publik machen zu wollen.

»Ach komm, Evangelina!«, sagte er jetzt. »Ich bin so gespannt auf die Anlagen. Ich würde die ganze Nacht nicht schlafen.«

Evangelina lachte. »Für Schlaflosigkeit deinerseits bin ja eigentlich ich zuständig«, bemerkte sie kokett. »Obwohl das heute natürlich nichts wird, ich wohne jetzt ja wieder bei meinen Eltern. Also schön, gehen wir in den Königlichen Garten. Er liegt sowieso mehr oder weniger auf dem Weg. Wer es sich leisten kann, wohnt in der Umgebung des Parks – das Grün schluckt im Sommer ein bisschen die Hitze.«

Zurzeit war das noch nicht nötig. Der April in Athen war in diesem Jahr eher kühl. David schwitzte nicht in dem dunkelgrauen Einreiher, den er für den Empfang im Bronx Zoo angeschafft hatte und den er nun auch für die Abendeinladung gewählt hatte. Evangelina trug noch das pastellfarbene Reisekostüm, mit dem sie vom Schiff gekommen war. Ihr Gepäck wurde direkt in die Villa ihrer Eltern gebracht.

Tatsächlich lag der Königliche Garten gleich um die Ecke des Hotels, und David fiel sofort die verspielte, mittlerweile nur sehr vernachlässigte Anlage auf. Ineinander verschlungene, ungepflegte Wege führten zu Teichen, Brunnen und Grünflächen. Alte, majestätisch wirkende Bäume standen zwischen lieblos angelegten Blumenbeeten, die Alleen waren verkrautet, die Ruinen – sicher die Überbleibsel der hier früher gelegenen Tempelanlage – waren von Wildkräutern überwuchert. Ein gepflegter botanischer Garten sah anders aus, allerdings waren viele der von Königin Amalies Botanikern gepflanzten exotischen Gewächse noch am Leben, so etwa eine Gruppe hochstämmiger Palmen. Sie mussten nur besser zur Geltung gebracht werden. David dozierte begeistert über die Möglichkeiten, die er hier sah, machte sich Notizen und hielt rasch ein paar erste Zeichnungen in seinem Skizzenbuch fest. Weniger begeistert waren sowohl er als auch Evangelina vom Tiergarten.

»Da wird man ja depressiv«, bemerkte sie, als sie einen einsamen Bären in einem freudlosen Käfig sahen und einige Wölfe, die wie räudige Hunde wirkten. Die Enten, Gänse und Schwäne, welche die Wasserflächen bevölkerten, schienen dagegen glücklich, ebenso die Wasserschildkröten, die auf einem Felsen ruhten und die Sonne genossen. Evangelina fand auch eine Landschildkröte auf einem der Wege. Ziegen langweilten sich in einem sandigen Gehege, noch trauriger wirkten ein Tiger, ein Löwe und zwei Äffchen, die in viel zu kleinen, tristen Käfigen ihr Leben fristeten.

»Das muss sich ändern!«, erklärte David. »Das Beste wäre, sich auf einige heimische Tiere zu beschränken. Schildkröten, Ziegen – vielleicht kleine Esel. Für die Haltung großer Katzen ist das Gelände zu klein, ebenso für annehmbare Affenhaltung. Und qualifizierte Pfleger scheint es auch nicht zu geben, die Tiere sehen aus, als wären sie seit Jahren nicht entwurmt. Glaubst du, das Konsortium wäre offen für eine radikale Umgestaltung?«

Evangelina wusste das nicht, befand es nun jedoch an der Zeit, die Stadtvilla ihrer Eltern anzusteuern. »Wenn ich mich zum Abendessen noch umziehen soll, müssen wir langsam los. Meine *mitéra* und Großmama legen Wert auf gepflegtes Aussehen.«

David hoffte, dass er diesen Ansprüchen noch entsprach, nachdem er den Park durchstreift und die Wege dabei oft verlassen hatte.

Die Villenstraße, durch die Evangelina ihn führte, war tatsächlich nur einen Katzensprung vom Park entfernt. Alles hier schien darauf ausgerichtet, die Wichtigkeit der darin lebenden Familien zu unterstreichen – wobei die Erbauer wahrscheinlich nicht mehr alle darin lebten. Einige Häuser waren in Botschaften umgewandelt worden, ein besonders eindrucksvolles beherbergte ein Museum.

»Da hat Heinrich Schliemann gewohnt«, wusste Evangelina. »Der Archäologe, der Troja entdeckt hat. Seine Frau hat das Haus nach seinem Tod verkauft.«

Die Villa der Familie Kallergis, im Renaissancestil mit klassizistischen Elementen, stand der ehemaligen Residenz der Schliemanns kaum nach. Die Fassade des Hauses war durch ein Ensemble von Säulen geprägt, über dem sich ein griechischer Fries befand, kunstvoll verziert. Ein offener Gang umgab den gesamten ersten und zweiten Stock des Hauses – eine Möglichkeit für Bewohner und Gäste, zum Durchatmen aus den Wohnräumen oder dem Ballsaal zu treten.

»Das ist ja ein Palast«, bemerkte David.

Evangelina lachte. »Ein viel zu protziger alter Kasten. Viele Familien geben so was jetzt auf und ziehen in moderne Apartmenthäuser. Aber meine Großmutter würde sich nie von diesem Monstrum trennen. Jetzt komm, du kannst drinnen weiter staunen. Da ist es genauso pompös ...«

Sie hatte nicht zu viel versprochen. Nachdem ein Diener ihnen geöffnet und die Tochter des Hauses mit vielen Worten begrüßt hatte, traten sie in eine Eingangshalle, die gut ein Museum hätte beherbergen können. Auch hier gab es Säulen, riesige, nach Davids Dafürhalten eher düstere Gemälde und eine Marmortreppe, die in den ersten Stock führte.

»Wir wohnen oben«, erklärte Evangelina. »Hier sind nur die Küche und andere Wirtschaftsräume. Und natürlich die Unterkünfte für das Personal.«

David ließ sich von einem knicksenden Hausmädchen den Hut abnehmen und folgte ihr dann die Treppe hinauf. Von einer Art Korridor gingen etliche Zimmer ab. Ein weiterer Diener, der dort wartete, hieß sie willkommen und öffnete ihnen die Flügeltür zu den Empfangsräumen. Hier wurde es endlich wohnlicher, obwohl die schweren, dunklen Möbel nicht gerade Davids Geschmack entsprachen. Der Diener kündigte die Besucher an – und Evangelina warf sich an den Hals eines beleibten Mannes, dessen Gesicht eine etwas zu groß geratene Nase und buschige Brauen über wachsamen braunen Augen beherrschten. Beim Anblick seiner Tochter strahlte Ioannis Kallergis – David begrüßte er eher skeptisch.

Inzwischen hatte sich auch Evangelinas Mutter erhoben, um ihre Tochter in die Arme zu schließen. Valeria Kallergis war außerordentlich attraktiv – wer sie ansah, erkannte, wie Evangelina in zwanzig Jahren aussehen würde: nicht mehr mädchenhaft ausgelassen, sondern von einer gesetzten, reifen Schönheit. Ihr schwarzes Haar war aufgesteckt, ihre edlen Züge durch dezentes Make-up hervorgehoben. Sie war etwas größer als ihr Gatte – und David fragte sich, ob es Liebe gewesen war, die sie dazu gebracht hatte, den nicht besonders anziehenden Mann zu heiraten, oder ob da auch finanzielle Interessen eine Rolle gespielt hatten. Andererseits war die ältere Dame, die wie das Ehepaar auf einem riesigen Sofa vor einem ebenfalls etwas überdimensionierten Kamin gesessen hatte und nun etwas mühsam aufgestanden war, ganz sicher die Mutter Valerias. Die Frau, die sich nicht von der Stadtvilla trennen wollte. Hatte also Valeria das Haus mit in die Ehe gebracht? Evangelinas Großmutter musterte David prüfend. Auch ihr ähnelte seine Freundin, und auch sie alterte in

Würde. Ihr weißes Haar war sorgfältig frisiert, das leichte Make-up machte sie nicht jünger, sondern unterstrich nur ihre immer noch erahnbare frühere Schönheit.

Ioannis Kallergis wandte sich David zu, während Evangelina Mutter und Großmutter begrüßte. Die drei unterhielten sich auf Griechisch, von dem David kein Wort verstand, obwohl er einmal Altgriechisch gelernt hatte. Evangelinas Vater sprach allerdings ein ebenso gutes Englisch wie seine Tochter.

»Sie sind also David Lemberger?«, fragte er höflich. »Seien Sie willkommen. Ihr Name klingt deutsch. Dabei sind Sie doch … Amerikaner?«

»Neuseeländer, Sir«, antwortete David. »Aber meine Eltern sind aus Deutschland eingewandert.«

Kallergis musterte ihn aus seinen klugen Augen. »Um es vom Tellerwäscher zum Millionär zu bringen?«, erkundigte er sich.

David beschloss, das als Scherz zu verstehen. »Nicht direkt. Meine Eltern sind Tierärzte. Sie hatten zunächst Praxen in Neuseeland und leiten heute den Zoo von Perth, Australien. Da sind meine Schwester und ich aufgewachsen. Mit vielen Tieren …« Er bemühte sich um ein Lächeln. »Und das bringt mich auch gleich auf Ihren Tierpark im Königlichen Garten, Mr. Kallergis, Sir. Den würde ich gern von Grund auf neu gestalten. Während der Botanische Garten meiner Ansicht nach nur restauriert werden müsste. Ich hab hier ein paar Skizzen mitgebracht …« David machte Anstalten, seine Aufzeichnungen aus der Aktentasche zu holen.

Kallergis lachte. »Nun mal nicht so eilig, junger Mann! Ich freue mich ja, dass Sie wirklich so darauf brennen, sich um unseren Stadtpark zu kümmern, aber heute sollte es doch eher etwas informell zugehen.«

David wunderte sich über das Wort »wirklich«. Hatte Kallergis daran gezweifelt, dass er sich auf Gartenbau verstand? Oder unterstellte er ihm, sich gar nicht ernsthaft für die Aufgabe zu interessieren? Warum sonst hätte er nach Athen kommen sollen?

»Sie möchten sicher erst mal über meine Erfahrungen auf dem Gebiet der Landschaftsarchitektur sprechen«, meinte er. »Nun, ich hab in Sydney studiert, darüber hinaus etliche Praktika …«

Kallergis unterbrach ihn erneut, doch seine Stimme klang immer wohlwollender.

»Ich glaube Ihnen, dass Sie qualifiziert sind«, erklärte er. »Evangelina hat uns Ihre Empfehlungsschreiben zukommen lassen. Ich war nur besorgt, weil … Aber lassen wir das alles erst mal und trinken etwas. Der klassische griechische Aperitif ist ein Ouzo, ein Anisschnaps. Als alter Kreter bevorzuge ich allerdings Raki. Ist im Prinzip dasselbe, aber das sage ich jetzt nur so im Vertrauen.« Er lachte, während er eine Flasche aus einem Barschrank nahm.

»Mach den jungen Mann nicht betrunken«, warnte Valeria Kallergis, ebenfalls in fließendem Englisch. »Passen Sie auf, Mr. Lemberger, das Zeug hat es in sich. Und Sie möchten doch morgen ohne Kater vor das Konsortium treten. Ich hoffe sehr, dass Sie die Männer überzeugen können. Der Park benötigt dringend eine Modernisierung.«

David nahm das Glas Raki dankend in Empfang, nippte aber nur an dem starken Getränk. »Ich denke an eine Restaurierung, gnädige Frau. Im Moment fehlt es der Anlage etwas an Charakter, den sie unter der Ägide Königin Amalies unzweifelhaft besaß. Den größten Teil des Parks würde ich nach alten Plänen restaurieren, klassische botanische Gärten sind schließlich zeitlos schön. Nur für den Tierpark müsste man sich etwas Neues überlegen, was Tierhaltung angeht, hat sich in den letzten Jahrzehnten einfach so viel verändert …«

»Ich geh mich jetzt mal umziehen«, ließ sich Evangelina vernehmen. »Und wenn ich zurückkomme, will ich nichts mehr von diesem blöden Garten hören. David hat mir den ganzen Nachmittag Vorträge gehalten. Beim Essen sprechen wir von Sydney, Basel und New York!«

Kallergis füllte Davids Glas auf, als sie sich zurückgezogen hatte. »Das ist ja ganz praktisch, dass ich Sie kurz für mich allein habe«, bemerkte er. »Wenn die Damen uns ein paar Minuten entschuldigen würden.«

Seine Frau und seine Schwiegermutter nickten zustimmend, und David folgte seinem hoffentlich künftigen Auftraggeber mit mulmigem Gefühl in das angrenzende Herrenzimmer. Kallergis kippte den Raki und gab David zu verstehen, dass er von ihm das Gleiche erwartete. David trank mit Todesverachtung.

»Nun, junger Mann«, begann der Grieche dann gespielt munter. »Wie gesagt, ich bin sehr erfreut, dass Ihnen unser Königlicher Garten so sehr am Herzen liegt. Ehrlich gesagt befürchteten meine Frau und ich, dass es eher meine Tochter ist, die Sie nach Athen zieht.«

David errötete. »Nun ich … ich bin Evangelina natürlich sehr verbunden, dass sie diesen Kontakt für mich erstellt hat. Und ich … ich bin sehr gern mit ihr zusammen …«

Kallergis hob die Hand. »Vorsicht, nicht weitersprechen. Ich kann mir denken, dass Sie das Zusammensein mit meiner Tochter genießen, sie ist ja eine ganz wunderbare junge Frau. Allerdings … dürfen Sie nicht mehr von der Bekanntschaft mit ihr erwarten. Das hat nichts mit Ihnen persönlich zu tun, Mr. Lemberger. Sie scheinen ein äußerst ernsthafter, sympathischer junger Mann zu sein. Aber Sie müssen wissen, dass eine Evangelina Kallergis nicht irgendeine junge Frau ist. Wir sind ein altes Adelsgeschlecht, haben lange Zeit Kreta beherrscht, unsere Familie ist sehr begütert. Evangelina ist bereits versprochen, einem jungen Mann aus der Michelakis-Familie, sehr reich, ein Kunstsammler. Er wird ihr Studium zu schätzen wissen, sie hat diesen Studiengang bewusst gewählt. Sie weiß, was er ihr gesellschaftlich zu bieten hat. Zurzeit rebelliert sie ein bisschen, ich hab die Zügel zu lange schleifen lassen. Doch Sie werden sehen, dass sie eigentlich sehr vernünftig ist. Wenn Ihnen also wirklich an diesem Auftrag gelegen ist, fangen Sie nichts an, das keine Zukunft hat …«

David schluckte. Er hatte damit gerechnet, dass Kallergis eine

Verbindung zwischen ihm und Evangelina nicht gutheißen würde. Auf derart klare Worte war er jedoch nicht vorbereitet.

»Ich … wusste nicht …«, begann er stockend.

Kallergis unterbrach ihn erneut. »Jetzt wissen Sie, was Sie wissen müssen. Und ich muss nichts darüber wissen, was meine Tochter und Sie bislang verbunden hat. Sind Sie fürderhin also bereit, sich zurückzuhalten?«

Aus dem Nebenzimmer erklangen wieder Stimmen. Evangelina war zurück, man hörte sie mit ihrer Mutter und Großmutter reden.

»Wir sprechen morgen«, erklärte Kallergis. »Jetzt machen wir uns erst mal einen netten Abend.«

Evangelina trug ein bernsteinfarbenes, eng tailliertes Kleid, das Haar offen und mit einer gleichfarbigen Spange gebändigt. Für die kurze Zeit, die sie gebraucht hatte, um sich frisch zu machen, sah sie außerordentlich gut aus. Sie schenkte David und ihrer Familie ihr strahlendstes Lächeln.

Beim Essen machten sie Konversation auf Englisch – auch die Großmutter beherrschte die Sprache fließend. Evangelina dominierte das Gespräch, sie erzählte anschaulich von ihren Studien in Australien und Basel, vor allem New York. Ihre Mutter fügte Anekdoten von eigenen Reisen hinzu. Kriegsbedingt hatte sie nicht im Ausland studieren können.

»Ich hatte jedoch eine englische Nanny«, erklärte sie ihre guten Sprachkenntnisse.

David bemühte sich, auf alle Fragen höflich zu antworten, war jedoch wie betäubt. Mechanisch kaute er die Speisen – Evangelina hatte angekündigt, dass er kein Fleisch aß, und die Köchin hatte sich mit vegetarischen Spezialitäten selbst übertroffen. Für David schmeckte dennoch alles schal. Er fragte sich, welches Spiel Evangelina mit ihm gespielt hatte – und was er ihrem Vater am kommenden Morgen antworten sollte. Er war sehr froh, als er sich später am Abend verabschieden konnte.

»Schauen Sie sich morgen in aller Ruhe den Garten an«, gab ihm Kallergis mit auf den Weg. Und dann treffen wir uns hier mit den anderen Herren. Sechzehn Uhr ist Ihnen recht?«

David nickte, froh, dass ihm wenigstens Zeit blieb.

In der Nacht fand er keinen Schlaf. Er versuchte, seine Gefühle für Evangelina zu analysieren. Liebte er sie noch? Genug, um sich mit ihrem Vater anzulegen, einem ganz sicher mächtigen Mann? Und was würde es ihm und Evangelina bringen, wenn er den Auftrag ablehnte? Auf eigene Kosten konnte und wollte er nicht in Athen leben. Vor allem jedoch fragte er sich, was Evangelina dachte und fühlte. Wenigstens einmal musste er noch allein mit ihr sprechen.

Die Gelegenheit ergab sich früher, als er angenommen hatte. Evangelina erwartete ihn in der Lobby des Hotels, als er zum Frühstücken hinunterging. Sie sah wieder bildhübsch aus und war in langen Hosen und einer bunten Bluse leger gekleidet.

»Komm, wir gehen in ein Kaffeehaus«, bestimmte sie. »So wie du gestern geguckt hast, hat wohl mein *patéras* mit dir geredet.«

David folgte ihr benommen in ein kleines, dunkles Lokal, das in orientalischem Stil eingerichtet war. Er bestellte nur Kaffee – Evangelina ließ nichtsdestotrotz einen Teller mit süßem Gebäck kommen. David begann das Gespräch, während sie unbesorgt in ein Teilchen biss.

»Du bist verlobt?«, brachte er mühsam heraus.

Evangelina lächelte und winkte ab. »Ach, Stavros, ja … Irgendwann werde ich ihn heiraten. Ich muss mich jetzt auch mal mit ihm sehen lassen, mein Vater meint, es wäre Zeit. Er ist ein netter Kerl, leider etwas … hm … unbedarft. Er sieht längst nicht so gut aus wie du. Und ist nicht so klug. Du brauchst also wirklich nicht eifersüchtig zu sein.« Sie nahm einen Schluck von ihrem Kaffee.

»Evangelina, wir können doch jetzt nicht weitermachen wie bisher«, erregte sich David. »Dein Vater will, dass wir unser Verhältnis beenden, wobei es ihm offenbar egal ist, wie sich das bislang gestaltet hat. Und ich weiß das nun auch nicht mehr. Liebst du mich, Evangelina? Hast du mich je geliebt? Oder war ich nur ein Spielzeug für dich?«

Evangelina runzelte die Stirn. »Was ist schlecht an einem Spielzeug? Natürlich, ein Spielzeug will keiner sein, das ist so eine Art Redewendung, nicht? Aber haben wir nicht immer miteinander gespielt? Hab ich dir je etwas vorgemacht oder du mir? Haben wir uns Versprechungen gegeben?«

David rieb sich die Nase. »Nein, aber …«

»Aber was?«, fragte sie. »Schau mal, du hast immer gemacht, was du wolltest. Bist erst nach Basel, dann nach New York. Ich bin dir gefolgt, ungefragt, wenn du dich recht erinnerst. Einfach, weil ich es wollte. Jetzt musste ich nach Athen, und du willst auch hier sein. Also wo ist das Problem?«

»Du willst weitermachen?«, fragte er ungläubig. »Du willst diesen Stavros weiter mit mir betrügen?«

Evangelina lachte. »Stavros und ich sind nicht mal verlobt. Und glaubst du, er lebt bis dahin wie ein Mönch? Ich nehme mir einfach nur die gleichen Rechte wie die Männer. Was ist daran schlecht?«

»Ich weiß nicht, ob ich das kann«, sagte David.

Evangelina küsste ihn auf die Wange. »Mach dir nicht so viele Sorgen!«, riet sie und stand auf. »Ich muss los, einkaufen mit meiner Mutter. Als käme ich nicht gerade aus einer Modemetropole … Viel Glück mit deinem Auftrag!«

Sie war draußen, bevor er noch etwas erwidern konnte. Ein Schmetterling, den er niemals würde halten können und der entschlossen war, das Leben zu genießen, bevor er aufgespießt in einer Vitrine endete.

David verbrachte den Tag im Königlichen Garten und ging dann mit einer ganzen Kladde voller Skizzen und Ideen zum Treffen mit Ioannis Kallergis und dem Komitee, das über die Gestaltung des Parks bestimmte. Es waren durchweg ältere Herren, die sich nur begrenzt für seine Pläne interessierten. Sie lauschten dennoch höflich, warfen mitunter eine Frage ein und äußerten sich schließlich sehr wohlwollend. Richtig wach wurden sie erst, als es um die Kosten für die Umgestaltung ging und um Davids Honorar. Seinem Vorschlag – er orientierte sich an dem, was seine Mentoren verdienten – stimmten sie ohne zu feilschen zu. Er sollte nun Angebote von Gärtnereien und Baufirmen einholen und ihnen beim nächsten Treffen einen Kostenvoranschlag vorlegen. Ioannis Kallergis versprach, ihm dabei zu helfen. Er wirkte als Einziger wirklich interessiert an den Arbeiten und gedachte, daran Anteil zu nehmen.

Als die Versammlung sich auflöste, hielt er ihn zurück.

»Ich sehe, Sie wollen den Auftrag«, erklärte er. »Also sind Sie mit meinen Bedingungen einverstanden?«

David nickte. »Ich werde Evangelina nicht im Weg stehen.«

Evangelina erwartete ihn im Park – wieder mal auf einer versteckten Bank, vertieft in eine Zeichnung – aufgeregte Enten, hinter denen schemenhaft alberne Mädchen zu erkennen waren, die eine von ihnen mit einem Brautkranz krönten.

»Wie gut du mich kennst«, sagte David. »Du wusstest, ich würde den Weg durch den Park nehmen.«

Evangelina lächelte und küsste ihn. »Du brauchst eine Wohnung«, sagte sie.

Kapitel 2

Daphne hatte das Gefühl, als würde Afrika geradezu auf sie einstürzen, als sie das Schiff in Daressalam verließ. Die Hafenstadt war ungeheuer geschäftig, auf dem Pier priesen fliegende Händler ihre Waren an, Kinder bettelten, dunkelhäutige Menschen trugen Kleider in den buntesten Farben. Es war laut, es war heiß, die Luft erfüllt von fremdländischen Gerüchen – Daphne fühlte sich nach den ruhigen Tagen auf See wie erschlagen. Lily dagegen sah äußerst unternehmungslustig in die Welt. Sie schien froh, wieder festen Boden unter den Pfoten zu spüren.

»Und jetzt?«, fragte Daphne ihre Hündin, als sie eines jungen weißen Mannes gewahr wurde, der ihr zuzuwinken schien. Sie schob sich durch die Menge und sah jetzt auch, dass er vor einem verbeulten, ehemals weißen Pick-up stand. Nachdem sie Blickkontakt aufgenommen hatte, kam er ihr entgegen und nahm ihr ihren schweren Koffer ab.

»Daphne Lemberger?«, fragte er und grinste fröhlich, als sie nickte. »Ich bin Jonathan Leakey«, stellte er sich vor. »Ich soll dich abholen. Hast du sonst noch Gepäck?«

Jonathan duzte sie ungeniert. Er war schlaksig, hatte ein schmales Gesicht und einen wirren braunen Haarschopf. Blaue Augen richteten sich interessiert auf Lily.

»Menschenskind, ist das ein Pudel? Ich hab noch nie einen lebend gesehen. Wozu schafft man sich so einen Hund an?«

Daphne blickte strafend zu ihm auf. Er war größer als sie und jünger, sie schätzte ihn auf höchstens zwanzig Jahre.

»Das ist Lily. Sie ist eine sehr nette Hündin, und ich hab sie geschenkt bekommen. Sie …«

»Frisierst du sie selbst?«

Lily trug zurzeit einen akkuraten Miami-Clip-Schnitt und sah aus wie ein halb nacktes Modepüppchen. Daphne fand den Schnitt schrecklich, hatte sich aber dafür entschieden, da in Afrika deutlich höhere Temperaturen zu erwarten waren, als Lily sie gewöhnt war. Also hatte sie erstmalig mit ihr einen Hundesalon besucht.

Nun errötete sie. »Im … äh … Allgemeinen schon. Dann sieht sie völlig anders aus. Aber ich fand … also für Afrika … Ich war selbst auch beim Friseur.« Sie trug ihren Bob sehr kurz.

Jonathan grinste wieder. »Dein Friseur war besser als ihrer. Kann ich sie streicheln?«

Daphne nickte, und nachdem er Lily ausgiebig begrüßt hatte, lud er ihren Koffer ins Auto.

»Ziehen wir los. Es sei denn, deine Hündin und du, ihr habt hier noch was zu erledigen. Wir haben einen weiten Weg vor uns, ab morgen seid ihr in der Wildnis. Du kommst aus New York?«

Jonathan plauderte munter, während er ihr die Tür aufhielt. Lily sprang auf den Rücksitz und schnupperte interessiert. Sie war sicher nicht der erste Hund, der in diesem Wagen mitfuhr – und Sorgen, dass sie ihn verschmutzen könnte, brauchte man sich auch nicht zu machen. Dies war unverkennbar ein Gebrauchsfahrzeug. Daphne stutzte, als sie im Fußraum einen Karton voller alter Knochen entdeckte.

»Fundstücke?«, fragte sie.

Er nickte. »Aber nichts Besonderes«, erklärte er. »Mom meinte, ich solle sie zur Übung mal bestimmen … wahrscheinlich stammen sie von Schafen und Schweinen.«

»Dafür sind sie zu groß«, befand Daphne. »Sie sind versteinert, oder?«

Jonathan nickte. »Gut erkannt«, lobte er. »Du bist Tierärztin, nicht? Aber keine Paläontologin. Sonst wüsstest du, dass unsere

Schafe und Schweine riesige Vorfahren hatten. In der Olduvai-Schlucht stolperst du alle naselang über ihre Knochen. Das macht die Gegend ja so interessant für Fossiliensucher. Knochen eines Riesenfaultiers hat meine Mutter auch schon mal gefunden. Aber eigentlich suchen wir ja nach Vorfahren der Menschen, und da ist bisher noch kein Riese aufgetaucht. Eher waren die kleiner als wir.«

Er steuerte den Wagen durch die überfüllten Straßen von Daressalam. Menschen drängten sich auf den Gehwegen, Fahrzeuge der unterschiedlichsten Art auf den Straßen. Daphne sah Menschen der verschiedensten Hautfarben, in Kleidung von Anzug bis zum Sari. Eselskarren bewegten sich zwischen glänzenden Limousinen, ein Mann trieb Rinder über die Straße. In manchen Vierteln dominierten aus verschiedenen Baumaterialien zusammengestückelte Hütten, in anderen modernere Gebäude. Diese Stadt schien sich in fortwährender Veränderung zu befinden, das begriff sie jetzt schon.

»Tanganjika ist unter britischer Herrschaft?«, fragte sie.

Jonathan bestätigte das. »Soll aber bald unabhängig werden. Hoffentlich schmeißen sie uns dann nicht raus. In Kenia durften meine Eltern irgendwann nicht mehr graben. Dabei ist mein Vater da geboren. Und ich bin auch Afrikaner.«

Daphne lächelte. »Tatsächlich? Und du arbeitest mit deinen Eltern?«

»Zurzeit«, schränkte Jonathan ein. »Ist ja ganz spannend. Ich hab bloß keine Lust, Archäologie oder Paläontologie zu studieren. Außerdem finde ich lebende Tiere interessanter als tote. Ich mag Reptilien …«

»Die gibt es sicher auch in Olduvai, oder?«, fragte Daphne.

»In Afrika gibt es alles erdenkbare Viehzeug«, gab der junge Mann Auskunft. »Vielleicht werde ich mal Tierhändler wie Hagenbeck.«

Daphne erzählte vom Zoo ihrer Eltern und ihrer Zeit im Zirkus. Jonathan berichtete vom Aufwachsen in Afrika, von Missionsschulen und Internaten, die er besucht hatte, während seine Eltern von einem Grabungsort zum anderen gezogen waren. Er hatte noch zwei jüngere Brüder, denen es ähnlich ging. Daphne berichtete von David und seiner Arbeit.

Über die lebhafte Unterhaltung ließen sie Daressalam hinter sich. Rund um die Stadt zogen sich Hüttensiedlungen, in denen wohl die Ärmsten der Armen lebten. Hier herrschte keine Vielfalt mehr, man sah nur Menschen mit dunkler Haut.

»Es ist trotzdem ein schönes Land«, bemerkte Jonathan, der merkte, wie bedrückt seine Beifahrerin aus dem Fenster sah. »Die Natur ist einzigartig …«

Daphne konnte sich bald davon überzeugen. Die Straße, der Jonathan folgte, führte zunächst an der Küste entlang und bot Ausblicke auf den Indischen Ozean. Von einem kleinen Ort namens Bagamoyo konnte man zur Insel Sansibar übersetzen. Jonathan fuhr jedoch ins Inland, durch Savanne und Buschwald, und Daphne konnte einen Ruf der Überraschung nicht unterdrücken, als die ersten Zebra-, Gazellen- und Giraffenherden in Sicht kamen. Jonathan lächelte.

»Wir übernachten bei Bekannten, die Jagdsafaris veranstalten«, erklärte er. »Wenn wir nicht zu spät vor Sonnenuntergang kommen – es sind immerhin zweihundertdreißig Meilen von Daressalam aus, fährt Herman bestimmt noch mit dir in den Busch. Oder morgen vor Sonnenaufgang. Um die Zeit sieht man die meisten Tiere. Elefanten … und Löwen, wenn du Glück hast.«

Die Farm des deutschstämmigen Ehepaars, bei dem Jonathan sich zum Übernachten eingeladen hatte – in Afrika seien alle gastfreundlich und freuten sich, wenn mal jemand vorbeikomme, hatte er gesagt –, lag ziemlich abgelegen in der Nähe eines kleinen Ortes namens Makanya, mitten im Busch. Daphne beobachtete fasziniert ein Straußenpaar, das auf dem Hof umherlief, und schwarz-weiße Stummelaffen.

»Ziemlich lästig sind die«, kommentierte ihr Gastgeber Herman

Kettner, ein kräftiger Mann mit wild sprießendem Bart. Ebenso wie seine Frau Hanna nahm er die Überraschungsbesucher tatsächlich freudig auf. »Aber wir dulden sie als Attraktion für die Gäste. Die finden es exotisch, wenn hier Affen herumspringen und auch mal eine Gazelle vorbeischaut. In der Nähe des Hauses wird deshalb nicht gejagt. Sonst bleiben die Tiere schnell weg.«

»Gibt es in der Gegend auch große Primaten?«, erkundigte sich Daphne. »Schimpansen? Gorillas?«

Jonathan antwortete: »Hier nicht, die bevorzugen dichtere Wälder. Sie haben ihre speziellen Reviere und sind scheu. Jedenfalls brechen sie nicht in Speisekammern ein wie Paviane oder diese Gesellen hier.« Er wies auf die Stummelaffen, die sie aus den umstehenden Bäumen heraus beäugten.

Daphne war begeistert – die Inneneinrichtung des Hauses, in das man sie nun einlud, fand sie dagegen gruselig. Wohin sie auch blickte, sah sie Jagdtrophäen – vom Löwenfell mit Kopf bis zu den Stoßzähnen von Elefanten. Präparierte Gazellenköpfe mit prachtvollen Hörnern schauten sie aus Glasaugen dümmlich an.

»Ich mag die Tiere lieber lebend«, bemerkte sie, als Hanna Kettner sie auf ihr Erschrecken ansprach. »Dass jemand aus Europa kommt, um sie zu schießen, finde ich skurril.«

Herman Kettner lachte. »Ist für uns aber ein einträgliches Geschäft«, erklärte er.

Am nächsten Morgen nahm der Safariveranstalter sie in seinem Jagdfahrzeug, einem offenen Geländewagen, mit in den Busch. Sie musste dafür um vier Uhr aufstehen, doch es lohnte sich. Kettner kannte sein Revier und führte sie nah an Elefantenherden heran sowie an eine Gruppe Nashornkühe mit ihren Jungtieren, die sich auf einer Lichtung zum Ausruhen niedergelassen hatten. Sie störten einen verschlafenen Löwen auf, der im Schatten einer Schirmakazie ein Nickerchen hielt, woraufhin er verärgert brüllte. Eine Herde Gnus wirkte friedlich, die riesigen Büffel imponierend. Daphne bedankte sich herzlich für den Ausflug, bevor es nach einem guten Frühstück weiterging. Mit der Gastfreundschaft der Afrikaner hatte Jonathan nicht übertrieben.

Die Weiterfahrt zur Olduvai-Schlucht nahm dann noch den ganzen Tag in Anspruch. Zum Teil bestanden die Straßen nur aus Sandpisten – mehrmals musste Jonathan anhalten, weil Wildtiere kreuzten. Schließlich durchquerten sie den Ngorongoro-Krater, seit 1951 Naturschutzgebiet, wie er erzählte.

»Wenn Vater uns das Auto leiht, können wir hier sonntags mal hinfahren und Tiere beobachten. Besonders, wenn sie wandern, ist das sehr eindrucksvoll«, meinte Jonathan.

Daphne hoffte, dass dies nicht der Beginn eines Flirts war, doch Mary und Louis Leakeys Sohn berichtete ihr gleich unbefangen, dass in den letzten Tagen noch drei weitere Praktikanten eingetroffen seien. Die Grabungshelfer und -helferinnen wechselten jährlich, und die meisten von ihnen waren nicht nur an der Paläontologie, sondern auch an der Tierwelt Afrikas sehr interessiert.

Das Lager der Leakeys in der Schlucht bestand aus ein paar einfachen Hütten und Zelten. Den Mittelpunkt bildete ein Feuerplatz, um den herum man sich wohl am Abend versammelte. Neben den Leakeys und den vier Studenten gab es noch sechs einheimische Mitarbeiter, mit denen Jonathan gleich bei der Ankunft in ihrer Sprache scherzte. Ein etwas älterer Dalmatiner bildete das Begrüßungskomitee für Lily und schien entzückt von der Hündin, zu der die Afrikaner gleich scherzhafte Bemerkungen machten, was Daphne ihrer Mimik und Gestik entnahm. Sie befand, dass der professionelle Haarschnitt, den sie Lily in New York spendiert hatte, wohl nicht zu ihren besten Ideen gehörte.

Professor Leakey war gerade dabei, mit einem der einheimischen Helfer Grabungsutensilien zu inspizieren, wandte sich dann aber seinem Sohn und der neuen Studentin zu. Er war ein großer, schlanker Mann Mitte fünfzig mit ausdrucksvollen Gesichtszügen und schon schütterem, ergrauendem Haar. Seine Augen blickten ebenso wach drein wie die seines Sohnes. Daphne begrüßte er unerwartet herzlich.

»Wie schön, dass wir nun vollständig sind«, freute er sich. »Und ich bin sehr gespannt auf Sie, Dr. Lemberger. Mein Kollege Dr. Ritchie hat mir viel von Ihnen erzählt. Eine promovierte Tierärztin hatten wir noch nie hier, Sie werden sicher eine Bereicherung für unsere Forschungsarbeit sein.«

»Bitte sagen Sie doch Daphne«, meinte Daphne befangen. »Ich freue mich so sehr, hier zu sein. Ihr Forschungsgebiet interessiert mich sehr, und in Afrika hab ich mich so ziemlich auf den ersten Blick verliebt! All die Tiere in Freiheit …«

Leakey lächelte. »Ich hoffe, mein Sohn hat Ihnen nicht nur Schlangen und Chamäleons gezeigt. Letztere sind seine heimliche Leidenschaft.«

Jonathan grinste zurück. Vater und Sohn schienen ein gutes Verhältnis zu haben.

»Dann stelle ich Ihnen jetzt meine Frau vor, und anschließend beziehen Sie Ihr Zelt. Sie müssen müde sein, aber zu einer kleinen Runde am Feuer erwarte ich Sie später schon noch. Bevor wir Ihnen morgen unsere Grabungsstätten zeigen, möchte ich Ihnen eine kleine Einführung geben.«

Leakey lud sie in eine der Hütten ein, in der eine schlanke Frau dabei war, etwas zu zeichnen oder zu kartographieren. Daphne erinnerte sich, dass Mary Leakey eine begabte Zeichnerin war. Sie hatte früher vorzeitliche Höhlenmalereien kopiert und sich damit einen Namen gemacht.

Nun blickte sie auf, strich ihr dunkles Haar zurück und nahm die Brille ab. Sie musterte Daphne aufmerksam und lächelte erst, als Lily an ihr hochsprang.

»Auf das Hündchen müssen Sie aufpassen«, erklärte sie Daphne, nachdem sie sie ebenfalls willkommen geheißen hatte. »So ein kleines Ding wird schnell Opfer von Raubtieren. Auch Paviane könnten ihm gefährlich werden. Lassen sie es besser nicht aus den Augen.«

Daphne erschrak. Daran, dass hier Gefahren für Lily lauern konnten, hatte sie noch nicht gedacht.

»Am besten packe ich sie in einen Rucksack und trage sie bei mir wie eine Affenmutter ihr Kind«, überlegte sie.

Mary Leakey lachte. »Sie sind zumindest einfallsreich«, bemerkte sie und wandte sich wieder ihrer Arbeit zu. »Ich muss hier noch etwas fertigstellen. Wir sehen uns dann später am Feuer.«

Daphne hatte mit spartanischer Unterbringung gerechnet, fand das Zelt, das sie mit der Amerikanerin Ellen teilen sollte, nun aber doch ziemlich klein, zumal Ellen ihr nicht sehr sympathisch war. Die junge Frau war am Tag zuvor gemeinsam mit einem anderen amerikanischen Studenten von Mombasa aus per Flugzeug angereist – beim Lager befand sich eine kleine Landepiste. Das war die bequemste, doch teuerste Route, anscheinend mussten beide nicht sparen. Ellen trat auch auf wie ein Filmstar. Vom Typ her entsprach sie ziemlich genau dem All American Girl, wie es in amerikanischen Frauenzeitschriften abgebildet war. Sie hatte lange, blonde Locken, die sie möglichst offen trug und ständig fotogen zurückwarf, leicht gebräunte Haut, babyblaue Augen und einen rosa Schmollmund. Daphne fragte sich, wie gerade sie an diesen begehrten Praktikumsplatz gekommen war, und begann, Dr. Ritchies Ansicht, dass Leakey weibliche Mitarbeiter auf keinen Fall nur aufgrund von Äußerlichkeiten bevorzugte, in Zweifel zu ziehen. Später sollte sie allerdings feststellen, dass Ellen durchaus einen scharfen Verstand hatte, ebenso wie ihr Landsmann Bob, der seinen Reichtum genauso gern zur Schau stellte. Er erschien zum abendlichen Treffen ganz in Safarikleidung. Ellen dagegen trug Jeans – das ursprünglich als Arbeiterhose gedachte Kleidungsstück trat eben seinen Siegeszug in der jungen Mode an – und eine Art Holzfällerhemd, das ihr zu groß war und sie gerade dadurch niedlich aussehen ließ. Mary Leakey lobte sie für die Wahl eines langärmeligen Bekleidungsstücks.

»Wir müssen uns gegen Insekten schützen«, sagte sie, fügte dann jedoch hinzu, dass es kontraproduktiv sei, wenn der Ausschnitt der Bluse die halbe Schulter frei ließ.

Daphne fand Leakeys etwas herbe Gattin und ihren trockenen Humor immer sympathischer.

Der dritte Student, Lars aus Schweden, hatte die beschwerlichste Anreise gewählt. Er war mit dem Schiff nach Luanda gereist und hatte sich von dort aus zu Fuß, per Bus und Bahn und per Anhalter durch die Serengeti geschlagen. Zweifellos hätte er am meisten zu erzählen gehabt, hätte er sich denn entschließen können, den Mund aufzumachen. Tatsächlich antwortete er nur auf direkt an ihn gerichtete Fragen und dann sehr knapp. Zum Treffen kam er in kakifarbenen Shorts, einem kurzärmeligen Hemd und schweren Arbeitsschuhen. Die einzigen Zugeständnisse, die er Sonne und Insekten machte, waren ein breiter Sonnenhut und eine übelriechende Lotion, mit der er sich gelegentlich einrieb. Sein Gesicht schützte sicher auch sein blonder Stoppelbart.

Die Unterhaltung beim Abendessen – eine schlichte Mahlzeit, bestehend aus Brot, Käse und einer scharfen Gemüsesuppe, die ein Afrikaner über dem offenen Feuer kochte – bestritten hauptsächlich Ellen und Bob, die über frühere Grabungspraktika sprachen. Jonathan plauderte mit den Afrikanern in ihrer Sprache. Daphne wäre am liebsten ins Bett gegangen, doch dann ergriff Leakey das Wort, um die versprochene Einführung zu geben.

»Die Olduvai-Schlucht«, begann er, »heißt nach einer Pflanze, die in der Gegend häufig ist. Sie wurde von den hier früher mal ansässigen Massai so genannt. Geologisch gesehen ist sie Teil des Ostafrikanischen Grabenbruchs, paläontologisch gesehen ist sie ein Geschenk des Himmels. Im wahrsten Sinne des Wortes, denn sie wurde im Laufe von zwei Millionen Jahren vom Regen geformt. Der trug die Erdoberfläche in ihrem Umfeld allmählich ab und spülte damit die versteinerten Überreste der Wesen in die Schlucht, die vormals hier lebten. Viele Tiere, auch die Vorfahren von uns Menschen. Mary und ich sind hier schon einmal fündig geworden: Vor zwanzig Jahren haben wir eine frühmenschliche Schädeldecke gefunden und Steinwerkzeuge, die unsere Vorfahren gebrauchten, entdecken wir immer wieder. Interessant ist dabei auch, in welchen Bodenschichten sie liegen. Neuerdings gibt die Radiokarbonmethode ja ungefähren Aufschluss über das Alter von Fossilien, doch einen Anhaltspunkt liefert ebenso die Tiefe, in der sie gefunden werden. Weiß jemand, was man unter der Radiokarbonmethode versteht?«

Daphne wusste es, überließ dem eifrigen Bob jedoch die Erklärung. Er schilderte kurz und prägnant, wie die Methode den radioaktiven Zerfall nutzte, um das Alter von kohlenstoffhaltigen Materialien zu bestimmen. Auch Bob war nicht dumm.

Leakey kündigte den Studenten dann an, dass er sie am nächsten Morgen um sieben zur ersten Schicht erwartete.

»Wie Sie mit den verschiedenen Grabungswerkzeugen umgehen und die Ergebnisse katalogisieren, erklären wir Ihnen morgen. Haben Sie eine gute Nacht, und träumen Sie von Ihrem großen Durchbruch«, verabschiedete er seine Studenten.

»Wir träumen also beide von Knochen«, bemerkte Daphne ihrer Hündin gegenüber, die bei ihr gesessen und schon mal eine Runde geschlafen hatte während des Vortrags.

Jetzt schlüpfte sie zu Ellens Entsetzen unter Daphnes kratzige Decke auf dem primitiven Feldbett und schlief gleich wieder ein. Daphne tat es ihr nach. An irgendwelche Träume nach dem langen Tag konnte sie sich am nächsten Morgen nicht mehr erinnern.

Kapitel 3

Daphne genoss ihren Aufenthalt im Grabungscamp der Leakeys, der einzige Wehrmutstropfen war das gemeinsame Zelt mit Ellen. Die junge Frau war sehr unordentlich, ließ ihre Kleidungsstücke überall herumliegen und regte sich dann auf, wenn Lily darauf schlief oder daran kaute. Daphne suchte das Zelt also nur zum Schlafen auf. Wenn sie freie Zeit hatte, setzte sie sich draußen irgendwo in den Schatten und las oder suchte mit Jonathan nach Reptilien. Auch sie fand Chamäleons faszinierend. Sonntags oder an Feiertagen, wenn nicht gegraben wurde, fuhr der junge Mann die Studenten oft in den Ngorongoro-Krater, um größere Tiere zu beobachten. Ellen schloss sich ihnen selten an, denn Jonathan bestand auf sehr frühem Aufbrechen, was ihr nicht behagte. Daphne hatte den Verdacht, dass die junge Amerikanerin versuchte, sich bei den Leakeys beliebt zu machen, indem sie bei ihnen blieb und wie sie auch den freien Tag mit Ausgrabungen verbrachte. Louis und Mary Leakey nahmen sich selten frei – für sie war die Suche nach Fossilien einfach das Schönste, was man tun konnte, und sie nutzten jede Minute in der Schlucht.

Den Umgang mit den Grabwerkzeugen, die Bestimmung der Fundstücke und genaue Dokumentierung der Grabung hatten alle Studenten schnell gelernt. Daphne halfen ihre anatomischen Kenntnisse, tierische Fossilien zu erkennen, Lars zeichnete sich dadurch aus, dass er sofort erkannte, ob ein Steinwerkzeug bearbeitet worden war oder nicht. Zu Leakeys Begeisterung stellte er nach dem Vorbild der Fundstücke selbst mit primitiven Mitteln Werkzeuge her, was die Forschung für alle anschaulicher machte.

Lily trug zur allgemeinen Erheiterung bei, indem sie Daphne an der Leine zu den Grabungsstätten begleitete und sich dann ohne Gegenwehr in einen Rucksack setzen ließ, in dem sie hockte und ihrer Besitzerin bei der Arbeit über die Schulter sah. Im Lager, das Jonathan regelmäßig daraufhin kontrollierte, ob sich dort keine Schlangen herumtrieben, durfte sie meistens frei laufen. Bei den kleineren Affen schuf sie sich Respekt, indem sie lauthals bellte und knurrte. Die Paviane versuchten die Forscher fernzuhalten, indem sie gelegentlich in die Luft schossen, um sie zu vertreiben. Lilys Haar wuchs, und sie wurde vom Modepüppchen wieder zum Fellknäuel.

Als sie einen guten Monat im Camp war, sprach Professor Leakey Daphne auf Lily an, die, gemeinsam mit seinem Dalmatiner, den er Pickles nannte, zwischen den Zelten herumstromerte.

»Wie kommen Sie eigentlich zu dieser Hündin, Daphne?«, fragte er. »Vom Typ her hätte ich bei Ihnen eine andere Rasse vermutet. Einen Collie vielleicht oder einen netten Mischling. Auf jeden Fall keinen Modehund, der alle sechs Wochen zum Friseur muss.«

Er lächelte. Daphne wusste, dass er sie schätzte und nicht fragte, um sich über sie lustig zu machen, sondern aus echtem Interesse.

Sie lächelte zurück. »Sie war ein Geschenk. Und sie wurde ausgewählt, weil sie ein bisschen wie ein Äffchen aussieht. Und sich ja auch manchmal so verhält.«

Lily merkte, dass es um sie ging, und begann, den Professor auf den Hinterbeinen stehend zu umtanzen. Leakey schaute sich ihr Gesichtchen näher an.

»Tatsächlich. Eine gewisse Ähnlichkeit zu jungen Affen.« Er lachte. »Und wer wollte Ihnen da einen Ersatzprimaten zukommen lassen?«, fragte er. »Oh, Verzeihung, das geht mich natürlich nichts an.«

Daphne zuckte mit den Schultern. »Das ist eine lange Geschichte. Aber wenn Sie Zeit haben …«

Leakey nahm sich stets Zeit für seine Studenten. Auch jetzt setzte er sich mit Daphne und Lily unter einen Affenbrotbaum und lauschte ihrer Geschichte von Stephens und Harlows Affenversuchen und ihren Anstrengungen, sie zu sabotieren.

»Das ist natürlich hart«, bemerkte er. »Ich bin froh, dass unsere Probanden schon lange tot sind. Diese Art von Forschung würde mir nicht behagen. Und sie ergibt auch gar nichts, was ich gern wissen würde.«

»Na ja«, meinte Daphne. »Die Versuche dazu, was die Äffchen kognitiv leisten können, fand ich schon interessant und nützlich. Wenn wir herausfinden, dass Tiere klüger sind, als wir denken, werden wir vorsichtiger mit ihnen umgehen.«

»Aber wäre es dann nicht sinnvoller, sie in ihrem natürlichen Umfeld zu beobachten als unter Laborbedingungen?«, fragte Leakey. »Die Wahrscheinlichkeit ist doch groß, dass sie ihre Intelligenz vor allem da einsetzen, wo sie hingehören.«

Daphne nickte. »Meine Mutter sieht das auch so. Sie meint, wir dürften über die Intelligenz von Tieren überhaupt nicht urteilen, weil sie nicht dümmer oder klüger sind als wir, sondern nur anders. Je nachdem wie und wo sie leben, entwickeln sie ihre speziellen Fertigkeiten, manche betrachten Menschen als nützlich, andere nicht. Wenn wir sagen, das Tier ist klug, meinen wir nur, es ist uns ähnlich. Das ist sehr kleinkariert, meint meine Mutter.«

»Die eine sehr kluge Frau zu sein scheint«, sagte Leakey. »Jedenfalls ein Ansatz, über den es sich lohnt nachzudenken. Vielen Dank für die Anregung, Daphne, und unbekannterweise einen Gruß an Ihre Frau Mutter.«

Die Zusammenarbeit mit den Leakeys war auch für Daphne in jeder Weise anregend. Mary vermittelte den Studenten praktische und theoretische Kenntnisse der Paläontologie – und sie schien einen sechsten Sinn für Fundstätten zu haben. Wer mit ihr loszog, machte meist interessantere Entdeckungen als gemeinsam mit ihrem Mann. Louis dagegen war der Denker, der Anthropologe, der Theorien aufstellte und verwarf und leidenschaftlich gern diskutierte. Die Abende am Feuer waren außerordentlich inspirierend – Daphne liebte es, ihm zuzuhören und auch schon mal Fragen zu stellen.

An einem Abend im dritten Monat ihres Praktikums berichtete Bob, dass er sich für das nächste Jahr bei einem Forscher beworben hatte, der sich zu Urvölkern am Amazonas begab, die bislang keinen Kontakt zur Zivilisation gehabt hatten, um sie zu studieren. Sowohl er als auch Ellen schienen unendlich Zeit und Geld für diverse Praktika zu haben.

»Das läuft natürlich unter Ethnologie«, meinte der junge Mann. »Aber können wir daraus nicht auch dahingehend Schlüsse ziehen, wie die Frühmenschen gelebt haben? Ihr Werkzeugbau und -gebrauch sollte doch vergleichbar sein.«

Leakey zog an seiner Pfeife. Er rauchte selten, aber manchmal gönnte er sich etwas Tabak.

»Das ist eine interessante Frage«, meinte er. »Und es ist in der wissenschaftlichen Welt tatsächlich sehr umstritten. Ich persönlich hänge dieser Theorie nicht an. Die Mitglieder dieser ›Urvölker‹ sind ja keine ›Urmenschen‹, sondern Homo sapiens genau wie wir. Sie unterscheiden sich von uns nur in ihren Erfahrungen, nicht in Bezug auf Gehirn und Entwicklung. Ein Kind aus einem dieser Stämme, aufgezogen in England, könnte möglicherweise nach Eaton. Unsere Frühmenschen dagegen waren mental noch nicht so entwickelt. Wenn wir uns für ihre Lebensweise interessieren, was ich durchaus tue, müsste man meiner Meinung nach eher Menschenaffen studieren. Schimpansen, Gorillas, Orang-Utans, deren Gehirne den unseren zwar ähnlich, doch nicht identisch sind.«

Daphne stimmte dem zu und berichtete von ihrer Doktorarbeit zum Thema.

Ellen gähnte. »Also, bevor wir darüber philosophieren, wie unsere *homini* lebten und liebten, sollten wir erst mal wieder ein paar finden«, meinte sie. »Ich bin's ehrlich gesagt etwas leid, Faultierschädel auszugraben.«

Der Schädel des Riesenfaultiers, den Mary vor einiger Zeit gefunden hatte, war unter Paläontologen zwar auch eine Sensation gewesen, doch der Fund eines neuen Vorfahren des Homo sapiens wäre natürlich prestigeträchtiger.

Mary Leakey zuckte mit den Schultern. »Beharrlichkeit und Glück, Ellen, das macht den Erfolg eines Paläontologen aus. Nach meinen Erfahrungen nutzt es wenig, sich allein auf Letzteres zu verlassen. Man braucht einfach sehr viel Geduld.«

Ein paar Tage später sollte sich für Mary der Lohn der Mühe einstellen. Wie jeden Morgen machte sie sich, begleitet von Daphne, auf den Weg zu ihrer derzeit bevorzugten Ausgrabungsstätte. Der Professor war an diesem Tag unpässlich. Das Klima in der Serengeti setzte allen Weißen zu, fast immer litt irgendjemand aus dem Team an einem Fieber oder einer Magen-Darm-Erkrankung. Leakey blieb also im Zelt, nur sein Hund Pickles schloss sich an, und natürlich war auch Lily dabei, wie immer angeleint. Die kleine Hündin ergab sich meist protestlos in dieses Schicksal, doch an diesem Tag ärgerte es sie, dass Pickles seine Freiheit genoss, während sie artig bei den Menschen bleiben sollte. Die beschäftigten sich obendrein nicht mit ihr, sondern waren in ein angeregtes Gespräch über die Genauigkeit der Radiokarbonmethode vertieft. Als es Pickles dann auch noch gelang, ein kleines Tier aufzuschrecken, dem er bellend nachsetzte, nutzte Lily die Chance der Unaufmerksamkeit ihrer Herrin. Sie sprintete los und zog Daphne die locker gehaltene Leine aus der Hand.

»Lily!«

Daphne rief ihr sofort nach, wohl wissend, dass die Hündin jetzt kaum auf sie hören würde. Um sie wenigstens im Auge zu behalten, setzte sie ihr und Pickles nach, auch Mary Leakey machte ein paar Schritte ins Buschwerk seitlich des ausgetretenen Weges, um sich mit umzusehen. Daphne folgte ihrer Hündin, bis Lily sich endlich wieder an ihren Namen und ihre eigentlich recht gute Erziehung erinnerte und schwanzwedelnd zurückkehrte. Sie unterdrückte den

Impuls, mit ihr zu schimpfen, und rang sich stattdessen zähneknirschend ein paar lobende Worte ab. Diesmal hielt sie die Leine gut fest, als sie zurück zu dem bereits ausgetretenen Pfad zwischen Lager und Fundstelle gingen. Mary war nicht mehr dort. Sie kniete einige Meter vom Weg entfernt auf dem Boden und befreite irgendetwas von Sand und Erde. Als Daphne näher kam, strahlte sie und zeigte auf einen aus der Erde ragenden Schädelknochen, den sie eben weiter ausgrub. Hingerissen blickte Daphne auf einen Unterkiefer, an dem sogar noch Zähne hafteten.

Mary blickte liebevoll auf ihr Fundstück. »Ist er nicht schön?«, fragte sie.

Kapitel 4

Athen, 2. August 1959

Liebe Daphne!

Du hast noch nicht auf meinen Brief geantwortet, in dem ich Dir die mehr als seltsamen Ereignisse nach meiner Ankunft in Athen geschildert hatte. Nun hast Du wahrscheinlich viel zu tun – Afrika muss aufregend sein –, oder die Post braucht viel länger als innerhalb Amerikas oder Neuseelands. Vielleicht hat es dir auch einfach die Sprache verschlagen, wie es mir ja auch beinahe passiert wäre, als Evangelinas Vater mir seine Vorstellungen von ihrer Zukunft eröffnet hat.

Ehrlich gesagt weiß ich immer noch nicht, wie ich all das einordnen soll – mein Leben ist so kompliziert wie nie zuvor, und ich kann nicht sagen, dass ich mich dabei wohlfühle. Doch lass Dir erst einmal von meiner Arbeit berichten, die mich wirklich glücklich macht. Ich hab den Sponsoren des Gartens ein Gesamtkonzept vorgelegt, sie aber davon überzeugt, aus Gründen der Dringlichkeit mit dem Umbau des Tiergartens zu beginnen. Ioannis Kallergis hat es geschafft, den Löwen und den Tiger in einem richtigen Zoo unterzubringen, und die Raubtiere gegen eine Riesenschildkröte eingetauscht. Electra, wie wir sie genannt haben, ist der Star unseres Parks, der sich weitgehend auf heimische Tiere und Nutztiere beschränkt. Die Ziegen tummeln sich jetzt auf einem abwechslungsreich gestalteten Gelände, wo sie auch etwas zu knabbern finden. Neben ihnen stehen ein paar Esel auf einem Paddock mit frei zugänglichem Stall und Olivenbäumen als Schattenspendern, zwei kleine schwarze Schweine, angeblich eine für Griechenland typische Rasse, finden in ihrem Gehege eine Suhle, die sie gern annehmen. Ihr Fleisch soll besonders gut schmecken, aber unsere Tiere werden natürlich nicht geschlachtet. Die zwei sind zutraulich und lassen sich streicheln.

Die Äffchen wollte Mr. Kallergis gern behalten, sie sind wohl eine Spende von einem wichtigen Würdenträger. Ich hab also einen Auslauf für sie konstruiert, in dem sie reichlich Platz und Angebote zum Spielen und Toben finden – du solltest sehen, wie sich ihr Wesen dadurch schon verändert hat! Um die gesamte Anlage herum verläuft ein eingezäunter Reitweg, auf dem die Esel im Sommer Kinder spazieren tragen können. Das beschäftigt die Tiere, die zusätzlichen Einnahmen können verwendet werden, um einen Tierpfleger zu finanzieren, dessen Arbeit bislang die Gärtner mit übernommen haben. Der Vorschlag dazu kam übrigens, wie viele konstruktive Anregungen, von Mr. Kallergis. Er ist der Einzige aus der Gruppe der Sponsoren, der sich wirklich für mein Projekt interessiert – und das nicht im Sinne von Beaufsichtigung oder Einmischung, sondern aus ehrlicher Begeisterung. Wenn der Mann Zeit für ein Hobby hätte, wäre es sicher der Gartenbau.

Auf jeden Fall lerne ich Evangelinas Vater immer mehr zu schätzen und arbeite gern mit ihm zusammen. Leider wachsen auch meine Schuldgefühle, weil ich ihn ständig hintergehe. Denn obwohl ich ihm versprochen habe, seine Tochter nicht mehr anzurühren, bin ich immer noch mit Evangelina zusammen. Sie hat für mich eine kleine Wohnung gefunden – in einem der preiswerteren Viertel der Stadt, zum Königlichen Park muss ich mit dem Bus fahren. Dafür verirrt sich hierher aber auch keiner von Evangelinas reichen Freunden und Verwandten. Sie ist davon überzeugt, dass weder ihre Eltern noch Stavros, der Mann, der ihr versprochen ist, je von uns erfahren werden, und sieht nichts Fragwürdiges in unserem Tun. Tatsächlich ist sie äußerst diskret und umsichtig. Sie kommt ungefährdet her, indem sie sich in ein Tuch hüllt, wie es ältere Frauen in Griechenland oft noch tun. Sie sind darunter kaum zu erkennen. Wenn sie da ist, sind wir zusammen, wie wir es in New York auch waren. Wir lieben uns, trinken Wein, essen miteinander und erzählen uns von unserem Leben.

Schon Letzteres wirkt auf mich jedoch belastend. Ich hab Evangelina immer gern zugehört, wenn sie von ihrem Studium, ihren Professoren und ihren Freunden gesprochen hat, aber jetzt redet sie genauso ungezwungen von ihrem gesellschaftlichen Leben. Dazu gehört ganz selbstverständlich Stavros Michelakis, der so langweilig eigentlich gar nicht sein kann. Den Zeitungen zufolge – ich bin weit genug gesunken, um mir internationale Klatschzeitschriften zu kaufen, die schwerpunktmäßig von den Reichen und Schönen der Welt berichten – nimmt er an Segelregatten teil, fliegt das Flugzeug seiner Familie selbst und ist ein guter Tennisspieler. Evangelina meint, dafür habe er nichts im Kopf, und das ist natürlich möglich. Trotzdem sollten wir ihn nicht betrügen. Wenn Evangelina ihn nicht heiraten will, sollte sie es ihm und ihrer Familie sagen. Sie lacht mich allerdings nur aus, wenn ich ihr das vorhalte. Daphne, ich hab wirklich mehrmals versucht, unsere Beziehung zu beenden, doch Evangelina besteht darauf, sie weiterzuführen, mindestens bis die Arbeiten am Königlichen Garten beendet sind. Auch dann meint sie im Übrigen, gäbe es keinen Grund für mich, Griechenland zu verlassen. Wenn Ioannis Kallergis mich empfiehlt, werden seine reichen Freunde mich gern anstellen, um ihre Privatparks zu gestalten. Einige halten darin exotische Tiere – es gibt nichts, was sich diese Familien nicht leisten können.

In gewisser Weise liebe ich Evangelina noch immer – und irgendwie verstehe ich sie sogar – sie ist hin- und hergerissen zwischen der Tradition, der sie sich verpflichtet fühlt, und ihren eigenen Neigungen, ihrer Risikofreude und ihrer Lust am Abenteuer. Nach wie vor empfinde ich das Zusammensein mit ihr als belebend, selbst die Heimlichkeiten haben etwas Prickelndes ... Habe ich da wirklich »prickelnd« geschrieben? Ich muss verrückt sein! Bevor ich Evangelina kannte, fand ich es noch aufregend, eine Weta bei der Eiablage zu beobachten. Bin das also noch ich, der mit Evangelina zusammen ist? Habe ich mich verändert – zum Guten oder zum Schlechten – und wollte ich das? Ich verstehe immer besser, warum Mama sich manchmal in einem Schrank versteckt, wenn zu viel auf sie einstürmt.

Was hältst du von all dem?
Dein David

Tanganjika, 3. September 1959

Liebster David!

Hier nur rasch ein paar Zeilen – bei uns ist gerade unglaublich viel los. Mary Leakey hat im Juli einen Schädel gefunden, sie nennt ihn Zinjanthropus boisei nach Zinj, einem anderen Wort für Ostafrika, und Boise, dem Namen eines Diamantenhändlers, der die Ausgrabungen der Leakeys sponsert. Sie ist geradezu verliebt in Zinji, wie wir ihn nennen, aber er ist auch ein Jahrhundertfund! So gut erhaltene Knochen von Vorfahren des Menschen sind außerordentlich selten. Wir sind uns einig, dass er ein recht junger Mann war, als er starb, die Zähne weisen noch keine nennenswerten Abnutzungsspuren auf. Der Professor meint, er sei um die zwei Millionen Jahre alt … Kaum vorstellbar, dass ihn die Natur so lange konserviert hat!

Mary Leakey hat den Fund natürlich sofort publik gemacht, schon Mitte August erschien ein Artikel über Zinji in der Fachzeitschrift *Nature* – versuch mal, in Athen ein Exemplar zu bekommen! Seit der Veröffentlichung geben sich hier Journalisten, Fachkollegen und Politiker die Klinke in die Hand. Letztere wollen immer wieder mit Zinji fotografiert werden. Die Leakeys freuen sich über jeden Besucher – erhoffen sie sich jetzt doch endlich finanzielle Unterstützung für ihre Grabungen. Bisher haben sie hier von der Hand in den Mund gelebt; würden wir Praktikanten nicht umsonst arbeiten, hätten sie die Grabungen längst einstellen müssen. Jetzt wird es sicher private Finanzierungen geben oder sogar Geld vom Staat. Mary ist glücklich, und der Professor macht keine Anstalten, ihr den Ruhm streitig zu machen, was ich sehr anständig finde. Ich glaube nicht, dass man das von jedem männlichen Forscher erwarten kann. Professor Harlow ließ die Frauen in seinem Institut nicht an seine prestigeträchtigen Projekte.

Aber verzeih mir, Dein letzter Brief klang so dringlich, und Du erwartest sicher Antworten auf Deine Fragen und keine Schwärmereien für meinen Chef oder einen vor zwei Millionen Jahren verstorbenen Jüngling.

Ich bin wie Du der Ansicht, dass Ihr Euch nicht richtig verhaltet. Natürlich sollte Evangelina nicht von ihrer Familie verheiratet werden, sondern selbst entscheiden, mit wem sie zusammen sein will. Allerdings scheint sie sich nicht gegen den Willen ihres Vaters auflehnen zu wollen und leidet wohl auch nicht am geplanten Zusammenleben mit ihrem Stavros. Es sieht so aus, als wollte sie einfach beides: gesellschaftliche Anerkennung und Aufmerksamkeit. Ich könnte mir vorstellen, dass sie sowohl die Berichte der Klatschpresse über ihre Unternehmungen mit Stavros als auch die ihr von Dir entgegengebrachte echte Liebe genießt. Es ist ihr anscheinend egal, wen sie damit betrügt, verletzt und dass sie Dir vielleicht sogar massiv beruflich schaden könnte. In der Fachwelt würde sich doch schnell herumsprechen, wenn man Dir Deinen ersten Auftrag sofort wieder entzöge. Die Gründe dafür würde Mr. Kallergis sicher nicht publik machen, sondern Dir Unfähigkeit oder gar Unterschlagung von Geldern unterstellen.

Nun glaube ich Dir natürlich, dass Du versuchst, die Beziehung zu Evangelina zu beenden – ich weiß aber auch, wie hartnäckig sie sein kann, wenn sie wirklich etwas will. Mein Rat wäre deshalb, gute Miene zum bösen Spiel zu machen und Deine Arbeit in Athen zu Ende zu bringen. Gleichzeitig würde ich mich bereits nach etwas Neuem umschauen, sodass sich die Frage nach weiteren Aufträgen in Griechenland gar nicht stellt. Evangelina würde ich darüber nicht informieren, sondern sie vor vollendete Tatsachen stellen, wenn Du abreist, um wo auch immer einen Zoo zu bauen. Sie kann Dir jetzt nicht mehr nachreisen. Die Zeit, die ihr Vater ihr zum Austoben gelassen hat, ist vorbei.

Bis dahin kann ich nur erneut sagen: Pass auf Dich auf!

Deine Daphne

Kapitel 5

Henny war begeistert von der Reise nach Griechenland. Außer wenigen Fahrten mit der Fähre von der Nord- zur Südinsel Neuseelands und der Reise mit ihren Adoptiveltern und Nicholas nach Australien war sie bislang nur zu kurzen Ausflügen zur Delfin- und Walbeobachtung auf dem Meer gewesen. Der Oceanliner, auf dem Grit De Groot zwei Kabinen der Ersten Klasse gebucht hatte, war etwas völlig anderes als die eher zweckmäßigen Fähren oder das Schiff, das sie nach Australien gebracht hatte. Henny genoss den Luxus – und auch wenn Grit erklärte, der Barpianist verspiele sich bei jedem zweiten Ton, fand sie es doch herrlich mondän, sich in Ledersofas zu lümmeln, Nüsschen zu knabbern und Cola zu trinken. Schon dieses Getränk gab es zu Hause selten, April hielt es für ungesund. Nun erlaubte Grit vieles, was April nicht billigte. So teilte Henny zum Beispiel eine Kabine mit Audrey, wozu Nellie und April zweifellos gesagt hätten, die Kleine gehöre zu ihrer Mutter. Grit hatte jedoch sofort zugestimmt, als Henny darum gebeten hatte, und so schliefen die Schwestern jetzt in einem Raum – oft genug sogar in einem Bett, wenn Audrey nachts aufwachte und sich fürchtete.

Grit bewohnte eine Einzelkabine. Sie war erkennbar dankbar dafür, dass Henny das kleine Mädchen auch während der Mahlzeiten betreute und an Deck mit ihm flanierte. Henny zeigte ihrer kleinen Schwester Delfine und vorbeifahrende Schiffe und beteiligte sich vergnügt an Deckspielen wie Shuffleboard, die zur Unterhaltung der Passagiere veranstaltet wurden. Wenn gerade wenig los war, bezog sie Audrey mit ein – die quietschte dann vor Vergnügen.

Natürlich fanden auf dem Schiff auch Tanzabende und Tanztees statt, und Henny war aufgeregt, als Grit ihr die Teilnahme nicht verweigerte. In Hennys Vorstellung musste es hier von gutaussehenden, jungen Männern nur so wimmeln, die es gar nicht abwarten konnten, sie aufzufordern. Grandpa Walter hatte ihr im Vorfeld der Reise ein paar Tanzschritte beigebracht, er war früher ein sehr guter Tänzer gewesen. Henny brannte nun darauf, sie auszuprobieren, doch sie wurde enttäuscht. Auf dem Schiff gab es fast nur ältere Leute, meist Ehepaare, die ausschließlich miteinander tanzten. Mit ihr redete auch sonst fast niemand, obwohl sie immer wieder interessierte und prüfende Blicke auf sich spürte. Henny führte das darauf zurück, dass sich Grits Berühmtheit auf dem Schiff sehr schnell herumgesprochen hatte. Die Passagiere auf dem Luxusliner waren eifrige Konzertbesucher, das hatte sie schon mitbekommen, und viele hatten Grit oder Philipp spielen gehört. Die meisten waren zu höflich, um Grit anzusprechen, aber der waren die neugierigen Blicke und das Getuschel doch unangenehm. Sie hielt sich oft in ihrer Kabine auf.

Daran, dass es auch Aufsehen erregen konnte, wenn ein sehr hübsches, junges Mädchen ständig allein mit einem Kleinkind unterwegs war, dachte Grit gar nicht, ihr wäre nie die Idee gekommen, dass viele Mitreisende nicht wussten, dass Henny und Audrey ihre Töchter waren. Von Hennys Existenz war in Grits offizieller Vita nie die Rede gewesen, und Audrey war dort auch noch nicht erwähnt. Viele Reisende mussten die Kleine deshalb für Hennys Tochter halten – und Henny für ein Mädchen, das sich viel zu früh mit Männern eingelassen hatte.

Grit schien das alles egal zu sein, sie erwachte erst wieder richtig zum Leben, als sie Athen und dann Kreta erreichten. Henny hätte sich Athen eigentlich gern angesehen, doch Grit drängte auf baldige Weiterreise.

»Ich will euch Kreta zeigen, nicht Athen«, sagte sie ungeduldig und erkundigte sich gleich bei einem Reedereiangestellten nach der Fähre.

Henny war enttäuscht, bewunderte sie jedoch für ihr perfektes Griechisch, das sie nach dem Krieg nicht verlernt hatte.

Die Überfahrt nach Kreta ließ sich in der folgenden Nacht organisieren, wieder buchte Grit zwei Kabinen. Sie aßen im Bordrestaurant, und Grit erzählte Henny, dass sie damals im Krieg von Alexandria aus nach Kreta gereist wären. Das griechische Festland war von den Deutschen schon erobert oder zumindest umkämpft gewesen. Kreta dagegen war als sicher eingeschätzt worden, ansonsten hätte man keine Truppenbetreuung dorthin geschickt.

Überhaupt war Grit an diesem Abend sehr gesprächig. Sie erzählte von ihren Gründen dafür, die Alliierten im Krieg zu unterstützen. »Eigentlich wollte ich ja Spionin werden, aber das hab ich mich am Ende nicht getraut«, vertraute sie Henny an. »Ich bin dann gemeinsam mit einer jungen Sängerin nach Kreta geschickt worden, um die dort stationierten Soldaten zu unterhalten. Wir sind auch in Heraklion angekommen, wie wir jetzt, aber nachdem wir einige Konzerte gegeben hatten, schnell nach Chania weitergereist. Das werden wir auch machen.«

Henny seufzte. Sie wäre ganz gern eine Weile an all diesen Orten geblieben, die sie durchreisten, besonders Heraklion fand sie interessant. Sie hatte auf dem Schiff viel über Kreta gelesen und hätte sich zum Beispiel gern den Palast von Knossos angesehen, unter dem sich angeblich der sagenhafte Minotaurus herumgetrieben hatte. Grit meinte allerdings, die Stadt sei im Krieg stark zerstört worden und hätte schon vorher weniger zu bieten gehabt als Chania. Immerhin blieben sie einen Tag. Grit zeigte Henny das zum Glück erhaltene Renaissancegebäude, in dem sie damals aufgetreten waren, aber mehr als für alte Bauten interessierte sie sich für das bunte Treiben in der Stadt am Mittelmeer, die Straßencafés, die Markthalle und die aus den Tavernen wabernden Düfte fremdländischen Essens.

Zum ersten Mal kostete sie griechische Spezialitäten, fand Tsatsiki und Feta und gefüllte Weinblätter sehr schmackhaft. Auch dicke

Bohnen in Tomatensauce schmeckten ihr. Audrey teilte diese Begeisterung leider nicht. Hennys Schwesterchen spuckte alles aus, was Grit ihm anbot, und ihre Mutter verlor darüber schnell die Geduld. Dabei hätte sie die Sprachkenntnisse gehabt, um etwas weniger scharf Gewürztes für die Kleine erbitten zu können. Tatsächlich fanden nur süße Speisen, die Grit zum Nachtisch orderte, Gnade vor Audreys Gaumen. Grit erlaubte ihr, sich daran satt zu essen – Henny putzte ihr am Abend besonders sorgfältig die Zähnchen.

Am nächsten Tag ging es weiter nach Chania – Grit nahm kurzerhand ein Taxi, was Henny ziemlich verwegen fand. Schließlich lagen hundertvierzig Kilometer zwischen den beiden Städten – Henny lernte, dass die Entfernungen auf Kreta nicht in Meilen angegeben wurden –, und die Taxifahrt war sehr teuer.

Grit erzählte, sie habe sich damals sofort in die Hafenstadt verliebt und sich dort eine Zeit lang gefühlt, als hätte sie Ferien. Nach dem Abstellen der Koffer im Hotel ließ sie sich an der Strandpromenade absetzen, packte Audrey in den kleinen Kinderwagen, in dem Henny sie auch auf dem Schiff herumgefahren hatte, und wanderte mit den Mädchen am Hafen entlang. Es gab hier Tavernen und Kaffeehäuser, wieder spielte sich das Leben größtenteils draußen ab, und es war schön warm, obwohl der April gerade erst begonnen hatte. Inzwischen war Mittagszeit, und Audrey quengelte. Grit nahm die Mädchen mit in eine der Tavernen, sie fanden einen Platz mit Blick auf den Hafen.

Grit bestellte Fisch und für sich ein Glas Wein. »Das Leben fühlt sich hier einfach leichter an«, erklärte sie.

Eine Ansicht, die Henny nur beschränkt teilen konnte. Zwar fand auch sie die Stadt aufregend, aber sie musste sich schon wieder bemühen, Audrey zum Probieren irgendwelcher Speisen zu überreden. Schließlich knabberte sie an einer Art Spinatkuchen, und Henny konnte sich ihrem eigenen Essen zuwenden, das inzwischen natürlich kalt war.

Am Nachmittag schauten sie in der Pension vorbei, in der Grit damals mit ihrer Freundin Mary Jane gewohnt hatte. Sie war in einem der alten Stadtpaläste aus venezianischer Zeit angesiedelt, und es gab sie noch. Grit nahm gleich zwei Zimmer für sich und ihre Töchter und organisierte blitzschnell den Umzug ihres Gepäcks aus dem moderneren Hotel, das sie in Neuseeland schon gebucht hatte. Von ihrem neuen Domizil aus bot es sich an, die Innenstadt zu erkunden, doch Audrey wurde es jetzt zu viel. Auch Grit wollte sich ausruhen, und so zog Henny noch ein paar Stunden allein durch die sonnigen Straßen und Gassen, bewunderte die Lederwaren, für die Chania berühmt war, in den Auslagen der Geschäfte und setzte sich schließlich in ein Café, um einen begeisterten Brief nach Hause zu schreiben. Dabei kam ihr erst richtig zu Bewusstsein, dass auch ihr Vater Alex die Stadt kannte und Grit sie gemeinsam mit ihm für sich entdeckt hatte.

Sie konnte sich eine Beziehung zwischen ihrem warmherzigen, aufgeschlossenen Vater und der zurückhaltenden, oft kühlen Grit überhaupt nicht vorstellen. Aber sie konnte sich auch die Geschichten nicht mehr vorstellen, die Grandpa Walter und Grandma Nellie von Grit als Kind erzählt hatten, von Nachmittagen in Vergnügungsparks und im Zoo. Es hatte zwar niemand mit ihr darüber gesprochen, doch Henny war nicht dumm. Es war die Insel Kreta, die ihre leibliche Mutter verändert hatte, und nun war sie auf der Suche – Henny begriff nur nicht, wonach. Dafür verstand sie jetzt, warum ihre Eltern der Reise nur zögernd zugestimmt hatten. In ihre Freude an den neuen Erlebnissen und der Atmosphäre in der wunderschönen Stadt mischte sich eine ihr unerklärliche, vage Furcht.

»Wir gehen noch aus?«, fragte sie etwas verwundert, als sie in die Pension zurückkam.

Grit hatte sich umgezogen und auch Audrey wieder aus dem Bett geholt und in ein hübsches Kleid gesteckt. Sie lächelte.

»Und ob! Wir müssen ja noch was essen. Und vor allem wollte ich euch die Taverne zeigen, in der ich deinen Vater kennengelernt habe. Damals war das ein Tanzlokal, mal sehen, ob immer noch jemand die Bouzouki dort spielt.«

Henny war nach dem langen Tag eigentlich nicht mehr nach Tanzen zumute. Außerdem war Audrey dafür noch viel zu klein, es wäre besser gewesen, Grit wäre allein gegangen. Darüber war mit ihr jedoch nicht zu reden. Henny konnte sich nur waschen und ebenfalls umziehen, um ihr dann in die Altstadt zu folgen. Hier gab es Musiklokale und Tavernen, aber alles wirkte etwas düsterer als in den Vierteln, in denen Henny am Nachmittag umhergelaufen war. Traditionelle griechische Musik war nicht zu hören, sie vernahmen eher schrille, abgehackte Töne, sehr schnell gespielt. Die erklangen hauptsächlich aus dem Lokal, das Grit ansteuerte, einer dunklen Taverne, vor der Männer herumstanden und rauchten, die auf Henny ziemlich bedrohlich wirkten. Sie trugen dunkle Hosen, Sakkos und Baretts. Alle hatten getönte Brillen auf der Nase, obwohl die Sonne längst untergegangen war.

Nichtsdestotrotz betrat Grit unternehmungslustig das Lokal, die Gäste machten den Neuankömmlingen mit dem Kinderwagen Platz. Henny sah dunkelhaarige junge Frauen, gewandet in halblange dunkle Hosen und übergroße Pullover. Sie waren auffällig geschminkt, alle hatten die Augen schwarz umrandet.

Grit passierte eine lange Bar, an der die Gäste lehnten, Zigaretten und Weingläser in den Händen. Für Henny war es wie ein Spießrutenlauf, doch Grit strebte der Band zu, die im hinteren Bereich des Lokals spielte: ein Trompeter und ein Saxofonspieler, ein Pianist, ein Kontrabassist und ein Schlagzeuger. Henny vermisste allerdings die Harmonie. Jeder Musiker schien hauptsächlich für sich selbst zu spielen, manchmal ertönten Soli, dann griff der Pianist hart und fast hektisch in die Tasten – Henny konnte mit der Musik nichts anfangen, und Audrey fing an zu greinen.

Grit dagegen lauschte hingerissen. »Was ist das?«, fragte sie ein

Mädchen, das sich im Takt wiegte oder das zumindest versuchte. »Das ist doch kein Swing!«

Das Mädchen verneinte. »Bebop«, schob es unwillig zwischen den Zähnen hervor.

Grit runzelte die Stirn und hörte weiter zu. Sie vergaß sogar, etwas zu bestellen, an Essen schien sie gar nicht mehr zu denken. Als ein Mitarbeiter sie fragte, wollte sie ihn mit einer unwilligen Handbewegung zum Schweigen auffordern, bestellte dann jedoch Rotwein. Henny fragte schüchtern nach einer Cola und bekam ebenfalls Rotwein. Er schmeckte ihr nicht, und sie ließ das Glas stehen. Schließlich machten die Musiker eine Pause. Grit gesellte sich dem Pianisten zu. Sie sprach ihn auf Griechisch an, was er nicht verstand. Also wechselte sie ins Englische, sodass Henny das Gespräch mitverfolgen konnte.

»Was spielt ihr da? Der Ursprung ist Jazz, natürlich. Aber diese Phrasierung, die Alterationen … Die Harmonik ist ganz anders, der Tritonus, der sie immer wieder bricht … diese Ansammlung an Septakkorden …

Henny verstand kein Wort, aber der junge Mann – er hatte einen Ziegenbart und abstehende, wohl gegelte, streichholzkurze Haare – grinste anerkennend.

»Du bist ja vom Fach«, konstatierte er. »Das hier nennt sich Bebop, frag mich nicht, wo der Name herkommt. Ist jedenfalls viel freier als Swing, arbeitet auch weit mehr mit Improvisationen. Gefällt's dir?«

Grit nickte. »In gewisser Weise … es ist … anders …«

»Eben«, sagte der Mann. »Ich bin übrigens Jack.«

»Ich bin Grit«, stellte sie sich vor und blickte fast begehrlich auf das Piano.

Jack verstand. »Willst du mal?«, erkundigte er sich.

Die anderen Musiker nahmen ihre Plätze wieder ein.

»Ich weiß nicht …«, sagte Grit, doch dann begann der Schlagzeuger bereits eine Art Takt vorzugeben.

Sie setzte sich ans Piano, nahm den Takt auf, entschied anders und folgte eher dem Saxofonisten und dem Trompeter. Grit ließ die beiden improvisieren und wich dann ihrerseits davon ab, Melodien zu spielen. Das Klavier klang auf einmal fordernd, gelegentlich brach eine Klangfolge mit einem seltsamen Dreiklang ab. Audrey begann zu weinen.

Die Zuhörer schienen dagegen begeistert zu sein. Sie applaudierten.

Jack grinste mit unverhohlenem Respekt. »Du bist ein Naturtalent«, lobte er. »Und technisch brillant. Pass auf, ich muss jetzt wieder übernehmen, aber komm doch morgen Nachmittag. Da probieren wir uns aus. Jamsessions, verstehst du? Macht mehr Spaß, als hier für die Beatniks zu spielen.«

»Die was?«, fragte Grit.

Er blickte sie stirnrunzelnd an. »Bist du vom anderen Stern, oder so? Komm morgen vorbei. Und bring jetzt das Baby weg, es stört, wenn's schreit. Ist das deins?«

Grit nickte. »Audrey ist eigentlich sehr musikalisch«, behauptete sie.

»So? Lass sie morgen trotzdem zu Hause. Mach's gut, war schön, dich kennenzulernen.«

Jack wandte sich wieder seinem Instrument zu. Grit schien sich kaum von den Musikern trennen zu können. Henny atmete auf, als sie trotzdem gingen.

»War es … damals auch so?«, fragte sie schüchtern.

Grit lachte. »Nein. Ich weiß auch eigentlich nicht, wie ich das erwarten konnte. Diese Taverne … sie hat etwas Magisches. Sie öffnet ganz neue Welten … Das war damals so und ist es jetzt. Ich denke, ich werde wieder spielen.«

Grit schlief am nächsten Morgen lange, während Audrey, die am Tag zuvor völlig überdreht gewesen war, Henny früh weckte. Sie nahm die Kleine schließlich mit nach draußen und bestellte Frühstück in einem der Straßencafés. Wieder süßes Gebäck. Danach wollte Audrey an einem Brunnen spielen. Es war schon recht warm, und so fand Henny nichts dabei, dass sie im Wasser herumplantschte. Kurz darauf gesellte sich ihr ein kleiner Junge zu, und seine Mutter sprach Henny freundlich an. Sie konnte ein bisschen Englisch. Während die Kinder einander kichernd mit Wasser bespritzten, lernte Henny ihre ersten Wörter Griechisch. Sie begleitete ihre neue Bekannte schließlich zu einer Parkanlage in der Nähe, wo der kleine Achilleus wohl für gewöhnlich spielte. Henny merkte sich den Ort, um mit Audrey ebenfalls hinzugehen, falls sie länger in Chania bleiben sollten.

Am Nachmittag wollte Grit zurück in die Altstadt, wie Henny schon befürchtet hatte. Sie schien vergessen zu haben, dass sie ihrer Tochter noch die Konzerthalle hatte zeigen wollen, in der sie aufgetreten war, und die Bar am Hafen, in der Leonidas ihr die Anfänge des Bouzoukispiels beigebracht hatte. Jetzt reizten sie nur noch die spröden Töne des Bebop. Grit hatte sich auch optisch schon etwas angepasst. Ihre Dreiviertelhose war zwar nicht schwarz, saß jedoch so eng wie die der Frauen am vorherigen Abend. Einen übergroßen Pullover besaß sie allerdings nicht.

Den Männern in der Taverne schien es egal zu sein, wie sie aussah. An diesem Tag waren noch mehr Musiker anwesend, sie spielten in unterschiedlichen Kombinationen – und Jack stellte Grit stolz als seine Entdeckung vor. Alle Männer waren jung, jünger als Grit, alle rauchten und hatten jetzt schon Weingläser vor sich. Jack räumte Grit sofort sein Klavier, ein anderer Musiker erklärte ihr noch ein paar Besonderheiten des neuen Musikstils, und dann begann sie zu spielen, gab ein schnelles Tempo vor und wurde hinterher frenetisch gefeiert. Dass Henny sich nach kurzer Zeit mit Audrey zurückzog, bemerkte sie gar nicht.

Grit De Groot hatte die Musik wiedergefunden – und sie war bereit, sich zu verändern.

In den nächsten Tagen blieb Grit mit ihren Töchtern in Chania. Sie ging ganz in den Jamsessions mit ihren neuen Freunden auf, manchmal spielte sie am Abend in einer Taverne.

Henny war das ganz recht. Sie traf sich fast jeden Morgen mit Iphigenie, ihrer Bekannten vom Brunnen, und deren Sohn im Park. Auch andere Mütter und Kindermädchen kamen hinzu, sie machten sich einen Spaß daraus, Henny Griechisch beizubringen. Audrey griff die Sprache ganz selbstverständlich auf und brabbelte mal Englisch, mal Griechisch vor sich hin. Als das Wetter immer besser wurde, ging Henny mit den jungen Frauen und den Kleinen zum Strand, und sie ließen die Kinder Burgen bauen, während sie plauderten. Hennys Lieblingsplatz war ein Café direkt am Strand, von dem aus man die Kinder gut beobachten konnte. Gleich in der ersten Woche erregten dort ein paar junge Leute ihre Aufmerksamkeit, die ähnlich gekleidet waren wie die Beatniks in Grits Lieblingstaverne. Sie rauchten, tranken und redeten laut miteinander, manchmal stand einer auf und trug etwas vor, das die anderen dann kommentierten.

Die griechischen Mütter und Kindermädchen suchten sich einen Tisch, so weit wie möglich von ihnen entfernt.

»Was sind das für Leute?«, fragte Henny Iphigenie.

Die machte eine abwinkende Handbewegung. Sie antwortete auf Englisch, das sie gebrochen sprach, doch Henny verstand genug.

»Beatniks. Immer mehr von denen kommen hier an. Manche sind Griechen, viele Engländer. Sie haben viel Geld und viel Zeit und sind sehr … verrückt.«

Henny lächelte. »Machen die nicht Musik? Bebop?«

Iphigenie nickte. »Manche machen Musik, andere Literatur oder Kunst. Alle trinken viel und rauchen viel und machen viel … Liebe.« Sie kicherte beschämt. »Musst du nicht wissen. Du bist nicht so.« Sie dachte kurz nach. »Aber wir fragen uns: Wer bist du? Was machst du hier?«

Henny begann einen Erklärungsversuch, musste aber bald aufhören, weil sie es selbst nicht wirklich wusste. Eigentlich hatte Grit längst weiterreisen wollen, nach Sfakia, in die Weißen Berge. Und dann wären die vier Wochen, die sie für den Aufenthalt auf Kreta eingerechnet hatte, auch bald rum gewesen. Nun sprach sie jedoch gar nicht mehr davon, Chania zu verlassen. Henny rettete sich in die Behauptung, ihre Mutter habe auf Kreta eigentlich nur Urlaub machen wollen, aber dann einen Job gefunden, der sie erfüllte.

Iphigenie übersetzte für die anderen.

»Job oder Mann?«, fragte Hera.

Henny hatte verstanden, konnte jedoch nicht mit den anderen Frauen lachen.

Eine Woche später fand Henny ihre Mutter in der Pension beim Packen vor. Sie stopfte ihre alten und neuen Sachen in ihren Koffer – sie hatte sich etliche Beatniks-Kleidungsstücke zugelegt – weiße Blusen oder Shirts und weite Pullover zu schwarzen Hosen.

»Gut, dass du kommst«, bemerkte sie. »Pack deinen Koffer bitte auch, wir ziehen um.«

»Wir fahren weiter?«, fragte Henny hoffnungsvoll.

Grit verneinte. »Wir ziehen in eine andere Pension. Die Wirtin hier will uns nicht mehr haben. Sie … sie hat was dagegen, wie ich mich kleide. Und dass ich spät nach Hause komme …«

Henny schaute sich in ihrem Zimmer um. Sie hatte schon seit einigen Tagen das Gefühl, dass sich etwas verändert hatte. Es war nichts Greifbares, doch es schien ein anderer Geruch im Raum zu schweben, eine andere Präsenz. Außerdem roch es nach Rauch, und bisher hatte sie Grit nie rauchen sehen.

Sie beschloss, ihre Ahnung auszusprechen. »Hattest du … Besuch?«, fragte sie.

Grit sah sie böse an. »Na und? Willst du mir jetzt auch die Leviten lesen? Ich kann machen, was ich will, Henny! Das lerne ich gerade. Ich kann herausfinden, wer ich bin …«

Henny schluckte. Ihre nächste Frage war ihr peinlich. »Und wenn du … schwanger wirst?«

Grit lachte. »Werde ich nicht«, erwiderte sie strahlend. »Es gibt da etwas Neues … Noch nicht offiziell, aber Jenna hat es aus den Staaten. Ihr Dad ist Arzt … Man nimmt jeden Tag eine Pille, und dann kann gar nichts passieren, wenn man mit einem Mann schläft. Genial, nicht?«

Henny runzelte die Stirn. »Wer ist Jenna?«, fragte sie.

»Eine Freundin«, erklärte Grit. »Wirst du kennenlernen. Wir ziehen in ihre Pension und in ein paar Wochen vielleicht an den Strand, Henny! Würde dir das nicht gefallen?«

Henny erschrak. In ein paar Wochen? Grit wollte also wirklich in Griechenland bleiben? Sie wusste, dass sie ihren Eltern hätte schreiben sollen. Ein dauerhafter Aufenthalt auf Kreta war nicht geplant, und April und Alex würden ihn sicher nicht billigen. Doch was würde aus Audrey, wenn sie allein abreiste?

Die neue Pension war nicht so komfortabel wie die erste, sondern eher eine Unterkunft für Leute mit kleinem Geldbeutel. Sie lag näher am Hafen, abends hätte Henny hier nicht allein ausgehen wollen. Die Beatnik-Mädchen schienen jedoch nichts zu fürchten, sie drückten der Gegend auch zusehends ihren Stempel auf. Im Café nebenan veranstalteten sie Dichterlesungen, im Flur der Pension stand ein Regal mit Büchern, die man gelesen haben musste. Henny hatte von Autoren wie Kerouac und Allen Ginsberg zwar noch nie etwas gehört, nahm ihre Werke jedoch tapfer mit in den Park, um sich damit vertraut zu machen. Gefallen fand sie nicht daran, im Gegenteil. Es ging in der Regel um unglückliche Menschen, die Drogen nahmen und nach einem Sinn in ihrem Leben suchten. Henny verwirrte das. Auch sie hatte sich in der letzten Zeit auf Epona Station sehr unglücklich gefühlt, hätte das jedoch nie so in Worte gefasst wie die Autoren dieser Bücher und Gedichte, in denen sie sich in keiner Weise wiederfand. Iphigenie, die das Gedicht *Howl*, ein Muss für die Anhänger der Beatgeneration, einmal in ihrer Tasche entdeckt hatte, hatte dazu nur wenige Worte gehabt.

»Verrückt«, hatte sie gesagt. »Reiche Kinder sind das. Sie spielen Traurigsein.«

Die Beatniks und Hipster, wie man sie auch nannte, hätten das natürlich ganz anders gesehen. Nach eigenen Angaben waren sie auf der Suche nach dem Glück, wozu sie neue Wege gingen. Eine junge Frau unterrichtete Zen, eine fernöstliche Meditationsmethode. Manche Frauen trugen asiatische Gewänder, die jungen Männer sah man nun immer häufiger in Jeans.

Grit experimentierte mit einem indischen Instrument, das ein amerikanisches Mädchen mitgebracht hatte. Es verhalf einem angeblich zur Spiritualität, wenn man ihm nur mal etwas anderes als schräge Töne entlockte. Nach wie vor spielte sie Bebop – und in der neuen Pension, in der die Wände dünner waren, hörten auch Henny und Audrey, wenn sie spät in der Nacht in Begleitung heimkam.

Langsam wurde es Sommer und heiß in der Stadt, in der Beatnik-Gemeinde sprach man von Umzug.

»Wir werden gemeinsam mit Freunden in Höhlen wohnen«, schwärmte Grit ihren Töchtern vor. »An einem traumhaften Strand.«

Henny sah sie entsetzt an. »Grit, Audrey ist zwei Jahre alt. Sie kann nicht in einer Höhle wohnen!«

Grit lachte sie aus. »Menschen haben schon vor Millionen Jahren mit ihren Familien in Höhlen gelebt«, erklärte sie. »Wo bleibt dein Sinn für das Abenteuer?«

»Audrey sollte mit anderen Kindern spielen. Wir waren uns doch einig, dass wir nach vier Wochen zurück nach Neuseeland reisen«, versuchte Henny es erneut.

Grit wurde ungehalten. »Hier beginnt bald der Sommer, wir können den Strand und die Sonne genießen! Die Natur wird für Audrey ein einziger großer Spielplatz sein«, schwärmte sie. »Wer will da zurück nach Neuseeland, wo es jetzt kalt ist und dunkel?«

Für Grit war die Diskussion damit beendet. Sie kaufte schließlich einen Kleinbus, um ihre Kinder und ihre Freunde nach Matala zu bringen. Sie fuhr nicht selbst, es gab genügend junge Männer, die sich darum rissen, ihn über die kurvigen Straßen des hügeligen Inlands der Insel zu steuern. Audrey wurde gleich nach den ersten Kilometern schlecht, und auch Henny kämpfte mit der Übelkeit, bis sie den Strand von Matala – der Ort lag an der Südküste Kretas – gegen Abend erreichten. Was seine Schönheit anging, hatte Grit nicht zu viel versprochen. Die Felsen mit den Höhlen begrenzten eine zum Baden einladende Bucht mit feinem Sandstrand.

»Sind die Höhlen natürlich entstanden oder von Menschen in den Stein geschlagen?«, fragte Henny Jenna, die während der Fahrt von Matala geschwärmt hatte.

Tatsächlich wusste sie ein wenig über die Geschichte der Höhlen.

»Wahrscheinlich von Steinzeitmenschen geschaffen, das ist ganz weiches Gestein«, erklärte sie. »Und die Römer benutzten sie dann als Grabhöhlen …«

Henny schluckte und fand die Kulisse plötzlich weniger schön. »Wir … wir sollen in Gräbern schlafen? Wo … wo sind denn die Toten?«

Jenna zuckte mit den Schultern. »Die haben sich bestimmt längst aufgelöst«, hoffte sie. »Ist ja schon lange her …«

Henny fragte sich, ob sie noch nie von Fossilien gehört hatte. Nellie hatte ihr erzählt, dass Marias Tochter Daphne in Afrika nach Spuren von Steinzeitmenschen grub. Die Römerzeit war damit verglichen nur einen Katzensprung entfernt.

»Ein paar sind noch da.« Ein junger Mann, der zu ihnen heruntergeklettert war, um mit dem Gepäck zu helfen, grinste. »Ich kann dir zeigen, wo man Knochen findet.« Er klapperte mit einer Kette, die er um den Hals trug, zu Hennys Entsetzen bestand sie aus kleinen Knochen und Zähnen. »Ich bin Bert«, stellte er sich vor. »Ich fertige Schmuck an. Du bist übrigens sehr hübsch. Vielleicht können wir mal was zusammen machen.«

Henny hätte sich am liebsten geschüttelt. Bert sah sie mit einem treuherzigen, verlangenden Blick an. Sie konnte sich vorstellen, dass er mit seiner Frage keinen Angelausflug meinte. Aber sie brauchte Hilfe mit ihrem Gepäck. Es war schwierig genug, mit Audrey die Klippen zu erklimmen. Um die Koffer zu holen, hätte sie mehrmals gehen müssen, und es graute ihr davor, Audrey in einer der Höhlen allein zu lassen.

Wie sich herausstellte, waren schon viele von Grits Bekannten vor ihnen in Matala eingetroffen, sie zeigten ihnen nun das Gelände. Grit war drauf und dran, sich für ein Gelass zu entscheiden, das praktische Schlafnischen aufwies, doch Jennas Vermutung, es könnte sich um ehemalige Grabnischen handeln, ließ sie zurückschrecken. Schließlich fanden sich zwei kleine Höhlen, die mit einem Durchgang verbunden waren. Grit bezog eine davon, Henny mit Audrey die andere.

»Brauchen wir nicht so was wie Möbel?«, fragte Henny nervös. Sie hatten ein paar Decken, die sie auf den Boden hätte legen können, aber unter gemütlichen Schlafstätten stellte sie sich etwas anderes vor.

»Kyla windet Schlafmatten«, erklärte Bert. »Aus Schilf. Bestimmt macht sie euch welche. Heute behelft ihr euch erst mal. Macht es euch gemütlich, und dann kommt an den Strand. Wir feiern Willkommen. Wein haben wir noch. Wenn jemand Fleisch kaufen würde, könnten wir am Strand grillen.«

In den Augen der meisten Griechen waren die Beatniks zwar reich, doch in Wirklichkeit hatten die meisten von ihnen nur wenig Geld. Es waren ja weitgehend junge Menschen – der überwiegende

Teil von ihnen in den Zwanzigern –, die noch kein abgeschlossenes Studium oder eine Berufsausbildung vorzuweisen hatten. Von ihrem Kunsthandwerk konnten sie kaum leben. Einige wenige Höhlenbewohner, vor allem Amerikaner, hatten zwar in ihrem Heimatland erfolgreich Bücher veröffentlicht, aber auf Kreta versuchten sie erst gar nicht, einen Verlag für ihre Werke zu finden. Bestenfalls vervielfältigten sie sie mittels Blaupausen und verkauften sie für Kleinstbeträge an Gleichgesinnte. Auch die Bildenden Künstler wie Bert verdienten nicht viel. Zwar stellte er seine Ketten seltener aus Knochen denn aus Muscheln oder hübschen Steinen her, doch auch für den Schmuck gab es kaum Abnehmer.

Lediglich den Musikern fiel es verhältnismäßig leicht, ihren Lebensunterhalt zu verdienen – obwohl manche es ablehnten, etwas Eingängigeres zu spielen statt Bebop. Bebop-Liebhaber gab es allerdings nur in den Städten, und im konservativen Griechenland reichte für sie eine Bar pro Stadt aus. Die meisten der Beatniks lebten von ihren Ersparnissen – viele von ihnen waren wie Grit als Urlauber gekommen und dann geblieben. Sie mochten aus reichen Elternhäusern stammen, doch nur wenigen wurde von ihren Müttern und Vätern unbegrenzt Geld überwiesen. Grit verfügte als Einzige frei über ein Vermögen – und sie war großzügig. Henny fragte sie nicht gern nach Geld – wenn sie für sich etwas kaufte, gab sie das Taschengeld aus, das April und Alex sowie ihre Großeltern ihr mit auf die Reise gegeben hatten. Sobald sie etwas Geld erbat, um für Audrey einzukaufen, erhielt sie es ohne Nachfragen.

Als sie am nächsten Morgen ins Dorf gehen wollte, um die notwendigsten Dinge für das Leben in der Höhle zu kaufen, musste sie ihre leibliche Mutter allerdings erst einmal finden. Henny und Audrey hatten am Strand geschlafen, da sie sich den nächtlichen Aufstieg nach dem Barbecue mit dem Kind nicht zugetraut hatte. Es war zum Glück warm gewesen. Audrey klagte nur über juckende Arme und Beine, und Henny konstatierte Flohstiche. Noch einmal durfte das nicht vorkommen. Nachdem sie Brotreste vom Vortag gefunden hatte, an denen die Kleine erst mal knabbern konnte, machte sie sich daran, die Höhlen zu durchsuchen, und fand Grit noch schlafend bei einem jungen Mann, der am Vortag Gitarre gespielt hatte. Immerhin hatte sie Geld dabei und steckte Henny bereitwillig ein paar Scheine zu. Dann schlief sie weiter.

Henny und Audrey schlossen sich zwei jungen Frauen an, die ebenfalls nach Matala zum Markt wollten. Eine von ihnen, Lauren, war Amerikanerin, die andere, Fanny, war Deutsche. Beide waren sehr nett und gleich vernarrt in Audrey. Sie fanden es schade, dass es keine weiteren Kinder in ihrer Gemeinschaft in Matala gab.

»Es wäre schön, sie frei aufwachsen zu sehen«, meinte Lauren. Sie trug nicht wie die meisten Beatniks Hosen und Shirts, sondern ein weites indisches Gewand und erzählte, sie gäbe Yogaunterricht. Henny hatte davon noch nie etwas gehört, und Lauren unterhielt sie während des kurzen Weges in den Ort, indem sie ihr aus ihrer Sicht die indische Philosophie erklärte.

»Mach einfach mit! Außer am Markttag biete ich jeden Morgen am Strand eine Yogastunde an«, lud sie Henny schließlich ein.

Ob sie das kostenlos tat? Jedenfalls hatte sie genügend Drachmen, um in Matala einzukaufen.

Das Dorf erwies sich als sehr klein, es gab gerade mal einen Bäcker und einen Schlachter, ein Lebensmittelgeschäft und ein paar andere Läden für Dinge des täglichen Bedarfs. An diesem Morgen erhielt man zudem auf dem kleinen, bunten Wochenmarkt Gemüse, günstige Bekleidung und Haushaltsgegenstände. Die Beatniks waren offenbar gern gesehen. Viele Dörfler begrüßten Lauren mit Namen, und immer wieder blieben Frauen bei Henny und Audrey stehen, um mit dem kleinen Mädchen zu schäkern. Wenn Audrey dann auf Griechisch antwortete – von ihren Spielgefährten in Chania hatte sie eine Menge gelernt –, wussten sie sich vor Begeisterung kaum zu halten. Hennys Sprachkenntnisse wurden ebenfalls gewürdigt, so gering sie auch waren. Lauren und Fanny kannten nur wenige Worte, gerade ausreichend, um Lebensmitteln kaufen zu können.

Henny stellte schnell fest, dass es in Matala praktisch alles gab, was man brauchte, um in den Höhlen zu campieren. Die Dörfler hatten sich auf die Beatniks eingestellt, die jungen Leute aus aller Welt trugen zum wirtschaftlichen Aufschwung des Ortes bei, und die Menschen wussten das zu schätzen. Henny, die in Neuseeland schon Campingtouren mitgemacht hatte und auch während der Turniere mitunter im Zelt geschlafen hatte, kaufte Schlafmatten und Schlafsäcke für Grit, Audrey und sich, einen Gaskocher, Töpfe und Geschirr. Der Lebensmittelhändler war schon derart auf Amerikaner eingestellt, dass er sogar Erdnussbutter führte, nach der Audrey gleich stürmisch verlangte. Konservendosen mit Suppe und Bohnen gab es auch, und Henny nahm sie mit, obwohl Lauren und Fanny protestierten. Sie plädierten für gesunde, vegetarische Ernährung und kochten für eine Gruppe Gleichgesinnter, die sich finanziell am Einkauf beteiligte, fleischlos und mit frischen Zutaten.

»Woher bekommt ihr eigentlich euer Wasser?«, erkundigte sich Henny, woraufhin die Frauen ihr erläuterten, das müsse in Kanistern aus einem Brunnen geholt werden.

Henny kaufte also zwei Kanister, fragte sich dann allerdings, wie sie das alles an den Strand transportieren sollte. Entweder musste sie den Krämer bitten, es ihr zu liefern, oder jemand musste es mit dem Kleinbus holen. Ihr selbst reichte es schon, Audrey einen großen Teil des Weges tragen zu müssen. Den Kinderwagen konnte man über die steinigen Wege kaum schieben, und so weite Strecken konnte das kleine Mädchen noch nicht laufen. Wie auf ein Wort begann Audrey zu quengeln. Auch Henny konnte eine Pause vertragen und etwas zu essen. Sie hatte sich am Morgen mit Brot und Olivenöl, das man auf Kreta statt Butter verwandte, beholfen.

Nun deponierte sie ihre Einkäufe bei einem der Händler, der sie ihr später bringen wollte, und steuerte das einzige Lokal des Ortes an, das wohl gleichzeitig als Café, Bar und Taverne diente. Lauren und Fanny schlossen sich nicht an, sie hatten ihr weniges Geld für frisches Gemüse und herzhaften Käse ausgegeben. Alles in Matala war unfassbar preiswert. In ihren Heimatländern hätten die Beatniks längst nicht so gut von ihren geringen Einkünften leben können.

Henny orderte nun verschiedene kleine Speisen wie überbackene Kartoffeln und dicke Bohnen in Tomatensoße, von denen sie wusste, dass auch Audrey sie mögen würde. Dazu gab es Limonade.

»Hund auch Hunger«, sagte Audrey plötzlich und wies auf einen mageren, braunen Streuner.

Er lief auf drei Beinen, das vierte Bein hing leblos herunter, als ob es gebrochen wäre. Vorsichtig näherte er sich den besetzten Tischen, offenbar eher gewohnt, getreten als gefüttert zu werden. Audrey hielt ihm ein Stück Brot hin, das er erst nach drei Anläufen nahm. Dann verschlang er es heißhungrig.

Henny fragte den Besitzer der Taverne, wem das Tier gehörte. Er wusste es nicht, was ihr befremdlich erschien. In so kleinen Orten sollte man doch die Haustiere seiner Nachbarn kennen.

»Gehört keinem«, radebrechte ein Mann vom Nebentisch auf Englisch. »Sollte man besser erschießen, so verhungert er nur langsam.«

Henny sah ihn empört an. »Sie können das Tier doch nicht erschießen! Es ist noch jung, es …«

Der Hund zog den Schwanz ein und schob sich langsam rückwärts fort von Hennys Tisch. Der Wirt herrschte ihn an zu verschwinden, aber das Tier zögerte. Henny meinte, in seinen Augen etwas wie Hoffnung zu erkennen. Und das Flehen um Hilfe.

»Wenn er euch leidtut, nehmt ihn mit«, blaffte der Wirt. Zumindest meinte Henny, ihn so zu verstehen.

»Oh ja, Hund mitnehmen!«, rief Audrey und strahlte.

Henny war nicht abgeneigt. Bei den Höhlen konnten sie sicher einen Hund halten. Wie er dann mit nach Neuseeland kommen sollte, musste man sehen. Sie bat den Wirt um ein paar Fleischreste und bot an, sie zu bezahlen. Der erschien daraufhin mit einem Napf voller Essensreste. Der Hund machte sich heißhungrig darüber her. Er war klein, hatte glattes Fell, einen langen Keilkopf und traurige, hellbraune Augen, die er anbetend auf Henny richtete, als er den Napf geleert hatte.

»Dann brauchen wir jetzt noch ein Halsband, eine Leine, Knochen, Flohpulver …« Henny stellte im Kopf eine Liste zusammen.

»Wie heißt der *skylos?*«, fragte Audrey.

»Der *skylos?* Du kennst sogar das griechische Wort für Hund?« Henny lachte. Audrey brachte oft Englisch und Griechisch durcheinander. Es hörte sich lustig an, wenn sie einen Satz in der einen Sprache begann und in der anderen beendete. So war das wohl, wenn ein Kind zweisprachig aufwuchs. »Uns fällt bestimmt ein Name ein«, sagte Henny. Der Hund stellte die Ohren auf, und Audrey freute sich. Henny dachte einen Moment nach. »Weißt du zufällig auch, was Floh auf Griechisch heißt?

Schließlich blieb es bei Skylos. Der kleine Streuner lebte sich schnell ein. Henny schiente sein Bein, so gut sie es konnte, immerhin war ihr Vater Tierarzt und sie hatte schon oft geholfen, wenn er gebrochene Knochen verarztet hatte. Wie das Skelett eines Hundes aussah, war ihr geläufig, und so war sie recht erfolgreich. Skylos würde immer etwas hinken, doch das Bein wuchs zusammen, und die Behinderung schien ihn kaum zu stören. Nach ein paar Wochen – es war keine Rede mehr von einer Beendigung des »Urlaubs« – setzte er den Kaninchen im Buschland genauso behände nach wie die Hunde der Jäger, die hier oft unterwegs waren. Henny musste aufpassen, dass sie Skylos nicht stahlen, Hunde hatten auf Kreta einen Wert, wenn sie nützlich waren. Wenn nicht, wurden sie allerdings gnadenlos ausgesetzt, erschossen oder angeschossen irgendwo liegen gelassen.

Skylos blieb nicht das einzige Tier, dessen Henny sich annahm. Beim nächsten Ausflug ins Dorf fand sie zwei Katzenwelpen mit verklebten Nasen und Augen, nahm sie mit und behandelte sie mit primitivsten Methoden auf Katzenschnupfen. Eins blieb am Leben. Schließlich brachten ihr auch andere Beatniks kranke Tiere, die sie irgendwo gefunden hatten. Der benachbarte Höhlenraum wurde zum Tierspital.

Grit schien das nicht zu stören, sie benutzte ihren Schlafplatz sowieso nicht. Wie die meisten Beatniks machte sie die Nacht zum Tag, saß endlos am Lagerfeuer, diskutierte über die Bücher, die sie las, oder musizierte mit Gleichgesinnten und übernachtete meist im Freien. Lauren hatte sie für ihre Yogastunden und die indische Philosophie gewonnen, und so praktizierte sie mit anderen Höhlenbewohnern täglich seltsame Verrenkungen am Strand, studierte aus dem Sanskrit übersetzte Texte und fand heraus, wie man die Sitar, ein indisches Zupfinstrument mit langem Hals und birnenförmigem Körper, spielte. Sie meditierte gemeinsam mit einem bärtigen, jungen Mann, mit dem sie wohl zeitweise auch das Lager teilte. Henny hatte es aufgegeben, ihr Liebesleben durchschauen zu wollen. Sie kümmerte sich um Audrey und ihre Tiere und hatte genug damit zu tun, sich die Männer vom Leib zu halten. Die meisten jungen Frauen hatten keine festen Partner, und oft genügten ihnen ein paar Schmeicheleien oder eine plötzlich erkannte Seelenverwandtschaft nach dem gemeinsamen Lesen eines Textes von Hermann Hesse, um sich mit einem Mann in ihre Höhlen zurückzuziehen. Die jungen Männer meinten natürlich, dass Henny ebenso leicht zu haben war, sie wollten ihr Nein nicht verstehen und wurden besonders am Abend, wenn sie getrunken hatten, aufdringlich. Henny war heilfroh, Skylos zu haben, der zwar nicht biss, aber doch lauthals bellte, wenn ihr einer der Männer zu nahe kam. Er meldete auch, wenn jemand am Eingang ihrer Höhle erschien. Henny empfand es als bedrohlich, dass sich die Behausungen nicht verschließen ließen. Inzwischen war Audrey zwar geübt genug, um den Aufstieg selbst nachts gefahrlos zu schaffen, und sie konnte sie in der Höhle schlafen legen, aber sie ließ das Kind trotzdem nicht gern allein.

Tagsüber, wenn sie nüchtern waren, umwarben die jungen Männer Henny zwar nicht viel zurückhaltender, setzten jedoch eher auf Überredung als auf Überrumpelung. Sie boten ihr an, ihre Einkäufe vom Dorf zum Strand zu tragen oder sie nach Heraklion zur nächsten Apotheke zu fahren, um sich mit Medikamenten und Salben für ihre vierbeinigen Patienten einzudecken. Spätestens auf dem Rückweg musste sie sich ihrer dann immer erwehren, und auch dann war sie dankbar, wenn Skylos dazwischenging. Am schwersten fiel ihr die Ablehnung, wenn einer der jungen Männer ihr anbot, Wasser für sie zu holen, denn das stellte eine endlose Plackerei dar.

Der Brunnen war fast einen halben Kilometer vom Strand entfernt. Die große Mehrheit der Beatniks holte also allenfalls Trinkwasser. Sie wuschen sich im Meer, um Schweiß und Schmutz abzuspülen. Dazu legten sie ihre Kleider ohne größere Zurückhaltung ab, Männer und Frauen badeten nackt oder in ihrer Unterwäsche. Audrey entwickelte jedoch einen Ausschlag, wenn ihr das Salzwasser nicht von der Haut gewaschen wurde, und auch Henny selbst empfand es als klebrig und unangenehm. Sie brauchte also Waschwasser oder ging mit dem Kind zum Brunnen und wusch es dort.

In den meisten Höhlen herrschte ein unangenehmer Geruch vor, eine Mischung aus menschlichen Ausdünstungen, ungewaschener Kleidung und Zigaretten – dazu ein diffuser Gestank eines Krauts, das jetzt immer öfter statt Tabak geraucht wurde. Lauren nannte es Marihuana oder Cannabis, angeblich wirkte es bewusstseinserweiternd.

»Und entspannend«, erklärte sie. »Das ist heilsam …«

Henny probierte es aus und stellte fest, dass einem wirklich alles egal war, wenn man genug davon eingeatmet hatte. Sie war sogar geneigt, den Annäherungsversuchen der Männer nachzugeben. Zum Glück holte Audrey sie rechtzeitig aus der Trance, indem sie hinfiel, sich ein Knie aufschlug und lauthals weinte, und Skylos vertrieb den zudringlich werdenden jungen Mann mit Bellen. Danach lehnte Henny stets ab, wenn man ihr Marihuana anbot. Grit dagegen nahm stets an den Runden teil, bei denen eine Zigarette – Joint genannt – von Hand zu Hand ging, und Henny vermutete bald, dass sie das Kraut auch finanzierte. Sie fand heraus, dass es teuer war, es musste aus Heraklion geholt werden, und sein Konsum war verboten. Die meisten der Beatniks konnten es sich nicht leisten, und Grit war auch die Einzige, die ein Auto besaß. Zudem sprach sie Griechisch. Wenn es also nicht von Neuankömmlingen mitgebracht wurde – am Strand herrschte ein ständiges Kommen und Gehen –, holte meist sie es mit dem Kleinbus aus der Stadt. Immerhin machte es die Männer friedfertig. Im Marihuanarausch bedrängten sie Henny nicht.

Mittlerweile waren sie seit drei Monaten in Matala. Henny dachte immer häufiger daran, dass sie jetzt eigentlich ins College gehen sollte, statt auf Kreta Wasser zu schleppen und Tiere zu verarzten, die keiner wollte. Letzteres fand sie zwar sehr befriedigend, und sie entwickelte auch immer mehr Geschick dabei, aber das Leben in den Höhlen hatte ihr nie gefallen und machte sie zunehmend unzufrieden. Immer häufiger dachte sie daran, nach Neuseeland zurückzukehren, doch Grit machte keine Anstalten dazu, Matala zu verlassen. Und Aprils Briefe, die sie sich postlagernd schicken ließ, wie das viele der Beatniks machten, wurden immer drängender.

Du musst auf Grit einwirken, euch nach Hause zu bringen, oder du kommst allein zurück, schrieb April. *Wir verstehen ja, dass es schön ist auf Kreta und ein großes Abenteuer, in einer Höhle zu leben. Aber jede Auszeit hat irgendwann ein Ende, und was uns angeht, so machen wir uns langsam etwas Sorgen um Dich – so glücklich Deine Briefe auch klingen.*

Henny war nach wie vor bemüht, ihre Eltern und Großeltern nicht wissen zu lassen, wie unglücklich sie eigentlich auf Kreta war. Sie schilderte nur die Schönheiten der Strände und den Spaß, den sie hatte. Sie berichtete, wie nett ein paar der jungen Frauen unter den Beatniks waren, und schrieb stolz, dass sie auch unter den Einwohnern von Matala Anschluss gefunden hatte – wieder über Audrey, die im Dorf schnell Spielgefährten gefunden hatte. Sie selbst sprach immer besser Griechisch, das war längst auch den einheimischen jungen Männern aufgefallen. Henny fand die meisten sympathischer als die Beatniks.

Zum Dorffest ließ sie sich von den Müttern der Spielgefährten Audreys einladen und tanzte den ganzen Abend lang ausgelassen mit den griechischen Mädchen. Sie fand es befremdlich, aber erleichternd, dass Kreistänze und nicht Paartänze traditionell waren, und Männer mit Männern, Frauen mit Frauen tanzten. Audrey hüpfte vergnügt mit. Auch von diesem schönen Abend berichtete Henny ihren Eltern.

Aprils letzter Brief hatte sie jedoch ratlos gemacht. Sie wäre gern nach Neuseeland zurückgekehrt, und sie bezweifelte nicht, dass ihre Eltern ihr das Geld für die Reise sofort würden anweisen lassen. Auch für Skylos gäbe es sicher eine Passage. Wenn da nur Audrey nicht wäre!

Das kleine Mädchen war unbestreitbar glücklich auf Kreta. Alle waren nett zu ihm, Henny war eine zuverlässige Bezugsperson, und sie spielte gern mit den Tieren. Grit machte immer noch Musik mit ihrer jüngeren Tochter, war jedoch nicht mehr so streng und verbissen wie in Neuseeland. Sie meinte Audreys Musikalität jetzt schon daran zu erkennen, wie gern sie auf die Trommeln einschlug, die einer der Künstler der Kolonie aus Naturmaterialien herstellte. Audrey liebte diese Spielstunden mit ihrer Mutter und hätte sicher ungern darauf verzichtet, selbst wenn Grit sich bereit erklärt hätte, sie allein mit Henny zurückreisen zu lassen. Sie selbst zur Heimkehr zu bewegen, sah Henny als aussichtslos an. In absehbarer Zeit würde sie das Leben bei den Beatniks nicht aufgeben. Wenn Henny wegwollte, musste sie Audrey bei ihr zurücklassen, eine Vorstellung, bei der es ihr graute. Würde Grit sich wirklich um Audrey kümmern, wenn sie die Verantwortung für das Kind allein trug?

Henny kam zu keiner Entscheidung. Allen Widrigkeiten zum Trotz blieb sie in Matala.

April fuhr zur Rennbahn, um Nellie und Walter Hennys letzten Brief zu zeigen. Ihre Tochter adressierte die Briefe an ihre Eltern, sprach ihre Großeltern jedoch jedes Mal mit an. Walter war nicht zu Hause, aber Nellie traf sie im Stall der Rennbahn, wo sie eben den Ballentritt eines übermütigen Dreijährigen verarztete.

»Ist nicht schlimm, am Sonntag kann er laufen«, beruhigte sie den Trainer. »Aber legen Sie vorsichtshalber Ballenschoner an, zumindest im Training.« Dann steckte sie dem Pferd eine Möhre zu und wandte sich an April. »Na, hat Henny mal wieder geschrieben? Kommen sie vielleicht endlich heim?«

April schüttelte den Kopf. Eigentlich hätte Nellie schon an ihrer Miene sehen müssen, dass es nichts Gutes zu vermelden gab.

»Nein. Nur das Übliche«, erwiderte sie. »Es ist schön in diesem Matala, es geht allen gut, sie lernt Griechisch und hat auf einem Dorffest getanzt. Von Grit schreibt sie nichts, nur von Audrey, die sich wohl gut entwickelt. Und kein Wort von einem bevorstehenden Aufbruch, weder heimwärts noch in die Berge. Dabei wollte Grit doch all die Stätten noch mal aufsuchen, in denen sie im Krieg war, und Henny unbedingt dieses Imbros zeigen, damit sie ihre Wurzeln kennenlernt. Na ja, ich bin ja froh, wenn sie ihr diese Hinterwäldler erspart, nach allem, was ich über das Dorf gehört habe. Aber wieso verschanzt sie sich mit einer Gruppe von Pseudokünstlern in irgendwelchen Steinzeithöhlen?« April reichte Nellie den Brief.

Nellie setzte sich auf einen Strohballen, der in der Stallgasse lag, bot April einen weiteren zum Sitzen an und überflog das Schreiben.

»Ich hab viel drüber nachgedacht«, bemerkte sie dann. »Und ich denke … also in gewisser Weise tut Grit schon genau das, was Dr. Huber angeregt hat. Sie arbeitet ihre Kriegserlebnisse auf. Führ es dir mal genau vor Augen: Sie hat, genau wie damals, in einer Musikkneipe einen Mann kennengelernt, der ihr eine ganz neue Musikrichtung nahegebracht hat. Sie war fasziniert, wahrscheinlich mehr von diesem Bebop als von dem Mann, und hat sich in sein Umfeld hineinziehen lassen. Woraufhin sie prompt wieder in einer Umgebung gelandet ist, die ihrem gewöhnlichen Leben so gar nicht entspricht. Nur dass sie sich diesmal freiwillig dazu entschlossen hat und dass es kein hartes, entbehrungsreiches Leben ist, voller Gefahren, Gewalt und Krieg, sondern ganz im Gegenteil. Mir zumindest scheint es, als hätten diese Beatniks nichts anderes im Sinn, als sich zu amüsieren und sich interessant zu machen, indem sie ihren echten oder eingebildeten Weltschmerz in Literatur oder Musik umsetzen. Letzteres gelingt Grit vermutlich ganz hervorragend, und es kann durchaus kathartische Wirkung haben. Meditation und Yoga sollen beruhigend wirken, Frau Huber dürfte äußerst zufrieden sein. Grit scheint nicht mehr zu trauern. Sie kümmert sich um ihre Kinder …«

»Meinst du?«, fragte April zweifelnd.

»Jedenfalls ist sie mit ihnen zusammen, und Henny schreibt, dass sie auch immer wieder mit Audrey spielt. Wir zwei sind uns natürlich einig darüber, dass etwas mehr dazugehört, um eine gute Mutter zu sein, aber verglichen mit dem Zustand, in dem sie das letzte Mal hier ankam …«

April musste lächeln, als Nellie gedankenverloren die Nase des Pferdes beiseiteschob, das in der Box hinter ihr stand und verspielt nach ihren Haaren angelte.

»Und du glaubst, das bleibt jetzt so? Sie wird in alle Ewigkeit auf diesem Felsen hocken?« April stand auf und wanderte nervös hin und her. »Meinst du, es gibt da einen Mann?«

Nellie seufzte. »Ich fürchte, da gibt es mehrere«, sagte sie. »Es scheint dort sehr … hm … frei zuzugehen.«

April sah sie ungläubig an.

Nellie biss sich auf die Lippen. »Grit hat mir mal geschrieben. Noch aus Chania. Da hat ihr ein Mädchen ein Medikament gegeben. Eine Tablette, die Schwangerschaften verhüten soll. Sie wollte wissen, was ich davon halte.«

April ließ sich nun doch wieder auf ihren Strohballen fallen. »Und?«, fragte sie. »Was hältst du davon?«

Nellie hob die Schultern. »Es gibt so was. Entwickelt in Amerika, eigentlich gegen Menstruationsprobleme. Aber inzwischen ist es ziemlich sicher, dass es kontrazeptive Wirkung hat. Es handelt sich um ein Hormonpräparat. Und hat wahrscheinlich tausend Nebenwirkungen. Zugelassen ist es auch noch nicht, aber darum scheint sich bei den Beatniks keiner zu scheren. Ich hab über die Bewegung gelesen. Sie sehen das sehr locker mit Drogen aller Art. Und wenn du bei Henny mal ein bisschen zwischen den Zeilen liest …«

April zupfte nervös Stroh aus ihrem Ballen. »Alex und ich sind ganz offensichtlich blind und taub! Kannst du dir denn vorstellen, dass Henny da mitmacht? Unsere Henny? Die haben wir doch zu einem verantwortungsvollen Menschen erzogen … Sie kann nicht auf einmal mit … mit immer wechselnden Männern schlafen und Medikamente einwerfen wie saure Drops!«

»Das sagt ja keiner«, meinte Nellie begütigend. »Ich hab nur allgemein über diese Beatniks gesprochen. Und wenn du mich fragst: Irgendwann wird auch Grit genug von der Sache haben. Aus Imbros ist sie schließlich auch geflohen. Der Krieg war in gewisser Weise aufregend, Leonidas Werbung wird ihr geschmeichelt haben, aber als es ernst wurde, hat sie die erste Gelegenheit ergriffen, sich abzusetzen. Matala wird sie auch irgendwann verlassen. Spätestens, wenn ihr aufgeht, dass sie da die einzige wirkliche Künstlerin ist. Grit De Groot gehört in einen Konzertsaal, und da findet sie irgendwann wieder hin.«

»Und so lange sitzt Henny da fest?«, fragte April. »Am liebsten würde ich hinfahren, allen den Kopf zurechtsetzen und Henny da rausholen.«

Nellie nickte verständnisvoll. »Sie könnte ja jederzeit gehen«, sagte sie. »Aber wie du schon sagst, habt ihr sie zu einem verantwortungsvollen Menschen erzogen. Wenn du mich fragst, sorgt sie sich um das Kind. Audrey ist zweieinhalb! Ein Kleinkind. Das passt nicht in Grits augenblickliches Leben …«

April winkte ab. »Grit hat noch immer jemanden gefunden, der es ihr abgenommen hat. Denk an Diane in Gisborne!«

»Die war erwachsen«, meinte Nellie. »Wie erwachsen sind diese Beatniks? Ich mache mir auch Sorgen um Henny, aber ehrlich gesagt würde ich mich um Audrey zu Tode fürchten, wenn sie nicht bei ihr wäre.«

Der Andrang der Journalisten und anderer Interessenten im Grabungscamp der Leakeys hielt an. Während des glutheißen afrikanischen Sommers gab Mary Leakey immer wieder Interviews zu ihrem Sensationsfund, führte Besucher zu der Stelle, an der sie buchstäblich über das Fossil gestolpert war, und freute sich über neue Sponsoren. Die Arbeit der Leakeys war damit auf Jahre hinaus gesichert – sie würden weitere Praktikanten annehmen, ja sogar Hilfskräfte einstellen können.

Daphne dachte also am ehesten an ein Stellenangebot, als Louis Leakey sie kurz nach dem Jahreswechsel 1960 zu einem Gespräch bat. Sie hatte in den letzten Monaten sehr gut mit beiden Leakeys zusammengearbeitet. Vor allem Mary zog sie den anderen Praktikanten und Praktikantinnen, speziell Ellen, vor – wahrscheinlich, weil sie niemals Anstalten machte, mit dem Professor zu flirten. Wenn also jemand fest angestellt werden sollte, könnte die Wahl der beiden auf sie gefallen sein – Daphne wusste nur nicht genau, ob sie zusagen würde. Die Arbeit als Paläontologin machte ihr Spaß, doch ihr weiteres Leben mit der Suche nach und der Bestimmung von Knochen zu verbringen konnte sie sich nicht wirklich vorstellen. Anthropologie interessierte sie, Forschung war aufregend – doch ihr fehlten lebende Tiere. Wie es aussah, würde sie diese Leidenschaften nie miteinander verbinden können.

Umso verblüffter und überraschter war sie, als Professor Leakey sein Anliegen dann vorbrachte. »Ich hab da einen Traum«, begann er das Gespräch. »Ein Forschungsprojekt, das von allem anderen abweicht, das wir bisher getan haben, und ich glaube, dass so etwas auch sonst noch niemand versucht hat. Jetzt, da wir keine finanziellen Schwierigkeiten mehr haben, denke ich daran, es zu verwirklichen. Und … Sie sind die Erste, die ich darauf anspreche.«

Daphne sah ihn fragend an. Sie konnte sich nicht daran erinnern, dass er jemals von einem Projekt gesprochen hatte, das von Grabungsarbeiten abwich.

»Das freut mich«, erwiderte sie gespannt.

»Ich hab Sie in den letzten Monaten genau beobachtet, Daphne, und ich meine, in Ihnen das gefunden zu haben, was ich suche: eine ungebundene junge Frau, voller Leidenschaft für die Forschung, aber auch für Tiere. Sie scheinen mir psychisch gefestigt, kommen mit Menschen gut zurecht, doch Sie können ebenso gut allein sein. Sie sind flexibel, durchsetzungsfähig, wenn es darauf ankommt …«

Daphne begann mechanisch, Lily zu kraulen, die an ihr hochsprang. Die Aufzählung all ihrer Vorzüge und Talente machte sie eher verlegen, als ihr zu schmeicheln. Sie wünschte sich, der Professor würde endlich auf den Punkt kommen.

»Was soll ich denn machen?«, fragte sie verwirrt.

»Wir haben kurz nach Ihrer Ankunft schon mal darüber gesprochen«, sagte Leakey. »Darüber, wie wir beide uns die ideale Form der Primatenforschung vorstellen: Wir wollen keine eingeschlossenen, unglücklichen Tiere, die artuntypische Kunststücke erlernen sollen, sondern freilebende Primaten, denen sich der Forscher sozusagen auf Augenhöhe nähert. Beziehungsweise die Forscherin. Ich glaube nämlich, dass es Frauen leichter fallen würde als Männern, zu den Menschenaffen Kontakt aufzunehmen. Sie sind geduldiger, wirken weniger bedrohlich … Es gibt viele Gründe, weshalb mein Wunschprojekt so aussähe, dass je eine junge Frau sich auf eine mehrjährige Feldstudie einließe, in der sie sich mit Gorillas, Orang-Utans und Schimpansen beschäftigt. Sie soll mit den Tieren vertraut werden, kommunizieren, wenn das möglich ist, und ihre Beobachtungen wissenschaftlich korrekt dokumentieren. Das Leben wäre sicher entbehrungsreich, Sie wären allein abseits jeder Zivilisation … teilweise ist das Klima extrem, besonders auf Borneo, wo die Orang-Utans leben. Aber irgendwie …«

Daphne sah Louis Leakey mit strahlenden Augen an. »Kann ich meine Hündin mitnehmen?«, fragte sie.

Zurück in ihrem Zelt, versuchte sie zunächst, ihr wild pochendes Herz zur Ruhe zu bringen. Die Möglichkeiten, die Leakeys Angebot ihr eröffnete, übertrafen ihre kühnsten Vorstellungen. Selbstbestimmte Forschung an Primaten, mit der sie sich einen Namen in der Welt der Wissenschaft würde machen können, ohne in einem Labor eingesperrt zu sein und ihre Forschungsobjekte quälen zu müssen. Kein Laborleiter, der ihr auf die Finger sah, keine Konkurrenz unter den Forschungsassistenten oder Doktoranden. Natürlich würde es etwas einsam sein, doch wenn sie Erfolg hatte, konnte ihre Beobachtungsstation Studenten und Interessenten aus aller Welt anlocken wie jetzt das Camp der Leakeys. Daphne nahm sich vor, so schnell wie möglich die Sprache ihres Gastlandes zu lernen, um bald unter den Einheimischen Freunde finden zu können. Jetzt galt es nur noch, sich dafür zu entscheiden, mit welchen Tieren sie die nächsten Jahre verbringen wollte. Orang-Utans lebten in Borneo, sicher ein faszinierendes Land. Allerdings mochte sie die feuchte Wärme, in der sich die Menschenaffen am wohlsten fühlten, nicht.

Um Gorillas zu erforschen, müsste sie ins Bergland von Ruanda. Das Klima dort bekam ihr sicher besser, aber lagen ihr die nicht allzu agilen Primaten? Eigentlich fühlte sie sich eher zu den lebhafteren Schimpansen hingezogen, die sie in Kenia vorfinden würde. Das Einzige, was dagegensprach, war die Jagdleidenschaft der pfiffigen Tiere, die Lily leicht das Leben kosten konnte. Schimpansen fraßen häufiger Fleisch als andere Menschenaffen.

»Lassen Sie sich Zeit«, hatte Leakey gesagt, hocherfreut darüber, wie gut sein Angebot bei ihr ankam. »Denken Sie nach, lesen Sie vielleicht noch etwas über die verschiedenen Tiere und informieren Sie sich über die Verhältnisse des Landes, in dem Sie leben würden. Sie wissen ja, die afrikanischen Länder stehen jetzt alle vor der Unabhängigkeit, da kann es zu Unruhen kommen. Kenia hat mit seinem Mau-Mau-Krieg wohl das Schlimmste hinter sich, aber wie es in Ruanda ist oder noch kommen wird? Wie gesagt, erwägen Sie alles und sagen Sie mir dann Bescheid. Ich bin sehr gespannt, wie Sie sich entscheiden.«

Daphne kraulte Lily und überschlug ihre Möglichkeiten, als Ellen hereinkam.

»Morgen gehen wir schon wieder nicht graben«, verkündete sie missgelaunt.

Sowohl Ellen als auch Bob hatten die neue Berühmtheit der Leakeys zunächst genossen, doch inzwischen waren sie die vielen Besucher im Camp leid wie auch die Aufmerksamkeit, die immer nur Mary und nie ihnen selbst galt. Wenn die Ausgrabungen ausgesetzt wurden, bot sich ihnen schließlich nicht die Möglichkeit, vielleicht gleich den nächsten Frühmenschen zu entdecken. »Zinji«, so hatte Bob kurz nach dem Fund getönt, »muss eine Frau gehabt haben!« Daphnes Argument, dass deren Knochen möglicherweise in einem ganz anderen Bereich der Schlucht angespült worden waren, hatte er nicht gelten lassen. Die Studenten und Studentinnen waren mit Feuereifer dabei, in der unmittelbaren Umgebung von Zinjis Fundort keinen Stein auf dem anderen zu lassen.

Ellen sprach verärgert weiter. »In Nairobi ist irgend so eine Konferenz zum Thema Unabhängigkeit. Wenn du mich fragst, ein Treffen schwarzer Unruhestifter! Die Kerle kommen aus allen Teilen Afrikas, vertreten irgendwelche sozialistischen Parteien, und denen sollen wir jetzt Zinji zeigen. Die pure Zeitverschwendung!«

Wenn wichtige Besucher eintrafen, blieben in der Regel beide Leakeys im Camp, um sie willkommen zu heißen. Die Studenten mussten dann ebenfalls bleiben – Grabungen auf eigene Faust waren nicht gern gesehen.

»Kommen tatsächlich alle Konferenzteilnehmer aus Nairobi hierher?«, fragte Daphne.

Die kenianische Hauptstadt war zweihundertachtzig Meilen vom Ngorongoro-Krater entfernt. Ob es den Delegierten wirklich so wichtig war, mit ein paar Knochen fotografiert zu werden?

»Nö. Eigentlich nur einer, ein Kongolese. Der ist wohl auf dem Weg, im Kongo ein hohes Tier zu werden. Jedenfalls hat der Gouverneur ihn eingeladen, hier einen Blick auf Zinji zu werfen. Kommt mit einem anderen Schwarzen, sie stellen denen sogar ein Flugzeug ...«

Ellen fuhr verärgert mit der Bürste durch ihr prachtvolles Haar, als wollte sie ihre Wut daran auslassen. Anscheinend missgönnte sie den Afrikanern das moderne Fortbewegungsmittel, das sie selbst ganz selbstverständlich in Anspruch genommen hatte.

»Du musst ja nicht mit zur Fundstelle gehen«, meinte Daphne. Wenn sich ein Besucher so interessiert zeigte wie wohl der kongolesische Delegierte, wollte er meist nicht nur den Schädel, sondern auch die Grabungsstellen sehen.

»Mach ich auch nicht«, erklärte Ellen. »Bob hat die neue *Nature*, und wir wollen schauen, ob da nicht Praktikumsstellen ausgeschrieben sind. Ich denke, ich mach mal was anderes, vielleicht Primatenforschung ...«

Daphne lachte in sich hinein. Ob Ellen wohl zugestimmt hätte, wäre Leakey mit seinem Projekt an sie herangetreten? Das damit verbundene Prestige hätte ihr sicher gefallen, aber sie konnte sich die junge Frau kaum allein unter Affen vorstellen.

Am nächsten Vormittag war sie zur Stelle, als das Flugzeug mit den beiden afrikanischen Politikern landete.

Ein schlanker, junger Mann mit sehr hohem Haaransatz, ovalem, ebenmäßigem Gesicht und lachenden Augen stieg als Erster aus und stellte sich als Julius Nyerere vor. Er hatte Tanganjika bei der Konferenz vertreten und bedankte sich nun herzlich bei den Leakeys, die ihm und seinem kongolesischen Mitreisenden Josua Ngongo die Bekanntschaft mit einem echten Ureinwohner der Serengeti ermöglichten.

Louis und Mary Leakey lachten über den Scherz, der das Eis bereits brach, und hießen nun auch den zweiten Besucher willkommen. Josua Ngongo war groß und schlank und hatte ein ernstes, sympathisches Gesicht. Er trug eine randlose Brille, hinter der Daphne wache, hellbraune Augen erkannte, leuchtend vor Freude, hier sein zu dürfen. Der junge Mann schaute sich voller Interesse um. Er reichte den Leakeys die Hand und begrüßte dann auch Daphne und Lars – Jonathan weilte gerade in Daressalam.

Leakey stellte sie als Grabungshelfer vor, und in Ngongos Augen blitzte fast etwas Sehnsucht auf.

»Das muss großartig sein, hier mitarbeiten zu dürfen«, wandte er sich in fließendem Englisch an Daphne.

Sie nickte. »Wir sind auch sehr stolz darauf«, sagte sie.

Lily, die sich nicht beachtet fühlte, tänzelte auf den Neuankömmling zu und versuchte, sein Interesse zu wecken.

»Setzen Sie Suchhunde ein?«, fragte Ngongo ernst.

Daphne musste lachen. »Nein, aber diese kleine Dame hat durchaus ihren Anteil an der Entdeckung von Zinji«, erklärte sie. »Wenn auch keinen sehr rühmlichen. Ich fürchte, ihr Name wird nicht in die Geschichtsbücher eingehen.« Unbefangen erzählte sie von Lilys Eskapaden, die zur Entdeckung des Urmenschen geführt hatten.

Josua Ngongo lächelte. Er schien wirklich überglücklich, im Camp der Leakeys zu sein. Daphne fragte sich, ob er nicht lieber an einer Universität wäre, als sich für die Unabhängigkeit seines Landes zu engagieren.

»Sie nennen den Schädel Zinji?«, fragte er erheitert.

»Wir können ja nicht immer vom Zinjanthropus boisei sprechen«, meinte Daphne. »Und einfach Schädel zu sagen, erscheint doch etwas unpersönlich.«

Ihr Besucher lachte. »Darf ich mich wohl im Camp ein wenig

umsehen?«, erkundigte er sich. »Ich wollte schon immer wissen, wie paläontologische Forschung aussieht.«

Mary Leakey nickte und führte die Besucher in die Hütte, in der sie die Funde dokumentierte und die Fundorte auf Karten übertrug.

»Es ist wichtig zu notieren, in welcher Tiefe und in welcher Erdschicht Fossilien gefunden wurden, das hilft bei der Altersbestimmung«, erklärte Daphne, als Ngongo die Anmerkungen auf den Karten genau studierte. »Sie können sich das gleich noch in der Schlucht anschauen. Wenn Sie möchten, nehmen wir Grabungswerkzeuge mit, und Sie können selbst mal ein bisschen experimentieren, wie man die Fossiliensuche richtig angeht.«

Nyerere schien die Idee nicht sehr zu begeistern, aber Josua Ngongo war Feuer und Flamme. »Ich interessiere mich sehr für Paläontologie, auch Archäologie. Eigentlich hätte ich am liebsten Anthropologie studiert«, verriet er Daphne auf dem Weg zu Zinjis Fundort. »Aber Lumumba hat mich davon überzeugt, dass mein Land mich braucht. Wir haben sehr wenige Afrikaner mit Hochschulabschluss im Kongo, gerade mal drei oder vier. Und die, meint er, braucht er in der Regierung, wenn die Belgier endlich abziehen. Haben Sie das markiert?« Er wies auf ein paar mit Flatterbändern gekennzeichnete Stellen. Der Boden ähnelte hier dem an Zinjis Fundort, deshalb meinten Ellen und Bob, das mache es wahrscheinlich, weitere Fossilien zu finden.

Daphne erklärte ihm das – die Leakeys schienen froh zu sein, dass sie als Führerin fungierte. Sie unterhielten sich angeregt mit Nyerere, mit dem sie über die Zukunft Tanganjikas sprachen.

Ngongo siebte nun selbst etwas Erde, und als Daphne ein Knochenstück fand, reinigte er es sorgfältig mit einem Pinsel.

»Das stammt jetzt aber nicht von einem Menschen, oder?«, fragte er ehrfürchtig und besah sich den Fund genauer.

Daphne verneinte. »Nein, das ist vom Knochen irgendeines kleinen Tieres. So etwas finden wir ständig. Aber es ist versteinert.

Ich denke, der Professor wird nichts dagegen haben, wenn Sie es behalten.«

Ngongo schaute sie an, als hätte sie ihm die Kronjuwelen geschenkt.

Schließlich wanderten alle zurück zum Camp. Einer der afrikanischen Helfer erwartete sie mit Eistee – dann schloss Mary den Schuppen auf, in dem sie wertvollere Fundstücke verwahrten. Sie zog Handschuhe an und holte Zinji aus der Schachtel, in der er, sorgfältig auf Sägespäne gebettet, ruhte.

»Darf ich ihn … anfassen?«, erkundigte sich Ngongo.

Daphne reichte ihm ein paar Handschuhe. »Wir gehen sehr vorsichtig mit ihm um«, erklärte sie.

Mary ließ den Kiefer des Schädels in seine Hände gleiten. Er inspizierte die Schädelteile ausführlich.

»Faszinierend«, sagte er. »Gibt es irgendwelche Annahmen in Bezug auf die Todesursache? Spuren von Gewalteinwirkung?«

Ellen, die sich beim Teetrinken zu ihnen gesellt hatte und die beiden Politiker nun doch ganz interessant zu finden schien, schüttelte den Kopf. »Sicher nicht! Wir gehen davon aus, dass diese Frühmenschen den Menschenaffen noch sehr ähnelten«, sagte sie. »Also friedfertiger waren, als der Homo sapiens es ist …«

Mary Leakey unterbrach sie. »Na, na, Ellen, übertreiben Sie's nicht. Menschenaffen sind keine Friedensengel. Schimpansen zum Beispiel können ganz schön gewalttätig sein«, korrigierte sie die junge Kollegin. »Sie jagen, und sie regeln Auseinandersetzungen gern mit Gewalt.«

Josua Ngongo runzelte die Stirn. »Wirklich?«, fragte er. »Also bei uns sind die ganz reizend miteinander. Wir haben viele Affen im Kongo, und sie werden häufig Opfer von Tierfängern oder Jägern. Sie wehren sich nicht, verstehen Sie? Dabei sind sie nicht dumm. Teilweise machen sie Gesten, als wollten sie die Jäger bitten, sie zu verschonen. Sie wissen, was auf sie zukommt, wenn die Tierfänger eine Gruppe stellen. Wenn der Kongo unabhängig wird und Lumumba an die Regierung kommt, werden wir die Jagd auf sie verbieten, also ich werde mich jedenfalls dafür einsetzen! Es ist herzzerreißend zu sehen, wie sie abgeschlachtet werden.«

Der junge Mann legte den Schädel weg, als wäre es ihm plötzlich zuwider, ein noch so frühes Mitglied der Familie des Homo sapiens zu bewundern.

»Haben Sie so eine Jagd schon mal miterlebt?«, fragte Daphne.

Zu einem Politiker und Unabhängigkeitsaktivisten passte es eigentlich nicht, sich an blutigen Affenjagden im Regenwald zu beteiligen.

»Unfreiwillig«, antwortete Ngongo. Er rieb sich die Stirn und über die Augen, wozu er die Brille kurz absetzte. »Die Jagd war von belgischen Tierhändlern organisiert. Es ging um Schimpansen für verschiedene Zoos. Ich wurde als Übersetzer mitgeschickt, weil ich sehr gut Französisch spreche. Es war jedenfalls schrecklich. Um ein paar Affenjunge zu fangen, wurde eine ganze Familiengruppe abgeschlachtet. Und es war … es kam mir vor … es ist verrückt, aber für mich fühlte es sich an, als ob die Jäger unter Menschen wüteten. Diese Schreie, das Weinen und Fiepen der Kleinen, das Jammern der Mütter …«

Daphne fühlte sich an die Verzweiflung der Rhesusaffen in Harlows Labor erinnert. »So etwas dürfte es nicht geben«, sagte sie betroffen.

Josua nickte. »Ich möchte es abstellen«, erklärte er. »Die belgische Kolonialherrschaft ist eine einzige Ausbeuterei unserer Menschen, unserer Bodenschätze und nicht zuletzt unserer Flora und Fauna.«

Daphne erkannte, dass er es ernst meinte und warum er seinen Neigungen im Studium nicht nachgegangen war.

»Dann wünsche ich Ihnen Glück«, sagte sie mitfühlend.

Da in der Nähe von Nairobi ein Sandsturm wütete, konnte das Flugzeug am Nachmittag nicht wieder abheben, und zu Ngongos größtem Vergnügen blieben die Besucher über Nacht. Nyerere war zwar nicht so begeistert, doch die Unterhaltung am abendlichen Feuer fesselte ihn dann doch. Die Leakeys erzählten von ihren Forschungen, Erfolgen und Rückschlägen, und schließlich sprachen Ngongo und Nyerere von den Bemühungen ihrer Völker um Unabhängigkeit.

Nyerere und die Menschen von Tanganjika waren sich ziemlich sicher, bald in die Freiheit entlassen zu werden, sie gingen von einer unblutigen, wenig problematischen Übernahme aus. Ngongo war eher besorgt. Die Belgier machten es den Afrikanern nicht leicht, sich in die Regierung einzuarbeiten, lediglich drei hohe Beamte waren Kongolesen. Zudem konkurrierten zwei starke Männer um die Herrschaft nach der Unabhängigkeit: Patrice Lumumba und Joseph Kasavubu. Es bestand Gefahr, dass die Situation eskalieren konnte, wenn einer von ihnen die Wahlen nur knapp gewann. Ngongo unterstützte Lumumba. Er hielt ihn für aufrichtig und erwartete von seiner Herrschaft wichtige Reformen – auch was die Einrichtung von Nationalparks anging, in denen die Wildtiere geschützt waren.

»Viele afrikanische Länder setzen jetzt auf Safaritourismus. Jagdreisende, doch auch immer mehr Menschen, die unsere Länder einfach faszinierend finden, die Tiere lebend sehen wollen und sich für unsere Geschichte interessieren. Sie …«, er wies auf die Leakeys, »… und Ihr Zinji sind da doch das beste Beispiel. Ihre Arbeit bringt so viele Besucher nach Tanganjika. Aber dazu brauchen wir Frieden und eine nationale Bewegung für den Kongo und Tanganjika, Kenia … für alle Staaten, die immer noch unter kolonialer Verwaltung stehen.«

»Und dann werfen Sie alle Weißen raus?«, fragte Ellen nicht sehr freundlich.

Die Afrikaner schüttelten den Kopf.

»Wir haben überhaupt nichts gegen Weiße«, meinte Nyerere. »Wir möchte nur nicht ausgenutzt und schikaniert werden. Es muss einfach aufhören, dass wir schlechter dastehen, nur weil unsere Haut dunkler ist.«

Ngongo dachte nach. »Ich frage mich«, sagte er, »welche Hautfarbe Zinji hatte, der doch wohl unser aller Vorfahre war …«

Später am Abend, als sich alle zurückgezogen hatten und nur noch das Feuer gelöscht wurde, begab sich Daphne zu Leakey.

»Ich hab's mir überlegt«, sagte sie. »Wenn es möglich wäre, würde ich gern in den Kongo gehen und dort die Schimpansen erforschen.«

»Zwergschimpansen«, berichtigte der Professor. »Das wollte ich vorhin schon erklären, aber irgendwie kam ich nicht dazu. Sie heißen auch Bonobos. Eine Unterart des Schimpansen. Wurde erst 1921 entdeckt. Der deutsche Zoologe Ernst Schwarz fand einen Schädel befremdlich, der in einem belgischen Museum als vom Schimpansen stammend ausgestellt wurde, und untersuchte ihn näher. In den Dreißigerjahren, glaube ich, wurden dann die ersten Exemplare gefangen und nach Europa gebracht. Die Zucht in Gefangenschaft ist meines Wissens noch nicht gelungen …«

Daphne lauschte interessiert. »Dann wäre das doch ein sehr dankbares Forschungsgebiet. Ich könnte Pionierarbeit leisten …«

Der Professor sah sie prüfend an. »Sie könnten auch erschossen werden«, bemerkte er. »Im Kongo brodelt es, sie haben es gehört. Die Belgier wollen das Land nicht freigeben, die Afrikaner selbst vertragen sich nicht. Das kann gefährlich werden.«

Daphne lächelte. »Gefahren mitten im Regenwald?«, fragte sie. »Wo die Affen doch so friedlich sind?«

Leakey hob die Schultern. »Sprechen wir morgen noch mal mit Josua Ngongo. Und ich werde weitere Erkundigungen einziehen. Wenn Sie dort nicht gefährdet sind, zumindest nicht mehr als in den anderen Ländern, in denen Primaten zu erforschen wären, können Sie gehen.«

Josua Ngongo ließ es sich nicht nehmen, Daphne in ihr neues Wirkungsgebiet zu begleiten. Es hatte noch einige Monate gedauert, bis sich die Reise organisieren ließ, Belgien stand nun wirklich kurz davor, den Kongo in die Unabhängigkeit zu entlassen, und Leakey hielt es für besser abzuwarten, bis wenigstens die ersten freien Wahlen im Mai entschieden waren. Zu Josuas Freude erlangte der MNC, die Partei Patrice Lumumbas, die Mehrheit, seine Leute bereiteten die Machtübernahme vor. Dennoch wollte sich Ngongo Zeit für Daphne nehmen. Er traf sie in der Kleinstadt Mbandaka und heuerte dort drei Einheimische an, die ihr in der Wildnis zur Hand gehen sollten. Sie ruderten die drei Einbäume, Pirogen genannt, in denen die Reise weiterging. Daphne und Josua beluden sie mit einer Campingausrüstung und Proviant – Konservendosen, Trockenfutter für Lily, Zwieback, Bohnen, Reis und anderen haltbaren Lebensmitteln. Daphne bestand auf Mitnahme einer noch grünen Bananenstaude.

»Mein Einstandsgeschenk«, sagte sie vergnügt. »Alle Affen mögen Bananen!« Sie konnte nur hoffen, dass die Früchte genießbar blieben, bis das Ziel erreicht war.

Im Regenwald herrschte feuchte Wärme, ihre Kleidung – eine langärmlige Bluse und Baumwollhosen – war schon nach wenigen Minuten durchgeschwitzt. Daphne durfte gar nicht daran denken, wie viele Stechinsekten sich jetzt schon die Saugrüssel leckten, als sie die Boote bestiegen. Ngongos Ankündigung, die Reise auf dem Wasser würde zwei bis drei Tage dauern, machte sie nun doch etwas nervös. Ganz so weit weg von jeglicher Zivilisation hätte sie ihren neuen Arbeitsplatz nicht vermutet.

Immerhin war die Landschaft, die sich ihr bot, einzigartig. Der Regenwald reichte bis an die Flussufer heran, Farne, Palmen und Mangroven bestimmten die Vegetation. Mitunter sah man Flusspferde im Wasser oder sich sonnend auf Sandbänken, gelegentlich andere Tiere, sogar Elefanten, die badeten oder am Wasser tranken. Am Abend zogen die jungen Männer die Pirogen an Land, möglichst auf einen Strand oder eine grasbewachsene Uferfläche und stellten die Zelte auf. Ein Feuer sollte Wildtiere abhalten, sie kochten darauf Bohnen und Maisbrei.

»Kulinarisch interessant ist das ja nicht gerade«, bemerkte Daphne.

Josua grinste. »Du willst ja kein Fleisch essen.« Sie hatten am Tag zuvor vereinbart, sich beim Vornamen zu nennen und sich zu duzen. »Sonst hätte ich die Jungs auf die Jagd geschickt.«

Die drei hießen Vuyo, Kito und Zahir und sprachen nur ein paar Wörter Englisch. Daphne hatte in den letzten Wochen versucht, etwas Bantu zu lernen, aber das war schon am Fehlen geeigneter Lehrbücher gescheitert. Dann jedoch hatte sie Lars, der schweigsame, schwedische Student, auf eine Alternative hingewiesen.

Er hatte sie in einer Ecke von Leakeys Camp überrascht, als sie Lily ein paar Vokabeln vorgelesen hatte, ohne zu wissen, ob sie die Worte richtig aussprach.

»Was wird das denn?«, hatte Lars wissen wollen.

Sie hatte ihm daraufhin von ihrer neuen Aufgabe erzählt und den damit verbundenen Schwierigkeiten. »Wie hast du das eigentlich gemacht?«, hatte sie schließlich gefragt. »Du bist doch quer durch Afrika gereist. Kamst du da überall mit Englisch durch?«

Lars hatte den Kopf geschüttelt. »Gebärdensprache«, hatte er kurz gesagt. »Mein kleiner Bruder ist gehörlos.«

»Aber die muss man doch auch lernen«, hatte Daphne eingewandt und Zustimmung geerntet.

»Sie ist allerdings international, und die Bedeutung vieler Zeichen ist leicht zu erraten«, hatte Lars erklärt. »Guck mal!«

Daphne hatte zunächst gar nichts erraten, als seine Hände blitzschnell in die Luft zeichneten, was er durch Mimik untermalte. Die letzten Gesten schienen jedoch nachzuahmen, wie sich ein Affe kratzte und ein Gorillamann sich auf die Brust schlug.

»Irgendwas mit Affen?«, hatte Daphne angenommen.

Lars hatte genickt und die Gebärden noch einmal langsam wiederholt.

»Ich … schaue nach Affen?«

»Ich beobachte Affen«, hatte Lars berichtigt. »Du warst nahe dran. Verstehst du, was ich meine? Je einfacher und gebräuchlicher die Worte, desto verständlicher die Zeichen. Ich kam gut damit zurecht.«

Daphne hatte ihn dann gebeten, ihr einen Grundwortschatz beizubringen, und sich auch ein Buch dazu bestellt. Nun hoffte sie, sich damit einigermaßen verständigen zu können. Ihre drei künftigen Mitarbeiter zeigten sich gut gelaunt und aufgeschlossen, als sie es versuchte. Daphne war optimistisch.

»Wird hier viel gejagt?«, erkundigte sie sich jetzt bei Josua.

Er nickte unglücklich. »Leider ja. Dabei spreche ich nicht von den Pygmäen, die hier irgendwo ihre Dörfer haben. Sie jagen mit Speeren und Netzen, das dezimiert die Tierpopulation nicht nennenswert. Auch unsere drei Jungs hätten höchstens irgendein kleines Tier erbeutet. Aber selbst hier im tiefsten Urwald gibt es Wilderer, die Fallen stellen und mit Schusswaffen unterwegs sind. Wir werden Schutzgebiete für die Bonobos ausweisen, sobald es möglich ist, vorerst ist im Land allerdings anderes zu tun. So leid es mir tut, wirst du dich also selbst um die Unversehrtheit deiner Forschungsobjekte kümmern müssen. Ich hab Kito, Zahir und Vuyo schon angewiesen, die Gegend regelmäßig auf Fallen zu kontrollieren und sie zu zerstören.«

»Damit werden wir uns Feinde machen«, gab Daphne zu bedenken. »Kann man mit den Leuten nicht reden?«

»Du kannst es gern versuchen«, sagte Josua. »Was wir hier aufbauen wollen, eine Tierbeobachtungsstation im tiefsten Dschungel, hat bisher noch niemand gemacht. Also gibt es keine Erfahrungsberichte. Wir können dich nur mit Papieren ausstatten, die besagen, dass deine Arbeit hier legal und erwünscht ist. Ob sich darum jemand schert, weiß ich leider nicht. Aber mach dir keine Sorgen. Kito, Zahir und Vuyo sind wehrhafte Männer. Die Jäger wären dumm, sich mit ihnen anzulegen, zumal das Waldgebiet riesig ist. Sie können irgendwo jagen, wo sich niemand daran stört. Außer den Pygmäen natürlich. Die stört es immer, schließlich ist es ein Einbruch in ihr angestammtes Jagd- und Lebensgebiet …«

»Das sind sehr kleine Menschen, nicht?«, fragte Daphne. »Sind sie gefährlich?«

»Sie gelten als sehr friedlich«, meinte Ngongo. »Aber ich hab ehrlich gesagt noch nie einen Pygmäen getroffen. Sie leben ganz für sich, wollen nicht gestört werden und brauchen den Schutz der Regierung eigentlich genauso sehr wie die wilden Tiere. Dieses Land, seine Menschen und Tiere … es ist eine gigantische Aufgabe.« Er lächelte ihr zu. »Ich freu mich, dass du mir hilfst, sie in Angriff zu nehmen.«

Daphne fühlte sich ein wenig überfordert, Josua Ngongos Lächeln war jedoch unwiderstehlich, und sie fand es sehr sympathisch, dass er das Projekt so massiv unterstützte.

»Irgendwo muss man ja anfangen«, sagte sie. »Wenn wir … einen guten Lagerplatz finden, würdest du mir dann helfen, eine Hütte zu bauen?«

Josua blickte sie erstaunt an. »Hast du bei den Leakeys nicht auch in Zelten gelebt?«, fragte er.

Daphne nickte. »Aber da war ich nicht allein im Urwald mit drei Männern, die ich bis gestern noch nicht kannte. Ich würde meine Tür gern verschließen können.«

Josua wirkte betreten, fast etwas verletzt. »Du traust Afrikanern nicht«, konstatierte er. »Ich sehe das oft bei weißen Frauen. Sie nehmen an, dass wir über sie herfallen, sobald …«

Daphne blitzte ihn an. »Josua!«, rief sie. »Das sind drei Männer, und ich bin eine einzige Frau. Wir sollen vielleicht monatelang zusammen in einem Camp leben. Da könnte jedes männliche Wesen auf dumme Gedanken kommen, egal, ob es schwarz, weiß, grün oder kariert ist. Ich würde es einfach gern aussperren können, wenn es mir passt.«

Josua lächelte schon wieder. »Du könntest jemanden, der … kariert ist, aber theoretisch auch reinlassen?«, fragte er.

Daphne musste lachen. Er war süß, wenn er flirtete.

»Sicher«, gab sie im gleichen Tonfall zurück. »Das kommt ganz darauf an, wie beliebt er sich macht. Würde er mir zum Beispiel eine Hütte bauen …«

Die kleine Gruppe folgte drei Tage lang den Flüssen Kongo, Lulonga, Maringa und Lomako. Dann schulterten die Männer die Ausrüstung, und es ging auf einen fünfstündigen Fußmarsch. Schließlich begannen sie, sich nach einem geeigneten Platz für die Forschungsstation umzusehen, und entschieden sich letztlich für eine Lichtung, an der ein kleiner Bach entlangfloss.

»Da hast du gleich Wasser«, freute sich Josua. »Muss ich sofort anfangen zu bauen, oder machen wir erst mal Feuer, stellen die Zelte auf und ruhen uns aus?«

Während die Männer die Zelte aufstellten, erkundete Daphne mit Lily ein wenig die Umgebung. Sie war sich nicht sicher, ob sie die Hündin frei laufen lassen sollte, sie musste erst herausfinden, welche Tiere ihr hier vielleicht gefährlich werden konnten. Vorerst sah sie nur ein Gürteltier, das schnell im Buschwerk verschwand, als Lily es begeistert verbellte. In den Bäumen bewegte sich auch etwas, doch Daphne konnte nicht erkennen, ob es Bonobos oder andere Affen waren. Der Wald war jedenfalls wunderschön, er wirkte verwunschen, als könnte man hier Schätze finden oder Märchenfiguren treffen. Sie kehrte ungern um, doch es war sicher besser, die ersten längeren Ausflüge gemeinsam mit den Einheimischen anzugehen. Sie lächelte. In ein paar Wochen würde sie hier jeden Baum und jeden Strauch kennen – und hoffentlich auch ihre freundlichen tierischen Bewohner.

Am nächsten Tag machte sich Josua mithilfe der drei anderen Afrikaner an den Bau einer Hütte aus Zweigen und Ästen.

»Zurück zu den Wurzeln«, bemerkte er und zwinkerte ihr zu. Seine Eltern hatten schon nicht mehr in Bantuhütten gelebt, sein Vater hatte für die belgische Kolonialregierung gearbeitet. »Aber ich denke, es ist dir recht, wenn wir in den Wänden keinen Kuhdung verarbeiten können, in Ermangelung der ihn erzeugenden Tiere ...«

Daphne lachte und rührte nach Anweisung der Afrikaner eifrig Lehm an, um die »Wände« ihrer Hütte damit abzudichten. Am Abend feierten sie Richtfest.

»Morgen werden wir fertig«, bemerkte Daphne mit leichtem Staunen. »Das geht erstaunlich schnell im Vergleich zu Steinbauten. Oder Holzhäusern wie bei den Maori in Neuseeland.«

»Die Hitze hier hat eben auch ihre Vorteile«, meinte Josua. »Man braucht keine Wärmedämmung und keine Heizung. Außerdem leben viele afrikanische Stämme nomadisch oder halb nomadisch. Da wäre es verlorene Zeit, zu aufwendige Häuser zu errichten.«

Daphne machte sich die zufriedene, aufgelockerte Stimmung am Lagerfeuer zunutze, um etwas mehr über Kito, Vuyo und Zahir zu erfahren und wenigstens ein wenig ihre Sprache zu lernen. Sie lachten viel – Daphnes Versuch, die afrikanischen Worte auszusprechen, führte zu allgemeiner Erheiterung – und kamen sich näher. Daphne wusste jetzt, dass Kito und Vuyo Brüder waren und Zahir bereits verheiratet. Seine Frau sei schwanger, bedeutete er ihr. Die Männer fragten auch Daphne und Josua nach ihrem Familienstand. Sie antworteten beide, niemandem versprochen zu sein.

»Suchen wir heute nach Bonobos?«, fragte Daphne gegen Mittag, als die letzten Arbeiten an ihrer Hütte beendet waren. »Die sind doch tagaktiv, nicht? Oder versteht man hier tagaktiv als hauptsächlich in der Morgen- und Abenddämmerung richtig wach wie bei den Tieren in der Serengeti?«

Josua und die anderen wussten das auch nicht genau, hatten jedoch nichts dagegen, in den Wald zu gehen und sich umzusehen. Die Brüder zogen gemeinsam los, Zahir allein mit einem Speer – er hoffte wohl, irgendein kleines Tier für die abendliche Tafel erbeuten zu können. Josua und Daphne gingen zusammen, schweigend, um die Tiere nicht zu verschrecken. Lily saß in ihrem Rucksack. Daphne hätte sie gern in ihrer Hütte gelassen, vertraute dem Schließmechanismus allerdings nicht genug, um das findige Tier darin allein zu lassen.

»Findest du sicher zurück?«, fragte sie, als sie eine gute Stunde gegangen waren, ohne einen Bonobo zu treffen.

Josua grinste. »Ja«, sagte er. »Großer schwarzer Mann haben Gefühl für Urwald!«

Daphne grinste zurück. »Kleine weiße Frau haben Kompass«, erklärte sie und zog das Hilfsgerät zur Orientierung aus ihrer Tasche.

»Ich hab auch einen, ich war bei den Pfadfindern«, erklärte Joshua. »So halbwegs weiß ich sogar, wie man damit umgeht.«

»Sonst müssen wir auf die Nacht warten und uns an den Sternen orientieren«, witzelte Daphne weiter.

»Und du hättest gar keine Angst allein mit mir im Urwald?«, fragte er.

»Mit dir, mit den Bonobos, den Wilderern, den Pyg…«

Daphne brach plötzlich ab. Zu Tode erschrocken wies sie auf das Buschwerk vor ihnen. Lily gab einen Bellton von sich, dann verschlug es wohl auch ihr die Sprache.

Vor ihnen hantierte ein sehr kleiner Mann – bekleidet nur mit einem Lendenschurz und einem seltsamen Kopfschmuck und bewaffnet mit Speer und Pfeil und Bogen – ungeschickt mit einem eisernen Ring und Ketten, die am Boden fixiert schienen. Er bemerkte sie etwa zur gleichen Zeit wie sie ihn und begann sofort, sie aufgeregt zu beschimpfen und mit dem Speer zu fuchteln. Daphne registrierte, dass seine Brust und sein Gesicht mit weißen Bemalungen verziert waren. Sie schaffte es nicht, sich wirklich vor ihm zu fürchten, obwohl er bestimmt gefährlich werden konnte. Josua und sie waren schließlich unbewaffnet.

Daphne erkannte nun, dass es sich bei dem Eisenring um eine Falle handelte, ein besonders heimtückisches, bei Berührung zuschnappendes Ding, das einem Tier oder einem Menschen schwerste Verletzungen zufügen konnte.

»Ich glaube, er denkt, wir hätten die gelegt«, wandte sie sich an Josua. »Verstehst du, was er sagt?«

»Kein Wort«, gab er zu und versuchte seinerseits, den Mann auf Bantu zu beruhigen.

Daphne versuchte es mit Gebärdensprache, woraufhin der Pygmäe wohl registrierte, dass es sich bei ihr um eine weiße Frau handelte. Er hielt inne. Die Wilderer, die in seinem Wald Fallen aufstellten, waren sicher weder weiß noch weiblich. Als sein Blick auf Lily fiel, änderte sich sein wütender Ausdruck. Er lachte und sagte etwas, schien Fragen zu stellen und bat sie mit Gesten, die Hündin aus ihrem Rucksack zu befreien, um sie besser sehen zu können. Daphne bedeutete ihm ihrerseits, Speer und Bogen stecken zu lassen.

Lily tanzte sofort aufgeregt um den neuen Bekannten herum, der sich darüber vor Heiterkeit kaum halten konnte. Wenn ihm Jagdhunde bekannt sein sollten, so ordnete er ihnen Lily jedenfalls nicht zu.

Daphne fand es an der Zeit, sich vorzustellen. Sie zeigte auf sich, Josua und Lily und nannte ihre Namen.

Der Mann verstand, zeigte auf sich selbst und sagte »Ota«. Dann bedeutete er ihnen, ihm zu folgen. Josua entsicherte noch rasch die Falle, was Ota interessiert beobachtete. Dann führte er sie durch den Wald auf eine Lichtung. Hier standen sechs oder acht runde Hütten, aus miteinander verflochtenen Zweigen und Blättern erstellt, im Kreis um eine Feuerstelle. Einige Frauen und Männer saßen darum herum und knüpften Netze oder zerstampften Wurzeln, Kinder spielten, braune oder schwarze Hunde mit weißer Brust, die vom

Körperbau her einem Spitz ähnelten, wuselten umher. Lily fand das äußerst interessant und näherte sich ihnen sofort schwanzwedelnd.

Daphne bestaunte eher die Menschen, die alle klein und halb nackt waren wie Ota. Die Pygmäen fanden die Neuankömmlinge genauso spannend. Die Kinder näherten sich zutraulich, um Daphnes Hosen anzufassen. Sie schienen westliche Kleidung nie gesehen zu haben. Die Erwachsenen blickten zurückhaltend auf Josua. Anscheinend fragten sie sich, ob Ota da einen Wilderer gefangen hatte. Otas Erklärungen ließen sie jedoch gleich lächeln, und was er von Lily berichtete, führte zu Lachanfällen.

»Der Beitrag des Pudels zur Völkerverständigung«, bemerkte Daphne Josua gegenüber. »Erinnere mich, dass ich *Nature* dazu einen Artikel anbiete.«

Die Leute am Feuer bedeuteten ihnen mit Gesten, sich zu ihnen zu setzen, eine Frau bot eine Frucht an. Ota begab sich in eine der Hütten und war gleich darauf mit einer sehr kleinen, sehr alten Frau wieder da, deren Gesicht wie Leder wirkte und deren Brüste wie leere Beutel herabhingen. Niemand schien das abstoßend zu finden. Daphne und Josua versuchten eine Verbeugung als Begrüßung.

»Willkommen!«, rief die Frau und strahlte mit zahnlosem Mund. »Ladys and Gentlemen! Ich darf Sie herzlich in unserem Dorf begrüßen und freue mich über Ihr Interesse an unserer Lebensweise!«

Daphne und Josua starrten sie verblüfft an. Sie sprach Englisch, aber sie drückte sich aus wie ein Marktschreier oder Conférencier, nicht wie eine freundliche Gastgeberin.

»Emi«, stellte Ota strahlend vor.

»Da...danke«, stammelte Josua. »Woher ... woher sprichst du so gut Englisch?«

Die alte Frau lachte stolz. »Ich ... Welt ... Schau ... Schiff ... Louis ...«

Von fließendem Englisch war das weit entfernt. Die ersten Sätze musste Emi also irgendwann einfach auswendig gelernt haben. Dennoch schwante Daphne etwas.

»Völkerschauen«, sagte sie. »Ist dir das ein Begriff? Carl Hagenbeck schreibt darüber in seinem Buch. Er hat Leute aus Afrika und Indien und Lappland oder so geholt und sie in seinem Zoo ein Dorf aufbauen lassen. Die Hamburger konnten dann kommen und sehen, wie sie lebten. Manchmal haben sie auch Tanzvorführungen dargeboten. Ist natürlich ziemlich unwürdig, Menschen im Zoo auszustellen, aber Hagenbeck hat sie bezahlt und Hin- und Rückreise finanziert, und sie waren wohl ganz zufrieden.«

Josuas Miene verhärtete sich. »Nun, auf die Kongolesen trifft das nicht zu«, sagte er ungehalten. »Die haben die Belgier von ehemaligen Sklavenhändlern zusammentreiben lassen. Aber die Frau war auch nicht in Hamburg. Ich glaube, sie meint St. Louis ...«

Emi nickte fröhlich.

»Die Weltausstellung, 1904. Das ist ganz schön lange her. Sie muss sehr jung, fast noch ein Kind gewesen sein.«

Emi schien die Bedeutung seiner Worte zu erahnen. »So klein«, sagte sie und zeigte auf sich, etwa einen Kopf kleiner als sie jetzt war. »Klug! Lernt Worte.«

»Insgesamt wurden damals neun Pygmäen nach Amerika geschafft«, erinnerte sich Josua. »Und diesem aufgeweckten Mädchen hat man wohl die Worte eingetrichtert, die Leute in ihrem ›Dorf‹ zu begrüßen. Später wurden sie alle zurück in den Kongo gebracht, nur ein Junge, der Waise war, wollte in Amerika bleiben. Er machte dann eine sehr fragwürdige Karriere in Tier- und Menschenschauen in halb Amerika und Europa. Und er endete tragisch.«

Emi schien ihr damaliges Abenteuer nicht so negativ zu sehen, obwohl es mit einer Verschleppung von ihrem Stamm begonnen hatte. Sie begleitete Daphne und Josua zum Feuer, wo sie den Mittelpunkt der Stammesversammlung bildeten und mit Zeichensprache und Emis Übersetzungsversuchen mit den Dörflern ins Gespräch kamen. Josua berichtete, dass er aus Léopoldville kam, den Namen der Stadt hatten die Dörfler schon mal gehört. Mit den Begriffen »Australien« und »Neuseeland« konnten sie dagegen nichts anfangen. Immerhin schaffte es Daphne zu vermitteln, dass sie mit einem Schiff über das Meer gekommen war.

»Louis«, sagte Emi bestätigend.

»So ungefähr«, bestätigte Daphne lächelnd.

Einfacher war es, sich über die hiesigen Pläne und Lebensumstände zu unterhalten. Zu Daphnes großer Freude kannte Emi das Wort Affe. Josua brummte, dass man die Schwarzen und die Affen ja auch gern zusammen ausgestellt habe. Die Pygmäen glaubten dann erst, Daphne wolle Affen fangen, worüber sie nicht begeistert waren. Die Idee, sie nur zu beobachten und darüber zu schreiben, verstanden sie nicht, nahmen es jedoch hin. Als sie ihnen verdeutlichte, sie plane, allein im Wald zu leben, wurde sie sofort eingeladen, ihr Lager in ihrem Dorf aufzuschlagen. Sie nickten verständnisvoll, als Josua und Daphne ihnen zu erklären versuchten, sie hätten am Bach schon ein Haus gebaut.

Ota grinste, griff nach ihren Händen und legte sie zusammen. Dabei machte er eine Bemerkung, deren Bedeutung auch ohne Sprachkenntnisse gut zu erahnen war: »Dann du doch nicht allein!«

Schließlich begleitete das halbe Dorf Daphne und Josua zurück zu ihrem Lager. Ota wies auf dem Weg dorthin auf einen bewaldeten Berg.

»Affen«, sagte er.

Da also lebten Bonobos! Daphne konnte sich nicht genug für die Hilfe bedanken und beschenkte die Pygmäen mit einem Teil ihrer Bohnen- und Reisvorräte. Die Menschen schauten sich interessiert ihr Haus an und die Zelte ihrer Mitarbeiter. Daphne entnahm den Gesten während der lebhaften Unterhaltung, dass sie den Vergleich zwischen Zelten und Rundhütten aus Zweigen zum Inhalt hatte.

Zum Abschied sagte Emi auf Englisch »*Goodbye*, Waldfrau«. Die anderen verabschiedeten sich in der Sprache der Pygmäen. Daphne und Josua ernteten Gelächter, als sie versuchten, den Gruß nachzuahmen.

»Dann sehen wir morgen Bonobos«, sagte Daphne, als sie später noch zusammen am Feuer saßen.

Die drei jungen Männer hatten sich ein eigenes entzündet und grillten Fleisch von erbeuteten Kleintieren, das Daphne nicht identifizieren konnte und wollte. Josua teilte mit ihr den Inhalt einer Konservendose, Bohnen in Tomatensauce. Dazu hatte er als Überraschung zwei Dosen Bier zutage gefördert.

Jetzt schüttelte er bedauernd den Kopf. »Morgen muss ich gehen«, sagte er leise. »Mehr als ein paar Tage kann ich nicht von der Arbeit fernbleiben. Es tut mir leid.«

Daphne trank langsam ihr Bier und schaute hinauf in den weiten afrikanischen Sternenhimmel. Dabei lehnte sie den Kopf an seine Schulter. Eine vorsichtige Geste der Annäherung, er konnte tun, als merkte er es nicht.

»Du kommst aber wieder?«, fragte sie.

»Willst du das denn?« Er lehnte seinen Kopf an den ihren.

»Ja«, sagte sie. »Jetzt, da du mir schon eine Hütte gebaut hast …«

»Vielleicht werde ich darin ja irgendwann willkommen sein«, bemerkte er. »Ich will dich nicht überrumpeln. Und ich weiß nicht, was die Zukunft bringt. Wir haben einen Staat aufzubauen …«

Daphne nickte. »Du tust, was du tun musst. Ich bin hier …«

Er drückte einen sanften Kuss in ihr Haar, bevor er aufstand. Lily leckte ihrer beider Hände.

»*Goodbye*, Buschfrau«, sagte er lächelnd, »Und *goodbye*, Pudel. Passt auf euch auf!«

»*Goodbye*, Staatsmann«, antwortete Daphne. »Und das gilt auch für dich. Politik zu machen, hab ich gehört, ist manchmal gefährlicher als der Dschungel.«

Er winkte ihr noch einmal zu und ging zu seinem Zelt.

Daphne blickte weiter in den Himmel und dachte an David. Nun sah es aus, als fände auch sie eine Liebe. Würde sie gut für sie sein?

Kapitel 11

Gleich am nächsten Morgen, als die Sonne aufging, erhob sich Daphne. Sie wusch sich im Bach, kochte rasch einen Tee und aß einen Zwieback und machte sich dann zu dem Berg auf, den die Pygmäen ihr als Lebensraum der Bonobos genannt hatten. Sie hatte einen Feldstecher dabei, ihre Kamera und ein Notizbuch, etwas Zwieback und eine Banane – und natürlich den Kompass, um zurückzufinden. Lily ließ sie erst mitlaufen, setzte sie jedoch vor Erreichen ihres Ziels in den Rucksack.

Der Berg der Bonobos war ziemlich dicht bewaldet, viele Bäume trugen Früchte, die essbar aussahen. Daphne nahm sich vor, bei nächster Gelegenheit ein Pflanzenbestimmungsbuch zu besorgen, vor allem die Pygmäen zu fragen, womit sie ihren Speisezettel gefahrlos bereichern konnte. Während sie noch darüber nachdachte, bemerkte sie plötzlich eine Bewegung in einem der Bäume, und als sie aufblickte, verschwand behände etwas Braunes, Haariges im Blattwerk. Lily bellte kurz – was gleich zu einer Art Fluchtbewegung führte. Daphne sah drei dunkle Hinterteile, die sich entfernten.

»Großartig, Lily«, murmelte sie. »Genau das brauchte ich. Kannst du nicht einfach mal ruhig sein?«

Daphne folgte den Tieren und behielt sie tatsächlich ein paar Minuten lang im Auge. Dann erreichte sie eine Lichtung, an deren Rand mehrere der mit Früchten behangenen Bäume standen, und beschloss, einfach zu warten. Sie wollte die Bonobos ja nicht fangen, sondern kennenlernen, und sie hoffte auf ihre Neugier.

Daphne setzte sich also in den Schatten, ließ Lily ein bisschen herumschnüffeln und machte sich bereit, hier die nächsten Stunden zu verbringen. Die Zeit wurde ihr nicht lang – es gab so viele Pflanzen, die sie zeichnen konnte, um sie später zu bestimmen, die Luft war erfüllt von melodischen Tierlauten. Weniger angenehm waren die Insekten, sie hoffte, dass nicht alle um sie herumschwirrenden geflügelten Wesen stachen oder bissen. Daphne ärgerte sich, Lars nicht nach dem Mittel gefragt zu haben, mit dem er sich einzureiben pflegte. In der Wildnis war es ihr egal, wonach sie stank.

Als sie versuchte, das Jucken der Stiche zu ignorieren, raschelte plötzlich etwas in dem Baum mit den Früchten, und Daphne schaute direkt in ein kleines, dunkles Affengesicht. Sie konnte den Ausdruck nicht erkennen, dazu hätte sie den Feldstecher gebraucht, doch sie stellte sich vor, dass es Anspannung spiegelte – und Interesse. Daphne zwang sich, ganz ruhig sitzen zu bleiben, Lily war zum Glück eingeschlafen. Ein paar Minuten später traute sich das Äffchen aus der Deckung – ein Bonobojunges, dem gleich seine Mutter folgte. Sie nahm es in den Arm und zog sich mit ihm zurück, doch dann erschienen zwei andere Bonobos und begannen in aller Ruhe, den Baum abzuernten. Anscheinend hatten sie Daphne gar nicht bemerkt und waren erst durch das Verhalten von Mutter und Kind auf sie aufmerksam geworden. Stören ließen sie sich nicht. Daphne durfte einige Stunden lang beobachten, wie sich erst die vier, dann weitere drei Bonobos, die gegen Mittag dazukamen, die Bäuche füllten. Die Entfernung war noch zu groß, um Unterschiede zu erkennen, doch sie nahm an, dass drei der Tiere männlich waren. Gekommen waren sie in gemischten Gruppen, und sie machten einander das Futter nicht streitig. Es war ja auch reichlich da.

Als die Sonne den höchsten Stand erreichte, schienen die Bonobos gemeinsam zu entscheiden, dass es nun Zeit für eine Pause war. Daphnes Herz schlug wild, als sie den Baum herabstiegen, um auf der Lichtung zu spielen, einander zu lausen oder ein Schläfchen zu halten. Sie gaben Töne von sich, als plauderten sie miteinander, einer der ausgewachsenen Bonobos kitzelte das Junge, das besonders unternehmungslustig war – seine Mutter musste es ständig im Auge behalten, damit es nicht zu weit weglief und sich gar Daphne näherte. Sie blieb jedoch freundlich, und auch die anderen verjagten das Kleine nicht.

Daphne beschloss, ihm den Namen Kolumbus zu geben. Inzwischen hatte sie es gewagt, ihren Feldstecher herauszuholen, und befunden, dass es männlich war. Seine Mutter taufte sie Patience – Geduld. Sie hatte eine auffällige kahle Stelle auf der Stirn und würde dadurch immer gut erkennbar sein.

Auf die Anwesenheit des Menschen und der Hündin reagierten die Bonobos kaum, doch immer wieder streifte sie ein besorgter und auch neugieriger Seitenblick. Vor allem als sie ihren Proviant auspackte und für die Tiere gut sichtbar ihre Banane schälte, hatte sie ihre volle Aufmerksamkeit. Der kleine Kolumbus schien Lily faszinierend zu finden, die ihrerseits keine große Notiz von den Affen nahm.

Gegen Abend zogen sich die Bonobos zurück, und Daphne kämpfte den Wunsch nieder, ihnen zu folgen. Für den ersten Tag, so fand sie, hatte sie schon viel erreicht. Sie musste das Tempo den Tieren überlassen. Als sie Lily in den Rucksack setzte und ihn schulterte, fühlte sie sich beobachtet. Ob die Bonobos dachten, die kleine Hündin sei ihr Baby? Das sollte ihnen eigentlich Vertrauen einflößen.

Daphne machte sich zufrieden auf den Heimweg.

Im Camp bedeuteten ihr die jungen Männer, sie hätten sie vermisst und sich um sie gesorgt. Beim nächsten Ausgang wollten sie unbedingt mit, um sie zu beschützen. Daphne bestimmte schließlich Zahir, sie am nächsten Tag zu begleiten. Sie nahmen nun auch ihr Gastgeschenk mit, die Bananenstaude. Daphne wies den Afrikaner an, sie in der Mitte der Lichtung, zwischen sich und dem Futterbaum der Bonobos, den er als Marula-Baum identifizierte, abzulegen.

Patience und Kolumbus schienen an diesem Tag lange zu schlafen, oder die Mutter führte ihren Sohn lieber zu Futterstellen, an denen er keine unliebsamen Bekanntschaften machen konnte. Nach einiger Zeit kamen vier andere Tiere – sie wirkten ausgewachsen, hatten aber keine Jungen dabei. Natürlich entdeckten sie sowohl Daphne als auch die Bananen, und sicher blieb ihnen Zahir nicht verborgen, der sich ins Dickicht zurückgezogen hatte.

Die Vierergruppe, drei männliche und ein weibliches Tier, brachte das in einen Zwiespalt. Sie wollten zu den Bananen, hatten jedoch Angst, sich damit auch Daphne nähern zu müssen. Sie beobachtete diverse Übersprungshandlungen, die sie von Schimpansen – und von Menschen – kannte. Die Affen zupften an ihren Lippen oder Ohrläppchen, kratzten sich und umarmten und lausten sich gegenseitig, wohl um sich zu ermutigen. Immer wieder machte einer einen Vorstoß zu den Bananen und schreckte dann doch wieder zurück, bis sich schließlich der größte von ihnen ein Herz fasste, zu der Staude sauste und eine Banane abriss. Ein anderer richtete sich zum Stand auf, wie um das Ganze besser beobachten zu können oder vielleicht bedrohlicher zu wirken und Daphne damit abzulenken. Lohn für seine Hilfe erhielt er nicht, der große – Daphne taufte ihn Big – verschlang die Banane triumphierend. Die anderen machten sie ihm nicht streitig, doch als er seinen zweiten Vorstoß machte, beobachtete Daphne, dass sich ihm das weibliche Tier näherte, eine Grimasse schnitt und eine bittende Handbewegung machte.

Sie bettelt! Daphne schrieb ihre erste sensationelle Beobachtung auf und war hell begeistert, als Big sich daraufhin wirklich herabließ, seine Beute mit der jungen Bonobofrau zu teilen. Gleich darauf folgte sie ihm zu der Staude und bediente sich selbst. Am Ende saßen alle vier um die Staude herum und kauten, wobei sie wachsam, jedoch freundlich zu Daphne herübersahen. Daphne hatte das Gefühl, dass das Eis zwischen ihnen gebrochen war.

Was sie allerdings brauchen würde, waren mehr Bananen!

Kongo, 29. Juni 1960

Lieber Professor Leakey, liebe Mary!

Hier also mein erster Bericht aus dem Kongo. Ich kann Ihnen gar nicht sagen, wie glücklich es mich macht, schon jetzt große Erfolge bei meiner Bekanntschaft mit den Bonobos vermelden zu können. Es sind so arglose, freundliche Wesen. Schon nach einigen Tagen näherten sie sich mir, untersuchten meine Ausrüstung und stibitzten meinen Proviant. Besonders ein Bonobojunges, dem ich den Namen Kolumbus gegeben habe, kann sich an mir und Lily nicht sattsehen, mit ihm konnte ich auch schon der Lieblingsbeschäftigung der Bonobos nachgehen: Wir lausen uns – wobei Kolumbus natürlich nicht fündig wird, ich wasche mich täglich in dem klaren Bach, der an unserem Camp vorbeifließt. Ihm entnehme ich auch mein Trink- und Kaffeewasser. Wie bei Schimpansen gehört die gegenseitige Fellpflege bei den Bonobos zu den wichtigsten sozialen Kontakten.

Hier enden jedoch schon die Gemeinsamkeiten im sozialen Verhalten. Josua Ngongo hat nicht übertrieben: Bonobos gehen einfach liebevoller miteinander um. Ich konnte Gesten beobachten, die ganz offensichtlich eine Bitte ausdrücken, ohne dass damit Demutsbekundungen verbunden sind. Eine Rangordnung besteht zwar, doch sie beruht nicht auf Gewalt, sondern eher auf Erfahrung und Geschick im Lösen von Problemen. Der Nachwuchs wird nicht daran gehindert, die Welt zu erforschen – zwar halten alle ein Auge auf die Kleinen, vor allem die Mütter, doch geschlagen oder rüde mitgezerrt, wie ich es bei anderen Affen in unserem Zoo oft beobachten konnte, werden sie nicht. Es finden sich zudem stets andere Mitglieder der Gruppe, die sich mit dem Nachwuchs beschäftigen, überhaupt zeigen sich die Bonobos äußerst verspielt, auch die ausgewachsenen Tiere. Soweit ich weiß, ist das bei Schimpansen nicht so. Vor allem aber weichen Bonobos in Bezug auf ihr Paarungsverhalten von anderen Primaten ab. Während die weiblichen Affen im Allgemeinen nur Geschlechtsverkehr haben, wenn sie in der Brunst sind, paaren sich Bonobos immer mal wieder – anscheinend aus reiner Freude an der Sache oder auch, wenn es zu Unstimmigkeiten gekommen ist und nun wieder Frieden geschlossen werden soll. Besonders in solchen Situationen beobachte ich sexuelle Handlungen bei weiblichen Tieren untereinander.

Besonders interessant sind weitere Beobachtungen, die bisherige Überlegungen dazu, was den Menschen vom Tier unterscheidet, unbedeutend werden lassen. Bonobos benutzen Werkzeuge, zum Beispiel Steine, um Nüsse zu zerschlagen, oder Grashalme, um Termiten aus einem Hügel zu angeln. Ich hab das fotografiert und beabsichtige, demnächst erste Artikel zu schreiben, die ich bei *Nature* oder anderen Zeitschriften einreichen möchte. Einige Veröffentlichungen werden es mir sicher ermöglichen, das Camp zu vergrößern und wie Sie Studenten aufzunehmen, die weitere Beobachtungen machen könnten. Das wird allerdings davon abhängen, wie sich die politische Lage im Kongo entwickelt. Ich schreibe diesen Brief von unterwegs – zwei meiner Helfer und ich reisen nach Mbandaka, um dort oder gar in Léopoldville, sollte sich eine Mitfahrgelegenheit finden, die Feiern zur Unabhängigkeit des Kongos zu erleben. Lumumba und seine Leute haben es endlich geschafft, die Belgier übergeben das Land, Lumumba wird Ministerpräsident. Josua wird ihm als eine Art Staatssekretär zuarbeiten, ebenso ein Mann namens Mobutu. Alle sind sehr optimistisch und freuen sich, das Joch der Weißen abzuwerfen – nach dem, was Josua erzählt hat, müssen sie die Einheimischen sehr schlecht behandelt haben.

In vieler Hinsicht wird die neue Regierung allerdings immer noch von Belgiern abhängig sein, der Bildungsstand unter den Einheimischen ist sehr niedrig, und es gibt kaum jemanden, der hohe oder auch nur mittlere Ämter in der Verwaltung ausüben kann. Die Armee soll ebenfalls vorerst unter belgischer Verwaltung bleiben. Josua macht sich Sorgen, ob das Volk das so hinnehmen wird. Mich wird es jedoch nicht betreffen. Ich hab weder mit Belgiern noch mit Kongolesen viel zu tun – abgesehen von meinen drei Helfern treffe ich nur die Pygmäen. Ihr Dorf liegt etwa eine Stunde Fußweg vom Camp entfernt. Zwar haben wir keine gemeinsame Sprache, doch wir verständigen uns mit Gesten und

Mimik. Die Menschen sind von großer Herzlichkeit, sie laden mich zu ihren Festen ein. Zum Beispiel feiern sie, wenn ein Mädchen ihre erste Menstruation hat. Es erhält dann eine spezielle Tätowierung, die es als erwachsen und dem Heiratsmarkt zur Verfügung stehend ausweist. Das heißt allerdings nicht, dass es damit zum Freiwild wird, die Pygmäen achten ihre Frauen sehr. Es gibt nicht einmal eine strenge Arbeitsteilung: Beide Geschlechter sind als Sammler und Jäger für die Versorgung ihres Stammes tätig. Die Männer jagen mit Pfeil und Bogen, der gesamte Stamm beteiligt sich an Jagden mit Netzen, wobei sich auch die Hunde nützlich machen, indem sie das Wild, hauptsächlich kleinere Tierarten, deren Fleisch und Fell sie zur Gänze verwerten, treiben. Größere Tiere könnten sie nicht verzehren, bevor das Fleisch schlecht würde, und das erscheint ihnen als Sakrileg.

Ich lerne von den Sammlerinnen viel über die essbaren Wurzeln, Früchte und Beeren der einheimischen Pflanzen, Büsche und Bäume. Leider kennen die Pygmäenfrauen ihre Namen nicht auf Englisch, und so kann ich sie höchstens mit den lustigen Klicklauten der Pygmäensprache benennen. Die Frauen biegen sich jedes Mal vor Lachen, wenn ich mich daran versuche.

Sie sehen, lieber Herr Professor und liebe Mary, es wird hier nie langweilig. Wenn mir etwas fehlt, so ist das eigentlich nur ein Postbote – um in den nächsten Ort zu kommen, ist man tagelang zu Fuß oder auf dem Fluss unterwegs. In Mbandaka kann ich diesen Brief aufgeben und hoffe, dort auch Post an mich vorzufinden. Manchmal stimmt es mich etwas traurig, kaum Gelegenheit zu haben, brieflich mit meinen sehr an unserer Arbeit interessierten Eltern in Verbindung zu bleiben.

Es sendet Ihnen viele Grüße

Ihre glückliche und dankbare Daphne Lemberger

Kapitel 12

»Willst du mit nach Heraklion?«, erkundigte sich Grit bei Henny.

Grit wusste nur zu gut, dass sie jede Gelegenheit nutzte, in die Stadt zu kommen, um ihre Medikamentensammlung aufzufüllen, Bücher und Briefpapier zu kaufen und überhaupt einmal etwas anderes zu sehen als die Bucht und das Dorf. Henny fragte sich allerdings, was Grit dort vorhatte. Sie schloss sich fast nie an, wenn sich die Beatniks in die Zivilisation aufmachten, was in der Regel geschah, um Leute zur Fähre zu bringen. Gerade jetzt, da es auf Weihnachten zuging, packte einen Teil der jungen Abenteurer das Heimweh. Zumal es in den Höhlen nicht mehr so gemütlich war wie im Sommer. Henny und Audrey froren des Nachts oft auf ihren Matten – vielleicht würden sie in der Stadt ja dickere Matten oder richtige Zudecken erwerben können. Längst trugen die Beatniks wieder lange Hosen und Pullover, und niemand badete mehr im Meer, was wieder dazu beitrug, dass es in den Höhlen immer muffiger roch. Seife würde sie auch kaufen müssen …

Henny wollte wirklich mit, hatte jedoch keine Lust auf eine Jamsession in irgendeinem Club oder Abenteuer wie ein Besuch auf dem Schwarzmarkt zum Erwerb von Marihuana.

»Was willst du denn da?«, fragte sie schließlich und erhielt eine Antwort, die sie fast mehr erschreckte als der Gedanke an Kontakte mit Gaunern und Dealern.

»Ich muss zur Telefonzentrale«, gab Grit bereitwillig Auskunft. »Mit Amerika telefonieren … meiner Vermögensverwaltung. Und einem Makler. Ich will das Haus in Boston verkaufen.«

»Das Haus, in dem du mit … deinem Vater gelebt hast?«, fragte Henny verblüfft. »Dein Haus? Aber … aber das kannst du doch nicht machen! Du hast da deine Kindheit verbracht und willst sicher irgendwann zurück. Ist es nicht dein Zuhause?«

Henny hätte sich niemals vorstellen können, Epona Station zu verkaufen – oder auch nur die früheren Dienstbotenunterkünfte, in denen sie mit ihren Eltern lebte.

»Doch«, sagte Grit sichtlich unglücklich. »Leider bleibt mir nicht viel anderes übrig. Uns geht das Geld aus …«

»Aber …« Henny hätte es beinahe die Sprache verschlagen. »Du hattest doch so viel Geld. Das, was du verdient hast … und das von … von Philipp …«

Grit zuckte mit den Schultern. »Geld kommt und geht«, antwortete sie wenig interessiert. »Ich hab hier und da mal was verliehen … oder investiert …«

Und dann war es eben doch nichts geworden mit Laurens und Fannys vegetarischem Restaurant in Matala oder der Schallplattenproduktion, für die Joe und seine Band extra nach Athen gereist waren. Henny hatte schon befürchtet, dass Grit als Geldgeberin beteiligt gewesen war. Dass sie jedoch gleich ihr ganzes Vermögen in solch fragwürdige Projekte gesteckt hatte, war bedenklich, und sie schien nicht daraus gelernt zu haben. Statt schleunigst zu versuchen, erneut Geld zu verdienen, hatte sie vor, das Leben in Matala fortzuführen, zumindest bis ihr ganzes Vermögen – das Haus in Boston war riesig und sehr wertvoll – verbraucht war. Henny musste nun bald eine Entscheidung treffen. Sie wollte zurück nach Neuseeland! Aber jetzt, da nicht einmal genügend Geld da sein würde, um ordentlich für Audrey zu sorgen, konnte sie ihre kleine Schwester noch weniger zurücklassen.

Henny begann ernsthaft darüber nachzudenken, heimlich mit Audrey zu verschwinden. Bis nach Athen würden sie sicher unbemerkt kommen, und dann … Vielleicht in die neuseeländische Botschaft? Audrey würde einen Pass brauchen … Spätestens zu dem

Zeitpunkt würden die Beamten skeptisch werden, wenn die Mutter nicht anwesend war, und wenn Grit die Entführung ihrer Tochter anzeigte, würde Henny womöglich noch ins Gefängnis kommen. Sie kam aus dem Grübeln nicht mehr heraus, und entsprechend schwerer fiel es ihr, den nächsten Brief an ihre Eltern und Großeltern positiv zu formulieren.

Nun würde sie ohnehin um Geld bitten müssen, wenn sie versuchen wollte, mit Audrey zu entkommen. Sie schob das Problem vor sich her, doch einen begeisterten Brief zu schreiben, schaffte sie kaum noch.

Das Wetter in Griechenland ist schön trotz des Winters, aber in den Höhlen ist es feucht …

Nellie versuchte wieder einmal, in Hennys Brief zwischen den Zeilen zu lesen. In Neuseeland war Sommer, und sie saß mit April und Mia im Garten von Epona Station, das neueste Schreiben in der Hand.

»Und sie ist stolz darauf, schon so gut Griechisch zu können, dass sie kleine Übersetzungen macht und damit Geld verdient«, fügte April hinzu. »Warum muss sie das? Über Geld sollte Grit doch reichlich verfügen!«

»Ich glaube ihr jedenfalls, dass der Winter in den Höhlen anstrengend ist«, meinte Mia. »Auch wenn sie im Süden leben. Als junges Mädchen bin ich mit meinem Vater häufig gereist, wir waren auch in Athen. Im Winter ist es dort, wie Henny andeutet, sonnig, aber kühl. Warum tut Grit sich das an, Nellie? Sich und den Mädchen? Wenn sie schon unbedingt meint, in Griechenland leben zu müssen, könnte sie sich doch eine ordentliche Pension suchen.«

»Und ein Kindermädchen für Audrey«, sagte April. »Ich glaube, dass Henny längst genug von diesem Strand und diesen Höhlen hat. Am Ende fragt sie nach den Pferden. Und es klingt, als würde sie sich am liebsten direkt nach Epona Station zaubern. Wie du schon vermutet hast, Nellie – sie will das Kind nicht zurücklassen. Ich wünschte, da würde mal jemand nach dem Rechten sehen!«

Mia lächelte und wandte sich an Nellie. »Du kannst ja Walter wieder hinschicken, um sie zurückzuholen.«

Im Krieg war Walter im Auftrag des Secret Service nach Kreta gereist, um getarnt als deutscher Offizier für die Briten zu spionieren – und nebenbei nach Grit und Alex zu suchen.

»Ich glaube nicht, dass er sich dazu noch mal überreden lässt«, meinte Nellie. »Aber im Prinzip ist das eine blendende Idee! Ich werde gleich an Maria schreiben. Wir brauchen die Adresse von David Lemberger.«

Henny hatte die entscheidende Idee für eine Lösung ihres Dilemmas, als sie Audrey eins der neuen Kinderbücher vorlas, die sie in Heraklion gekauft hatte. Es ging um ein Pinguinpaar, das sich liebevoll um ein Ei kümmerte, aus dem schließlich ein putziges Küken schlüpfte. Es war nett gezeichnet, und es erzählte eine wahre Geschichte. Pinguinpaare setzten alles darein, gemeinsam ihre Jungen großzuziehen. Warum sollten sich also menschliche Väter nicht für ihre Sprösslinge interessieren?

Am Abend gesellte sie sich zu einer größeren Runde von Beatniks, die sich in einer der geräumigsten Höhlen um ein Feuer versammelt hatten, Wein tranken und Joints herumgehen ließen. Dazu las einer der Gedichteschreiber, Henry, aus seinem Werk. Es überraschte Henny nicht, dass er sich zeit seines Lebens unverstanden gefühlt hatte, vor allem von seiner Familie. Es passte zu Hennys Plänen. Sie wartete, bis Grit entspannt war und sich an die Schulter ihres neuesten Freundes lehnte, eines Klarinettisten namens Gaylord.

»Wer ist eigentlich Audreys Vater?«, fragte sie wie nebenbei und nahm einen Schluck Wein, um es aussehen zu lassen, als wäre ihr der Gedanke spontan im leichten Rausch gekommen.

»Hat keinen«, gab Grit die übliche Antwort. »Ist nur mein Kind.«

Gaylord neben ihr lachte. »Und während der Schwangerschaft warst du noch Jungfrau? Das schreit nach einem Gedicht, Henry!«

Henry warf ihm einen beleidigten Blick zu. Er schien es den Zuhörenden übel zu nehmen, dass sein aktuelles Epos nicht als ultimativ genial empfunden wurde.

»Es war bestimmt ein Musiker …«, tastete sich Henny an die Sache heran. Solange Grit bei ihrem Vater gelebt hatte, hatte sie schließlich fast nur Kontakte zu Musikern gehabt. »Sie hat das Talent doch sicher von euch beiden …«

Henny hoffte, dass Grit das nicht als Spott empfand. Eigentlich hätte auch sie längst merken müssen, dass Audreys musikalisches Talent nicht über den Durchschnitt hinausreichte.

»Cello …«, sagte Grit gedankenverloren. »Er war ein … ein sehr guter Cellist …« Hennys Herz schlug höher. »Vincent … netter Kerl, aber nicht … nicht Pauls Klasse. Hab ich mal von Paul erzählt, Henny?«

Natürlich hatte Grit ihr von Paul erzählt. Sie brach bei der Nennung seines Namens nicht mehr in Tränen aus, aber wenn sie betrunken war, wurde sie melancholisch.

Henny war klar, dass sie an diesem Abend nicht mehr erfahren würde. Wenn sie nur herausfinden könnte, ob um die Zeit von Philipps Tod ein Vincent im Boston Symphony Orchestra gespielt hatte! Von Neuseeland aus war das sicher möglich. Aber von Kreta? Ob sie einfach an den Dirigenten schreiben könnte? Sie hatte keine Adresse, aber auf dem Postamt in Boston musste man wissen, wie das Orchester zu erreichen war.

Vincent Langdon wanderte gedankenverloren durch die elegante Straße in der Nähe der Oper, in der Philipp De Groot und seine Tochter residiert hatten. Er arbeitete nach wie vor in Boston – die Stadt gefiel ihm, und es hingen so viele Erinnerungen an dem Ort, vor allem an diesem Haus. Vincent konnte Grit De Groot nicht vergessen, er würde nie verstehen, warum sie fortgegangen war. Aber im

Haus wohnte nach wie vor ihre alte Haushälterin – der parkähnliche Garten und das Gebäude wurden gepflegt, die Blumen neben dem Eingang leuchteten in allen Farben des beginnenden Frühlings. Das Anwesen wirkte, als könnte die Besitzerin jederzeit zurückkommen.

Vincent gestand es sich nicht ein, doch das war es, was er hoffte. Vielleicht hatte ja auch sie Sehnsucht nach ihm – oder würde irgendwann plötzlich erkennen, was sie an ihm gehabt hatte. Er wusste, das war Wunschdenken, aber er konnte es nicht lassen zu träumen – bis er das Schild im Vorgarten des Hauses sah:

ZU VERKAUFEN! Darunter stand die Nummer eines Maklers.

Vincent wollte spontan hineingehen und an der Tür klingeln. Vielleicht war Mrs. Mason ja auskunftsfreudiger, wenn sie Gefahr lief, ihren schönen, ruhigen Job zu verlieren. Dann überlegte er es sich jedoch anders. Er würde zuerst versuchen, den Makler zu kontaktieren.

Der Makler war eine Maklerin und gleich bereit, sich mit Vincent zu treffen, um ihm das Haus zu zeigen.

Vincent lehnte freundlich ab. »Ich kenne das Haus«, gab er zu. »Ich war zu Philipp De Groots Zeiten oft dort zu Gast. Und ich frage mich nun, warum die Erbin es aufgeben will. Sie … Also Geldsorgen können es nicht sein, sie hat ein großes Vermögen geerbt …«

Zum Glück erwies sich Mrs. Martin als redselig. »Ja, und das schöne Leben entdeckt«, verriet sie lachend. »Sie war doch auch Musikerin, oder? Jetzt macht sie jedenfalls auf Privatier. Vergnügt sich auf irgendeiner griechischen Insel …«

»Sie ist in Griechenland?« Vincents Herz schlug höher. Er wusste, dass Grit während des Krieges auf Kreta gewesen war. Sie hatte dort nicht die besten Erfahrungen gemacht, wenn er sich richtig erinnerte. Aber möglich war schließlich alles. »Vielleicht … auf Kreta?«, fragte er.

Mrs. Martin schien kurz nachzudenken. »Ja, jetzt, wo Sie's sagen …«, bestätigte sie. »Sind Sie denn nun interessiert an dem Haus?«

Sie wirkte verschnupft, als er sich zurückzog.

Vincent konnte seine Konzertverpflichtungen nicht einfach absagen. Das Orchester machte im Sommer Ferien, noch standen Auftritte an. Doch sobald er frei sein würde, beschloss er, nach Kreta zu fahren. Er redete sich ein, Philippe De Groot etwas schuldig zu sein. Er musste Grit suchen.

»Post für dich!«

Evangelina schlüpfte wie immer ungesehen in Davids Wohnung und traf ihn dabei an, Lagepläne zu zeichnen.

Seine Arbeit in Athen war fast beendet, in zwei Wochen sollte ein großes Fest zur Eröffnung des Königlichen Gartens gefeiert werden – der den Bürgerinnen und Bürgern fortan zum kostenlosen Flanieren und Erholen zur Verfügung stehen würde. David arbeitete bereits an Folgeaufträgen. Wie Evangelina gesagt hatte, waren viele reiche Griechen an ihn herangetreten und hatten ihm gutes Geld dafür geboten, ihre Privatgärten zu gestalten. Dagegen schien zurzeit kein Zoo einen größeren Umbau zu planen. Wenn er weiter Geld verdienen wollte, musste er vorerst in Griechenland bleiben.

Evangelina schnurrte wie eine Katze, als sie davon erfuhr – dabei sprach man bei ihr und Stavros Michelakis bereits von Verlobung.

David nahm seine Briefe ohne ein Wort entgegen. Er hatte ihr mehrfach klargemacht, dass er ihre Beziehung zu beenden wünsche, doch Evangelina ließ nicht locker. Inzwischen sah er in ihr nur noch das verwöhnte Mädchen, das zeit seines Lebens immer bekommen hatte, was es wollte – und sich nun nicht damit abfinden konnte, dass es Grenzen gab. Zwar verstand sie ihn noch zu erregen, doch der Zauber war verflogen. David wäre lieber heute als morgen aus Athen geflohen.

Jetzt fiel ihm als Erstes ein Brief mit einer neuseeländischen Marke ins Auge. Auch Evangelina hatte ihn sofort gesehen.

»Nanu! Was schreibt dir denn eine Nellie von Prednitz? Muss ich eifersüchtig sein?«, fragte sie lächelnd.

»Tante Nellie …« David öffnete den Brief, ohne auf Evangelinas

Frage einzugehen. »Von den von Prednitzens hab ich ja ewig nichts gehört.«

Er sah keine Möglichkeit, den Brief allein zu lesen – Evangelina war überzeugt davon, dass es zwischen ihnen keine Heimlichkeiten gab. Sie sah ihm über die Schulter und las mit.

Lieber David!

Du bist sicher überrascht, von mir zu hören, freundlicherweise gab mir Deine liebe Mutter Deine Adresse. Maria und Bernhard halten uns stets auf dem Laufenden über Dein und Daphnes Befinden und Euer berufliches Weiterkommen. Daher weiß ich, dass Du zurzeit einer Arbeit in Athen nachgehst, die bald beendet sein wird. Das brachte mich auf den Einfall, mich mit einer sehr brennenden Bitte an Dich zu wenden ...«

Gebannt lasen David und Evangelina die Geschichte von Grit, ihrer unglücklichen Liebe und der Reise zu ihren Wurzeln, zu der sie ihre Töchter mitgenommen hatte.

Und nun meine Bitte an Dich, *schrieb Nellie schließlich.* Wie gesagt schreibt Henny uns häufig, doch ihre Briefe werfen viele Fragen auf, und wir machen uns zunehmend Sorgen – hauptsächlich um Henny, natürlich auch um Grit und ihre jüngere Tochter. April denkt schon daran, nach Griechenland zu reisen, um sich dort davon zu überzeugen, dass es ihrer Tochter gut geht, doch für uns wäre das eine mehrwöchige, wenn nicht mehrmonatige Reise. Dich dagegen dürfte nur eine Fahrt mit der Fähre von Kreta trennen, wobei ich nicht weiß, wie groß die Entfernungen sind. Vielleicht könntest Du Matala ja im Rahmen eines Tagesausflugs aufsuchen, eventuell müsstest Du mehrere Tage investieren, um uns zu helfen. Die Kosten dafür würden wir Dir selbstverständlich erstatten. Bitte versteh mich richtig, ich verlange nicht, dass Du Grit zur Rückkehr veranlasst oder die Mädchen gar entführst. Es wäre uns nur wichtig zu wissen, wie genau sie leben und ob ihr Leben dort wirklich so glücklich und unbeschwert ist, wie Henny es vorgibt.

Bitte denk darüber nach und zieh eine Reise nach Kreta in Erwägung. Wir alle hier in Neuseeland wären Dir sehr dankbar, Deine Eltern würden meine Bitte sicher auch unterstützen.

Viele liebe Grüße

Tante Nellie

»Tatsächlich ›Tante‹«, konstatierte Evangelina vergnügt. »Das machen wir natürlich! Schreib ihr gleich zurück, die Fähren gehen jeden Tag. Da können wir schon morgen los …«

David legt den Brief beiseite. »Morgen schon? Da kann ich nicht aufbrechen«, begann er bedächtig, redete sich dann allerdings etwas in Zorn. »Wie sollte das gehen, so kurz vor Ende der Arbeiten im Garten? Die Eröffnungsfeier muss ich hier auf jeden Fall abwarten und du auch! Mit welcher Begründung willst du mich denn überhaupt nach Kreta begleiten? Ich brauche dich dort nicht, ich kann Grit De Groot auch allein finden.«

Evangelina lachte. »Na, na, überschätzt du dein Griechisch da nicht etwas? Aber du hast recht, es würde auffallen, wenn wir beide vor der Eröffnungsfeier verschwänden. Also machen wir es anders. Du erledigst deine Arbeit, nimmst Lob und Geld in Empfang und fährst dann in den Urlaub. Du brauchst meinem Vater ja nicht zu sagen, wohin. Und ich besuche einfach meine Freunde auf Kreta …«

»Du kennst dort Leute?«, fragte David.

Es wunderte ihn nicht, Evangelina schien in ganz Griechenland Freunde zu haben.

»Klar!« Sie entledigte sich erst mal ihrer Jacke. »Ich hab dort sogar Familie. Wir kommen ursprünglich aus Kreta. Hab ich das nie erzählt? Die Kallergis haben über die Insel geherrscht. Jetzt frag mich nicht wann, aber …«, sie drehte sich und ließ ihren weiten Rock fliegen, »… ich bin jedenfalls so etwas wie eine kretische Prinzessin. Und da willst du mich hierlassen? Außerdem hab ich von Matala gehört. Es soll fantastisch dort sein! Eine Art Künstlerkolonie. Literatur, Musik … Freie Liebe!« Sie strahlte ihn an. »Ich könnte mal wieder ein bisschen malen. Vielleicht werde ich ja doch eines Tages berühmt und muss gar nicht heiraten. Wie wäre das, David? Wir beide am Strand, wir schlafen in Höhlen … tanzen, feiern …«

»Evangelina, ich werde dort Grit suchen und mich mit ihr und Henny unterhalten, und dann komme ich zurück«, sagte David gequält. »Ich will mich keiner Kolonie anschließen, und als Höhlenbewohner sehe ich mich auch nicht …«

Evangelina schlüpfte aus ihren Kleidern und schmiegte sich an ihn. »Das Thema freie Liebe bringt mich da gerade auf eine Idee …«, flüsterte sie. »Sei kein Spielverderber, David! Du wirst sehen, Kreta wird wundervoll!«

Der Preis der Freiheit

Afrika – Kongo
Griechenland – Kreta
1960 – 1961

»Es bricht alles zusammen!«

Die Feiern zur Unabhängigkeit des Kongos waren noch keine vier Wochen vorbei, als Josua Daphne in ihrem Lager erwartete. Sie kam eben von einem Tag mit den Bonobos zurück, war verschwitzt und müde, doch ganz erfüllt von weiteren Eindrücken und Erfolgen. Das Gesicht ihres Freundes dagegen spiegelte Enttäuschung und Erschöpfung – und das nicht nur, weil er eben die anstrengende Reise in den Dschungel hinter sich hatte.

Daphnes erster Impuls war, Josua zu umarmen, doch nachdem sie sich so lange nicht gesehen hatten, fand sie das nicht angebracht. Vielleicht war der Abend unter dem Sternenhimmel ja doch nur ein Traum gewesen. Sie hielt Josua die Hände entgegen, wie sie es oft bei David tat, und fühlte, wie ein Kreis sich schloss, als er sie ergriff und festhielt, als gäben sie ihm Halt.

»Es ist schön, dass du da bist«, sagte sie glücklich. »Aber was führt dich her? Ich dachte, du wärst die nächsten Monate rund um die Uhr beschäftigt.«

Daphne und ihre zwei Begleiter hatten es am Unabhängigkeitstag tatsächlich nach Léopoldville geschafft, doch sie hatte Josua nur kurz im Vorbeihasten gesehen. Nach einer Rede Lumumbas, die eine harte Abrechnung mit der belgischen Kolonialmacht zum Inhalt gehabt hatte, war er auf dem Weg zur belgischen Delegation gewesen, um den Schaden zu begrenzen – so hatte er sich ausgedrückt. Zwar hatten die meisten Kongolesen die Besatzer gehasst, aber das sagte man ihnen doch nicht im Rahmen einer Feierstunde ins Gesicht!

Auch Daphne hatte die Rede als Affront gegen die Belgier empfunden, deren Hilfe der Kongo in der schwierigen Übergangszeit dringend brauchte. Dementsprechend war natürlich die Reaktion des belgischen Königs und seiner Leute ausgefallen. König Baudouin hatte gleich abreisen wollen.

»Ist es dir nicht gelungen, die Belgier zu beruhigen?«, fragte Daphne, als Josua nicht sofort antwortete. »Ist etwas passiert?« Sie war gleich am Tag nach den Feiern zu ihren Bonobos zurückgekehrt.

Josua ließ ihre Hände los und setzte sich auf einen der Campingstühle, die sie vor ihrer Hütte aufgestellt hatte. Hier hatte er auch auf sie gewartet.

»Es bricht alles zusammen«, sagte er. »Alles, wofür wir gearbeitet haben … Zuerst begann die Armee zu meutern, die Kongolesen wollten nicht mehr unter Belgiern dienen, sie fühlten sich von ihnen weiter wie Sklaven behandelt. Und da hatten sie ja auch nicht Unrecht. Wir wollten nur keine Leute zu Offizieren machen, die nicht mal schreiben und lesen können. Letztlich haben wir das Offizierskorps dann doch radikal afrikanisiert, – aber da war es schon zu Ausschreitungen gekommen, auch gegen belgische Zivilisten. Man sprach von Vergewaltigungen, und prompt brach eine Panik aus. Die Europäer verlassen in Scharen das Land und ihre Posten in Verwaltung und Wirtschaft. Das wollte ich dir sagen, Daphne … falls du gehen willst.«

Er sah sie mit verzweifeltem Blick an. Lily, die ihn noch vor Daphne stürmisch begrüßt hatte, leckte seine Hand. Daphne stand auf, ging zu ihm und streichelte über sein Haar. Es war kraus, doch unerwartet weich.

»Ach, Josua, warum sollte ich denn gehen wollen? Hatten wir nicht schon darüber geredet, dass ich mich nicht fürchte, nur weil Menschen eine andere Hautfarbe haben als ich?«

»Für die Frauen in Thysville gab es allen Grund, sich zu fürchten«, sagte Josua und rieb sich die Stirn. »Das war eine Garnisonsstadt, und …«

»… und dies ist der Regenwald. Ich bin nur von Freunden umgeben. Selbst mit den Wilderern sind wir fertig geworden …« Daphne hatte auf einer ihrer Beobachtungstouren einen Mann bei der Kontrolle der Fallen überrascht. Als er sie als Weiße erkannte, hatte er gleich darauf geschlossen, dass sie es sein musste, die seine Jagd sabotierte, und sie bedroht. Dann war jedoch Vuyo aufgetaucht und hatte das Gewehr auf ihn gerichtet, und zu ihrer Überraschung waren zudem einige Krieger der Pygmäen mit gespannten Bögen erschienen. Die Jäger hatten dem Wilderer noch mehr Angst gemacht als der große Mann mit der Feuerwaffe – es war bekannt, dass sie mit vergifteten Pfeilen jagten. Vuyo hatte scharfe Worte mit ihm gewechselt, von denen Daphne praktisch nichts verstanden hatte, außer Regierung. Er hatte ihm wohl klargemacht, dass Daphne hier mit Billigung der Obrigkeit tätig war. Die Pygmäen hatten ebenfalls versucht, ihm mitzuteilen, dass die Buschfrau unter ihrem Schutz stand, und ihm als Unterstreichung der Botschaft ein paar Pfeile nachgeschickt, als er sich aus dem Staub gemacht hatte. Danach hatten die Wilderer ihre Aktivitäten anscheinend in Gegenden verlagert, in der die Luft weniger mit Kugeln und Giftpfeilen geschwängert war. »Du musst mal auf andere Gedanken kommen«, meinte Daphne, nachdem sie Josua die Episode geschildert hatte. »Bleib ein paar Tage hier, ich stelle dir die Bonobos vor. Du musst Kolumbus kennenlernen und mal wieder das Land erleben, nicht nur den Staat …«

Josua schaffte ein schwaches Lächeln. »Buschfrau«, sagte er. »Womit hab ich dich eigentlich verdient?«

Josua gönnte sich nur einen Tag, bevor er sich wieder auf den Weg nach Léopoldville machte, doch es wurde ein so schöner, dass sie ihn beide niemals vergessen würden. Daphne führte ihn zu den Bonobos, von denen sie inzwischen zwei Gruppen gut genug kannte, um die Tiere auseinanderzuhalten. Besonders von einer wurde sie so weit akzeptiert, dass sie einzelne Tiere berühren, kitzeln und mit ihnen spielen durfte. Der kleine Kolumbus nahm sogar eine Banane aus der Hand des fremden Besuchers.

»Man sieht jetzt schon, dass er mal ein Alphamann wird, so mutig und selbstständig, wie er ist«, erklärte Daphne. »Wenn ihn nicht vorher ein Löwe frisst ...«

Am Abend saßen sie wieder gemeinsam am Feuer – und Josua sprach von der Zeit unter der belgischen Besatzung und den Beziehungen zwischen Afrikanern und Weißen. Daphne wurde schnell klar, dass es auch um ihre Beziehung ging – Josua setzte ihr auseinander, dass eine Liebe zwischen einem Afrikaner und einer weißen Frau zu den größten Tabus in der Kolonialzeit gehört hatte. Während weiße Männer sich beliebig afrikanische Geliebte hielten, wurde weißen Frauen heilige Furcht vor einheimischen Männern eingeflößt. Man erzählte sich Schauergeschichten über ihre angeblich hemmungslose und tierische Sexualität.

»Deshalb war ich verwundert, dass du ...« Er blickte ihr besorgt in die Augen. Sie lehnte sich wieder an ihn wie an ihrem ersten Abend.

»Mir hat das niemand erzählt«, sagte sie. »Ich kannte einige Schwarze aus dem Zirkus. Und in Neuseeland natürlich Maori. April, die auf uns aufgepasst hat, als wir klein waren, war mit einem verheiratet. Für mich war das ganz normal. Ich wäre nie auf die Idee gekommen, einem Dunkelhäutigen irgendwas anzudichten. Tiere haben auch verschiedene Farben. Wo ist das Problem?«

»Du bist in meinem Umfeld die Erste, die keines sieht«, murmelte Josua.

Daphne zuckte mit den Schultern. »Mein Vater ist Jude. Juden sagt man auch die verrücktesten Dinge nach. Dabei sehen sie aus wie alle anderen.« Sie lachte. »Ich glaube, es gibt unter den Juden auch dunkelhäutige.«

Josua legte den Arm um sie. »Ich wünschte, ich könnte das so leichtnehmen wie du ...«

Daphne schüttelte den Kopf. »Mein Vater hat es nicht leichtgenommen. Er ist erst aus Deutschland geflüchtet und dann von Neuseeland nach Australien. Ich weiß, dass all das nicht komisch ist. Aber nun soll sich doch im Kongo etwas ändern. Jetzt seid ihr an der Regierung. Also schafft diesen Unsinn ab. Jeder soll lieben können, wen er will!«

»Dann würdest du … erlauben, dass ich dich küsse?«, fragte Josua leise.

»Ich bestehe sogar darauf!«

Daphne wandte sich ihm lächelnd zu und war unendlich glücklich, als sich ihre Lippen fanden. Ein paar verzauberte Stunden träumten sie von einem neuen Staat und einer friedlichen Gesellschaft, in der es keine Schranken gab für die Liebe.

Kapitel 2

David war es gewohnt, dass zumindest die Blicke all seiner männlichen Mitmenschen unwiderstehlich von Evangelina angezogen wurden, wenn er sich mit ihr in der Öffentlichkeit zeigte. Früher hatte ihn das amüsiert, ja fast ein bisschen mit Stolz erfüllt, aber jetzt machte es ihn nervös. Evangelina war so häufig in den Gazetten der Regenbogenpresse abgebildet, dass er ständig befürchtete, jemand würde sie erkennen und dann öffentlich darüber spekulieren, wer der Mann an ihrer Seite war. Wohl um dem vorzubeugen, trug sie an diesem Tag einen breitkrempigen Hut, passend zu ihrem blumenbedruckten Kleid, der ihr Gesicht weitgehend beschattete. Trotzdem bemühte sich David, sie zu einem weniger bevölkerten Bereich auf der Fähre nach Kreta zu lotsen. Backbord war es laut und stank nach Dieselöl, aber immerhin war dort niemand, außer einem großen, blonden jungen Mann, sommerlich elegant gekleidet, der erstaunlicherweise überhaupt nicht an Evangelina interessiert zu sein schien. Er wirkte in sich gekehrt und blätterte in einem Griechisch-Sprachführer und einem bunten Prospekt, der die Sehenswürdigkeiten Kretas auflistete. Ob seine Muttersprache Englisch war? David grüßte höflich und erntete ein freundliches, fast erleichtertes Lächeln.

»Wie nett, vertraute Laute zu hören«, sagte der Mann. »Ich hatte es mir ehrlich gesagt leichter vorgestellt, in Griechenland zurechtzukommen, aber letztlich war ich schon froh, die richtige Fähre gefunden zu haben.«

Evangelina lachte. Sie wurde nun auch auf den Mann aufmerksam und freute sich über einen neuen Gesprächspartner. David war den ganzen Morgen über schweigsam gewesen. Nach wie vor missfiel ihm Evangelinas aufgedrängte Begleitung.

»Zum ersten Mal in meiner Heimat?«, fragte sie.

»In Griechenland?«, fragte der junge Mann. »Nein, eigentlich nicht, ich war beruflich schon mehrmals in Athen. Aber da wurde uns die Organisation abgenommen, wir mussten uns um nichts selbst kümmern. Sogar wenn Ausflüge organisiert wurden, hatten wir englischsprachige Führer.«

»Und jetzt machen Sie Urlaub auf Kreta?«, fragte sie.

Er biss sich auf die Lippen. »In gewisser Weise ...«, meinte er. »Verzeihung, ich hab mich noch nicht vorgestellt: Vincent Langdon.«

»David Lemberger«, sagte David. »Und Evangelina Ka ...«

»Evangelina genügt«, fiel sie ihm ins Wort. »Wir müssen doch nicht förmlich sein. Auch wir machen Ferien! Kreta ist wunderschön. Es wird Ihnen gefallen.«

Ungezwungenes Plaudern fiel Evangelina leicht. In der nächsten Stunde unterhielt sie Vincent Langdon bestens mit Erzählungen über die Schönheiten Kretas und die interessante Vergangenheit der Insel, vom Minotaurus bis zum Partisanenkrieg im Zweiten Weltkrieg.

Besonders Letzterer schien ihren neuen Bekannten zu interessieren. David schlug schließlich vor, im Bordrestaurant gemeinsam essen zu gehen. Er fand Vincent sympathisch – vor allem war es längst nicht so kompromittierend, wenn Evangelina gemeinsam mit zwei Fremden gesehen wurde als nur mit einem, mit dem sie offensichtlich vertraut war.

Das Tischgespräch erwies sich als angenehm. David berichtete von seiner Arbeit in Athen, Evangelina von ihren Studien in Sydney, Basel und New York. Vincent kannte alle Städte, wobei er von Sydney und Basel auch nicht mehr gesehen hatte als von Athen. Evangelina fand es sehr spannend, als er sich als Orchestermusiker vorstellte, der im Rahmen von Tourneen zwar die halbe Welt bereist, sie aber nicht wirklich kennengelernt hatte.

»Und jetzt machen Sie noch mal Urlaub in Europa, um sich alles in Ruhe anzusehen«, schloss Evangelina. »Eine sehr gute Idee. Wenn Sie möchten, können Sie sich uns gern mitunter anschließen. Ich werde David Kreta zeigen. Vorher hat er zwar noch etwas zu erledigen, aber …«

Zu Davids Erleichterung schien Vincent davon, gemeinsam mit ihnen zu reisen, genauso wenig eingenommen wie er. Es war letztlich Ende April geworden, bis sie losgekommen waren, und er hatte keineswegs vor, wochenlang auf der Insel zu bleiben. Er wollte Grit und Henny finden, mit ihnen reden und dann so schnell wie möglich zurück nach Athen. Anschließend nach Perth – oder sonst wohin. Auf jeden Fall gedachte er, einen Ozean zwischen sich und Evangelina zu legen, bevor Ioannis Kallergis oder gar Stavros Michelakis ihnen doch noch auf die Schliche kamen.

Vincent jedenfalls machte Ausflüchte, dennoch ließ er sich von Evangelina ein Hotel empfehlen. Sie stieg natürlich in einem der besten Häuser der Insel ab – ganz offiziell –, sie hatte bei ihrem Vater ja keinen Hehl daraus gemacht, ihre Freunde auf Kreta besuchen zu wollen. Bei David ließ sie keine Ausflüchte gelten, sondern nahm auch für ihn ein Zimmer, und Vincent Langdon schienen die Preise nicht zu schrecken. Er war den Luxus großer Hotels augenscheinlich gewohnt. David schloss daraus, dass er einem bedeutenden Orchester angehörte, dessen Mitglieder auf Tourneen fürstlich untergebracht wurden. Vincent hatte ihm die Bostoner Symphoniker zwar genannt, der Name des Orchesters sagte ihm jedoch nicht viel. Evangelina dagegen war schwer beeindruckt gewesen.

David hätte sich an diesem Abend am liebsten früh zurückgezogen. Die zehnstündige Überfahrt – das Schiff hatte um fünf Uhr morgens in Athen abgelegt – hatte ihn ermüdet, und obwohl er Vincent nett fand, strengte ihn der Smalltalk an. Evangelina wollte jedoch noch ausgehen und verabredete sich telefonisch mit ihren Freunden. David traf Vincent beim Abendessen im Hotel und wunderte sich, dass der Amerikaner noch nicht müde wirkte.

»Die Zeitumstellung«, erklärte Vincent. »Ich bin ab New York nach London geflogen und von dort aus nach Athen. Das geht sehr viel schneller als mit dem Schiff, aber man hat keine Zeit, um sich an die unterschiedlichen Breitengrade zu gewöhnen. Jetzt möchte ich am liebsten die Nacht zum Tag machen, und morgens bin ich bleiern müde …«

David fand das hochgradig interessant. Die Möglichkeit von Linienflügen, wie sie seit einiger Zeit angeboten wurden, konnte auch ihm das Berufsleben erheblich erleichtern. Er bat Vincent also um genauere Berichte und stimmte schließlich zu, mit ihm noch etwas trinken zu gehen.

»Wird irgendwo Musik gemacht?«, erkundigte sich Vincent an der Rezeption, wo ein junger Mann Dienst tat, der sehr gut Englisch sprach.

»Was würden Sie denn gerne hören?«, erkundigte er sich. »Heraklion hat eine vielfältige Musikszene. Von traditioneller griechischer Volksmusik, Bouzouki, bis …«

»Ich kenne jemanden, der vor langer Zeit Bouzouki gespielt hat …«, sagte Vincent gedankenverloren. »Vielleicht tut sie es ja wieder …«

»… wie gesagt, von Bouzouki bis Modern Jazz, Bebop …«, sprach der Rezeptionist weiter. »Es wird viel experimentiert.«

Vincents Interesse war geweckt. »Das hört man bei uns selten«, bemerkte er David gegenüber. »Boston ist ein konservatives Pflaster, aber in New York und Kalifornien macht das Furore. Ich hab's bisher nur auf Schallplatten gehört, nicht live …«

»Dann hören wir's uns doch an«, schlug David gutmütig vor. »Wenn die entsprechenden Bars nicht gerade eine Weltreise entfernt sind.«

Der Rezeptionist empfahl ein Lokal und rief ihnen ein Taxi. Ein paar Minuten später befanden sie sich in einer Seitenstraße der Hauptstadt vor einer recht düsteren Taverne. An den Tischen auf der Straße saßen dunkel gekleidete Männer mit Ziegenbärtchen oder

Vollbärten, Frauen in halblangen Hosen und oft schwarzen, lässigen Oberteilen. Alle trugen Sonnenbrillen, obwohl es bereits dunkel wurde, alle rauchten und tranken. Meist Wein, mitunter auch härtere Spirituosen. Aus dem Lokal erklang Musik, wie David fand, in erträglicher Lautstärke. Vincent lauschte interessiert, während er selbst mit den mitunter unharmonischen, abgehackten Melodien nicht viel anfangen konnte. Sie bestellten ein Bier.

»Der Pianist ist großartig«, erklärte Vincent begeistert. »Die anderen sind auch nicht schlecht …«

»Finden Sie?« David trank einen Schluck. »Also für mich klingt das nicht sehr harmonisch. Eher so, als ob jeder für sich sein Ding machen würde und sich alles mehr zufällig zusammenfände.« Er und Daphne waren nicht unmusikalisch. Vor allem ihre Mutter Maria, der man als Mädchen eingeredet hatte, dass zur Ausbildung höherer Töchter ein Klavierstudium gehörte, hatte sie immer mal wieder in Konzerte mitgenommen und ihnen Platten vorgespielt. Maria neigte allerdings nicht zu verträumtem, unreflektiertem Musikgenuss, sondern pflegte die Stücke zu analysieren, ihren Kindern die Stilrichtungen zu erklären, Akkorde und Tempi zu benennen und Interpretationen zu hinterfragen. Ihr Vater Bernhard erzählte immer mal wieder lachend davon, wie ihre Mutter es gewagt hatte, den großen Philipp De Groot darauf hinzuweisen, dass er ein Musikstück nicht werkgetreu aufführe. Daphne hatten Marias Unterweisungen gelangweilt, doch er selbst, der introvertiertere der Zwillinge, wie alle sagten, hatte sich dafür interessiert – und so schnell vergaß er nicht. »Die vielen Alterationen …«, sagte er jetzt. »Die chromatischen Akkorde … manchmal wirkt es fast hektisch.«

Vincent strahlte. »Genau!«, rief er. »Sie haben ja Ahnung! Es wird Ihnen wahrscheinlich besser gefallen, wenn Sie sich erst eingehört haben. Ebendas sind die Eigenheiten des Bebop und des Modern Jazz. Man wünscht sich die Überlagerung verschiedener rhythmischer Ebenen. Die Harmonik darf asymmetrisch sein … Hören Sie noch einmal genau hin!«

Während sie langsam ihr Bier tranken, versuchte David, sich einzuhören, und beschloss, seiner Mutter von diesem Abend zu schreiben und ihr vorzuschlagen, sich diesen außergewöhnlichen Musikstil einmal näher anzuhören. Ihre Meinung dazu hätte ihn interessiert. Er selbst konnte sich in der Musik nicht wiederfinden und war eigentlich ganz froh, als der Kellner vorbeikam und er um die Rechnung bitten durfte.

Doch dann klang helles Lachen durch die Gasse, und eine fröhliche Gruppe bunt gekleideter junger Leute störte den heiligen Ernst, mit dem die meisten Gäste der Musik gelauscht hatten.

»Hier ist es! Du musst es gehört haben, Eva, das ist zurzeit der angesagteste Laden in Heraklion. Für mich klingt's zwar ein bisschen wie Katzenmusik, aber die Pianistin soll ganz große Klasse sein …«

Die junge Frau sprach Griechisch, aber David verstand die Sprache inzwischen gut genug, um ihrem Redeschwall folgen zu können. Und dann erkannte er Evangelina in dem aus drei Mädchen und einem jungen Mann bestehenden Quartett, das sich jetzt Plätze am Tisch neben ihm und Vincent suchte und Cocktails bestellte. Auch sie entdeckte ihn schnell.

»David, Vincent! Was für eine Überraschung!«, jubelte sie und wandte sich dann an ihre Begleiter. »Ich war mit den beiden auf der Fähre. Vincent ist Musiker, der kann uns gleich sagen, was er von diesem Bebop hält.« Ungezwungen rückte sie näher heran. Sie sprach Englisch, die anderen jungen Leute schienen sie zu verstehen.

Vincent begann sofort mit einem Vortrag über die Musikrichtung des Modern Jazz, dem Evangelina und ihre Freunde mit mäßigem Interesse lauschten.

»Ich geh mir jetzt mal die Pianistin ansehen«, meinte schließlich der einzige junge Mann in der Gruppe. »Mal gucken, ob sie auch optisch überzeugt.«

Zu Davids Überraschung schloss Vincent sich ihm an. Sein Blick war aufgeflackert, als Evangelinas Freundin erwähnt hatte, dass die Klavierspielerin berühmt sei. Als ob ihm etwas eingefallen wäre.

David stand ebenfalls auf. Und erlebte, wie das Klavier abrupt verstummte, als Vincent es erreicht hatte.

»Grit …«, sagte er mit erstarrtem Blick.

»V… Vincent?«

Grit? Die Frau am Klavier war Grit? Konnte es sein, dass Grit De Groot in einer Spelunke wie dieser spielte?

David besah sie genauer. Sie trug einen weiten Pullover zu engen Jeans und hatte das halblange, rotblonde Haar, das etwas struppig wirkte, im Nacken zusammengebunden. Nur wenn man genau hinsah, erkannte man die Ähnlichkeit mit der strahlenden, perfekt geschminkten Konzertpianistin auf den Fotos, die Tante Nellie ihm geschickt hatte.

Grit war überrascht, Vincent zu sehen, schien jedoch auch erschrocken. Ihr Lächeln wirkte aufgesetzt.

»Grit, ich hab dich gesucht … und gefunden …«, stammelte Vincent. »Ich kann es kaum glauben. Ich … ich hab dich nie vergessen, hab immer gehofft, dass du zurückkommst, und jetzt … das ist … das ist Schicksal …«

Woher kannte Vincent Grit De Groot?

»Ein ganz seltsamer Zufall, ja«, bemerkte Grit. »Aber natürlich … Warum überrascht mich das? Du bist Musiker, klar, dass es dich dahin zieht, wo etwas Neues gemacht wird … Nett, dich zu sehen … Nur dass ich … Ich muss weiterspielen, Vincent, *sorry* …«

Vincent wirkte ungläubig ob der kühlen Begrüßung. David zog ihn an die Bar und bestellte einen Whiskey. »Trink, du bist ganz blass um die Nase!« Er beschloss, den neuen Freund zu duzen, wahrscheinlich würden sie in den nächsten Tagen noch einiges gemeinsam durchleben. »Das ist wirklich Grit De Groot?«

Vincent nickte. »Das ist eine … eine Fügung des Schicksals. Ich bin hergekommen, um sie zu suchen, und dann … dann finde ich sie gleich am ersten Abend … als hätte uns etwas zusammengeführt …«

»Die Musik«, meinte David nüchtern. »Wie sie sagte. Ich hab sie übrigens auch gesucht.«

»Du?«, fragte Vincent verblüfft. Während Grit weiter in die Tasten schlug – die Musik schien immer wilder und disharmonischer zu werden –, tauschte David sich mit Vincent über ihre jeweilige Mission aus, wobei Vincent von einer Liebesgeschichte sprach. Halbherzig fügte er an, dass er Grits Vater einmal versprochen hatte, immer auf Grit aufzupassen. »Philipp hat mich gemocht«, erklärte er. »Er wollte Grit mit mir zusammenbringen.«

Irgendwann rieb sich David die Schläfen. »Machen die eigentlich niemals Pause?«, fragte er.

»Das hab ich mich auch grad gefragt«, erwiderte Vincent.

Evangelina und ihre Freunde waren weitergezogen, auch sie konnten der Musik wohl nichts abgewinnen. Vincent und David harrten jedoch aus, bis Grit das Klavier gegen Mitternacht schloss. Die Bandmitglieder begannen sofort, ihre Instrumente in einem Kleinbus zu verstauen. Vincent zog es zu Grit.

»Hast du denn jetzt ein bisschen Zeit, Grit?«, fragte er sehr sanft, fast beschwörend.

David wurde ärgerlich. Er war überzeugt davon, dass die junge Frau sie hatte warten lassen. Gewöhnlich spielten Musikgruppen keine zwei oder drei Stunden lang ohne Pause.

»Ich muss eigentlich beim Einladen helfen«, erwiderte Grit. »Aber gut … Gib mir ein Glas Wein, Ari …« Sie wandte sich auf Griechisch an den Wirt und nahm gleich darauf einen großen Schluck Rotwein. »Es ist schön, dich gesund wiederzusehen, Vincent. Was führt dich her?«, begann sie dann eine förmliche Konversation.

David spürte, dass Vincent um Worte rang. »Du, Grit! Du führst mich her! Du bist damals verschwunden, von einem Tag auf den anderen, nachdem wir schon vom Heiraten gesprochen hatten. Was ist passiert? Was habe ich getan? Und was tust du hier? Wieso Kreta? Wir müssen reden, Grit. Wir müssen uns treffen …«

»Wir haben uns doch gerade getroffen«, gab Grit zurück. »Und du warst es, der vom Heiraten gesprochen hat. Ich wollte nie heiraten. Mir wurde das alles etwas viel, Vincent. Und ich wusste, es würde in eine große Oper ausarten, wenn ich dir sage, dass ich gehen will. Also bin ich einfach gegangen. Ich war an verschiedenen Orten. Ich hatte eine große Liebe. Ich hab sie verloren. Jetzt bin ich hier. Du siehst, was ich tue. Also, worüber müssen wir noch reden?«

»Kommst du, Grit?«

Die Band war mit dem Beladen des Wagens fertig und bereit zur Abfahrt. Der Klarinettist, ein dunkelhaariger, junger Mann mit Vollbart, kam in die Taverne, um Grit zu holen. Er griff nach ihrem Weinglas, trank es aus und legte ihr demonstrativ den Arm um die Schultern.

»Also, mach's gut, Vincent«, sagte Grit gelassen. »Ich komm schon, Pete ...«

Vincent schaute fassungslos zu, wie sie dem Mann bereitwillig nach draußen folgte.

»Grit!« Er rief ihr nach. »Sag mir wenigstens, wo du wohnst! Wo ich dich finde ...«

Grit antwortete nicht.

David hielt Vincent davon ab, ihr nach draußen zu folgen. »Lass sie nur. Wie es aussieht, will sie zumindest heute nichts von dir wissen.«

Vincent wirkte verzweifelt. »Aber wenn sie es sich morgen anders überlegt ... ich kann doch nicht die ganze Stadt nach ihr absuchen ...«

David schüttelte den Kopf. »Das würde auch nichts bringen. Sie wohnt nicht in Heraklion. Henny schreibt, sie leben in einem Ort namens Matala. An einem Strand umgeben von Höhlen. Und da werden wir sie morgen aufsuchen. Bis dahin kann sie drüber schlafen und du auch.«

»Matala?«, fragte Vincent und dann: »Wer ist Henny?«

David tat es leid, ihm den nächsten Schlag versetzen zu müssen.

»Ihre ältere Tochter«, sagte er. »Meine Tante sorgt sich vor allem um sie. Und um Audrey, Hennys kleine Schwester ...«

Am nächsten Morgen hatte sich Vincent wieder ein wenig beruhigt. Beim Frühstück im Hotel beratschlagte er mit David, wie sie Matala am besten erreichen könnten.

»Es ist gar nicht so weit«, erklärte David, der sich bereits an der Rezeption kundig gemacht hatte. »Und es soll eine Busverbindung geben. Genaueres wusste der Hotelangestellte da allerdings nicht. ›Unsere Gäste‹, hat er gesagt, ›bevorzugen andere Destinationen.‹«

»Am besten wäre ein Auto«, bemerkte Vincent. »Ob es einen Verleih gibt?«

»Wo wollt ihr denn hin?« Evangelinas fröhliche Stimme mischte sich in ihre Unterhaltung. »Ihr müsst unbedingt von gestern erzählen, ich platze vor Spannung! War das verhuschte Ding da tatsächlich deine Grit De Groot, David? Und was hast du mit der zu tun, Vincent? Ich wäre zu gern geblieben und hätte mir angehört, was ihr euch zu erzählen hattet.«

»Kannst du heute noch«, erklärte David. Er hielt es nicht für sehr wahrscheinlich, dass jemand in Matala Evangelina erkannte. Nicht nach der Reaktion des Rezeptionisten. »Wir wollten doch sowieso nach Matala und sie dort suchen. Vincent kommt jetzt einfach mit.«

Die Männer gaben einen kurzen Abriss ihres Gesprächs mit Grit. Evangelina war sofort hingerissen von Vincents Geschichte. Sie liebte amouröse Dramen.

»Aber vielversprechend hat sich das nicht angehört, Vincent«, sprach sie aus, was David dachte. »Was bestärkt dich in der Ansicht, dass sie dich vielleicht doch noch liebt?«

»Sie ist verwirrt«, behauptete Vincent. »Seit Philipps Tod …«

»Sie hatte doch schon eine Psychoanalyse«, verriet Evangelina. David hätte Vincent davon lieber noch nichts erzählt. »Um über ihren Vater hinwegzukommen und über diesen Paul …«

»Ihre große Liebe …«, flüsterte Vincent. »Vielleicht mache ich mir ja doch falsche Hoffnungen.«

»Na ja, Paul ist ja nun weg aus ihrem Leben«, bemerkte Evangelina. »Scheint ihr allerdings ein Kind hinterlassen zu haben. Würdest du das adoptieren, Vincent? Egal, jetzt fahren wir erst mal nach Matala. Soll großartig sein, sagt Cassandra. Sie war letzten Sommer ein paar Monate da, bis ihre Eltern ihr den Geldhahn zugedreht haben …«

»Und wenn wir da nicht willkommen sind?«, fragte Vincent unglücklich.

Evangelina machte eine wegwerfende Handbewegung. »Da ist jeder willkommen. Macht euch fertig, ich lasse uns ein Taxi rufen. Und packt ein paar Sachen ein. Ich fahre nicht nach Matala, ohne da ein bisschen zu feiern. Beatniks, Hipster und die totale Freiheit! Guck nicht so miesepetrig, Vincent. Wenn Grit dich nicht will … da gibt's noch andere Mädchen.«

Das Taxi brauchte für die etwa siebzig Kilometer nach Matala knapp zwei Stunden. Der Preis war horrend, aber Evangelina bezahlte, ohne weiter darüber zu reden. Die drei ließen sich im Ort absetzen. David hatte vor, sich zunächst nach der Kolonie zu erkundigen, bevor er den Kontakt suchte. Evangelina wollte dagegen gleich an den Strand. Sie war auch als Einzige so gekleidet, dass sie unter den Hipstern kaum auffallen würde: Dreiviertelhosen, eine unter den Brüsten zusammengeknotete Bluse und eine runde Sonnenbrille. Gegen die noch frühlingshafte Kühle hatte sie eine Jacke übergezogen und ihre anderen Sachen in einer bunten Strandtasche verstaut, die sie nun unternehmungslustig schulterte.

»Man sieht sich!«, rief sie David und Vincent gut gelaunt zu. »Ihr kommt einfach nach, wenn ihr fertig seid!«

David und Vincent trugen helle Leinenanzüge sowie kurzärmelige Hemden, und natürlich waren sie rasiert. Im Ort fielen sie damit auf, die anderen als Ausländer erkennbaren jungen Männer trugen dunkle Hosen, Bärte und seltsamen Schmuck. David und Vincent folgten zwei von ihnen in eine Taverne. Der Wirt, so meinte David, könne sicher Auskunft geben. Sie nahmen einen Tisch, weit weg von den braun gebrannten, langhaarigen Männern, die jetzt auf Englisch Bier bestellten.

Erfreut, dass David Griechisch sprach, empfahl der Wirt ihnen Wein und brachte selbstverständlich Wasser, dazu Oliven. Auf die Frage nach den Strandbewohnern im Allgemeinen und Grit im Besonderen zuckte er mit den Schultern.

»Wir im Dorf hier haben nichts gegen die«, meinte er gelassen. »Sind natürlich gewöhnungsbedürftig. Unsere alten Leute schlagen jedes Mal das Kreuz, wenn sie einen mit so einer Knochenkette sehen …« Er wies mit der Schulter auf die anderen Gäste. »Der Pfarrer missbilligt das Nacktbaden am Strand und die Orgien, die sie feiern. Aber sie bringen Geld in den Ort. Die meisten kommen hier nicht raus, wenn sie erst mal da sind. Die Busfahrt nach Heraklion ist kein Vergnügen, also decken sie sich im Dorf mit allem ein, was sie brauchen. Die Ladenbesitzer haben das Sortiment schon erheblich vergrößert. Und ich mache auch keinen schlechten Umsatz.«

»Wir sind auf der Suche nach einer Pianistin«, fragte David weiter. »Grit De Groot. Kennen Sie die zufällig?«

Der Wirt überlegte kurz, schüttelte dann jedoch den Kopf. »Ich kenne da kaum einen mit Namen«, gab er zu. »Die wechseln ja auch dauernd. Und nur ganz wenige sind Griechen. Die anderen können kaum mehr sagen, als sie zum Bestellen von Wein und Moussaka brauchen. Ein paar Ausnahmen gibt's aber, die Lauren zum Beispiel, die hier mal ein Restaurant aufmachen wollte mit Naturkost. Wurde allerdings nichts. Und die Helena und ihre Kleine. Das sind nette Mädchen mit viel mehr im Kopf als der Durchschnitt da, wenn ihr mich fragt! Die Helena hat meine ganze Speisekarte ins Englische übersetzt und für die Tochter vom Herakles die Bewerbung geschrieben. Die will in einem feinen Hotel in Athen arbeiten, aber mit dem Englisch hat sie's noch nicht so. Helena gibt ihr jetzt Stunden. Will Geld verdienen für sich und das Kind. Ich frag mich immer, wie's die zu den Nichtsnutzen am Strand verschlagen hat … Vielleicht haben die Eltern sie ja rausgeschmissen, als sie schwanger war …«

»Helena … Das klingt nach Henny«, meinte David aufgeregt, als der Wirt sie allein ließ. »Die Leute halten Audrey für ihre Tochter. Verrückt, das alles. Wollen wir an den Strand?«

Der Wirt wies ihnen den Weg, aber sie hätten auch nur den beiden jungen Männern aus der Taverne folgen müssen. Einer von ihnen sprach sie an, als er sah, dass sie denselben Weg hatten.

»Hey! Seid ihr neu? Frisch aus der Zivilisation in das freie Leben? Herzlich willkommen! Was macht ihr? Schreibt ihr Gedichte oder Prosa? Oder macht ihr mehr Musik? Ich bin übrigens Bert.« Vincent erklärte, dass er Cello spiele, und fragte nach Grit. Bert nickte sofort. »Klar, jeder kennt die Grit. Tolle Frau, in jeder Beziehung.« Er grinste. »Wird sich bestimmt freuen, dass du da bist!«

Evangelinas Behauptung, am Strand von Matala sei jeder willkommen, schien sich zumindest zu bewahrheiten.

»Henny kennst du auch?«, fragte David beiläufig.

Bert zog die Augenbrauen hoch. »Sicher. Grits prüder kleiner Anhang. Vergiss die, mit der hat man keinen Spaß …«

»Aber sie wohnt bei Grit?«, vergewisserte sich David.

»Hat 'ne eigene Höhle«, erklärte Berts Freund Harry. »Mit 'nem ganzen Schwung Viechern. Muss da drin stinken wie im Stall … Die ist verrückt, die Henny. Aber hübsch! Würd' ich zu gern rumkriegen. Ist mir bloß zu aufwendig. Wahrscheinlich erwartet sie Rosensträuße, bevor sie sich hinlegt.«

Das klang besorgniserregend – als würde Henny schwer bedrängt. Und als wäre Grit leicht zu haben. Darauf schien auch Vincent zu schließen. Er wurde schon wieder blass.

Schließlich kamen sie an einem Brunnen vorbei, wo eben zwei

Frauen Wasser schöpften, eine in einem fremdartigen, exotisch wirkenden Gewand, die andere in einem sackartigen Kleid. Bert und Harry grüßten kurz, schenkten den beiden sonst aber keine Beachtung. David vermutete, dass sie zur Kolonie gehörten. Als sie sich mit dem Wasser auf den Weg machten, bot er ihnen an, die Kanister für sie zu tragen.

Die beiden bedankten sich überschwänglich. »Dafür darfst du dann auch mal essen kommen«, sagte eine von ihnen und stellte sich als Lauren, ihre Freundin als Fanny vor. »Wir kochen jeden Abend. Vegetarisch übrigens.«

David nahm die Essenseinladung gern an. Dann fragte er die Frauen nach Grit und Henny.

Lauren wusste nur Freundliches zu sagen. »Grit kommt zum Yoga zu mir. Und Henny mit der Kleinen zum Essen. Nicht immer, aber oft. Sie sagt, sie hat nicht immer Zeit und Lust zum Kochen und vor dem kleinen Gaskocher auch ein bisschen Angst. Da macht sie höchstens mal eine Konserve heiß. Und dabei soll die Kleine doch gesund essen. Wir kochen über dem offenen Feuer. Wie die Urmenschen!«

»Grit könnte eigentlich auch mal für sie kochen«, bemerkte Fanny eher kritisch. »Komische Mutter ist das. Kümmert sich gar nicht um die Kleine.«

»Ach doch!«, widersprach Lauren. »Sie macht immer Musik mit ihr. Und lässt ihr ihre Freiheit. Das ist ganz wichtig für Kinder. Grit macht das instinktiv richtig. Sie hat ihren Frieden und ihre Freiheit ja erst spät gefunden, aber hier ist sie glücklich. Und Audrey auch.«

David war fast bereit, ihr zu glauben, als der Strand in Sicht kam. Wie konnte ein Kind, das hier aufwuchs, nicht glücklich sein? Weißer Sand, kristallklares Wasser, ein majestätischer Felsen, der die Bucht begrenzte. Jetzt sah er auch die Höhlen. Ihr Anblick ließ ihn allerdings wieder skeptisch werden. Hier lebten diese Leute? Wie kam Henny wohl mit dem Kind hinauf und herunter?

Dies schien der bevorzugte Strandabschnitt der jungen Leute

zu sein, die der Wirt als Beatniks bezeichnet hatte. Sie waren weitgehend unbekleidet, tobten durch den Sand, lachten, kreischten und tanzten und wirkten alle nicht ganz nüchtern. Einige sah David im Meer, obwohl die Wassertemperatur um die Jahreszeit höchstens achtzehn, neunzehn Grad betrug, wie er in Vincents Kreta-Prospekt gelesen hatte. Die Sonne wärmte allerdings schon sehr.

Bert und Harry warfen direkt ihre Hemden ab, um sich zu den anderen zu gesellen, und Vincent folgte ihnen, wahrscheinlich, um sich nach Grit umzusehen. David entdeckte jetzt auch Evangelina. Ihre laute, fröhliche Stimme und das fliegende schwarze Haar verrieten sie. Die meisten Beatniks waren anscheinend Amerikaner oder Nordeuropäer mit hellerem Haar.

Natürlich hatte Evangelina ihre Kleidung ebenfalls abgeworfen, sie bewegte sich, wie Gott sie schuf, unter ihren neuen Freunden. David verspürte wenig Lust, sich ihnen anzuschließen. Er trug den Frauen das Wasser zu einer kleineren, im Windschatten des Felsens gelegenen Feuerstelle, an der eine weitere Frau bereits dabei war, ein Feuer zu entzünden – wahrscheinlich, um das Essen zuzubereiten.

David wechselte auch mit der hübschen, rothaarigen Cloé ein paar Worte, wobei er nicht wusste, wo er hinsehen sollte, denn sie hatte ihr Oberteil abgelegt und hantierte mit dem Holz wie eine afrikanische Eingeborene. Schließlich ging er am Strand entlang. Um sich Evangelina – und Grit – zu stellen, musste er sich noch etwas sammeln. David bereute schon fast, Nellies Auftrag angenommen zu haben. Evangelina würde von diesem Strand schwer wieder wegzulocken sein, und ob Grit von ihrer Familie noch irgendetwas annahm, wagte er ebenfalls zu bezweifeln. Er wünschte sich mehr diplomatisches Geschick. Genau wie seine Schwester Daphne war er verbindlich, jedoch immer ein bisschen zu arglos. Er lächelte bei der Erinnerung an ihren letzten Brief, in dem sie auch ihre Bonobos als arglos bezeichnet hatte. Die Tiere schienen sie inzwischen überhaupt nicht mehr zu fürchten, die Mütter erlaubten ihr sogar, ihre Kleinkinder zu halten und mit ihnen zu spielen.

David entdeckte am anderen Ende des Strandes eine Art Bucht – einige Felsen umgrenzten eine kleine seichte Badestelle. Auf einem der Felsen saß ein junges Mädchen. Es trug sonnengelbe Shorts und eine blaue Bluse und kämmte sein anscheinend gerade frisch gewaschenes, glänzend schwarzes, langes Haar. Dabei beaufsichtigte es ein kleines Mädchen mit braunen Locken, das im Wasser herumplantschte. Die Szene wirkte friedlich, unwirklich, wie aus einem Märchen. Woran erinnerte sie ihn bloß?

»Lorelei …«, sagte David, als es ihm plötzlich einfiel.

Das junge Mädchen blickte erschrocken auf, und er sah in ein schönes Gesicht mit vollen, fein geschwungenen Lippen, beherrscht von sehr großen, hellbraunen Augen, die etwas befremdend zu dem schwarzen Haar und dem olivfarbenen Teint wirkten. Es schien bemüht, seine Besorgnis nicht zu zeigen, und hob stolz den Kopf.

»Wie nennst du mich?«, fragte es unwillig.

Ein Hund tauchte hinter den Felsen auf und postierte sich sichtlich misstrauisch neben dem jungen Mädchen.

David setzte ein Lächeln auf und bemühte sich, das Mädchen und das Tier zu beschwichtigen.

»Lorelei«, wiederholte er. »Bitte verzeihen Sie, das Bild drängte sich mir auf, als ich Sie da so sitzen sah. Ich hab's nicht böse gemeint oder beleidigend. Lorelei ist eine Fee oder ein Wassergeist aus einem deutschen Lied. Sie sitzt auf einem Felsen und kämmt ihr Haar. Sie ist sehr schön.«

Das junge Mädchen dachte kurz nach. »Aber ihr Haar ist doch eher blond. Und sie verdreht allen Männern den Kopf.« Es klang, als ob es dies deutlich missbilligte. »Ich kenne das Lied. Meine Großmutter ist Deutsche und hat es mir vorgesungen.«

David lächelte erneut. »Das stimmt, ihr Haar ist goldblond. Doch Sie sollten ihr keine unlauteren Absichten unterstellen. Sie sitzt nur da und bringt ihre Frisur in Ordnung. Was kann sie dafür, dass die Fischer ihre Boote gegen die Klippen fahren, nur weil sie sich bei ihrem Anblick nicht konzentrieren können?«

Das junge Mädchen musste lachen. Auch der Hund schien sich jetzt zu entspannen, er kam näher, um sich kraulen zu lassen. David bemerkte, dass er hinkte.

»Ich muss also nicht damit rechnen, dass du dich ... in irgendeiner Weise vergisst, nur weil dich Frauen, die sich die Haare kämmen, verrückt machen?«, fragte das Mädchen. Immer wieder warf es einen Blick auf die Kleine im Wasser. »Du bist neu in Matala, oder?«

David setzte sich seinerseits auf einen Felsen. »Den meisten Frauen, die sich die Haare kämmen, würde ich keinen zweiten Blick schenken«, erklärte er. »Bei dir«, er duzte sie jetzt auch, »ist das etwas anderes. Weil ich nicht einfach so nach Matala gekommen bin, sondern weil ich jemanden suche ... Genauer gesagt zwei Mädchen. Henny und Audrey. Und ich glaub, ich hab sie gerade gefunden.« Er lächelte. »Ich bin David Lemberger«, stellte er sich vor, »der Sohn von Maria und Bernhard Lemberger, Freunden deiner Großmutter ...«

»Ja, Henny und Audrey, das sind wir. Und Bernhard und Maria sind die mit dem Zoo!«, rief Henny. Plötzlich strahlte sie. »Du kommst von Grandma Nellie? Du kommst, um uns zurückzuholen?«

David zuckte mit den Schultern. »So einfach ist das nicht«, erwiderte er. »Aber ja, ich bin auf Bitten deiner Eltern und deiner Großeltern hergekommen.«

Er erzählte ihr von seiner Arbeit in Athen, die Nellie auf die Idee gebracht hatte, ihn zu bitten, nach Grit zu sehen. »Und nach euch natürlich«, meinte er und bezog damit Audrey mit ein, die immer noch selbstvergessen im Wasser plantschte. »Von Entführung war allerdings nicht die Rede ...«

»Vielleicht ... könntest du deine Meinung da ja noch ändern«, überlegte Henny. »So als Märchenprinz. Ich könnte meine Haare aus einer Höhle heraushängen lassen, und du ...«

»Rapunzel!«, sagte er, entzückt darüber, dass sie mit ihm flirtete. »Oder du schläfst einfach hundert Jahre und lässt die Höhle zuwachsen ...«, gab er die Neckerei zurück.

Hennys Gesicht wurde ernst. »Aufwecken müsstest du eher meine Mutter«, sagte sie leise. »Oder Audreys Mutter. Meine Mutter ist April Rawlings. Ich war mir darüber nie so sicher wie in den letzten Monaten. Es tut mir leid, dass ich mich so oft mit ihr gestritten habe …«

»So was nehmen Mütter nicht übel«, behauptete David. »Und was Grit angeht: Ich werde sehen, was ich tun kann.«

Da Daphnes erstklassige Beziehungen zu den Bonobos immer noch auf regelmäßigen Bananengeschenken beruhten, sandte sie einen ihrer Helfer mindestens alle zwei Wochen nach Mbandaka, um Nachschub zu besorgen. Seit Josuas Besuch bat sie ihn auch immer darum, ihr möglichst viele neue, englischsprachige Zeitungen mitzubringen, und fieberte ihrer Lektüre fast ebenso aufgeregt entgegen wie der von Davids und Josuas seltenen Briefen. Nach wie vor empfand sie ihre Arbeit im Kongo als äußerst befriedigend, und sie war sehr erfolgreich. Sie dokumentierte die Familienstrukturen in zwei ihr nun gut bekannten Primatengruppen, beschrieb die sozialen Beziehungen der weiblichen und männlichen Tiere untereinander und analysierte Konfliktlösungsstrategien. Ihre Aufzeichnungen füllten schon mehrere Notizbücher, und sie hortete viele belichtete Filme.

Leider sah es im Rest des nun unabhängigen Landes nicht so friedlich aus wie in Daphnes kleinem Paradies. Die meisten Weißen hatten den Kongo inzwischen verlassen und völliges Chaos im gesamten Bereich der Infrastruktur zurückgelassen. Eine Provinz, Katanga, hatte versucht, sich abzuspalten, belgische Truppen griffen erneut ein, und es kam zu Kampfhandlungen. Patrice Lumumba wandte sich daraufhin an die Vereinten Nationen, doch deren Reaktion auf seine Bitte um Hilfe fiel nicht einschneidend genug aus. Lumumba wusste nicht, was er auslöste, als er anschließend ein Telegramm an die Regierung der Sowjetunion absandte. Die Russen hatten sich während der UN-Sitzung klar auf die Seite des Kongos geschlagen, und so vermutete er unter ihnen mögliche Verbündete. Tatsächlich schuf er sich neue Feinde. Für die USA galt er von nun an als Kommunist und Unruhestifter. Immerhin erwies sich der Generalsekretär der Vereinten Nationen, Dag Hammarskjöld, als gelassen. Er sandte Blauhelmsoldaten in den Kongo, um beide Konfliktparteien zu beschwichtigen, und lud Lumumba ein, persönlich nach Amerika zu kommen, um mit den USA und der UNO zu verhandeln.

Josua, der mitflog, schrieb Daphne aus Washington.

… Es ist äußerst interessant und erhebend, dieses riesige, fortschrittliche Land zu besuchen und Mr. Hammarskjöld bei seiner Friedensarbeit zu beobachten. Er ist eine beeindruckende Persönlichkeit, sehr professionell, dabei menschlich sympathisch, und er bemüht sich wirklich, die Wogen, die Lumumbas Ruf nach Moskau geschlagen hat, wieder zu glätten. Ich wünschte nur, unsere eigene Delegation vermöchte ebenso souverän aufzutreten, doch leider muss ich sagen, dass diese außenpolitisch so wichtige Reise Patrice Lumumba und sein Team gesellschaftlich und organisatorisch überfordert. Wo Besonnenheit angebracht wäre, reagiert Lumumba emotional, überschüttet die Diplomaten mit Worten, die nicht einmal immer im Zusammenhang mit dem Thema der Besprechung stehen. Natürlich ist ihm sehr daran gelegen, den Konflikt mit den Belgiern zu beenden und den Kongo zu befrieden, doch Diplomatie ist ihm leider völlig fremd. Er ist explodiert, als Präsident Eisenhower sich weigerte, ihm eine Audienz zu gewähren, aber das geht nun einmal nicht spontan, man muss sich schon frühzeitig anmelden. Jedenfalls habe ich Angst, dass er immer mehr Brücken hinter sich abbrechen könnte, indem er auch die wohlmeinendsten westlichen Politiker gegen sich aufbringt.

Morgen fliegen wir zurück, und ich hoffe, Dich bald wieder besuchen zu können. Ich sehne mich nach Dir und Deinen Bonobofreunden, nach Lily und sogar nach den Pygmäen. Sie scheinen zu wissen, wie man eine Gemeinschaft bildet, ohne sich ständig zu streiten und zu bekriegen. Vielleicht hätten wir einen der Ihren bitten sollen, die Regierung des Kongos zu übernehmen …

Daphne wusste, dass Josua schon wieder im Lande sein musste, als sie den Brief erhielt. Seine Hoffnung, ein paar Tage freinehmen zu können, hatte sich bisher nicht erfüllt, und sie war beunruhigt. Das verstärkte sich, als Zahir von einer Fahrt nach Mbandaka nicht zurückkehrte. Die anderen beruhigten sie und berichteten, dass er in der letzten Zeit oft davon gesprochen hatte, seine Familie wiedersehen zu wollen. Daphne war der Meinung, er hätte ihr das ebenfalls sagen und einfach kündigen können. Dass er ohne Abschied gegangen war, war in ihren Augen ein Indiz dafür, dass Josua, der die Männer angeheuert hatte, in deren Augen an Macht verlor.

Sie sah sich beim Lesen der nächsten Zeitungsnachrichten darin bestätigt – eine weitere Provinz löste sich vom Kongo, und Lumumbas Versuche, sie gewaltsam daran zu hindern, endeten mit einem Gemetzel. Manchmal beneidete sie die Pygmäen, deren Leben unbeeinflusst von Politik, Kriegen und Ränkeschmieden war. Neben ihrer Arbeit mit den Primaten hatte sie begonnen, Fakten über diesen ziemlich unbekannten Volksstamm zu sammeln. Sie beschrieb die Feste, die sie feierten, ihre Tänze und die Lieder, die sie sangen, ihren Alltag und ihren Umgang miteinander und mit ihren Kindern. Und sie schrieb die Rezepte ihrer Heilmittel auf. Für sie als Medizinerin war es hochgradig spannend zu sehen, dass die Naturarzneien tatsächlich halfen. Daphne beschloss, Proben davon mitzunehmen und analysieren zu lassen, wenn sie einmal in die Zivilisation zurückkehrte.

Im September 1960 kam es dann zu einem Staatsstreich. Mit Unterstützung der CIA putschte sich Mobutu, bislang Stabschef der Armee, vormals ein Mitstreiter Lumumbas, an die Macht. Daphne las in den Zeitungen, die sie erst im Oktober erhielt, dass der Ministerpräsident sich in seinem Haus verschanzt hatte – bewacht von Blauhelmsoldaten, belagert von aufständischen Kongolesen. Von Josua hatte sie seit dem Brief aus Amerika nichts mehr gehört, und nachdem sie ihren Mitarbeitern von der Lage berichtet hatte – ihr

Bantu war inzwischen gut, sie war sprachbegabt und ihre Helfer gesprächig –, verabschiedete sich auch Vuyo, einer der Brüder. Immerhin ging er nicht heimlich.

»Ich muss nach unserer Familie sehen«, erklärte er. »Kito und ich waren Lumumba-Anhänger, das war bekannt im Dorf. Wenn es dazu kommt, dass wir uns gegenseitig abschlachten, weil der eine für diesen, der andere für jenen Präsidenten gestimmt hat, könnten unsere Leute in Gefahr sein.«

Sich selbst sah Daphne nicht als gefährdet an und schrieb das auch an die Leakeys, die ihr Briefe sandten, in denen sie ihre Besorgnis ausdrückten. Sie lebten inzwischen in Nairobi. Der Professor hatte das Amt des Kurators des dort entstehenden Museums übernommen.

Wer sollte mir schon etwas tun wollen?, schrieb Daphne. *Eine weiße Frau allein im Urwald … Wer käme auf die Idee, mich zu suchen, und warum?*

Sie verdrängte natürlich, dass die Regierung Lumumba ihr Genehmigungen und Bescheinigungen ausgeschrieben hatte und sie auch bezahlte. Es war zu absurd, sich vorzustellen, dass irgendein Feind in ihre friedliche Welt eindringen würde.

Im Dezember las Daphne dann von Lumumbas Gefangennahme. Er war aus seinem Haus in Léopoldville geflohen – mithilfe von Getreuen, die ihn versteckt in einem Auto in Sicherheit bringen wollten. Das Ziel war Stanleyville, das Zentrum seiner Anhängerschaft. Lumumba hatte sich jedoch nicht auf dem direkten Weg dorthin bringen lassen, sondern in verschiedenen Ortschaften Reden gehalten, um die Bevölkerung damit wieder auf seine Seite zu bringen. Ein verhängnisvoller Fehler, denn so hatte Mobutu Zeit gehabt, die Jagd nach ihm zu organisieren. Beim Versuch, den Fluss Sankuru zu überqueren, hatte man den Konvoi, mit dem Lumumba unterwegs gewesen war, gestoppt. Lumumba und zwei seiner wichtigsten Berater waren nach Camp Hardy bei Thysville geflogen und dort interniert worden. Die Zeitungen berichteten von Folterungen und harten Haftbedingungen.

Daphne war erst mal erleichtert, dass sich Josua nicht unter den Gefangenen befand. Sie verbrachte den Jahreswechsel in ihrer Hütte, allein mit ihrer Hündin und ihren Ängsten. Die Pygmäen feierten weder Weihnachten noch Neujahr. Sie lebten mit dem Kreislauf der Jahreszeiten, doch sie zählten die Sommer und Winter, die vergingen, nicht.

Ende Januar 1961 kam Kito dann aufgebracht von einer Fahrt nach Mbandaka zurück. Daphne war mit einer Gruppe Bonobomütter und deren Kindern in der Nähe ihres Camps. Zwei von ihnen hatten erst wenige Wochen zuvor ihre Kleinen geboren, und Daphne war stolz und glücklich, dass sie ihr die Babys sofort gezeigt hatten. Sie hatte ihnen die Namen Zukie und Zuno gegeben und freute sich bereits darauf, sie bald in den Arm nehmen, streicheln und kitzeln zu dürfen wie die älteren Kinder. Vorerst hielten sie sich allerdings fast ständig an ihren Müttern fest. Im Dschungel würde niemand sie trennen, um verrückte Versuche an ihnen zu unternehmen. Wer konnte an der Mutterliebe im Tierreich zweifeln, wenn er Bonita mit ihrer Zukie und Molly mit ihrem kleinen Zuno beobachtete?

Als Kito nun die Laute der Bonobos hörte, kam er so schnell und aufgewühlt zu Daphne, dass die Affen erschrocken flohen. Er hielt ihr einen Stapel Zeitungen hin, erklärte aber, die wichtigsten Nachrichten stünden nicht darin.

»Es heißt, Lumumba sei tot! Sie hätten ihn erschossen. In Katanga.« Das war eine der abtrünnigen Provinzen.

»Wer?«, fragte Daphne, ebenso erschrocken wie ihre Schützlinge. »Und woher weißt du davon?«

»Es gab genügend Zeugen«, sagte Kito. »Der Präsident, einige Minister, Belgier, das Exekutionskommando … Die Kerle haben natürlich damit geprahlt. So was lässt sich nicht lange vertuschen. Das hat sich herumgesprochen wie ein Lauffeuer.«

»Und Josua?«, fragte Daphne heiser. »Weiß man etwas von ihm?«

Kito schüttelte den Kopf. »Es sind sicher noch andere umgekommen«, meinte er. »Schon bei der Verhaftung. Sie waren mit drei Autos und einem Lastwagen unterwegs. Wo sind die restlichen Fahrer geblieben?«

Daphne wollte nicht daran denken. Sie machte sich zunächst auf die Suche nach den verschreckten Bonobos, um sie zu beruhigen, doch das wollte an diesem Tag nicht gelingen. Die Tiere hatten ein feines Gespür für ihre Befindlichkeiten, das war Daphne schon oft aufgefallen. Jetzt, da auch sie mehr als beunruhigt war, saßen sie nur in den Bäumen und gaben schrille Schreie von sich. Wenn sie traurig war, kamen sie dagegen zu ihr, schmiegten sich an sie und schienen trösten zu wollen, genau wie Lily das tat. Daphne überlegte manchmal, dass man diese Fähigkeit der Tiere einsetzen könnte, um die Leiden trauernder oder schwermütiger Menschen zu lindern. Schließlich gab sie es auf, den Bonobos den Anschein von Normalität vermitteln zu wollen, und kehrte mit den Zeitungen und einem Brief der Leakeys ins Lager zurück. Der Professor und Mary forderten sie darin auf, den Kongo sofort zu verlassen. Sie hatten von den Unruhen gehört und waren davon überzeugt, dass es zu einem Bürgerkrieg kommen würde.

Vielleicht sind Sie in Ihrem Refugium im Regenwald nicht direkt gefährdet, aber wenn um Sie herum der Krieg tobt, sind Sie dort gefangen. Sie sollten abreisen, solange das noch halbwegs sicher möglich ist. Wir würden uns freuen, wenn Sie erst mal einen Besuch in Nairobi machen würden, bevor wir weitersehen, schrieb Mary.

Daphne wusste nicht, was sie antworten sollte. Ihr Verstand sagte, dass ihre Mentoren recht hatten, doch alles andere in ihr weigerte sich, den Wald zu verlassen, in dem Josua sie finden konnte. Sie wusste nicht, ob er von der neuen Stellung des Professors wusste. Wenn er sie hier nicht mehr vorfand, würde er sich womöglich ebenso um sie sorgen, wie sie jetzt um ihn bangte. Sofern er überhaupt noch am Leben war.

An diesem ersten Abend in Matala gab Evangelina eine Einstandsparty, und schon als David Henny und Audrey zurück in ihre Höhle begleitet und die aktuellen Insassen ihres kleinen Refugiums für ausgesetzte und kranke Tiere kennengelernt hatte, war am Strand niemand mehr nüchtern. Henny erklärte, dass sie abends gewöhnlich nicht mehr hinunterging, da Leute wie Bert schnell zudringlich wurden und sich ungern abweisen ließen.

»Ein Glück ist da nur, dass der Aufstieg so steil ist. Wenn ich nüchtern bin und er bekifft oder angetrunken, kann ich ihn zur Not die Klippe runterstoßen«, bemerkte sie mit schelmischem Lächeln.

»Daher die Skelette in den Höhlen?«, fragte David mit gespieltem Ernst. Er war von der Vorstellung entsetzt, dass Henny sich gegen betrunkene Kerle wehren musste, wenn sie obendrein Audrey die Klippen hinauftrug. Die Kleine konnte an der Hand ihrer Schwester aufsteigen, aber nur sehr langsam und sicher nicht im Dunkeln.

Henny kicherte. »Irgendwann mache ich mir eine Kette aus den Zähnen all meiner abgelehnten Möchtegernliebhaber.«

Begleitet von David wagte sie sich jedoch noch einmal an den Strand und an Laurens Feuer, wo sie einen schmackhaften vegetarischen Linseneintopf genossen. Auch hier wurde Marihuana geraucht, für David keine ganz neue Erfahrung. Evangelina brachte manchmal Joints mit, wenn sie ihn in seinem Apartment besuchte, um ihre Empfindungen beim Liebesakt zu intensivieren. Er wusste also, wie man damit umgehen musste, und lehnte nach einem Höflichkeitszug genauso ab wie Henny. Die Yoga-Eleven tranken oft auch Tee mit Marihuana. Lauren erläuterte, dass es ihnen nicht um Rausch, sondern um Bewusstseinserweiterung ging.

David schenkte sich und Henny ein Glas Wein ein, unterhielt sich mit ihr und antwortete auf Audreys Fragen, wer er war und woher er kam, bis die Kleine einschlief. Sie war erst drei Jahre alt, wie er erfuhr, doch sie konnte reden wie ein Wasserfall.

»Ich trage sie gleich hoch«, versprach David, und schon um das unfallfrei zu schaffen, verzichtete er auf weiteren Wein.

Henny erklärte lachend, dass sie sich am Anfang auch vor dem steilen Weg gefürchtet hatte, jetzt jedoch ihre Höhle im Schlaf fand, selbst mit dem Kind auf dem Arm.

»Sie wird nur immer schwerer«, klagte sie. »Audrey sollte auch bald unter andere Kinder. Hier verwildert sie total. Und ich …«

»… aufs College«, ergänzte David. »Du musst nach Hause, Henny. Du bist hier nicht glücklich, und du vertust dein Leben. Kümmert Grit sich denn wenigstens manchmal um die Kleine?«

Henny zuckte mit den Schultern. »Mal ja, mal nein. Sie liebt das alles hier, das Feiern, das Zusammensein mit den anderen Künstlerinnen und Künstlern. Ich glaube, sie muss was nachholen. Und da vergisst sie uns einfach oft …«

David dachte daran, wie verloren Vincent sich in seinem Leben als Musiker gefühlt hatte. Er hatte es klar analysiert – man bereiste die ganze Welt, aber blieb ständig in einem schützenden Kokon. Grit war im Krieg dort herausgerissen worden und hatte sich gleich wieder hineingeflüchtet, als ihr Vater sie wachgerüttelt hatte. Sie hatte nie Verantwortung für sich selbst übernehmen müssen – mit dem Kind war sie nun völlig überfordert. Er hoffte, er könnte sie dazu bewegen, das einzusehen, aber Henny riet davon ab, noch an diesem Abend mit ihr zu reden.

»Such sie einfach morgen gegen Mittag. Hast du schon eine Höhle zum Schlafen?«

David schüttelte den Kopf. »Ich hoffe, Evangelina hat sich darum gekümmert.«

»Mit der Neuen bist du gekommen?«, fragte Henny verwundert.

Evangelina zeigte den Feiernden am Feuer gerade, wie man Sirtaki tanzte. Grit spielte die Bouzouki, ein paar andere Musiker hämmerten auf Trommeln ein. Vincent war nicht zu sehen.

David nickte. »Mit ihr und mit Vincent, den haben wir auf der Überfahrt kennengelernt. Ich muss ihn gleich mal suchen. Hoffentlich hat Grit ihn nicht wieder so vor den Kopf gestoßen wie gestern.«

»Vincent?« Henny merkte auf. David bemerkte fasziniert, wie es in ihrem Gesicht arbeitete. Irgendetwas hatte die Erwähnung des Namens in ihr ausgelöst. »Wer … ist das?«

»Ich seh ihn gerade nicht, ich zeig ihn dir morgen«, erwiderte David. »Ist ein Verflossener von Grit. Sie haben zusammen in einem Orchester gespielt, und er war wohl schon jahrelang verliebt in sie. Gebilligt von ihrem Vater. Der wollte die zwei gern zusammenbringen, und Vincent hätte sie auch zu gern geheiratet. Grit hat sich nach Philipps Tod aber bloß von ihm trösten lassen und ist dann weggelaufen.«

»Geliebt hat sie nur Paul …«, sagte Henny gedankenverloren. »So sehr geliebt … Warst du … hast du dich schon mal so verliebt?«

Der Wein schien sie etwas melancholisch zu machen. Und zutraulich. David hatte nicht zum ersten Mal an diesem Tag das Gefühl, dass dieses junge Mädchen ihn anrührte.

»Nein«, antwortete er ehrlich. »Ich war sehr verliebt in Evangelina. Aber das hat sich abgenutzt. Meine Schwester sagt, es gibt Liebe, die gut für jemanden ist, und andere, die einem eher schadet oder wehtut. Vielleicht nutzt Liebe, die einem schadet, sich schneller ab. Ich weiß es nicht … Soll ich euch jetzt nach oben bringen? Ich muss nach Vincent sehen.«

Er hatte das Gefühl, als müsste auch ihn jemand an die Hand nehmen. Diese Gemeinschaft von Künstlern schien auf viele Menschen einen seltsamen Sog auszuüben. Er fragte sich, ob sie ihnen wirklich das Gefühl vollkommener Freiheit gab und ob das überhaupt etwas war, das man sich wünschen sollte. Ihn selbst machte es eher glücklich, die kleine Audrey in die Arme zu nehmen und zu beschützen – und Henny neben sich zu wissen. Eine junge Frau, die er bis heute nicht gekannt hatte, deren Gegenwart ihn jedoch jetzt schon mit Freude und Frieden erfüllte.

Sie bedankte sich lächelnd, als er Audrey auf ihre Schlafmatte bettete und kurz über ihre Wange streichelte.

»Sie ist süß, nicht?«, bemerkte Henny. Eine der Katzen strich ihnen um die Beine. »Das bist du natürlich auch, Panther«, sagte Henny und nahm sie hoch.

David verstand das Zeichen. Henny hielt das Tier zwischen sie, um den Abstand zu sichern.

Er lächelte. »Sehr süß«, bestätigte er, und seine Hand fuhr sanft über den Kopf des schnurrenden Kätzchens. Eine Liebkosung, die irgendwie auch Henny galt.

David spürte, dass sie das Zeichen verstand.

Zurück am Feuer, bemerkte David Grit in den Armen des Klarinettisten, der am Abend zuvor in der Taverne gespielt hatte, und Evangelina rauchte einen Joint mit Harry und Bert. Irgendjemand las mit schon etwas schwerer Zunge ein Gedicht vor, das von Schatten handelte. Zwei junge Frauen hatten sich ihrer Oberteile entledigt und streichelten sich gegenseitig, ein anderes Paar schien drauf und dran, noch weiter zu gehen. Über allem lag der süßliche Geruch von Marihuana.

Schließlich fand er Vincent, der etwas abseits des Feuers an einem Felsen lehnte und Grits Verhalten mit brennendem Blick verfolgte.

»Warum tut sie das?«, fragte er hörbar angetrunken. »Es hat Jahre gedauert, bis sie sich mir damals … hingegeben hat. Und jetzt …«

Grit saß inzwischen bei einem anderen Mann. Er hatte ihr Bouzouki-Spiel auf der Gitarre begleitet, und nun tauschten sie sich über ihre Instrumente aus, wobei sie immer näher aneinanderrückten.

»Ich weiß es nicht«, sagte David ehrlich. »Hast du denn heute schon mit ihr gesprochen?«

»Nur kurz«, gab Vincent Auskunft. »Sie hat einen Joint mit mir geraucht … und gesagt, ich könne gern hierbleiben, ich würde sie nicht stören …«

»Das ist doch schon etwas«, meinte David. »Gestern hatte ich das Gefühl, sie hätte dich am liebsten aus ihrem Leben verbannt, zumindest aus Kreta. Weißt du, wo wir schlafen können?« Er hatte es aufgegeben, in diesem Zusammenhang auf Evangelina zu hoffen.

Vincent nickte. »Grit hat mir eine Höhle gezeigt«, sagte er. Es klang hoffnungsvoll. »Dann … ich meine, dann kann sie mir gegenüber doch nicht vollkommen negativ eingestellt sein, oder?« Er klammerte sich immer noch an jeden Strohhalm.

»Sollen wir die mal aufsuchen?«, fragte David sanft. »Wir können morgen mit Grit reden, wenn sie nüchtern ist.«

Vincent stimmte ein bisschen widerwillig zu, führte ihn jedoch in eine abgelegene Höhlenwohnung, die in keiner Weise mit Hausrat versehen war.

David seufzte. »Wir hätten Schlafsäcke mitbringen müssen. Und Matten. Jetzt müssen wir auf dem Boden schlafen.« Immerhin hatte er daran gedacht, im Dorf eine Taschenlampe zu kaufen.

»Hier sind doch so Nischen in der Wand«, bemerkte Vincent. »Nennt man die nicht Alkoven?«

David leuchtete eine davon aus … und Vincent stürzte aus der Höhle und erbrach sich. In der Nische lagen Knochen.

»Die sind schon belegt«, bemerkte David trocken. Der Zwillingsbruder einer Anthropologin war von uralten Knochen nicht aus der Fassung zu bringen. »Jetzt leg dich hin und schlaf. Die Alternative wäre der Strand, aber davor hat mich Henny ausdrücklich gewarnt. Es gibt da Sandflöhe, und die sind schlimmer als Albträume. Glaub's mir!«

Während er versuchte, es sich mit seiner Tasche als Kopfkissen, zugedeckt mit seiner Anzugjacke, halbwegs bequem zu machen, fragte er sich, ob Grit es wirklich so gut mit Vincent gemeint hatte. Vielleicht hatte sie ihn mit dem Zuweisen der Höhle eher vergraulen wollen. David fand ihr Verhalten seltsam. Das mit ihr und Vincent war lange her, und sie machte nicht den Eindruck, als schämte sie sich vor ihm für das Leben, gegen das sie ihn eingetauscht hatte. Ihre Aggressivität am Abend zuvor und ihr intrigantes Verhalten hatten eher den Unterton von Furcht.

Am nächsten Morgen tat David alles weh von der Nacht auf dem kalten und harten Höhlenboden. Seinen Mitbewohner hatte es wohl schon aus der Höhle getrieben, Vincent saß missmutig Tee nippend an Laurens Feuer und unterhielt sich mit Henny. Davids Laune hob sich sofort, als er Grits ältere Tochter sah. Sie hatte ihr Haar an diesem Morgen zu einem langen Zopf geflochten, was ihr gut stand, und sie trug ein Kleid – schon etwas verwaschen und zu kurz. Henny schien noch etwas gewachsen zu sein, seit sie nach Griechenland gekommen war. Audrey spielte mit einem Ball, den Vincent ihr auf Verlangen immer wieder zuwarf. Sie kicherte, wenn sie ihn in seine Richtung rollte und er ihn verfehlte.

Henny registrierte Davids unglücklichen Blick auf die blecherne Teekanne, die am Feuer stand.

»Ich kann euch Kaffee machen«, bot sie an, was seine Lebensgeister sofort weckte. Vincent schien es ähnlich zu gehen. »Wenn ihr so lange auf Audrey aufpasst.«

David deutete das als ersten Vertrauensbeweis. »Gerne«, sagte er.

Auch Vincent nickte und bezog David ins Ballspiel ein. Trotz der noch etwas frühen Stunde hatten sie alle drei ihren Spaß. Henny erschien bald wieder mit einer kleinen Kanne starken, heißen Kaffees und drei Bechern.

»Ich mag auch lieber Kaffee«, gestand sie mit Blick auf Laurens Tee. »Der erweitert mein Bewusstsein einfach schneller.«

Sie lachten alle und stürzten sich auf das belebende Getränk. Danach beschloss David, schwimmen zu gehen.

»Das schaffe ich noch, bevor Grit aufwacht, oder? Ins Dorf müssen wir nachher übrigens auch noch, falls wir länger bleiben. Die Höhle ist verdammt ungemütlich.«

»Ungemütlich?«, fragte Vincent. »Sie ist unheimlich!«

Während David sich bis auf die Badehose auszog, berichtete er Henny von den Knochen in der Höhle. Sie erzählte von dem altrömischen Begräbnisplatz.

»Ich glaube nicht, dass es hier spukt«, meinte sie sachlich. »Aber ich finde es auch gruselig, in Gräbern zu schlafen. Manche hier finden das cool. Die stellen die Totenköpfe sogar auf, wenn sie welche finden.« Sie schüttelte sich.

»Falls wir länger bleiben, brauchen wir auf jeden Fall eine neue Höhle. Oder ein Zelt. Bekommt man Zelte in Matala?«, fragte David.

Henny glaubte das nicht, war aber bereit, ihn und Vincent ins Dorf zu begleiten und zu übersetzen. Als sie hörte, dass David ebenfalls Griechisch sprach, sah sie ihn anerkennend an, wandte ihre Aufmerksamkeit dann jedoch schnell wieder Vincent zu.

David stürzte sich erst mal ins Meer. Das kristallklare Wasser war eisig und wunderbar erfrischend zugleich, die Wellen gerade so hoch, dass man sich ein wenig anstrengen musste, um gegen sie anzuschwimmen. Er schwamm weit hinaus, und als er zurückkehrte, waren bereits weitere Höhlenbewohner zum Strand gekommen. Viele wirkten verkatert, einige formierten sich mit Lauren zum morgendlichen Sonnengruß. David und Vincent schauten fasziniert zu, wie sie ihre Körper auf verschiedenartige Weise verrenkten. Henny kommentierte die Yogaübungen mit ihren Namen. Herabschauender Hund, sich verneigender Held, Kuhgesicht …«

»Jedenfalls fantasievolle Bezeichnungen«, bemerkte David. »Sollte ich noch mal Katzen trainieren, könnte ich ihnen das beibringen. Wäre sicher lustig …«

»Lauren nimmt das ziemlich ernst«, erklärte Henny, was David daran erinnerte, dass auch er nicht zum Spaß in Matala war.

Er entschuldigte sich und stieg hinauf zu den Höhlen, um nach

Grits Wohnstatt zu fragen. Leider stellte er sehr schnell fest, dass Hennys Vorschlag, sie einfach gegen Mittag zu suchen, wörtlich gemeint war. Wenn er Leute befragte, erhielt er lediglich Antworten wie »Die hab ich gestern mit Luis gesehen …« oder »Ist die nicht mit Eduardo zusammen?«. Schließlich traf er auf Evangelina – auch sie ziemlich verkatert, aber wie immer blendend gelaunt.

»David! Wo hast du gesteckt? Ich hab dich vermisst gestern. Tatsächlich hatte ich ein ganz interessantes Gespräch mit zwei Schmuckgestaltern. Sie denken über einen eigenen Laden nach. Und da könnte ich mich ebenfalls einbringen. Gibt's da unten irgendwo Frühstück?«

David verneinte und unterdrückte den Impuls, ihr entgegenzuschleudern, dass sie sich nicht in einem Hotel befänden, auch wenn sich die Männer und Frauen aneinander bedienten, als wäre Matala ein Buffet. Dann siegte jedoch seine naturbedingte Friedfertigkeit.

»Da wirst du ins Dorf gehen müssen«, riet er. »Hast du Grit irgendwo gesehen?«

Evangelina lachte. »Vor dem ersten Kaffee würde mir nicht mal auffallen, wenn mir ein Elefant über den Weg liefe. Weißt du doch. Ich geh mal runter. Wir sehen uns am Strand.«

In einer der abgelegeneren Höhlen entdeckte David dann endlich Grit De Groot. Noch völlig verschlafen tapste sie durch die Höhle, in der ihr aktueller Freund noch schlief, und suchte wohl nach einem Kaffeekocher. Sie trug die gleichen Sachen wie am Abend zuvor, den Pullover verkehrt herum.

David stellte sich ihr höflich vor und bestellte die Grüße von Nellie und ihrer Familie. Grit blinzelte ihn an, als wäre er eine Fata Morgana.

»Wenn du mitkommst, kann ich dir einen Kaffee machen«, bot er an und hoffte, dass Henny nichts dagegen hatte, wenn er ihre Mutter mit in ihre Höhle nahm und sich an ihren Vorräten bediente.

»Okay«, murmelte Grit. »Und danach erzählst du mir das alles noch mal …«

Sie folgte ihm erstaunlich behände die Klippen entlang und erkannte sogar die Höhle wieder.

»Oh, das ist unsere …« Sie lachte und zeigte auf das Innere, in dem zwei Hunde schliefen und drei Katzenkinder spielten. »Da sollte ich eigentlich wohnen. Aber wie du siehst, schon belegt!«

»Genau wie die Höhle, die du Vincent gestern zugewiesen hast«, entfuhr es David. »Fandest du das lustig? Er hat sich fürchterlich erschrocken, und er war nicht mehr nüchtern. Er hätte von der Klippe fallen können!«

Grit winkte ab. »Er ist leider ein ziemliches Weichei«, urteilte sie. »Dabei ein guter Cellist. Sehr musikalisch. Deshalb …« Sie brach ab. »Also jetzt noch mal: Du bist der Sohn von Tante Maria, und meine Mutter hat dich darauf angesetzt, mich hier rauszuholen? Jemanden hinter mir herschicken, das macht sie dauernd, weißt du? Im Krieg war's Onkel Walter …«

David versuchte, die Sache richtigzustellen, und erzählte von seiner Arbeit in Athen. »Es war einfach die räumliche Nähe. Sonst qualifiziert mich nichts zum Spion oder Entführer. Eigentlich sollte ich auch nur nachsehen, ob es euch gut geht …«

Während sie redeten, hatte er Wasser erhitzt und goss nun Kaffee auf. Grit inhalierte gierig den Duft.

»Das hast du ja nun«, bemerkte sie. »Es geht uns sehr gut. Sonst noch was?«

»Henny geht es nicht gut«, sagte David geradeheraus und reichte ihr einen Becher Kaffee.

Grit nahm einen Schluck. »Hat sie das gesagt?«, fragte sie mäßig interessiert. »Nun, das wundert mich nicht. Helena hatte von Anfang an keinen Anflug von künstlerischem Talent. Kein Wunder, dass sie sich neben all den schillernden Persönlichkeiten hier unwohl fühlt. Aber sie muss ja nicht bleiben …«

»Vielleicht fühlt sie sich nur neben all dem Wein und dem Marihuana nicht wohl, ohne den hier keiner wirklich schillert«, gab David härter zurück, als er eigentlich wollte. »Vielleicht übernachtet sie ungern in Gräbern und … ich bezweifle nicht, dass sie ihre kleine Schwester gern aufzieht, aber sie täte das lieber unter zivilisierteren Bedingungen!«

Grit blieb gelassen. »Wenn es ihr nicht passt, kann sie jederzeit gehen. Sie ist keineswegs die Jüngste hier. Wenn die anderen alle den Weg hierher gefunden haben, findet sie auch die Fähre nach Athen …«

»Und wer kümmert sich dann um Audrey?«, fragte David.

Grit schlug die Augen gen Himmel. »Na, wer schon? Ich bin schließlich ihre Mutter. Audrey ist nicht anspruchsvoll. Sie passt hierher. Sie saugt den Geist von Matala auf wie ein Schwamm …«

David wusste nicht, was er dazu sagen sollte. »Dir scheint es hier ja auch nicht zu gefallen«, griff Grit nun ihrerseits an. »Geh doch zusammen mit Helena, dann haben meine Mutter und April, was sie wollen. Audrey und ich bleiben jedenfalls vorerst hier.« Sie trank den Rest von ihrem Kaffee und verließ die Höhle.

David blieb kopfschüttelnd zurück. Er wusste nicht, was er Henny von diesem Gespräch erzählen sollte, doch in einem war er sich plötzlich sicher: Er würde sie nicht allein lassen. Er hatte Zeit, er würde bleiben und abwarten. Und sehen, was aus dem Gefühl wurde, das er stets verspürte, wenn er diese kluge, ernsthafte junge Frau ansah oder mit ihr sprach, aus dem Wunsch, sie zu schützen und zu trösten, mit ihr zu lachen und zu weinen.

Er wusch Grits Becher mit so wenig kostbarem Wasser ab wie möglich und nahm dann Hennys Kanister mit zum Strand. Er würde ihn später für sie füllen.

David war nicht der Einzige, der in Matala blieb. Vincent konnte sich, allen Demütigungen zum Trotz, nicht von Grit losreißen, und Evangelina schien sich ohnehin in dem Augenblick verändert zu haben, in dem sie den Strand betreten hatte. Natürlich war sie immer abenteuerlustig, spontan und risikofreudig gewesen, doch über allem hatte letztlich der Name Kallergis gestanden, dem sie keine Schande machen durfte. Sie hatte ihr Verhalten dem stets angepasst, die Freiheiten genossen, die das Studium in Übersee ihr bot, aber doch niemals einen Affront riskiert, indem sie etwa mit einem Mann zusammenlebte. In Athen hatte sie sich David als Liebhaber geleistet, in aller Diskretion. Offiziell hatte sie sich ihrer Bestimmung, Stavros Michelakis zu heiraten, nie widersetzt. In Matala ließ sie jedoch jede Zurückhaltung fahren. Evangelina hörte auf, sich stilvoll zu kleiden, und warf sich nur das Nötigste über. Am Strand war sie am liebsten nackt. Gemeinsam mit anderen Kunsthandwerkern aus der Kolonie fertigte sie Schmuckstücke an. Nicht aus Knochen, sondern aus Muscheln und Steinen, die sie sammelten. Sie besorgte sich in Heraklion Silberdraht und begann, Fassungen zu erstellen, verkaufte den Schmuck an die vermögenderen Beatniks und an eine Boutique in der Inselhauptstadt.

Mit David ging sie weiterhin freundschaftlich um, teilte jedoch nicht mit ihm die Höhle. Der Schmetterling war endgültig flügge geworden, er tanzte von einer Blüte zur anderen. David fragte sich, wo das enden sollte. Irgendwann mussten ihr Vater und ihr Verlobter sich fragen, was sie so lange auf Kreta machte.

David teilte sich eine Höhle mit Vincent – Henny hatte eine für sie gefunden, in der keine Knochen lagen. Es gab darin auch keine Grabnischen, also war sie von den Römern wohl nicht als Begräbnisstätte genutzt worden. David hatte sie gleich mit Schlafmatten, Schlafsäcken, einem Gaskocher und einer Gaslampe, Kochgeschirr, Tellern und Bechern ausgestattet, dazu einem Behälter, in dem man Lebensmittel sicher vor den Tieren verstauen konnte, und Insektenspray. Vincent war ihm bei all diesen Einkäufen gefolgt und hatte ihn für seine Umsicht und sein Wissen über die Bedürfnisse eines Höhlenbewohners bewundert.

David hatte ihn ausgelacht. »Hast du denn nie gezeltet, Vincent?«, hatte er gefragt und von Campingausflügen mit seinem Vater, seiner Schulklasse und später auch allein mit Daphne erzählt. »Meine Schwester hat im Outback nach Fossilien gesucht. Mir sind also selbst Knochen im Zelt nichts Neues. Camping hat doch wohl jeder schon mal gemacht!«

»Ich nicht«, gab Vincent zu. »Ich hab immer nur Cello gespielt, Geige und Klavier ... Wenn du Musik studieren willst, musst du dafür brennen. Da bleibt nicht viel Zeit für anderes.«

David überlegte, ob es Grit wohl auch so gegangen war und ob sie nun den kindlichen Spaß am einfachen Leben mit Gaslampe und Lagerfeuer nachholte, wie Henny schon vermutet hatte. Vincent fand keinen Geschmack daran. Er stöhnte über das unbequeme Lager und den Kocher, den er nicht immer zum Brennen bringen konnte, während David selbst sich sehr schnell mit dem Leben in Matala arrangierte. Eigentlich fand er es sogar schön, gleich nach dem Aufstehen den Blick über die Bucht zu genießen und beim Einschlafen das Meer rauschen zu hören. Er vermisste nur Daphne, die hier in Sachen Fossilien sicher einiges entdeckt hätte. Er hatte ihr immerhin geschrieben, ihr die Lage erklärt und Hennys Postfachnummer genannt, sodass sie ihn erreichen konnte. Tatsächlich hatte er jedoch seit Wochen nichts von ihr gehört.

Henny erwies sich allerdings als recht guter Ersatz für seine bisherige Seelenverwandte. Auch mit ihr konnte man über Gott und die Welt reden und über die anderen Höhlenbewohner herziehen. Oft neckten sie sich. Henny äußerte ihre Ansichten über die Pseudokünstler in der Kolonie in klugen Worten. Dabei kritisierte sie vor allem die Literaten. Sie las gern und viel und verglich die Qualität der am Feuer vorgetragenen Gedichte und Geschichten oft kichernd mit Poe oder Goethe.

»Der Werther hatte genauso einen Weltschmerz, aber der hat wenigstens in ganzen Sätzen geschrieben«, sagte sie bei einem ihrer Gespräche. Wenn David sich dann ebenfalls gehen ließ und die Qualität der Musiker kommentierte, lachte sie erleichtert. »Und ich dachte, es läge an mir, wo ich doch so unmusikalisch bin!«

David stellte fest, dass sie das eigentlich gar nicht war – sie verfügte über eine gänzlich normale Musikalität, nur nicht über das Genie einer Grit De Groot. Genauso war es seiner Meinung nach mit Audrey. Natürlich tanzte die Kleine vergnügt herum, wenn sie Musik hörte, und hämmerte gern mit Grit auf Kochtöpfen, aber eine besondere Begabung konnte David nicht erkennen. Bei Vincent war das anders. Auch er schwärmte von Grits und Audreys gemeinsamen Musikstunden, obwohl oder gerade weil Grit ihm nicht erlaubte, daran teilzunehmen. Nach wie vor zeigte sie ihm die kalte Schulter.

David verstand immer noch nicht, weshalb sie nichts unversucht ließ, um Vincent zu vergraulen, obwohl er sich doch so anstrengte. Er lieh sich sogar einen Kontrabass und fuhr mit zu den Modern-Jazz-Sessions in Heraklion. Dabei zeigte er das gleiche außergewöhnliche Talent wie Grit – er fand sich sehr schnell in das ungewohnte Instrument ein und erfasste die eigenwillige Harmonik des Bebop sofort. David bewunderte seine Musikalität – und seine Beharrlichkeit. Er war sich jedoch sicher, dass er die Werbung um Grit spätestens dann aufgeben würde, wenn es in den Höhlen kalt und nass wurde. Solange der Sommer währte, kam er mit dem einfachen Leben zurecht, aber letztlich war Vincent ein Stubengeschöpf.

Umso mehr wunderte sich David, dass Henny, die sich weitaus mehr für Natur und Tiere interessierte als für Musiktheorie, immer wieder Vincents Gesellschaft suchte. Zu seinem Leidwesen schien sie sogar lieber mit seinem neuen Freund kleine Ausflüge mit Audrey zu machen oder ins Dorf zu gehen, um ein Eis zu essen, als mit ihm, David. Vincent machte das gern mit, er freute sich erkennbar am Zusammensein mit den Mädchen, zeigte jedoch keinerlei Interesse an Henny als Frau. Gemeinsam mit Henny und Audrey wirkte er eher wie ein treusorgender Familienvater.

Vincent wäre Grit zweifellos ein wunderbarer Ehemann gewesen, zudem war er ein weitaus besserer Musiker als alle anderen in der Kolonie. Er litt darunter, dass sie ihm die anderen Männer vorzog und ihn oft sogar ungerecht kritisierte. Zudem machte er sich Sorgen um ihren ungehemmten Konsum von Alkohol und Marihuana. Das Rauschmittel war ihm besonders unheimlich, da man sich mit dem Besitz obendrein strafbar machte. In Amerika seien die Drogengesetze sehr streng, verriet er David. Wenn Grit – oder auch er selbst – deswegen verurteilt werden sollten, würde kein seriöses klassisches Orchester mehr mit ihnen arbeiten wollen. Vor allem das war ein Grund, weshalb Vincent mitunter darüber sprach, die Kolonie zu verlassen – ob mit oder ohne Grit.

»Wo bekommt ihr das Zeug eigentlich her?«, fragte er Lauren, die ihm immer noch eine der vernünftigeren Höhlenbewohner zu sein schien. Die Leute um sie herum waren ruhiger, eher in sich gekehrt und auf der Suche nach tieferen Einsichten in eine spirituelle Welt.

Lauren gab bereitwillig Auskunft. »Die meisten kaufen es in Heraklion bei Zwischenhändlern in den Parks, weil sie alle nur Englisch sprechen. Tatsächlich wird es hier in den Bergen angebaut. Schon seit der Antike übrigens, aber neuerdings nimmt die Nachfrage zu und damit die Pflanzungen. Ich besorge es mir in Matala am Markttag. Da ist ein junger Mann aus Imbros, der Vetter einer der Bauersfrauen, die Gemüse verkaufen. Er hilft an ihrem Stand und bietet auch Cannabis an. Viel billiger als in der Stadt.«

Vincent blickte verwirrt. Sie hatten bisher beide gedacht, die Rauschmittel kämen aus Afrika oder Asien.

»Ich kann euch gern mal was mitbringen«, bot Lauren an, was sie natürlich ablehnten.

Doch dann, es ging langsam auf den Herbst zu – kam einer der Leute, die immer wieder nach Heraklion fuhren, um den Vorrat der Beatniks an Cannabis aufzustocken, beunruhigt zurück.

»Ich wurde nach dir gefragt«, wandte er sich an Evangelina, die gemeinsam mit anderen Frauen unbeschwert am Feuer tanzte. Da es noch nicht spät war, durfte sich auch Audrey zu den Klängen verschiedener Instrumente drehen, und Henny, Vincent und David sahen ihr lächelnd dabei zu. David bemerkte zu seiner Erleichterung, dass der Blick seines Freundes dem kleinen Mädchen folgte und nicht mehr an Grit haftete. Vincents blinde Liebe zu der jungen Frau begann langsam einem gewissen Ärger zu weichen. Das war mehr als verständlich. Grit war bereit, mit fast jedem in der Kolonie zu schlafen – Vincent dagegen hatte sie in Boston jahrelang um sich werben lassen, und jetzt lief er ihr schon wieder monatelang hinterher, ohne auch nur hoffen zu dürfen. Nun wandten aber alle ihr Interesse dem jungen Mann zu, der eben aus Heraklion zurückgekehrt war. Jeff war noch sehr jung, ein Student aus Chicago, der nach einer Europatour im Sommer in Matala hängen geblieben war. »Du heißt doch Evangelina Kallergis, nicht?«, vergewisserte er sich.

Evangelina wurde plötzlich ernst. »Wer hat nach mir gefragt?«, erkundigte sie sich.

»Also, vorgestellt haben die sich nicht«, meinte Jeff. »Aber es waren ziemlich unangenehme Kerle. Sie meinten, dein Verlobter würde dich gern wiedersehen … Und man habe sie geschickt, um dich zu holen. Denen hab ich was erzählt! Wir leben im 20. Jahrhundert, da kann ein Mädchen doch wohl selbst bestimmen, wen sie sehen und wen sie heiraten will …«

Evangelina erblasste. »Du hast ihnen gesagt, dass ich hier bin?«, fragte sie.

Jeff runzelte die Stirn. »Nein, das natürlich nicht. Nicht so direkt …«

»Aber sie können es sich an zehn Fingern abzählen«, erklärte David alarmiert. »Evangelina, du musst hier weg. Pack deine Sachen, schnell! Du … wir …«

Er hielt inne. Er wollte nicht weg aus Matala. Henny und Audrey brauchten ihn, und er hatte auch eigentlich nicht die geringste Lust, sich mit Michelakis' Schlägern anzulegen. Andererseits konnte er Evangelina nicht allein lassen.

Plötzlich spürte er Vincents Hand auf seinem Arm.

»Lass, David! Du kannst hierbleiben. Ich bringe Evangelina nach Chania und von da aus auf die Fähre nach Athen. Es wird einfacher, wenn ich sie begleite, zumal mich ja keiner kennt. Wer weiß, ob sie dich nicht auch schon auf dem Kieker haben …«

»Das würdest du wirklich tun?«, fragte David.

Vincent nickte. »Ich will hier schon lange weg. Konnte mich bloß nicht losreißen. Es ist schwer, sich von einem Lebenstraum zu verabschieden. Aber das ist jetzt eine Fügung des Schicksals. Evangelina braucht eine Begleitung, und ich kann sie nach Athen bringen. Da bist du dann doch sicher, oder, Evangelina?«

Evangelina nickte. »Wenn ich freiwillig und ohne Anhang zu meinen Eltern zurückkomme, kann man mir ja nichts nachweisen. Ich … meine Freunde werden mich decken …«

»Bei deinen Freunden in Heraklion waren die garantiert zuerst«, bemerkte David. »Aber egal, du kannst dir ja noch was ausdenken. Und jetzt mach, dass du wegkommst.«

Vincent stand auf. »Hol deine Sachen, Evangelina. Ich hole meine. Henny, du kennst doch alle möglichen Leute im Dorf. Kann uns da nicht jemand mit dem Lieferwagen nach Chania bringen? Oder an einen Ort, an dem man ein Taxi bekommt? Ich möchte nicht unbedingt hierher eins bestellen …«

»Nein!« Henny hatte bisher schweigend zugehört, und keiner hatte auf sie geachtet. Jetzt sah David jedoch die Anspannung in ihrem Gesicht. »Das … das geht nicht, Vincent. Du kannst nicht einfach weg! Ich wollte es dir bald sagen, aber ich musste sicher sein … musste sicher sein, dass du ein guter Mensch bist und dass ich dir vertrauen kann …« Henny rang ganz offensichtlich mit sich, was nun auch Audrey wahrnahm. Die Kleine lief zu ihr und schmiegte sich an sie. Henny richtete ihren Blick jetzt eindringlich auf Vincent. »Vincent, du … du bist Audreys Vater!«

Auf ihre Enthüllung folgte zunächst Stille. Evangelina war bereits in Richtung Klippen verschwunden. Sie schien sich wirklich zu fürchten. Jeff und die jungen Frauen, die mit Evangelina getanzt hatten, zogen sich zurück.

David versuchte, einen klaren Gedanken zu fassen. Ihm wurde plötzlich klar, warum Henny ständig Vincents Gesellschaft gesucht hatte, obwohl er am ersten Tag ihrer Bekanntschaft gemeint hatte, dass ihr Herz eher für ihn schlug. Er verspürte Erleichterung. Er hatte sich nicht getäuscht. Und wenn er sich auch in Vincent nicht täuschte, würde Henny die Sorge und Verantwortung um Audrey jetzt zumindest mit jemandem teilen können. Sie würde frei sein, nach Hause zurückzukehren.

Vincents Blicke flogen zwischen Henny und Audrey hin und her.

»Aber … aber ich dachte, sie wäre das Kind von diesem … Paul«, stammelte er. »Ihrer großen Liebe. Von dem wollte sie doch sicher ein Kind. Von mir hat sie nie eins gewollt …«

»Rechne doch einfach mal nach, Vincent«, half ihm David auf die Sprünge. »Audrey ist drei Jahre alt. Wann ist sie geboren, Henny?«

»Im Januar 1957«, erwiderte Henny.

»Dann wurde sie … im April 1956 gezeugt. Warst du in dieser Zeit mit Grit zusammen?«

Vincent erblasste. »Ich … ich dachte, sie wäre jünger«, flüsterte er. »Und es … es ergibt keinen Sinn. Wir waren schon lange zusammen, aber Grit wollte nie mit mir schlafen, weil sie nichts mehr befürchtete, als schwanger zu werden …« Hinter seiner Stirn arbeitete es. »Aber dann … dann hatten wir ein seltsames Gespräch nach einem Konzert von Yehudi Menuhin … Grit hat begonnen, verrückte Bücher zu lesen … über Seelenwanderung …« Sein blasses Gesicht rötete sich. »Sie hat mich benutzt«, erkannte er. »Sie wollte ihren Vater zurückholen. Sie wollte ein Kind, in dem seine Seele, sein Talent wiederaufersteht. Mich wollte sie nicht. Philipp und sie waren einander immer genug …« David und Henny brauchten einige Zeit, um diese Erkenntnis sacken zu lassen. Vincent atmete tief durch. Dann wandte er sich an Henny. »Danke, Henny, danke, dass du es mir gesagt hast. Ich freue mich, so eine entzückende Tochter zu haben, und ich werde sie nicht allein lassen. Aber jetzt geh ich erst mal da rauf«, er wies auf Grits Höhle, »und rechne mit ihrer Mutter ab.«

Er erhob sich und machte sich an den Aufstieg. Ein Mann voller Wut.

Evangelina hörte Stimmen aus Hennys Höhle dringen, als sie mit ihrer gepackten Tasche vorbeilief. War das Grit, die da kreischte? Grit, das hatte sie schon mitbekommen, zog sich oft in Hennys Höhle zurück – zumindest, wenn keine vierbeinigen Kostgänger und Patienten anwesend waren. Lauren hatte die Katzenkinder adoptiert, und die Streuner waren gesundet in ihr freies Leben zurückgekehrt. Der kleine Hund Skylos folgte Henny und Audrey auf dem Fuße. Wenn sie draußen waren, hatte Grit die Höhle für sich.

»Du bist verrückt, Grit, du hast den Verstand verloren! Du hast mich benutzt wie … wie … einen Zuchtbullen. Und nun willst du meine Tochter unter all den Irren hier aufwachsen lassen! Du lässt sie verwahrlosen …«

Vincent, ja, das war Vincents Stimme! Was schleuderte er Grit da für Vorwürfe entgegen?

»Ich fördere ihre Künstlerpersönlichkeit«, behauptete Grit. »Sie ist sehr musikalisch …«

»Dann sollte sie langsam lernen, ein Instrument zu spielen«, donnerte Vincent. »Du weißt, wie lange das dauert, egal, wie genial sie ist. Aber du kümmerst dich ja um nichts, du …«

»Mein Vater hat es sich selbst beigebracht«, sagte Grit. »Der brauchte keinen Zwang. Und ich …«

»Audrey ist nicht Philipp De Groot!«, rief Vincent. »Und sie ist nicht du und nicht ich. Sie ist ein reizendes kleines Mädchen, das bislang keinerlei Förderung erhält, abgesehen von dem, was ihre Schwester ihr angedeihen lässt. Und Henny leistet Übermenschliches. Sie sollte ins College gehen, statt hier darauf aufzupassen, dass unsere Tochter nicht von dir und deinen sogenannten Freunden vernachlässigt wird! Das mache ich nicht mit, Grit. Ich werde sie dir wegnehmen, das Sorgerecht beantragen …«

»Damit kommst du niemals durch!« Grit bemühte sich um Gelassenheit, aber Evangelina hörte, dass ihre Stimme schrill wurde. »Du hast keinerlei Rechte an ihr!«

»Ich werde mir welche verschaffen. Und was meinst du, wie ein Richter urteilt, wenn ich ihm das hier zeige? Glaubst du, irgendjemand außer dir hält es für richtig, ein Kind unter Höhlenmenschen aufzuziehen, die Ketten aus Menschenknochen tragen?«

Vincent klang entschlossen. Evangelina musste nicht lange nachdenken, um einzusehen, dass er sie unter diesen Umständen nicht aus Kreta herausbringen würde. Ohne seine Tochter würde dieser Mann nirgendwohin gehen.

»Vergiss es«, sagte Grit. »Du kriegst sie nicht.«

»Das werden wir sehen!«

Vincent stürmte aus der Höhle, an ihr vorbei, ohne sie auch nur zu sehen. Während er den Weg zu seiner und Davids Wohnhöhle einschlug, warf Evangelina einen Blick in Hennys Behausung. Grit war damit beschäftigt, ihre Sachen und die der Mädchen in Taschen zu packen.

»Willst du weg?«, fragte Evangelina.

»Ich muss meine Tochter in Sicherheit bringen«, antwortete Grit. »Wir fahren sofort los!«

»Wo willst du denn hin?« In Evangelina keimte die Hoffnung auf eine neue Mitfahrgelegenheit.

»In ein Dorf in den Weißen Bergen«, sagte Grit. »Da findet uns niemand. Ich wollte es Henny sowieso zeigen, und nun … Na ja, die Menschen dort … sie werden uns aufnehmen. Ein paar Wochen wenigstens, bis sich alles beruhigt hat …«

Evangelina atmete tief durch. »Nimmst du mich mit?«, fragte sie.

Ein Dorf in den Bergen, dessen Bewohner bestätigen würden, dass sie dort gewesen war. Die Schergen der Michelakis würden sie nicht finden, und sie würde eine gute Geschichte erzählen können, wenn sie schließlich nach Athen zurückkehrte. Hastig erzählte sie Grit, was sie bedrohte.

Grit zuckte mit den Schultern. »Von mir aus komm mit. Aber es ist eine anstrengende Wanderung. Wenn du mich aufhältst …«

Evangelina wollte anmerken, dass sie sicher besser zu Fuß war als die kleine Audrey, aber Grit erschien ihr nicht allzu rational ansprechbar. Sie hatte inzwischen gepackt und stürmte aus der Höhle. Evangelina folgte ihr.

David und Henny saßen noch am Feuer und sprachen miteinander. Bis jetzt hatte er ihre Hand gehalten, ließ sie jedoch los, als die Frauen herankamen.

»Helena, Audrey, kommt mit ins Auto!«, befahl Grit ihren Töchtern. »Wir fahren weg.«

»Wohin denn?«, erkundigte sich Henny. Ihre Augen leuchteten auf. »Nach Hause?«

»In gewisser Weise«, meinte Grit. »Kommt!«

»Evangelina fährt mit?«, fragte Henny unsicher. »Bringen wir sie … nach Athen?«

»Nicht sofort«, sagte Grit. »Ich hab dir versprochen, dir das Heimatdorf deines Vaters zu zeigen, Helena. Das werde ich jetzt tun. Ich hab eure Sachen gepackt. Du brauchst nicht mehr in die Höhle …«

»Ich komme mit«, sagte David entschlossen.

Evangelina lächelte ihm dankbar zu. Zum ersten Mal seit langer Zeit sah er wieder Wärme für ihn in ihren Augen. »Das ist lieb von dir, das … das hab ich gar nicht verdient.«

David hielt es nicht für nötig, ihr zu sagen, dass es Henny war, die er nicht aus den Augen lassen wollte. Sie sah ihn jetzt noch dankbarer an als seine Freundin. Er hatte nackte Angst in ihrem Blick gesehen, als Grit das Dorf erwähnt hatte.

»Warum sollte ich dich mitnehmen?«, fragte Grit. »Ich kann das allein.«

Evangelina sah sie an. »Du hast gesagt, es wird eine schwierige, mehrstündige Wanderung. Wie soll Audrey das schaffen? Wenn wir einen Mann dabeihaben, kann er sie tragen. Überhaupt, all das Gepäck ...«

»Leonidas hat sich in Vamos einen Esel geliehen«, erinnerte sich Grit. »Vielleicht ...«

»Und du hast natürlich Erfahrung im Umgang mit Eseln«, höhnte David. »Mal ganz abgesehen davon, dass zehn Jahre vergangen sind, seit in Griechenland der Eselverleih florierte. Heute leiht man sich Autos, Grit!«

»Mit dem Auto kommt man nicht nach Imbros«, erklärte Grit. Sie schien unschlüssig.

»Ich will, dass David mitkommt«, sagte Henny. »Er soll doch Grandma Nellie sagen, dass es uns gut geht. Wenn er ihr erzählt, dass wir in Imbros sind, macht sie sich wieder Sorgen.«

Grit war anzusehen, dass ihr die Diskussion bereits zu lange dauerte. Sie wollte sicher weg, bevor Vincent wiederauftauchte und Henny ihm womöglich ihren Zielort verriet.

»Also schön«, gab sie nach, verhinderte jedoch energisch, dass auch noch der Hund mit in den Bus sprang, nachdem sie das Gepäck hineingeworfen hatte und alle eingestiegen waren.

Henny protestierte, als Grit einfach losfuhr. Sie hielt jedoch nicht an. Skylos würde selbst sehen müssen, wo er jemanden fand, der ihn fütterte.

David ließ sein Gepäck mit blutendem Herzen zurück. Grit würde nicht warten, bis er zumindest seine Sandalen gegen Wanderschuhe getauscht hatte. Aber Evangelina und die Mädchen waren auch nicht für eine Bergtour ausgestattet. David beschloss, alles auf sich zukommen zu lassen. Zum Glück hatte er seine Geldbörse und seine Ausweispapiere, und er wusste, dass auch Henny ihr Geld ständig mit sich herumtrug. Die Behauptung, in den Höhlen von

Matala würde nicht gestohlen, da ja alle eine große Familie seien, hatte er nie geglaubt – und Henny war wohl schon in den ersten Tagen eines Besseren belehrt worden. Er warf einen letzten Blick auf den Strand und die Höhlen und fragte sich, was Vincent jetzt tun würde. Dann versuchte er, Henny ermutigend zuzulächeln. Es gelang nur unbefriedigend.

»Wir können uns loseisen«, flüsterte er ihr zu, als das Auto mit röhrendem Motor über unebene Straßen rollte und Grit mit dem Fahren beschäftigt war. Sie erwischte den richtigen Gang nur selten, aber David sagte nichts dazu. Eine Autopanne wäre ihm gar nicht so unrecht gewesen. »Wir müssen nicht in dieses Dorf.«

»Und Audrey?«, fragte Henny.

»Das Dorf wird nicht voller Verrückter sein, sondern voller Mütter und Großmütter«, beruhigte David sie. »Die würden sich bestimmt um sie kümmern. Vielleicht können wir mehr für Audrey tun, indem wir Vincent suchen und ihm sagen, wo Grit mit ihr ist.«

Henny biss sich auf die Lippen. »Ich bring's nicht übers Herz«, sage sie leise. »Vielleicht sind es ja nur ein paar Tage …«

Keiner von ihnen glaubte das. Grit wollte Audrey vor Vincent verstecken – und das sicher nicht nur für ein, zwei Wochen.

Nach einigen Stunden erreichten sie Vamos, den Ort, von dem aus Leonidas und Grit damals zu ihrer Wanderung aufgebrochen waren, weil weitere Wege nicht befahrbar gewesen waren. Von hier aus sollte es laut Grit nicht mit dem Auto weitergehen, doch David sah sofort, dass dies kaum noch zutraf. Zumindest für einen Landrover waren die Pisten, die in die Berge führten, kein Problem mehr.

»Wir gehen ab hier zu Fuß«, erklärte Grit. »Der Bus schafft das nicht. Und es ist sicherer …«

Evangelina merkte an, dass sie es eigentlich für sicherer hielt, wenigstens so weit zu fahren, wie es möglich war, und dann den Bus irgendwo im Gelände stehen zu lassen, statt auf dem Parkplatz in Vamos. Wenn die Männer, die sie suchten, herausfanden, mit welchem

Fahrzeug sie unterwegs gewesen war, würde man es dort eher finden als irgendwo in den Bergen. Grit ließ jedoch nicht mit sich reden. Sie wollte es genauso machen wie damals. Es war schwierig genug, sie wenigstens davon zu überzeugen, dass es besser war, in einem Landgasthof zu übernachten und die Wanderung am folgenden Tag anzugehen, statt gleich jetzt, am späten Nachmittag, aufzubrechen.

»Ich kenne mich hier aus«, sagte sie stur. »Was glaubt ihr, wie oft ich im Krieg bei Nacht unterwegs war in den Bergen?«

»Aber du kannst doch deine Freunde in Imbros nicht mitten in der Nacht aus dem Bett werfen«, hielt Evangelina dagegen.

Sie fand stets gute Argumente, um Grit zu überzeugen. David war froh, dass er sie hatte. Ihm selbst fehlte das Talent, auf Menschen einzugehen, die irrational handelten.

Schließlich fanden sie saubere, kleine Zimmer in einem Gasthaus. Evangelina hätte das ihre gern mit David geteilt, doch das lehnte er energisch ab. »Es ist vorbei, Evangelina! Wir haben schon genug Probleme, die sich leicht hätten vermeiden lassen. Sollten diese Leute, vor denen du dich ja offenbar zu Tode fürchtest, dich hier aufspüren, dann wenigstens nicht im Bett mit einem Mann.«

Evangelina fügte sich, und David dachte kurz daran, das Auto zu stehlen und in der Nacht mit Henny und Audrey zu verschwinden. Letztlich traute er sich allerdings weder den Diebstahl zu noch das Auto kurzzuschließen. Allerdings raffte er sich noch zu einem Gang in den Ortskern auf und kaufte dort zwei Rucksäcke, Wäsche zum Wechseln, einen Kompass und eine gute Taschenlampe, feste Wanderschuhe und dicke Socken für sich, Evangelina und die Mädchen. Wie sich Grit für die Wanderung rüstete, war ihm herzlich gleichgültig. Sie selbst schien keinen Gedanken daran zu verschwenden.

Am Morgen erschien sie in Jeans und den gleichen Segelschuhen, die sie ständig in Matala getragen hatte.

David verstaute so viel Gepäck wie möglich in den Rucksäcken, die er sich und Evangelina auflud. Henny brauchte nur noch eine

Umhängetasche zu tragen. Grit war immer mit einer Reisetasche unterwegs, die sie sich über die Schulter streifte. Vor dem Aufbruch hatte sie den Wirt allen Ernstes nach einem Esel gefragt.

Der Mann lachte herzlich darüber. »Wo wollt ihr denn genau hin?«, fragte er. Grit hatte ihm den Namen des Dorfes nicht genannt. »Ich könnte euch mit dem Auto tiefer in die Berge fahren. Vielleicht nicht ganz bis in die Dörfer, die Leute da haben ungern Besuch. Aber doch ein gutes Stück …«

Wieder lehnte Grit ab. David fragte sich, warum die Dörfler wohl keinen Besuch mochten. Im Allgemeinen freuten sich Menschen, die abgelegen wohnten, über jeden, der vorbeikam und Neues aus der Welt zu berichten hatte.

Schließlich verließen sie den kopfschüttelnden Wirt und machten sich auf den Weg. Wären die Umstände nicht so seltsam gewesen, hätte David die Wanderung genossen. Er war rund um Matala schon ein bisschen gewandert, um die Mittelmeerflora kennenzulernen, die sich von der in Australien vollkommen unterschied. Nun stiegen sie zwischen Buschwerk und Gewürzpflanzen auf, David fand Rosmarin und Lavendel, zerrieb die Nadeln und Blätter zwischen den Fingern und ließ Henny und Audrey daran schnuppern. Grit wies auf die Weißen Berge, die in der Sonne leuchteten, und zumindest in der ersten Stunde des Aufstiegs waren alle guter Dinge. Dann fing Audrey allerdings an zu murren, ihr taten die Füße weh – David hoffte, dass sie sich in den neuen Schuhen keine Blasen gelaufen hatte. Auch Henny und Evangelina wurden langsam müde, es ging stetig bergauf.

Als der Weg dann an einer Schlucht entlangführte, griff Evangelina nach Davids und Audrey ängstlich nach Hennys Hand. Bei ihrer Mutter Halt zu suchen, kam dem kleinen Mädchen gar nicht in den Sinn. Auch Grit musste erschöpft sein, doch sie kannte das Terrain und fühlte sich offenbar sicher. Sie hatte einen bestimmten Rastplatz im Sinn und war nicht gewillt, früher eine Pause zu machen. David nahm Audrey schließlich auf die Schultern, was die Kleine lustig fand.

»Du bist mein Pferd«, verkündete sie. »Wann gehen wir zurück zu unseren Ponys, Henny?«

Es war unwahrscheinlich, dass sich das Kind noch an Epona Station erinnerte, doch Henny erzählte ihm immer wieder von den Pferden. Jetzt sah sie unglücklich über die Hochebene, die sie gerade durchwanderten.

»Bald, Audrey«, sagte sie leise. »Bald ...«

»Im Dorf gibt es Esel«, erklärte Grit. »Vielleicht kannst du da mal reiten. Und Schafe, *mitéra* Eleni macht Käse aus ihrer Milch.«

Käse und Brot hatten sie in Vamos gekauft, und alle aßen hungrig, als sie endlich rasteten. Niemanden überraschte es, als Grit erläuterte, sie habe hier auch mit Leonidas Mittagsrast gehalten. Der Platz war wirklich sehr schön, er bot einen atemberaubenden Blick auf die Berge, aber Henny und Evangelina konnten ihn nicht wirklich genießen. Sie waren müde, und obwohl es schon Spätsommer war, brannte die Sonne erbarmungslos vom Himmel.

Nun ging es noch steiler bergauf, und David wagte nicht, Audrey weiter auf seinen Schultern reiten zu lassen, um selbst nicht die Balance zu verlieren. Die Kleine war schließlich so erschöpft, dass sie weinte, und Henny hatte keine Kraft und keinen Mut mehr, sie zu trösten. Alle bestanden auf einer weiteren Rast, bei der Audrey einschlief, den Kopf auf Hennys Schoß gebettet. Henny summte ein Lied für sie, und David war bei aller eigenen Erschöpfung erneut fasziniert von ihrer Schönheit, ihrem Durchhaltewillen und der Sanftmut, mit der sie das Kind streichelte. Er sah, dass Henny ihn beobachtete – und wagte kaum zu glauben, dass sich in ihrem freundlichen Blick ganz ähnliche Gefühle spiegelten wie die seinen. Auch sie schien ihn gern anzusehen und sich an seiner Fürsorge zu freuen.

»Dein Haarband löst sich«, bemerkte er. »Darf ... darf ich es neu binden?«

Henny nickte, und er berührte zum ersten Mal ihr kräftiges, schwarzes Haar, das sie wieder zu einem dicken Zopf geflochten hatte. Er knotete das Band und steckte eine Feder hinein, die er eben gefunden hatte. Blumen blühten um die Jahreszeit nicht in den Bergen.

Henny lächelte. »Dann bin ich heute Pocahontas?«, fragte sie. »Die ihren Stamm aus Liebe verließ?«

David schüttelte den Kopf. »Stimmt nicht, sie wurde entführt, als Geisel gehalten und mehr oder weniger zur Taufe gezwungen … Sie heiratete erst viel später. Eine Vernunftehe, die immerhin Frieden brachte.«

Henny seufzte. »Wie eine Geisel fühle ich mich auch. Aber ich möchte keine Vernunftehe. Ich müsste den Mann schon lieben, den ich heirate.« Sie sah zu ihm auf und zeigte ihm wieder ihr Flirtgesicht, das ihn schon in Matala bezaubert hatte.

»Du wirst die Auswahl haben«, meinte er. »Wer könnte dich nicht lieben …«

Grit mahnte zum Aufbruch, was sicher sinnvoll war, wenn sie vor der Nacht in Imbros ankommen wollten. Widerwillig rafften alle sich auf und schleppten sich eine weitere Stunde über die steinigen Pfade, bevor der Weg leicht bergab führte und das Dorf endlich in Sicht kam. Grit hielt an und stutzte.

»Es sieht ganz anders aus«, sagte sie. »Früher gab es nur *mitata*, runde Häuser aus Naturstein. Und jetzt …«

David sah ein- bis zweistöckige, hell getünchte Häuser mit Satteldächern aus hellroten Ziegeln. Sie wirkten relativ neu, so als wären die Bewohner erst vor kurzer Zeit zu Wohlstand gelangt. Die Ursache dafür erschloss sich dem Pflanzenkenner David mit einem Blick auf die Felder, die sich hinter dem Dorf erstreckten.

»Hey, die pflanzen Cannabis an«, bemerkte Evangelina, die wohl dieselbe Entdeckung gemacht hatte. »Sieht aus, als hätten wir sie gefunden, diese streng geheim gehaltenen Plantagen auf Kreta, über die jeder spricht, aber die keiner kennt.«

Im Gegensatz zu ihr war Grit überrascht, und David verstand, warum die Dörfler keine Besucher mochten.

»Das … das ist so nicht richtig …«, murmelte Grit. »Da müssten Schafe sein und …«

»Ein paar Schafe werden die schon noch halten«, meinte Evangelina tröstend. »Kommt, gehen wir runter.«

Keiner von ihnen fühlte sich entspannt, als sie den Dorfplatz erreichten. Grits Erzählungen zufolge waren bei ihrem ersten Besuch alle Dörfler zusammengelaufen, und die Kinder hatten kaum glauben können, dass ein Mädchen kam, das Hosen trug. Die meisten Männer hatten voluminöse Schnauz- oder Vollbärte gehabt und weiße Faltenröcke getragen, Schafwoll- oder Lederwesten. Die drei jungen Burschen, die jetzt das Empfangskomitee bildeten, kamen in Jeans, ihre Bärte hatten sie kurz gestutzt. Was sie mit ihren Vätern oder Großvätern jedoch gemeinsam hatten, waren die Gürtel, in denen Messer und Pistolen steckten.

»Was wollt ihr hier?«, fragte einer von ihnen unfreundlich, während die anderen interessiert auf Grit, Henny und Evangelina blickten.

Grit wirkte verwirrt. »Ich suche *mitéra* Eleni. Eleni Fotakis …«

»Ich bin Gavrilis Fotakis«, bemerkte einer der Jungen. »Ihr Enkel. Was willst du?«

Statt Grit ergriff jetzt Evangelina die Initiative. »Meine Freundin hat im Krieg hier gelebt. Sie wollte das Dorf gern wiedersehen. Und ihrer Tochter zeigen.« Sie wies auf Henny. »Sie ist …«

»… sehr hübsch!« Der Junge lachte.

»Und anscheinend bin ich deine Kusine«, schnappte Henny. »Also versuch gar nicht erst, Süßholz zu raspeln.«

Weitere Dörfler kamen aus den Häusern.

Gleich, wie viel sich in Imbros laut Grit verändert hatte – Besucher waren eine Sensation.

»Margarita!« Eine Frau in Grits Alter löste sich aus der Gruppe. »Kennst du mich noch? Ich bin Aliki!« Sie lachte. »Ich war deine Brautjungfer … oder wäre es zumindest geworden! Mut hast du ja, hier wieder aufzutauchen.«

»Das ist die Amerikanerin, die damals mit den Engländern weg ist?«, fragte einer der Jungen. »Nachdem sie ihren Verlobten umgebracht hat?« Er musterte Grit fasziniert von oben bis unten.

»Ich hab niemanden umgebracht!«, stieß Grit hervor.

Sie war lange selbst davon ausgegangen, zumindest eine Mitschuld an Leonidas' Tod zu tragen, doch jetzt, wo es ihr vorgeworfen wurde, wehrte sie entrüstet ab.

»Natürlich nicht!«, rief Aliki. »Bete nicht diesen Unsinn nach, Thalis. Margarita war eine Heldin. Sie hätte Leonidas geheiratet und wäre bei uns geblieben. Wenn er nicht umgekommen wäre.«

»Und wobei ist er umgekommen?«, fragte ein Mann höhnisch. »Bei einem Einsatz mit den Engländern, mit denen die wunderbare Margarita am nächsten Tag weggelaufen ist.« Er spuckte vor Grit aus. »Lange bevor der Krieg zu Ende war …«

Die Dörfler begannen zu diskutieren. Grit schaute sie verständnislos an, Henny schien im Boden versinken zu wollen. Audrey weinte. Evangelina dagegen fand das Schauspiel unterhaltsam. David wünschte sich nur noch weg.

Schließlich trat eine alte Frau aus einem der hübschesten Häuser des Dorfes, gekleidet in lange schwarze Kleider, das ergraute Haar bedeckt von einem Kopftuch. Ihr folgten ein paar jüngere Frauen, die meisten moderner angezogen, sowie ein älterer Mann.

»*Mitéra* Eleni!«, rief Grit, lief auf die Frau zu und wollte sie umarmen.

Leonidas' Mutter stieß sie rüde von sich. Auch sie spuckte aus. »Du? Du wagst es, hier noch einmal herzukommen? Nachdem du Leonidas in den Tod getrieben hast und dann weggelaufen bist mit seinem Sohn im Leib?«

Die Augen der Frau sprühten Feuer. Anscheinend hatte sie sich achtzehn Jahre in ihre Version der Ereignisse hineingesteigert.

Grit schüttelte den Kopf. »Leonidas hat keinen Sohn. Ich habe ihm eine Tochter geboren. Hier ist sie. Helena.«

Sie schob die widerstrebende Henny auf ihre Großmutter zu.

Audrey klammerte sich an sie, David legte beschützend den Arm um beide Mädchen.

Leonidas' Mutter betrachtete Henny misstrauisch von oben bis unten. »Sie sieht ihm ähnlich«, konstatierte sie, trat auf Henny zu, umarmte sie und küsste sie auf beide Wangen. Henny schreckte im ersten Augenblick zurück, ließ es dann aber geschehen. »Und hat selbst schon ein Kind ...« Eleni betrachtete Audrey wohlgefällig. Ihr Blick streifte David. »Du hast sie also früh verheiratet. Vernünftig.« Henny errötete, als ihr klar wurde, dass ihre Großmutter David und sie für ein Paar hielt. »Und was führt dich jetzt her?« Eleni spie die Worte in Richtung Grit.

Grit versuchte fahrig, sich zu erklären, aber für Eleni musste ihre Schilderung wirr klingen. Schließlich schob sich Evangelina vor. Für die Griechin war es wohl einfacher, die Umstände zu schildern, die sie hergeführt hatten. Eleni blitzte Grit an, nachdem sie vermittelt hatte.

»Du bist vor dem nächsten Mann auf der Flucht, den du mit einem Kind im Bauch verlassen hast?«, zischte sie.

»Ich hab doch Leonidas nicht verlassen«, wehrte Grit ab. Sie war zwar nahe daran gewesen, das zu tun, doch sein Tod war ihr zuvorgekommen.

»Das Kind gehörte in dieses Dorf!«, rief Eleni. »Zu dieser Familie. Andreas hätte dich geheiratet ...« Damals war es in den Bergdörfern noch üblich gewesen, dass der Bruder eines verstorbenen Mannes die Frau ehelichte, die dieser schwanger hinterließ. David sah, dass Henny genauso schockiert war wie er selbst. Solche Einzelheiten aus Grits Leben hatte wohl auch sie nicht gekannt.

»Und er hätte eine anständige Frau aus dir gemacht. Leonidas hatte viel zu viel Geduld mit dir«, sprach Eleni weiter.

Leonidas hatte Grit damals versprochen, sie dürfe weiterhin Musik machen, auch wenn sie mit ihm verheiratet sei, und sie könnten in Chania oder gar in Athen leben. Andreas hätte sie zu einem Leben im Dorf verbannt.

»Nun lassen wir das doch mal«, sagte Evangelina nun gewohnt verbindlich. »Das ist alles lange her. Können wir es nicht einfach so sehen, dass Grit mit ihren Kindern zu Besuch gekommen ist, um Helena der Familie ihres Vaters vorzustellen und ihr zu zeigen, wie er lebte? Sie hat ihr so viel erzählt … von Ihren Kochkünsten, *mitéra* Eleni, und von den Schafen …« Evangelina improvisierte, doch immerhin gelang es ihr, die aufgebrachte Frau zu beschwichtigen. »Und ich … ich bin Evangelina Kallergis …«

David registrierte, dass die Dörfler auf den Namen reagierten. Womöglich war an Evangelinas Behauptung, ihre Familie habe diese Insel einmal regiert, etwas Wahres dran.

»Und ich würde … ich würde auch gern ein wenig hierbleiben und … die traditionelle sfakiatische Lebensweise kennenlernen …« Evangelina improvisierte weiter, obwohl ihr ein einziger Blick auf das Dorf und die Cannabispflanzungen reichte, um festzustellen, dass man die traditionelle sfakiatische Lebensweise hier längst abgelegt hatte. Abgesehen von dem Brauch, Waffen zu tragen und Bereitschaft zu zeigen, sie auch zu benutzen. »Ich … dachte allerdings, hier gäbe es noch *mitata* und … Schafe …«, murmelte sie.

»Daran soll's nicht scheitern«, bemerkte ein Mann, der sich nun in den Vordergrund schob. Er trug einen traditionellen Schnauzbart. »Eine Kallergis ist hier immer willkommen. Und ein paar *mitata* gibt es bei uns auch noch. Sie dienen zwar jetzt hauptsächlich als Schafställe, aber damit schlagen wir dann ja wohl zwei Fliegen mit einer Klappe.« Die anderen Dorfbewohner lachten.

»Wer sind Sie?«, fragte Evangelina mutig.

Der Mann ließ seinen Blick in Richtung Grit wandern. »Andreas Fotakis, der Dorfvorsteher. Wenn ich also bitten darf …«

Kurz darauf fanden sie sich alle in einem der primitiven, nach Schafdung stinkenden Häuser wieder. Lediglich Henny wies Fotakis an, ins Haus seiner Mutter zu gehen, um die Familie besser kennenzulernen. Henny war entsetzt.

David schob sich vor sie, obwohl er sich noch nie im Leben so sehr gefürchtet hatte. Die Einschätzung von Menschen lag ihm nicht, er wusste nicht, was er riskierte, doch er konnte nicht zulassen, dass man Henny von ihnen trennte.

»Hände weg von meiner Frau«, sagte er entschlossen.

Der Kreter lachte. »Also ist sie doch schon vergeben, meine hübsche Nichte. Schön, dann behalte sie hier, vielleicht lädt meine Mutter dich ja morgen mit ein.« Er lachte. »Oder wir erschießen dich und verheiraten sie hier mit einem der Unseren …«

Henny schluchzte hysterisch auf, als er den Rundbau verließ, Audrey weinte mit.

»Das meint er nicht ernst«, murmelte David und nahm sie in den Arm. Dann wandte er sich an ihre Mutter.

»Himmel, Grit, es sieht hier jetzt zwar ganz modern aus, aber die leben anscheinend immer noch wie im vorigen Jahrhundert. Und … wenn … wenn hier jemand verschwände … es würde niemals herauskommen! Wie konntest du die Mädchen hierherbringen?«

Grit schien inzwischen zu sich gekommen zu sein, sie wirkte klarer, als David sie in all den Wochen in Matala erlebt hatte.

»Die … die Drogenplantage macht sie so gefährlich«, flüsterte sie. »Das hab ich nicht bedacht, nicht gewusst … Sie waren nicht gefährlich, als ich herkam. Nur wenn sie sich bedroht fühlen, wehren sie sich mit allen Mitteln … Im Krieg und …«

»Und jetzt befürchten sie, wir könnten sie an die Polizei verraten, wenn sie uns gehen lassen«, folgerte David. »Du musst ihnen versichern, Evangelina, dass sie nichts zu befürchten haben. Von mir aus können sie uns Wachmänner mitgeben, die uns auf die Fähre nach Athen begleiten. Wir kommen garantiert nie wieder hierher zurück.«

Evangelina hatte sich ganz nach hinten in das Haus zurückgezogen. Andreas Fotakis hatte sie schockiert. Vermutlich war noch nie jemand so mit einer Kallergis umgesprungen.

»Ich werd's versuchen«, versprach sie. »Aber dieser Hinterwäldler … Da hätte ich mich auch gleich den Leuten von Michelakis ausliefern können …«

»Was war denn an denen so gefährlich?«, fragte Henny, die langsam wieder zur Ruhe kam. »Sie wollten dich nach Hause holen. Gut, aber so was haben wir in Matala andauernd erlebt …«

Es kam immer wieder vor, dass junge Leute von ihrer Familie aufgesucht und unter rüden Drohungen zurück in die Zivilisation geholt wurden, das hatte auch David schon mehrmals mitbekommen. Die meisten von ihnen fügten sich.

»Bei mir ist das etwas anderes«, sagte Evangelina leise. »Die … die Kerle hat nicht mein Vater geschickt. Da steckt der Michelakis-Clan dahinter. Nicht mein Stavros, nein, der ist harmlos. Sein Vater dagegen … Man munkelt von Beziehungen zur Mafia. Er soll sein Geld auf dubiose Weise verdient haben. Und wenn er nun ungeduldig geworden ist und mich hat suchen lassen … Hätte er mich in Matala gefunden, dann …«

»Es gibt hier noch Ehrenmorde«, sagte Grit. »Leonidas meinte, dass man wenig Geduld hat mit aufmüpfigen Frauen.«

»Gesellschaftlich wäre ich auf jeden Fall tot«, meinte Evangelina. »Ich hab's zu weit getrieben, das seh ich jetzt ein. Matala war wie ein Rausch. Am Ende des Sommers wäre ich sowieso heimgekehrt. Ich … ich wollte doch nur ein bisschen Freiheit!« Sie weinte jetzt auch.

David seufzte. Evangelina war ihm in den letzten Monaten zwar auf die Nerven gegangen, irgendwie verstand er sie aber auch. Niemand würde sie verurteilen, wäre sie ein Mann.

»Halten sie uns jetzt eigentlich gefangen?«, fragte Henny.

Die Tür des Rundhauses war nicht abgeschlossen, und David hatte schon daran gedacht, versuchsweise einfach hinauszuspazieren. Er könnte behaupten, nach einem Abtritt zu suchen, obwohl Grit in der Mitata schon einen gefunden hatte. Der heutige Schafstall hatte früher sicher eine Familie beherbergt.

»Sie haben bestimmt ein Auge auf uns«, erwiderte Grit. »Das war früher auch nicht anders. Im Grunde war ich frei, doch ich stand unter dauernder Beobachtung. Dieses Dorf unbemerkt zu verlassen, ist praktisch unmöglich.«

»Ich kann mich da nur immer wieder fragen, was dich jetzt erneut hierhergeführt hat.« David musste seiner Frustration irgendwie Ausdruck verleihen.

»Meine Therapeutin meinte, man neige dazu, etwas zu glorifizieren, wenn es lange her ist. Als ich ihr von diesem Dorf erzählte, erschien es mir, als wäre ich hier immerhin sicher gewesen, geborgen … Hier gab es das nicht, dass ein Mann irgendwo eine Frau hatte und mit einer anderen zusammenlebte so wie Paul …« Grit schlug die Hände vors Gesicht.

»Das wäre die erste Gesellschaft, in der Bigamie nicht vorkommt«, bemerkte Evangelina spöttisch. »Natürlich stehen die Männer ebenfalls unter Beobachtung, doch nicht so streng wie die Frauen.«

»Vincent hätte dich nicht betrogen«, führte Henny an.

»Paul hat dich streng genommen auch nicht betrogen«, stellte David richtig. »Er hat seine Frau mit dir betrogen und dich darüber in Kenntnis gesetzt. Zumindest nach einiger Zeit. Du wusstest, worauf du dich eingelassen hast. Und dann hat er es sich doch noch anders überlegt.«

»Weil er ein Mann von Ehre ist. Der keine Frau mit einem Kind sitzen lässt.« Grit meinte, die große Liebe ihres Lebens verteidigen zu müssen.

»Ich hab Hunger«, meldete sich Audrey.

Henny fand noch etwas Brot und Käse in ihrem Rucksack, aber für alle reichte es nicht.

David lehnte ab, als sie aufzuteilen begann. »Die werden uns hier schon nicht verhungern lassen«, tröstete er sie und behielt recht.

Als die Sonne untergegangen war, brachte ihnen ein Junge Brot und Trockenfleisch, Käse, einen Schlauch Wein und Wasser. Er wiederholte die Einladung an Henny, im Haus ihrer Großmutter zu essen und zu schlafen. Erneut lehnte sie ab. David empfand bei dem Angebot Erleichterung. Egal, was sie mit ihnen vorhatten, Henny würden sie sicher nichts antun.

Am Morgen brachte ihnen der Junge erneut etwas zu essen. Sonst tat sich nichts, sie waren verdammt zu warten. Henny und David zwangen sich, mit Audrey zu spielen. Jemand musste dem kleinen Mädchen die Angst nehmen, und so machten sie Ratespiele und erzählten Geschichten. Audrey hörte gern von den Tieren im Zoo, Henny schmückte Davids manchmal etwas trockene Erzählungen fantasievoll aus. Darüber lachten sie dann sogar gemeinsam. Grit ertrug die Gefangenschaft stoisch – während des Krieges musste sie Schlimmeres erlebt haben. Evangelina wanderte so nervös in dem Rundhaus umher wie ein Tiger im Käfig und lauschte auf die von draußen hereindringenden Geräusche. Sehr häufig fuhren Autos vorbei.

»Dies zum Thema: Nach Imbros kommt man nur zu Fuß«, bemerkte sie in Grits Richtung. Die antwortete nicht.

Erst gegen Abend erschien Andreas Fotakis in der Hütte, das Gewehr geschultert.

»Ihr könnt jetzt rauskommen«, bemerkte er. »Wir haben eine Mitfahrgelegenheit für euch. Ich hoffe, ihr nehmt es uns nicht krumm, aber wir machen uns nichts aus Besuch.« Er grinste.

Auf dem Platz, auf dem sie am Tag zuvor Eleni gesprochen hatten, standen drei schwere Geländewagen. Je zwei Männer in Kampfausrüstung, schwarz gekleidet, mit durchtrainierten Körpern und grimmigen Mienen, standen daneben. Sie verhandelten offenbar mit den Dörflern. Es waren nur Männer anwesend, die Frauen hatten bei diesem Rat wohl nichts zu sagen.

»Wie gesagt, Michelakis will nichts von euch«, erklärte ihr Anführer. »Die Mafia legt keinen Wert auf eure paar Felder, sie arbeitet in ganz anderem Stil. Wir sollen nur die junge Frau zurückbringen. Die kleine Kallergis …«

»Ihr kriegt sie, wenn ihr uns auch die anderen vier vom Hals schafft«, sagte einer der Männer aus Imbros. »Was haben wir davon, wenn Michelakis uns zwar ungeschoren lässt, aber der Rest der Gruppe uns bei der Polizei anschwärzt? Also bringt sie zum Schweigen. Wie auch immer.«

Der Anführer der Mafiosi grinste. »Selbst macht ihr euch wohl ungern die Hände schmutzig … Also wie viele sind es?«

»Drei und ein Kind«, sagte der Dörfler.

»Zwei«, korrigierte Andreas Fotakis und trieb seine Gefangenen voran. »Das ältere Mädchen ist eine Fotakis. Mutter Eleni will sie hierbehalten. Und die Kleine kann auch bleiben. Als Sicherheit, dass die Ältere keine Dummheiten macht.«

Henny schluchzte auf. Grit schaffte es, sich zu beherrschen.

Und dann knallte plötzlich ein Schuss, und ein weiterer gepanzerter Wagen fuhr auf den Platz.

»Hände hoch, Waffen runter! Polizei!«, hörten sie eine harsche Stimme aus einem Lautsprecher.

Andreas Fotakis reagierte sofort. Er griff nach Grit und hielt ihr sein Messer an die Kehle. Auch die anderen Dörfler dachten gar nicht daran, sich zu ergeben. David meinte sich in einem schlechten Film, als die Männer um ihn herum blitzschnell in Deckung gingen und sich ein Feuergefecht mit den Polizisten lieferten. Ohne zu denken, warf er Henny und Audrey zu Boden und schützte sie mit seinem Körper. Evangelina ließ sich neben sie fallen.

»Aufhören oder die Frau ist tot!«, schrie Fotakis.

Die Polizisten stellten tatsächlich das Feuer ein. »Machen Sie keine Dummheiten!«, rief einer von ihnen. »Sie haben keine Chance!«

Fotakis lachte. »Das werden wir sehen. Sie wollen doch kein Blutbad anrichten, oder? Die Frau hier ist eine amerikanische Touristin.«

David sah vorsichtig auf und erkannte, dass die Polizei das Dorf umzingelt hatte. Zwischen den Häusern hindurch entdeckte er weitere schwere Einsatzwagen und uniformierte Bewaffnete.

Einem der Wagen entstieg jedoch ein Zivilist, unbemerkt von den Polizeibeamten, die sich ganz auf das Geschehen auf dem Platz konzentrierten. Vincent … Wie hypnotisiert bewegte er sich auf Fotakis zu, bückte sich und griff nach einem Stein. Viel zu klein, um einen bewaffneten Mann niederzuschlagen.

Vincent schleuderte den Stein gegen Fotakis' Hinterkopf, woraufhin der sich verdutzt umsah. Grit, die Partisanin, ergriff ihre Chance, sie rammte Leonidas' Bruder ihr Knie zwischen die Beine. Gleich gab einer der Griechen einen Schuss ab, womit das Feuergefecht wieder entflammte. David sah Vincent fallen und hörte Grit schreien. Doch er hielt es für klüger, den Kopf unten zu lassen. Er hielt Henny und Audrey eisern fest, auch als Henny zu weinen begann und Audrey schrie. Auch Grits Schreie waren zu hören, dazu der infernalische Lärm der Feuerwaffen. Irgendwann ließ sich jemand neben ihn fallen.

»Polizei«, zischte der Unbekannte. »Versuchen Sie, langsam in Deckung zu robben. Wir geben Ihnen Feuerschutz. Das hier wird auf eine Belagerung hinauslaufen, im Gefecht ergeben die sich nie. Aber Sie müssen wir in Sicherheit haben.«

Der Polizist machte ihm und den Mädchen vor, wie man sich mit sehr vorsichtigen Bewegungen am Boden liegend vorwärtsschob. Audrey, die in eine Art Angststarre gefallen schien, half er. Kugeln pfiffen über sie hinweg. David atmete auf, als sie hinter einer Hausecke in Sicherheit waren.

»Ist Vincent tot?«, fragte er.

Ihr Retter zuckte mit den Schultern. »Weiß ich nicht. Die Frau ist jedenfalls in Sicherheit. Wir bringen Sie alle nach Chania …«

Grit saß schluchzend neben Vincents leblosem Körper.

»Es wiederholt sich«, flüsterte sie. »Erst Leonidas und nun Vincent. Es ist wie ein Fluch: Wen ich nicht lieben kann, der kommt um. Dabei … ich hab's nicht einmal wirklich versucht …«

Henny schob sie beiseite und fühlte Vincents Puls.

»Er ist noch am Leben«, erklärte sie. »Er atmet normal …« Couragiert schob sie Vincents Hemd hoch. »Eine Schusswunde in der Leistengegend. Ich glaube, es hat ihn nicht so schlimm erwischt.«

»Aber … aber sein Kopf …«

Grit hatte versucht, ihn aufzurichten, und ihre Hände waren voller Blut.

»Er hat nur eine Platzwunde am Hinterkopf«, stellte Henny fest. »Er wird nicht sterben.«

»Aber wie du dich von diesem Fotakis befreit hast!« Das war Evangelina. »Das war unglaublich! Wie im Kino.«

Andreas Fotakis wurde eben in Handschellen in einen der Polizeiwagen geschoben. Es war den Polizisten gelungen, Vincent und Grit zu bergen und ihn festzunehmen.

»Ich hab das mal gelernt«, sagte Grit tonlos. »Mich zu verteidigen im Notfall … Ich weiß nicht, wann ich es vergessen habe …«

David fragte einen der Polizisten nach Verbandszeug und half Henny, Vincents Kopfwunde zu versorgen. Er kam gerade langsam wieder zu sich.

»Ich dachte, im … im Himmel wäre nicht so viel Lärm …«, flüsterte er.

Das Feuergefecht war beendet. Zwei von Michelakis' Männern waren festgenommen worden, als sie versucht hatten, in ihrem Wagen zu fliehen. Nun behaupteten sie, sich lediglich zufällig im Dorf aufgehalten zu haben, um nach Evangelina zu suchen, der es jederzeit freigestanden hätte, sich ihnen anzuschließen oder nicht.

»Es ist vorbei«, sagte David. »Schön, dass du wieder bei uns bist. Wir werden dich ins Krankenhaus bringen lassen. Vorher musst du uns aber alles erklären. Hast du die Polizei gerufen?«

Vincent nickte und schloss erneut die Augen, David und Henny ließen ihn in Ruhe. Es war sicher nicht gut, wenn er sich jetzt zu sehr anstrengte. Grit hielt Audrey im Arm – ein ungewohnter Anblick. David nutzte die Gelegenheit, um sich Henny zuzuwenden.

»Du warst sehr tapfer«, sagte er.

Sie lächelte. »Du auch!«

Er schüttelte den Kopf. »Ich bin gar nicht so mutig«, gab er zu. »Denn wenn ich es wäre, dann … dann würde ich dich jetzt fragen, ob ich dich in die Arme nehmen oder gar … küssen darf.«

Sie schien ernsthaft zu überlegen. »Es wäre mein erster Kuss«, erklärte sie. »Kann ich mich drauf verlassen, dass du es richtig machst?«

Er bewies es ihr.

Es dauerte noch eine Weile, bis ein Krankenwagen eingetroffen war. Die Rettungssanitäter brachten Vincent sowie zwei angeschossene Polizisten ins Krankenhaus nach Chania. Grit bestand darauf, mit Vincent zu fahren, sie war wohl immer noch nicht überzeugt davon, dass er am Leben bleiben würde. Die anderen ließen sich von der Polizei nach Vamos mitnehmen, um den Bus abzuholen. Sie begegneten weiteren Polizeiwagen mit Verstärkung.

»Die räuchern wir aus!«, erklärte ihr Fahrer zuversichtlich und bestätigte, dass Vincent Langdon die Polizei auf die richtige Fährte gebracht hatte.

David fragte sich immer noch, wie der Musiker darauf hatte kommen können. Nun fuhr er erst mal den Bus nach Chania und nahm in einem Hotel Zimmer für Henny und die völlig verstörte, immer noch schluchzende Audrey. Er brachte Evangelina zur Fähre, sie wollte Kreta so schnell wie möglich verlassen, nachdem sie sich telefonisch mit ihren Freunden abgestimmt hatte. Sie hatten sie nicht verraten, obwohl Stavros' Männer sehr unfreundlich mit ihnen umgesprungen waren. Zwar hatten sie Matala erwähnt, doch nur, dass Evangelina einen Bekannten dorthin begleitet habe, der eine Freundin suchte. Einen längeren Aufenthalt dort habe sie nicht geplant, hatten sie den Mafiosi versichert, und sie damit beruhigt.

»Und wo willst du die ganze Zeit gewesen sein?«, fragte David.

Evangelina zuckte mit den Schultern. »In den Weißen Bergen. In den Dörfern. Wie ich es diesem Fotakis gesagt habe. Ich werde meinem Vater versichern, ich könne jetzt Schafe melken und Käse machen. Ich hoffe, er verlangt keinen Beweis. Und das mit dem Schmuck, den ich in Heraklion verkauft habe, gebe ich auch zu. Die Materialien dafür hab ich am Strand gesammelt, also gut möglich, dass mich da mal jemand gesehen hat ...« Sie war immer sehr kreativ beim Erfinden von Ausreden gewesen.

David lächelte. Er zweifelte nicht daran, dass Ioannis Kallergis das glauben würde – schon, weil er es glauben wollte. Der Reeder hatte stets sehr viel Geduld gehabt mit seiner kapriziösen Tochter.

Evangelina küsste David zum Abschied. »Ich wünsche dir ein schönes Leben«, sagte sie liebevoll. »Mach das Mädchen so glücklich, wie du mich gemacht hast.«

Er winkte ihr nach, als die Fähre ablegte.

Henny hatte Audrey inzwischen beruhigen können – in Grits Gepäck hatte sich Laudanum gefunden, das sie verdünnt und der Kleinen verabreicht hatte, damit sie schlafen konnte. Sie hatte sich aber nicht getraut, den Zimmerservice zu rufen, um sich etwas zu essen zu bestellen, und war nun halb verhungert. David orderte einen Vorspeisenteller und eine halbe Flasche Wein für sie beide. Sie aßen und tranken in behaglichem Schweigen. Der Alkohol beruhigte Hennys Nerven ein wenig.

Als David sich mit einem Gutenachtkuss auf ihre Stirn verabschieden wollte, suchte sie mit ihren Lippen die seinen. Sie küsste ihn zärtlich.

»Träum von mir«, sagte sie dann.

Am nächsten Morgen trafen sie Grit und Vincent im Ortskrankenhaus. Grit hatte in einem Schwesternzimmer geschlafen. Die Krankenschwestern waren so gerührt von ihrer Sorge um Vincent gewesen, dass sie gern ausgeholfen hatten. Nun war sie froh, David und ihre Töchter zu sehen. Von Vincent gab es gute Nachrichten.

»Es ist kaum mehr als ein Streifschuss«, erklärte Grit. »Aber eine Gehirnerschütterung hat er von dem Sturz. Deshalb soll er noch zwei Tage hierbleiben.«

Sie sagte nicht, was sie dann planten, vielleicht wusste sie es selbst noch nicht. Vincent durfte jedenfalls Besuch empfangen und antwortete endlich auf Davids drängende Fragen.

»Als ich mit meinem Gepäck herunterkam, wart ihr schon weg«, erklärte er. »Ich war unglaublich wütend und hab Lauren und Fanny ziemlich angefahren, als sie mir nicht sagen konnten, wo genau Grit hinwollte. Immerhin wussten sie was von den Weißen Bergen und einem Dorf. Und da konnte ich mir zusammenreimen, dass es sich um dieses Dorf handelt …«

»Um Imbros?«, fragte David. »Du wusstest, in welchem Dorf sie den Krieg verbracht hatte?«

Vincent fasste sich an die Schläfe, er schien noch Kopfschmerzen zu haben. Es war sicher das Beste, dass er noch im Krankenhaus blieb. Der Besuch tat ihm wohl auch nicht gut, aber David wollte es jetzt wissen – und Grit sicher ebenfalls.

»Nein«, meinte Vincent. »Aber ich war fest entschlossen, es herauszufinden. Ich nahm den Bus nach Heraklion, eine Höllenfahrt, ich kann das nur wirklich hart gesottenen Beatniks mit ausreichenden Alkoholvorräten empfehlen, ging zur Post und ließ ein Gespräch nach Neuseeland anmelden. Dabei dachte ich mal wieder nicht an den Zeitunterschied, ich hab die arme Frau von Prednitz mitten in der Nacht aus dem Bett geklingelt.«

»Meine Mutter?«, fragte Grit verwundert.

»Tante Nellie«, meinte David. »Was für eine Idee. Die wusste es natürlich.«

Vincent nickte. »Sie nannte mir Imbros, und dazu fiel mir ein Gespräch ein, das ich vor einiger Zeit mit Lauren geführt hatte. Sie sagte, sie kaufe ihr Marihuana auf dem Markt. Bei einem jungen Mann aus Imbros. Und sie erzählte mir, dass in vielen dieser Bergdörfer Cannabis angebaut wird. Also hab ich die Polizei alarmiert. Auf die Gefahr hin, mich völlig zu verkalkulieren, aber mir war schon alles egal. Die Polizeiwachen in Heraklion und Chania haben sich abgestimmt und die Razzia für gestern geplant. Ein Großeinsatz. Ihr könnt euch vorstellen, wie mulmig mir dabei war. Und dann noch die Schießerei … und Grit …«

Er streifte sie mit einem liebenden Blick. Seine Wut schien verraucht zu sein.

»Du warst unglaublich mutig«, sagte Grit etwas verlegen.

»Ich hab gar nicht nachgedacht.« Vincent griff nach ihrer Hand, und sie wehrte sich nicht.

David und Henny beschlossen, die beiden jetzt lieber allein zu lassen. Audrey, die im Schwesternzimmer gewartet hatte, weil Kinder nicht mit auf die Station durften, erwähnte keiner von ihnen. David erzählte ihr trotzdem, dass ihr Daddy wohlauf sei.

»Daddy?«, fragte die Kleine.

Henny wollte etwas sagen, aber David bat sie mit einem Zeichen zu schweigen und erklärte der Kleinen so einfach wie möglich, dass Vincent sie immer gesucht habe und dass sie nun sicher seien, dass Vincent, Grit und sie eine Familie seien.

»Und Henny«, ergänzte Audrey.

Henny beeilte sich, ihr zu versichern, dass sie selbstverständlich immer ihre Schwester blieb.

Als das Kind schließlich im Auto eingeschlafen war – David steuerte den Bus zurück nach Matala, um Skylos zu holen, sein Gepäck und alles, was Grit dort vergessen hatte –, äußerte sie ihre Bedenken.

»Vielleicht hättest du es ihr noch nicht sagen sollen. Wer weiß, wie es jetzt weitergeht mit Grit und Vincent …«

David nickte. »Ich verstehe dich«, erwiderte er. »Doch du hast entschieden, dass er es wissen muss, und das war richtig so. Ich glaube, dass Vincent ein verantwortungsbewusster Mensch ist. Er wird sich um Audrey kümmern, und darauf muss sie vorbereitet sein. Auf jeden Fall bist du jetzt nicht mehr die Einzige, die sich Sorgen um sie macht. Diese Bürde ist von deinen Schultern genommen. Wie genau es weitergeht, wird sich zeigen.«

Henny sagte nichts mehr. David konnte sich vorstellen, dass sie sowohl Erleichterung als auch Schuld empfand. Er hoffte sehr, dass sich Vincent als guter Vater erweisen würde.

Am nächsten Morgen besuchte Henny Vincent allein, David ging mit Audrey und Skylos zum Hafen, zeigte der Kleinen die Schiffe, kaufte ihr Fish and Chips und erkundigte sich nach den Abfahrzeiten der Fähren. Auch er hatte noch keine festen Pläne, doch es war schön, dass die Möglichkeit, die Insel zu verlassen, zumindest in erreichbare Nähe gerückt war.

Henny war guter Stimmung, als sie sich wieder trafen. Sie hatte Grit erneut im Krankenhaus getroffen. Sie wohnte in einem Hotel in der Nähe der Klinik und gedachte, den ganzen Tag mit Vincent zu verbringen.

»Sie reden über meinen Großvater Philipp«, berichtete Henny. »Und das Orchester … über Musik … Sie brennen darauf, wieder zusammen zu spielen. Ich hab Philipps Geige für Grit aus dem Banksafe geholt. Sie hatte sie dort untergebracht, als wir in die Pension dieser Jenna gezogen sind. Es ist eine Guarneri. Ungeheuer wertvoll.« David atmete auf. So weit hatte Grit ihre fünf Sinne also noch zusammengehabt. Nicht auszudenken, dass das Instrument in Matala verloren gegangen wäre oder das Holz sich in der Feuchtigkeit der Höhlen verzogen hätte. »In dieser Pension muss auch noch Gepäck von uns sein«, meinte Henny. »Wir hatten nicht alles nach Matala mitgenommen. Na ja, Audrey ist aus den Sachen natürlich rausgewachsen …«

»Holen wir gleich«, versprach David. »Und wann wird Vincent entlassen?«

»Morgen, wenn ich das richtig verstanden habe. Und dann wollen Grit und er partout einen Ort finden, an dem sie zusammen spielen können, um herauszufinden, ob sie noch harmonieren … Irgendwie sind sie beide etwas verdreht …« Henny warf sorgenvolle Blicke auf Audrey.

»Den Kontrabass hab ich im Bus«, bemerkte David. »Der muss noch nach Heraklion gebracht werden. Vincent hatte wohl gehofft, die Beatniks würden sich darum kümmern, aber das halte ich für illusorisch. Die hätten das Instrument höchstens verkauft. Vielleicht kann man mit der Verleihfirma ja irgendetwas ausmachen. Kontrabass gegen Cello …«

»Dann brauchen wir nur noch ein Klavier …« Henny seufzte. »Schauen wir uns in den Hotels in der ersten Reihe am Strand um. Die haben bestimmt alle eine Pianobar.«

David, Henny und Audrey saßen ganz nah am Flügel in der Lobby eines Grandhotels, genossen die Teestunde, die hier an jedem Nachmittag zelebriert wurde, und lauschten Vincent und Grit, die ein David unbekanntes Stück spielten. Sie wirkten dabei völlig verklärt. »*Trio*«, hatte Vincent das Stück angekündigt. »Von Philipp De Groot.«

Es klang wunderschön, wenn auch etwas unvollständig, wie David fand. Henny bedeutete ihm zu schweigen. Sie wollte hören, was Grit und Vincent miteinander redeten, als die Musik verklungen war.

»Es fehlt die Geige«, sagte Grit leise. »Mein Vater hat es für Klavier, Cello und Geige geschrieben. Für dich und mich und …«

»Und für ihn«, bestätigte Vincent. »Philipp fehlt. Er wird immer fehlen. Dir und mir und der ganzen Welt. Aber die Geige muss deshalb nicht verstummen …« Beide warfen einen hoffnungsvollen Blick auf Audrey, die einen Teekuchen nach dem anderen verschlang. Die Musik interessierte sie nicht im Geringsten. »Vielleicht bekommen wir noch ein Kind«, fuhr Vincent fort. »Einen kleinen Jungen, den wir nach Philipp benennen können.«

Grit begann mit einem neuen Stück, da das Publikum ungeduldig wurde. Die beiden hatten mit der Hotelleitung vereinbart, für die Gäste zu spielen. Ein Cello hatten David und Henny tatsächlich in Heraklion aufgetrieben. Wieder erklang eine Komposition Philipps.

»Du meinst also, wir sollen es miteinander versuchen?«, fragte Grit nach dem Applaus.

Vincent nickte. »Als Familie. Du und ich und unsere Tochter. Vielleicht liebst du mich nicht, aber ich liebe dich genug für uns beide. Dich und Audrey. Und in seiner Musik … in seiner Musik wird auch Philipp bei uns sein.«

Disziplíniert wartete er bis nach dem Konzert, bevor er sie küsste.

»Wir werden in Boston leben«, erläuterte Vincent Henny und David die Pläne, die er und Grit nach dem Konzert bei einem gemeinsamen Abendessen gemacht hatten. »Wir nehmen morgen die Fähre nach Athen, von dort aus fliegen wir nach New York. Das wird ein Abenteuer für Audrey und hilft ihr über den Trennungsschmerz von dir hinweg, Henny …«

Henny schien schon zu trösten, dass die beiden daran gedacht hatten, dass die Kleine Trennungsschmerz empfinden würde.

»Grits Haus ist, soweit wir wissen, noch nicht verkauft«, führte Vincent weiter aus. »Da können wir also wohnen …«

»Audrey wird aufwachsen wie ich damals mit Papa«, fügte Grit hinzu.

»Wir werden uns beide um sie kümmern, aber sie bekommt natürlich eine Kinderfrau. Grit und ich reisen ja oft mit dem Orchester«, sagte Vincent.

Henny wollte etwas einwenden, doch Grit unterbrach sie. »Das wird ihr überhaupt nichts ausmachen, Henny. Ich hatte damals Lene, die bei mir war, wenn Philipp unterwegs war. Und bald können wir sie ja auch mitnehmen.«

»Die Schulen in Boston sind sehr gut«, sagte Vincent. »Diese Mädchenschule, in der du warst, Grit …«

Grit nickte. »Die war wunderbar. Es wird Audrey dort gefallen, Henny!«

»Kann sie … kann sie ein Pony haben, wenn sie möchte?«, fragte Henny mit belegter Stimme. »Und einen Hund?«

Grit runzelte die Stirn. »Warum sollte sie ein Pony wollen?«

Vincent legte seine Hand auf die ihre. »Audrey kann selbstverständlich reiten lernen, wenn sie Lust dazu hat«, erklärte er. »Und einen Hund … Ich hab eine Idee, Henny. Wie wär's, wenn du ihr deinen mitgibst? Der könnte dann auf sie aufpassen, und sie wäre nicht mehr allein.«

Henny überlegte. »Skylos gehört tatsächlich ihr«, sagte sie, hin- und hergerissen zwischen der Freude über Vincents Einfühlungsvermögen und dem Unwillen, eine weitere Trennung ertragen zu müssen. »Sie hat ihn getauft.«

Vincent strahlte. »Dann wohnt er demnächst bei uns.« Er beugte sich hinunter und streichelte über den Kopf des einstigen Streuners. »Also, ich freu mich auf unser Leben!«

Henny bemühte sich, nicht zu weinen, als die beiden am nächsten Morgen mit Audrey die Fähre nach Athen bestiegen. Das kleine Mädchen amüsierte sich mit einem Luftballon, den Vincent ihm am Hafen gekauft hatte, und einer Portion Zuckerwatte. Audrey hielt Skylos stolz an einer nagelneuen Leine mit einem hübschen Halsband, an das Henny den Ballon gebunden hatte.

»Vielleicht werden wir uns ja in Athen noch sehen«, rief Vincent ihnen über die Schulter zu.

Es konnte ein paar Tage dauern, bis die Weiterreise organisiert war, David und Henny planten schließlich auch, die Fähre zu nehmen – allerdings von Heraklion aus, nachdem sie den Kontrabass zurückgegeben und den Bus in Zahlung gegeben hatten.

Henny und David nickten zustimmend, doch beide wussten, dass es zu keinem weiteren Treffen in Griechenland kommen würde. Ein klarer Schnitt war besser für sie alle.

Henny winkte der Fähre nach, und David legte den Arm um sie, als er sah, dass ihr die Tränen über die Wangen strömten.

»Du wirst sie wiedersehen«, tröstete er. »Und sorg dich nicht. Kinder gewöhnen sich schnell an neue Lebensumstände.«

Henny nickte. »Aber sie wird dann eine andere sein«, sagte sie schluchzend. »Ich bin auch eine andere als die, die von Neuseeland wegging.«

Ein paar Stunden später saßen sie auf einer Mauer am Hafen von Heraklion in der Sonne, Hennys Kopf lehnte an Davids Schulter.

»Was werden wir jetzt machen?«, fragte Henny.

David zog sie näher an sich. »Von mir aus können wir hier gern noch ein Weilchen sitzen bleiben«, murmelte er schläfrig.

Henny schüttelte den Kopf. »Das meinte ich nicht. Ich meinte … allgemein. Was sollen wir aus unserem Leben machen? Fahre ich zurück nach Neuseeland und du nach Australien, und das war es dann mit uns?«

David wurde schlagartig wach. »Du willst nicht mehr mit mir zusammen sein?«

»Ich will nur wissen, ob wir nun ein richtiges Paar sind«, beschwichtigte ihn Henny. »Falls du … Also du bist ja viel älter als ich, und ich würde verstehen …«

»Für mich wird es nie vorbei sein zwischen uns«, sagte er ernst. »Ich bin sehr treu, weißt du. Ich liebe dich, Helena Rawlings. Und wenn ich sage, dass ich dich liebe, dann meine ich es für immer.«

»Du hast das zu Evangelina nie gesagt?«, fragte sie.

Er ließ sie kurz los und hob die Hand zum Schwur. »Nie!«, beteuerte er. »Ich hab das noch nie zu einer Frau gesagt, aber ich sag's jetzt noch einmal zu dir: Ich liebe dich, Henny. Ich liebe dich, ich liebe dich, ich liebe dich!«

»Ich liebe dich auch«, sagte Henny. »Und … werden wir heiraten?«

David rieb sich die Stirn. »Irgendwann bestimmt«, versprach er. »Zurzeit allerdings … Ich hab erst einmal einen größeren Auftrag gehabt. Wann ich den nächsten bekomme, steht in den Sternen. Ich muss auch noch weiter lernen, Erfahrungen sammeln, und ich brauche Empfehlungen von berühmten Landschafts- und Zooarchitekten. Das heißt, ich müsste noch ein paar Jahre … wandern.«

Sie lachte. »Wenn du, sagen wir, von Miami nach Kanada und dann vielleicht nach Neuseeland zu Fuß gehen willst, kann sich das ziemlich hinziehen.«

»Und ich könnte ertrinken«, nahm er ihren Spott gutmütig auf. »Nein, im Ernst, Henny. Würdest du auf mich warten?«

»Und du auf mich?«, fragte sie zurück. »Ich muss schließlich auch noch lernen. Ich möchte aufs College, auf die Universität.«

»Was willst du denn studieren?«, erkundigte er sich.

Bislang hatte sie ihm nie einen anderen Berufswunsch genannt als die Übernahme von Epona Station.

»Betriebswirtschaft«, antwortete sie wie aus der Pistole geschossen. »Wie Mami. Sie sagt, das ist sehr nützlich, wenn man ein Gestüt führen will.«

David seufzte. »Steht das denn wirklich noch an? Du sagst, du bist eine andere geworden, seit du aus Neuseeland weg bist. Waren das also nicht nur … Kindheitsfantasien?«

Henny verneinte ernst. »Ich konnte mir nie etwas anderes vorstellen«, erklärte sie. »Ich wollte Epona Station übernehmen mit dem Schwerpunkt Sport- und Reitpferdezucht, und mein Bruder sollte Baroness Stud erben, Rennpferde.« Sie verzog das Gesicht. »Und dann kam Noah. Wenn ich es mir richtig überlege, sollte ich vielleicht Noah heiraten. Dann wären alle zufrieden.« Sie klang allerdings nicht sehr enthusiastisch.

»Außer dir und mir, Henny«, gab David zu bedenken. »Und bei Noah wäre es wohl auch nicht die große Liebe.« Er sah ihr in die Augen. »Würdest du Epona Station wirklich so sehr wollen, Henny? Genug, um einen Mann zu heiraten, den du nicht liebst, und ein

Studium zu beginnen, das dich nicht wirklich interessiert? Brennst du so sehr dafür?«

Henny überlegte. »Ich glaube, dass Noah dafür brennt«, sagte sie dann. »Er wollte nichts so sehr wie Reiten lernen und mit Opa Julius arbeiten. Dafür hat er sich mit seinem Vater zerstritten und sein Land verlassen, und womöglich würde er mich dafür sogar heiraten.«

»Und du?«, fragte David. »Wofür könntest du brennen? Was würdest du gern tun? Was würde dich glücklich machen? Also mal abgesehen davon, mich zu heiraten?«

Sie lächelte nicht, sondern schloss die Augen. Und dann erzählte sie ihm, woran sie sich plötzlich erinnerte: an die Stunden, die sie mit ihrem Vater und ihrer Grandma Nellie bei deren Fahrten über Land verbracht hatte, an die Fohlen, die sie zur Welt gebracht hatten, mitunter winzige Kälbchen, die an ihren Fingern gesaugt hatten. Sie erinnerte sich an die Stadtpraxis von Justynka, der Kollegin und Freundin ihrer Grandma. Viele Ferientage hatte sie damit verbracht, dort zu helfen, und sie hatte so viel von dem dabei Gelernten anwenden können, als sie die Katzen und Hunde in Matala versorgt hatte – eine Arbeit, die sie mit derart viel Glück erfüllt hatte, dass es das Leben in Matala fast erträglich gemacht hatte.

Während sie redeten, näherte sich ihnen eine magere, schwarze Straßenkatze. David lockte sie an, und als sie sich an seiner Schulter rieb, erkannte Henny, dass ihr rechtes Auge vereitert war. Wie selbstverständlich griff sie nach ihrem Beutel, suchte Gaze und eine Augensalbe aus der Erste-Hilfe-Tasche. Mit Davids Hilfe fixierte sie das protestierende Tier und behandelte das Auge. Dann streichelten sie es, bis es wieder schnurrte.

»Komm, kaufen wir ihr was zu fressen«, meinte Henny und stand auf. »Und später schicke ich eine Ansichtskarte nach Neuseeland. *Es geht mir gut*, werd ich schreiben, *und die Sonne scheint. Ach ja, ich hab eben einen Entschluss gefasst: Noah kann Epona Station haben. Ich werde Tierärztin.*

Der Weg zum Verstehen

Afrika – Kongo, Uganda, Kenia
Australien, Perth
1961 – 1965

Der Februar, einer der heißesten Monate in Afrika, ging seinem Ende zu, ohne dass Daphne zu einer Entscheidung gekommen war. Inzwischen hatten die Zeitungen von Lumumbas Tod berichtet, und in aller Welt empörte man sich über seine Ermordung. Nur im Dorf der Pygmäen lebte man weiter, als wäre nichts geschehen. Daphne verdrängte ihre Angst um Josua, bis sie eines Abends in ihrer Hütte saß, die Beobachtungen des Tages aufzeichnete – und nicht umhinkam, sich einzugestehen, dass etwas geschehen musste. Auch ihr letzter Helfer, Kito, hatte sich nach Mbandaka abgesetzt. Er blieb ihr zwar insofern treu, als dass er alle zwei bis drei Wochen nach ihr sah und ihre Vorräte aufstockte, ansonsten wollte er jedoch bei seiner Familie sein. Jedes Mal, wenn er wieder abfuhr, bot er Daphne an, sie mitzunehmen, und ihr war klar, dass sie den Abschied von ihrem Paradies nicht mehr lange aufschieben konnte. Immerhin war das Land um sie herum nicht vom Bürgerkrieg betroffen, wie befürchtet. Sie konnte von Léopoldville aus versuchen, Josua zu finden. Hoffnungen machte sie sich jedoch keine. Sie hielt ihn nicht für wankelmütig. Wäre es ihm möglich gewesen, sie zu erreichen, hätte er es getan.

Und dann klopfte es eines Nachts plötzlich an die Hüttentür. Lily, die neben ihr gelegen hatte, hob verschlafen den Kopf und gab ein kurzes Bellen von sich. Beunruhigt wirkte es nicht. Daphne entzündete ihre Taschenlampe und stand auf.

»Wer ist da?«, fragte sie laut, erst auf Englisch, dann auf Bantu.

»Ich bin's!« Josua flüsterte. »Lass mich rein, Daphne, bitte …«

Daphne konnte die Tür nicht schnell genug öffnen und fand sich gleich darauf in Josuas Armen wieder. Josua war abgemagert und schmutzig, er roch nicht gerade gut, aber ihre Erleichterung, ihn endlich wiederzusehen, ließ sie das alles vergessen. Auch er klammerte sich an sie wie ein Ertrinkender – sie fragte sich, was er auf sich genommen hatte, um zu ihr zu gelangen.

Sobald er wieder denken konnte, schloss er rasch die Tür hinter sich.

»Wir können nicht lange bleiben, Daphne, sie sind hinter mir her, und sie werden annehmen, dass ich versuchen könnte hierherzukommen«, sagte er schnell. »Aber ich wollte nicht ohne dich fliehen. Du solltest nicht denken, dass ich … dass ich dich verlassen habe.«

»Das hätte ich nie gedacht«, versicherte ihm Daphne. »Jetzt setz dich erst mal, du kannst dich ja kaum auf den Beinen halten. Willst du Wasser? Etwas zu essen?«

Er nickte und ließ sich auf den einzigen Stuhl in der Hütte sinken. Daphne entzündete die Gaslampe und sah jetzt erst, wie abgezehrt und heruntergekommen Josua wirkte.

»Kein Licht«, sagte er. »Es ist möglich, dass die Hütte beobachtet wird. »Die Taschenlampe muss reichen.«

Daphne fühlte sich immer noch benommen, als sie das Licht wieder löschte und Brot und Käse aus dem Schrank holte. Josua schlang es herunter wie ein Verhungernder.

»Ich hab seit Tagen fast nichts gegessen. Ich weiß, dass vieles in den Wäldern essbar ist, aber ich kenne mich nicht aus. Was wirklich Wichtiges habe ich nie gelernt … Was ich gelernt und getan habe … war alles falsch …« Er vergrub den Kopf in seinen Händen. »Du weißt, dass Lumumba tot ist?«

Daphne nickte. »Natürlich. Das ist über einen Monat her! Aber wo warst du? Was ist geschehen? Du siehst aus, als hättest du im Wald gelebt.«

Er lächelte müde. »Mehr oder weniger. Eher mehr. Weißt du, wo Mweka liegt? Da wollten wir über den Fluss …«

»Du warst mit Lumumba zusammen, als er gefangen wurde?«, fragte Daphne entsetzt.

»Ich fuhr sein Fluchtauto«, berichtete Josua. »Das letzte im Konvoy. Und ich wusste, was kommen würde, als ich das Aufklärungsflugzeug sah, mit dem sie uns aufgespürt haben. Als Soldaten auftauchten und uns stoppten, lenkte ich den Wagen in ein Dickicht am Flussufer und schrie, dass alle aussteigen sollten. Aber Lumumba war ... er schien fest davon überzeugt, dass ihm nichts passieren würde. Ich rutschte die Böschung hinunter und war im Sankuru, bevor ich einen klaren Gedanken fassen konnte. Er hatte eine starke Strömung, ich wurde fortgespült. Als ich es ans Ufer schaffte, war ich weit weg vom Geschehen, ich erfuhr erst Tage später, wie es weitergegangen war.«

»Du hast dich versteckt?«, fragte Daphne.

»Zuerst wollte ich noch nach Léopoldville, aber dann wurde mir klar, dass ohnehin alles vorbei ist. Ich hätte nicht gedacht, dass sie ihn gleich umbringen, doch freilassen, das war mir klar, würden sie Lumumba und seine Minister auch nicht mehr. Und mir war nur allzu bewusst, dass sie mich suchen würden. Ich war mit in Amerika gewesen, ich galt als einer seiner engsten Berater. Im Grunde konnte ich nur noch das Land verlassen. Aber ich wollte es nicht ohne dich!«

Daphne schmiegte sich an ihn. »Und dann bist du den ganzen Weg durch den Urwald gelaufen?

Er schüttelte den Kopf. »Nicht ganz. Mitunter bin ich auf Ansiedlungen gestoßen, in denen die Leute auf Lumumbas Seite waren. Die haben mir weitergeholfen. Auf Ochsenkarren ... in Booten ... selten auch mit uralten Automobilen ...«

Sie verstand, warum diese Reise mehrere Wochen gedauert hatte.

»Und nun meinst du, wir sollten uns nach Mbandaka aufmachen?«, fragte sie.

Er schüttelte den Kopf. »Wir sollten raus aus dem Kongo. Die nächstliegenden Grenzen wären die nach Gabun oder Kamerun im

Westen. Wir sollten sie in ein paar Tagen erreichen. Auf dem Fluss und zu Fuß. Es tut mir leid, aber …«

Er vergrub sein Gesicht in ihrem Haar und verlor sich einen Augenblick in ihrem Duft und ihrer Wärme.

»Dann machen wir das so«, erklärte Daphne. »Eigentlich wollte ich ja nach Nairobi zu den Leakeys. Aber das ist sehr weit weg.«

»Wir bringen uns zunächst in Sicherheit und sehen dann, wie wir nach Kenia kommen«, meinte Josua. »Wir sollten nur so schnell wie möglich aufbrechen. Wie gesagt, man ist mir auf der Spur. Und womöglich bist du schon längst im Visier von Mobutus Schergen.«

Daphne konnte das kaum glauben – die Bonobos hätten auf fremde Beobachter sicher reagiert, und den Pygmäen entging nichts, was in ihrem Wald passierte. Doch womöglich fühlten die sich von den Fremden einfach nicht bedroht. Es war schwierig zu wissen, was in ihren Köpfen vor sich ging, wenn es keine gemeinsame Sprache gab.

Auf jeden Fall nahm sie Josua ernst und begann, ihre Beobachtungsmappen und Filme einzupacken, erst dann die wichtigsten Dinge für sich selbst.

»Nimm nicht zu viel mit«, wies Josua sie an. Er selbst hatte sich ohne jedes Gepäck zu ihr durchgeschlagen. »Zwei Rucksäcke, einen nehme ich, einen du. Lily muss laufen.«

Daphne nickte. Inzwischen lebte die Pudelhündin so lange im Regenwald, dass sie sich über die drohenden Gefahren bewusst war. Ihr Fell war natürlich wieder gewachsen, sie wirkte dadurch größer und vielleicht nicht wie ein leichtes Opfer für andere Tiere. Auch Daphnes Haar war gewachsen. Sie band es gerade im Nacken zusammen, als Lily zu bellen begann. Daphne hatte nie erlebt, dass die kleine Hündin so außer sich geriet. Sie rannte in der Hütte umher, sprang an den Wänden hoch und hetzte immer wieder zur Tür.

Josua erfasste die Situation als Erster. »Wir müssen sofort weg! Irgendwas nimmt sie wahr. Lass uns verschwinden …«

Daphne folgte ihm, den Rucksack schon geschultert. Viel mehr mitzunehmen hatte sie jetzt nicht geschafft, doch es bestand ja noch die Möglichkeit, dass Lily sich irrte.

Sie zog Josua in ein tiefes Dickicht am Bach in Sichtweite ihrer Hütte. Es war sicher besser, sich erst mal zu verstecken und zu sehen, welche Bedrohung wirklich bestand, als kopflos irgendwohin zu fliehen.

Lily zitterte am ganzen Körper, bellte aber nicht mehr, als Daphne und Josua Deckung suchten. Eine halbe Stunde lang lagen sie gut versteckt auf der feuchten Erde und konnten nur hoffen, dass ihnen hier keine Schlangen gefährlich wurden. Zum Glück graute gerade erst der Morgen, die meisten Reptilien wurden erst später am Tag munter.

Daphne wollte schon Entwarnung geben, als die Männer aus dem Busch brachen. Acht Bewaffnete in Tarnkleidung – und sie wirkten unsicher.

»Die sind betrunken«, wisperte Daphne. »Wie können sie …?«

»In unseren Truppen herrscht längst keine Disziplin mehr«, antwortete Josua resigniert. »Die Männer saufen, sie vergewaltigen und foltern …«

Und hier hatte man ihnen womöglich eine weiße Frau versprochen. Daphne drückte Lily dankbar an sich. Ihr Herz klopfte heftig, doch sie konnte sich nicht vorstellen, dass diese Kerle die Umgebung des Hauses durchsuchen würden. Sie waren viel zu berauscht, um planvoll zu handeln.

Jetzt ertönten Rufe und Laute der Wut aus der Hütte. Die Männer hatten wohl fest damit gerechnet, Josua und Daphne hier zu finden. Lily fiepte leise, und Daphne hielt ihr rasch das Maul zu. Schließlich verließen die Männer die Hütte und schauten sich in der Umgebung um. Einer wies auf den ausgetretenen Pfad, den Daphne zu nehmen pflegte, um zu den Aufenthaltsorten der Bonobos zu kommen. Die nächstlebende Gruppe war nicht weit entfernt – um diese Zeit mussten die Tiere gerade ihre Schlafnester in den Bäumen verlassen und sich auf die Suche nach einem Frühstück begeben. Daphne wurde von eisiger Furcht erfasst – nicht mehr nur noch um sich selbst, denn die Männer schienen übereinzukommen, dass ihre Opfer über den Pfad zu den Bonobos geflohen waren. Doch bevor sie endgültig im Wald verschwanden, wandten sie sich noch einmal der Hütte zu. Daphne musste fassungslos mitansehen, wie kurz darauf ihr Zuhause in Flammen aufging.

»Wir müssen hier weg«, flüsterte Josua.

Daphne schüttelte den Kopf. »Wir müssen ihnen nach! Die Bonobos …«

»Du bist verrückt«, sagte Josua, aber sie hatte sich schon aus dem Dickicht befreit und huschte jenseits des Pfades und außer Sicht der Männer behände durch den Busch.

Auch die Soldaten bewegten sich erstaunlich leise, der Wald schien die Krieger in ihnen erwachen zu lassen, die lediglich Speere und Pfeile besaßen und nah an ihre Beute heranmussten, um sie zu erlegen.

Inzwischen war es hell geworden. Daphnes Hoffnung, die Affen könnten noch in ihren Schlafnestern liegen, verflog. Schlaftrunken mochten sie noch sein, hingegen nicht mehr in den Baumkronen versteckt. Josua musste sie zwingen, den Männern, die sich jetzt im Wald verteilten, nicht allzu schnell nachzusetzen. Und dann knallten die ersten Schüsse, gefolgt von Schreien der aufgeschreckten Tiere. Josua riss Daphne in ein Gebüsch und hielt sowohl sie als auch die zappelnde Lily eisern fest, als die ersten Bonobos in ihre Richtung zu fliehen versuchten. Sie hörten das Lachen der Männer, die Angst- und Schmerzensschreie der Tiere – es war, wie Daphne befürchtet hatte. Josuas Verfolger ließen ihre Frustration darüber, ihre menschlichen Opfer nicht gefunden zu haben, an den Tieren aus. Die Szenen, die sich in Daphnes und Josuas Sichtweite abspielten, waren herzzerreißend: eine Patriarchin, die sich auf die Füße stellte und den Schützen aufrecht wie ein Mensch entgegenging, als könnte sie sie aufhalten, eine Mutter, die ihrem getroffenen Kind nachsetzte und ebenfalls in den Kugelregen geriet, ein junges männliches Tier, das wie erstarrt schien und eine Geste zeigte, als bäte es, verschont zu werden. Die Männer grölten und schossen wie in Trance. Sie hatten die Tiere umzingelt, nicht bereit, auch nur eines am Leben zu lassen.

»Kleine Überraschung für die Buschfrau!«, tönte einer von ihnen.

Daphne konnte nur noch lautlos weinen. Sie hatte keine Vorstellung davon, wie lange das Gemetzel auf der Lichtung gedauert hatte, bevor sich dort nichts mehr regte und die Männer zu sich zu kommen schienen. Zu ihrem Entsetzen beendeten sie ihr blutiges Werk, indem sie einigen ihrer Opfer Köpfe und Hände abschnitten.

»Talismane«, flüsterte Josua. »Sie werden sie trocknen oder räuchern und …«

»… und dann sollen sie ihnen Glück bringen?«, fragte Daphne entgeistert. »Ich hoffe, sie werden ihnen zum Fluch!«

Gefühlt vergingen Stunden, bevor sie und Josua sich aus ihrem Versteck wagten, nachdem die Soldaten verschwunden waren. Nicht tiefer in den Wald, sondern zurück zu Daphnes Hütte. Vielleicht hofften sie, dass sie zurückgekehrt war, um letzte Habseligkeiten aus den Flammen zu retten. Wieder war es Lily, an der Josua und Daphne sich schließlich orientierten. Als die Hündin sich endlich beruhigt hatte, krochen sie aus ihrem Versteck. Verzweifelt betrat Daphne die Lichtung und betrachtete die Leichen der Tiere, die in den vergangenen Monaten von Beobachtungsobjekten zu Freunden geworden waren. Sie beweinte den jungen Kolumbus und seine Mutter und den tapferen Alphamann, dem sie in besseren Zeiten lächelnd den Namen King Kong gegeben hatte.

Dann fand sie Bonita, die auf dem Bauch lag. Sie wollte sie umdrehen, um die kleine Zukie zu finden – und erschrak zutiefst, als sich eine Hand um ihren Arm schloss. Gleichzeitig hörte sie ein Stöhnen und leises Weinen. Die Affenmutter lebte – und ihr Kind ebenso! Als sie vorsichtig versuchte, Bonita aufzurichten, sah sie, dass diese ihr Baby mit ihrem Körper geschützt hatte, und erkannte, was sie ihr bedeuten wollte. Sie löste das verängstigte Junge vom blutigen Fell seiner Mutter. Bonita ließ ihren Arm los. Ihre Hand fuhr noch einmal kurz über das Köpfchen der Kleinen. Dann erschlaffte ihr Körper. Daphne kniete hilflos wie erstarrt neben ihr, während Zukie sich an ihre Bluse klammerte wie kurz zuvor noch an die Brust ihrer Mutter.

Erst als sie Josua rufen hörte, schaffte sie es, sich von dem Anblick zu lösen.

»Daphne, Lily ist eben in diesem Busch da verschwunden. Irgendwas muss da sein. Auf mich hört sie nicht. Rufst du sie heraus?«

Daphne erhob sich, sie legte schützend einen Arm um Zukie. Im Buschwerk bellte Lily – allerdings nicht alarmiert, sondern auffordernd. Josua versuchte, die Pflanzen beiseitezuhalten, und sie schoben sich vorsichtig weiter voran. Lily jaulte jetzt protestierend und kam in Sicht. Sie bewegte sich nur mühsam – und kurz darauf sahen sie beide, warum. Ein Affenjunges klammerte sich an sie.

»Das ist Zuno«, erkannte Daphne. »Wo ist Molly?«

Sie sah sich suchend um und fand sehr bald die Leiche der Affenmutter. Zuno musste sich selbstständig gemacht haben – oder sie hatte das Kind von ihrer Brust entfernt und in Deckung gestoßen. Jetzt war der Kleine völlig verstört. Daphne löste ihn von Lily und nahm ihn zu Zukie an ihre Brust.

Daphne fuhren tausend Fragen durch den Kopf.

»Was machen wir jetzt?«, fragte Josua.

Daphne wusste keine Antwort. Sie war sich nur über eines sicher: Sie würde Zukie und Zuno nicht ihrem Schicksal überlassen.

»Lass uns zu den Pygmäen gehen«, hörte sie sich sagen. »Sie werden uns helfen. Und dann …«

»Dann sehen wir weiter.« Josua nickte, und Daphne war ihm dankbar, dass er noch einmal von einem der toten Bonobos zum anderen ging, um eventuelle weitere Überlebende des Massakers zu finden. »Gehen wir«, sagte er schließlich resigniert und nahm Daphne das größere der beiden Affenjungen ab. »Wie alt sind sie?«, fragte er. »Können sie ohne Muttermilch überleben?«

»Zukie ist drei Monate alt, Zuno etwas älter«, gab Daphne Auskunft. »Und sie haben schon mal an Früchten und Blättern geknabbert, auch an Bananen. Ob man sie allein damit groß bekommt? Vielleicht braucht es einen Milchersatz. Ziegen- oder Stutenmilch.«

Die Pygmäen kamen Daphne und Josua bereits entgegen, bevor sie das Dorf erreichten – zumindest ihre Späher mussten die Schüsse gehört haben. Zudem war der Rauch, der noch immer aus Daphnes abgebrannter Hütte aufstieg, sicher meilenweit zu sehen. Daphne bemühte sich, den Männern mit einer Mischung aus Gebärdensprache und wenigen Worten der Ihren klarzumachen, was geschehen war – vermutlich konnten sie es sich selbst zusammenreimen.

Im Dorf angekommen, erzählten die Männer, und alle waren schnell dabei, Daphne und Josua Nahrung und Wasser anzubieten. Das Problem mit den Affenjungen lösten zwei Frauen auf die einfachste Weise. Beide waren junge Mütter und legten sich die kleinen Tiere nun mit größter Selbstverständlichkeit an die Brust. Sie tranken sofort, und die Frauen lächelten. Daphne schwankte zwischen einem Gefühl von Abscheu und größter Erleichterung. Zumindest für diesen Tag waren ihre Schützlinge versorgt.

Plötzlich begann sie, unkontrolliert zu zittern, eine Reaktion auf die entsetzlichen Geschehnisse und die nachlassende Anspannung. Josua legte den Arm um sie. Eine der Pygmäenfrauen gab ihr ein paar Blätter und bedeutete ihr zu kauen. Nach einiger Zeit ließ das Zittern nach.

»Ich will zu den Leakeys«, sagte Daphne, als sie endlich wieder denken konnte. »Auf dem direkten Weg, nicht über Gabun.«

»Das ist sehr weit«, bemerkte Josua. »Tausendfünfhundert Meilen durch den Urwald nur bis zur kenianischen Grenze. Es gibt kaum Straßen, und wenn, können wir sie nicht nehmen, ohne entdeckt zu werden.«

»Das ist mir egal!«, rief Daphne. »Wir haben alle Zeit der Welt. Und im Urwald wird uns niemand suchen. Im Gegensatz zu der Grenze nach Gabun.«

»Die verläuft auch größtenteils durch Urwald«, versuchte Josua erneut, sie zu überzeugen.

»Erwähntest du nicht Aufklärungsflugzeuge?«, fragte Daphne. »Ich will das nicht, Josua, nicht mit den Kleinen!« Sie hätte es nicht ertragen, gefangen genommen zu werden und womöglich zusehen zu müssen, wie Zukie und Zuno getötet wurden.

»Du willst die Äffchen mitnehmen?« Im Grunde erübrigte sich die Frage, Josua musste sich darüber im Klaren sein, dass sie die Tiere nicht verlassen würde. »Ich meine nur … Wie füttern wir sie?«

»Sie müssen sich an feste Nahrung gewöhnen«, beharrte Daphne. »Josua, wir können sie nicht hierlassen! Die Frauen würden sie nähren, aber wenn sie groß wären, würden sie sie bestenfalls aussetzen. Oder womöglich essen …«

Wenn den Pygmäen auf ihren Jagden Affen ins Netz gingen, pflegten sie diese zu töten und ihren Speiseplan damit zu bereichern. Bonobos waren zwar gewöhnlich zu schlau, um sich fangen zu lassen, aber Daphne gab sich keinen Illusionen hin. Wirklich sicher waren die Affenjungen nicht bei ihren Freunden – nicht einmal, wenn diese ihr versprechen würden, sie zurück in den Wald zu lassen. Primaten lernten von ihren Müttern. Wenn sie bei Menschen aufwuchsen, würden sie in Freiheit nicht wissen, wie sie sich verhalten sollten, und keinen Anschluss an eine Gruppe finden.

Josua wusste all das ebenso. Er suchte nun eine Verständigung mit den Pygmäen. Dabei zeigte er nach Osten. Schließlich nickten die Männer.

»Sie werden uns führen«, interpretierte Josua die Gebärden. »Zumindest einen Teil des Weges. Aber es wird hart werden, Daphne. Es ist keineswegs sicher, dass wir das überleben.« Er sprach sehr ernst.

Daphne nickte. »Wir müssen es trotzdem versuchen. Du hast es auch zu mir geschafft …«

Schon das hatte ihn an seine Grenzen gebracht, doch das würde keiner von ihnen erwähnen.

»Wir brechen morgen auf«, sagte Josua.

Kapitel 2

Bei Morgengrauen erwartete sie ein junger Mann auf dem Dorfplatz. Trotz der schrecklichen Erlebnisse am Vortag hatte Daphne tief und fest geschlafen, die Affenjungen und Lily zwischen sich und Josua. Die Frauen der Pygmäen versorgten sie noch einmal mit Milch und gaben Daphne und Josua eine Art Brei mit – als Wegzehrung für sie und die Tiere. Ihr Fluchtbegleiter nahm nichts mit, er würde unterwegs genügend Nahrung finden. Bis auf seinen Speer und Pfeil und Bogen hatte er folglich kein Gepäck und bewegte sich entsprechend unbeschwert durch den Wald. Das Tempo, das er vorlegte, war für Daphne und Josua kaum zu halten. Als sie am Nachmittag rasteten und versuchten, Zukie und Zuno etwas von dem Brei zu geben, waren sie völlig erschöpft. Die Affenjungen lehnten die Nahrung zudem ab, ließen sich aber mit Früchten füttern, die der junge Mann unterwegs gepflückt hatte. So hatten alle etwas im Magen, als es nach viel zu kurzer Pause weiterging. Daphne fragte sich, wo sie übernachten würden. Sie glaubte nicht, dass sie die Kraft aufbringen würde, am Abend noch eine provisorische Behausung aufzustellen.

Zu ihrer angenehmen Überraschung endete der Tagesmarsch in einem anderen Pygmäendorf. Der junge Mann führte sie ein, berichtete in vielen Worten mit schwierigen Klicklauten von ihrem Schicksal und ihrem Vorhaben – und gleich fanden sich wieder Frauen, die Zukie und Zuno stillten. Der Stamm hatte wohl gerade erfolgreich gejagt. Die Hunde der Pygmäen fraßen Knochen, und auch für Lily fiel einer ab. Daphne schaffte kaum, etwas zu essen, sie sehnte sich nur noch nach Ruhe. Sie fragte sich, wie es am kommenden Morgen weitergehen sollte – und stellte dann erleichtert fest, dass ihnen auch an diesem Tag wieder ein Fluchtbegleiter zur Seite gestellt wurde. Die Pygmäen hatten verstanden, worum es ihnen ging, und reichten sie nun einfach von einem Dorf im Osten zum nächsten weiter.

Die erste Zeit der Reise war anstrengend, doch immerhin wussten sie, dass sie nicht im Dschungel übernachten mussten und dass die Nahrungsversorgung gesichert war. Dennoch erschien jeder neue Tag unerträglich. Trotz einer stinkenden Tinktur, mit der sich die Pygmäen vor den Insekten zu schützen versuchten, war Daphne bald von Moskitos zerstochen und von Ungeziefer geplagt. Die Stiche juckten und entzündeten sich. Zum Glück gaben ihr die Pygmäenfrauen Mittel dagegen.

Die Äffchen verkrafteten die Nahrungsumstellung nicht immer gut – manche Früchte und Wurzeln, die sie zusätzlich zur Milch der Frauen erhielten, vertrugen sie, andere verursachten Durchfälle. Josua zerriss sein Hemd und stellte es als provisorische Windeln zur Verfügung. Trotzdem beschmutzten die Tierkinder sich und ihre Ersatzmütter immer wieder. Daphne versuchte zwar, sich selbst und ihre Kleidung an jeder Wasserstelle zu reinigen, aber sie hatte das Gefühl, völlig verdreckt zu sein und unerträglich zu stinken. Josua ging es genauso, sie schliefen trotzdem aneinandergeschmiegt, schon um den Äffchen Sicherheit zu bieten.

Nach einigen Wochen der Wanderschaft – Daphne versuchte, anhand der Sterne zu schätzen, wie weit sie täglich kamen, und ging je nach Gelände von fünf bis fünfzehn Meilen aus – bedeutete ihnen ihr abendlicher Gaststamm, dass er keine weitere Begleitung mehr bieten könne. Weiter im Osten des Kongos gab es keine Pygmäen mehr – vermutlich würden sie dort eher auf Bantudörfer oder Ansiedlungen von Weißen stoßen. Keine dieser Gemeinschaften war für Josua wirklich sicher.

Immerhin wussten sie beide mittlerweile recht genau, welche Pflanzen für sie und die Äffchen verträglich waren, sie würden sich also ernähren können. Lily war längst zur Selbstversorgerin geworden und fing unterwegs kleine Säugetiere und Echsen. Die Pygmäen bedeuteten Daphne, sie ihr wegzunehmen und ihrerseits zu verspeisen, doch das brachten weder sie noch Josua über sich, ebenso wie sie es nicht schafften, Termiten und Maden zu essen, die bei den Pygmäen und den Bonobos als Delikatessen galten.

Die eiweißarme Kost ließ sowohl Daphne als auch Josua Gewicht verlieren, doch sie kämpften sich jeden Tag weiter – selbst als sie nun allein unterwegs waren und die beginnende Regenzeit lediglich mit dem Blätterdach des Dschungels als Schutz überstehen mussten. Bedrohlich waren die Nächte, in denen ihnen nur Buschwerk als Versteck zur Verfügung stand. Die Laute des Urwalds machten ihnen ebenso viel Angst wie den Äffchen und Lily, und oft lagen sie schlaflos, die zitternden Tiere im Arm, und warteten darauf, dass die Sonne aufging. Josua behauptete zwar, Menschen stünden in aller Regel nicht auf der Speisekarte afrikanischer Löwen und Leoparden. Im Gegenteil, die Tiere waren von Trophäenjägern so intensiv bejagt worden, dass sie flohen, sobald sie Menschen witterten – aber natürlich konnte es trotzdem sein, dass die erschöpften Wanderer auf ihrem Weg versehentlich ein Nashorn aufschreckten oder eine Löwin, die Junge führte, und die Tiere sich dann verteidigten.

Nach den ersten Wochen der Reise hing ihnen beiden die Kleidung nur noch als Fetzen am Leib, und die Schuhe waren durchgelaufen. Sie wussten, dass ihre Chancen, die Strecke zu schaffen, wesentlich geringer wurden, wenn sie auch noch barfuß wandern müssten – von der Gefahr durch Schlangen gar nicht zu reden. Doch dann hatten sie endlich mal Glück. Sie stießen auf eine ausgebaute Straße mitten im Dschungel und stellten fest, dass sie zu einem rustikal gebauten Haus mit großer Auffahrt und ursprünglich sicher gepflegten Gartenanlagen führte. Inzwischen eroberte sich der Wald die Anlage jedoch zurück, der Garten verwilderte, die Terrasse war von Schlingpflanzen überwuchert. Es wirkte, als wäre seit Monaten niemand dort gewesen.

»Eine Safari-Lodge«, stellte Josua fest, als er ein heruntergefallenes Schild entdeckte, das zur Rezeption wies. »Ganz sicher von Weißen geführt. Sie müssen geflohen sein, oder sie wurden überfallen.«

Daphne hoffte, keine Leichen zu finden, als sie das Haus betraten. Die Tür stand offen, und es war unschwer erkennbar, dass hier jemand geplündert hatte. Möbel waren umgeworfen, Schränke geöffnet – doch zu Daphnes und Josuas Begeisterung fanden sich noch Kleidung und Wäsche in den Schlafzimmerschränken. Der Herd in der großen Küche schien intakt – Feuerholz war daneben gestapelt. Kupferne Töpfe und Pfannen waren auf den Boden geworfen worden und zum Teil etwas verbeult, jedoch noch benutzbar.

»Die hatten sicher auch eine Speisekammer«, sagte Daphne, »Vielleicht finden wir noch etwas richtig Gutes zu essen!«

Leider wurde sie enttäuscht. Auch die Speisekammer war geplündert worden – nur für einen Sack Bohnen und einen Sack Reis schienen die Gauner keinen Bedarf gehabt zu haben. Frohlockend weichte Daphne die Bohnen ein, und Josua feuerte den Herd an. Der Brunnen funktionierte noch, das Wasser schien nicht verseucht, und so erhitzten sie erst mal Waschwasser in dem größten vorhandenen Kessel. In den Räumen der luxuriös geplanten Lodge gab es Badezuber – Daphne schwelgte im warmen Wasser und wusch sich all den Dreck und Schweiß vom Körper. Danach waren die Äffchen an der Reihe, die sich zwar wenig für ein warmes Bad begeistern konnten, so aber endlich ihre Flöhe und sonstigen Hautparasiten loswurden. Das galt auch für Lily. Daphne und Josua fühlten sich fast wie zurück in der Zivilisation.

»Können wir ein paar Tage hierbleiben?«, fragte Daphne, als sie heißhungrig einen Eintopf aus Reis und Bohnen löffelten, angereichert durch im früheren Nutzgarten der Lodge gefundenes Gemüse. »Es wäre so schön, sich einmal auszuruhen.«

Josua nickte. Sie beide brauchten dringend Ruhe, und die Wahrscheinlichkeit, dass jemand in den nächsten Tagen dieses Haus besuchte, war äußerst gering. Schließlich bezogen sie eines der

Schlafzimmer, das der seidenen Bettwäsche zwar beraubt worden war, doch immerhin eine breite, gemütliche Matratze aufwies. Zum ersten Mal, seit sie die Äffchen bei sich hatten, verbannten sie die zwei gemeinsam mit Lily ans Fußende und schliefen zusammen wie Mann und Frau. Allem Kummer zum Trotz war Daphne glücklich, als sie am Morgen Arm in Arm erwachten, die Affenjungen hatten sich an ihren Rücken gekuschelt.

»Wir können sie jetzt bald huckepack nehmen«, bemerkte Daphne, was das Wandern wesentlich erleichtern würde. Bisher trugen sie die Tierchen noch an die Brust geschmiegt, und Daphne litt unter Rückenschmerzen.

Der kurze Aufenthalt in der Lodge tat ihnen allen gut. In der entspannteren Atmosphäre lösten sich die Affenjungen erstmalig freiwillig von den Körpern ihrer Ersatzeltern und begannen ihre Umgebung zu erforschen. Zukie zeigte sich dabei als wesentlich mutiger und aufgeschlossener als Zuno, der sehr schüchtern war und bei jeder kleinsten Irritation zurück in Daphnes oder Josuas Arme floh.

»Vielleicht erinnert er sich besser an das, was geschehen ist«, vermutete Daphne. »Zukie war etwas jünger, und Bonita hat sie mit ihrem Körper abgeschirmt. Jedenfalls braucht er sicher mehr Zeit, um darüber hinwegzukommen.«

Letztlich blieben sie fünf Tage in der Lodge, bevor sie sich wieder auf den Weg machten. Sie hatten sich beide an der Kleidung der Besitzer bedient, obwohl sie ihnen erheblich zu groß war und um ihre abgemagerten Körper nur so schlotterte. Die Schuhe des Hausherrn – leider waren nur noch leichte Tennisschuhe da, für alles feste Schuhwerk schienen sich Abnehmer gefunden zu haben – passten Josua recht gut. Daphne musste drei Paar Socken übereinanderziehen, um in die der früheren Besitzerin hineinzupassen. Dennoch freuten sie sich an ihrem neuen Staat, zogen die Hosen mit Gürteln zusammen, sodass sie nicht rutschten, und begaben sich gestärkt auf den zweiten Teil der Reise.

Noch einmal vergingen etliche Wochen, und sie waren wieder ebenso erschöpft, verlaust und zerlumpt wie vor der Rast, als sie sich nach Daphnes Berechnungen der Grenze nach Uganda näherten. Sie mussten den Staat durchqueren, um nach Kenia zu kommen, doch Josua war sich ziemlich sicher, dort nicht verfolgt zu werden. Das Land stand ein gutes Jahr vor der Entlassung in die Unabhängigkeit, aber der Übergang vollzog sich gelenkt und friedlich. Niemand in Uganda würde Interesse daran zeigen, Robert Mobutu einen früheren Mitarbeiter Lumumbas auszuliefern.

Schließlich stießen sie auf eine Straße, und Josua wagte es, ihr zu folgen, bis sie an ein Ortsschild kamen: Kasese-District Uganda.

Daphne umarmte ihn – Zukie und Zuno ritten auf ihren Schultern und waren dabei nicht im Wege, Lily umtanzte ihre menschlichen Freunde. Die Affenjungen, vor allem Zukie, gaben Freudenlaute von sich. Die Tiere spürten, wie die Anspannung von den Menschen abfiel.

»Und jetzt?«, fragte Daphne. Sie waren zwar in Sicherheit, doch immer noch fast sechshundert Meilen von Nairobi entfernt.

»Jetzt suchen wir ein Postamt«, erklärte Josua, »und melden ein R-Gespräch an, ich hoffe, die wissen hier, wie das geht. Wenn die Leakeys es annehmen, können wir mit ihnen Pläne machen. Es gibt eine Bahnverbindung von Uganda nach Nairobi. Wir brauchen nur Geld für die Karten.«

»Nehmen die Affen mit?«, fragte Daphne. »Und Hunde?«

Josua grinste. »Wir packen sie in Körbe und sagen, das sei der Wegproviant«, witzelte er. »Wir haben es geschafft, Daphne! Mehr als tausend Meilen durch den Regenwald! Da soll es an einer Bahnkarte für Zukie und Zuno nicht scheitern.«

Daphne straffte sich und grinste zurück.

»Im Notfall laufen wir eben …«

Der Posthalter wollte den abgerissenen dunkelhäutigen Landstreicher mit dem Affen auf der Schulter zunächst gar nicht erst einlassen. Erst als sich eine Weiße, obwohl nicht minder verwahrlost, hinter ihm durch die Tür schob und dann auch noch den Namen Leakey erwähnte, schwante ihm, dass er damit vielleicht einen Fehler machte. Louis und Mary Leakeys aufsehenerregende Fossilienfunde waren in ganz Afrika bekannt.

Schließlich meldete er das Gespräch an – die Telefonnummer der Leakeys hatte sich in einem von Daphnes Notizbüchern gefunden –, und Mary Leakey nahm ab. Daphne fiel ein Stein vom Herzen, ihrem Gegenüber schien es genauso zu gehen.

»Louis, komm her, es ist Daphne!«, hörte Daphne Mary nach ihrem Mann rufen, sobald sie sich gemeldet hatte. »Daphne, Sie leben! Wir haben nicht mehr daran geglaubt. Über ein Jahr haben wir nichts von Ihnen gehört … Louis hat natürlich Erkundigungen eingezogen, aber der Provinzpolizist, der da zuständig ist, sagte nur, Sie wären weg. Worüber er nicht ganz unglücklich war, weil Sie sich mit regierungsfeindlichen Subjekten abgegeben hätten, meinte er. Wir mussten davon ausgehen, dass Sie umgebracht wurden. Wo um Himmels willen waren Sie?«

Daphne gab einen kurzen Bericht ab und bat um Hilfe. »Wir haben nichts gerettet als unser nacktes Leben und meine Berichtsbücher und Filme. Jetzt sind wir ohne einen Penny Geld in Uganda, und niemand wird uns in ein Hotel lassen, so verdreckt und abgerissen, wie wir sind.«

Louis Leakey dachte einen Moment nach, dann wusste er Rat. Er wies sie an, sich in die nächste Bank zu begeben und den Direktor zu bitten, ihn anzurufen. Er wollte dafür sorgen, dass sie einen kleinen Vorschuss auf die Geldanweisung erhielten, die er sofort anzustrengen gedachte. So würden sie sich zunächst neue Kleidung kaufen können und etwas zu essen. Außerdem wollte er sich mit einer Bekannten in Verbindung setzen, die in Uganda lebte. Wenn es ihr möglich wäre, sollte sie sich gleich ins Auto setzen und sie abholen.

»Mit den Affen nimmt euch sicher kein Hotel«, merkte er realistisch an. »Aber Betty hat eine Farm, sie ist nicht so empfindlich.«

Betty Robinson erschien zwei Stunden später in einem alten Pick-up, aus dem zwei helle Mischlingshunde sprangen und Lily begeistert beschnupperten. So viele Urwaldgerüche, wie die völlig verfilzte Pudelhündin an sich hatte, waren ihnen wohl noch nie an einem Artgenossen begegnet. Daphne und Josua sahen schon etwas vorzeigbarer aus, sie hatten Leinenhosen und Hemden erstanden und sich umgezogen, obwohl es noch keine Gelegenheit zu einem Bad gegeben hatte – eine Katzenwäsche an einem Brunnen musste erst mal reichen. Nach einem reichhaltigen Essen in einem Straßenrestaurant fühlten sie sich gestärkt.

Betty war eine drahtige, kleine Frau Mitte vierzig mit tief gebräunter Haut und von der Sonne gebleichtem blondem Haar, das sie zu einem Pferdeschwanz gebunden trug. Leakey hatte Daphne gesagt, dass sie seit dem Tod ihres Mannes allein eine Kaffeeplantage leitete, und tatkräftig, wie sie wirkte, war ihr das zuzutrauen. Auf Daphnes Begleitung reagierte sie zunächst sichtlich irritiert, was weniger Lily und die Äffchen als Josuas Hautfarbe betraf. Sie schien nicht recht zu wissen, wie sie ihn einordnen sollte – als Daphnes Angestellten hätte sie ihn wahrscheinlich hinten auf dem Pick-up mitfahren lassen. Josua stellte sich jedoch formvollendet vor und skizzierte kurz seine Geschichte. Betty ließ ihre Vorbehalte gegen ihn daraufhin fallen und erklärte, ihre Plantage liege nicht weit von

Kasese, der Bahnstation, von der aus eine Fahrt nach Nairobi möglich sei. Wenn Daphne und Josua es wollten, könnten sie sich ein paar Tage bei ihr erholen und in der Zwischenzeit alles im Zusammenhang mit der Reise klären.

Zum Glück hatten sie beide ihre Pässe bei sich, wenn Josuas auch nach seinem unfreiwilligen Bad im Sankuru und seiner Flucht zu Daphne ziemlich verschmutzt und zerknittert war. Nur für die Affen gab es keine Papiere.

»Ach, das werden die hier nicht so eng sehen«, meinte Betty. »Solange kein Beamter meint, sich daran bereichern zu können. Wenn ihr sie als Haustiere ausgebt und auf der Zugfahrt in einen Korb steckt, sollten sich die Grenzer nicht daran stören. Aber sobald ihr Afrika mit ihnen verlassen wollt, kann es teuer werden. Die Zoos in Europa zahlen Unsummen – an die Jäger und an diejenigen, die wegsehen, zu welchen Mitteln diese beim Fang der Tiere greifen. Man wird auch von euch einen Obolus fordern, bevor Ausfuhrpapiere erstellt werden.«

Daphne beschloss, sich beizeiten all diesen Aufgaben zu stellen. Sie war jetzt erst einmal froh, im Auto zu sitzen und einem Bad und einem Bett entgegenblicken zu dürfen. Betty verwöhnte sie schließlich mit einem nach Rosen duftenden Schaumbad.

»Und morgen gehen wir einkaufen«, erklärte sie.

Nach dem Kontakt mit ihren verschwitzten, schmutzigen Körpern brauchte auch die neue Kleidung erst mal eine Wäsche.

Josua war am Abend ebenfalls sauber, doch eine Liebesnacht wie in der aufgegebenen Lodge gab es nicht. Die Plantagenbesitzerin Betty konnte sich notfalls damit abfinden, dass Afrikaner studierten und Politiker wurden, aber sie das Zimmer mit einer weißen Frau teilen zu lassen war undenkbar. Daphne wurde in einem gemütlichen Gästezimmer untergebracht, Josua in einer früheren Dienstbotenunterkunft. Mit Rücksicht auf Betty nahm er die ebenfalls frisch gewaschenen, aber noch nicht stubenreinen Affenjungen mit zu sich.

Am Morgen fuhr Betty sie zurück nach Kasese, und sie stellten fest, dass Leakey Daphne einen ansehnlichen Betrag auf ein neu eingerichtetes Bankkonto überwiesen hatte. Dem Kauf neuer Kleidung stand also nichts im Wege. Zur Verwunderung von Daphne, die sich im nächsten General Store mit Jeans und Blusen ausstattete, verschwand Josua im Laden des örtlichen Herrenausstatters und hatte zwei elegante Anzüge erstanden, als er sich wieder mit ihr und Betty traf.

»Tut mir leid, aber ich wollte wieder ich selbst sein«, erklärte er, als Daphne darüber lachte. Schließlich stand ja noch die Weiterreise mit den Äffchen an, die man besser in legerer, praktischer Kleidung anging. Erst später, als sie darüber nachdachte, wurde ihr klar, was Josuas Verhalten über ihn aussagte. Ihr Geliebter war alles andere als ein Naturkind. In den Dschungel hatte er sich nur in der Not begeben. Was musste es für ihn bedeutet haben, sich allein bis zu ihrem Lager durchzuschlagen und dann für sie und ihre Bonobos die extrem beschwerliche und lebensbedrohliche Reise durch den Busch auf sich zu nehmen! Sie fühlte sich sehr geliebt, musste ihn aber weiter necken, als er gleich darauf noch einen Friseur aufsuchte.

»Lass es doch so, ich mag dein langes Haar«, sagte sie. »Du siehst aus wie Tarzan.«

Josua verzog das Gesicht. »Lord Greystoke«, meinte er, »wird sich auch frisiert haben, als er seiner Jane zurück in die Zivilisation folgte.«

Bart und Haare fielen also, bevor sie zurück zur Kaffeeplantage fuhren. Auf dem Weg dorthin entdeckte Daphne eine Tierarztpraxis und bat Betty anzuhalten. Der Kollege musste über eine Schermaschine verfügen, mittels derer man Lily von ihrem Filz befreien konnte. Dr. Hammer, der sich sonst wohl eher um Nutztiere und Wachhunde kümmerte, amüsierte sich köstlich, als unter all der verschmutzten Wolle ein Pudel zutage kam.

»Die sieht man hier nicht häufig«, bemerkte er.

Daphne kam dann noch die Idee, den Tierarzt um weitere Hilfe zu bitten. Sie verließ die Praxis mit ein paar Spritzen und einem Beruhigungsmittel. Zukie und Zuno würden den Grenzübertritt nach Kenia in verschlossenen Körben verschlafen.

Louis und Mary Leakey ließen es sich nicht nehmen, Daphne und Josua am Bahnhof abzuholen. Sie erhielten nebeneinander liegende Zimmer in ihrer Villa neben dem Museum und mussten nun erst einmal erzählen. Wieder kamen Daphne die Tränen, als sie von dem Massaker an ihren Bonobos berichtete.

»Immerhin hab ich all die Berichte mit meinen Beobachtungen gerettet«, sagte Daphne. »Ihr könnt sie haben und studieren.« Die Leakey hatten ihr das Du angeboten bei ihrer Ankunft.

Die beiden fanden die Bonobojungen allerliebst, fragten sich allerdings, was Daphne mit ihnen anfangen wollte.

»Willst du nicht weitermachen mit der Feldbeobachtung, Daphne?«, erkundigt sich Louis. »Die Berggorillas und die Orang-Utans in Borneo stehen noch aus.«

Zur Schimpansenbeobachtung war Jane Goodall, eine britische Verhaltensforscherin, nach Tansania gegangen – etwa zur gleichen Zeit wie Daphne.

Daphne schüttelte entschieden den Kopf. »Nein! Nein, auf keinen Fall! Wenn ich so etwas noch mal erleben müsste, das würde mir endgültig das Herz brechen. Aber ich hab mir etwas überlegt. Ein anderes Forschungsprojekt …«

»Mit den zwei kleinen Bonobos?«, fragte Leakey eifrig. »Das wirst du nicht im Bereich der Verhaltensforschung unterbringen. Die Tiere sind schon zu sehr auf Menschen fixiert, um noch authentisches Material zu liefern.«

Daphne lächelte. »Ich will sie nicht einfach nur beobachten«, sagte sie, unsicher, wie sie ihr Projekt beschreiben sollte. Die anderen, auch Josua, sahen sie gespannt an. »Was ich will, ist … Ich will Zukie und Zuno das Sprechen beibringen«, brachte sie schließlich heraus.

Der Professor lachte. »Das geht doch nicht, Daphne! Das solltest du als Tierärztin wirklich wissen. Die Form des Kehlkopfes verbietet hochkomplizierte Lautäußerungen. Außerdem hat schon Charles Darwin erklärt, dass den Primaten zur Entwicklung von Sprache die Verschaltungen im Gehirn fehlen.«

Daphne zuckte mit den Schultern. »Vielleicht hatte er ja unrecht«, erwiderte sie. »Und ja, das mit dem Kehlkopf weiß ich. Aber es gibt auch Menschen, die nicht sprechen können. Zum Beispiel, weil sie nicht hören. Da hilft man sich dann so.« Sie demonstrierte einige Zeichen mit den Händen.

Leakey lachte. »Gebärdensprache! Na, darauf ist nun wirklich noch keiner gekommen. Das ist eine völlig verrückte Idee, Daphne!«

Daphne zog die Augenbrauen hoch. »Verrückter, als junge Frauen in den Dschungel zu schicken, um sich mit Menschenaffen anzufreunden?«, fragte sie spöttisch grinsend. »Louis, ich hab mit den Bonobos kommuniziert und sie untereinander kommunizieren sehen. Natürlich haben sie ihre Sprache. Sie mag anders konzipiert sein als unsere, aber es ist doch einen Versuch wert, jungen Primaten Gebärden beizubringen. Und ich finde, Bonobos bieten sich da an. Sie sind vielleicht nicht klüger als Gorillas und Schimpansen, dagegen friedlicher und geduldiger. Die Zeitspanne, in der man mit ihnen arbeiten kann, bevor sie pubertieren, wird dadurch größer. Gorillas und Schimpansen werden ja oft schwierig, wenn sie ihre Geschlechtsreife und damit ihre Kraft entdecken.«

Josua strahlte. »Also, ich finde das fabelhaft! Es müsste nur jemand finanzieren …«

»Ich habe mir überlegt, zurück nach Australien zu gehen«, erklärte Daphne, »an den Zoo von Perth oder die Universität. Da kennen sie mich. Vielleicht wird mich die Anthropologiefakultät unterstützen. Meine Eltern auf jeden Fall.« Sie lächelte wieder. »Meine Mutter hat als Kind über Morsezeichen kommuniziert. Und sie redet schon lange mit Tieren, nur nicht in Worten.«

»Was haben Sie denn in Zukunft vor, Mr. Ngongo?«, wandte sich Mary Leakey an Josua und sprach damit ein heikles Thema an. Die Leakeys hatten Daphne und Josua bislang nicht auf ihre Beziehung angesprochen. »Ihr Land befindet sich im Bürgerkrieg, die UNO ist an den Kämpfen beteiligt. Werden Sie sich da engagieren, vielleicht, um Lumumba zu rehabilitieren?«

Josua schüttelte ebenso entschlossen den Kopf, wie Daphne es eben getan hatte.

»Nein, mir reicht es mit der Politik. Verstehen Sie mich richtig, es ist mir keineswegs egal, was in meinem Land geschieht. Doch wenn man es mal global betrachtet, ist der Kongo kein Einzelfall. Es ist schwer, Menschen zu regieren und dabei Frieden zu halten. Und ich … ich würde lieber mehr über die Strukturen wissen. Warum Menschen aggressiv sind, wie wir wurden, was wir sind … Das hat mich immer interessiert. Deshalb bin ich auch in die Olduvai-Schlucht gekommen.«

»Dann musst du weiter studieren«, bemerkte Daphne. »Anthropologie oder Psychologie oder beides. Komm mit mir nach Australien.«

Josua sah sie verliebt an, und auch sie selbst konnte ihre Gefühle nicht verbergen. Die Leakeys tauschten vielsagende Blicke.

»Wie wollen Sie das finanzieren?«, fragte Mary.

Josua zuckte mit den Schultern. »Ich kann arbeiten«, sagte er. »Und ich habe bereits ein abgeschlossenes Studium. Vielleicht findet sich eine Hilfsprofessur oder so etwas für einen afrikanischen Politikwissenschaftler. Die sind sicher nicht häufiger in Australien als …«

»… Pudel im Kongo«, scherzte Daphne in der Absicht, die Leakeys von dem gefährlichen Pfad der Kritik an ihrer Liebe abzulenken. »Den dort erwarteten konventionellen Haarschnitt hast du ja schon.«

Mary Leakey wechselte wie erhofft das Thema, doch der Professor schüttelte den Kopf, als sich Daphne und Josua kurz darauf mit einem Gutenachtgruß verabschiedeten.

»Ich fürchte, ihr werdet es beide nicht leicht haben«, sagte er seufzend. »Weder ein Afrikaner an der Universität noch eine Frau, die mit Affen spricht. Ich kann euch nur Glück wünschen!«

Einen Vorgeschmack auf das Leben als ungleiches Paar erhielten Josua und Daphne gleich auf dem Schiff, das sie schließlich von Afrika nach Australien brachte. Sie wären lieber geflogen, aber die Fluggesellschaften weigerten sich, die Affen im Passagierraum mitfliegen zu lassen. In Käfigen im Frachtraum wäre es möglich gewesen, doch mehrere Stunden konnte Daphne die Kleinen nicht betäuben, und sie bei vollem Bewusstsein der Trennung, dem Lärm, der Enge und der Einsamkeit auszuliefern, war für sie undenkbar. Also hatten sie eine Schiffspassage gebucht, nachdem die Formalien zur Ausfuhr der Bonobos geklärt waren. Mit Leakeys Hilfe hatte man die beiden als Wildfänge für den Zoo in Perth deklariert, in die Hände der zuständigen Beamten, die das Verfahren um Monate verzögert hatten, war eine nicht unbeträchtliche Menge Geld geflossen. Die Reederei erklärte sich bereit, die Äffchen wie Hunde an Bord zu nehmen, allerdings nur in den größeren Kabinen in der Ersten Klasse. Als Daphne den Preis erfuhr, schlug sie Josua umgehend vor, noch in Afrika zu heiraten und sich eine zu teilen. Er war skeptisch, wenn auch nicht abgeneigt.

Die Leakeys rieten allerdings energisch ab. »Die Leute, die mit euch auf dem Schiff sein werden, dürften sich darüber erregen, wahrscheinlich tun sie das sowieso schon, wenn sie sehen, dass ein Schwarzer Erster Klasse reist. Seit die Staaten unabhängig werden, sind sie allerdings an Politiker gewöhnt, die sich nicht in die Holzklasse sperren lassen. Sie werden vielleicht stillhalten und Josua ignorieren. Wenn ihr euch dagegen als Paar zeigt ... Die Leute würden sich beschweren, euch bestenfalls meiden, aber ich würde auch Aggressivität nicht ausschließen, zumindest verbale«, warnte der Professor.

Daphnes Vater sprach sich ebenso gegen ein solches Experiment aus.

Mal ganz abgesehen davon, dass Deine Mutter und ich den Mann, den Du heiraten willst, vorher gern kennenlernen würden, hätte ich Bedenken wegen Eurer Sicherheit, schrieb er ihr. *Man weiß nie, mit wem man es zu tun bekommt – auch wohlhabende Menschen sind gegen Rassismus nicht gefeit und können übergriffig werden. Auf diesen Schiffen wird eine Menge getrunken. Was ist, wenn sich einige der* »Gentlemen« *anschließend zusammenrotten, um Deinem Josua zu zeigen, wo sein Platz ist? Mama kann sich menschliche Bosheit nicht vorstellen, doch als Jude in Deutschland hab ich genug Ausgrenzung und Gewalt erlebt, um mich ernstlich zu sorgen. Nachdem wir ein Jahr lang in Ungewissheit darüber gelebt haben, ob Du lebst oder umgekommen bist, möchten wir nichts riskieren. Also bitte, nehmt getrennte Kabinen und zeigt unterwegs nicht zu deutlich, dass Ihr ein Paar seid!*

Bitte verstehen Sie diesen Ratschlag richtig, Josua! Wir freuen uns sehr auf Sie und möchten mit diesem Brief keineswegs Ressentiments gegen Sie ausdrücken – im Gegenteil, wir beziehen Sie in die Sorge um Daphne mit ein. Sie sind uns mehr als willkommen.

Mama kann auch die Ankunft der Bonobos kaum erwarten! Wir sehen uns bereits nach einem Lehrer oder einer Lehrerin in Gebärdensprache für Euch um, denn nach der kurzen Einführung, die Du, Daphne, in Afrika genossen hast, kannst Du die Sprache nicht gut genug beherrschen, um sie anderen beizubringen. Wir werden sie selbstverständlich auch erlernen. Dein Projekt ist für uns alle ein großes Abenteuer!

»Deine Eltern scheinen wirklich nett zu sein«, bemerkte Josua, als Daphne ihm den Brief zu lesen gab. »Und dein Vater hat mich überzeugt. Beißen wir in den sauren Apfel und nehmen getrennte Kabinen.«

Im Verlauf der Reise erwies sich dieses Vorgehen als weise. Josua und Daphne sowie ihr Anhang erregten auch so schon genug Aufmerksamkeit. Daphne wurde mit äußerster Freundlichkeit behandelt, man forderte sie auf, Vorträge über die Arbeit mit den Bonobos zu halten, und am liebsten hätten alle Frauen auf dem Schiff die Affenjungen mal in den Arm genommen. Während Zuno sich zurückhielt und sofort in Deckung ging, wenn sich ihm ein Fremder näherte, zeigte sich Zukie nicht abgeneigt. Beide Äffchen verließen jetzt öfter den Schutz ihrer Ersatzmütter und begannen, an Deck umherzutollen. Gab es dabei Zuschauer, so genoss aber nur Zukie die Aufmerksamkeit. Das Affenmädchen lehnte auch die Leckerbissen nicht ab, die ihm die Passagiere hinter Daphnes Rücken zusteckten – und lernte in diesem Zusammenhang das erste Wort in Gebärdensprache: Bauchweh. Nachdem Daphne es Zukie zwei- oder dreimal gezeigt hatte, stellte Zukie fest, dass es viel einfacher war, ihr zu zeigen, dass es ihr schlecht ging, als zu warten, bis Daphne von selbst darauf kam, dass die Kleine mit einem Tee und einer Wärmflasche ins Bett gehörte.

Josua nahmen die anderen Passagiere dagegen kaum zur Kenntnis. Sie schienen zu meinen, dass er die teure Passage nur erhalten hatte, um Daphne bei der Arbeit mit den Bonobos zu entlasten. Dabei trat er viel weltmännischer auf als Daphne. Sie trug meist praktische Kleidung und schminkte sich nicht noch suchte sie den bordeigenen Friseur auf. Josua trug seine Anzüge mit Würde, vor allem zu den Mahlzeiten, und zeigte exzellente Umgangsformen. All das verhalf ihm jedoch nicht zu mehr gesellschaftlicher Anerkennung, und nach ein paar Tagen stellte er sein öffentliches Auftreten deshalb weitgehend ein.

Auch Daphne bekam den Tratsch zu spüren, den die vornehmen Herrschaften austauschten, wenn sie gemeinsam mit ihm an Deck zu Abend aß. In den ersten Tag beschwerten sich sogar ein paar Leute über seine Anwesenheit. Ein Herr erklärte, seine Frau habe in den ehemaligen Kolonien Gewalt durch Schwarze erlitten und könne deshalb keine Afrikaner mehr um sich haben. Die Reisenden waren zum großen Teil ehemalige Kolonisten, die in Afrika gelebt und ihr Vermögen dort erworben hatten. Nun kehrten sie zurück in ihre Heimatländer, weil die afrikanischen Staaten unabhängig wurden und sie nicht mehr erwünscht waren. Sie hatten die Schwarzen zuerst als Lohnsklaven erlebt, dann als Unruhestifter. Auf keinen Fall wollten sie mit einem von ihnen am Tisch sitzen und gepflegt dinieren.

Bernhard schloss seine Tochter am Hafen von Perth schließlich glücklich in die Arme. Seine Frau war zu Hause geblieben, sie mochte keine Menschenansammlungen, und im Hafen war es ihr zu laut und zu unruhig. Bernhard hoffte, dass Daphne ihren künftigen Schwiegersohn darüber aufgeklärt hatte, sodass er es nicht als Affront empfand. Er fand Josua sofort sympathisch, als er registrierte, dass er sich zunächst höflich zurückhielt, um Daphne dem Begrüßungsjubel zu überlassen. Zuno hielt er an der Hand, Zukie ritt auf seinen Schultern. Seinem eleganten hellen Sommeranzug – über all den Verzögerungen war es Februar 1962 geworden – tat das nicht sehr gut, zumal Zukie an einer Banane kaute. Bernhard begrüßte er mit festem Händedruck und bedankte sich für seine Warnungen und die Übernahme der Kosten für die Schiffspassage.

»Ich hoffe, dass ich Ihnen das Geld bald zurückerstatten kann, Sir«, sagte er. »Ich bin nicht mittellos, doch ich fürchte, der Kongo hat meine Bankkonten eingefroren. Ich werde von hier aus sehen, was sich da juristisch machen lässt. Daphne geht es ähnlich, auch sie wurde für ihre Arbeit bezahlt. Es sollte möglich sein, ihr Konto im Kongo aufzulösen und das Geld hierher zu überweisen.«

Bernhard winkte ab. »Würde mich nicht wundern, wenn in Ihrem Land ohnehin Inflation herrschte und von eurem Geld nicht mehr allzu viel übrig ist. Es ist aber auch gleichgültig. Die Hauptsache ist, dass ihr gesund angekommen und jetzt in Sicherheit seid! Und bitte lass das ›Sir‹ weg. Ich bin Bernhard.«

Dann wandte er sich an die Affenjungen und machte das Zeichen für »Willkommen«. Zukie konterte mit einem Grinsen, Zuno versteckte sich hinter Josuas Beinen. Lily umtanzte alle, froh, wieder auf festem Boden zu sein und einen offensichtlich freundlichen Menschen kennenzulernen. Sie warf sich sofort selig Bernhard zu Füßen, als er sie begrüßte, und ließ sich den Bauch kraulen.

»Im Bauchkraulen bin ich sozusagen Experte«, erklärte Bernhard augenzwinkernd. »Ich bin überzeugt, Zukie und Zuno werden sich bald ebenfalls davon überzeugen lassen.«

Es war nicht weit bis zum Zoo, wo Daphne eine Überraschung erwartete. Vor dem Haus des Direktors stand David, rechts und links von ihm die letzten seiner damals dressierten Katzen auf einem Podest.

Daphne stieß einen Aufschrei aus, stürzte aus dem Wagen und flog ihrem Bruder in die Arme. Josua bemerkte ihre Ähnlichkeit, auch wenn Daphne immer noch zu dünn war und etwas verhärmt wirkte. Die beiden hatten jedoch das gleiche Lachen und die gleichen wachen, freundlichen Augen. Lily sprang auf eine der Katzen zu, die ihr daraufhin kurz und vielsagend die Krallen über die Nase zog. Die Pudelhündin verzog sich jaulend, und Zukie, schon wieder auf Josuas Schulter, lachte sie aus. Josua ging auf David zu und war überrascht, als der ihn genauso spontan in die Arme zog wie Daphne.

»Daphne hat mir von dir geschrieben«, sagte er. »Und meine Eltern sagten, du hast sie gerettet. Dafür danke ich dir! Wir haben uns große Sorgen um sie gemacht.«

Daphne sah ihn ungläubig an. »Du hast aber gewusst, dass ich noch lebe, oder?«, bemerkte sie. Sie vertraute fest auf das Band zwischen Zwillingen.

David nickte. »Trotzdem war ich drauf und dran, nach Afrika zu fliegen und dich zu suchen«, sagte er. »Das Land erschien mir dann aber doch etwas groß. Wollt ihr hereinkommen? Mama wartet schon. Aber sie wollte mir die Überraschung nicht verderben.«

»Wo kommst du denn eigentlich her?«, fragte Daphne und hakte sich bei ihm unter. »Was machst du gerade? Und wie hat das griechische Abenteuer geendet?«

»Mit einer Traumhochzeit«, sagte David grinsend. »Evangelina Kallergis und Stavros Michelakis. Die Gazetten in aller Welt waren voll davon.«

Bevor er von Henny und sich selbst berichten konnte, kam ihre Mutter aus dem Haus und begrüßte Daphne. Wie immer war sie nicht so emotional wie die Männer der Familie, doch ihre Augen leuchteten, und sie hätte einen freundlichen Händedruck für Josua gehabt, hätte er sich nicht an Daphnes Hinweise erinnert und sich einfach vor ihr verbeugt. Er sicherte sich damit auch ihre Sympathie.

»Ich bin Maria«, sagte sie. »Es tut mir leid, was im Kongo geschehen ist. Vielleicht kannst du es mir erklären. Warum haben alle so aggressiv auf Lumumbas Rede bei der Unabhängigkeit reagiert? Er hat doch nur die Wahrheit gesagt.«

Inzwischen war man sich international einig, dass mit Lumumbas Affront gegenüber dem belgischen König die gesamte Misere begonnen hatte.

»Weil sich Politik und Wahrheit eben nicht sehr gut vertragen, Mama«, bemerkte Daphne. »Niemand versteht all das. Aber Josua will es jetzt erforschen.«

Ein paar Stunden später fühlte sich Josua zum ersten Mal gänzlich unbeschwert unter Weißen. Daphnes Mutter Maria war ausschließlich akademisch interessiert, sie stellte weder Fragen zu seiner Herkunft noch zu seinem Werdegang. Die Themen, für die er sich interessierte, beurteilte sie als überaus wichtig, zumal sie die Emotionalität und Unlogik, die menschliches Verhalten oft bestimmten, in keiner Weise nachvollziehen konnte. Sie hatte viel gelesen, um dem auf die Spur zu kommen, und verwickelte ihn in ein hochintellektuelles Gespräch über die Ursprünge von Aggressivität und Moral. Daphne und David sprachen nur miteinander. Sie schienen sich in einem Kokon getroffen zu haben, der selbst ihn ausschloss, das Band zwischen den Zwillingen war überaus stark. Bernhard hörte der Diskussion zwischen ihm und Maria gelassen zu und warf nur manchmal eine kluge Bemerkung ein.

Letztlich kam seine Hautfarbe nur einmal kurz zur Sprache, bei einem späteren Spaziergang durch den Zoo. Maria und er streichelten ein dunkelbraunes Pony, und plötzlich lächelte Daphnes Mutter.

»Ihr beide habt die gleiche Farbe«, bemerkte sie.

Eine Feststellung, Josua konnte keine Wertung heraushören. Daphne hatte recht, ihre Mutter war merkwürdig.

»Und? Gefällt sie dir?«, rutschte es ihm heraus.

Maria sah ihn kurz an und schien dann über die Frage nachzudenken. »Die meisten Menschen haben eine Lieblingsfarbe«, erklärte sie schließlich. »Ich nicht. Allerdings trage ich an Sonntagen nur blaue Kleider.«

Josua runzelte die Stirn. »Warum?«, fragte er.

Maria zuckte mit den Schultern. »Meine Kinderfrau damals in Berlin meinte, die Farbe passe gut zu meinen Augen.«

Josua sah sie noch einmal genau an. Mit ihrem herzförmigen Gesicht und den blauen Augen zum einstmals sicher schwarzen, jetzt grau melierten Haar musste sie als junge Frau eine Schönheit gewesen sein. Und nach allem, was er bisher über sie wusste, war sie hochbegabt. Trotzdem hatte sie mitunter etwas Kindliches. Man hatte unwillkürlich das Bedürfnis, sie zu beschützen.

»Das stimmt«, erwiderte er lächelnd. »Also ein kluger Entschluss.«

Daphne und David, die Arm in Arm hinter Josua und ihrer Mutter hergingen, hatten den Dialog mitbekommen und lächelten ebenfalls.

»Er passt zu uns«, flüsterte David Daphne zu. »Und ist hoffentlich eine Liebe, die dir guttut.«

Daphne nickte glücklich. »Ja, das tut sie. Ich hoffe, das kann ich bald auch von deiner Henny sagen«, neckte sie ihn.

David lächelte. »Du wirst sie in den nächsten Tagen kennenlernen. Sie studiert hier in Perth. Die Veterinärmedizinische Fakultät hat eine lange Tradition und einen sehr guten Ruf.«

»Also wieder eine Frau, die dir nachfolgt?«, fuhr Daphne mit der Neckerei fort.

David lachte. »Nein, dass ich hier in Australien arbeite, ist mehr Zufall. Der Melbourner Zoo wird gerade aufwendig renoviert, und ich bin sehr froh, dass ich daran mitwirken darf. Nebenbei bemerkt liegen Perth und Melbourne über zweitausend Meilen voneinander entfernt.

»Ich hatte vergessen, wie groß das Land ist«, murmelte Daphne. »Genau wie Afrika ... Die Entfernungen sind gewaltig. Aber warum ist Henny nicht in Auckland geblieben?«

»Sie hat's überlegt, aber Nellie hat ihr zu Perth geraten. Hier kann sie im Zoo hospitieren. Außerdem hätte sie sich verpflichtet gefühlt, zu Hause zu wohnen. Auch wenn sie nun nicht mehr darauf fixiert ist, Epona Station eines Tages zu übernehmen, wäre es vielleicht nicht so klug, jeden Tag zuzusehen, wie sich Mias und Julius' Enkel Noah dort einarbeitet. Zumal der sich mit dem Gedanken trägt zu heiraten. Eine frühere Freundin von Henny und zuletzt Rivalin. Sie hat wohl ein Pferd bekommen, das Henny gern gehabt hätte. Und wenn sie Noah heiratet, wird das Gestüt auch ihr gehören.«

»Na ja, Henny bekommt dich.« Daphne lachte. »Da soll sie sich wegen der paar Pferde nicht grämen.«

David seufzte. »Sie grämt sich wohl eher wegen ihrer kleinen Schwester in Boston. Henny macht sich ständig Sorgen.«

»Ist sie denn nicht in Kontakt mit ihnen?«, erkundigte sich Daphne. »Ging das im Bösen auseinander?«

David verneinte. »Sie stehen in Briefkontakt«, erklärte er. »Aber Audrey ist erst fünf Jahre alt, sie kann noch keine Briefe schreiben. Grit erzählt nur von ihren Auftritten und Konzerten. Lediglich Vincent berichtet mitunter von der Kleinen. Es ginge ihr gut, meint er. Sie hat eine Kinderfrau, die wohl sehr mütterlich ist.«

»Vielleicht solltet ihr euch mal mit der in Verbindung setzen«, regte Daphne an.

David seufzte erneut. »Sie ist Mexikanerin. Englisch schreiben kann sie nicht. Ich hoffe, sie spricht es wenigstens …«

Daphne nickte. »Ich erwärme mich immer mehr für die internationale Gebärdensprache«, bemerkte sie. »Und ich freue mich auf die Arbeit mit den Äffchen. Wenn Zukie und Zuno demnächst ›sprechen‹, werde ich berühmt!«

Kapitel 5

Henny erschien gleich am folgenden Tag in Perth und konnte sich vor Aufregung kaum halten.

»Gestern hattet ihr Familientag, da wollte ich nicht stören«, erklärte sie, nachdem sie zunächst David zärtlich begrüßt hatte. Daphne war beeindruckt, wie sanft und liebevoll die beiden miteinander umgingen. Evangelina hatte ihren Bruder stets vereinnahmt wie ein Wirbelsturm, der alles mit sich riss. Sobald sie zusammen gewesen waren, hatte man ihn nur noch als Mann an ihrer Seite wahrgenommen. Mit Henny war es wie eine Art Tanz. Die beiden waren ein gleichberechtigtes Paar, dachten und bewegten sich fast synchron, aber ihnen schien bewusst zu sein, dass die Musik jederzeit enden konnte. Sie würden gut aufeinander aufpassen. »Aber heute konnte ich nicht länger warten«, sprach Henny weiter, während Lily an ihr hochsprang. »Du musst Lily sein«, sagte sie und streichelte die Hündin. »Und wo sind die Äffchen?«

»Möchtest du nicht zuerst mal meine Schwester und ihren Freund kennenlernen?«, fragte David und stellte Daphne und Josua vor.

Henny biss sich entschuldigend auf die Lippen. Daphne fiel auf, wie jung sie noch war. »Tut mir leid«, sagte sie jetzt zerknirscht. »Ich bemerke die Tiere immer zuerst. Eine schlechte Angewohnheit.«

»Das liegt daran, dass Menschen zur Begrüßung seltener an dir hochspringen«, bemerkte Daphne und rief ihre aufgeregte Hündin zur Ordnung.

Als alle darüber lachten, war das Eis gebrochen, und Daphne

erläuterte Henny, dass sie gerade anfingen, die Äffchen an kurzzeitiges Alleinsein zu gewöhnen. Die zwei sollten ihren Mittagsschlaf in einem großen Käfig in Daphnes Zimmer halten, der natürlich ein gemütliches Körbchen und Spielzeug enthielt.

»Wahrscheinlich werden sie die ganze Einrichtung auseinandernehmen«, sorgte sich Daphne. In Afrika waren ihr manchmal Bonobos ins Lager gefolgt, und wenn man sie nicht erwischte und mit Bananen reich beschenkt in den Wald zurückschickte, wurde alles, was herumstand oder -lag, zum Opfer ihres Entdeckungsdrangs. »Aber sie müssen ein bisschen von uns entwöhnt werden. Affenmütter schleppen ihre Kinder zwar jahrelang mit sich herum, das verträgt sich allerdings nicht mit Arbeit und Studium«, fuhr Daphne fort. »Sie sind ja zu zweit und können sich miteinander beschäftigen.«

Kurze Zeit später hatten sie die Bonobos aus ihrem Käfig befreit, und Zukie ließ sich von Henny kitzeln, während Zuno sich an Daphne klammerte und erst mal über das Trauma der kurzen Trennung hinweggetröstet werden musste.

Henny kam mit einer Neuigkeit in Bezug auf Daphnes Projekt mit den Äffchen heraus. »Ich kenne ein Mädchen, das die Gebärdensprache beherrscht«, verkündete sie. »Julia studiert Anglistik und Linguistik, und ihre Eltern sind beide stark hörbeeinträchtigt. Sie hat mich in der Bibliothek angesprochen, als ich mir ein Buch zur Gebärdensprache auslieh, weil mich das Thema interessiert, seit David mir von deinem Projekt erzählt hat. Und sie findet das mit den Bonobos unglaublich spannend …«

»Du erzählst das jetzt aber nicht jedem?«, fragte Daphne besorgt. »Es ist ja vorerst nur eine Idee. Wenn es nicht klappt, machen wir uns lächerlich.«

Henny schüttelte den Kopf. »Natürlich nicht. Aber Julia … sie ist doch die ideale Partnerin für dich! Denk mal, Linguistik! Sie geht das von einer anderen Warte an, ihr könntet letztlich beide dazu publizieren. Und wie gesagt, sie beherrscht Gebärdensprache fließend und würde sie uns beibringen.«

»Da hat sie recht«, meinte Josua. »Das hat Maria gestern schon gesagt. Es reicht nicht, dass Zukie in irgendeiner Zeichensprache nur mit uns kommuniziert. Nur wenn jeder, der Gebärdensprache versteht, für Skeptiker übersetzen kann, wirst du die Wissenschaft überzeugen.«

Daphne stimmte schließlich zu, und Julia wurde eingeladen, an ihrem Projekt teilzunehmen.

»Über eine Vergütung als studentische Hilfskraft können wir aber erst reden, wenn ich Geldgeber gefunden habe«, erläuterte sie der lebhaften, blonden, jungen Frau, die sich gleich in den nächsten Tagen vorstellte.

Julia war klein und etwas mollig, hatte auffallend grüne Augen und erregte sofort die Aufmerksamkeit der kleinen Zukie. Das Bonobojunge wollte ihr Haar anfassen, und Julia löste sofort eine Strähne, hielt sie ihr hin und signalisierte »blond«. Dann zeigte sie auf Daphnes Kopf und machte das Zeichen für »dunkel«. Sie sprach die Worte dabei auch aus.

Zukie verstand das natürlich noch nicht, doch sie war hochinteressiert. Zuno verfolgte das Kennenlernen ebenfalls, allerdings aus sicherem Abstand von Daphnes Armen aus.

Julia schüttelte lachend den Kopf. »Dafür will ich kein Geld haben, Dr. Lemberger! Schauen Sie, wenn das klappt, dann schreiben wir Geschichte. Ich würde sogar dafür zahlen, um dabei sein zu dürfen!«

Die Tragweite einer solchen Studie wäre wirklich enorm, schrieb Louis Leakey. *Sie würde den Blick des Menschen auf Primaten – auf Tiere überhaupt – völlig verändern. Schon die Erkenntnis, dass Menschenaffen Werkzeuge verwenden, das hat inzwischen Jane Goodall nachgewiesen, wie du sicher gehört hast, hat so manche Theorie darüber, was den Menschen vom Tier unterscheidet, infrage gestellt. Wenn sich jetzt noch ein Bewusstsein für zwischenartliche Kommunikation nachweisen ließe, würde die Welt eine andere.*

Henny, die sich gerade an den Gebärden zur Bezeichnung verschiedener Farben versuchte, schüttelte verständnislos den Kopf. »Wieso würde die Welt sich ändern, nur weil ein Affe kommuniziert? Es gibt doch schon ewig zwischenartliche Zeichensprache, etwa unter Reitern und Pferden. Auch Hunde verstehen ihre Menschen, und umgekehrt.«

Sie lächelte Lily zu, die sie längst ins Herz geschlossen hatte. Einen eigenen Hund hatte sie zurzeit nicht, im Studentenwohnheim waren keine Haustiere erlaubt, und sie hörte zu ihrem Bedauern auch nichts von Skylos.

Lily lag in ihrem Korb und verfolgte die Unterrichtsstunde genauso interessiert wie die Affenjungen. Julia hatte vorgeschlagen, Zukie und Zuno zusehen zu lassen, wenn sie Daphne, Henny, Maria und Josua in Gebärdensprache unterrichtete. Die aufgeweckte Zukie machte manchmal spontan mit.

»Mit Hunden und Pferden zu kommunizieren, gilt als Dressur«, erklärte Julia. »Dass man Tieren etwas beibringen kann, ist ja längst belegt.«

»Aber man gesteht ihnen kein Ich-Bewusstsein zu und keine Persönlichkeit«, sagte Daphne. »Zumindest die Wissenschaft tut das nicht. Die muss durch standardisierte Versuche überzeugt werden. Man denke an die Mutterliebe ...« Sie war immer noch nicht über ihre Zeit bei Harlow hinweg.

Gleich zu Beginn des neuen Semesters stellten sich Daphne und Josua in der Universität von Perth vor und erlebten, dass sich ihre Pläne erstaunlich leicht realisieren ließen. Josua wurde zum Studium der Psychologie und Anthropologie zugelassen, und Professor Whitney, der Jahre zuvor Daphnes Doktorarbeit betreut hatte, hörte interessiert von ihren Abenteuern der letzten Jahre. Von der Idee ihrer Studie mit den Affenjungen war er fasziniert, stieß aber auf wenig Bereitschaft der Fakultätsleitung, sie wissenschaftlich zu begleiten oder gar finanziell zu unterstützen. Um an Zuschüsse zu kommen, wandte er sich sogar an das Linguistische Institut, aber auch dort nahm man den Ansatz, mit Affen zu kommunizieren, nicht ernst.

»Egal, dann muss es halt so gehen«, sagte Daphne bestimmt und freute sich über ein kleines Gehalt als stellvertretende Zootierärztin.

Vielleicht konnte sie später, wenn sich ihre Eltern zur Ruhe setzten, die Stelle ihrer Mutter ganz übernehmen. David – inzwischen wieder in Melbourne – hatte die Idee, zwei Räume im Affenhaus zu einer kleinen Primatenforschungsstation umzufunktionieren, deren Betreuung pro forma Professor Leakey übernahm. Für den Zoo brachte das eine gute Presse, und die Leute erschienen in Scharen, um die Bonobokinder zu sehen. Es war etwas kompliziert, Besucher zuzulassen, ohne die Äffchen zu irritieren, doch David ließ einen schalldichten Raum mit einer Scheibe installieren, durch die die Besucher und Besucherinnen den Kleinen beim Spielen oder bei der Fütterung zusehen konnten, ohne dass diese sie von der anderen Seite aus sahen. Den Sprachkurs für die Affenjungen hielt die Zooleitung allerdings geheim.

Daphne und ihre Beobachtungen im Kongo wurden ebenso häufig in der Presse erwähnt wie Jane Goodalls Veröffentlichungen über Schimpansen. Die Universität verlieh ihr eine außerordentliche Dozentur, und sie hielt Vorlesungen über ihre Feldstudien sowie das Verhalten der Bonobos.

Auch Josuas Erfahrungen als Politikwissenschaftler im nach wie vor umkämpften Kongo und sein allgemeines Wissen über weiße Kolonialherrschaft in Afrika fanden das Interesse seiner Fakultät. Leakeys Befürchtung, man würde ihn seiner Hautfarbe wegen ablehnen, bewahrheitete sich zumindest im akademischen Bereich nicht. Josua galt bald als gefragter Spezialist für den Schwarzen Kontinent und wurde so oft als Gastredner von anderen Universitäten angefragt, dass seine eigenen Studien schon zu kurz kamen.

So verging das erste Jahr von Zukies und Zunos Ausbildung, und Daphne war mitunter selbst verblüfft darüber, wie aufgeweckt sich ihre Bonobokinder zeigten. Zukie konnte ihre Wünsche und Befindlichkeiten sehr bald in Gebärdensprache ausdrücken, sie zog offenbar eigene Schlüsse aus dem Gelernten. Daphne war zu Tränen gerührt, als sie ihr anhand eines Zebras samt Fohlen sowie einer Gazelle und ihrem Jungen die Begriffe »Mutter« und »Kind« begreiflich machen wollte. Als sie die Kleine am Abend in ihren Käfig brachte, machte Zukie das Zeichen für »Mutter« und deutete auf Daphne. Als »Kind« bezeichnete sie Zuno und sich selbst. Der Begriff »Vater« war kaum zu vermitteln. Bonobos lebten schließlich nicht in Kleinfamilien, und das Elternprinzip war ihr fremd.

»Das kriegen wir auch noch hin«, meinte Daphne optimistisch, um Josua zu trösten, dem bislang noch kein Titel verliehen worden war.

Für die Vornamen ihrer Pfleger gab es Zeichen, und bislang sprachen die Äffchen ihn einfach mit »Josua« an. Josua war nicht beleidigt – kam aber nichtsdestotrotz strahlend nach einem Besuch bei den Kleinen aus dem Affenhaus.

»Mich nannte sie heute ›Mutter‹«, berichtete er. »Und als ich fragte: ›Mutter?‹, bedeutete sie mir ›tragen‹ und ›essen geben‹ und ›liebhaben‹. Ist das nicht unglaublich?«

Zuno war nach wie vor wesentlich zurückhaltender als seine Freundin, obwohl Daphne ihn eigentlich nicht für weniger intelligent hielt. Sie beobachtete oft, dass er die Zeichen, die Zukie gleich verwendete, nachdem sie ihren Inhalt verstanden hatte, übte, wenn die Äffchen allein waren, und Zukie brachte ihm ihrerseits Gesten bei. Beide entwickelten sich hervorragend, Professor Whitney, der gelegentlich vorbeikam und ihnen Kekse mitbrachte, war äußerst beeindruckt.

»Zukie nennt Sie übrigens ›Keks‹, wenn sie von Ihnen ›spricht‹«, berichtete ihm Daphne lachend. »Zuerst dachte ich, sie fragt, wann es wieder mal Kekse gibt, aber dann wollte sie ein Spiel spielen, das sie beim letzten Besuch mit Ihnen gespielt hat, und forderte ›Keksspiel‹. Und sie lernt Worte für Befindlichkeiten wie ›langweilig‹ oder ›Zuno traurig‹. Er hat immer noch Anfälle von Melancholie und Albträume. Dann tröstet sie ihn.«

Auch für menschliche Stimmungen hatten die Bonobos ein feines Gespür. Beide kuschelten sich an Henny, als diese zu einer Unterrichtsstunde mit Julia, Daphne und Maria kam und einen Brief aus Boston mitbrachte. Josua war unterwegs – er beriet inzwischen auch die australische Regierung in afrikanischen Angelegenheiten. Erneut vernachlässigte er zwangsläufig sein Studium, um Anfragen nachzukommen. David, den Henny jetzt sicher am liebsten um sich gehabt hätte, war in Melbourne und kam nur alle paar Wochen zu einem Besuch nach Perth.

»Ein Brief von deiner Mutter?«, fragte Daphne und übersetzte das Gesagte in Gebärdensprache, wie Julia das von ihren mittlerweile fortgeschrittenen Schülerinnen forderte.

»Von Grit«, antwortete Henny. »Und nein, es sind keine schlechten Nachrichten …«

Sie öffnete den Umschlag, aus dem ein paar Fotos fielen, entfaltete den Briefbogen und las vor. »*Audrey hatte kürzlich ihr erstes Konzert mit dem Schulorchester und hat es sehr gut gemacht. Beim nächsten Mal wird sie ein Solo spielen. Ich hätte natürlich gern zugesehen, hätte man ihr diesmal schon ein Solo anvertraut, doch sie ist ein wenig schüchtern und litt unter Lampenfieber, und so meinte Vincent, wir sollten erst mal davon Abstand nehmen …*«

»Komische Formulierung«, bemerkte Julia. »Bestimmen denn da die Eltern, was das Kind spielt?« Sie hatte eines der Fotos aufgehoben. Es zeigte Kinder in verschiedenem Alter, die gemeinsam musizierten. »Ist das eine Musikschule?«

»Glaub ich nicht«, sagte Henny. »Bisher haben sie immer geschrieben, Audrey habe Privatunterricht.«

Daphne sah sich ein weiteres Foto an. »Das ist wahrscheinlich das Schulorchester. Hat jede bessere Privatschule. Da werden die Schüler angeregt, ein Instrument zu lernen. Und jeder, der Lust hat, darf mitmachen.« Sie lachte und wandte sich an ihre Mutter. »Weißt du noch, Mama? Als David und ich in Auckland in der Schule waren, bevor wir nach Australien zum Zirkus gingen? Da waren wir auch dabei. Ich mit der Blockflöte und David am Klavier …«

Ihre Mutter runzelte die Stirn. »Ich hab mich beschwert, weil das Niveau des Orchesters so schlecht war«, erinnerte sie sich. »Und die Musiklehrerin meinte, es ginge hier nicht um Musik, sondern um Motivation. Das Selbstbewusstsein der Schüler sollte gestärkt werden.« Ihr Ausdruck verriet, was sie davon hielt.

Daphne und Julia lachten. Henny blickte besorgt.

»Welches Kind ist denn deine Schwester?«, fragte Daphne und suchte nach Ähnlichkeiten, doch die kleinen Geigerinnen auf dem Polaroidfarbfoto sahen ihrer Freundin nicht ähnlich.

Henny zeigte auf ein Mädchen mit braunem Haar in der zweiten Reihe, das sich hinter den anderen versteckte. Von selbstbewusstem Auftreten war Audrey weit entfernt.

»Grit war ganz anders«, bemerkte Maria. Auch ihr schien der eher ängstliche Ausdruck im Gesicht der kleinen Audrey aufzufallen. »Sie spielte schon damals mit Leidenschaft. Zu viel Leidenschaft. Als ich sie unterrichtet habe, musste ich sie ständig ermahnen, die Noten vom Blatt zu spielen und sich keine Improvisationen einfallen zu lassen. Sie hatte niemals Angst. In so einem Orchester hätte sie selbstverständlich ein Solo gespielt.«

»Die Kleine sieht aber gut aus«, tröstete Julia.

»Sie sieht unglücklich aus …« Henny seufzte. »Trotzdem muss sie gut spielen. Sonst wäre Grit nicht so stolz auf sie.«

»Vielleicht ist es wirklich nur das Lampenfieber«, tröstete Daphne. »Als Tochter zweier Berufsmusiker steht sie sicher ziemlich unter Druck.«

Julia schien das zu bezweifeln. »Na ja, das mit dem Stolz ist bei Eltern so eine Sache«, bemerkte sie. »Ich hab mal auf einer Schulfeier ein Lied gesungen, und Mom und Dad konnten sich gar nicht darüber einkriegen, wie großartig ich das gemacht habe. Dabei sind sie beide praktisch taub …«

Im folgenden Jahr erhielt Henny dann auch erste kurze Briefe von Audrey selbst, doch sie hegte den Verdacht, dass ihre Schwester nicht von allein auf die Idee gekommen war, sie zu kontaktieren. Audrey schrieb fehlerfrei und in Schönschrift, was kaum zu einem Kind im zweiten oder dritten Schuljahr passen wollte, und die Texte waren weitgehend nichtssagend.

Liebe Henny,

wie geht es Dir? Mir geht es gut. Skylos geht es auch gut. Ich übe Klavier und Geige, und beim letzten Schulkonzert habe ich ein Solo gespielt. Ich gehe gern zur Schule. Einmal in der Woche darf ich reiten. Das macht mir viel Spaß.

Viele Grüße, Deine Audrey

»So schreibt doch kein kleines Mädchen«, klagte Henny ihren Freundinnen vom Projekt Bonobos ihr Leid. »Man erwartet eher, den Namen des Lieblingspferdes zu erfahren oder das Lieblingsfach in der Schule oder so. Es klingt fast, als hätte man es ihr diktiert, so oft, bis sie es fehlerfrei aufs Papier bekam.«

»In dem Alter darf man doch noch Fehler machen«, meinte Julia.

Fehler schlecht, signalisierte Zukie mit Gesten.

Alle lachten. Das Bonobomädchen beherrschte inzwischen gut zweihundert Zeichen der Gebärdensprache, die es beliebig kombinierte. Es verstand noch deutlich mehr sowie viele gesprochene Worte. Daphne unterhielt sich oft mit ihr, indem sie Englisch sprach und Zukie in Gebärdensprache antwortete. Wie viele Zeichen Zuno genau beherrschte, wussten die Trainerinnen nicht. Er nutzte meist Zukie als Vermittlerin, wenn er etwas mitteilen wollte, und »sprach« allenfalls mit Daphne oder mit ihrer Mutter. An den Treffen der Gruppe, die nicht mehr in erster Linie dem Unterricht in Gebärdensprache, sondern allgemeinen Besprechungen zum Fortgang des Projekts dienten, nahm er nur dahingehend teil, dass er in einer Ecke spielte. Zukie dagegen versuchte zu folgen, sosehr das meiste auch über ihren Horizont ging. Sie meldete sich immer mal wieder »zu Wort«, ob es passte oder nicht.

Nun überlegten sie, wann man Zukie der Öffentlichkeit vorstellen sollte. Julia hatte mit ihrer Abschlussarbeit begonnen und wollte sie spätestens in einem Jahr abgeben. Darin ging es um die linguistischen Aspekte der Arbeit mit Zukie – über die sprachlichen Fähigkeiten des Bonobomädchens sollten die Prüfer zu der Zeit schon informiert sein. Julia drängte also darauf, zumindest einen Zwischenbericht zu veröffentlichen, während Daphne fand, dass Zukie einfach noch zu jung war, um mit der damit verbundenen Aufmerksamkeit fertigzuwerden. Henny schlug vor, zunächst nur mit Filmaufnahmen an die Öffentlichkeit zu gehen.

»Aber wird man es nicht gegen uns auslegen, wenn wir keine direkten ›Interviews‹ mit Zukie zulassen?«, fragte Daphne. »Bestimmt gibt es Leute, die Filme für eine Fälschung halten.«

»Wie soll man da denn fälschen?«, erkundigte sich Henny. »Wenn es ein Trickfilm wäre, würde das doch jeder erkennen. Die Interviews könntest du geben, Daphne. Oder Professor Whitney.«

Der Anthropologe nahm immer noch regen Anteil an Zukies Entwicklung. Er beteiligte sich nur nicht direkt an dem Projekt. Daphne und ihre Helfer, so seine Begründung, sollten den Ruhm allein einheimsen. »Und natürlich habe ich auch gedacht, dass Mr. Ngongo seine Abschlussarbeit darüber schreibt«, hatte er kürzlich mit leisem Bedauern gemeint. »Aber den sieht man ja kaum noch in den Veranstaltungen.«

Das war richtig. Wenn Josua in Perth war, verbrachte er seine knappe Zeit lieber mit Daphne, ihrer Familie und den Tieren, statt Vorlesungen zu besuchen. Auch ihm tat das leid, doch seine Arbeit als Dozent und als Kommentator zu den Vorgängen in Afrika war einfach zu wichtig, um darauf zu verzichten. Es gab kaum einen anderen Politikwissenschaftler, der so tiefe Einblicke in die Strukturen von Unabhängigkeitsbestrebungen und -realisierungen sowie das Denken und Handeln der Menschen, die in den ehemaligen Kolonien die Macht übernahmen, vermitteln konnte. Josua konnte sich vor Interviewanfragen von Rundfunk- und Fernsehsendern, Zeitungen und Zeitschriften kaum retten. Für Daphne war das ein Vorgeschmack auf das, was ihr bevorstand, wenn sie Zukie der Öffentlichkeit vorstellte. Sie sehnte sich nicht danach.

Dann geschah jedoch etwas, das ihr die Sache aus der Hand nahm. Zukie war gerade vier Jahre alt geworden, und es war ein schöner Sommertag. Daphne machte mit ihr einen Spaziergang durch den Zoo, eigentlich, um ihr die Zeichen für weitere Tierarten beizubringen, doch Zukie hatte keine Lust zum Lernen. Lieber turnte sie an den Spielgeräten herum, die für Kinder aufgestellt waren. Als sie den Eismann erblickte, bestürmte sie Daphne mit den entsprechenden Gebärden, ihr ein Eis zu kaufen.

In dem Moment kam Daphnes Mutter mit einer jungen Reporterin auf sie zu, die auf Probe für eine örtliche Tageszeitung arbeitete. Elizabeth Benning, die gebeten hatte, sie Liz zu nennen, wollte einen Artikel über das kommende Sommerfest schreiben. Auch über die Jungtiere im Zoo, die stets für mehr Besucher sorgten, wenn sie in den Zeitungen erwähnt wurden. Daphnes Mutter hatte Liz auf einen Rundgang durch den Zoo mitgenommen, obwohl sie es nicht mochte, Journalisten herumzuführen – gewöhnlich fiel die Betreuung der Presse in den Zuständigkeitsbereich ihres Vaters. Der befand sich allerdings auf einer Tagung zum Thema Zoogestaltung in Sydney, wo er auch David treffen würde. Jetzt winkte Liz Daphne fröhlich zu. Die junge Frau war sympathisch, hinter ihrer Brille lugten kluge, braune Augen hervor.

Zukie bat gerade erneut um ein Eis, obwohl Daphne sie aufforderte, still zu halten.

»Was macht denn der Schimpanse da?«, erkundigte sich die Reporterin. »Der fuchtelt ja so seltsam in der Luft herum. Sieht fast aus …«

»Das ist ein Bonobo, Liz«, korrigierte Daphnes Mutter,

»Macht der Zeichen?«, fragte Liz.

»Es ist ein Mädchen«, sagte Maria. »Es heißt Zukie.«

Die Reporterin bemühte sich erkennbar um Geduld. »Und macht Zukie da Zeichen?«, wiederholte sie ihre Frage.

Daphne vertröstete ihre Schülerin, doch Zukie ließ nicht locker. *Ich will Eis!*, gebärdete sie. So genau tat sie das nur, wenn es ihr ernst war. Ansonsten beschränkte sie sich gern auf Kurzformen wie *Ich Eis* oder *Zukie Eis*.

Daphne versuchte, zum Eismann zu fliehen, bevor Liz zu viel davon mitbekam, wie Zukie kommunizierte. Der Eismann machte diese Bemühungen allerdings zunichte.

»Hallo, Zukie!«, grüßte er schon von Weitem und gebärdete entsprechend. Das Bonobomädchen war sein erklärter Liebling.

Hallo, Eismann!, bedeutete Zukie ihm und wiederholte *Ich will Eis!*

»Vanille oder Schokolade?«, erkundigte sich der Verkäufer. Die Zeichen für Zukies und Zunos liebste Eissorten kannte er auch schon.

Vanille, gebärdete Zukie.

Der Eismann zog die entsprechende Packung aus der Kühlbox.

Für Liz gab es jetzt kein Halten mehr. »Sagen Sie, ist das Taubstummensprache?«, fragte sie aufgeregt. »Es sieht fast so aus. Aber das ist ein Affe!«

Daphne seufzte leise. »Man nennt es Gebärdensprache«, sagte sie. »Und ja, Zukie kann ein paar Zeichen …«

Der Versuch, das herunterzuspielen, scheiterte an Zukie. Das

Affenmädchen schien Liz nett zu finden und war jetzt, da es sein Eis hatte, auch aufgeräumter Stimmung.

Ich heiße Zukie, gebärdete sie. *Wie heißt du?*

»Damit wäre die Katze dann ja wohl aus dem Sack«, meinte Daphne am Abend.

Sie hatte Julia und Henny zu einer Dringlichkeitssitzung zusammengerufen. Josua war ebenfalls gerade in Perth.

Ihre Mutter machte sich Vorwürfe: »Ich hab euch nicht kommen sehen. Hab mich nur auf die Reporterin konzentriert …«

»Na ja, es muss nicht allzu schlimm werden«, hoffte Henny. »Diese Liz Benning ist ja wohl nur Volontärin. Wer weiß, ob ihr jemand glaubt …«

Josua lachte. »Das lässt sich der Chefredakteur nicht entgehen!«, meinte er. »Widerrufen kann er es immer noch. Wir dagegen können nicht mehr zurück. Es hilft nichts, Daphne. Du musst deinen ersten Artikel für *Nature* schreiben oder für *National Geographic*. Filmaufnahmen und Fotos habt ihr ja. Also ab ins kalte Wasser! Zukie muss zeigen, dass sie schwimmen kann.«

Sensation im Zoo von Perth! Kann dieser Affe sprechen? Ein Bericht von Elizabeth Benning, las Daphne.

Der Artikel über Liz Bennings Beobachtungen erschien einen Tag später in einer der Tageszeitungen von Perth. Gleich am Nachmittag hagelte es Interviewnachfragen, unter anderem von der *Sunday Times*. Eine Woche später rief die *Canberra Times* an, kurz darauf der *Timaru Herald* aus Neuseeland.

Daphne gab schließlich dem Druck nach und lud die Reporterin zu einem Gespräch mit Zukie ein. »Soll sie den Ruhm ernten, wenn sie den Stein schon losgestoßen hat«, meinte sie. »Und Zukie mochte sie. Insofern wird es für sie bestimmt ein Spaß.«

»Sie scheint dem Artikel nach ja auch ganz nett zu sein«, sagte Julia. »Wenn sie klug ist, bringt sie Zukie ein Eis mit.«

Interview mit einem Primaten – von Elizabeth Benning

Zukie, ein vierjähriges Bonobomädchen, geboren im Regenwald des Kongos, begrüßt mich mit einem hinreißenden Schimpansenlächeln. Auf den ersten Blick sind Bonobos von ihren besser bekannten Verwandten nicht zu unterscheiden, allerdings berichten Forscher von abweichendem Sozial- und Fressverhalten. Also beginne ich die Fragerunde, die mir die Tierärztin Dr. Daphne Lemberger, die Pflegemutter der Kleinen, freundlicherweise zugestanden hat, mit einer entsprechenden Frage: »Was isst du am liebsten?«

Dr. Lemberger übersetzt im Folgenden meine Fragen für Zukie in Gebärdensprache und deren Antworten für mich. Sie unterrichtet Zukie und Zuno – einen fast gleichaltrigen Bonobojungen – seit einiger Zeit in dieser international standardisierten Zeichensprache.

Zukie grinst über das ganze Gesicht. *Eis!*, antwortet sie.

»Das ist aber nicht gesund!«, kontere ich.

Zukie gesund, signalisiert die Äffin. *Keine Bauchschmerzen!*

»Aber schlechte Zähne!«, beharre ich. Zukie entblößt daraufhin ihr beeindruckendes und offenbar völlig gesundes Gebiss. Ich muss lachen. »Du hast einen Bruder, Zukie?«, frage ich weiter.

Zukie scheint die Stirn zu runzeln. *Freund*, erwidert sie.

Dr. Lemberger erklärt mir, dass die Tiere nicht Bruder und Schwester sind und dass sie die Hoffnung hat, dass sie später Nachkommen zeugen. Bonobos sind stark vom Aussterben bedroht, und Zuno und Zukie sind nicht blutsverwandt. Die Geschlechtsreife erlangen sie allerdings erst mit neun bis zwölf Jahren.

»Holst du deinen Freund mal?«, bitte ich.

Zuno und Zukie haben den gemütlich eingerichteten Raum in dem kleinen Primatenzentrum des Zoos von Perth gemeinsam mit Dr. Lemberger und der Tiermedizinstudentin Helena Rawlings betreten, doch Zuno hat sich in einer Sofaecke an Helena gekuschelt.

Zukie zieht ihn nun energisch ins Rampenlicht. Sie umarmt ihn und küsst ihn – wie ein Menschenkind, das einem anderen Mut machen und Trost geben will.

Zuno Angst, erklärt sie mir dann in Zeichensprache und drückt ihre Einfühlsamkeit damit aus.

Ich versuche es mit einer Frage, die größere Abstrahierung verlangt: »Was isst Zuno denn am liebsten?«

Die Antwort kommt prompt. *Bananen!*

Und jetzt regt sich auch der schüchterne kleine Affe.

Hast du Bananen, signalisiert Zuno.

Er beginnt zufrieden, eine Banane zu schälen, die Dr. Lemberger ihm gibt.

Zukie scheint sich lieber weiter unterhalten zu wollen.

»Hast du ein Lieblingstier?«, frage ich sie.

Zukie überlegt. *Pferd. Reiten,* gebärdet sie, begleitet von entsprechenden Körperbewegungen.

»Hier im Zoo sind viele Tiere.« Ich zeige ihr eine Tafel, die ich vorbereitet habe, und sie benennt ohne Zögern Tiger und Elefanten, Zebras und Gazellen. Eine Ente bezeichnet sie mit Vogel und verzieht dabei das Gesicht. »Magst du keine Vögel?«, frage ich.

Zukie schaut grimmig, und Dr. Lemberger lächelt, als sie die empörte Antwort des Äffchens übersetzt: *Nein. Kaka auf den Kopf.*

Die Tierärztin erklärt mir, dass der Zoo eine Freiflughalle besitzt, und bei einem Besuch mit Zukie ist ihr wohl Vogeldreck auf den Kopf gefallen. An das Missfallen darüber erinnert sie sich noch deutlich.

Ich stelle ein paar weitere Fragen, die beweisen, dass Zukie Farben unterscheiden kann und die Wörter für Teller, Tasse, Messer und Löffel kennt. Sie verrät mir, dass ihr Lieblingsspiel draußen Schaukeln ist und drinnen Puzzeln. Vergnügt setzt sie für mich ein einfaches Kinderpuzzle zusammen, und als ich es ebenfalls versuche und dabei einen Fehler mache, signalisiert sie »falsch«. Mit offensichtlicher Schadenfreude.

Beim Umgang mit Zukie und Zuno hat man das Gefühl, mit aufgeweckten, vielleicht dreijährigen Menschenkindern zusammen zu sein. Zukie versprüht Charme, Zuno wirkt nachdenklicher. Laut Dr. Lemberger hat er das Trauma nach wie vor nicht verarbeitet, infolgedessen die Affenjungen in ihre Obhut kamen. Während des Bürgerkriegs im Kongo wurden alle anderen Bonobos ihrer Gruppe brutal getötet. Es bleibt zu hoffen, dass die Regierung des afrikanischen Landes in Zukunft verhindert, dass diese sympathischen, intelligenten Tiere weiter ausgerottet werden.

Was Zukie und Zuno angeht, so beginnt mit ihnen sicher ein neues Kapitel im Verhältnis zwischen Mensch und Tier. Zum ersten Mal ist ein anderes Lebewesen fähig, sich so umfangreich mit Gesten auszudrücken, ein Meilenstein in der Forschung. Noch sind Zukie und Zuno klein – wie Menschenkinder interessieren sie sich mehr für Spiele und Leckereien als für grundsätzlichere Fragen des Lebens. Doch was werden sie uns später zu sagen haben, wenn sie herangewachsen sind? Werden wir Einblicke in ein Denken bekommen, das von unserem abweicht? Werden sie Ansichten äußern über Leben und Tod, Krieg und Frieden? Werden wir Antworten auf Fragen erhalten, die wir heute noch nicht zu stellen wagen?

Ich verlasse Zukie und Zuno sowie ihre Trainerin, die beide »Mutter« nennen, mit sehr viel Freude und Hoffnung im Herzen. Wir werden sicher noch viel von ihnen hören.

»Ist doch eigentlich ein schöner Artikel«, meinte Henny.

Die Mitglieder des Bonoboteams hatten sich zum gemeinsamen Lesen und Auswerten des Textes versammelt, nachdem sie den Artikel natürlich alle schon beim Erscheinen der Zeitung verschlungen hatten.

»Wissenschaftlich nicht korrekt«, urteilte Maria. »Sie vermenschlicht und stellt unhaltbare Hypothesen auf.«

»Es ist ja keine Fachzeitschrift«, wandte Julia ein. »Der Text soll unterhaltend informieren, und das macht er. Liz Benning hat einen netten Schreibstil.«

Daphne nickte. »Sie war auch sehr nett, ich mochte es, wie sie an die Sache heranging. Spielerisch, nicht wie bei einer Prüfung. Sogar Zuno ist ein bisschen aus sich rausgegangen. Trotzdem wird man uns die mangelnde Wissenschaftlichkeit vorwerfen. Ich wette, der Text fliegt uns noch mal um die Ohren. Immerhin sind meine Artikel jetzt abgeschickt. *Nature* und *Science* waren sehr interessiert. Und deine Arbeit, Julia?«

»Abgegeben!« Julia strahlte. Mit ihrer Masterarbeit endete für sie das Studium. Sie plante allerdings, noch mindestens einen Sommer lang mit Daphne zusammenzuarbeiten. »Mal sehen, was die Herren Professoren dazu sagen.«

»Warum bist du eigentlich immer so pessimistisch?«, erkundigte sich Henny bei Daphne. »Warum sollten die Wissenschaftler deine Forschung ablehnen?«

»Weil sie infrage stellt, dass der Mensch die Krone der Schöpfung ist«, antwortete Daphnes Vater, der sich diesmal zu ihnen gesellt hatte. Josua war schon wieder unterwegs. »Erst hieß es, den Menschen unterscheide vom Tier, dass er Werkzeuge benutzt. Jane Goodall hat längst nachgewiesen, dass Schimpansen es auch tun. Dann gab es immerhin noch die Sprache, die allein menschlich sein sollte. Und nun kommt ihr mit eurem sprechenden Bonobo. Zukie erklärt, sie habe Gefühle. Liz Benning findet es ganz normal, wenn sie auch mal Meinungen äußert. Die meisten Laien werden das so hinnehmen, die Forschergemeinde behauptet dagegen immer noch, das Tier sei eine Art Maschine, instinktgesteuert und ohne Schmerzempfinden. Maria hat schon recht. Eigentlich sollte alles, was darüber geschrieben wird, wissenschaftlich hieb- und stichfest sein. Deine Artikel entsprechen doch hoffentlich den Ansprüchen, Daphne?«

Daphne nickte. »Trotzdem bin ich überzeugt, dass es Leute gibt, die ein Haar in der Suppe finden. Über den Artikel von Liz mache ich mir keine großen Sorgen. Harry Harlow oder B. F. Skinner sind viel zu borniert, um darauf zu antworten. Aber wartet ab, bis meine Texte erscheinen. Wir sollten vielleicht Zukie darauf vorbereiten, dass man sie irgendwann Tests aussetzen wird. Ich wünschte, sie wäre nicht mehr ganz so jung …«

Elizabeth Benning brachte es in den nächsten Wochen zu einer gewissen Berühmtheit. Dutzende Zeitschriften in Australien und Neuseeland druckten ihren Artikel, vereinzelt gab es sogar Nachfragen aus weiteren Ländern. Es war allerdings durchweg die Klatschpresse, die sich dafür interessierte, seriöse Zeitschriften warteten ab. Erst als Daphnes Beitrag in *Nature* erschien, einer anerkannten wissenschaftlichen Zeitschrift, stand die Welt der Primatenforschung Kopf. Es hagelte Gratulationen – allen voran Professor Leakey –, dazu Interviewanfragen aus aller Welt. Jede größere Zeitschrift wollte über das ungewöhnliche Projekt berichten, man bezeichnete es als Sensation. Die Kritiker ließen sich etwas mehr Zeit, schlugen dann jedoch massiv zurück. Zukie könne keineswegs wirklich kommunizieren, hieß es, es ginge ihr nur darum, Futter und Zuneigung zu erbetteln. Daphne und ihren Mitarbeiterinnen unterstellte man Selbstbetrug, wenn nicht gar Schwindelei. Vorzugsweise nahmen die Kritiker dazu Liz Bennings Artikel auseinander, als hätte es Daphnes seriöse Veröffentlichungen gar nicht gegeben. Man kritisierte die Vermenschlichung der Tiere, die Tatsache, dass kein Übersetzer der Gebärdensprache dabei gewesen wäre, sodass Daphne der naiven Reporterin so ziemlich alles hätte erzählen können. Das Ganze, so erklärte die Forschergemeinde, müsse auf jeden Fall noch einmal unabhängig überprüft werden.

»Dagegen haben wir ja nichts«, meinte Daphne. »Ich würde nur gern wissen, wie das genau aussehen soll.«

Die Vorschläge diverser Primatenlabore, ihnen Zukie zur selbstständigen Prüfung ihrer Fähigkeiten zu überlassen, lehnte Daphne ab. Das sensible Tier brauche seine Bezugspersonen, erklärte sie.

»Die ihm einflüstern, was es zu ›sagen‹ hat«, konterte sofort ein bekannter Kollege. »Und schon wieder haben wir eine Vermenschlichung.«

Sensibilität im Zusammenhang mit Affen hatte er angeblich noch nie beobachtet.

Einige Monate lang tobte der Streit zwischen den Wissenschaftlern. Professor Whitney meldete sich zu Wort und erklärte, er habe das Projekt Bonobo beobachtend begleitet und könne sich dafür verbürgen, dass Zukie und Zuno zu einfacher Kommunikation fähig seien. Er berichtete von seinen Erfahrungen mit ihnen und von dem Namen, den Zukie ihm gegeben hatte. Der Linguist Noam Chomsky hielt dagegen, nur Menschen seien in der Lage, nach im Gehirn verankerten Regeln sinnvolle Wortfolgen zu bilden und damit zu kommunizieren.

Schließlich schlug die *National Geographic* einen unabhängigen Test von Zukies Sprachfähigkeit vor. Die Zeitschrift wollte einen anerkannten Primatenforscher damit betrauen, das Tier in Daphnes Anwesenheit sowie selbstverständlich mithilfe eines Übersetzers in Gebärdensprache zu examinieren.

»Ich weiß nicht … Machen wir das?«, fragte Daphne Josua, nachdem sie das schriftliche Angebot gründlich gelesen hatte. »Wer weiß, wen sie uns da schicken …«

»Wenn du es ablehnst, machst du dich unglaubwürdig«, gab Josua zu bedenken. »Du würdest den Eindruck vermitteln, etwas zu verbergen.«

»Aber was ist mit all den Filmaufnahmen, den Berichten von Whitney, von Leakey … das kann doch nicht weniger Wert haben als die Meinung von irgendeinem Primatenforscher, der seinen Versuchsobjekten womöglich Elektroden ins Hirn pflanzt!« Daphne steigerte sich in ihre Besorgnis hinein, während Josua abgelenkt auf einen ganz anderen Brief starrte.

»Daphne …«, sagte er, nachdem er ihn mehrmals nachdenklich gewendet, dann doch geöffnet und das Schreiben darin gründlich studiert hatte. »Daphne, der Brief hier ist von den Vereinten Nationen. Sie … sie bieten mir eine Stelle an im Stab des Generalsekretärs. In den letzten Jahren hätte ich sie mit meinen Beiträgen zur politischen Lage in Afrika immer wieder beeindruckt, schreiben sie, Sithu U Thant hätte mich gern als Berater.«

Er wirkte erstaunt, fast ehrfürchtig. Daphne nahm an, dass dies eines der höchsten Ämter war, die ein Politikwissenschaftler erreichen konnte.

»Und? Nimmst du an?«, fragte sie.

Er rieb sich die Stirn. »Eigentlich … eigentlich kann man so was gar nicht ablehnen. Es bedeutet, dass man einen enormen Einfluss nehmen kann und die Möglichkeit bekommt, vieles zu verändern. In meinem Land und in der ganzen Welt … Hervorragend bezahlt ist es natürlich auch. Wir … wir müssten dann nur in New York leben.«

Daphne zuckte mit den Schultern. »Für mich wäre das kein Problem«, erklärte sie. »Ich hab schon mal da gelebt, und es hat mir gut gefallen. Zukie und Zuno könnten im Bronx Zoo unterkommen, sie wären dort bestimmt gern gesehen. Vielleicht würde Julia sogar mitkommen und mit weiteren Primaten arbeiten. Sie haben da Gorillas und Orang-Utans …«

Josua blickte sie verstört an. »Aber was ist mit unseren Träumen? Mit meinem Studium? Unserer Heirat …«

Daphne lachte. »Also, Standesämter hat New York sicher mehr als Perth!«

Daphne und Josua planten seit Langem, ihre Beziehung offiziell zu machen, aber irgendwie hatte es immer an Zeit gefehlt.

Josua nickte. »Ja. Aber danach wollten wir zusammen mit Primaten arbeiten oder an Ausgrabungen teilnehmen. Ich hab dich damals so beneidet, als du bei den Leakeys warst. Ab und zu eine Exkursion … ein paar Monate Feldforschung …«

»Überleben unter primitiven Bedingungen können wir ja schon.« Daphne lächelte. »Du musst es nicht gleich entscheiden. Sicher geben sie dir ein bisschen Bedenkzeit …«

»Es könnte auch wieder gefährlich werden ...«, merkte Josua an. »Dag Hammarskjöld starb keines natürlichen Todes. Andererseits ist die Herausforderung unglaublich verlockend. Das ist eine der Schaltstellen der Weltpolitik ...«

Daphne küsste ihn auf die Schläfe. »Wie gesagt, denk drüber nach. Was mich angeht, begleite ich dich gern nach New York und futtere mich durch die Buffets all der fantastischen Empfänge, zu denen wir dort garantiert eingeladen werden. Ich weiß nicht, woher es kommt, aber seit unserer Wanderung durch den Kongo hab ich immer Hunger ...«

»Jetzt teilst du *National Geographic* erst mal mit, dass Zukie gern einen Tester von ihrer Sprachfähigkeit überzeugt«, wechselte Josua das Thema. »Glaub an sie, Liebes. Du weißt, sie steht gern im Mittelpunkt. Sie wird den Mann schon einwickeln, wenn du das nicht ganz allein schaffst. Ich persönlich finde, dass dein Charme den ihren noch übertrifft ...«

Josua nahm sie in die Arme, und sie gaben sich ein paar Minuten lang gegenseitig Trost und Kraft für die Aufgaben, die vor ihnen lagen.

Kurze Zeit später kündigte *National Geographic* ihnen die Ankunft eines amerikanischen Experten an. Daphne begann mit Zukie zu üben – sie musste begreifen, dass dies kein Spaß mehr war.

Josua fuhr zum Flughafen von Perth, um den Primatenexperten abzuholen. Man hatte ihnen nicht gesagt, um wen es sich handelte, aber als er ihn nun kennenlernte, fand er ihn nicht unsympathisch. Er war noch relativ jung, ein äußerst gutaussehender Mann in einem gut sitzenden Anzug, zu dem er eine rote Fliege trug. Josua war froh, sich ebenfalls für nicht allzu legere Kleidung entschieden zu haben. Sein Zweiteiler mit Button-down-Hemd stand dem des Besuchers in Sachen Eleganz nicht nach.

»Dr. Stephen Pentecost«, stellte der Mann sich jetzt vor, nachdem Josua ihn kurz begrüßt hatte. »Ich bin leitender Mitarbeiter von Professor Harry Harlow, University of Wisconsin. *National Geographic* wollte den Professor selbst engagieren, aber das wäre doch etwas zu viel der Ehre für ein so fragwürdiges Projekt.«

Josuas Sympathien für ihn schwanden.

»Sie sollen meines Wissens ein unabhängiger Gutachter sein«, bemerkte er. »Wie können Sie das Projekt dann schon im Vorfeld als fragwürdig bezeichnen?«

Pentecost lächelte überlegen. »Wäre es nicht fragwürdig, brauchte man keinen Gutachter, oder? Wir müssen übrigens noch auf meinen Dolmetscher warten. Er kommt ebenfalls aus den Vereinigten Staaten. Wir wollten schließlich eine Koryphäe auf dem Gebiet.«

Wie hätte auch jemand annehmen können, dass ein Australier oder eine Australierin fähig gewesen wäre, ein paar Worte in Gebärdensprache zu übersetzen! Josua wurde ärgerlich.

»Das wäre nicht nötig gewesen«, sagte er fast etwas ungehalten.

»Sie wollen sich mit Zukie doch wahrscheinlich nicht über Atomphysik unterhalten, oder? Ich fürchte, dazu reichen Ihrer beider Kenntnisse nicht aus.«

Pentecost blitzte ihn an. »Sie stellen mich jetzt nicht auf die gleiche Stufe mit einem Schimpansen?«

»Zukie ist ein Bonobo«, korrigierte Josua. »Diese Affenart ist erheblich friedfertiger als Schimpansen und auch als ihre menschlichen Vettern. Vor allem das Imponiergehabe ist weniger ausgeprägt … Vielleicht würden Sie sich mit einem Schimpansen besser verstehen, aber die haben wir leider nicht zu bieten. Also seien Sie einfach nett. Zukie ist das ebenfalls. Sie ist ein kleines Mädchen. Überfordern Sie es nicht.«

Das Eintreffen des Übersetzers entledigte Pentecost einer Antwort. Julian Ruminian war deutlich älter als der Forscher, wirkte jedoch nicht verbindlicher. Er war verblüfft, als sich Josua als Daphnes Mitarbeiter vorstellte. Zunächst hatte er ihn für den Chauffeur gehalten.

Die Männer wirkten nicht begeistert darüber, dass Josua sie in einem Fahrzeug des Zoos von Perth abholte. Der Pick-up war schlecht gefedert und roch nach Hund und Schlimmerem. Josua grinste in sich hinein, als Pentecost die Nase rümpfte. Nach Verlassen der Tiefgarage versuchte er sich in höflicher Konversation, fragte nach den Forschungen Pentecosts und Ruminians Arbeit. Weder der eine noch der andere gab besonders willig Auskünfte. Oder sie unterhielten sich einfach beide nicht gern auf Augenhöhe mit einem Afrikaner. Josua war nur einmal kurz in den Vereinigten Staaten gewesen – anlässlich der Reise mit Lumumba, doch er hatte gehört, dass es dort große Ressentiments gegen dunkelhäutige Menschen gab. Er hoffte darauf, dass einer der Männer ihn nach seiner Position fragte, und gedachte, mit dem Stellenangebot bei den Vereinten Nationen zu prahlen. Allerdings schien sich keiner von beiden für ihn zu interessieren. Schließlich gab er es auf und chauffierte sie schweigend in Richtung Zoo. Der Weg war zum Glück nicht allzu weit.

Daphne und ihr Team warteten bereits im Primatenhaus. Sie hatten entschieden, sich für den Test nicht besonders herzurichten, um Zukie nicht zu verunsichern. Deshalb trugen sie alle die grünen Zoo-overalls und hatten das Haar entweder geflochten wie Henny oder im Nacken zusammengebunden. Seit dem Kongo-Abenteuer hatte Daphne ihr Haar nicht wieder kürzen lassen. Es fiel ihr inzwischen über den halben Rücken, verstärkte ihre Ähnlichkeit mit ihrer Mutter in jüngeren Jahren und ließ sie weicher wirken.

Jetzt versuchte sie, sich mit belanglosen Dingen zu beschäftigen, um ihre Unruhe zu bekämpfen. Henny und Julia spielten mit Zukie und Zuno. In den letzten Wochen hatten alle versucht, Zukie auf eine Prüfungssituation vorzubereiten, Daphne ging davon aus, dass der Tester hauptsächlich Begriffe abfragen und weniger an einem Gespräch interessiert sein würde, wie die Reporterin es gewesen war. Also hatte sie Zukie an eine Abfolge langweiliger Fragen gewöhnt und ihre Motivation dabei mit Bananenstückchen gehalten. Jetzt ließen die jungen Frauen sie noch mal ihr Lieblingspuzzle legen. Sie sollte gut aufgelegt in das Gespräch mit dem Forscher gehen.

Daphne ging hinaus, als sie den Wagen vorfahren hörte. Lily folgte ihr wie immer auf dem Fuße und stieß ein begeistertes Bellen aus, als ein gut gekleideter Mann den Pick-up verließ. Josua pflegte sie nach kurzer Abwesenheit nicht so euphorisch zu begrüßen, und so wunderte sich Daphne ein wenig – bis auch sie den Primatenforscher erkannte. Verblüfft starrte sie ihn an. Stephen Pentecost war mit den Jahren etwas fülliger geworden, und jede seiner Bewegungen drückte Selbstbewusstsein, wenn nicht Borniertheit aus. Aber vielleicht hatte sie das ja früher schon getan, und es war ihr in blinder Verliebtheit entgangen. Daphne musste schlucken.

Pentecost wehrte nun Lily ab und wandte sich ihr zu. Er grinste.

»Du hast sie noch?«, fragte er und deutete auf die Hündin.

»Warum sollte ich sie weggeben? Weil sie dein Geschenk war? Genau genommen war sie das einzig Gute, das je von dir gekommen ist.« Daphne gab sich keine Mühe, ihren Missmut zu verbergen.

Josua war nun ebenfalls ausgestiegen und stellte vor.

»Dr. Stephen Pentecost, Daphne …«

»Wir kennen einander«, sagte sie kurz angebunden.

Josua blickte verständnislos von einem zur anderen. Daphne begrüßte auch den Übersetzer ohne ein Lächeln.

»Wollen Sie Zukie gleich sehen, oder kann ich Sie beide noch zu einem Kaffee einladen?«, fragte sie steif. »Ich würde dir zur Einführung gern etwas von ihr erzählen, Stephen …«

Stephen wehrte ab. »Nicht nötig. Ich kenne den Fall. Ich habe alle Unterlagen gesichtet und mich auf die Exploration gründlich vorbereitet. Von mir aus können wir gleich anfangen.«

Ruminian sah aus, als wäre er dem Kaffee gar nicht so abgeneigt gewesen. Gleich nach dem Flug und der Autofahrt zu arbeiten schien ihm nicht zu gefallen, doch er fügte sich. Unmotiviert trottete er hinter Stephen und Daphne her in das Arbeitszimmer, in dem sie auch Liz Benning empfangen hatte, und wies den Männern zwei Sessel an.

»Dein Forschungsinstitut?«, fragte Stephen mit herablassendem Lächeln.

Daphne gab es genauso zurück. »Da wir den Primaten keine Elektroden ins Gehirn pflanzen, benötigen wir keine sterile Atmosphäre.«

Stephen verzog das Gesicht. Auch Harlow nahm keine Eingriffe an seinen Versuchstieren vor, aber er wollte das jetzt wohl nicht diskutieren.

»Ich hole dann mal Zukie«, erklärte Daphne. »Macht es euch bequem.«

Zukie hüpfte an ihrer Hand in den Raum, wo Stephen bereits mit wichtiger Miene diverse Schautafeln und Notizbücher zurechtgelegt hatte. Er hatte auch eine kleine Kamera installiert, um das Gespräch zu dokumentieren.

»Das ist Mr. Pentecost, Zukie, und das Mr. Ruminian«, sagte sie und machte gleichzeitig die entsprechenden Gesten. »Die beiden möchten dir gern ein paar Fragen stellen.«

Zukie hörte allerdings nicht zu. Sie starrte wie gebannt auf Stephens rote Fliege. Als Daphne ihre Hand losließ, damit sie die Männer begrüßen konnte, lief sie auf ihn zu und versuchte, das Ding zu fassen. Stephen hätte das Eis jetzt leicht brechen können, indem er ihr die Fliege gegeben und zum Beispiel gefragt hätte, ob sie so etwas noch nie gesehen habe. Stattdessen wich er zurück, als hätte sich ihm nicht eine kleine, dunkle Hand interessiert entgegengestreckt, sondern die Pranke eines Tigers mit Tötungsabsicht.

»Daphne, ich muss doch sehr bitten!« Er stieß die verblüffte Zukie von sich und sprang auf. »Das hier ist keine seriöse Versuchsanordnung! Ich verlange, dass das Tier hinter eine Glasscheibe oder in einen Käfig gebracht wird, sodass ich die Exploration ungefährdet durchführen kann.«

Zukie signalisierte fragende Worte, doch Ruminian interessierte sich nicht für ihre Gesten, er versuchte nur, sich in Sicherheit zu bringen, indem er sich hinter das Sofa duckte.

»Sie will sich doch nur deine alberne Fliege anschauen«, bemerkte Daphne. »Am besten nimmst du sie ab, sonst kann sie sich nicht konzentrieren.«

»Soll ich mich vielleicht noch bis auf einen Lendenschurz ausziehen und mich mit ihr von Ast zu Ast schwingen, damit sie mich akzeptiert?«, fragte Stephen erbost. »Ein Käfig, Daphne, für den Affen, nicht für mich!«

In der Station gab es ja tatsächlich einen Raum, der durch eine Glasscheibe zweigeteilt war, und Daphne nahm Zukie erneut an die Hand, um sie dorthin zu führen. Das Bonobomädchen war ziemlich verunsichert. Daphne versuchte, es davon zu überzeugen, sich in dem kahlen Raum, in dem meist tierärztliche Untersuchungen durchgeführt wurden, auf den Behandlungstisch zu setzen. Von da aus hätte sie die Männer hinter der Scheibe gut im Blick gehabt, und umgekehrt. Zukie schüttelte jedoch nur den Kopf und versteckte sich hinter einem Schreibtisch auf dem daran stehenden Stuhl.

»Gut«, sagte Stephen. »Fangen wir an. Würdest du den Raum bitte verlassen, Daphne?«

»Was?« Daphne meinte, nicht richtig zu hören. »Ich soll sie hier allein lassen? Wo sie ohnehin schon ganz verstört ist?«

»Du kannst gern von hier aus dabei sein«, erklärte Stephen. »War das nicht so vereinbart? Wir müssen ja sichergehen, dass du sie nicht instruierst oder ihr irgendwelche Zeichen gibst.«

»Wie sollte ich das denn machen?«, fragte Daphne. »Ich stehe doch hinter ihr.«

»Sie hat bestimmt ein feines Gehör. Und du hast bekanntlich lange Erfahrungen darin, Versuche zu manipulieren.« Stephen entfaltete eine Schautafel.

Daphne flüsterte Zukie Trostworte zu, bevor sie hinausging. Zukie lief ihr nach und begann zu weinen, als sie das Zimmer verließ. Dann ging sie zurück zu dem Schreibtischstuhl und rollte sich darauf zusammen.

»Wir beginnen mit Farbverständnis«, sagte Stephen kühl und wies auf ein Bild auf seiner Tafel. »Welche Farbe hat die Tasse?«

Ruminian übersetzte. Zukie hielt sich die Hände vor die Augen, spähte jedoch zwischen den Fingern hindurch. Ihre Furcht vor den Männern kämpfte offensichtlich mit dem Spaß daran, Aufgaben zu lösen.

»Du kannst ruhig antworten«, signalisierte Daphne, die inzwischen den Raum der Prüfer betreten hatte.

Stephen wandte sich ihr zu. »Das reicht jetzt, Daphne! Du wirst dich nicht einmischen. Wenn du hier alles unterläufst …«

Seine Haltung wurde bedrohlich, wobei Daphne natürlich wusste, dass er sie nicht angreifen wollte, doch Zukie musste seine Körpersprache als Angriffshaltung deuten. Sie erschrak, begann auf dem Stuhl herumzuspringen und zu schreien.

Als Daphne sich der Scheibe näherte, um sie zu beruhigen, nahm sie sich zusammen und machte ein paar Zeichen in ihrer Sprache.

»Ich hab Angst!«

»Haben Sie das gesehen?«, fragte Daphne Ruminian, der nur

konsterniert auf das Tier schaute, das sich jetzt vollkommen in sich zurückzog. Zukie schaukelte nervös hin und her.

»Was ich hier sehe«, bemerkte stattdessen Stephen, »ist ein Schimpanse …«

»Ein Bonobo«, berichtigte Daphne.

»… dessen vorbereiteter Auftritt gründlich schiefgelaufen ist. Du hast ihm zweifellos ein paar Handzeichen beigebracht, die er auf fast unmerkliche Kommandos deinerseits ausführt, wenn er nicht durch einen Wechsel von Räumlichkeit und Versuchsanordnung irritiert wird …«

Zukie wagte sich jetzt wieder ein wenig aus der Deckung. *Wo ist Zuno?*, signalisierte sie. *Ich will Zuno!*

»Da sehen Sie! Sie fragt nach ihrem Freund«, wandte sich Daphne noch einmal an Ruminian. Der blätterte in einem Notizbuch.

»Ich hab nichts gesehen«, antwortete er.

Stephen erhob sich. »Gib es auf, Daphne«, sagte er. »Eine nette Idee, es hätte dich berühmt machen können. Aber ein wirklich renommierter Wissenschaftler lässt sich eben nicht so leicht hinters Licht führen wie eine kleine Reporterin. Du wirst von mir hören oder besser lesen. Kommen Sie, Ruminian. Wir rufen ein Taxi. Ich glaube, wir haben ein recht gutes Hotel in der Nähe.«

Josua hatte auf dem Flur vor dem Arbeitsraum gewartet und musste schon Schlimmes geahnt haben, als Stephen mit seinem Anhang hinausrauschte. Daphne brachte Zukie zu Zuno und überließ die beiden der Obhut von Henny und Julia, die durch die geschlossenen Türen nur wenig von dem Debakel mitbekommen hatten. Immerhin wussten sie spätestens seit dem Ortswechsel, dass Zukie Trost brauchen würde, und hielten ein großes Eis für sie bereit.

»Wie war es?«, fragte Josua mitfühlend, als sie zurückkam.

Daphne seufzte. »Ein Desaster. Sie sagte, sie habe Angst. Mehr war nicht aus ihr herauszubekommen. Nun ist mein wissenschaftliches Renommee zerstört. Stephen wird zweifellos damit prahlen, mich als Hochstaplerin entlarvt zu haben. Es ist also ganz gut, wenn wir bald nach New York gehen. Da finde ich bestimmt ein Loch, in dem ich mich verkriechen kann.«

»Woher kanntest du diesen Schnösel?«, erkundigte sich Josua.

Daphne schmiegte sich trostsuchend an ihn. »Eine lange Geschichte«, erwiderte sie. »Ich muss sie dir mal in Ruhe erzählen. Auf jeden Fall hatte er noch ein Hühnchen mit mir zu rupfen. Er wird mich zerschmettern, und das Einzige, was wir ihm entgegensetzen können, ist ein Film, der sein unmögliches Verhalten zeigt und auf dem Zukie genau zwei Sätze sagt.« Sie seufzte. »Das gibt wieder endlose Diskussionen ...«

Josua strich sanft über ihren Rücken. »Willst du dir das wirklich antun?«, fragte er. »Immer weitere Kämpfe? Immer neue Testsituationen für Zukie, bis sie eines Tages mit einem dieser Forscher redet und damit zu einem Weltstar avanciert? Ob sie das wirklich will?«

Daphne verzog das Gesicht. »Das kann ich sie nicht fragen«, erklärte sie. »Sie ist klug, aber so weit denkt sie nun doch nicht!«

»Obwohl sie Feindseligkeit bemerkt, wenn sie ihr entgegenschlägt«, sagte Josua. »Das muss ja nicht immer etwas Konkretes sein. Dieser Pentecost hätte ihr nichts getan, und trotzdem hat sie die Bedrohung gespürt. Und nicht nur, weil sie ein Tier ist, das feinere Sinne hat. Uns Menschen geht es oft nicht anders. Ich zum Beispiel ... ich habe auch Angst.«

Daphne runzelte die Stirn. »Du?«, fragte sie. »Wovor denn? Vor New York? Es ist natürlich eine große Stadt, aber ...«

»Nicht vor New York. Nur vor dem, was ich dort tun müsste. Ich habe Angst vor Mobutu. Wenn ich den Beraterposten übernähme, hieße das unweigerlich, sein Regime bloßzustellen, ihn zu kritisieren, Aktionen gegen ihn zu organisieren ... Auch mein Leben wäre ein einziger Kampf, der Kraft und Risikobereitschaft fordern würde, und ich habe all das nicht. Ich hatte es nie, deshalb habe ich auch keinen Ministerposten in Lumumbas Regierung übernommen. Vielleicht bin ich feige, Daphne, aber eine Laufbahn als Politiker ist einfach nicht das, was ich wirklich will.« Daphne schwieg. Sie musste das erst einmal verarbeiten. Josua sah sie besorgt an. »Ich hoffe, dass du mich deshalb nicht verachtest. Schließlich lasse ich damit deine Bonobos im Stich … Ich hätte mich für Schutzgebiete einsetzen können.«

Daphne seufzte. »Die Bonobos lasse ich auch im Stich, wenn ich jetzt aufgebe und meine Forschungsergebnisse nicht weiter veröffentliche. Schließlich haben sie uns bewiesen, dass Primaten denken und fühlen und ihre Gedanken und Gefühle kommunizieren können … Wenn sich diese Erkenntnisse durchsetzen würden, könnte das die Welt verändern. Man hätte Skrupel, sie zu behandeln wie … Tiere.«

Josua schüttelte den Kopf. »So schnell ändert die Welt sich nicht. Das haben wir doch im Kongo gesehen. Wir erwarten immer zu viel. An Einsicht, an Verständnis und gutem Willen. Leider gibt es Menschen, die nichts anderes im Sinn haben, als zu zerstören. Nenn mich feige, aber ich will nicht zu ihrem Opfer werden. Und ich will ihnen Zukie und dich nicht zum Fraß vorwerfen. Vielleicht ist die Zeit einfach noch nicht reif. Wer weiß, ob nicht jetzt schon Forscher mit Schimpansen oder Gorillas arbeiten … Zukie ist sicher nicht die Einzige, die lernen konnte, sich auszudrücken. Irgendwann muss die Wissenschaft zuhören.«

Daphne nickte, überzeugt und doch etwas wehmütig. »Und was hast du nun vor?«, fragte sie.

»Dem Generalsekretär absagen«, erklärte er. »Und weiter studieren. Mit dir zusammenarbeiten, wenn ich fertig bin, wie wir es geplant hatten. Wir könnten uns ein ganz anderes Forschungsthema aussuchen – ich stelle mir zum Beispiel vergleichende Studien zwischen Urzeitmenschen und Primaten vor. Die Frage nach der Aggressivität geht mir nicht aus dem Kopf. Da könnte ich sogar mein Wissen über Politikwissenschaften einbringen. Wir haben so viele Möglichkeiten auf der ganzen Welt.«

Daphne lächelte. Sie spürte, wie ihr eine Last vom Herzen fiel, von der sie nicht einmal gewusst hatte, dass sie da gewesen war. Sie musste nichts beweisen, sie musste sich um die Menschen und Tiere, die sie liebte, nicht mehr sorgen.

»Und um dir über all das klar zu werden, brauchtest du nun die Hilfe eines Affenmädchens?«, fragte sie spitzbübisch. »Muss Zukie dich jetzt immer beraten, wenn etwas Entscheidendes ansteht?«

Josua lächelte ebenfalls. Dann schüttelte er den Kopf, und seine langen, schlanken Finger zeichneten ein paar Worte in Zukies Sprache in den Raum, während er sagte: »Ich liebe dich, Daphne Lemberger. Würdest du mich jetzt endlich heiraten?«

Sehnsucht nach Glück

Australien – Perth
Amerika – Boston
Neuseeland – Epona Station
1965 – 1966

Daphne Lemberger und Josua Ngongo heirateten ein paar Wochen später in Perth. Es wurde eine ruhige Hochzeit, zu der sie nur wenige Freunde einluden sowie zwei kleine Bonobos, die sich über die Aufregung, die riesige Torte, Daphnes weißes Kleid und das knallrote Einstecktuch, dass Josua zu Zukies Ehren mit seinem schwarzen Anzug kombinierte, kaum einkriegen konnten. Julia und Zukie hielten gemeinsam eine »Rede« in Gebärdensprache, über die sich alle Gäste amüsierten. Julia war mit ihrer Masterarbeit auf größeres Verständnis ihrer Professoren gestoßen als Daphne mit ihren Forschungen. Sie war sehr gut bewertet worden und würde als Übersetzerin für gehörlose Studenten an der Universität bleiben.

»Nebenbei mache ich noch meinen Doktor«, erklärte sie vergnügt, als Bernhard sie beim Sektempfang nach ihren Plänen fragte. »Weiterführende Studien mit Zukie. Die Möglichkeiten, ihre Aktionen filmisch festzuhalten, werden immer besser. Man wird mir schon glauben! Außerdem halte ich die Augen offen. Vielleicht bietet sich die Möglichkeit, weiter mit Primaten zu arbeiten. Wenn sich jemand anderes erneut an die Sache heranwagt.«

»Du kannst auch vergleichend über die Sprachentwicklung von Menschen- und Primatenkind forschen«, erklärte Daphne und legte eine Hand auf ihren Bauch. »Unseren Nachwuchs stelle ich dir gern als Versuchsobjekt zur Verfügung.«

Sie strahlte. In etwa sechs Monaten würde ihr Sohn oder ihre Tochter zur Welt kommen.

»Sieh nur zu, dass er oder sie rechtzeitig kommt, um mit nach

Neuseeland reisen zu können«, warf Henny ein. Sie würde bald mit ihren Abschlussprüfungen beginnen und dann promovieren. Im kommenden Jahr war eine große Hochzeit auf Epona Station geplant, der Henny entgegenfieberte. Es sollte ein Familientreffen werden, zu dem auch Grit und Vincent sowie Audrey erwartet wurden. »Audrey freut sich bestimmt, wenn wir ein Baby dabeihaben ...«

Bei der Erwähnung ihrer Schwester umwölkte sich ihre Stirn. Immer noch hörte sie wenig von Audrey, und immer noch schienen ihr die Nachrichten seltsam und nichtssagend. Am liebsten hätte sie die lange Reise einmal auf sich genommen und ihre Schwester besucht, doch Grit und Vincent hatten ständig Konzertverpflichtungen und ließen Audrey mitreisen, wenn Schul- beziehungsweise Semesterferien waren.

David legte tröstend die Arme um sie. Er sollte in einigen Monaten in die Staaten reisen, um dort an einem Projekt in Disneyland Anaheim mitzuarbeiten. Zwar war Kalifornien weit entfernt von Boston, aber immerhin würde er sich auf demselben Kontinent befinden wie die Langdons, und er konnte nicht weiter zusehen, wie Henny sich quälte.

»Ich schaue nach Audrey«, versprach er. »Ich hab schließlich schon Übung darin, Grit De Groot zu finden. Am besten melde ich mich gar nicht erst an, dann kann sie keine Ausreden erfinden. Es ist sicher möglich, sich darüber zu informieren, ob die Bostoner Symphoniker gerade in Boston sind oder nicht. Ganz ohne Grit und Vincent zu fragen. Jedenfalls besuche ich Audrey und rede mit ihr. Mach dich nicht verrückt, Liebes, es wird ihr schon gut gehen. Vincent ist doch ein netter Kerl ...«

Henny war nichtsdestotrotz sehr aufgeregt, als sie einige Monate später Davids Brief öffnete.

Im Flugzeug von Boston nach Los Angeles, April 1966

Liebste Henny!

Da ich weiß, wie sehr Du meinem Besuch bei Deiner Schwester entgegengefiebert hast, schreibe ich Dir gleich auf dem Rückweg nach Los Angeles ein paar Zeilen.

Es war wie erwartet einfach, den Tourneeplan der Bostoner Symphoniker zu erfragen. Ich hab meinen Flug also kurz entschlossen an einem Tag gebucht, an dem sie in ihrem heimischen Konzerthaus auftreten sollten, und hatte mir auch gleich für den Abend eine Karte besorgt. Wie erwartet war es großartig. Grit und Vincent sind begnadete Musiker, das wissen wir ja seit Langem. Ich hab dann versucht, mich zu ihrer Garderobe durchzufragen. Du weißt, so ein Vorgehen der Sorte ›Frechheit siegt‹ liegt mir nicht besonders, aber ich dachte daran, dass Daphne dazu zweifellos so etwas sagen würde wie: Meine Güte, früher hast du Tiger dressiert! Da wirst du doch mit einem Türsteher in einem Opernhaus fertig werden! Bei der Überlegung musste ich lachen und konnte mich nicht vor dem Vorstoß drücken.

Grüß Daphne und Josua übrigens ganz herzlich von mir und danke für das Telegramm! Ich gratuliere und freue mich riesig über das erste Menschenkind, das einmal Mama und Papa zu ihnen sagen wird, und reserviere jetzt schon Disneyland-Freikarten für die kleine Alora.

Doch nun weiter zu meinem Besuch bei den Langdons. Ich hab's tatsächlich in Grits Garderobe geschafft – und traf dort sogar auf Audrey! Sie ist ein sehr hübsches Mädchen und äußerst wohlerzogen. Das Naturkind aus Kreta hätte ich nicht in ihr wiedererkannt. Als ich in die Garderobe kam, examinierte Grit sie gerade zu der Frage, welcher der Musiker bei der Aufführung gepatzt hatte. Ich fand das sehr schwierig – ich persönlich habe keinerlei Fehler bemerkt, und ich habe an sich ein gutes Gehör. Audreys Antworten kamen auch etwas fragend, doch sie benannte den Musiker korrekt. Bei der Frage, wo die Fehler passiert waren, machte sie nur vage Angaben, und Grit rügte sie sanft dafür, sich die Stellen nicht notiert zu haben. Sie hatte die Partitur wohl zum Mitlesen zur Verfügung gehabt. Ehrlich gesagt: Mir hätte das nicht geholfen, doch für Audrey schienen die Erwartungen ihrer Mutter normal zu sein.

Was mich anging, so begrüßte mich Grit reserviert und Audrey sehr höflich wie einen Unbekannten. Sie hat an unsere gemeinsame Zeit auf Kreta nur vage Erinnerungen. Die sind durchweg positiv, sie sagte, sie habe gern im Sand gespielt und im Wasser geplantscht. Über Dich, Henny, sprach sie nicht. Grit ermutigte sie auch nicht dazu. Deine Mutter scheint sich nicht mehr allzu gern an ihr Leben in Matala zu erinnern, was mich ehrlich gesagt nicht wundert. Sie hat wieder voll in das Leben einer erfolgreichen Orchestermusikerin und Solistin hineingefunden. Ihre neue Familie ersetzt ihr anscheinend erfolgreich das Zusammensein mit ihrem Vater.

Schließlich kam Vincent, um Grit und Audrey abzuholen, und immerhin er freute sich über mein Kommen. Die Anwesenheit Audreys auf dem Konzert begründete er damit, dass ja Freitag sei und am nächsten Tag keine Schule. Audrey könne also länger aufbleiben. Unter der Woche dürfe die Kleine natürlich nicht mit ins Opernhaus. Für mich hörte sich das an, als ob Audrey ihre Eltern gern begleitet und gern Musik hört. Ich gab den beiden gegenüber ehrlich zu, dass ich sozusagen in Deinem Auftrag unterwegs sei, und schlug vor, am nächsten Tag etwas gemeinsam mit Audrey zu unternehmen.

Ich ging dann mit ihr und Vincent in den Zoo – eine wirklich sehr schöne Anlage. Grit begleitete uns nicht, sie unterrichtete eine Meisterklasse, was auch immer man darunter zu verstehen hat. Wir drei haben den Ausflug jedoch genossen, besonders Audrey – und ihr kleiner Hund, den sie immer noch hat und sehr liebt. Sie zeigte sich weniger schüchtern als am Abend zuvor, stellte Fragen zu den Tieren und probierte jedes Spielgerät auf dem Kinderspielplatz aus. Ich glaube, sie hat sich wie eine ganz normale, glückliche Neunjährige benommen.

Während Audrey den Spielplatz unsicher gemacht hat, haben Vincent und ich uns auf eine Bank gesetzt, und er hat mir von ihrem Leben berichtet. Natürlich, so gab er zu, habe Audrey einen vollen Terminkalender. Musikalisch begabte Kinder, die ihrem Talent entsprechend gefördert würden, müssten nun einmal viel üben, täten das jedoch gern. Briefe zu schreiben liege Audrey dagegen weniger, sie müsse immer dazu angehalten werden. Entsprechend hölzern fielen die Texte dann auch aus, und Grit sei ebenfalls keine große Briefschreiberin. Er selbst melde sich, wenn er gerade mal Zeit habe, doch das sei nicht sehr oft. Die ganze Familie ist wohl sehr eingespannt.

Auf dem Rückweg vom Zoo erzählte ich Audrey von Disneyland, und sie lauschte mit großen Augen. Als ich erwähnte, der Park habe ein eigenes Orchester, sagte sie, sie könne da ja später Geigerin werden. Demzufolge scheint sie tatsächlich den Wunsch zu hegen, ihren Eltern beruflich nachzueifern. Ich fragte sie, ob sie mir nicht mal etwas vorspielen wolle, doch das lehnte sie ab. Vincent meinte, sie sei sehr perfektionistisch.

Am Sonntagmorgen begleitete ich ihn und Audrey dann noch auf den Reiterhof, den sie einmal in der Woche besucht, um Stunden zu nehmen. Das Zusammensein mit den Pferden scheint sie sehr glücklich zu machen – allerdings lernt sie da nichts. Alles steht unter dem Gebot von übergroßer Vorsicht, die Reitschüler dürfen nichts allein tun, und die Pferde werden beim Reiten geführt. Ich würde mir einen anderen Stall für sie wünschen und habe das Vincent gesagt. Er versicherte mir, sie würden darüber nachdenken. Außerdem versprach er mir noch einmal, auf jeden Fall mit der ganzen Familie zu unserer Hochzeit nach Neuseeland zu kommen. Audrey freut sich schon sehr auf die Reise.

So, nun hab ich Dir einen recht trockenen Bericht zu meiner Einschätzung der Lage geliefert – wie ein unvoreingenommener Beobachter. Ich hoffe, ich hab's besser gemacht als Stephen Pentecost bei der Beurteilung der kleinen Zukie. Im Grunde fand ich nichts zu beanstanden. Audrey wirkt wie ein sehr ernstes, doch durchaus zufriedenes Kind. Das Einzige, was mich wunderte, war ihre Weigerung, mir ihre Geige zu zeigen und etwas vorzuspielen. Immerhin soll sie es schon zur Konzertreife gebracht haben und zumindest im Schulorchester Soli spielen. Es müsste ihr also nichts ausmachen, vor Publikum zu spielen. Auch dabei fiel mir Zukie ein und ihre Angst vor strenger Kritik. Natürlich ist die

Situation hier eine völlig andere, man kann die Reaktionen der beiden nicht vergleichen. Es ist auch keine objektive Beobachtung, die ich hier äußere, sondern nur ein etwas ungutes Gefühl. Vielleicht das gleiche Gefühl, das sich Dir bei der Lektüre von Audreys Briefen aufdrängt? Ich wünschte, ich könnte länger bleiben und Dir mehr sagen, doch morgen muss ich wieder arbeiten.

Es grüßt und küsst Dich voller Ungeduld, Dich bald wiederzusehen
Dein David

Henny las den Brief drei Mal, ohne sich beruhigt zu fühlen, wenn sie David auch glaubte, dass zu großer Sorge kein Anlass bestand. Vielleicht war Audrey nicht immer glücklich, doch bestimmt fühlte sich jedes Kind ab und zu von den Erwartungen seiner Eltern und von seinem Hobby überfordert. Sie erinnerte sich daran, wie oft sie geweint hatte, wenn Opa Julius beim Reiten kein gutes Haar an ihr ließ oder wenn ein Turnierauftritt gründlich schieflief. Schließlich beschloss sie, Audrey noch einmal einen besonders liebevollen Brief zu schreiben und diese Dinge anzusprechen. Vielleicht würde sich ihre kleine Schwester dann einfach besser verstanden fühlen und sich ihr doch einmal öffnen.

Zunächst musste sie aber David danken, der sein freies Wochenende für sie geopfert und obendrein den sicher teuren Flug nach Boston bezahlt hatte.

Henny legte seinen Bericht entschlossen weg und schrieb ihm einen Liebesbrief.

Im neuseeländischen Sommer 1966 war es dann endlich so weit. Helena Rawlings stieg strahlend aus dem Flugzeug und stürzte sich in die Arme ihrer Eltern. Sie hatte ihren Abschluss erfolgreich hinter sich gebracht, jetzt würde sie promovieren und bald den Titel Doktor der Veterinärmedizin tragen. April und Alex konnten sich vor Stolz auf ihre Tochter kaum halten. Nicholas und Noah hielten ein Transparent mit ihrem Namen hoch, darum herum hatten sie sämtliche Tiere gemalt, die Henny demnächst behandeln würde. Dabei bliesen sie in alberne Tröten, was einen schaurigen Lärm machte und die Aufmerksamkeit aller Fluggäste auf sich zog. Hennys rothaariger »kleiner« Bruder war zu einem schlaksigen siebzehnjährigen Teenager geworden, der stets versuchte, seinen älteren Cousin zu allem möglichen Unsinn anzustacheln. Auch er machte seine Eltern und Großeltern stolz – er ritt in diesem Sommer seine ersten Rennen als Jockey auf Pferden von Baroness Stud.

»Wo hast du denn den Bräutigam?«, fragte ihre Grandma Nellie. Grandpa Walter und sie hatten es sich nicht nehmen lassen, zu Hennys Begrüßung nach Auckland zu kommen. Die Hochzeit sollte in wenigen Tagen stattfinden, und Henny und David hatten eigentlich gemeinsam fliegen wollen.

»Planänderung«, gab Henny Auskunft und umarmte nun auch ihre Großeltern. »Nein, nein, wir wollen immer noch heiraten«, sagte sie rasch und lachte, als alle etwas erschrocken guckten. »David musste kurzfristig nach Sydney. Er hat da doch diesen traumhaften Job in Aussicht, in einem Architekturbüro, das in aller Welt Zoos und Gartenanlagen gestaltet. Visions of Green, es ist ganz bekannt. Und der Seniorpartner will ihn vor Vertragsunterzeichnung doch noch mal persönlich kennenlernen. Da konnte er nicht Nein sagen. Aber er wird pünktlich zum Heiraten hier sein. Die Lembergers und Ngongos kommen übermorgen.

Wann ... wann werden denn Grit und Audrey erwartet?« Es war erkennbar, dass es besonders diese Frage war, die Henny auf dem Herzen lag.

»Auch übermorgen«, erklärte Nellie. »Wir quartieren sie auf Epona Station ein, damit du mit Audrey unter einem Dach wohnen und wieder mit ihr warm werden kannst. Ihr wart ja jetzt doch recht lange getrennt, für Audrey mehr als ihr halbes Leben! Es wird also sicher nicht gleich wieder sein wie auf Kreta. Ich werde die Langdons allerdings zunächst in Ellerslie in Empfang nehmen, damit ich Grit ein bisschen für mich habe, bevor der Trubel losgeht. Ich freu mich schon riesig! Ich hab sie mehr als sieben Jahre nicht gesehen. Die Lembergers und Ngongos werden bei uns wohnen. Auch David. Damit er die Braut vor der Hochzeit nicht sieht.«

Henny kicherte. »Er weiß, wie ich aussehe«, bemerkte sie. »Ich hab ihm mal irgendwann ein Foto geschickt.«

Als Audrey zwei Tage später hinter ihren Eltern aus dem Taxi stieg, glaubte Nellie, ihren Augen nicht zu trauen. Das Mädchen war ihrem früheren Mann Philipp wie aus dem Gesicht geschnitten. Zwar ähnelte auch Grit eher ihrem Vater als ihr selbst, aber sie hatte immerhin Nellies Gesichtsform. Audreys hübsches Gesicht war immer noch rundlich, die Lippen waren voll und die Lider schwer, was ihren blauen Augen etwas Verträumtes gab. Ihr lockiges, braunes Haar hatte mittlerweile einen leichten Rotstich. Sie trug es lang, zwei bunte Strassspangen hielten es hinter den Ohren zurück. Audrey wirkte noch sehr kindlich – auch das hatte sie mit ihrem Großvater gemeinsam, Phipps' Züge waren bis weit ins Erwachsenenalter weich geblieben.

Als Nellie sich gefangen hatte, begrüßte sie zunächst ihre Tochter. Grit war elegant gekleidet, sie trug wieder einen Kurzhaarschnitt wie als junge Frau. Ihre Gesichtszüge schienen etwas strenger als früher, doch sonst wirkte sie wenig gealtert. Nellie umarmte sie und zog dann ihren Schwiegersohn Vincent in die Arme. Sie begegnete ihm an diesem Tag zum ersten Mal persönlich. Nachdem sie ein paar Begrüßungsfloskeln getauscht hatten, wandte Nellie sich an Audrey.

»Audrey, wie schön, dich wiederzusehen. Erinnerst du dich an Jamie?«

Der alte Wolfshundmischling schien sich zumindest an Audrey zu erinnern. Er ging sofort auf sie zu und fand sich ungestüm umarmt. Audrey versenkte ihr Gesicht in seinem schon etwas schütteren Fell. Dabei ließ sie den Geigenkasten fallen, den sie in den Armen gehalten hatte. Das Cello ihres Vaters hob der Chauffeur des Taxis eben aus dem Kofferraum.

»Audrey ist zurzeit etwas geknickt«, meinte Vincent. »Vor zwei Wochen ist ihr Hund gestorben.«

»Skylos?«, fragte Nellie ehrlich mitfühlend. »Oh, das tut mir leid, Audrey! Was ist passiert?«

Audrey hob das Gesicht aus dem Hundefell, in ihren Augen standen Tränen. »Er wurde überfahren«, sagte sie leise.

»Audrey war unaufmerksam«, erklärte Grit, was die Tränen ihrer Tochter umgehend wieder fließen ließ.

In Nellie stieg Ärger auf. Selbst wenn das zutraf, war es mehr als unsensibel, dem Kind auch noch die Schuld am Verlust seines Haustiers zu geben.

»Ach, Audrey, so was passiert manchmal einfach …« Nellie ging neben dem Mädchen und ihrem Hund in die Hocke. »An Unfällen ist niemand schuld. Und Skylos war doch schon recht alt.«

Audrey nickte schwach.

»Wenn wir zurück sind, werden wir über einen Welpen nachdenken«, tröstete Vincent.

Grit warf ihm einen wenig begeisterten Blick zu. »Jetzt lass den Hund los, und heb deine Geige auf«, befahl sie ihrer Tochter. »Wir müssen noch das Stück für die Hochzeit üben. Können wir hier wohnen, Mami? Oder nehmen wir uns ein Hotelzimmer?«

»Wir wollten euch eigentlich auf Epona Station einquartieren«, sagte Nellie. Gemeinsam mit Mia und April hatte sie die Hochzeitsgäste auf ihre Villa in Ellerslie und das Gestüt verteilt. Sie wollten unbedingt, dass Audrey bei Henny untergebracht wurde, und Grit hatte sich ausdrücklich ein Klavier erbeten. »Mia hat ja ein Klavier. Henny kommt euch nachher abholen. Aber lasst uns vorher einen Kaffee zusammen trinken. Es gibt so viel zu erzählen!«

Nellie und Walter, der gleich darauf zu ihnen stieß, langweilten sich schon nach einer halben Stunde mit Grit und Vincent. Die beiden redeten ausschließlich über ihre Arbeit, und sie erfuhren, dass sie weiterhin von den Städten, in die ihre Tourneen führten, kaum etwas sahen, auch nicht, wenn Audrey sie begleitete. Nellie fragte sich, was das Kind machte, während seine Eltern probten und auftraten. Sie beschloss, das Mädchen ins Gespräch einzubeziehen – von selbst meldete sich Audrey nie zu Wort. Nellie fragte sie also nach der Schule, worauf sie einsilbig antwortete. Sie wurde erst lebhafter, als sich Walter nach den Reitstunden erkundigte, die sie ihren Briefen zufolge nahm. Audrey berichtete mit leuchtenden Augen von den Pferden. Ihr reiterliches Niveau schien allerdings niedrig zu sein. Nellie war entsetzt, als sie erfuhr, dass die Pferde noch geführt wurden, wenn sie ritt.

»Sonst ist es doch viel zu gefährlich«, meinte Grit, als Walter seine Verwunderung darüber äußerte. »Wenn sie runterfällt und sich die Hände bricht … Nicht auszudenken! Unsere Hände sind unser Kapital!«

Vincent nickte sichtlich schuldbewusst, Audrey resignierend.

Walter zwinkerte ihr zu. »Ich wette, Julius hat ein Pferd für dich, das dich auf gar keinen Fall runterwirft«, meinte er. »Solange du hier bist, gibt er dir sicher Reitstunden.«

Audreys Augen leuchteten auf.

»Oder Henny gibt dir Reitstunden«, meinte Nellie. »Sie freut sich schon darauf, dir die Pferde zu zeigen. Als du klein warst, hat sie dich oft in der Ponykutsche mitgenommen.«

Zu ihrer Verwunderung fiel Audreys Reaktion auf die Erwähnung ihrer Schwester verhalten aus. Während Henny sich seit Wochen auf das Wiedersehen gefreut hatte, schien sich die Jüngere wenig daraus zu machen. Das bewahrheitete sich, als Henny schließlich mit einem Wagen von Epona Station ankam und sich Audrey strahlend näherte.

»So lange Zeit haben wir uns nicht gesehen, Audrey! So lange Zeit!«

Sie wollte ihre kleine Schwester spontan in die Arme nehmen, doch Audrey zog sich zurück. Sie lächelte erst, als Aprils neuer Hund Peanut, der sich Henny angeschlossen hatte, an ihr hochsprang. Peanut, ein brauner Winzling, war noch ein Welpe, Henny hatte natürlich gehofft, dass Audrey sich über ihn freuen würde.

»Skylos ist tot …«, sagte sie, mehr zu dem Hund als zu ihrer Schwester, und sie ließ ihre Mutter antworten, als Henny erschrocken nach den Umständen fragte.

Hennys Begrüßung für Grit fiel daraufhin ein wenig gezwungen aus. Sie war über Grits wiederholte unsensible Erklärung genauso schockiert wie Nellie.

»Das tut mir so leid«, sagte sie mit feuchten Augen.

Eigentlich hätte Audrey sehen müssen, dass auch Henny um ihren Hund weinte. Sie reagierte jedoch nicht auf Hennys Tränen, sondern stieg ohne weitere Worte mit Grit ins Auto, während Henny nun auch Vincent begrüßte.

Auf dem Gestüt angekommen, wollte Audrey sich gleich mit ihren Eltern in die der Familie angewiesenen Zimmer zurückziehen.

»Zieh dich doch eben um, dann zeig ich dir vor dem Abendessen noch die Pferde«, schlug Henny vor.

In dem hübschen Kleid, das Audrey trug, konnte sie nicht in den

Stall gehen – es genügte schon, dass es sich Peanut während der Fahrt auf ihrem Schoß gemütlich gemacht hatte.

Audrey schüttelte mürrisch den Kopf. »Ich muss noch üben«, sagte sie.

Henny zerriss es das Herz.

»Sie will nichts mehr von mir wissen«, klagte sie April kurz darauf ihr Leid. »Ich wusste, dass sie unglücklich ist. Und sie macht ganz klar mich dafür verantwortlich. Ich hätte sie nicht hergeben dürfen.«

April schüttelte den Kopf. »Du hattest nicht das geringste Anrecht auf sie«, beharrte sie zum wiederholten Mal. Schließlich quälte sich Henny seit der Rückkehr aus Kreta mit ihren Bedenken. »Natürlich hättest du Vincent nicht sagen müssen, dass sie seine Tochter ist, aber dann säße Grit vielleicht immer noch mit ihr auf Kreta oder sonst wo. Glaubst du, das hätte sie glücklicher gemacht? Und komm mir jetzt nicht damit, dass du sie ja nicht hättest verlassen müssen. Du hast dein Leben, Henny, und das musstest du leben! Du bist doch glücklich mit David, oder?«

Henny lächelte überirdisch. »Sehr, sehr glücklich! Wenn er nun noch die Stelle in Sydney bekommt …«

April winkte ab. »Selbstverständlich bekommt er die. Dieses Gespräch morgen ist sicher nur eine Formsache. Du hast doch gehört, der Seniorpartner will ihn noch kennenlernen, obwohl er längst aus der Firma raus ist. Meinst du, der entscheidet gegen die Einstellung, wenn alle anderen Partner schon dafür sind? Mach dich bloß nicht verrückt, Henny! Und jetzt zieh dich um. Du weißt, Dinner bei Oma Mia ist immer etwas förmlich. Audrey wird schon wieder warm mit dir werden. Lass sie erst mal richtig ankommen.«

Audrey erschien am Abend in einem noch hübscheren Kleid und mit dem Geigenkasten. Mia hatte bei der Begrüßung angeregt, dass Grit am Abend doch etwas für die Gesellschaft spielen könne. Sie erwartete eine Menge Gäste. Maria und Bernhard sowie Daphne und

Josua mit ihrer Tochter Alora waren aus Perth eingetroffen, auch sie mit dem Flugzeug. Sie wohnten bei Nellie, doch Mia hatte auch sie zum Dinner gebeten. Daphne und Josua hatten zwar abgesagt – nach der langen Reise war Alora nicht auch noch ein turbulenter Abend zuzumuten –, aber Maria und Bernhard waren dabei. Dann Nellie und Walter, April und Alex und Nicholas. Noah setzte sich neben Henny. Die alte Feindschaft zwischen ihnen beiden war längst vergessen, selbst über Pferde konnten sie inzwischen völlig ungezwungen reden.

»Du willst also auch für uns spielen?«, wandte Mia sich freundlich an Audrey.

Eigentlich hatte sie nur an einen Klaviervortrag gedacht, als sie Grit um Musik gebeten hatte. Audrey hätte sie nach der langen Reise nicht zu einem Auftritt gedrängt.

»Wir spielen gemeinsam Beethovens *Romanze in F*«, antwortete Grit an ihrer Stelle.

Audrey nickte tapfer.

»Das ist aber schon ganz schön schwierig«, bemerkte Daphne, der ihre Anspannung auffiel. »Wir hören auch gern zu, wenn du lieber etwas Einfacheres spielen möchtest.«

Grit blitzte sie an. »Audrey ist bereits eine fortgeschrittene Violinistin«, erklärte sie.

Mia servierte erst mal Champagner und Appetithäppchen. Henny fiel auf, dass Audrey keinen Bissen herunterbekam. Die einfühlsame Mia schlug rasch vor, mit dem Musikvortrag gleich anzufangen.

»Mit vollem Magen musiziert es sich schließlich nicht gut!«, erklärte sie, was ihr verständnislose Blicke von Grit und Maria einbrachte.

Bei ihnen hatte ein vorheriges Abendessen anscheinend nie einen Einfluss auf ihr Klavierspiel gehabt.

Grit und Audrey nahmen also ihre Plätze ein. Audrey stimmte die Geige, und Grit stimmte sie noch einmal nach, weil ihr das wohl nicht zufriedenstellend gelang. Danach kam das berühmte Musikstück zum Vortrag, und Audrey bemühte sich redlich. Sie verspielte sich fast nie, hielt die Tempi und machte ihre Sache wirklich gut. Leichtigkeit verströmte ihr Spiel allerdings nicht, und die zumindest einigermaßen musikalischen Zuhörer und Zuhörerinnen saßen wie auf Kohlen, befürchteten sie doch jeden Moment einen Patzer.

Am Schluss verbeugte Audrey sich erleichtert und wurde von allen überschwänglich gelobt – nur Maria hielt sich zurück.

Audrey selbst schien sich auch keine falschen Vorstellungen über die Qualität ihres Vortrags zu machen, sie nahm aufatmend neben Noah Platz, der sie gleich in ein Gespräch über Pferde verwickelte. Insgesamt wurde es ein ausgesprochen schöner und harmonischer Abend, auch wenn es Henny noch nicht gelang, das Eis bei Audrey zu brechen.

»Morgen«, tröstete Noah, der sich sehr lebhaft mit dem Mädchen unterhalten hatte. »Morgen bei den Pferden hast du sie ohne ihre Eltern, da wird sie auftauen.«

Audrey kam am nächsten Vormittag tatsächlich in Reitzeug in den Stall. Neben ihrer Grandma Nellie hatte Opa Julius darauf bestanden, dass Hennys pferdebegeisterte Schwester hier ihrem Hobby nachgehen durfte.

»Reiten ist auch nicht gefährlicher als Rad fahren«, behauptete er und schlug Audrey vor, ihn wie all seine Enkel Opa Julius zu nennen.

Henny entschied, lieber nicht nachzufragen, ob Audrey denn immerhin Rad fahren durfte.

Nun erklomm ihre kleine Schwester aufgeregt die Stute Melora, die sich nach dreimaligem Einsatz in der Zucht gut als Anfängerpferd eignete. Hennys alter Reitlehrer jedenfalls hielt sie für untadelig, und in Audreys Gesicht ging ein Leuchten auf, als sie sich tatsächlich allein von ihr um die Reitbahn lenken ließ. Dennoch sparte ihr Opa nicht mit Kritik – Henny fand, dass er es für die erste Stunde übertrieb. Audrey nahm das allerdings nicht persönlich und war mit Feuereifer bei der Sache. Als Henny ihr anschließend zeigen wollte, wie man das Pferd richtig absattelte, wandte sie sich ab.

»Kannst du mir das nicht zeigen?«, fragte sie schüchtern ihren neuen Reitlehrer.

Er warf Henny einen verwirrten Blick zu. »Sicher, aber …«

»Ist schon gut.«

Henny zog sich zurück, damit Audrey ihre Tränen nicht sah. Sie konnte ihrer Schwestern nicht zürnen, doch von Grit und vor allem von Vincent war sie schwer enttäuscht.

»Du hast mir versprochen, Audrey könnte ein Pony haben, wenn sie das möchte«, schleuderte sie ihm entgegen, als sie ihm das nächste Mal begegnete. »Und was hat sie jetzt? Einmal in der Woche zehn Minuten auf einem Pferd, das um die Reitbahn geführt wird!«

Vincent biss sich auf die Lippen. »Es hat sich irgendwie nicht ergeben«, versuchte er sich zu entschuldigen. »Grit …«

»Also wolltest du jetzt Audreys Vater sein oder nicht? Ich hatte gedacht, du wärst gut für sie. Du würdest sie liebhaben.« Sie brach ab und kämpfte schon wieder mit den Tränen.

Vincent schüttelte den Kopf. »Aber Henny! Natürlich wollte ich eine Familie mit ihr und Grit. Was hätte ich mir mehr wünschen können? Selbstverständlich liebe ich sie … und Grit liebt sie auch. Wir alle lieben einander.«

Vincent liebte Grit zweifellos. Aber Audrey? Henny fiel plötzlich ein, was Daphne bei einem Gespräch am Nachmittag gesagt hatte: Nicht jede Liebe ist gut für uns.

»Ach ja? Du hast jedenfalls eine seltsame Art, es ihr zu zeigen«, bemerkte sie und ließ ihn stehen.

Sie bereute fast, die Langdons eingeladen zu haben. Audreys offensichtliches Unglück warf einen dunklen Schatten über die Hochzeitsfeierlichkeiten.

Am nächsten Morgen suchte Henny gar nicht erst den Kontakt zu ihrer Schwester. Sie sollte am Vormittag wieder Reitunterricht haben, und Henny musste nach Auckland. Es gab noch ein paar Dinge zu regeln und abzuholen.

»Unter anderem den Bräutigam«, erklärte Henny glücklich.

David hatte am Abend zuvor angerufen. Er hatte die Stellung jetzt sicher, und er würde am späten Nachmittag auf dem Flugplatz in Auckland eintreffen. Henny war entschlossen, sich die Freude darüber nicht verderben zu lassen, obwohl die Sorge um ihre Schwester weiter an ihr nagte.

Nellie fuhr nach Epona Station, sie wollte den Hof gemeinsam mit den anderen Frauen für die Hochzeit schmücken. Dann entdeckte sie jedoch Audrey mit Melora auf dem Reitplatz und Noah, der eine elegante schwarze Stute führte.

»Das ist sie?«, wandte sie sich an April, die am Gatter wartete, um Audrey beim Absatteln zu helfen, und ebenfalls wie gebannt auf Reiter und Pferd starrte.

»Das ist sie«, bestätigte sie. »Miranda, Meloras letztes Fohlen, drei Jahre alt, solide angeritten, aber von der künftigen Besitzerin noch weiter zu fördern. Opa Julius' Hochzeitsgeschenk für Henny.«

»Wie großzügig!«, bemerkte Nellie. »Sie ist ein Traum. Sicher eins der besten Pferde, die er je gezogen hat. Und die schickt er mit ihnen nach Sydney?«

April lächelte. »Ihm ist durchaus klar, dass er Henny zugunsten

Noahs zurückgesetzt hat. Und er ist überaus dankbar, dass sie dem eigentlich versprochenen Erbe nun nicht mehr nachtrauert. Deshalb das fürstliche Hochzeitsgeschenk. Ich kann es kaum erwarten, was für Augen sie machen wird!«

»Die ist für Henny?«, fragte Audrey, die mittlerweile mit Melora neben ihnen stand.

April nickte. »Aber nichts verraten. Jetzt komm, wir bringen Melora in den Stall. Du kannst ja nachher noch ein bisschen beim Reiten zugucken.«

Nellie meinte fast ein Déjà-vu zu haben, als sie eine Viertelstunde später in den Stall kam, um Mirandas Box mit Blumengirlanden zu schmücken. Wie so viele Jahre zuvor hörte sie ein Schluchzen – wieder ein Mädchen, das sich im Pferdestall ausweinte. Diesmal war es allerdings nicht Henny, sondern Audrey, die Melora umarmte und die wenig interessierte Stute sofort gegen Jamie eintauschte, als er zu ihr kam und ihr tröstend über die Hand leckte. Sie ließ sich ins Stroh fallen und nahm ihn in die Arme.

»Audrey?« Nellie sprach sie leise an, um sie nicht zu erschrecken. »Was ist denn los? War Opa Julius zu streng mit dir? So ist er halt, er …«

Audrey schüttelte entschieden den Kopf. »Nein, Opa Julius ist total nett, alle hier sind nett … Es ist nur …«

»Wenn alle hier so nett sind, warum bist du dann so abweisend zu Henny?«, erkundigte sich Nellie. »Sie ist schon ganz traurig, sie hatte sich derart auf dich gefreut.«

»Sie hat überhaupt keinen Grund, traurig zu sein!«

Audrey stieß die Worte so heftig aus, dass Nellie zu dem Schluss kam, dass eher Henny die Auslöserin dieser Tränenattacke war als Julius. Aber wie konnte das sein? Sie war schließlich schon seit dem frühen Morgen in Auckland. Nellie beschloss, die Sache endlich zu klären.

»Henny meint, du nähmst ihr übel, dass sie dich in Griechenland mit deinen Eltern gehen ließ, und sie selbst kam zurück nach Neuseeland. Aber das hatte sie nicht zu entscheiden, Audrey! Sie wollte dich nicht verlassen, sie …«

Audrey winkte ab. »Ich kann verstehen, dass sie nicht nach Boston wollte. Das ist es gar nicht. Es ist nur … Ich bin so furchtbar neidisch! Henny hatte immer Glück. Sie durfte damals hierbleiben, als Mom zum ersten Mal zurück nach Amerika ging. Und sie durfte reiten und Spaß haben, und jetzt kriegt sie auch noch dieses tolle Pferd. Und ich … ich musste mit nach Boston und Geige spielen. Und Klavier. Ich muss dauernd üben. Mom sagt, ich strenge mich nicht an. Und Dad sagt, mir fehlt einfach der Biss. Keine Ahnung, was er damit meint. Ich strenge mich nämlich an! Wirklich! Ich bin sogar ganz gut. Niemand anders im Schulorchester spielt so schwierige Stücke. Nur Mom reicht es nie.« Nellie hockte sich ebenfalls neben ihren Hund und legte den Arm um ihre Enkelin. Audrey sprach weiter, bevor sie etwas erwidern konnte. »Und ich war das auch gar nicht mit Skylos«, sie schluchzte auf, »ich hab die Tür nicht offen gelassen, das waren sie. Dad hatte eine Einzelprobe, und Mom hat ihm an der Tür einen Kuss gegeben, und dann haben sie irgendwas geflüstert und waren danach total durch den Wind! Ich hätte das natürlich kontrollieren können, aber … aber sie sind erwachsen …«

»Sie sollten auf dich aufpassen, nicht umgekehrt«, bestätigte Nellie. »Und wenn ihr nach Hause kommt, wirst du wieder einen Hund haben. Das hat dein Vater doch gesagt, oder?«

»Er hat gesagt, sie werden darüber nachdenken!« Audrey spie die Worte geradezu aus. »Das sagt er immer, wenn er mir eigentlich was erlauben will, aber weiß, dass Mom Nein sagt …«

Nellie streichelte über das Haar ihrer Enkelin und versuchte, sie die Wut nicht spüren zu lassen, die sich immer stärker in ihr aufbaute.

»Henny sagt, dein Dad habe ihr versprochen, dass du ein Pony haben dürftest, wenn du es dir irgendwann wünschst. Und sie wird ihn daran erinnern. Bestimmt wird sie ganz schön energisch werden«, versuchte sie weiter zu trösten.

Audrey winkte ab. »Das wird nie was. Ich hätte ja auch gar keine Zeit dafür. Eigentlich nicht mal für einen Hund. Ich muss dauernd üben, Grandma Nellie. Jeden Tag ... Mom merkt, wenn ich mich drücke, wenn ich auch nur einmal nicht lange genug geübt habe. Sie hört das irgendwie. Aber irgendwann ... ich weiß nicht, wenn ich achtzehn bin oder nach der High School oder noch später ... dann verschwinde ich, und ich fass nie wieder eine Geige an. Sie sagen, wenn ich richtig gut wäre, bekäme ich die Guarneri von Grandpa Philipp. Die schmeiß ich dann aus dem Fenster!«

»Das wäre unklug«, bemerkte Nellie. »Du solltest sie lieber verkaufen. Soweit ich weiß, ist sie ein paar Millionen Dollar wert. Aber lassen wir mal das, was in acht Jahren oder später passiert. Was würdest du denn jetzt gern tun?«

»Hierbleiben!«, sagte Audrey sehnsüchtig. »Hier bei dir. Oder bei April. Die hat gestern zu Henny gesagt, sie hätte am liebsten zehn Kinder gehabt, sie konnte nur keine mehr kriegen. Vielleicht will sie mich ja auch adoptieren. Ich würde auch ganz lieb sein ...«

Nellie drückte sie an sich. »Da hab ich keinen Zweifel«, erklärte sie sanft. »Du bist ja jetzt schon das liebste Mädchen, das ich mir nur vorstellen kann ...« Im Stillen überlegte sie, dass Audrey ein bisschen mehr Aufmüpfigkeit vielleicht ganz gutgetan hätte, aber das Mädchen stand unter so starkem Druck, dass ihm dies vielleicht gar nicht in den Sinn gekommen war. »Pass auf, Süße«, Nellie gab ihr einen Kuss auf die Wange und hoffte, dass Audrey sich beruhigte. »Du putzt dir jetzt die Nase oder weinst noch ein bisschen, weinen schadet ja nicht. Wenn du willst, kann Jamie bei dir bleiben. Und ich gehe rüber und rede mit deinen Eltern.«

»Du darfst nicht sagen, dass ich mich beklagt habe. Ich soll immer sagen, ich mache gern Musik«, flüsterte Audrey voller Sorge.

Nellie schüttelte den Kopf. »Überlass das mal mir, Kleines. Ich denke, was da gebraucht wird, sind ein paar sehr klare Worte, die ich vielleicht schon früher hätte sagen müssen. Aber ich … Schau, mir ging es ein bisschen wie Henny. Ich hab auch immer gedacht, dass ich Grit vielleicht nicht mit ihrem Vater nach Amerika hätte schicken sollen. Als ich sie dann zurückhatte, konnte ich nicht streng mit ihr sein …«

Audrey lächelte unter Tränen. »Aber sie ist ganz erwachsen. Mit Erwachsenen kann man doch nicht mehr streng sein …«

Nellie setzte ein grimmiges Gesicht auf. »Und ob man das kann, Süße, und ob!«

Nellie fand Grit und Vincent im Garten hinter April und Alex' Haus im Gespräch mit Marias Tochter Daphne. Sie flocht sehr geschickt Girlanden, die vermutlich das Gewicht eines Affen ausgehalten hätten, die Fertigkeit hatte sie sicher bei der Ausgestaltung von Haltungsanlagen für Primaten erlernt. Dabei erzählte sie von Zukie und Zuno sowie der Entwicklung ihrer Tochter Alora, die neben ihr in einem Kinderwagen schlief.

»Zuno hat eigentlich das bessere Verhältnis zu Alora, er ist ruhiger, geht aber sehr liebevoll mit ihr um. Zukie ist mitunter ein bisschen eifersüchtig, und für einen Zickenkrieg ist Alora noch entschieden zu klein. Für uns als Forscher ist besonders interessant, dass beide versuchen, ihr Gebärdensprache beizubringen. Sie zeigen ihr Zeichen und wundern sich, dass sie die noch nicht versteht und nachahmt. Später werden wir sie natürlich unterrichten, sie wächst sozusagen zweisprachig auf.«

»Du meinst wirklich, das ist eine richtige Sprache?«, erkundigte sich Vincent. »Nicht hören zu können … ich kann mir das gar nicht vorstellen …«

Nellie trat zu den dreien. »Ich schon«, sagte sie energisch. »Jedenfalls kann ich mir gut vorstellen, dass ich nicht das absolute Gehör habe, was meine Eltern mir leider nicht glauben wollten. Daphne, ich würde gern kurz mit meiner Tochter und ihrem Mann allein sprechen, aber wenn es ihnen egal ist, störst du mich nicht.

Zu schade, dass du Audrey gestern Abend nicht hast spielen hören. Sonst wüsstest du, worum es geht.« Daphne sah aus, als wäre sie am liebsten geflohen, doch Nellie sprach weiter, bevor sie sich äußern konnte. »Grietje und Vincent«, wandte sie sich eindringlich an ihre Tochter und ihren Mann. »Ich kannte Philipp De Groot schon, als er so alt war wie Audrey. Er war mein bester Freund. Und ich kann euch versichern, hundertprozentig versichern, dass eure Tochter nicht das Geringste mit ihm gemeinsam hat – abgesehen von ihrem Äußeren und von der Heidenangst, die er vor seinen Eltern hatte!«

»Audrey hat durchaus sein Talent«, behauptete Grit. »Sie ist nur unwillig …«

Vincent schüttelte den Kopf. »Nein, Talent hat sie nicht«, sagte er leise. »Komm, Grit, das müssen wir uns doch allmählich eingestehen. Sie tut, was sie kann, aber sie wird niemals Virtuosität entwickeln. Sie spielt die Stücke mechanisch nach und empfindet nichts dabei.«

»Wenn sie sich etwas mehr darauf einlassen würde …« Grit gab so schnell nicht auf.

Vincent nahm ihre Hand. »Grit, wir haben darüber gesprochen. Man kann es nicht erzwingen. Und deshalb wollten wir es doch noch mal versuchen …«

Grits Hand fuhr zu ihrem Bauch. Nellie erschrak.

»Noch mal versuchen?«, fragte sie entsetzt. »Du willst nicht sagen, du wirst mit siebenundvierzig Jahren noch ein Kind bekommen, Grit?«

Grit nickte stolz. »Ja, und wir hoffen, dass es diesmal ein Junge ist.«

Nellie sah rot. »Und wenn es Drillinge wären und alle männlich«, rief sie, »wäre trotzdem keiner von ihnen dein Vater Philipp De Groot! Du glaubst nicht wirklich, dass seine Seele nur darauf wartet, dass du endlich ein männliches Baby empfängst, damit sie sich darin reinkarnieren kann?«

»Nein …« Vincent schien das zumindest nicht zu glauben. »Aber wir sind beide hochmusikalisch. Es kann gut sein, dass unser zweites Kind …«

»Es kann gut sein, dass euer zweites Kind geistig behindert ist oder dass es seine Mutter umbringt«, brach es aus Nellie hervor. »Grit! Mit einer Geburt in deinem Alter gehst du große Risiken ein. Ihr seid völlig verrückt! Man sollte euch überhaupt kein Kind anvertrauen!«

Grit lächelte. »Es wird schon gut gehen«, meinte sie.

Nellie zwang sich zur Ruhe. »Und Audrey? Was wollt ihr mit ihr machen? Sie aussetzen, weil sie nicht gut genug für euch ist? Sie hat mir gesagt, sie würde gern hierbleiben. Vielleicht könnte man da ja etwas arrangieren.«

Vincent schien sichtlich erleichtert, während Grit den Kopf schüttelte. »Ich dachte, sie mag sich vielleicht um das Kind kümmern«, sagte sie. »Henny war ja damals ganz verrückt nach ihrer Schwester …«

»Sie war bereit, ihr eigenes Leben für Audrey wegzuwerfen!«, warf Nellie ihr vor. »Vincent, Henny hat dir Audrey anvertraut, werde deiner Verantwortung endlich gerecht! Ich spreche jetzt mit April. Wenn die Rawlings Audrey aufnehmen würden, wäre das sicher eine gute Lösung, ansonsten werden sich Henny und David zweifellos um sie kümmern. Und falls es gar nicht anders geht, kommt sie zu Walter und zu mir, wenn wir auch nicht mehr die Jüngsten sind. Ich lasse nicht zu, dass sie bei euch das Aschenbrödel spielt, ein Kind, das in euren Augen gut genug ist, sein Geschwisterchen aufzuziehen, den elterlichen Ansprüchen aber sonst nicht genügt! Denk darüber nach, Grietje, sofern du noch denken kannst. Und vor allem du, Vincent. Gebt sie einfach frei!«

Nellie schleuderte den beiden die Worte so wutentbrannt entgegen, dass Daphne sie erschrocken ansah. Dann ging sie. Daphne stand ebenfalls auf und schob den Wagen mit Alora neben Nellie her.

»Was für ein Drama«, murmelte sie. »Denkst du, sie gehen darauf ein?«

Nellie nickte. »Vincent wird darauf drängen. Der hat jetzt schon ein schlechtes Gewissen. Und meine Tochter … ich weiß nicht, was da schiefgelaufen ist, ob ich etwas falsch gemacht habe oder Philipp … Ob es der Krieg war oder diese Scheinwelt, in der sie als Künstlerin lebt. Aber sie wird sich nicht mehr ändern. Ich fürchte, was aus Audrey wird, ist Grit letztlich völlig egal.«

»Du darfst es Audrey sagen«, erklärte Nellie ihrer Enkelin Henny am nächsten Morgen. Ebenso wie Daphne und Maria war sie schon früh auf Epona Station eingetroffen, um die Braut einzukleiden, aber vorher hatte sie mit Grit und Vincent gesprochen. »Grit schickt sie gleich zu uns, ich glaube, sie und Vincent haben nicht vor, ihr selbst zu erzählen, dass sie hierbleiben darf. Hoffe ich jedenfalls. Nicht dass sie sie noch mit dem Geschwisterchen locken, das Grit unter dem Herzen trägt! Ich nehme an, dass Grit ihrem Mann an dem Tag von der Schwangerschaft erzählt hat, als Skylos verunglückt ist. Sie müssen vergessen haben, das Tor zu schließen. Das hab ich mir zusammengereimt aus dem, was Audrey erzählt hat, und dem, was Grit mir berichtet hat. Wenn Audrey das rauskriegt, zieht es sie wieder runter.«

»Wie stelle ich das denn am besten an?«, fragte Henny befangen. »Ich meine … sie ist doch ganz offensichtlich böse auf mich …«

»Lass dir was einfallen«, erwiderte Nellie. »Du konntest immer gut mit ihr. Das kann nicht vollständig vergessen sein. Und es ist schließlich eine gute Nachricht. Es ist das, was sie sich wünscht.«

Henny trug erst ihr Mieder und ihren Unterrock, als Audrey hereinkam. Mürrisch sah sie ihre große Schwester an.

»Ich soll dir was bringen«, sagte sie. »Von Mom.« Sie hielt ihr eine Schallplatte hin. Wagners *Treulich geführt*. »Sollst du in der Kirche abspielen lassen.«

April, neben Nellie die Einzige, die sich bei Audreys Eintreten nicht zurückgezogen hatte, zeigte sich verwundert. »Wolltet ihr da nicht zusammen für sie spielen? Deshalb hat Vincent doch extra das Cello hergeschleppt, und Grit musste unbedingt gestern noch in die Kirche gefahren werden, um zu gucken, ob die Orgel nicht verstimmt ist.«

Audrey biss sich auf die Lippen. »Ich hab mich beim Üben schon wieder verspielt«, gab sie zu. »Dabei ist es gar nicht so schwer. Mom möchte nicht, dass wir uns blamieren.«

»Das hat sie gesagt?«, fragte April mit vor Ärger blitzenden Augen.

»Nein, aber gedacht«, meinte Audrey. »Ich weiß, wann sie enttäuscht ist. Das sehe ich ihr an. Sie war heute irgendwie wütend. Und Daddy war traurig … Ich spiele zu schlecht. Wahrscheinlich muss ich noch mehr üben, wenn wir wieder zu Hause sind.«

Nellie sah gerührt, dass Henny das tief unglückliche Kind in ihre Arme zog. »Du musst überhaupt nicht mehr Geige spielen, kleine Schwester«, sagte sie sanft. »Das mag deine Mom ja enttäuschen und deinen Daddy traurig machen, dafür wirst du glücklich sein. Du musst nicht mit ihnen zurück nach Boston fliegen. Du kannst bei Grandma Nellie bleiben und bei meiner Mami April.«

Audreys Augen weiteten sich. »Aber ich … ich muss doch …«

Nellie hockte sich zu ihren Enkelinnen. »Nein, Kind, musst du nicht. Schau mal, deine Mom hat ihren Papa, deinen Großvater Philipp, sehr, sehr lieb gehabt, und sie hat davon geträumt, dass du eines Tages Geige spielst wie er. Aber jetzt haben wir gemeinsam herausgefunden, dass du viel lieber reiten möchtest wie dein Grandpa Walter und Opa Julius und Noah und Nicholas. Deshalb meinen deine Eltern, es wäre besser, du bliebest hier. In deinem Reitstall in Boston lernst du ja nicht viel.«

Audrey schien es immer noch nicht glauben zu können. »Ich kann Bereiterin werden wie Noah oder Jockey wie Nicholas oder Tierärztin wie du, Grandma?«, fragte sie Nellie.

»Oder wie Henny«, sagte Nellie. »Die sich bestimmt sehr freut, wenn du in den Ferien zu ihr und David nach Sydney kommst …«

»Und wie«, sagte Henny sichtlich gerührt.

Audrey sah ihre Schwester an, und ihre Augen leuchteten wie früher.

»Darf ich dann Miranda reiten?«, fragte sie.

Nellie und April stöhnten auf, als sie das Geheimnis verriet.

Henny schaute verständnislos in die Runde.

»Nur wenn du viel übst«, erklärte April.

»Heute fühle ich mich den ganzen Tag an meine eigene Hochzeit erinnert«, sagte Mia. Sie saß mit einigen anderen Gästen im Garten, während Henny und David wichtige Rituale vollzogen, wie das Anschneiden der Torte und das Werfen des Brautstraußes. Hennys frühere Rivalin, Noahs Verlobte, hatte ihn eben gefangen. »Die Fahrt mit der Kutsche zur Kirche … Hennys Brautkranz und ihre Frisur …« Henny hatte sich für einen kurzen Schleier entschieden, der ihr offenes, schwarzes Haar kaum verdeckte. Dazu trug sie einen Kranz aus Blumen. »Meinen hatten die Dorfmädchen damals gewunden«, berichtete Mia etwas wehmütig. »Wir haben in Julius' Heimatdorf geheiratet. Und abends hat uns noch ein Rabbi seinen Segen gespendet …«

Auf einen eher unbestimmten Segen hatten sich David und Henny mit dem Reverend der kleinen Kirche in Onehunga geeinigt. Die Religionszugehörigkeiten ihrer Familien waren verworren, beide Partner hatten jüdische und lutherische Vorfahren. Gebetet, so erklärte Julius lachend, werde meistens sowieso nur zu der Pferdegöttin Epona, nach der sein Gestüt benannt war. Der Reverend hatte sich zu der unkonventionellen Trauung aus ähnlichen Gründen breitschlagen lassen wie damals der Geistliche in Großgerstorf. Seine Kirche benötigte dringend eine Renovierung, und Julius hatte dafür gezahlt.

»Na, und dann das Pferd als Geschenk …«, fuhr Mia fort. »Wir haben damals die Stute Allerliebste erhalten sowie zwei Junghengste. Sie und Medea, dazu das Militärpferd von Julius, haben den Grundstock des Gestüts gebildet. Und jetzt Miranda für Henny …« Mia lächelte wohl in Erinnerung an die stürmische Umarmung für ihren Mann, mit der Henny auf das Hochzeitsgeschenk reagiert hatte. »Wir wollten, dass du immer etwas von Epona Station bei dir hast«, hatte Noah gesagt, woraufhin sie ihm auch gleich um den Hals gefallen war. »Miranda erinnert mich sehr an Medea.« Mia Gesichtsausdruck bekam etwas Wehmütiges. Medea war ihr erstes, von Julius trainiertes Pferd gewesen. Hennys neue Stute gehörte zu ihren Nachkommen. »Kann es sein, dass all das schon so lange her ist?«

Julius, der sich eben genähert hatte, legte den Arm um seine zierliche und – wie er stets betonte – auch im Alter noch schöne Frau. »Die Maori sagen, Vergangenheit ist Zukunft«, bemerkt er sanft. »Es geht immer weiter …«

»Solange es Pferde gibt …«, fügte Mia hinzu und drückte seine Hand. »Und Menschen, die sie lieben.«

Maria und Nellie unterhielten sich mit Josua, der von seinem Psychologiestudium berichtete und dabei seine Tochter im Kinderwagen schaukelte.

»Du musst Nellie einmal von Asperger erzählen«, forderte Maria ihren Schwiegersohn auf.

Josua hatte ein Seminar zum Thema Autismus besucht, seitdem wusste Maria, warum sie in mancher Hinsicht anders war als ihre Mitmenschen. 1944 hatte Hans Asperger das später nach ihm benannte Syndrom zum ersten Mal beschrieben, und langsam wurden seine Arbeiten beachtet.

»Soll das nun heißen, dass ich krank bin?«, hatte Maria gefragt, als Josua ihr so einfühlsam wie möglich erklärt hatte, wo die Gründe dafür lagen, dass manche Menschen sie immer wieder als sonderbar bezeichneten.

»Du bist nicht sonderbar und schon gar nicht krank«, hatte er seiner Schwiegermutter versichert. »Du bist etwas Besonderes!« Das bestätigte er ihr auch jetzt wieder.

»Und genau dafür lieben wir dich«, sagte Bernhard und erntete Applaus.

»Früher galten wir beide als sonderbar, weißt du noch?«, sinnierte Nellie. »Weil wir unbedingt Tierärztinnen werden wollten.«

Maria nickte ernst. »Und jetzt ist Helena schon die vierte Tierärztin in der Familie«, erklärte sie. »Irgendwann wird es vielleicht mehr Frauen in dem Beruf geben als Männer.«

Walter grinste. »Die Zukunft«, sagte er auf Deutsch, »ist weiblich.«

Nellie nahm die kleine Alora, die gerade zu weinen begann, aus dem Kinderwagen und lächelte ihr zu.

»Da hörst du's«, sagte sie. »Vergiss das nie!«

Wie immer spielt auch dieser Roman vor einem historischen Hintergrund und kombiniert Fiktion mit Fakten aus der jeweiligen Zeit.

Harry Harlow betrieb in den Fünfziger- und Sechzigerjahren des vergangenen Jahrhunderts tatsächlich ein Primatenzentrum in Wisconsin, und die geschilderten Versuche zum Nachweis von Mutterliebe wurden genauso oder sehr ähnlich durchgeführt. Er begründete sie mit dem Wunsch, Menschenkinder vor dem damals propagierten Erziehungsstil schützen zu wollen, der von allzu zärtlichem Umgang mit Babys abriet, um sie nicht zu verweichlichen. Man sollte die Kinder auch mal schreien lassen, bevor man sie fütterte, um sie Geduld zu lehren, und Jungen durften natürlich nicht weinen. Nun hielt allerdings niemand Eltern dazu an, ihre Kinder frieren und auf Drahtgestellen schlafen zu lassen. Wie Daphne im Roman schon anmerkt, hätte man für die Experimente mit der Ersatzmutter nicht einmal Babys gebraucht – so ziemlich jedes junge oder erwachsene Säugetier hätte die weiche, warme Unterlage dem Drahtrost vorgezogen, selbst wenn dort das Essen serviert worden wäre.

Auch die weiteren Versuche Harlows, bei denen es darum ging, Affen jahrelang zu isolieren und dann ihre Verhaltensstörungen zu beschreiben, hatten keinen praktischen Wert, und gänzlich grauenhaft wurde es, als er Ende der Sechziger die sogenannten Fallgruben der Verzweiflung erfand, trichterförmige Fallen, in denen die Äffchen am dunkelsten Punkt der Kammer gefangen gehalten wurden. Sie verfielen binnen kürzester Zeit in völlige Verzweiflung und Apathie – und Harlow freute sich, dass es damit gelungen war, die Gefühle depressiver Menschen perfekt zu demonstrieren. Selbst seine Mitarbeiter gaben zu, dass ihnen das Leid der Tiere das Herz brach – das Erste, was sie nach der Emeritierung des Professors taten, war, die Isolationskammern in den Müll zu werfen. Nichtsdestotrotz hatte sich Harlow als Menschenfreund und Erforscher der Liebe gesehen und für seine Experimente weltweite Anerkennung erhalten.

Ob einer seiner Studenten und Mitarbeiter je versucht hat, die Versuche zu sabotieren wie meine Daphne, ist nicht bekannt. Kritik daran wurde zwar schon damals laut, beherrscht die Beurteilung seiner Arbeit jedoch bis heute nicht. Der Alkoholmissbrauch, den Harlow betrieb, war sicher für einige seiner wissenschaftlichen Exzesse mitverantwortlich, wird jedoch ebenfalls nicht thematisiert. Er wurde zeit seines Lebens mit Lob und Preisen überhäuft und fand nie ein Wort des Bedauerns für seine Opfer.

Ein moderner Primatenforscher ist Frans de Waal, dessen hochinteressante Bücher mir halfen, unsere haarigen Vettern besser kennenzulernen, und dem ich viele Anregungen verdanke. Er legt großen Wert darauf, dass Primaten in seinen Büchern als Frauen und Männer bezeichnet werden und nicht als Weibchen und Männchen, was er respektlos findet. Ich hab das in meinem Text genauso gehalten.

Historische Persönlichkeiten waren auch Louis und Mary Leakey. Sie gruben zur beschriebenen Zeit tatsächlich in der Olduvai-Schlucht, Leakey stellte besonders gern Studentinnen als Praktikantinnen ein. Ganz so desinteressiert an ihren über die Wissenschaft hinausgehenden Qualitäten wie oft dargestellt war er allerdings nicht. Er flirtete gern, weshalb sich seine Frau irgendwann von ihm trennte. Mary Leakey war eine begeisterte und vom Glück begünstigte Paläoanthropologin, die unter anderem mit dem Schädelfund von 1959 Furore machte. Ein Pudel war an der Entdeckung von Zinji allerdings nicht beteiligt.

Louis Leakey machte sich vor allem um die Primatenforschung verdient, indem er Jane Goodall, Dian Fossey und Biruté Galdikas dazu anregte, Schimpansen, Gorillas und Orang-Utans über Jahre hinweg in ihrer natürlichen Umgebung zu beobachten. Wie meine fiktive Daphne ging Jane Goodall 1960 als Erste nach Afrika, die anderen folgten später. Ein Projekt zur Erforschung der Bonobos im Kongo war ebenfalls geplant und eine junge Frau – Toni Jackman – dafür ausgewählt. Leakeys Tod 1972 setzte den Finanzierungs- und Genehmigungsbemühungen allerdings ein Ende.

Mary Leakey überlebte ihren Mann um mehr als zwanzig Jahre und führte ihre Forschungen bis ins hohe Alter fort. Ihre Söhne Jonathan und Richard wurden ebenfalls Paläoanthropologen – die Leakeys hatten insgesamt drei Kinder. Jonathan arbeitete auch als Tierhändler, spezialisiert auf Chamäleons.

Josua Ngongo ist eine fiktive Persönlichkeit. Die Geschichte Patrice Lumumbas gestaltete sich jedoch so wie im Roman geschildert. Ich habe dabei allerdings einiges verkürzt und vereinfacht, um mich bei der Schilderung der Geschehnisse im Kongo nicht völlig zu verzetteln. Das Land verlor sich auch nach den ersten Jahren der Unabhängigkeit immer wieder in Bürgerkriegen – einer der Gründe, weshalb das Verhalten der Bonobos weniger gut erforscht ist als das anderer Menschenaffen. Es bleibt zu hoffen, dass das Land irgendwann so weit zur Ruhe kommt, dass die Tiere wenigstens geschützt werden. Die vielleicht sympathischsten aller Primaten sind vom Aussterben bedroht.

Bedroht ist auch der Lebensraum der Pygmäen, deren Kultur in dieser Geschichte zumindest gestreift wird. Meinen Leserinnen und Lesern wird dabei befremdlich erscheinen, dass eine Frau aus dem fiktiven Stamm, den Daphne kennenlernt, Auslandserfahrungen hat. Damit wären wir bei den zu Anfang des 20. Jahrhunderts sehr beliebten Völkerschauen, initiiert unter anderem von Carl Hagenbeck. Uns erscheint es heute empörend, dass damals Menschen ausgestellt wurden – noch dazu im Zoo oder auf Jahrmärkten. Wenn man sich jedoch überlegt, dass Fernreisen und das Kennenlernen anderer Kulturen dem durchschnittlichen Menschen seinerzeit nicht möglich waren, kann man – für die damalige Zeit betrachtet – die Sicht Hagenbecks durchaus verstehen. Er bezeichnete seine Völkerschauen als lehrreich und der Völkerverständigung zuträglich. In seinem Buch *Von Tieren und Menschen* ist nachzulesen, dass die Teilnehmer alle freiwillig dabei waren und gut bezahlt wurden. Hin- und Rückreise wurden selbstverständlich übernommen. Die meisten Akteure kehrten wohlbehalten heim, einige zehrten bis ins Alter von ihrem Ruhm als Weltreisende.

Es kam allerdings auch zu persönlichen Katastrophen: Menschen erkrankten und starben an Infektionskrankheiten, mit denen sie in ihrem Herkunftsland nie in Berührung gekommen wären und gegen die sie natürlich nicht geimpft waren. Die Pocken zum Beispiel flammten unter ihnen noch einmal auf, als die deutsche Bevölkerung längst dagegen geschützt war. Andere Betroffene kamen mit dem Kulturschock nicht zurecht und erkrankten psychisch, wie ein zwecks Teilnahme an der Weltausstellung in Amerika gekidnappter Kongolese, der zu einer gewissen Berühmtheit gelangte. Er versuchte, in der Neuen Welt Fuß zu fassen, scheiterte und beging schließlich Selbstmord. Die unfreiwillige Teilnahme an den Schauen war nach 1890 jedoch eine seltene Ausnahme. Damals wurden von den Kolonialbehörden Regeln zur Rekrutierung der Darsteller aufgestellt, die damit zu Schauspielern avancierten und durch Verträge geschützt waren.

Ich gehe hier so ausführlich auf das Thema ein, da es häufig sehr reißerisch in Romanen aufgegriffen wurde, wobei die Akteure grundsätzlich als Opfer und die Veranstalter als Menschenhändler stigmatisiert werden. Tatsächlich gab es in der recht langen Geschichte der Völkerschauen Dramen, aber auch Erfolgsgeschichten. Unter den Beteiligten waren Abenteurer und Menschenschinder, die Befriedigung von Sensationslust stand neben dem Wunsch, Menschen fremde Kulturen näherzubringen. Im Grunde muss jedes

Einzelschicksal vor dem Hintergrund der Zeit gesehen werden, in der es seinen Lauf nimmt.

Kommen wir zurück zu den Primaten, denen es in der Tat möglich ist, Gebärdensprache zu erlernen. Die Anstrengungen dazu begannen jedoch später als in meiner Geschichte. Allen und Beatrix Gardner starteten ihr berühmtes Washoe-Projekt 1966. Die Schimpansin Washoe kannte schließlich dreihundertfünfzig Worte und Gesten, zeigte Mitgefühl mit trauernden Menschen und erkannte sich selbst im Spiegel. Ihre Lieblingslektüre waren übrigens Schuhkataloge. Was wollte uns der Schöpfer oder die Schöpferin wohl damit sagen?

Die Gorilladame Koko erlernte ab 1971 sogar tausend Zeichen und verstand zweitausend englische Wörter. Die Arbeit mit ihr ist wissenschaftlich jedoch umstritten.

Der letzte weltbekannte »sprechende« Primat ist Kanzi, ein Bonobo, der mittels Lexigrammen kommuniziert. Er versteht bislang dreitausend englische Worte und hat einen aktiven Wortschatz von etwa fünfhundert. Sofern er einer Fernbedienung habhaft wird, schaut er sich ausgewählte Fernsehbeiträge an (Lieblingsserie nicht überliefert) und bereitet Menüs in Mikrowellen zu.

In den letzten Jahrzehnten ist man aber davon abgekommen, Primaten irgendeine Form der Sprache beizubringen. Warum sich niemand mehr darum bemüht, kann ich nur vermuten. Allerdings las ich einen Artikel im Internet, dessen Autor enttäuscht feststellt, dass die Affen zwar kommunizieren, jedoch nichts wirklich Weltbewegendes zu sagen haben. Die anscheinend nicht nur von meiner fiktiven Provinzreporterin gehegten Hoffnungen, ihre Meinungen zu Leben und Tod, Krieg und Frieden erfahren zu können, haben sich nicht erfüllt. In der Regel beschränken sich ihre Interessen auf Futter und Unterhaltung – ganz ähnlich wie bei der großen Mehrheit ihrer menschlichen Vettern. Man müsste sie vermutlich flächendeckend unterrichten, um irgendwann eine Philosophin oder einen Propheten zu entdecken, oder einfach ein paar Fake News kreieren wie die angebliche Stellungnahme der inzwischen verstorbenen Gorilladame Koko zum Klimawandel. Sie soll ihrer Sorge um die Erde in bewegenden Worten Ausdruck gegeben haben, doch das ist natürlich nicht belegt. Koko konnte sich zwar gut in Gebärdensprache verständigen, aber eine Umweltschutzaktivistin war sie nicht.

Und um noch ein bisschen in der Welt der Esoterik und der unbewiesenen Behauptungen zu bleiben: Es ist kein Zufall, dass Grit gerade in den Fünfzigerjahren des 20. Jahrhundert dem Wahn verfällt, ihr Vater könnte in ihrem Kind wiedergeboren werden. In diesen Jahren erschien das äußerst erfolgreiche Buch von Morey Bernstein *The Search for Bridey Murphy* – zu Deutsch: *Protokoll einer Wiedergeburt*. Der Hobbyhypnotiseur Bernstein berichtet darin von dem seltsamen Fall einer jungen Frau, die sich unter Hypnose an ein früheres Leben im Irland des ausgehenden 18. und beginnenden 19. Jahrhunderts erinnert. Sie macht Angaben zu diversen Einzelheiten, die zum Teil verifiziert werden konnten. Es ließ sich allerdings nicht nachweisen, dass die Person Bridey Murphy wirklich existiert hat. Das Ganze führte zu einem Hype rund um die Möglichkeit von Reinkarnation, Unmengen von Zeitungsberichten, Songs und sogar einem Spielfilm. Grit kann davon gehört und es in Frauenzeitschriften gelesen haben.

Die Beatniks, bei denen sie später Pseudotrost findet, waren tatsächlich eine Art Vorläufer der Hippies und bewohnten schon Ende der Fünfzigerjahre die Höhlen von Matala auf Kreta. Sie waren dort gern gesehen, da sie Geld in das damals bitterarme Land brachten. Die Bevölkerung sah dafür über ihren ausschweifenden Lebensstil und Eigenheiten, wie das Anfertigen von Ketten aus Menschenknochen, hinweg. Die Belegung der Höhlen ging in den Sechzigerjahren nahtlos in die Hände der Hippies über, und mit ihnen kam der Ort zu weltweiter Bedeutung. Sogar Musikgrößen wie Bob Dylan und Joni Mitchell sollen vorübergehend dort gelebt haben. Heute sind die Höhlen von Matala eine Touristenattraktion und können besichtigt, aber nicht mehr bewohnt werden.

Cannabisanbau hat auf Kreta eine lange Tradition. Das Klima und der Boden sind wohl prädestiniert für ein Gedeihen der Pflanze, und als die Nachfrage Mitte des vorigen Jahrhunderts stieg, verlegten sich viele Bauern und Dorfgemeinschaften auf die illegale, aber profitable Produktion von Rauschmitteln. Das Dorf Imbros war jedoch nicht beteiligt. Durch den Zugang zur Imbros-Schlucht – eine weitere Touristenattraktion – gab es dort zu viel Verkehr, um heimlichen Hanfanbau zu betreiben. Ich hätte lieber eine fiktive Gemeinde für die Szenen um die Razzia gewählt, doch da ich im zweiten Band meiner *Tierärztin*-Saga Grits Vorgeschichte in Imbros angesiedelt hatte, blieb mir nichts anderes übrig, als den braven Dörflern den Rauschgifthandel anzuhängen. Tatsächlich vollzieht sich Drogenhandel und -anbau eher im sogenannten Teufelsdreieck zwischen den Dörfern Zoniana, Livadia und Anogia. In Zoniana fand auch der Kampf zwischen Drogenhändlern und Polizei statt, der Pate für meine Geschichte stand. Ich habe ihn nicht nur an einen anderen Ort, sondern auch um etliche Jahre vorverlegt. Die Dörfler bekriegten sich erst 2007 mit einer vierhundert Mann starken Spezialeinheit, die mit Panzerwagen und Hubschraubern anrückte.

Die griechische Mafia ist bis heute aktiv. Es wird gemunkelt, dass einige griechische Superreiche hier zumindest ihre Anfänge hatten. Insofern könnte meine fiktive Michelakis-Familie Evangelina durchaus ihre Schergen hinterhergeschickt haben. Ihr Vater, der keine realen Vorbilder hat, verhält sich entschieden zu liberal für einen griechischen Patriarchen. Sicher ein Beweis von Vaterliebe, auch wenn es dazu keine Laborversuche gibt.

Der Königliche Garten in Athen – heute Nationalgarten – wurde tatsächlich um die fragliche Zeit herum neu gestaltet. Genaue Angaben dazu, welche Arbeiten durchgeführt wurden, wer damit beauftragt wurde und in wessen Händen die Verwaltung des Parks lag, konnte ich nicht herausfinden. Insbesondere zum Thema Tierpark fanden sich überhaupt keine mir zugänglichen Informationen. Davids Geschichte ist also gänzlich fiktiv. In Basel beziehungsweise im

Bronx Park in New York könnte er allerdings unter den genannten Mentoren gearbeitet haben. Auch der Archäologe Dr. William A. Ritchie lehrte in der fraglichen Zeit in New York, Daphne kann also bei ihm studiert und von ihm an Leakey vermittelt worden sein. Professor Whitney, der sie später bei der Arbeit mit Zukie unterstützt, ist eine fiktive Persönlichkeit.

Wieder mal hat es viel Spaß gemacht, zu meinen Protagonistinnen und Protagonisten nach Neuseeland zurückzukehren und auch neue Länder und Lebensperspektiven zu erkunden. Das alles – ich kann es nicht oft genug betonen – ginge nicht ohne die Hilfe von Ioan und Anna Puscas, die mir beim Schreiben den Rücken freihalten und sich liebevoll um meine Pferde, Esel, Maultiere und den sonstigen Zoo kümmern.

Meine Lektorin Melanie Blank-Schröder hat das Buch erneut angeregt und durch gute Ideen bereichert. Margit von Cossart hat es wieder als Textredakteurin betreut, sich über meine vielen Zeitfehler beklagt – und konnte trotzdem begeistert in die Handlung eintauchen. Ich kann tolle Geschichten schreiben, aber leider nicht sehr gut rechnen.

Dafür, dass ich das auch nicht mehr muss, ist mein wunderbarer Agent Bastian Schlück verantwortlich sowie natürlich alle anderen Mitarbeiterinnen und Mitarbeiter in der Agentur.

Meine Testleserinnen haben wieder regen Anteil genommen. Beim Schreiben dieser Geschichte habe ich zudem davon profitiert, dass meine Freundin Alexandra Schedel-Stupperich, Dozentin an der Internationalen Hochschule, den Winter bei mir verbracht und im Nebenzimmer Psychologieseminare am Laptop abgehalten hat. Es ist unglaublich, wie gut der Onlineunterricht an den Universitäten inzwischen funktioniert! Beim Frühstück und beim Rotwein am Abend hatten wir jedenfalls viel Gelegenheit, die Experimente von Harlow und ihre wissenschaftliche Einordnung zu diskutieren, was mir sehr geholfen, meine Meinung jedoch nicht geändert hat. Keine Forschung entschuldigt Tierquälerei.

Größten Dank schulde ich außerdem allen anderen, die an der Entstehung des Buches beteiligt sind – der Herstellung, der Grafik, der Marketingabteilung, dem Vertrieb –, und nicht zuletzt den Buchhändlerinnen und Buchhändlern, die meine Bücher mögen und ihren Kunden empfehlen.

Selbstverständlich danke ich an dieser Stelle auch meinen treuen Leser:innen in aller Welt. Ich freue mich darauf, euch bald wieder persönlich auf Buchmessen und Buchvorstellungen begrüßen zu können. Ihr habt mir gefehlt!

Sarah Lark